BLANCHE NEIGE
CONTRE MERLIN L'ENCHANTEUR

Quand les dieux buvaient **

Catherine Dufour est née en 1966. Elle a commencé à écrire des poèmes à l'âge de sept ans. Cinq ans plus tard, elle apprend que les poètes finissent tous trafiquants d'armes : elle jette ses poèmes et commence à écrire des nouvelles. Vingt ans et quelques prix plus tard, elle découvre Terry Pratchett, et décide de tout recommencer à zéro. Ainsi naîtra son cycle *Quand les dieux buvaient* (prix Merlin), qui l'a imposée, avec son roman de science-fiction *Le Goût de l'immortalité* (prix Bob Morane, Rosny aîné, prix du Lundi et Grand Prix de l'Imaginaire), comme une figure centrale de l'imaginaire actuel français.

Paru dans Le Livre de Poche :

BLANCHE NEIGE ET LES LANCE-MISSILES

LE GOÛT DE L'IMMORTALITÉ

CATHERINE DUFOUR

Blanche Neige contre Merlin l'enchanteur

Quand les dieux buvaient **

NESTIVEQNEN

ISBN : 978-2-253-12541-9 – 1re publication LGF

PREMIÈRE PARTIE

Merlin l'ange chanteur

Il y a longtemps, très longtemps, du temps où la Terre était plate…

Elle flottait dans les gouffres insondables des espaces infinis comme une crêpe complète au sarrasin : une couche de plaques tectoniques avec garniture de fines herbes, un coulis d'eau salée, léger nappage d'oxygène et chantilly de nuage.

Le soleil par là-dessus, tel un œuf poché.

C'était un monde habité par la magie. Ou hanté, auraient dit certains.

Voire pourri, pour les plus amers.

Disons que beaucoup de princes charmants auraient apprécié de pouvoir, avant d'épouser une belle princesse, passer quelques saines années à rigoler dans les tavernes plutôt qu'à croasser le cul sur un nénuphar.

Et les fées ne leur demandaient que très rarement leur avis.

Les fées non plus n'étaient pas toujours à la fête. Car elles devaient compter avec Dieu et Ses hordes, angéliques ou diaboliques. Car Dieu contrôlait les deux. Pas Fou.

Les démons ne posaient guère problème, plus occupés à écrire des graffitis obscènes sur les murs des confessionnaux qu'à gâcher les sortilèges bien-pensants des fées. Mais les anges !

Ah, les anges…

Puis tout fut fini.

Puis tout recommença.

La Terre continua à filer dans l'espace, non plus sous la forme d'une crêpe mais sous celle d'une boule de flipper. La raison en est un peu complexe, la cause extrêmement simple : Dieu claqua des doigts et la Terre devint ronde. Le fait qu'Il préféra subitement le rond au crêpiforme a sûrement quelque chose à voir avec le fait qu'Il venait tout juste de sombrer dans l'alcoolisme. Suite à quoi, Il partit se bourrer la gueule dans un autre quadrant de l'Infini, très loin de la Terre, et voilà pour Lui.

Quant aux fées, elles firent à peu près la même chose au même moment, pour un motif qu'on pourrait résumer par :

« Qu'est-ce que ça fait comme tintouin, l'Apocalypse ! »

Car quand une main cosmique pétrit une crêpe pour en faire une boulette, la garniture a tendance à souffrir.

Après ce double déménagement bruyant, nommé « Fin du Monde » par les maniaques de l'hyperbole, ne restèrent sur place que peu de chose : un noyau de fer liquide sous pression de trois mille cinq cents kilomètres de diamètre, neuf cent quatre-vingts bornes d'écorce terrestre, un manteau atmosphérique mité, un écosystème complet, des montagnes pointues, quelques humains dont un serial killer nommé Blanche Neige et, bien sûr, l'inévitable carton oublié dans la précipitation du départ : une poignée de fées des arbres, un clan de sirènes, trois démons dont un champion du lancer de nourrissons, un gragon ronflon…

Et caetera.

Un ange nommé Dégage

Quelque part dans le ciel éternellement bleu, loin au-dessus de la Terre encore immensément plate, au bord d'un nuage doré par l'aube.

Un angelot radieux, campé sur un petit rebond de vapeur d'eau, une lyre d'or à la main, saluait le soleil levant :

« Ah… aah… hm. Aaah ! »

Il tripota les clefs de son instrument, puis entonna :

« Tu es mon bergeeer, hm… et la lumièèère du monde, et à chaque ôôôbe qui naît…

— Dégage ! »

Bonk.

L'Angelot tomba assis sur son matelas de nuage, sonné par un jet d'auréole. Il se frotta l'arrière du crâne à travers ses cheveux dorés, puis leva deux yeux insondablement innocents vers le cumulus du dessus : debout au pied d'un gigantesque arc de brume, hiératique et martial, un archange furieux le compostait du regard. Ses deux ailes gigantesques brassaient lentement l'air bleu infusé de cristaux glacés. L'Angelot se releva, défroissa son aube blanche, ramassa sa lyre, puis regarda à nouveau l'Archange.

Comme il n'était jamais descendu sur Terre, il fut incapable de mettre un nom sur ce qu'il vit fulminer, acide et brûlant, dans les pupilles limpides. Mais comme il n'était pas bête, il décolla sans demander son reste et plongea vers le soleil, le plus loin possible.

Ces deux-là ne devaient pas se revoir avant…

Longtemps.

L'Archange replia ses ailes et claqua des doigts : l'auréole revint se poser au creux de sa main bizarrement griffue. Il la revissa sur sa tête en grommelant :

« Je ne peux plus les blairer, ces petits salopiots. »

A la réflexion, il ne pouvait plus blairer grand-chose. En tout cas, pas les psaumes. En tout cas, pas de si bon matin. Il balaya de son regard haineux le magnifique paysage blanc, leva la tête vers le ciel rayé de cirrus qui, à cette altitude, virait à l'outremer. Sur sa droite, un énorme cumulo-nimbus champiforme s'approchait en broyant des blocs de glace dans son ventre obscur.

« Il va faire un temps de chien, en bas. Bien fait ! »

L'Archange était mal embouché, même pour un archange. Mais il n'était pas le seul à ruminer son ennui. Depuis que Dieu buvait, Ses hordes divines avaient dû dire adieu à leur passe-temps préféré : les guerres angélo-diaboliques. Plus un seul jihad, pas l'ombre d'une croisade, le seul mot d'ordre désormais était : « A boire ! »

L'Archange avait toujours énergiquement refusé ne serait-ce que d'avaler une goutte : il avait vu de splendides Maîtres de Guerre sombrer dans l'alcoolisme tout casqués. Ce qui, à défaut d'autre chose, leur fournissait un récipient pour vomir.

Mais comme la sobriété de l'Archange avait fait peu d'émules, la Terre était devenue un champ expérimental pour chérubins désœuvrés, diablotins mal encadrés, sortilèges retournés à l'état sauvage et lui, trois mille mètres au-dessus, s'emmerdait à hurler.

« Tout fout le camp », marmonna-t-il en tirant sur les manches immaculées de son aube. Il aperçut en contrebas, par une trouée du tapis vaporeux, l'ombre verte de la Terre.

Tout foutait le camp, et d'abord la ferveur humaine. Quand on trouve chaque matin un séraphin dans sa huche et un démon dans sa bouilloire, le respect se perd. Et avec lui, la ferveur. La Foi !

Le sang des Anges.

Que la Foi parte en sucette depuis que Dieu s'était mis à boire se lisait sur Ses anges comme dans un livre. D'abord, quand on fait partie des Elus, appelés à savourer pour l'Eternité les Délices de l'Amour Divin, on ne pratique pas le lancer d'auréole à vue. On n'est même pas censé en avoir l'idée. Mais il y avait plus inquiétant.

L'Angelot était beau comme un ange, évidemment, avec un physique gracile de prépubère, mais il présentait un visage anémié que l'altitude n'était pas autorisée à expliquer. Quant à l'Archange, en sa magnificence, il avait quelque chose d'un chat. Quelque chose dans le nez, certes, et dans les oreilles, et dans l'efflanqué. Mais dans le coup de patte, aussi. Et dans le regard, avant tout.

Le terme requis est *férocité*.

A peine plus tard, le même jour.

L'Angelot fila le long de la plaine de nuages, plongea et ressortit de l'autre côté, malmené par d'épais tourbillons de pluie grise. Il remonta d'une traite un océan d'averses, quelques grains et un collier d'embellies, la Terre défilant sous ses ailes. Il creva au passage des nuées d'alouettines migratrices, lesquelles se poussèrent prudemment : depuis que la Foi se perdait, les anges, ça n'était plus bien élevé comme avant.

L'Angelot traversa comme une flèche l'implacable étendue bleue qui régnait sur les déserts du sud et vira à l'ouest, sa lyre d'or vibrant contre son épaule, les tripes toujours tirebouchonnées d'angoisse. Les mouvements de ses ailes se firent plus lents, plus amples, tandis qu'il perdait de l'altitude au-dessus de ce bout de n'importe quoi vide et chaud qu'on nommait « Le désert sous les Limbes ».

Les Limbes. Le séjour des enfants mort-nés.

Créé officiellement parce qu'un être qui n'a ni reçu le baptême, ni commis de péché plus grave que de chier, dans les affres de l'agonie, sur les mains de la sage-femme ne mérite pas plus l'Enfer que le Paradis.

Créé officieusement parce que Dieu avait Ses migraines et l'Oreille délicate. On avait donc fondé, loin de tout, un petit purgatoire spécial, blanc et nu, peuplé seulement de couffins liliaux dans lesquels bavouillaient, bafouillaient, couinaient et gazouillaient des millions de petites choses fripées.

Comme tous les marmots du monde, ils passent l'essentiel de leur temps à essayer d'attraper leurs pieds. Et comme ils sont morts, ils n'y arriveront jamais. Mais comme ils n'ont définitivement pas plus de deux secondes de capacité mémorielle, ils s'en foutent complètement.

L'Angelot allait souvent dans les Limbes car un nourrisson, même mort, possède une inaltérable caractéristique : quand on le regarde de près en faisant « Grouli ? », ses yeux erratiques de caméléon essayent de se fixer, il émet une grosse bulle de bave et il sourit en pétant. Et ça, ça faisait rire l'Angelot. Pour lui dénouer les tripes au point d'en faire une corde lisse, il n'avait pas encore trouvé mieux.

L'Archange n'était pas descendu sur Terre pour faire une bonne action. Il avait simplement atterri par hasard, tout grommelant de mauvaise humeur et d'ennui chroniques, un peu à l'écart d'un château en flammes. Il écouta un instant les pensées des hommes qui luttaient contre le feu : il entendit une sombre histoire de sommeil enchanté, de princesse endormie, de prince victorieux. Sauf qu'une fois la princesse éveillée de son sommeil centenaire, au lieu de l'emmener sur son cheval blanc vers une nuit de noce enchanteresse et féconde, le prince avait essayé de se la goinfrer. Puis, faute d'y parvenir, il avait flanqué le feu au palais. Et comme ce genre de mésaventure est contagieuse en terrain boisé, les villageois du coin se battaient désespérément pour sauver leurs chaumières, leurs granges et leurs étables.

Ils y parvinrent. Ensuite, très logiquement, ils partirent en quête de quelqu'un sur qui passer leurs nerfs. L'Archange, assis dans un arbre, lissait ses plumes en suivant la scène avec une lassitude qu'il devient difficile de qualifier. Il s'agissait là d'une saynète de genre, dite : « Il y a encore un ange qui s'est amusé à faire planter un conte de fées ». L'Archange connaissait la fin par cœur : les villageois allaient s'en prendre au premier non-concerné venu, allumer un bûcher, y jeter le pauvre type et le regarder cramer en buvant des coups. Le bûcher mettrait le feu à ce qui restait de paysage, tout le monde irait se coucher avec de grands « hips », et la fée ulcérée transformerait la contrée en champs de citrouilles. Dans l'ordre.

La routine.

L'Archange soupira en démêlant deux rémiges sombres. Puis il La sentit.

La Foi.

Il releva le nez.

L'Angelot passa la porte vaporeuse des Limbes et plana en douceur au-dessus des berceaux, écartant du bout des ailes de petits nuages qui dérivaient paisiblement, jusqu'à ce qu'il atteigne l'Autre porte. Celle des Arrivées.

Où il y avait, comme toujours, un sacré rififi.

A quelques millénaires près, le bouc émissaire sur lequel les villageois avaient mis la main aurait pu sonner les cloches de Notre-Dame en radotant : « Asile ! » Faute de gothique flamboyant, il vivait de champignons et de coups de pied au cul dans une métairie peu prospère. Passe encore qu'il fut bossu, nain, borgne, bigle et boiteux, mais par-dessus tout, il était *roux*. Et ça, ça faisait longtemps que les villageois avaient décidé de ne pas le lui pardonner. Sitôt qu'une bonne occasion se présenterait.

Cinq minutes auparavant, il était encore en train d'essayer d'empêcher l'incendie de ravager sa soue en tabassant les braises avec un bouquet de branchages. Et voilà qu'une dizaine de fous furieux lui était tombée dessus en braillant des propos inconvenants !

Il en jeta un à terre, puis deux, cassa la mâchoire d'un troisième, appela au secours et, croulant sous le nombre, s'abattit avec un hurlement de chevreuil mal tué. Les villageois le ficelèrent et le traînèrent, baveux et interloqué, vers un arbre sec contre lequel ils l'attachèrent avant de battre le briquet. Juste à côté du chêne où était perché l'Archange. Qui se pencha. Au moment où la victime levait la tête et écarquillait son œil terrifié. Qui se posa sur l'Archange. Qui faillit tomber de sa branche ! Il venait de voir passer, sur le visage difforme et dans l'œil détraqué, un fantastique trait bleu de joie et de certitude. Une magnifique flèche empennée de Foi !

L'Archange se ressaisit. Il pouvait, rien qu'en levant la main, éteindre le bûcher. Et dénouer les liens. Et redresser le dos, remplir l'orbite vide, replacer la jambe, lisser les traits jusqu'au gréco-romain le plus fade. Il pouvait même offrir à ce pauvre type trois mètres de chevelure dorée. Ça lui était déjà arrivé, d'ailleurs ; dans un village pas très éloigné de celui-ci. Et quand il était revenu, un peu plus tard, toucher en Foi le salaire de sa bonté, il avait trouvé tous ses adorateurs changés en citrouilles.

Ce souvenir bouillant de vexation arrêta sa main. Il la reposa doucement sur ses genoux, de l'autre assura sa prise sur la branche et se pencha à nouveau, fasciné. Tandis que les villageois dansaient de joie devant les flammes qui gagnaient, le rouquin regardait toujours l'Archange avec un sourire de ravi de crèche. La lumière de son regard ne faiblissait pas : elle montait comme une aurore, nimbait les silhouettes dansantes, emplissait la clairière, baignait le chêne de l'Archange, aussi bleue et fraîche qu'une source… A cet instant précis, les braies et les poils de la victime prirent feu d'un coup et la bulle de Foi explosa, lardant d'échardes bleues tous les arbres alentour. L'Archange en prit une à bout portant, au ras de sa ceinture : il se plia en deux. Et tandis que la torche vivante hurlait sans fin et que les villageois hululaient de rire, l'Archange se tordait en haut du chêne, broyant l'écorce dans une de ses mains aiguës, l'autre griffant son propre ventre :

« Oh ! Nom de Lui, que c'est *bon* ! »

L'Angelot se posa près de la porte des Arrivées, où des séraphins affairés s'occupaient à langer des nourrissons tout juste décédés et ivres de rage. Les séraphins ont des voix exquises, ils sont même connus pour ça, et ceux-là avaient eu pas mal de siècles pour composer les berceuses les plus propres à apaiser les bébés braillards. A ce détail près que sortant juste de plusieurs heures d'accouchement agonique, pas un des nouveaux arrivants n'avait l'intention de prêter une oreille complaisante à quoi que ce soit avant un bon millier de décibels. La porte des Arrivées était donc le lieu d'une surprenante cacophonie, raison pour laquelle tous les officiants, Angelot compris, tenaient le bout de leurs ailes enfoncé dans leurs oreilles.

L'Angelot faillit marcher sur un marmot qu'un séraphin de service avait posé à terre, le temps d'aller lui chercher un berceau dans l'entrepôt de nuage. Le bébé était violet de colère, ratatiné autour d'une glotte vibrante d'indignation. Un bout de cordon ombilical lui serrait encore le cou. L'Angelot le ramassa, ôta le cordon et tapota les fesses molles avec un ronronnement bienveillant : le marmot se tut.

Il rabaissa ses petits poings de devant son nez minuscule et ouvrit ses yeux bleuâtres. Il les planta dans ceux de l'Angelot.

« Euh ? fit celui-ci.

— Areuh », répondit le Marmot.

Le roux ne criait plus ; il crépitait. Les villageois jetèrent encore quelques chats dans le bûcher, histoire de finir de rire, puis s'en allèrent vérifier que la taverne du village n'était pas partie en fumée. Nulle colère divine ne les foudroya sur place. C'est à des petites choses comme ça qu'on comprend qu'à cette époque, Dieu buvait.

L'Archange, toujours suspendu à sa branche, respirait fort en passant ses griffes dans ses cheveux en sueur.

« Bon, alors… murmurait-il de son souffle court, bon alors… la Foi. C'est la Foi. C'était de la Foi. De la *vraie*, nom de D… D'accord. Une flambée de Foi. Due à une flambée de douleur. »

Il se laissa glisser au bas du chêne, tituba deux ou trois pas vers le pauvre cadavre racorni.

« Mais bon sang de Lui, que c'était *bon* ! »

Bien meilleur que les citrouilles, toujours.

Assis sur le sable blanc du désert sous les Limbes, le dos bien calé contre ses ailes, l'Angelot jouait avec les minuscules mains du Marmot allongé dans son giron. Le Marmot le regardait toujours, et bavait.

« Tu sais que tu n'es pas beau ? » chuchota l'Angelot.

Le Marmot plissa son nez ridicule, empoigna un des doigts de l'Angelot et le secoua avec vigueur.

« Tu sais que tu es très moche ? Tout croûteux, jaune là où tu n'es pas rouge et le crâne de traviole ? Et plissé comme une vieille noix ? Tu le sais, ça ? »

Les minuscules paupières du Marmot clignaient de plus en plus lentement.

« En plus, tu es tout liquide. »

La petite bouche du Marmot piqua dans son double menton.

« Areuh ? fit l'Angelot.

— Ron », répondit le Marmot.

De tout le reste du jour, l'Angelot n'osa pas bouger.

Allongé à plat dos sur la grille légère d'un cirrus, au plus haut du ciel, le regard vague et satisfait, l'Archange essayait de réfléchir. Il n'avait pas l'habitude.

Son raisonnement était simple : *La Foi nourrit. La Foi avivée par la confiance illumine. Et la Foi brisée par la douleur est... tellement bonne.*

Il agença différents scénarii : Trouver des croyants. Attiser leur ferveur. Puis les mener à...

l'abattoir ?

La souffrance physique jouait un rôle important, sûrement. Le feu... il pouvait essayer d'autres moyens.

Plus lents, peut-être ?

Le soleil ne noircit pas, la lune ne se voila pas la face tandis qu'un archange souriant élaborait, en caressant la paume de sa main du bout d'une de ses longues griffes, des siècles de trahison.

Parvenu à ce stade de ses réflexions, le neurone bourdonnant sous l'effort, l'Archange se retourna sur le ventre et commença à ronronner.

L'Angelot trimbala le Marmot d'un bout à l'autre de la Terre Plate en lui chantant tous les psaumes qu'il connaissait. Il finit par l'attacher sur sa poitrine, dans un petit sac en laine d'agneau. Si limitée que fut la capacité d'apprentissage du Marmot, dont le développement était définitivement arrêté à l'âge de moins d'une minute, il devint bientôt évident que « Je languis après Toi mon Dieu » lui arrachait des hurlements perçants, que « Il a créé les grands luminaires » lui donnait des convulsions et que « Mon Rocher, ne sois pas sourd » l'incitait à froncer le nez en tirant la langue. L'Angelot en fut tout émerveillé. Ses collègues prirent l'habitude de le voir passer avec son petit paquet de chair violette autour du cou, l'air si content qu'ils en fiellaient de jalousie.

Il emmena le Marmot face aux plus beaux paysages qu'il put trouver, et si le Marmot n'en avait cure, l'Angelot s'émerveilla des couchers de soleil sur la mer, des levers de soleil sur les montagnes, des midis tièdes parmi les fleurs et les papillons, quand les cerisiers lâchent leurs pétales, juste à la fin du printemps. Dans son cœur ignare de volaille, un lien se noua entre la beauté du monde et la douceur des « areuh » qui, montant comme des bulles depuis sa poitrine jusqu'à son cou, lui faisaient un collier plus suave que le duvet de ses ailes. C'est tout juste si les seins ne lui poussèrent pas.

L'Archange, quant à lui, déchanta vite : on ne trouve pas tous les jours de rouquin confit dans la Foi. On en trouve même très peu. On trouve facilement des exigences, des souffrances aussi, mais de la Foi pure et dure, guère.

Il essaya une apparition liliale sur une petite bergère benête, mais la bergère se contenta de soupirer « Encore ! » et souleva son blanc jupon avec résignation, ce qui laissa l'Archange extrêmement embarrassé.

Il réessaya auprès d'un gardien de chèvre des hauts plateaux orientaux, suite à quoi un effrit l'engueula d'importance en agitant un codex sur lequel l'Archange aurait pu lire « Jouissance exclusive » en transkrit, s'il avait su lire.

Puis saint Pierre, un des seuls Grands Patrons à veiller encore au grain et à l'ivraie, le convoqua et lui fit, avec une immense patience, des remontrances pieuses et précises avant de sous-entendre que s'il persistait, divers postes terriblement chiants étaient en panne de candidats aux archives paradisiaques.

L'Archange retourna bouder sur son cirrus. Et la seule chose qui surpassait sa haine de l'ordre établi et de son abominable tyrannie, l'unique chose qui le faisait passer du grincement de dents au ronronnement sur son gril de vapeur haut perché, c'était le souvenir de cette flèche bleue de Foi qui irradiait, et explosait…

Puis tout fut fini.
Puis tout recommença.

Quand Dieu tira Sa révérence, Sa bouteille sous le bras, Il laissa derrière Lui bon nombre d'anges : ceux à jeun. Ces créatures grégaires le prirent très mal et se laissèrent mourir avec grâce. La plupart montèrent se diluer dans la stratosphère, arrosant la planète de plumes blanches et d'auréoles en chute libre. Les autres fondirent à même le sol : l'Angelot faisait partie de ceux-là. L'Archange aussi.

En fait, ils n'avaient pas tellement le choix : Dieu leur était aussi nécessaire qu'un crâne aux poux. Il était Le moteur d'énergie mystique, eux étaient les roues.

Ensuite, certains d'entre eux ressuscitèrent. D'aucuns prétendent que l'Amour fit ce miracle, d'autres parlent de Convoitise. La vérité est que pour se relever d'entre les morts afin de revenir ici-bas, il faut être vraiment motivé. L'Angelot était motivé. L'Archange aussi, mais pas dans le même registre.

On raconte qu'un ange ressuscita au seul souvenir d'une gamine en haillons (Aurore Dubois-Dormant, une fichue asociale en quête de sens) qu'il n'avait croisée que deux fois dans sa vie. Fou d'amour, l'ange finit par se voir pousser les organes sexuels qui lui semblaient adéquats. Malheureusement, Aurore sortait déjà avec Peau d'Ane. De rage, l'ange coucha avec Marie Madeleine, ce qui peina beaucoup Jésus, mais ceci est une autre histoire. Dont il ne faut retenir qu'une chose : chez les anges, la fonction crée l'organe redoutablement vite.

L'Angelot ressuscita donc, lentement, à son rythme craintif de gamin esseulé, tiré de l'Absence par le souvenir exquis de toute une ribambelle de petits « areuh ». Il arriva trop tard au bout du désert sous les Limbes : il n'y avait plus de Paradis, plus de Limbes, plus de désert, plus rien qu'un monde couvert de forêts et de sources, bouliforme et désenchanté. Partant, plus de Marmot. Pour la première fois depuis des millénaires, l'Angelot tomba à genoux.

Longtemps, longtemps après.

Sur la Terre ronde et verte, les hommes avaient repris leurs petites habitudes impulsives. Ils étaient encore assez peu nombreux.

En cherchant bien, on aurait peut-être trouvé quelques restes de population féerique, démoniaque ou divine : une nixe cachée sous un muguet ; un ondin siestant dans une source ; un démon boudant au fond d'un volcan ; pas grand-chose, mais assez pour susciter la Foi dans un monde déserté par Dieu. Et quelques anges, bien sûr.

Qu'il s'agisse d'un arbre aux fées, d'un puits aux souhaits ou d'un bois à lutins, n'importe quel endroit où n'importe quelle femme délaissée a accroché une guirlande de fleurs en espérant que ça s'arrange, n'importe quel tumulus suscitant un soupçon de ferveur, on peut parier son clairon qu'un ange se tient tout près.

Et qu'il boit.

C'était un plateau d'Europe de l'Est.
Vallonné, vert, éclatant.
C'était le printemps, aussi.
Quelque part bien avant l'an mille.

Un clan de Quades, en quête de gibier et de tranquillité loin des envahisseurs avars, posa ses pénates au creux d'une petite falaise usée, couverte de bouleaux et d'oignons sauvages. Il y avait là tout ce dont ils avaient besoin : de l'eau, des taillis à framboisiers, des couverts à lapins, des arbres à couper, une clairière qu'ils allaient agrandir pour y planter des pois chiches, et une aimable odeur de soupe naturelle.

Ils commencèrent par attacher leurs chèvres, détacher leurs chiens et monter leurs cabanes. Les enfants lâchèrent dans le ruisseau une flottille de caloians, de petites figurines votives à forme humaine emplies de fleurs qui s'en allèrent, voguant, chercher la pluie et le beau temps. Les femmes mirent à sécher, sur des pommiers sauvages, des brassées d'herbes qui serviraient ensuite à joncher les sols de terre battue et à héberger d'épouvantables réserves de pupes de mouche, mais c'est l'époque qui veut ça.

Une des jeunes femmes, nommée Cordane, posa à terre son nouveau-né, le temps d'affûter sa faucille. Une résignation lancinante lui comprimait les côtes : son fils était malade, il ne durerait probablement pas plus longtemps que le précédent, ni que celui d'avant. Une teigne grosse comme le poing lui pourrissait le crâne, recouvrant la fontanelle encore largement ouverte d'une casquette noire. La peau, lézardée sous la poussée du champignon, saignait et desquamait ; ça commençait déjà à puer. D'ailleurs, depuis deux jours, le bébé ne pleurait plus, ne dormait plus, ne mangeait plus : il soupirait, et respirait vite.

Sous l'herbe, dilué à un point homéopathique parmi les taupes, les mottes de terre et les radicelles, l'Angelot oubliait indéfiniment le Marmot. Privé de sa raison de revivre, il avait refondu.

Sur l'herbe, le bébé s'agita. Des brins collèrent à la teigne, la peau se fendit encore un peu plus, laissant filer un sang clair et fluide. Cordane était accroupie, sa pierre à aiguiser posée sur un genou. Elle éprouva du pouce le tranchant de sa faucille et sursauta : le bébé avait gémi. Elle se releva et s'approcha de lui, pinçant ses lèvres entre ses dents comme les deux dernières fois : non, pas encore. Il lui sembla même que son fils s'endormait paisiblement. Elle passa ses doigts sous le nez minuscule, pour vérifier qu'il respirait toujours, et s'accorda un soupir de soulagement. Elle adressa un bref remerciement aux caloians, osa un sourire puis reprit son air résigné, parce qu'elle avait du vécu.

Elle retourna aiguiser sa faucille, mais beaucoup plus distraitement.

L'Angelot se rassembla d'abord lentement, puis de plus en plus vite au fur et à mesure qu'il reprenait conscience, et conscience qu'il y avait un marmot quelque part, pas loin, et que s'il lambinait, il risquait d'arriver trop tard, comme la dernière fois. Les amoureux abandonnés ont le sommeil léger.

Bercé dans une flaque angélique de plus en plus dense, de plus en plus tiède, le bébé souriait exactement aux anges et son sang rose coulait toujours, en fil ténu. Cordane revint plusieurs fois se pencher sur lui, n'osant le réveiller, et il lui semblait entendre des voix douces chuchoter alentour.

« Merdemerdemerdemerde ! » psalmodiait l'Angelot tandis que son enveloppe mystique se réveillait, se regroupait, remontait des terriers de lapin au fond desquels elle avait figé.

« Il est en train de se vider, le petit ! Et je n'ai pas la moindre idée de la façon de soigner cette saleté ! »

Il tâtonna autour de lui, à la recherche d'un peu d'énergie. Il y avait le soleil, oui, et le chant lointain des astres qui envoyait ses faibles impulsions fossiles, le champ magnétique d'usage, pas mal de biochimie et, assez loin de là, un maigre filon de pechblende. L'Angelot arracha comme il put un bouquet de rayons gamma et irradia sans vergogne le crâne du nouveau-né. La guérison fut instantanée : le *Microsporum gypseum* grilla sur place, ainsi que beaucoup de neurones. Le soir, Cordane rentra chez elle d'un pas léger, serrant au creux de son épaule un bébé hurlant de rage. Quant à l'Angelot, il faisait encore pas mal de mètres de largeur et très peu de centimètres d'épaisseur sous quelques pieds de terre, mais il était content.

De ce jour, le petit carré d'herbe qui avait guéri le fils de Cordane devint l'objet de rituels variés, c'est-à-dire qu'on y dansait les soirs de fête, et qu'on chiait dessus les jours de disette. L'Angelot, réfugié dans une source contiguë, reprenait lentement des forces, son corps diaphane et squameux porté par l'eau glacée. Les enfants et les amoureux venaient volontiers se mirer dans cette drôle de tisane changeante, comme brouillée par une sauce de soie gris clair, les uns pour y faire des grimaces et les autres pour y lire on ne sait quoi. Les amoureux, ça n'est pas cohérent.

Le clan de Quades, si petit qu'il fût, vivait enserré dans un réseau complexe de hiérarchie et de préséances, comme toute communauté humaine qui craint l'ennui. La môme Céplak, en plus d'un prénom pénible, cumulait les handicaps sociaux : sa mère était une esclave suève, son père potentiellement tous les hommes du clan et, pour couronner le tout, elle était hideuse : raide de crasse, noire de boue, voûtée d'épuisement.

Le jour où elle eut ses premières règles, elle ne s'évanouit pas ni ne se posa de questions oiseuses. Elle se contenta de penser quelque chose comme « mon compte est bon », et alla sur le carré d'herbe enchanté poser une larme de désespoir. Les hommes du clan avaient des principes : ils ne violaient les esclaves que nubiles.

Elle se releva, se torcha le nez et s'approcha de la source de l'Angelot. Se penchant, elle plongea le bras dans l'eau glacée et agita les soieries légères. Elle retira son bras clair et propre. Elle le regarda un instant, brillant dans le soleil, divinement gracile, doux comme un abricot, puis ôta une à une ses guenilles et plongea dans le bassin.

L'Angelot ne fut pour rien dans l'éclatante beauté qui en sortit. Il se contenta de lui laver le dos et de lui démêler les cheveux, aussi doucement que l'auraient fait les remous d'un jacuzzi, et de l'admirer. Mais comme ses caresses et son souffle avaient des vertus proprement opiacées, la fille émergea nue de la source et nue elle retourna au village, un sourire extatique sur son beau visage aigu et les yeux explosés. Sa chevelure et son sang formaient de grandes boucles rouges et noires sur sa peau mate. Tous ceux qui coupaient du bois, touillaient la soupe ou mâchaient du chanvre sur le pas de leur porte se figèrent à son passage. Elle s'arrêta sur la grand-place, au pied de l'arbre tutélaire, et resta là. Alerté par le silence, le chef sortit de son gourbi. Il regarda la fille, aussi belle qu'une statue tatouée, trempée et éblouissante de soleil. La chance voulut qu'à ce moment-là, un brusque souffle de vent décoiffe l'arbre et enroule autour de Céplak immobile une écharpe de pétales. Le chef décida que c'était un signe des esprits. Ce n'était pas son boulot, ça : il alla chercher le chaman.

Le chaman regarda Céplak, toujours pétrifiée et ravie, constellée de fleurs. C'est dans ces moments-là qu'on reconnaît le chaman, et celui-là connaissait son métier : ne pas rire, prendre l'air au courant, disparaître et ensuite, aviser. Il posa sa main sur l'épaule de la fille. Elle le suivit.

Initier les filles au chamanisme ne se faisait pas, aussi le chaman confia-t-il Céplak à son équivalent féminin, une vieille avorteuse nommée Ulfila dont les connaissances en herbes mettaient de l'ambiance dans les veillées. Céplak, vêtue des hardes bariolées des sorcières, abondamment nourrie par les villageois, était aussi heureuse qu'un condamné à mort un jour de panne de secteur.

Dans sa source, l'Angelot s'était enfin entièrement rassemblé. Il se demanda vaguement pourquoi. Le ravissement de Céplak, sa confiance, sa Foi, sûrement. Ou encore, ce miracle modeste qui transforme une petite fille pauvre en idole d'un seul coup de savon ? Sûrement.

Céplak venait le voir tous les matins. Elle lui apportait des framboises, de la tsuica à quarante-cinq degrés, des bouquets de tue-chien, des potins et tout ce qu'elle apprenait sur les plantes avec la vieille Ulfila. L'Angelot en fit son profit : la pechblende, ça ne guérit pas grand-chose, à part la teigne.

Il répondait à Céplak à sa manière angélique, en images qu'il projetait dans sa tête car, aimant assez se complaire dans son malheur, il ne supportait plus le son de sa propre voix.

Le fils de Cordane mourut d'une migraine, Céplak se rida et mourut elle aussi, mais la réputation de la source de l'Angelot, elle, ne cessa de croître.

C'était un plateau d'Europe de l'Est.
Vallonné, vert, éclatant.
C'était le printemps, aussi.
Quelque part un peu avant l'an mille.

La forêt était immense, claire et chantante. Les parcelles déboisées se comptaient sur les doigts de la main et les sources, sur ceux d'un mille-pattes.

L'Angelot bâilla, s'étira ; quelques bulles montèrent éclore à la surface de l'eau. Il dépêtra ses ailes des algues qui tapissaient le fond de sa source et regarda vers le haut : une fille. A vue de poisson, jolie.

L'Angelot sourit : c'était ses préférés, ceux-là. Les suppliants de l'aube, qui venaient le voir sans passer par l'intermédiaire de sa prêtresse, avec dans les mains beaucoup de cadeaux et dans la tête une seule question, toujours la même. Il ouvrit la bouche et lança une jolie bulle d'air arrondie. La fille se pencha encore un peu plus au-dessus de la margelle, ses longs cheveux trempant dans l'eau glacée. Puis elle dit quelques mots, assourdis par deux mètres d'eau largement vaseuse. De toute façon, c'était inutile : l'Angelot déchiffrait très bien l'intérieur des têtes. Surtout quand la comptine était aussi répétitive.

Mojnir ? Ce n'est pas le jeune gars qui est venu hier, à l'aube, m'avouer des sentiments urgents pour une certaine Umar ? J'espère pour toi que c'est ton prénom.

La fille tendit une main rayée par les remous, lâcha quelque chose qui descendit en tirebouchonnant jusqu'entre les doigts blêmes de l'ange. C'était une fibule de cuivre émaillé, d'un fin travail probablement coûteux. On lui faisait rarement de si belles offrandes. La fille devait être *vraiment* amoureuse. Elle avait intérêt, parce que la suite du rituel impliquait un bain sans chemise et que la fontaine de l'Angelot n'avait entendu parler que de fonte des neiges.

L'Angelot se disait hypocritement qu'un bon bain glacé rafraîchit le sang, apaise le corps et calme les égarements de l'esprit. Et le fait est que pour sortir de chez lui avec le feu aux fesses, il fallait *vraiment* être amoureux. Mais la vérité, c'est que pour oser venir jusqu'à lui, il fallait *vraiment* avoir la Foi et que ça, ça lui faisait un bien fou. On ne se débarrasse pas en quelques siècles de plusieurs millénaires de raisonnements honteusement faux cul.

La fille se risqua dans l'eau gelée en suffoquant de froid. Elle battit désespérément des pieds, prit une grande inspiration et lâcha tout. L'Angelot attrapa une cheville glissante et la tira jusqu'à lui. Il écarta ses cheveux mouvants de son visage crispé : elle ouvrit les yeux.

Tu t'appelles... Tadia ? Dommage pour toi.

Il glissa la fibule dans la main roide de la fille, puis la saisit par les hanches et la projeta vers la surface. Elle émergea en crachant, congelée, asphyxiée et accessoirement désespérée. La fibule lui avait percé la main et elle saignait. L'Angelot se rassit dans la vase, écoutant la fille pleurer et claquer des dents tandis qu'elle se rhabillait.

Il n'y a pas de tisane qui vaille contre l'amour, songea-t-il. *Par contre, mes herbes contre l'angine sont excellentes.*

Il ouvrit la bouche et but. L'eau avait un goût de vase, mais pas seulement... Il but encore.

Le confin carpatique où l'Angelot avait trouvé refuge servait sempiternellement d'abri aux autochtones refoulés par les invasions barbares jusqu'à ce que les barbares, pris d'une soudaine envie de fuir les barbares suivants, se mêlent d'envahir aussi les abris. En vagues successives, des clans de guerriers éjectés de chez eux par la pression démographique ravageaient les plaines, posaient leur baluchon, s'implantaient, se réfugiaient dans les hauteurs pour fuir la vague suivante, et finalement se faisaient ratatiner par un retour de courant.

La vie d'une invasion, c'est de former d'abord une horde déferlante, puis un clan méfiant, puis un village paisible et enfin, une ruine fumante.

Assez haut perchée, la fontaine de l'Angelot échappa longtemps à ces tristes contingences humaines. Pelotonné dans ses draps d'eau froide, bercé par les chants des oiseaux et le murmure du mince filet d'eau qui coulait au-dessus de sa tête, l'Angelot songeait interminablement à des trucs fuligineux d'ange. Il ne sortait quasiment jamais de sa source, se sentant faible au point de ne pas tirer une ombre au soleil. Il lui arrivait, les nuits de lune gibbeuse, d'aller s'allonger un instant sur l'herbe sacrée, mais il se sentait curieusement lourd et friable, loin du milieu aquatique qui soutenait ses membranes fragiles.

Chaque matin, il se nourrissait, c'est-à-dire qu'il soignait complaisamment les maux qu'on menait jusqu'à lui contre un peu d'adoration. Pour ce faire, il usait du truchement d'une petite fille, en souvenir ému de Céplak et parce qu'il trouvait plus agréable d'apposer ses visions colorées d'herbes et de décoctions sous des méninges fraîches et blanches que dans le brouhaha mental d'un vieux chaman fripé. Compatissant aux douleurs qu'il connaissait, il s'attachait surtout à soulager les maux de cœur, tristesses et chagrins, abusant du tilleul et de la valériane, de la ponchirade et de la salsepareille, laquelle rend impuissant mais l'Angelot se souciait peu des plaisirs qu'il ignorait.

De la survie des corps, il se foutait, car il trouvait les humains laids et souffreteux et ne voyait pas l'utilité de s'acharner à leur conserver un fardeau pareil, une fois passés les amusements de l'adolescence. En clair, il commença par noyer tous ses patients de plus de vingt-cinq ans et se prit pas mal d'étrons vengeurs sur la tête. Il crut régler le problème en se contentant de prescrire massivement de l'essence de coquelicot, ce cousin toxique du pavot, qui avait au moins le mérite de faire des morts rapides et indolores. Puis, comme sa prêtresse insistait lourdement tout en ôtant à la louche les merdes qui flottaient à la surface de l'eau, il mit au point un brouet infect à base de gui et de frêne, de barbe de chèvre et de pied de bouc, plus quelques feuilles de marronnier, de la menthe et une queue-de-renard. Le tout était censé guérir à la fois la goutte, l'hypertension, les rhumatismes, la fatigue osseuse, l'urée et la cellulite, si on avait le courage de la boire. L'Angelot s'y tint : il n'aimait à soigner que les enfants.

Les affections infantiles de l'époque étaient simples : maladies de peau, atteintes des voies respiratoires et infections purulentes. Les gamins partaient de la caisse en se grattant, jusqu'à ce qu'une plaie bénigne tourne mal et les fasse crever de fièvre. L'Angelot prescrivait donc invariablement des inhalations de gommier bleu avec des onguents de tête-de-moineau. La semaine suivante, il passait au pas-d'âne en tisane et au bouillon noir en friction, puis à l'angélique en fumigation et au millefeuille en cataplasme, et ainsi de suite jusqu'à ce qu'une coupure s'envenime. Il envoyait alors sa prêtresse cueillir du thym et des ronces qu'elle pilait en pansements, et du saule par brouettes. Et si le petit malade revenait deux jours plus tard encore moins vaillant, l'Angelot repassait miséricordieusement au coquelicot.

Il faisait parfois des coups pendables, comme infliger son herbe du sang aux hémorroïdaires et sa rosemarine aux chaudes pisses, alors que c'est exactement le contraire qui soulage. Il traitait toutes les femmes allaitantes en les bourrant de fenouil ce qui, à défaut de la santé, leur donnait d'affolantes montées de lait, car il avait toujours un faible pour les nourrissons. Le fond de sa source finit par devenir un dépotoir d'ex-voto en argile fondante et de couronnes de fleurs pourries, ainsi que d'offrandes en bijoux dont il dotait généreusement ses officiantes quand le moment était venu, pour elles, de partir vers des tâches moins éthérées. Et cette vie de patachon serviable lui suffisait.

A la veille du nouveau millénaire, ça faisait déjà beau temps que la christianisation s'étendait en douceur dans son alpage. Mais le ton se mit à monter entre l'Eglise dite orthodoxe et la romaine, pour la très tracassante raison que ces salauds d'Ibères avaient altéré le Credo en y rajoutant le mot « *filioque* » qui signifie « et du Fils ». Et quand le ton monte, les tenants de chaque bord ont tendance à durcir leurs positions et les bandits de n'importe quel bord à trouver là un bon prétexte pour un massacre.

L'Angelot se réveilla au son d'un grand cri mental : il surgit à la surface de l'eau pour recevoir dans ses bras une giclée de sang jaillie de la gorge de sa dernière prêtresse, une blondinette tout juste nubile nommée Blichilde. Le corps bascula dans la source et l'Angelot coula avec lui, affolé par cette soudaine orgie de soleil, de chaleur et de rouge.

L'Angelot allongea Blichilde au fond de l'eau, tandis qu'au-dessus de lui l'assassin scrutait l'eau noircie par l'hémorragie en regrettant sa précipitation. L'Angelot rabaissa la tête de la petite fille, pour refermer la plaie qui lui ouvrait le cou de part en part. Le sang montait en gros bouillons pressés, puis en longs rubans épais, de plus en plus paresseux, mêlé aux cheveux épars, et bientôt l'Angelot ne vit plus rien. Il s'allongea à demi sur le corps, finit par distinguer un visage blanc où les yeux, la bouche et la gorge béaient. L'Angelot se dit que Blichilde avait été vraiment jolie, et qu'elle avait l'air apaisée. Il remonta lentement vers la surface : l'assassin s'était vraisemblablement lassé et était parti chercher un butin plus vif. De sa source, l'Angelot entendait les cris, sentait l'odeur de la fumée, percevait l'éclat des pensées, étoiles blanches de la terreur, bris noir des coups mortels, lézards rouges de la souffrance, griffes bleues des joies sauvages.

Il redescendit s'allonger auprès de sa prêtresse, navré d'impuissance. Car du temps où Dieu ronronnait dans l'air comme une dynamo mystique, les anges pouvaient d'une seule main transformer l'or en plomb ou précipiter des marmites de grenouilles sur des contrées déshéritées, mais depuis que des milliards de parsecs les séparaient de leur Générateur, ils ne survivaient qu'à grand-peine, mal nourris par la Foi versatile d'humains à durabilité limitée. Aussi l'Angelot dut-il entendre, quand bien même il ne voulait pas écouter et ne pouvait rien faire, hurler puis se taire la voix familière du village de Cordane. Renversé dans le sang et les cheveux de Blichilde, flottant entre deux eaux, raidi et immobile, il garda les yeux grands ouverts et inspira lentement, péniblement, de grandes goulées rouges et glacées, jusqu'à ce que la nuit et le silence tombent.

Le matin suivant, il sortit de sa source putride, devenu soudainement aussi dense et solide qu'un parpaing, ses ailes souillées de caillots noirs claquant rageusement dans l'air glacial, ses pieds s'enfonçant profondément dans l'herbe sacrée. Blanc de rage et bleu de froid, il s'en alla sans se retourner, ni réfléchir au pourquoi du comment de sa santé soudain résolument éclatante.

Règle numéro un, quand on a massacré un village : partir avant l'arrivée de la cavalerie.

Règle numéro deux : ne pas partir trop loin, au cas où la cavalerie n'arriverait pas. Car les rescapés, réfugiés dans les bois alentour, ne tardent pas à revenir numéroter les restes de leurs pénates, ce qui donne l'occasion de rejouer. Les Bulgares orthodoxes qui avaient flambé le village une première fois étaient de vieux routiers du tas de ruines. Ils plièrent donc bruyamment bagages, revinrent sur leurs pas discrètement, et chargèrent à nouveau avec des « Youyou ! » empreints d'humour noir.

Une des sœurs de Blichilde avait passé la nuit précédente dans la forêt, à accoucher en serrant les dents d'un marmot mal fini, puis elle s'était risquée à aller chercher un lange sous les décombres de sa chaumine. Elle eut le réflexe idiot de courir vers la source de l'Angelot, un Bulgare aux trousses. Elle lança le nouveau-né en direction de l'eau tandis que son poursuivant la culbutait dans l'herbe sacrée. Ils s'entr'égorgèrent avec une précision millimétrique et le marmot resta là, seul.

Le problème, pour les marmots, c'est que s'ils ont du mal à vivre, ils n'ont pas davantage de facilité à mourir.

Le problème, quand on est tout petit, jeté sans recours sur la margelle moussue d'une source, en pleine campagne, à juste quelques mètres d'un monceau de cadavres, c'est qu'on a peu de chance de mourir tranquille.

L'Angelot fila plein ouest, vers le soleil. Quand il n'y eut plus que la mer au-dessous de lui, il se dit qu'il était peut-être allé trop loin et rebroussa chemin. Il se mit en vol stationnaire au-dessus de la côte, déplia ses fines antennes mentales et écouta : il y avait de l'humain, là-dessous. Du travaillant, du guerroyant et de l'officiant. Du croyant. Climat clément, jolies filles, composite bizarre de vieilles et de nouvelles religions. Odeur de sang aussi, et d'invasion. L'Angelot affûta son ouïe : le cri des carnyx, ces bizarres trompettes coudées ; le gémissement d'un condamné enterré vif au pied d'un arbre ; la rumeur d'une messe en plein air ; des chants autour de grands feux odorants ; le ronronnement de villages vastes, paisibles et fortifiés, où ronflaient les forges et les ivrognes. Des esclaves qui trimaient dans des mines de galène. Une femme qui tressait des branches de clématite pour en faire un panier – et l'Angelot entendait cliqueter les perles de verre de ses bracelets sous ses manchettes de lin bleu vif. Un artisan itinérant qui se faisait courser par une ourse migraineuse et abandonnait sa boîte à outils pour courir plus vite. Une vierge en bois noir promenée autour d'un champ et sa procession d'adorants. D'étranges idées sur l'âme des animaux, qui lui rappelaient les quelques Celtes qu'il avait eu l'occasion de soigner, là-haut, dans sa source carpatique. L'Angelot plongea.

Il élit domicile dans un plan d'eau ravissant, ou plus exactement deux plans d'eau, deux très jolis petits lacs cernés de fleurs et d'arbres, perdus au milieu d'une infâme rocaille desséchée comme une tulipe sur le périphérique. Un val, pour tout dire. Très précisément le Val des Deux Lacs, sis la forêt de Brocéliande, haut lieu de la légende arthurienne, scène de stupre et de luxure où l'on disait que la fée Morgane avait longtemps emprisonné ses amants. Autant dire que tout y vibrait de légendes, d'espoirs et de suppliques. De Foi. Les amoureux de l'ombre de Morgane croisaient les adorateurs du Tombeau de Merlin, mégalithe placide voué à recevoir, depuis et pour encore des siècles, des bouquets de pissenlits et de suppliques inaccessibles : « Merlin, donne-moi la paix de l'âme ! »

L'Angelot sombra dans ces eaux claires en soupirant de soulagement.

Le marmot était allongé sur le ventre, trempé, gelé et morveux, à moitié étouffé par la mousse boueuse qui tapissait le rebord de la source de l'Angelot. Il ne piaulait encore que de faim, la faim sans pitié des tout-petits. Il essayait aussi, en vain, de tourner sa petite tête molle pour mieux respirer, quand un rat lui rendit ce sale service en le basculant sur le côté d'un revers de museau. Le rat hésita un moment puis goûta. Le marmot hurla. Le rat bondit en arrière ; revint.

Il mangeait vite, inquiet et goulu, cisaillant un peu au hasard, puis s'enfuit sans demander son reste parce qu'un sanglier avait grogné dans un taillis à proximité. Le marmot resta là, son sang lui coulant dans la bouche. Ses mains grippaient deux touffes de mousse, un de ses pieds grattait la terre par spasmes et c'est à peu près tout ce qu'il pouvait pour lui-même. Un renard s'intéressa un instant à lui, puis préféra s'occuper de sa mère. Le marmot entendait les bruits dans l'obscurité mais heureusement, il n'avait aucune imagination.

Le marmot pleura toute la nuit. Au petit matin, un corbeau s'approcha de son lourd pas déglingué. Il se pencha, piqua une fois dans le crâne dénudé, une fois dans la tempe. Le marmot se remit à hurler, avec ce qui lui restait de gosier. On aurait dit une porte mal graissée. Le corbeau recula.

Revint.

Les hommes abandonnés meurent en trois jours, de soif, mais dame Nature a généreusement doté leurs nourrissons déshydratés d'une pleine semaine de survie, et le hasard n'en épargna pas une seule seconde au marmot. Quand, après l'avoir traîné sur plusieurs mètres par le milieu du ventre, un loup l'expédia d'un coup de patte maladroit au fond de la source, il expirait juste, avec des miaulements inaudibles, plus bondé de douleur qu'aucune créature en ce monde.

Les voiles angéliques résiduels accueillirent sa petite âme qui hurlait encore, quand sa gorge enfin muette se remplissait de vase. Ils la bercèrent doucement, siècle après siècle, sans jamais parvenir à l'apaiser faute d'avoir appris, de la bouche de l'Angelot, les chants séraphiques qui consolent les douleurs infinies.

La diététique du monothéisme

Sud de la Brittonie, plaine de Salisbury, an 466.

La nuit tombait, ce qui valait mieux tant le climat était épouvantable et le spectacle, déprimant. Des trombes d'eau s'abattaient sur les restes piteux d'un monumental chantier. Visiblement, on avait voulu construire une tour et tout aussi visiblement, on n'avait pas réussi. Des corps étaient encore coincés sous les étais que les tonnes de pierre taillée, en basculant, avaient rompus comme des cure-dents. La boue, le sang, les cadavres et les gravats coulaient comme du yaourt aux morceaux de fruits jusqu'au fleuve qui bouillonnait en contrebas. La pluie cousait le ciel bas à la terre détrempée en points serrés et, pris dans cet inlassable bâti, le roi Guortigirn l'avait mauvaise.

Debout sur un ressaut calcaire qui dominait le chantier, jambes écartées et bras croisés, la tête enfoncée dans les épaules, stoïque sous sa cape vaguement romaine et ses braies franchement celtes pareillement trempées, et qui déteignaient pareillement à flots sur ses bottes, se curant furieusement une dent creuse du bout de la langue, Guortigirn contemplait le désastre. De toute façon, pour bouger, il aurait fallu qu'il sache nager et il n'avait jamais appris. Alors il restait là, une cataracte d'eau glacée dégringolant en continu depuis le rebord de ses épais sourcils jusqu'à son gros nez, grommelant, fulminant, rageur et par-dessus tout fatigué. Epuisé, vidé, rincé, rendu, à un point frisant le philosophique. Ça faisait plus d'un quart de siècle qu'il se battait contre les Pictes, les Saxes, les Jutes, les Scots et les Angles, plus les Romains, sans oublier sa propre famille et pour quoi ? Pour trouver toujours plus d'Angles, de Scots, de Jutes, de Saxes, de Pictes, de Romains, de neveux et de fils dressés contre lui, l'insulte à la bouche, l'avidité aux tripes et les armes aux poings. Et pourquoi ? Pour un foutu pays gadouilleux, pisseux, liquéfié, un nid à rhumatismes et à éternuements, où chaque matin il fallait tordre ses bottes avant de les enfiler et, chaque soir, virer les grenouilles de sa paillasse pour se coucher.

Et il en avait jusque-là, Guortigirn, des grenouilles.

Un pays, ça ? Une mare, oui. Et surpeuplée, il fallait voir ça ! Guortigirn ne maîtrisait pas le concept de marigot grouillant d'alligators, mais si on lui en avait montré un, il aurait eu une nette impression de déjà-vu.

Ça faisait vingt-cinq ans que ces hordes de pouilleux cupides lui radotaient qu'il n'était qu'un usurpateur, alors que ce n'était pas sa faute, quand même ! si ce crétin de Constant s'était fait assassiner par ses propres gardes du corps. De toute façon, faire confiance à ses gardes du corps était un luxe que les rois de Brittonie ne pouvaient pas se permettre. Ou alors, pas longtemps. Guortigirn se retourna brutalement, une dague serrée dans sa grosse main :

« Ce n'est que moi, Sire », bredouilla Maelgw, le vieil intendant (quarante-sept ans, soit un de plus que son roi, bref un ancêtre) en sautant en arrière avec une vivacité qui expliquait son étonnante longévité. Guortigirn rengaina en soupirant :

« Y a-t-il encore un endroit hors d'eau, dans ce foutu pays, ou est-ce la même piscine partout ?

— Dame Owen a meublé une pièce de son château pour vous, Sire. Elle a aussi sorti ses venaisons.

— C'est incroyable qu'on trouve à manger autre chose que du têtard dans ce bled, grommela Guortigirn. Je te suis, Maelgw. Invite donc la châtelaine à souper avec nous, qu'elle ne nous serve que ses viandes les mieux fumées. »

Guortigirn ne connaissait pas non plus le mot « botulisme », mais il était au courant que les fumaisons imparfaites jouaient souvent le même rôle que les gardes du corps dans les querelles de succession. Toujours grommelant, il arracha ses épaisses semelles de la gadoue en tirant à deux mains sur ses cuisses, et suivit Maelgw le long des chemins transformés en aquariums. Sa garde dite rapprochée, ruisselante et fumante, l'escortait à une distance prudemment respectable.

Deux heures plus tard, encore humide et le ventre parcimonieusement rempli, assis au coin d'un feu ronflant, Guortigirn buvait une épouvantable piquette d'orge dans un très beau canthare. Dame Owen, une antique matrone de trente-deux ans large comme un char de combat et bouffée par la salpingite, venait de se retirer dans ses appartements. Le castel de bois vermoulu grinçait sous les rafales de pluie et Guortigirn, un œil contemplant le feu et l'autre scrutant avec méfiance les recoins ténébreux de la salle, mâchonnait toujours son fiel.

« J'ai la vague impression qu'*on* a oublié qu'après la mort de Constant, j'ai été élu Grand Roi selon les règles, coutumes, us et traditions, moi. Ça m'a d'ailleurs coûté assez cher en amphores de vin pour que je ne l'oublie pas, moi.

— Mais, Sire, le peuple… risqua Maelgw.

— Et que j'ai risqué ma peau pour traquer les assassins de cet emplâtre de Constant, moi. Personne ne s'en souvient, n'est-ce pas ? Ça fait un bail, c'est vrai. Ils doivent aller sur leurs vingt-cinq ans, les petits frères du régicidé. Comment s'appellent-ils, au fait ?

— Aurelius et Uther, Sire. Mais le peuple…

— Ah ! Ôreliusse. Que voilà un beau nom qui ne pue pas le moisi de chez nous ! Ça renifle plutôt l'occupant romain, non ? La feuille de laurier plutôt que le lichen. Sens-tu, Maelgw ? Cette bonne odeur de louve allaitante, de pied de légionnaire et de cirque chauffé au soleil ? Ah, ils ont la fierté de leurs ancêtres celtes chevillée aux narines, les Constant ! Et Uther ! C'est bien celui qui se fait appeler Pengragon, modestement ? Sûrement un petit branleur avec des serpents tatoués partout. Ça, à vivre en Gaule, on finit par se prendre pour un coq. Ah ! Les gosses. »

Et le vieux chef laissa, une seconde, ses deux petits yeux fatigués se perdre ensemble dans le feu. Maelgw se cousit prudemment la bouche : quand le roi commençait à radoter sur la paternité, il valait mieux ne pas la ramener. L'intendant resservit une tournée de piquette, et observa que l'œil gauche de Guortigirn avait repris son guet méfiant en direction des ténèbres de la pièce. Il toussa pour affermir sa voix :

« Le peuple gronde, Sire.

— Ah ! Le peuple ? Foutaise, Maelgw. Calomnies et rumeurs. »

Le lexique du roi avait un trou à P comme Propagande, mais on ne règne pas vingt-six ans sans en écrire soi-même la définition.

« Le peuple ne gronde pas, Maelgw : il râle. De faim. Ceux qui ne sont pas morts de la peste, bien sûr. Quand il me revient aux oreilles que « le peuple gronde », je traduis tout de suite par « le cousin de la nièce de ma femme a atteint l'âge de dire des conneries, mais pas encore celui de se passer de prétexte populiste pour les faire ».

A nouveau ce regard parallèle vaguant dans les flammes :

« Au moins, mon Guortimirn, quand il malparlait de son père, ce n'était pas du lait de moules. Il joignait le geste à la parole et le glaive au geste, tiens donc ! Il a même battu mes Saxons ! Pas longtemps, mais le talent y était. »

Le vieux chef prit sa coupe et la tendit à Maelgw, qui la goûta sans se formaliser.

« *On* m'appelle félon, parce que j'ai égorgé quarante de mes ennemis en une nuit sur les pierres de Stonehenge. D'accord, ils étaient mes hôtes. Mais comment aurais-je fait pour les supprimer, si j'étais resté honnête ? Et ç'a été mené proprement, au moins. Est-ce qu'*on* dit aussi que pendant leur séjour, j'ai laissé trois goûteurs sur le carreau ? Non, bien sûr. Il y en a au moins un qui a réchappé, d'ailleurs. Complètement aveugle, d'accord, mais vivant. Qu'*on* essaye de m'empoisonner, passe encore, mais avec du crapaud pilé engraissé à la ciguë, cette sinistre saloperie qui vous fait traverser mille affres avant de vous rater, ah non ! *On* pourrait avoir le sens du travail bien fait, à défaut du respect dû à son Roi ! »

Le roi acheva sa coupe, s'ébroua, se gratta une puce de moustache et reprit d'une voix plus posée :

« Et cette tour, alors ? Ça fait trois fois qu'elle s'écroule. Nous avons pourtant enterré deux pucelles, trois orphelins et une basse-cour complète sous ses foutues fondations, non ? Maelgw, va me chercher le devin ! Qu'il se creuse un peu la tête, et les entrailles de ses sacrifices par la même occasion. Avant que je n'aille chercher la solution dans les siennes. »

« Répète exactement la phrase que tu viens de dire », grinça Guortigirn. Le devin pâlit :

« Eh bien… *non habere* ?

— La phrase entière !

— *Et juravit illis patrem non habere* ? »

Les bajoues de Guortigirn enflèrent démesurément en tournant à une lie de vin intense. Puis, fatalement, elles explosèrent :

« Ne peux-tu pas parler *britton*, comme tout le monde ?

— Ce… cette phrase signifie, Sire, que…

— Je sais ce qu'elle signifie, merci ! Prendrais-tu ton roi pour un con ? Regarde-moi ça, Maelgw ! C'est censé suivre vingt ans d'études pour avoir l'honneur de porter haut le flambeau de la culture celte, et ça vient vous faire ses prophéties en *latin* ! »

Guortigirn se renfonça dans son trône tandis que le druide le saluait petitement avant de sortir. Vingt années d'études, oui. Il avait passé vingt années à réciter des milliers de vers et des centaines de récits, à l'endroit puis à l'envers et dans le désordre, au lieu d'aller courir le guilledou comme tout un chacun, avec de grandes visions réconfortantes d'*olam* en robe blanche et faucille d'or, officiant au coude à coude avec le roi ! Tout ça pour constater que le druidisme, en tant que force politique, n'avait pas résisté aux Romains, et que le souvenir du druidisme avait encore moins résisté à la décolonisation. Faute d'un peu de latin, le moyen de se faire respecter ? Et tandis que le druide, amer, s'enfonçait sous la pluie en mesurant les ravages de l'acculturation,

Guortigirn se tournait vers son intendant et marmottait :

« Qu'est-ce qu'il a dit, dans son foutu latin ?

— Qu'il vous faut trouver, afin de le sacrifier, un enfant qui n'ait pas de père.

— J'avais donc bien compris, soupira Guortigirn. Ces sacrés druides, au lieu de dire franchement : "Mon pauvre ami, si vous voulez une forteresse qui tienne debout, arrêtez de vouloir la construire au fond de l'eau sur une carrière d'argile." On se demande ce qu'ils apprennent à l'école. »

Cependant Guortigirn, respectueux des traditions sans lesquelles le respect se serait perdu et sa couronne avec, envoya un nombre conséquent de messagers traquer l'enfant sans père dans les confins de la Brittonie. Lorsque l'un d'entre eux revint en jurant qu'il avait déniché la chose, le roi ne fut pas plus étonné que ça : il avait souvent constaté que les gens feraient n'importe quoi pour être désagréables avec leur mère.

Il s'attendait à ce qu'on lui exhibe un pauvre hère radotant, mais on lui amena la plus ravissante des créatures. Mâle, bien sûr. Ce qui n'avait jamais gêné Guortigirn, car en ces temps de dents cariées et de gale, sitôt qu'il dénichait une créature au frais minois, il se posait peu de questions avant de profiter de l'occasion. Du moins jusqu'à sa dernière infection urinaire. Et son avant-dernière crise hémorroïdaire.

Guortigirn se secoua sur sa chaise curule : là n'était pas la question. Le nouveau venu était haut comme ça, pas vraiment aussi large, seize ans à tout casser, blond comme les blés, avec un regard pur de parfaite salope et un éternel printemps répandu sur toute sa peau. Et ce sourire, par Dagda, ce sourire céleste… Guortigirn se secoua à nouveau. Il jeta un regard en coin à Maelgw, faillit glousser : au moins, il n'était pas le seul à qui le fils sans père faisait de l'effet. Il se racla la gorge :

« Tu… hem. Es-tu l'enfant sans père ?

— Je le suis », répondit le jeune homme d'une voix basse et vibrante.

Je le viole de suite ou j'attends un peu ? vacilla Guortigirn.

« Je sais ce que tu me veux, fit le jeune homme avec un sourire pointu de chat.

— Ah ? béa le roi.

— Tu veux dresser ta tour ? » sourit à nouveau l'enfant sans père, tandis que Guortigirn balançait entre l'envie de lui flanquer une claque et la peur d'être tombé sur un vrai devin. « Ta tour ? répéta le jeune homme d'un ton patient. Celle qui s'est déjà écroulée trois fois près du fleuve ? Oui ?

— Ah. Eh bien, oui. Celle-là. Et alors ? » essaya d'aboyer Guortigirn, qui n'aimait pas du tout le tour que prenait la conversation. Le jeune homme rangea son petit sourire, ferma ses longues paupières, tendit devant lui deux mains inspirées et s'exclama d'une voix profonde :

« Sache, roi Guortigirn, qu'il n'est pas nécessaire que tu verses mon sang sur les fondations de ta forteresse. Car si elle s'écroule, c'est qu'en dessous est un lac, et que dans ce lac se battent deux gragons, et l'un est tien, roi Guortigirn, et l'autre est la descendance de Constantin père de Constant, qui viendra et luttera contre toi et, comme ta tour, elle t'abattra et la terre te dévorera ! »

S'ensuivit une mêlée confuse, dans laquelle Guortigirn postillonnait des insultes en haut britton tandis que quatre chefs saxons essayaient de le retenir par les bras en évitant ses dagues, et que Maelgw faisait évacuer à la fois l'enfant sans père, la salle et les blessés.

« Tu m'as vexé, avec tes histoires de gragons, dit pensivement Guortigirn. Tiens, bois un coup. »

La salle des audiences était vide, à l'exception d'une poignée de gardes. On y avait dressé quelques chaises et une table, à laquelle le roi était assis. L'enfant sans père se tenait debout devant lui, droit et silencieux, toujours aussi beau et vêtu, maintenant que le roi y prêtait attention, outre d'une tenue assez fruste de pastoureau, d'une longue cape de laine doublée de… *plumes? Une cape bien épaisse pour un traîne-latte*, songea le roi. L'enfant sans père ignora d'abord la coupe que Guortigirn lui tendait.

Il est trop vieux. Et trop celte. Vision du monde trop harmonieuse. Pas assez de haine de soi, trop de goût pour la vie et partant, pas assez de peur de la mort.

« Préfères-tu l'hydromel ? » insista le roi.

Pas assez d'espoir de rédemption à décevoir, pensa l'Archange. *Et de toute façon, plus assez de Foi. Lugh, Dagda, Teutates et Taranis vont bientôt descendre aux enfers des dieux morts. J'y ai assez veillé.*

L'Archange sourit et prit la coupe. Une bonne boulette de pâte de coquelicot en garnissait sournoisement le fond.

Un de ces jours, il faudra que je me fasse pousser un trou du cul, pour voir.

« Comment t'appelles-tu, au fait ? » reprit Guortigirn, décidé à rester aimable. L'Archange avala le mélange cul sec, reposa la coupe sur la table et plongea son regard pâle dans les petits yeux méfiants de Guortigirn. Celui-ci abandonna immédiatement toute velléité lubrique : il n'avait jamais croisé de requin et ignorait tout de leur pupille plate de tueur imbécile, mais l'eût-il fait qu'il n'eût ressenti aucune envie de coucher avec.

Il ne vacilla pas, cette fois : il broncha. Comme un taureau qui vient de prendre un coup de merlin en plein milieu du front. L'Archange sourit :

« Merlin. C'est ça. Merlin. »

Guortigirn se sut cuit.

« Franchement, Sire, je ne pouvais pas vous dire devant tous : si vous voulez une forteresse qui tienne debout, arrêtez de vouloir la construire au fond de l'eau sur une carrière d'argile.

— Une position stratégique se trouve rarement dans des endroits riants, hélas, grogna Guortigirn en cachant sa terreur au fond de son hanap.

— Ou en tout cas, attendez le printemps. »

Guortigirn leva vers lui deux yeux résignés :

« Parce que si j'avais le temps d'attendre, crois-tu que j'aurais perdu mon temps avec des prophéties stupides ? Evidemment, dit comme ça… »

Il soupira, son cœur las incroyablement serré sous sa broigne moisie de vieux chef de guerre. La chose qui se tenait debout devant lui, là, en face, lui inspirait désormais une seule envie : se raser la tête, se laisser pousser la barbe et aller, sous le sac et la cendre, finir ses jours dans un ermitage, tout seul, miséreux, abandonné de tous et surtout loin, très loin.

Et au soleil, si possible.

Il faut rendre cette justice au roi Guortigirn : il partit dès l'aube suivante, à pied sur les chemins détrempés et vécut très longtemps, très seul, très pauvre, très loin et sous un cagnard épouvantable, près de Narbonne. Mais comme l'Histoire est mauvaise fille, il n'y laissa qu'une trace de traîtrise sanguinaire sous le nom de Vortigern (« Usurpateur emspli de traistrise et de maléficience, rastatiné par Avrelius avec l'ayde de Dieu » in « Propaganda Catholica », *Anno Domini 1112*, p. 29).

Aurelius débarqua dans la foulée depuis la Gaule, noya les Saxons dans la bouillasse et ceignit la couronne humide de Grand Roi. La façon dont il égorgea sans plaisir le vieux Maelgw déçut l'Archange : il avait encore affaire à un psychisme monocouche, aussi accessible à la Foi et à la Terreur que la lune à un tabouret. Aussi l'Archange s'en alla-t-il errer dans les sous-bois mouillés de Brittonie en tirant lentement des plans aussi noirs qu'un monolithe. De cette vie itinérante, ruminante et monstrueuse, il avait une longue, longue habitude sous de très, très nombreuses latitudes.

Il s'asseyait le plus souvent non loin d'un village, sous quelque arbre de fière allure, arrangeait autour de lui ses longues plumes et allumait son auréole. Puis il commençait à chanter des chansons cochonnes, apprises en d'autres temps dans les bordels d'Ur ou de Mytilène, quand il posait sa main apaisante sur les ventres gonflés de cystite des belles aux cheveux calamistrés. Sa voix de basse moelleuse attirait rapidement quelque charbonnier intrigué, qui ne comprenait rien au sumérien mais trouvait la ritournelle plaisante. Une simple pression psychique sur sa glande à sérotonine suffisait à ravir le visiteur. Celui-ci s'en repartait annoncer la nouvelle à tout le voisinage, laissant derrière lui un petit ruban de Foi luisante, comme une trace de bave d'escargot, dont l'Archange se nourrissait.

Il se voyait ensuite rapidement environné de suppliants qui se contentaient de belles paroles creuses, pour lesquelles il avait un don, et le payaient en bave mystique, plus des coussins et des tapis, ainsi qu'un plein garde-manger auquel l'Archange ne touchait pas, ce qui lui valait très rapidement une réputation de saint ermite.

Il ne restait plus à l'Archange qu'à identifier sa prochaine proie tout en se méfiant du cercle de maris jaloux qui orbitait autour de son arbre. Car avec son sourire mielleux et son profil de médaille, il traînait après lui tous les cœurs ayant du goût pour le fadasse, et les casseroles qui s'ensuivent. Il fallait être un vieux roi, habitué à chasser l'aiguille empoisonnée dans les cheveux de ses épouses et les assassins dans sa pouponnière, pour mettre immédiatement un nom sur son regard gelé. Le reste du monde manquait de vocabulaire, et se contentait d'y lire ce qu'il avait envie d'y voir écrit : Sainteté ou Amour. C'est pourquoi la nuit, un grouillamini de femmes en rut et de maris soupçonneux ou en érection faisait bruire les fourrés aux alentours de l'arbre de l'Archange qui, la bouche emplie de Foi luisante, souriait.

Puis il disparaissait brusquement, laissant derrière lui un arbre sacré, une couronne de regrets, des légendes dorées, des chansons légères et, comme un accompagnement de basse, une fine ligne de rumeur plus noire que l'enfer.

Cette fois-ci, il choisit un pommier noueux au large du village de Dyfed, assez loin de Salisbury. Il s'assit en grimaçant sur la mousse spongieuse, s'adossa à l'écorce poudrée de moisissure verte et arrangea ses ailes autour de lui, à la façon d'une iconostase liliale. Puis il alluma son auréole, croisa ses mains griffues sur son ventre affamé et entama *allegro forte* « Ka-dingirrak », chanson babylonienne qui, malgré son titre qu'on peut traduire par « La porte du Dieu », n'a rien d'un cantique.

A peine dix minutes plus tard, une vieille porteuse de fagot passa sur la petite piste qui serpentait au large du pommier. Elle s'arrêta, se rapprocha du pommier en écartant les fougères de ses mains gercées, s'arrêta à nouveau et ne bougea plus, l'oreille tendue et les yeux mi-clos. Il fallut encore dix minutes pour que s'effacent les plis de chagrin qui froissaient son visage gris et doux. Une lumière bleue, aussi moelleuse qu'une pelote de laine mohair, commença à diffuser au bord de ses paupières rougies, et l'Archange sut qu'il n'aurait pas à chercher plus loin.

La vieille avait été jeune, pas vilaine, et tôt mariée. De ses treize enfants, deux avaient survécu, ce qu'à l'époque on appelait une honnête moyenne. Sa fille fit les choses dans les traditions : elle se maria à trois villages de là. Le fils aurait dû prendre épouse aux alentours et s'établir à Dyfed avec femme, enfant et grand-mère mais hélas, il préféra essaimer. Car en ces époques de démographie piétinante, où la déforestation était plus un vœu pieu qu'une menace, il ne serait venu à l'idée de personne de s'embarrasser d'adolescents malengroins. Au premier heurt générationnel, donzelles et garçons prenaient leurs sabots, un sac de millet, et allaient s'implanter un peu plus loin. Ils constituaient une communauté bigarrée qu'on aurait pu, dans les débuts, qualifier de monstrueuse partouze, laquelle tournait rapidement à la salle d'accouchement, puis virait à la crèche et finissait sous forme de village industrieux. Quelques irréductibles, en général des hommes, préféraient alors repartir et composaient une bande de reîtres comme on en trouvait par grappes, pendues aux fourches des carrefours. Ainsi avait tourné, mal, l'unique fils survivant de la vieille fagoteuse, et la souffrance de l'absence la tenait courbée vers le sol.

L'Archange lut, à la surface du cerveau désolé, tous les visages du fils perdu. La nuit suivante, alors que s'amoncelaient au pied de son arbre les couronnes de fleurs et les paniers de raves, il s'en alla voleter dans la canopée, ses petites antennes psychiques dépliées. Il trouva rapidement un cerveau qui avait ce visage en mémoire, quoique l'image datât de quelques mois, puis un autre dont le souvenir était beaucoup plus récent et d'image en image, il trouva le fils. Celui-ci dormait, au chaud sous une épaisse couverture en peau de bouc, bien calé entre sa femme et sa fille. Car l'enfant prodigue s'était rangé, comme souvent quand il attrape son premier lumbago. L'Archange se stabilisa en vol stationnaire au-dessus de la chaumière et se concentra.

Le lendemain, l'enfant prodigue se réveilla couvert de pleurs, le cœur fendu à l'idée de sa vieille mère abandonnée qu'il avait vue sangloter en rêve, ce qui coupa proprement la chique de son épouse, peu habituée à tant de sentimentalisme. Il fit quelques bagages et partit avec sa toute petite fille en bandoulière, pariant que pendant qu'elle serait occupée à roucouler « Grouli grouli » au bébé, sa mère ne lui ferait pas de reproches.

Le voyage lui prit deux jours. Pendant ce temps, l'Archange versait l'espoir dans l'âme de la vieille fagoteuse sous forme de prédictions absconses. Nul ne savait mieux que lui sourire avec un air de promesse. Les autres villageoises, agenouillées au pied du pommier, étaient vertes de jalousie et regardaient avec dépit leurs raves noircir dans les paniers tandis que le Saint Homme dispensait ses plus suaves roucoulades à une pauvresse aux mains usées.

Le soir du deuxième jour, le jeune père arriva en vue du village de sa mère. L'heure vaguait entre chien et loup, côté loup. Il lui restait une rivière à traverser, dont il savait depuis sa petite enfance combien elle était traîtresse. L'Archange, caché au pied d'un saule, ferma les yeux et tendit un doigt. Le jeune homme, qui longeait la rive en serrant contre lui sa fille endormie, vit un tronc évidé, un de ces ponts de fortune qu'on jette sur les cours d'eau capricieux à l'endroit où ils ont décidé de se laisser traverser cette année-là. Il s'engagea sur le pont.

Bien sûr, si l'Archange pouvait montrer un pont très plausible, il n'avait pas la force de le créer vraiment. Pas plus que l'intention.

« Lève-toi et viens », dit l'Archange.

La vieille fagoteuse continua de ronfler.

« Hm… Lève-toi et VIENS ! »

La vieille sursauta sur son grabat, s'assit d'un coup en disant : « Hein ? » Puis elle se frotta les yeux, regarda à nouveau l'apparition éblouissante qui se tenait debout dans l'encadrement de sa porte, et dit : « Quoi ? » L'Archange soupira. Puis il sourit, car la lumière bleue était revenue dans les yeux de la vieille et remplissait la masure d'une vibration délicieuse. Il roucoula d'aise et murmura :

« Ton fils est de retour. Viens. »

La vieille se rua dehors, ses tresses raides de crasse claquant sur ses maigres épaules. Elle dévala la pente jusqu'à la rivière. Elle s'arrêta, leva lentement les mains, se retourna : l'Archange avait disparu. Alors la lumière blême de l'aube se remplit d'une pluie de petites étincelles bleues que l'Archange, assis en haut d'un arbre, but les yeux fermés, la tête renversée et riant de joie.

Puis il partit vers un autre arbre près d'un autre village, sans jeter un seul regard vers la berge où une vieille femme nue hurlait en serrant dans ses bras son fils mort.

L'amour que l'Archange portait à son propre plaisir était ontologique. C'est cet amour féroce qui l'avait tiré du Néant après que Dieu eut abandonné la Terre sans plus se soucier de ses troupes angéliques que de sa première casquette de plomb.

Errant d'un siècle et d'un pays à l'autre, perpétuellement affamé et aussi ravi qu'un fourmilier enfermé dans une fourmilière, l'Archange s'était mis à prendre un plaisir très pointillé mais réel à partager des moments d'intimité avec ses proies. Les bordels sacrés de Mésopotamie lui avaient infiniment plu, avec leur odeur d'encens et de mort, leurs prêtresses vêtues de grelots et de chancres qui chantaient des obscénités sur un rythme de berceuse à des bébés couverts de mouches. Il gardait aussi un souvenir ému des jardins suspendus de Babylone où les esclaves aux yeux crevés qui tournaient les norias des pompes à eau avaient le sens de la répartie, et une âme prête à beaucoup d'abandon.

A ces époques cependant, il était extrêmement maigre, car les religions panthéistes ne nourrissent pas leur ange. L'âme humaine y retrouve sa complexité, ses contradictions, voire son égoïsme, et quand un dieu lui pue, il va en voir un autre. Il ne serait pas venu à l'idée d'un Carthaginois de mépriser la vie, d'imaginer Moloch avec une oreille compatissante ni de mourir volontairement pour Lui. On avait la Foi comme on avait une table, avec un léger avantage pour la table au moment des repas et un net avantage pour la Foi au moment de mourir, mais on mange plus souvent. Il n'y avait pas, dans le panthéisme, de quoi générer ces acmés d'adoration suivies de ces abysses de terreur mystique dont l'Archange goûtait la violence.

Il découvrit les bienfaits du monothéisme par hasard, un matin qu'il s'était risqué dans le sous-sol des arènes de Thessalonique. Il trouvait le plus souvent ses victimes dans les endroits où, à part un miracle, il n'y avait plus grand-chose à espérer.

Il s'était introduit dans un des cachots où l'on enfermait les prisonniers juste avant de les livrer aux fauves. Se faisant passer, dans la pénombre empuantie, pour un rêve apaisant, il avait pris sous son aile un gamin nouvellement converti à la Foi chrétine et condamné à mort dans la foulée. Le gamin était fou de peur, et il avait fallu à l'Archange de longues heures pour le calmer, puis le conforter dans ses convictions.

A l'aube, l'Archange s'était dressé dans toute sa splendeur devant la porte du cachot. Le garçon avait marché vers la lumière, confiant. Bien sûr, il s'agissait de la lumière du soleil cuisant le sable de l'arène.

Un Celte aurait passé la nuit à assurer Lugh et Taranis qu'il saurait mourir bravement, bien persuadé qu'étant, comme tous les dieux, aussi égoïstes que des scies circulaires, Lugh et Taranis s'en fichaient éperdument. Au dernier moment, le condamné aurait foncé en hurlant se jeter dans la gueule des fauves pour en finir plus vite, pochant quelques yeux au passage. Un Grec aurait fait pareil avec Zeus et Arès, sans omettre quelques injures à l'adresse de Moïra, déesse de la Poisse. Mais le gamin n'avait qu'un seul Dieu, et Il l'avait lâché.

De plus, ce Dieu était censé avoir fait l'homme à son image et des hommes, Dieu sait qu'il y en avait, ce jour-là ! Agglutinés par centaines dans les gradins, et morts de rire. Les flèches brisées de la Foi fusèrent avec une violence sans pareille dans l'atmosphère empuantie par l'haleine des fauves. La foule applaudit tout le temps que le gamin mit à fuir, à être rattrapé, éventré et déchiqueté. L'Archange jugea que ce nouveau type de religion valait qu'on l'encourage. D'où acte.

Comme il avait une grande maîtrise du psychisme des autres et qu'il allait dans le sens de l'histoire, il obtint quelques résultats. Mais à la fin du cinquième siècle, du côté de Salisbury, ce n'était pas encore ça. Alors il avait décidé de s'en mêler.

Un petit vent glacé grattouillait les flancs râpés du château de Carohaise, chatouillait la nuque des hommes d'armes en faction le long des fortifications et rebroussait le poil de la tribu de loups qui rôdait en contrebas, parmi les genêts amers. La cour venait juste d'arriver et on était encore en train de décharger les coffres, monter les lits, allumer les feux et joncher les sols. Dans la salle d'armes, malgré une flambée royale et une non moins royale brassée de chandelles, il faisait sombre et humide et le roi maugréait :

« Foutue famille. »

Aurélius Ambrosius, qui portait depuis quinze ans la couronne mouillée de Grand Roi, commençait à comprendre pourquoi le vieux Guortigirn avait fait si peu de difficultés pour la quitter, au point qu'Aurélius avait dû la ramasser dans la bouillasse. Ce qui n'était pas très compatible avec le prestige royal, lequel n'avait pas besoin de ça, vu les croupières que les armées irlandaises et saxonnes étaient en train de lui tailler et ce, sous les ordres d'un des innombrables rejetons du même Guortigirn.

« Foutue famille ! »

Aurélius se leva et commença à arpenter la jonchée en mâchonnant sa barbe. Finalement, il s'arrêta devant Merlin qui, assis en tailleur sur un carreau, jonglait avec sa dague. Le roi leva un doigt péremptoire :

« Inutile de me répéter tes galéjades ! Si ton Dieu veut que je croie en lui, qu'il me donne la victoire d'abord ! »

Merlin soupira :

« Il te l'a déjà donnée, Sire. Face aux Frisons. »

Aurélius agita son doigt :

« C'était il y a deux ans, les Frisons. Il y a du sang qui a coulé sous les jambes de mon cheval, en deux ans.

— Déjà, à cette époque lointaine, tu avais juré de te convertir », fit Merlin d'une voix distraite. Aurélius replia son doigt, tiqua du côté droit de la bouche et reprit instantanément sa superbe :

« Et mes sujets avec, je sais. Mais des impératifs… »

Il ressortit son doigt, grimaça : il n'allait pas se justifier, non plus !

« Je n'ai pas eu le temps, voilà tout ! Et puis, qui me dit que le coup de vent bienvenu qui a donné la victoire à ma flotte n'a pas été envoyé par Nuada ?

— Moi, je te le dis », soupira Merlin. Aurélius renifla. Pour ce qui était de réaliser des miracles, il pouvait compter sur Merlin. Celui-ci était capable de tout : arrêter un cœur, lire les mensonges au fond d'une tête, faire sourire les désespérés et ricaner les agonisants, falsifier un sceau et éclairer la nuit et, bien sûr, coller des érections intempestives à une garnison entière. Mais quant à discuter avec les Vents, les Dieux ou les Ancêtres, Aurélius attendait encore une preuve. Il avait parfois l'impression que son magicien ne roulait que pour lui-même dans un monde vide.

« Je n'ai pas envie de me fâcher avec Nuada, grommela Aurélius. Ou Jupiter. J'ai déjà assez de monde à dos. »

Puis il se souvint qu'essayer de mentir à Merlin ne servait pas à grand-chose et se rassit devant le feu. Il avait besoin des talents de cet imbécile délavé, certes, surtout les soirs de goutte, mais pas au point d'accepter de jeter au feu toutes les croyances de ses aïeux. D'abord, ça aurait fait trop de prières nouvelles à apprendre et ensuite, c'était un coup à les fâcher, les aïeux. A s'attirer la poisse.

Et surtout, il n'y voyait pas l'ombre d'une utilité pour beaucoup de dérangement.

Merlin soupira derechef : il n'avançait pas. Ce vieux crétin d'Aurélius était aussi pourvu de mysticisme qu'un bidon de lait, et les avantages politiques d'une bonne conversion générale lui passaient carrément au-dessus du couvercle. Guerroyer à droite, à gauche, au milieu et recommencer, il n'avait jamais fait que ça, jamais vu les autres rois faire autre chose, et ce n'était pas à son âge qu'il allait se mettre à l'imagination. Tout ce qu'Aurélius avait réussi à devenir, c'était une copie conforme de Guortigirn.

Avec un immense naturel, Merlin se leva pour aller verser de sa blanche main une poudre noire dans une coupe de vin. Il la tendit à Aurélius qui la but cul sec d'un air absent. De toute façon, ce n'était que du pruneau.

Merlin longea le couloir obscur qui menait aux appartements d'Uther en resserrant autour de lui sa longue bure grise. Une poudre de givre blanchissait le bois des murs de Carohaise, calfaté de loin en loin par une larme de glace.

Merlin s'arrêta devant une porte basse, écouta un instant, puis retint sa respiration et entra : la chambre était obscure et épaissement chaude. Des tranches de corps nus luisaient faiblement au milieu des fourrures, Merlin dut en enjamber quelques-uns. Ça ronflait sur tous les tons.

Merlin se pencha au-dessus d'une couche immense et bondée, attrapa une épaule trempée de sueur, la secoua :

« Le Grand Roi Aurélius Ambrosius est mort, Uther.

— Hm ? »

Merlin fronça le nez : s'il pouvait, ne serait-ce qu'une fois, rencontrer un humain qui aurait le sens de la repartie historique ?

« Aurélius ! Le Grand Roi ! Votre frère ! Vous vous souvenez ?

— Oh ! Enfin ? Euh, déjà ? »

Uther s'assit pesamment :

« Je veux dire : vue la chiasse qu'il traînait depuis une semaine, et les remèdes à retuer un mort que ses mires lui ont administrés, c'est le mieux qui pouvait lui arriver, non ?

— Comme vous dites, Sire. »

Uther Pengragon roula hors de son lit en bâillant, écrasant au passage trois seins et divers comestibles. Puis il réagit, ouvrant en grand un œil chassieux tandis qu'il se frottait l'autre :

« Sire ?

— Qui d'autre mieux que vous peut prendre la succession d'Aurélius ? susurra Merlin.

— Eh bien… tout le monde ? »

Tiens ? Il n'est pas bête, songea l'Archange. *Débauché, alcoolisé et abruti comme tous les frères de tous les rois qui ont une approche pragmatique des relations familiales, mais pas bête.*

« Venez, Sire. Nous avons des batailles à mener. »

Uther se leva, en se demandant vaguement pourquoi il obéissait.

Uther Pengragon se lava à grande eau, congédia le plus gros de son harem, réussit à enfiler sa cotte de mailles par-dessus sa bedaine de quadragénaire peu entretenu et partit pour la guerre, qu'il gagna. Car il n'était pas bête, en effet, et pressé de retourner à ses orgies. Il emménagea à Menevia en traînant derrière lui les cadavres du roi irlandais Guillomaur et de Pascent, énième rejeton de Guortigirn.

Une fois sa barbe coupée et ses cheveux nattés, Uther apparut franchement charismatique et, en un seul discours vibrant, il parvint à enrôler tous les soldats survivants sous sa bannière constellée de serpents. Il fut élu Grand Roi, ceignit l'inoxydable couronne et se mit immédiatement à ressembler à Aurélius. Merlin faillit s'énerver.

Ayant misé sur le fait qu'on convertit plus facilement un royaume pacifié qu'une soupe de guerres permanentes, et qu'il est plus aisé de prêcher un sujet qu'un cadavre, Merlin seconda énergiquement Uther dans l'expédition du Mont Damen, puis dans celle du Wessex. Il l'accompagna sur le continent face aux Francs, estimant qu'un peu de soleil de temps en temps ne pouvait lui faire que du bien. A force de se montrer chevauchant au côté du Roi, ses plumes soigneusement cachées sous une épaisse bure grise et son épée à deux mains virevoltant au bout d'une seule, Merlin perdit sa réputation de gigolo royal au profit de celle de sorcier, nettement plus valorisante. Finalement, quand

Uther eut vaincu une dernière paire de rois saxons que, dans l'espoir d'une rançon, il fit emprisonner plutôt que pendre, et n'eut plus à guerroyer que contre le vieux Gorlois de Cornouailles que sa vie conjugale rendait va-t-en-guerre, Merlin décida de passer aux choses sérieuses.

Il lui fallait un roi consensuel. Incontestable. Incontournable ! Un Grand Roi que toute la Brittonie suivrait comme un seul boulet de fonte. A la messe, si possible.

Uther atteignait alors la petite cinquantaine mais l'exercice aidant, il avait meilleure allure qu'à quarante ans. Le printemps était tiède, ce qui facilite toujours certaines choses. Et Uther n'avait toujours pas choisi de reine, parce qu'il ne faut pas exagérer.

Merlin attendit que Rowena, la maîtresse du moment, eût fini son office et quitté la couche royale, ses hardes sous le bras. Puis il s'approcha silencieusement du lit, ses grandes ailes luisant faiblement dans la pénombre. Il toucha le cerveau du roi et augmenta la dose de testostérone. Uther gémit.

« Je te vois te tortiller comme un ver de terre tronçonné, roi Uther, rigola Merlin.

— Je ne sais pas ce que j'ai ! Rowena fait les choses correctement, d'habitude ! haleta Uther.

— Ce n'est pas la femme qu'il te faut, roi Uther ! clama Merlin en déployant toutes ses ailes. Viens ! Je sais où la trouver, celle qui sera ta Reine, pour qu'elle te comble de joie et te donne le fils dont tu as besoin.

— Un fils ? Besoin ? J'ai dit ça ? », eut le temps de grogner Uther avant que Merlin ne l'emporte par la fenêtre.

Ygerne, la jeune femme de Gorlois, n'avait qu'un charme limité mais il faisait nuit et la testostérone dansait la gigue dans les veines d'Uther. Celui-ci était à peu près aussi rassis que Gorlois et pas beaucoup mieux élevé, mais le clair de lune était splendide et Ygerne s'ennuyait à mourir entre les murs humides de Tintagel. Merlin lui brouilla un peu l'entendement et elle s'en contenta.

Merlin n'avait aucune expérience des choses du sexe et franchement, à regarder, ça ne lui faisait pas envie, mais les parties de yoyo que ces hormones jouaient avec les humains le fascinaient et il savait depuis longtemps sur quelle glande appuyer pour que tout le monde soit content. Il veilla donc sur les ébats d'Ygerne et d'Uther, debout dans l'ombre bleue de la lune, de telle façon qu'Uther sortit de la chambre d'Ygerne absolument ébloui, comblé, crevé, et quand Merlin le ramena dans ses bras, il dormait comme un gros bébé.

Puis Merlin revint à Tintagel d'un coup d'aile, barbouilla à nouveau la vue d'Ygerne et lui envoya le premier garde venu parce qu'il savait Uther aussi stérile qu'un mulet.

Uther conquit la Cornouailles et assassina Gorlois pour épouser sa veuve. Il fit bien un peu la grimace en la voyant au grand jour, mais il gardait un trop bon souvenir de leur nuit de printemps pour reculer.

Il fut déçu, bien sûr. Dès le lendemain, sous une pluie de reproches aigres, il envoya Ygerne accoucher à Tintagel. Merlin demanda et obtint qu'on lui confie le bébé, qu'il confia à son tour à un couvent sur le continent. A vrai dire, eu égard à la mortalité infantile de l'époque, il confia six bébés à six différents couvents et de fait, le fils d'Ygerne et du garde ne passa pas l'année, emporté par une bronchite dentaire. Sur ces entrefaites, les deux rois saxons emprisonnés s'évadèrent de leur geôle tandis que la tuberculose d'Uther tournait subitement au vinaigre.

La maladie avait pris Uther alors qu'il était en pleine campagne militaire. Il gisait sur un grabat, sous une tente de cuir huilé où perlait l'humidité. Son intendant avait garni le sol de gerbes de paille, la couche de ballots de fourrures, et monté tous les braseros qu'il avait pu trouver, lesquels étaient chargés jusqu'à la gueule. L'ensemble faisait un bon bouillon de culture, tiède et trempé, au milieu duquel Uther suait la mort en pestant. A l'ombre de sa capuche, Merlin le regardait tousser d'un air navré.

« Finiras-tu par me guérir, foutrecul ! catharait Uther. Il faut que j'aille mater ces enkeuheu keuheu ! »

Merlin se gratta la tête. Détruire est facile, il suffit d'appuyer là ; créer une illusion, de désir ou d'optique, ce n'est pas difficile : il suffit d'appuyer ici. Mais soigner, par contre…

« Je ne peux rien pour toi, car c'est le poids de tes péchés qui t'accable, roi Uther ! », gronda-t-il en espérant que sa tirade suffirait à sauver sa crédibilité. Et à décider ce vieux païen à entendre enfin la messe. Mais on ne règne pas quinze ans sans un monstrueux esprit de contradiction et l'habitude de se débrouiller tout seul.

« Qu'est-ce que tu me chantes avec mes péchés ? aboya Uther. Voudrais-tu que je m'excuse dès que j'embroche un ennemi ? Il en ferait une tête ! Je suis un *dux bellorum*, crénom, et je fais mon métier ! Où est mon intendant ? Où sont mes capitaines ? Qu'est-ce qu'ils fabriquent, ces pendards, pendant qu'on charcute mon royaume ? Holà, mes gens ! Qu'on amène mon cheval !

— Tu ne tiens pas debout ! s'énerva Merlin.

— A cheval, on est assis, que je sache ! haleta Uther en repoussant ses couvertures moites.

— Tu ne tiens pas assis non plus !

— Alors, qu'on m'attache ! »

Uther se fit traîner jusqu'à son cheval, attacher sur sa selle et piqua des deux à travers le camp, ivre de faiblesse et de fièvre, bavant du sang et des imprécations :

« Où sont-ils, ces sales cons ? Où est l'ennemi ?

— Euh, là ? répondit son capitaine. Juste en face, Sire.

— A l'attaque ! »

Uther battit les Saxons à plate couture.

On fit égorger tous les vaincus, hors les mires, et l'un d'eux prescrivit à Uther une infusion de feuilles de saules qui fit tomber sa fièvre. Ragaillardi, Uther s'attabla au festin de la victoire, avala un lait de moules et apprit à ses dépens que l'animal le plus dangereux pour l'homme est bien le coquillage pourri et non le taureau furieux.

Merlin, qui était parti se nourrir dans un petit hameau de Cumbrie, revint juste à temps pour assister à l'enterrement. Les Pictes, les Saxons et les Irlandais avaient déjà recommencé leurs pilleries, et Merlin poussa un soupir à éteindre les bougies d'un anniversaire de gala.

Ce vieux goinfre n'aurait-il pas pu tenir dix ans de plus ?

La haute stature de l'enchanteur impressionna, et plusieurs délégations lui proposèrent la couronne. Il l'aurait d'ailleurs prise depuis longtemps, n'eût été ce petit problème de fringale qui l'obligeait à s'absenter six mois sur douze. Il répondit donc doctement que non, vraiment, il était flatté, mais le prochain Grand Roi serait le fils d'Uther et nul autre. Les délégations geignirent que « oui, certes, mais enfin, il n'a que deux ans, ce bambin ». Merlin répliqua quelques prédictions absconses, rabattit sa capuche sur ses cheveux blonds, empoigna le bourdon qu'il s'était taillé pour taper sur les importuns et disparut dans la brume britonne.

Le pays sombra incontinent dans sa énième guerre civile, brodant en lettres d'or le début de la légende merlinesque sur des linges ensanglantés.

Les bambins confiés aux couvents poussaient bien. Les quatre survivants, s'entend. Merlin leur tapota la tête avec bienveillance, félicita les couventines, les paya largement, puis leur arracha brutalement les enfants pour les confier à des moines. On ne devient pas mystique quand on n'est pas un peu traumatisé.

Ensuite, le cœur léger, il s'en alla dévorer l'espoir d'un vieux mendiant de Gergovie. Chemin faisant, il comparait les avantages de deux des quatre petits garçons : une minuscule brute trapue nommée Artus, stupide à souhait, et un maigrichon nommé Bodwin, bête comme une écuelle. Les deux autres gamins avaient l'esprit trop vif.

Il ne lui restait plus qu'à trouver le bon moyen d'introniser son protégé auprès de la cour royale.

Le forgeron de Gergovie écoutait son interlocuteur en ouvrant des yeux comme des nénuphars :

« Une épée ? Vous voulez que je plante une épée dans une… enclume ?

— Voilà, sourit Merlin, décidé à rester calme. Une enclume. Pouvez-vous me faire une enclume ? Une petite suffira. Vous voyez cette épée à deux mains, là ? Alors vous faites une fente dans l'enclume de façon à y ficher l'épée, et vous bricolez un système de fixation sous l'enclume, de façon à ce que l'épée ne bouge pas tant qu'on n'a pas enlevé la fixation.

— La fixation ? bava le forgeron.

— Débrouillez-vous, à la fin ! C'est votre métier, quand même, s'énerva Merlin. Faites un trou au bout de l'épée et passez-y une cheville, quelque chose comme ça. Y a-t-il un tailleur de pierre, par ici ?

— Un tailleur de pierre ? béa le forgeron. Oh oui ! s'exclama-t-il, heureux de croiser enfin une question raisonnable. Plusieurs, même. Ça dépend pour quel usage, évidemment.

— Pour enchâsser l'enclume.

— Enchâsser le… »

Finalement, Merlin obtint son enclume à épée, son épée à trou, sa cheville dans le trou et un beau socle en granit pour présenter le tout de façon avantageuse, et dissimuler la fixation. Il fit graver dans la pierre une sentence en bas latin et acheminer l'ensemble à Londinium où il resta exposé à tous les brouillards, soulevant de nombreuses interrogations et à peu près autant de vaines tentatives d'extraction.

Le temps coula sur la ville, la pluie aussi, la rouille se mit à l'enclume tandis que les inévitables Saxons déferlaient sur la Brittonie, suivis par les Angles puis par les Pictes et re-les Saxons, qui à cette occasion prirent Londinium. Ils la rendirent aux Brittons à peu près dans l'état pitoyable où ils l'avaient trouvée. C'était en 508 et les deux petits protégés de Merlin allaient sur leurs quatorze ans. Il ne restait plus à Merlin qu'à en choisir un pour le confier une paire d'années à sire Ector et son fils Keu, hobereaux brittons qui lui apprendraient la langue, les mauvaises manières et le maniement de l'épée. Merlin arriva juste à temps pour voir Bodwin mourir du typhus. Restait Artus.

Une armoire.

Une baraque.

Une montagne !

Et une grosse brute dont la Foi chrétine, malgré tant de moines et de couventines, restait hélas en deçà du tiédasse. Merlin le prit sous son aile avec un rien d'inquiétude.

Il fallut qu'Artus tire l'épée pas moins de quatre fois devant quatre assemblées différentes, mais pareillement constituées de nobles fous de jalousie, avant qu'on le reconnaisse comme digne héritier des Grands Rois. A chaque fois, Merlin dû faufiler son esprit entre fer et pierre pour faire coulisser la cheville que la rouille grippait.

Les petits nobles, bannerets, chevaliers sans terre et pourfendeurs sans castels, de Léodegan de Caméliard, qui avait des filles à caser, à Hervisse de Revil qui n'avait que des dettes, à caser aussi, se rallièrent à lui sans barguigner, trop contents d'avoir une chance de bousculer un peu la pyramide sociale jusqu'à ce qu'une échelle en tombe. Les autres ne voulurent rien savoir.

Lors du quatrième tirage, le roi Lot alla sournoisement demander son conseil à Merlin qui se tenait un peu à l'écart de la noble assemblée, drapé dans sa bure grise et son air confit.

« Est-ce un fils de roi ?
— C'en est un, et du plus grand », chuchota Merlin en retour.

Lot, là-dessus, alla partout clamant qu'on ne peut rien attendre de bon d'un bâtard soutenu par un sorcier. Merlin réalisa avec amertume que s'il lisait dans les têtes, il ne comprenait pas forcément le sens du texte. Cela n'empêcha pas Artus d'être couronné roi de Logres, puis Imperator et Caesar de Bretagne et, tant qu'à faire, Wledig des Tribus Bretonnes, titre qui le contraignait à embrasser la religion celte. Il embrassa sans l'ombre d'une hésitation et Merlin faillit en faire un collapsus.

Sur ce, les seigneurs de Lothian, Garloth, Gorre, Malahaut, Benoïc et Escoce, souverains dorés sur tranche qui n'avaient rien à gagner dans un bouleversement social, lui rentrèrent dans le chou. Artus se réfugia quelques jours dans Carlion d'Usk puis reprit consistance, sortit et chargea. La suite ressemble à la précédente : Artus envoya quérir les rois Ban et Bors sur le continent pour combattre les Pictes de Lot, et Merlin sentit sa migraine le gagner. Il avait tort.

En à peine deux ans, Artus ratatina ses ennemis, renvoya Lot à ses fourneaux, adouba à tour de bras une horde de sauvageons dévoués et engrossa sa tante Margause. Il cheminait avec ses chevaliers de château en château, sur les routes mouillées du royaume de Logres, immense, hâbleur et généreux, et la jeunesse comprit vite qu'il y avait plus à rigoler dans son sillage que dans les champs de raves. Comme, par là-dessus, Artus était aussi doux qu'un sanglier hémorroïdaire et, en bon parvenu, se donnait des airs pompeux pour parler de la chevalerie, il fut rapidement adoré. Tout ce qui était en âge de porter une épée et de taille à la voler convergea vers lui. Du jour où il pissa à la raie des derniers ambassadeurs romains, son blason étincela d'un éclat mouillé proprement aveuglant.

Ygerne, elle, n'était pas fâchée de passer du statut de triste veuve à celui de reine mère, mais le fait que son bébé avait eu les yeux marrons et qu'Artus les avait verts la plongea dans une perplexité qu'on prit pour de la dignité. Dans un étrange sursaut vaguement humain, Merlin lui avoua que oui, son fils avait péri, très jeune et très loin. Puis il se pinça, se demandant ce que c'était que ce prurit sentimental, et se promit d'éviter à l'avenir. Ygerne, qui en avait vu d'autres, alla rassurer sa sœur Margause que l'idée d'inceste chiffonnait un peu.

Il y avait le problème du trou.

« C'est un problème, ce trou, grimaça Artus en lardant un mannequin de coups d'estoc.

— Quel trou ? bâilla Merlin, assis sur une pierre derrière lui.

— Mon épée a un trou au bout. C'est un coup à ce qu'elle se prenne dans la côte d'un ennemi et y reste coincée.

— Ah.

— Et puis, ça ne fait pas sérieux.

— Oh.

— Et puis, ça suscite des questions.

— Eh. »

Artus brandit son épée, fit volte-face et la fracassa sur le rocher dont Merlin venait de sauter. Puis il jeta le tronçon dans l'herbe et se tourna vers l'enchanteur un peu blême mais calme : Artus avait un sens de l'humour très particulier mais on s'habituait.

« Y a plus qu'à.

— A ? fit Merlin sur un ton détaché.
— M'en trouver une autre. »

Trouver une autre épée ne posait pas problème. Mais il n'était pas question de la faire livrer par coursier. Il y fallait un peu plus de panache ! On ne remplace pas comme ça une épée que des hordes de nobles ont secouée comme un prunier dans l'espoir de glaner un royaume. Merlin eut alors une étrange idée.

Il fit appel aux fées.

Ciguë et qualité de vie

Bien longtemps auparavant, les fées et autres créatures magiques avaient fui la Terre Plate aux prises avec une Fin du Monde qu'elles jugeaient bruyante et mal élevée. Puis elles avaient fermé toutes les portes entre le monde matériel et le leur, l'Ether. Et la fermeture fut aussi définitive qu'un péage provisoire sur une autoroute à succès.

Restèrent sur Terre les distraits, les butés et les sourds, dont très peu de gragons, au moins un crumble (une sale bête), pas mal de lutins et quelques fées. Leurs noms prêtent à spéculations. Celle qui nous intéresse se fait appeler Calmebloc, parce que son vrai nom est encore pire.

Au physique, les fées sont ravissantes, dans le genre élancé, lumineux et sans-sel. Au moral, Merlin en pensait beaucoup de mal mais ce n'est pas une référence.

Merlin avait croisé Calmebloc lors de ses promenades aux alentours de Salisbury. Vêtue de soieries vertes, une étoile dans ses longs cheveux blancs, à genoux sur la mousse, elle échenillait son arbre en murmurant : « Elle fait suer, Pétrol'Kiwi, avec ses pulvérisations antiparasitaires qui ne marchent jamais. »

Tiens ? Une fée des arbres, s'était dit Merlin. Et il avait été si seul si longtemps, immortel parmi les éphémères, impavide parmi les souffrants, ennuyé au milieu des rires et sans attaches au milieu des familles, qu'il avait ressenti quelque chose comme un élan fraternel. Il avait fait :

« Hé ho ! »

La fée s'était retournée :

« Tiens ? Une poule. »

Stoïque, Merlin avait passé son chemin, rythmant son long pas hiératique de son long bourdon contondant. Les duels entre immortels sont très ennuyeux, et puis on ne frappe pas les fées : ce sont des chipies. Ça vous transforme les ailes en écumoires d'un claquement de doigt et après, ça ricane bêtement entre elles.

Merlin s'en revint rôder du côté de l'arbre à chenilles près de Salisbury. Il est parfaitement stupide, quand on veut implanter le chrétinisme, de forger l'épée de son héraut dans l'or des fées, mais Merlin mourait d'envie de la revoir. Pour causer du bon vieux temps, peut-être, des citrouilles, des pluies de sauterelles et de ce fada de Jésus. Etait-ce qu'à force de fréquenter des sacs de pulsions, les phéromones commençaient à lui pousser, à défaut d'autre chose ? Ou qu'à force de tuer les humains, il avait attrapé la nostalgie de ce qui dure plus que l'espace d'un matin ?

« Salut ? »

La fée ne répondit pas. A cheval sur une branche, elle épuceronnait son arbre. Merlin soupira, ôta sa bure, jeta son bourdon, étira ses ailes avec volupté et répéta, plus fort :

« Salut ! »

La fée déversa sur lui, d'un seul regard, un setier de mépris. Merlin s'était fait une petite réputation d'ordure parmi les miséreux qui venaient de temps à autre accrocher des guirlandes d'églantines à son arbre. C'était toujours les mêmes histoires d'espoir trahi, de bébés étouffés, de fils noyés, de mères hurlantes, de pères pendus, de femmes dévorées par les loups et d'hommes brisés au fond des puits.

Si elle avait été une fée marraine, la réaction de Calmebloc n'eût pas fait un pli : dégelée de citrouilles. Mais c'était une fée des arbres, paisiblement misanthrope. Elle se pencha un peu : alors c'était donc ça, le démon de lumière dont les désespérés ne parlaient qu'à voix basse ? Il y avait même quelques ragots au sujet de jeunes gens fous d'amour qui s'étaient mis à délirer à propos de boucles blondes et de griffes de chat, et laissés mourir de faim. En ces temps, ça ne prenait que deux jours, mais l'intention y était.

Calmebloc sourit : *Quand on se prend d'amour pour un ange, c'est certain, il n'y a pas grand-chose à faire avec, qu'en mourir.*

Les fées, ça n'est pas du tout asexué.

En voyant ce sourire, Merlin blêmit : il venait de se souvenir qu'il haïssait ces salopes. Et ça faisait longtemps, très longtemps qu'il n'avait pas eu l'occasion de haïr.

« Comment t'appelles-tu ? » aboya-t-il.

Calmebloc fit une moue dubitative : en termes magiques, demander le vrai nom de quelqu'un était une menace. Une tentative de prise de pouvoir. En termes féeriques, c'était carrément moqueur : la toponymie féerique va de « Lissage-des-variations-saisonnières » à « Cac-quarante », ce qui rend les fées très susceptibles sur le sujet. Mais en termes angéliques, qu'est-ce que ça pouvait signifier ?

Serait-ce un signe d'intérêt ? se demanda-t-elle. Car Calmebloc jugeait les anges beaucoup trop bêtes pour jamais réussir à la menacer, et encore moins à faire preuve d'humour. Elle pencha un peu la tête sur le côté, et ses longs cheveux blancs se déroulèrent jusqu'à toucher l'herbe.

Je comprends mieux, maintenant, pourquoi il fait tourner certains entendements, songea-t-elle. *Il a l'air bête comme un ange, évidemment, mais pour l'amour, on ne demande pas aux hommes d'avoir inventé la roue.* Elle haussa les épaules : *Sauf que ces choses-là ne sont même pas des hommes.*

Elle enroula ses cheveux sur son bras, se désencalifourcha et sauta à terre. Puis elle resta plantée devant Merlin en se disant que ce genre de réflexions lubriques ne lui ressemblait pas. Dans l'aimable quarteron qu'elle formait avec les autres fées rescapées du coin, respectivement surnommées Babine-Babine, Pétrol'Kiwi et Pimprenouche, chacune avait son rôle : Babine-Babine donnait dans le poétique, Pétrol'Kiwi dans l'écologique, Pimprenouche dans l'homosexualité et elle-même, dans l'asociabilité. Autant dire que lors des nuits chaudes d'été, il n'y avait guère que Pimprenouche qui s'amusait.

Bast ! Être en compagnie d'un ange, ce n'est pas vraiment être en société, se rassura Calmebloc. Elle galéjait un peu : à la vérité, les rares anges qu'elle avait pu croiser, longtemps auparavant, étaient beaux comme des muguets, gracieux comme des liserons, aimables comme des gratte-cul, aussi intéressants que des semis de navet et dégageaient à peu près autant de charisme qu'une rame à pois. Mais celui-là ne leur ressemblait pas. D'abord, il était beaucoup plus efflanqué. Et puis c'était vrai, ce qu'on lui avait raconté au sujet des griffes de chat. Et de ce regard, si clair qu'on avait l'impression de lui voir l'arrière de la tête. Et c'était bien la première fois que deux yeux aussi vides portaient des cernes de prêtresse de Beltane au lendemain de l'orgie de Solstice…

Calmebloc en était à observer la bouche, ourlée à ravir, dodue à croquer, rose à sucer, crispée par la faim et la sauvagerie comme un bouquet de canne à sucre pissant le vinaigre, et à se dire que ce pauvre gars devait se taper des aigreurs d'estomac caractérisées, et que s'il avait eu un système digestif, elle lui aurait bien conseillé une purge de valériane, quand Merlin toussota avec embarras :

« Votre, euh… nom ? »

Calmebloc lâcha ses cheveux :

« Valériane ? Voilà. Valériane. »

Merlin réfléchit quelques secondes puis décida que non, ce n'était probablement pas une blague. Les fées, ça a toujours des noms ridicules.

Il ne se sentait plus ivre de rage ; il était plutôt content, au contraire. Cette folle en nuisette lui rappelait sa jeunesse, métaphoriquement. Et puis il cherchait et trouvait sa provende chez les grabataires, les éventrés, les désespérés, les lépreux, les fiévreux et les mourants depuis tant de siècles, il avait vécu une telle éternité de fractures ouvertes, de plaies purulentes, de cœurs brisés, de sueurs froides et de derniers souffles… Alors que ce qui se tenait devant lui avait le grain serré et mat des statues de Paros, toute leur beauté lumineuse, toute leur immortalité paisible, c'était incorruptible, même par lui et c'était… vivant.

La petite ride qu'il avait entre les deux sourcils se détendit pour la première fois depuis que Dieu était parti filer la romance avec sa bouteille.

« Et il te voulait quoi, le désinfecté ? fit Pimprenouche en pétrissant énergiquement un mélange d'huile et de cire d'abeille dans l'auge plate d'une pierre aux fées.

— Une obscure histoire d'épée.

— Comment ?

— Il veut que je vienne en personne offrir une épée à son roi. Dans un tintouin féerique voyant. Et en public. Pour donner un poids politico-religieux à l'arme, et à son propriétaire par la même occasion.

— Politico-religieux ?

— Sacré, si tu veux. A force de rendre service aux humains, et en l'absence d'autre chose, tu es la mieux placée pour savoir que nous passons pour vaguement sacrées, non ?

— Mouais. »

Pimprenouche avait en effet fondé, sur une petite île humide nommée Avallon, une école de prêtresses dans laquelle elle tâchait d'endiguer l'acculturation grandissante des Celtes, ou du moins de leurs femmes. Filles. Bref, elle y officiait en tant que professeur principal, déesse chtonienne et subornatrice occasionnelle, dans un grand luxe de voiles noirs, bijoux d'argent, cérémonies solennelles et formules absconses, plus quelques tours de magie. Elle roula sa pâte huileuse en boule et la poussa de côté, puis déroula un lin blanchi à la lune.

« Tu as besoin que je te dise ce que j'en pense ? »

Calmebloc soupira :

« Pas vraiment. Je connais cette raclure de réputation, comme toi. Rester aimable, voir ce qu'il veut et lui mettre son bourdon dans les trous au bon moment, c'est la bonne tactique, c'est ça ?

— La bonne tactique, c'est de comprendre pourquoi cet ange a soudain l'idée de déplier aux fées le marchepied de l'adoration humaine. Alors que, si j'en crois ce qu'on m'a dit, celui-là n'a qu'une seule envie : instaurer cette saloperie de monothéisme patriarcal. »

Pimprenouche se mit à étaler la pâte sur le linge avec de grands gestes rageurs :

« Renverser nos dolmens, curer nos lacs, brûler nos arbres, engrosser nos prêtresses et cramer nos célébrantes sur nos feux de solstice ! »

Calmebloc cueillit un pissenlit en sifflotant : Pimprenouche et le monothéisme, ça tournait toujours au monologue malgracieux.

« Ça rime à quoi, le gras que tu mets sur ce linge ?

— A cataplasme, soupira Pimprenouche. Ma dulcinée a encore pris une volée. Tu verrais ses fesses…

— C'est son père qui la lui a mise et elle tient à son père, c'est ça ?

— Exact, grommela Pimprenouche. Sinon c'est vert, gluant et sur un nénuphar qu'il aurait fini la soirée, le monsieur. »

Elle replia délicatement le linge en forme de rectangle :

« Alors ? reprit-elle.

— Alors quoi ?

— Pourquoi me parles-tu de ce crétin récuré ? Pas pour me poser des questions dont tu as déjà la réponse, quand même ? »

Calmebloc jeta son pissenlit : pour une bonne question, c'était une bonne question.

« Je t'en parle parce que… j'ai envie d'en parler. Parce que ce truc m'intéresse. »

Pimprenouche se tourna vers elle en essuyant ses mains grasses sur ses soieries, la bouche aussi plissée qu'un coquelicot mal déplié :

« Ah oui ? Un ange intéressant ? Ça sonne comme "ciguë et qualité de vie".

— C'est bien le problème. »

Calmebloc s'assit d'une fesse sur la pierre aux fées :

« Il a un air de démon. »

Pimprenouche écarquilla ses grands yeux :

« Un démon ? Avec les poils, l'odeur de soufre et la double…

— Un *air* ! J'ai parlé d'air, pas d'attributs encombrants. Il a un air… non, les démons sont primaires, grognons et affligés d'un humour de fosse à purin. Lui a l'air primaire, grognon, mais aussi quelque chose de pire… Cupidité, solitude, méchanceté… Urgence, faim, amertume…

— Tu es restée trop longtemps toute seule, toi. »

Calmebloc resta la bouche ouverte. La ferma. Hésita à émettre des avis péremptoires sur la sexualité débridée de Pimprenouche. Et la garda fermée. Puis elle ajouta :

« Tu as peut-être raison. »

Pimprenouche jeta son cataplasme suintant sur son épaule :

« On se voit ce soir au menhir ? »

Et elle s'en alla consoler le fessier rebondi de la jeune Ninève, qui gisait pour l'heure à plat ventre sur sa paillasse en se demandant ce qu'elle avait fait aux ancêtres pour ne pas être orpheline comme tout le monde, laissant Calmebloc mâchonner une feuille de bardane en énumérant tout ce qu'elle pouvait trouver, chez Merlin, qui lui rappelait ou ne lui rappelait pas les anges : « Décidé, c'est certain. Cherchant à faire la conversation, c'est louche. Aussi ouvert qu'un cul-de-poule, c'est normal. Hésitant, c'est vraiment nouveau. Et trop maigre pour être splendide. C'est ça.

Ce type a du vécu. Et une expression de chat édenté enfermé dans une souricière. »

☾

Dans une clairière de Salisbury, un peu avant midi.

« As-tu réfléchi à ma proposition ? demanda Merlin du ton le plus solennel possible.

— L'as-tu apportée ? » répondit Calmebloc du même air hautain. Il la sortit de sous son aile, la posa à plat sur ses deux paumes tendues et s'approcha de la fée.

« Alors c'est cette épée-là ? »

Calmebloc voulut prendre la lame brillante des mains de Merlin, qui referma les doigts. Elle leva les yeux, il baissa les siens :

« Ça ne va pas être facile de l'offrir, si tu ne me la donnes pas. »

Merlin déplia lentement ses doigts.

« Elle s'appelle Calibourne, dit-il doucement.

— C'est très moche », répondit-elle sur le même ton.

Mais l'épée était très belle. Calmebloc se fit la réflexion que c'était bien la première fois qu'elle s'intéressait à cet outil basique. Elle caressa doucement le fil bleuté, du bout du doigt, et se demanda ce qu'elle connaissait du monde, elle qui découvrait tout juste le pouvoir d'attraction d'un bel engin de mort bien affûté ? Elle qui ne comprenait pas comment on pouvait passer tant de temps dans l'enfer des forges pour plier cinquante fois une feuille d'acier, et la tabasser à y laisser ses oreilles, simplement pour fabriquer un concentré de meurtre, et prendre la peine, ensuite, de le façonner avec tant de grâce ?

Le tranche-graisse de Merlin puait l'amour de la beauté.

Oh non ! songea Calmebloc avec une parfaite lucidité, *cet imbécile m'ouvre des horizons idiots et j'aime ça.*

« Parfait ! aboya-t-elle. Alors je mets mes plus belles étoiles, je prends l'air le plus niais possible, et je jaillis des eaux de ce lac pour tendre ce coupe-choux à ton roi en proférant des paroles définitives, c'est ça ? Lesquelles, au fait ? »

Merlin ouvrit de grands yeux : on ne lui avait jamais dit oui de façon si malgracieuse. Il se retrouva tiraillé entre la brève satisfaction de celui à qui on n'a que très rarement dit non et l'envie de balancer un coup de bourdon dans les tibias de cette pimbêche. Instantanément, il sentit la migraine poindre.

« Euh…

— C'est sobre. »

Merlin se retrouva en train d'écarquiller les yeux tout en fronçant les sourcils ; le second degré n'était pas son fort. De plus, la fée le fixait avec une expression orageuse plus ordinairement associée à une pluie de citrouilles qu'à un assentiment. Il se surprit à jeter un œil inquiet autour de lui : il ne vit pas l'ombre d'un pépin. Comme tout ça lui paraissait très compliqué et pas très utile, il se fabriqua la moue en cœur aux cils baissés qui, pour lui, symbolisait une intense réflexion, puis lâcha :

« Ne dis rien. Ça ira bien.

— C'est *très* sobre. »

C'était l'aube, elle était blanche. Un soleil mouillé pétillait sur le lac au bord duquel Artus était venu boire avec ses hommes. Les oiseaux se turent, les chevaux bronchèrent, Artus à genoux releva son visage ruisselant et vit les eaux s'éclairer : comme une flamme, dressée, éblouissante, une épée montait jusqu'à lui depuis les fonds obscurs, brandie par une main de femme plus blanche et plus fine que toutes celles qu'il avait tenues, embrassées ou tranchées.

L'épée creva la surface dans une roue d'écume et resta là, aussi vive qu'un croissant de lune dans la lumière du matin.

« Par ma bite ! » s'exclama Artus en tombant sur le cul, ce qui arracha un soupir résigné à Merlin. Artus saisit l'épée, la brandit en éclatant de rire et s'en alla derechef pacifier le village le plus proche sous les hourras de ses chevaliers.

☾

« J'ai eu limite froid », grommela Calmebloc qui émergeait des eaux glacées du lac et tâchait de décoller ses soieries trempées de sa peau du bout de ses doigts gourds. Elle se tourna vers Merlin avec des sarcasmes plein la langue, et les ravala : il avait l'air complètement abruti.

Il faut dire qu'une fée en tee-shirt mouillé décontenancerait même un expert-comptable et que Calmebloc, couramment occupée de chenilles et de pucerons, n'était pas tellement au courant. Merlin et elles échangèrent un regard étonné :

Mais qu'est-ce qui lui arrive ?

Mais qu'est-ce qui lui arrive ?

Elle en fait, une tête !

Cet emplumé n'a jamais vu quelqu'un avoir la chair de poule ?

Merlin recula brusquement : « Merci », dit-il. Il loucha vers sa propre bouche, qui était elle-même surprise.

« De rien », répondit Calmebloc en tordant le devant de sa tunique. Puis elle haussa les épaules, claqua des doigts et ses soieries furent sèches :

Et qu'est-ce qui m'arrive, à moi ? Ce doit être les hormones. Mais face à ce truc-là ? Une déprime. Je dois faire une déprime.

Merlin fixait son bourdon avec la ferme intention de se reprendre et de ne plus se laisser reperdre.

« Si je peux t'aider en quoi que ce soit, grommela-t-il.

— Ah oui, tu peux ! »

Il sursauta : c'était la première fois qu'on lui faisait ce coup-là. Calmebloc se gratta la tête :

« Je ne comprends rien à ce monde. Il est plein d'humains. Nous, nous voulions seulement vivre en paix et nous occuper de nos arbres, mais des humains sont venus, avec beaucoup d'attentes. Nous avons essayé d'y répondre mais il y a eu beaucoup de haine puisque avec nos charmes, nous pouvons tout leur donner hors le bonheur et l'éternité, et la justice, bien sûr. Voudrais-tu me montrer ? »

Merlin se passa la main sur le visage, depuis le front jusqu'au menton.

« Montrer ? L'humanité ? Tu veux que je t'emmène à la cour d'Artus ?

— Par exemple. »

Merlin regarda la fée : avec une de ces robes moulantes, en laine pourpre, que Margause avait mises à la mode, et un effort pour arranger ses invraisemblables cheveux, et si elle voulait bien un peu baisser les yeux et porter quelques bijoux, elle pouvait faire avec lui un très beau couple. De quoi redorer son blason auprès d'Artus et de ses sbires qui, avec l'énergie monomaniaque de la jeunesse, tenaient pour peu de chose tout homme qui niquait moins d'une fois par heure.

« Viens », dit-il.

513, cour du roi Artus.

Merlin le sorcier et la dame du Lac étaient assis à la table (carrée) du roi ; lui, toujours enseveli dans sa bure grise, son bourdon prudemment à portée de main ; elle, dans la tenue des prêtresses d'Avallon, voiles noirs et une lune d'argent sur le front. Les pâtés défilaient, ainsi que les hanaps et les oiseaux cuits et remplumés sur des plats d'étain, tout le monde rotait, une bonne moitié des chevaliers avait gardé son épaisse broigne de combat pour faire genre et commençait à le regretter. Quelques-uns étaient occupés à se soulager dans les encoignures et Artus laissait faire, alors qu'il avait pourtant bien fait proclamer par ses hérauts que « le Roi interdit qu'on chie dans les couloirs et pièces qu'il va emprunter », mais tant pis, on n'allait pas gâcher l'ambiance. C'est qu'Artus venait de battre le roi de Malahaut et que ça faisait encore une occasion de boire. Artus croyait fermement à la cuite comme ciment social.

Calmebloc s'essuya le front : dure épreuve pour une nuit d'été. Elle jeta un regard au profil blanc de Merlin, qui semblait endurer avec patience ce bain de foule bruyant et fortement olfactif, et lui détaillait d'une voix monocorde les arcanes de la noble assemblée :

« Lui, là-bas, c'est le roi Pellinore et là, son fils Lamorak et là, Galwain, Aggrawain et Gahériet, les fils de Margause, sœur d'Ygerne et mère d'Artus, avec laquelle il a eu le petit Mordred, et là…

— Les humains, ce ne sont que des histoires de famille ? »

Merlin se tut et mesura sa sottise. Il avait mis des siècles à comprendre ce que Calmebloc avait saisi en dix minutes et résumé en une phrase :

« Oui. »

Il leva son hanap et but une gorgée de vin épais allongé d'eau saumâtre.

« Une façon d'éternité », marmonna Calmebloc.

Ils se jetèrent un long regard :

« Dire que je pensais pouvoir me passer indéfiniment d'essayer de comprendre comment ces animaux-là fonctionnent, soupira la fée.

— Pour ma part, j'y arrive très bien ! », sursauta Merlin, vexé.

Ils furent interrompus par Galegantes, nouvel adoubé rempli de cervoise qui, mettant un genou en terre et levant sa coupe, bafouilla à la fée un long compliment alambiqué. Il fut applaudi par toute la cour, secrètement soulagée de voir au conseiller splendide d'Artus une concubine aussi jolie et dûment étiquetée d'Avallon, cette île lointaine où la noblesse avait pris l'habitude d'envoyer ses rejetonnes assumer leurs premières chaleurs avant épousailles. Calmebloc saisit très bien le message et le trouva aussi mauvais que le vin au croupi, mais elle la ferma. Et ne s'en étonna que vaguement.

Calmebloc, assise sur un banc, massait ses pieds fatigués par deux heures de défilé religieux sous les arbres de Mai. Merlin, qui accrochait sa cape grise à un bois de cerf cloué au mur, se dit qu'ils avaient des habitudes de vieux couple. L'appartement était vaste, humide, somptueusement meublé et plutôt appelant, au repos et à la conversation. Un feu de noisetier flambait en pétillant, le sol était jonché de frais par-dessus son revêtement en osier moisi, du vin tiédissait dans un cratère, on avait même tendu aux croisées étroites des tentures que le vent boursouflait.

« Si tu veux comprendre les humains, commence par vivre comme eux ! » déclara-t-il en se vautrant devant le foyer, à même des peausseries grouillantes de vermine. Calmebloc, un pied en main, haussa le sourcil : il s'en fallait de pas mal de siècles avant qu'elle ne voie un film X, mais enfin la conjonction feu de bois et peau de bête lui inspira quand même quelque chose. Elle prit le temps d'ôter de ses cheveux les longues épingles de cuivre qui maintenaient ses innombrables tresses, les aligna soigneusement à côté d'elle, sur le banc. Le menton dans les mains, Merlin regardait le feu.

« Il y a un espion dans le placard et un autre dans le plafond, dit-elle en bas korrigan.

— Je sais, répondit-il en brittonique vulgaire. L'oreille est le champignon des boiseries royales. L'humidité, sans doute.

— Tiens, un semblant de trait d'esprit, marmonna Calmebloc en disposant ses broches d'argent à côté des épingles, avant d'extraire son cou de l'énorme torque qui l'enserrait. Il n'empêche que si tu m'as embauchée pour te servir de faire-valoir sexuel auprès des chauds lapins de la Cour, la ruse va être éventée très vite », articula-t-elle clairement, au cas où il aurait été assez bête pour croire qu'elle avait été assez bête pour croire qu'il l'avait emmenée chez Artus par pure reconnaissance, *tout ça tourne à l'alambiqué*, songea-t-elle in petto. Merlin roula sur le côté et la fixa, toujours allongé, sa tempe au creux de sa paume :

« Les sorciers doivent pratiquer l'abstinence, faute de quoi ils perdent leur don.

— Refrain connu. Et je parie que c'est toi qui as écrit la chanson.

— Tu ne veux pas venir à côté de moi ?

— Je ne prends jamais de cuite avec une bouteille vide, dit Calmebloc en couvant d'un regard désabusé l'imbécile longiligne vautré à deux pas d'elle, une de ses longues mains griffues caressant la fourrure, l'autre emplie de bouclettes qui faisaient cédilles à ses grands yeux cernés et à sa bouche mouillée de vin.

— Je descends me trouver un arbre pour la nuit, ajouta-t-elle. Quel est le programme, demain ?

— Demain et les autres jours, chercher une épouse à Artus. Riche, belle et… »

Ils se regardèrent en souriant. Et que le meilleur gagne.

Ce fut Merlin qui gagna. Les fées ont pourtant une compétence reconnue dans le domaine des mariages royaux, du moins auprès des gens qui n'ont jamais songé à demander leur opinion aux mariés. Mais elles conservaient le préjugé absurde selon lequel un mariage royal a quoi que ce soit à voir avec les époux. Donc, ce fut Merlin qui gagna. Ou crut gagner. Il connaissait les forces politiques en présence, les possibilités et espérances maritales de chaque famille noble, les haines inexpiables qui rendaient caduques dès l'abord les unions les plus évidentes, et aussi les exigences d'Artus (une bonne alliance sonnante et trébuchante), ses désirs (une belle fille au coude alerte) et ses besoins (un parpaing à grande gueule, apte à survivre dans le panier de crabes de sa cour). Merlin fit le tour des filles nubiles et bien nées, choisit la plus enragée chrétine de toutes, et appuya au bon endroit dès qu'on y faisait allusion. Artus fut assez vite convaincu que le simple nom de Guenwar lui donnait des frissons, envoya chercher la belle et la maria aussi vite que possible, considérablement gêné en sa marche par les manipulations hormonales de Merlin. La nuit de noces fut sauvage.

Quand il en émergea, couvert de bleu et parfaitement amoureux, Artus était lié pour la vie à une reine picte presque aussi haute que lui, pas beaucoup moins large et à peine moins commode. Tous les jours Guenwar courait à matines, écoutait l'office avec ferveur puis, dès l'*ite missa est*, s'en allait couper la tête de quelques ennemis pour augmenter sa collection. A cet effet, elle s'était fait fabriquer une immense table ronde sur laquelle elle alignait les chefs préalablement marinés dans la saumure. Une équipe de thanatopracteurs était chargée de les coiffer et de les maquiller de temps en temps, mais elle ne laissait personne d'autre qu'elle enfoncer dans les orbites creuses des pierres précieuses multicolores. L'ensemble la faisait beaucoup rire, pour des raisons qui échappaient complètement à tout le monde, et elle prenait souvent ses repas à la table ronde, repas pendant lesquels elle donnait ses audiences. Autant dire qu'on ne la contrariait que rarement. Bien sûr, la table faisait partie de sa dot : il était hors de question qu'elle s'en sépare.

Artus, qui avait le goût des tables carrées ainsi qu'une certaine conception des relations conjugales, tapa du poing sur la table ronde au sortir du lit nuptial.

« Tu vas me brûler ces saloperies ! hurla-t-il en substance.

— Plutôt crever ! » lui fut-il répondu.

Il alla, bien sûr, consulter Merlin qui l'attendait, son conseil au bord des lèvres. Puis il s'en revint auprès de Guenwar :

« Ta religion t'oblige à être soumise à ton mari ! C'est marqué dedans ! brailla-t-il avec divers enjolivements.

— Convertis-toi et on verra ! » lui fut-il répondu de façon un peu plus abrupte.

Il le fit. Et Calmebloc grimaça, à l'ombre des longs voiles noirs qui cachaient ses cheveux blancs. Elle n'avait pas trouvé de concurrente valable à Guenwar, pour la simple raison qu'elle ne maîtrisait pas le maniement des glandes comme Merlin et ne possédait pas le dixième de son expérience politique. Elle aurait pu affliger la future épousée d'une paire d'oreilles d'âne ou de pieds griffus, afin de la conduire au bûcher plutôt qu'à l'autel, mais c'eut été griller un peu vite auprès de Merlin sa couverture mitée d'ethnologue impassible. Et de toute façon, elle savait quoi faire : les fées ont peu de pouvoirs télékinésiques mais par contre, pour ce qui est des philtres d'amour, elles touchent.

La conversion d'Artus à la Foi chrétine avait initié des emmerdements en cascade : son meilleur chevalier, Galwain, s'était déclaré ulcéré jusques aux tréfonds de son âme celte et était parti bouder en emmenant les seigneurs Tor, Pellinore et Lamorak. Le baron Balwin avait trouvé distrayant de se joindre à eux. Chemin faisant, l'un des cinq (la responsabilité était indémêlable) avait évacué sa sainte colère sur les épouses du roi Ablamores des Mares. Un autre, *a priori* Tor, s'en était pris à la meute de chasse du roi Ablellus, ce qui n'était pas considéré comme moins pire. Or Ablamores et Ablellus étaient certes de petits rois, mais leurs royaumes se trouvaient trop bien placés stratégiquement pour qu'Artus pût sans danger ignorer leurs doléances. En clair, une bonne partie des chevaliers d'Artus avait très mal pris la conversion de leur souverain. Ou disons qu'ils avaient très bien saisi le prétexte pour faire un peu sécession, en attendant qu'Artus achète leur assentiment à grand renfort de pièces d'or.

Artus, à son tour, prit très mal ces caprices chevaleresques. Ou disons qu'il saisit très bien le prétexte pour neutraliser Guenwar. Il déclara, avec une grande logique et beaucoup de gros mots, qu'une religion si chèrement payée valait qu'on l'observât à fond, et adopta *in petto* une attitude pétrie d'orthodoxie, principalement vis-à-vis de son épouse, laquelle se réfugia prestement dans la boisson.

En clair, Artus imposa à Guenwar, entre autres vexations prescrites par le Deutéronome, d'assister à son dîner debout derrière sa chaise, avec pour mission de se taire et de lui tenir son gobelet de vin toujours plein. Ce qui offre bien des sujets d'aigreur et bien des occasions de la noyer.

☾

Forêt de Salisbury, 514.

Assises en rond sur un carré d'herbes sacrées, sous un dôme magique de beau temps qui traçait un bizarre cercle azur dans le ciel gris de pluie, les quatre fées causaient chiffons. Mais vraiment : chiffons. C'est-à-dire qu'elles piochaient dans un amas de hardes usagées puis claquaient des doigts et le haillon se métamorphosait :

« Non, Babine ! C'est très joli, ce dégradé pastel, mais les humains ne connaissent que le vert cru, le rouge qui rend aveugle et le bleu qui pète. Et les manches ne sont pas assez longues, le confesseur royal va faire un malaise.

— A ton aise, Calmebloc. Et clac ! Encore un hargaus vert salade ! Je vais mettre un peu d'orfroi par-ci, par-là. »

Avec force claquements et grattements de nez, les fées transmutèrent le tas de haillons en une pile de chemises de chanvre écru destinées à être portées sous autant de cottes de lin destinées à être portées sous autant de bliauds de laine destinés à être portés sous autant de mantels en peau de loup. Calmebloc vérifiait fréquemment les œuvres de ses voisines, et ne pouvait pas se retenir de frimer un peu :

« Ah non, ce n'est pas un peliçon : c'est plutôt une aumusse tendance cuculle, ton truc. »

Elle chassa férocement les boutons en ivoire anagéographique pour les remplacer par du verre vernaculaire, surchargea systématiquement toutes les garnitures d'or, de cuivre et de passementeries, monta les tenues à l'aide d'une ribambelle d'aiguilles, boucles et fibules, et finit par s'engueuler avec Pimprenouche qui s'ingéniait, de son côté, à rajouter un peu de sobriété par-ci et beaucoup de fentes coquines par-là.

« C'est pour une *reine* ! Et une reine doit être vêtue de façon telle que les spectateurs ne soient épastrouillés *que* par l'opulence de son mari !

— Pour être reine, elle n'en sera pas moins boudin ! aboya Pimprenouche.

— Je m'en fous !
— Tu deviens pénible comme un ange !
— Et toi, tu as le sens politique d'une huître !
— Les femmes, je les déshabille pour leur faire du bien, moi ! Je les habille pas pour leur pourrir l'existence, moi ! J'ai pas des mœurs angéliques, MOI ! »
Et Pimprenouche s'en alla, vexée.
« Elle m'a vexée, marmonna Calmebloc.
— Eh bien, si tu n'as plus besoin de moi, parce que j'ai le philtre à finir, soupira Babine-Babine.
— Ça ira, merci. Pétrol, tu m'aides pour la fin ?
— Parce que c'est pas fini ? béa Pétrol'Kiwi, qui disparaissait presque complètement derrière le tas de vêtements bariolés.
— Il manque les coiffes, les escoffions et les aloières.
— Hein ?
— Petits bonnets, gros bonnets et pochons. Couverts de cabochons, si possible, les pochons. »

☾

Guenwar affichait un profond mépris envers les femmes incapables de mettre un taureau à terre à mains nues, et une profonde haine pour les servants des cultes païens dont relevait juste son époux. Autant dire qu'elle n'avait jamais adressé la parole à Calmebloc dite Valériane, dame du Lac, ce suppôt d'Avallon qui vivait dans le péché avec le sorcier Merlin dont on disait, au surplus, qu'il était escouillé, contradiction qui ne troublait pas les préjugés féroces de la reine. Mais depuis qu'Artus s'acharnait, de scène de ménage en crise de nerfs, à contrarier tous les goûts les plus naturels de la reine (guerre et massacre) sous prétexte qu'elle ne pouvait s'y livrer sans manquer à la Majesté de son Etat et à la Modestie de son Sexe (il insistait beaucoup sur les majuscules), celle-ci avait appris à mettre un peu d'eau dans son chouchen. Et d'abord, elle s'était mise à se vêtir avec la Dignité la plus Ecrasante possible. Ça faisait toujours une occupation et ça emmerdait Artus, qui devait passer dix minutes à la déshabiller sous peine de se piquer partout.

Aussi Guenwar accueillit-elle avec une surprenante amabilité les dix malles ferrées débordantes de lin vert, de laine rouge et d'étincelles luxueuses qui précédaient Calmebloc. Elle passa l'après-dîner à essayer toutes les tenues, avec de grands « Han ! » de bûcheronne chaque fois qu'elle passait ou ôtait une pièce de vêtement, toupillant devant son miroir d'étain poli et exigeant l'approbation du nombreux public qui l'entourait : sœurs, nièces, belles-sœurs, tantes et cousines, ivres de malvoisie et d'ennui, lovées sur des carreaux de fourrure comme autant de serpents parfumés, ce qu'on appelle la Chambre des dames d'une Cour royale. Guenwar était splendide, il n'était pas difficile de l'applaudir et Calmebloc regrettait de ne pas avoir invité Pimprenouche. Une jalousie lui vint même, de voir les flammes du foyer jouer sur la peau mate, et rouler inlassablement les muscles magnifiques sur lesquelles glissaient les étoffes grossières, découvrant tantôt une cuisse ronde, tantôt un genou ovale, ou bien un coin d'épaule anguleuse, un liséré courbe suggérant une taille creusée, un bras aux tendons saillants et même, de temps à autre, un sein, tout à fait incongru d'être blanc, rond et tremblant. Calmebloc se promit qu'un jour elle s'offrirait un corps comme ça, dur et doré. Debout dans un coin, à l'abri de ses voiles de païenne, elle agitait les doigts sans relâche, recousant, ajustant et retouchant à distance au fur et à mesure des remarques de la reine. Il lui fut facile de verser le philtre d'amour dans le gobelet royal, moins de le récupérer à moitié vide. Elle le déposa parmi d'autres dans la salle d'armes : Artus était parti giboyer pendant deux jours, quelqu'un d'autre que lui le boirait.

Lanloken fut un bon choix du hasard. Un peu plus jeune que la reine, beau garçon, bon garçon aussi, courageux du muscle et flaccide de la tête, il se savait sans grande finesse et en concevait de l'amertume. Dès son arrivée à la cour, il avait fait du gringue à Calmebloc avec un enthousiasme bêta et s'était autoproclamé chevalier du Lac, titre qu'il n'abandonna pas après s'être pris un râteau car à défaut de volonté et de discernement, il avait de l'opiniâtreté dans l'erreur.

Du jour au lendemain, il passa du pénible bruyant au pénible tremblant et Guenwar pâlit de façon remarquable. Artus, rentrant de chasse avec trois gibecières de hérons et une guirlande de marcassins, trouva une épouse exsangue, alitée et vaguement souriante. Il se félicita d'avoir su montrer qui, en son ménage, portait le haut-de-chausses et le bas avec. Se renversant dans sa cathèdre, il sourit largement, avala un grand verre de cervoise, se rappela opportunément qu'il était très amoureux de sa reine au sein doux et à la dent dure, et proposa de le lui prouver tout de go.

« Je suis en ces humeurs de femme où il n'est ni licite ni décent que les époux se connoissent charnellement », lui fut-il doucement répondu, ce qui le laissa tout coit. C'était la première excuse boiteuse qu'il entendait. Ce ne serait pas la dernière.

Merlin huma dans tout ça une odeur de philtre féerique, serra les dents de rage, ne dit rien et profita du premier banquet venu pour lancer sa rumeur : quelque part aux frontières de Logres se dressait le Château de la Douloureuse Garde, hélas durement hanté, et ses habitants malmenés réclamaient un champion. Un vrai. Un champion digne d'être choisi par la reine pour porter ses couleurs, une fois sa mission accomplie. Merlin dut donner un coup de coude à Lanloken pour qu'il prête l'oreille à ce racontar, car pour l'heure le chevalier du Lac, attablé devant un énième festin artusien, bayait aux corneilles d'un air encore plus vacant que d'ordinaire : il était allé chez la reine sous un prétexte quelconque, en l'occurrence pour lui demander quelle couleur donner à son écu, et avait passé une heure à genoux devant elle, sidéré et ravi, tandis qu'elle, figée et béate, débitait d'une voix incroyablement fluette des inepties héraldiques. L'assemblée avait considérablement ricané et Lanloken était sorti de là marchant trois pieds au-dessus de la jonchée, et définitivement affublé d'un blason d'argent au pin d'azur fûté de sinople, avec une écrevisse de sable passant derrière le fût de l'arbre mais ce n'était pas bien grave.

Quand il voulut bien l'entendre, la rumeur fit tomber Lanloken de sa chaise curule : il tenait Le bon prétexte pour La revoir ! Champion de la reine… Il s'essuya la bouche d'un revers de main, saisit son épée, son écu pas encore sec et se rua dehors, direction la Douloureuse Garde. Il n'était pas très avisé, en plus du reste.

Artus décida, pour le coup, que c'était assez d'hémorragie chez ses chevaliers, tournicota un peu dans son château, jeta un regard torve à la table ronde de Guenwar, se gratta le bout du nez et créa l'ordre le plus célèbre d'Occident.

L'honneur de s'asseoir à la Table Ronde, et les primes pour frais de représentation qui allaient avec, ramenèrent Galwain et consorts dans le giron d'Artus. Hors Lanloken, qui s'obstinait à chercher au large de Logres un château hanté qui n'existait pas. Quant à Guenwar, elle pâlissait de jour en jour, aussi Artus décida-t-il, après avoir pris conseil auprès de son sorcier, de lui donner de la distraction en allant avec elle et toute sa cour convertir ses bons sujets à la nouvelle religion. Merlin faillit à nouveau collapser, de joie cette fois. Ça faisait quarante-huit ans qu'il attendait ça.

La reine pâlit encore davantage, craignant que Lanloken soit incapable de jamais rejoindre la croisade royale car elle ne se faisait aucune illusion sur ses qualités intellectuelles. Elle fit mander Calmebloc pour laquelle elle s'était prise d'affection : il arrive toujours un moment, dans la vie d'une femme, où elle a besoin d'une autre confidente que la Sainte Vierge.

Calmebloc s'assit sur le pliant que la reine lui désignait d'une main lasse. Allongée sur un lit bas, perpétuellement pliée en deux par la douleur et tremblante de manque, Guenwar faisait peine à voir. Calmebloc nota qu'aucun flacon ne traînait à portée : les vrais chagrins d'amour ne supportent même pas l'alcool.

« Sais-tu pourquoi je t'ai fait venir ? dit la reine d'une voix monocorde.

— Je vous écoute, ma Reine. »

Guenwar lui jeta un regard morne :

« Les prêtresses d'Avallon savent tout, paraît-il. »

Elle roula entre ses longs doigts la cordelière de sa robe :

« Approche », murmura-t-elle.

Calmebloc tira son siège jusqu'au lit.

« Sais-tu de quoi je souffre ? chuchota la reine.

— Je le crois.

— Le roi vient d'avoir l'intuition scintillante que me traîner sur les chemins de Logres serait favorable à ma santé. Qu'en penses-tu ?

— Le roi est sage.

— On ne va pas s'en sortir », soupira Guenwar. Elle toussa, reprit :

« Mon époux vient d'avoir l'idée idiote de m'imposer des pérégrinations sans fin dans un but dont je me fous désormais, dois-je le dire, royalement. Qu'en penses-tu, ma dame ? »

Calmebloc se pencha tout contre l'auguste oreille :

« J'en pense que si tu cessais de pâlir et d'avoir tes règles trente jours par mois, il te serait facile d'obtenir de ton époux qu'il s'enquière plutôt d'un endroit propice à la construction d'une nouvelle forteresse. »

Guenwar ouvrit de grands yeux stupéfaits :

« Quelque chose de splendide, continua Calmebloc, dont tout le royaume parlerait, et par là même aisé à localiser. Et supposant un grand chantier, et par là même beaucoup de désordre et des chambres vides. Et des fêtes et des joutes et des tournois, et par là même des chevaliers et des champions. »

Guenwar écarta Calmebloc d'un geste vif, s'assit sur son séant, ses longs cheveux noirs retombant sur sa chemise trempée de sueur :

« Une forteresse ?

— Un château magnifique ! Le plus grand de tous ! De quoi entrer dans la légende ! Et occuper durablement ton mari. Et tu pourrais conclure par quelque chose comme, voyons… Dans les siècles des siècles, tout le monde parlera encore de la cour de euh, Camelote ?

— Camelote ?

— C'est une simple suggestion, votre Majesté », acheva Calmebloc sans sourciller du tout. Guenwar réfléchit quelques secondes, puis elle hocha vigoureusement la tête. Elle rejeta ses couvertures, se leva, claqua dans ses mains, commanda qu'on prépare les étuves, chargea une de ses dames de compagnie d'aller porter un message à Artus, une autre d'aérer ses appartements, et retrouva son ton le plus désagréable pour exiger des plats épicés et du vin pas trop mélangé, merci. Puis elle se tourna vers la fée, qui la regardait en souriant sous ses voiles noirs :

« C'est un monde pour les putains ?

— C'est un monde de brutes, et le reste suit. »

Guenwar était deux fois plus intelligente que son mari et dix fois plus que l'homme de son cœur, et ça ne lui servirait jamais à grand-chose.

En lisière de la forêt de Glastonbury,
un matin glacial.

« Tu imagines avoir gagné ? »

Un archange furieux est une chose impressionnante, même pour une fée. Surtout quand l'archange a ces griffes-là, crispées sur ce bourdon-ci. Il fit un pas de trop, Calmebloc leva un doigt : autour d'elle monta un cercle de force, qui repoussa Merlin comme une paume tiède et infrangible. Puis la fée croisa lentement les bras sous ses voiles noirs et resta immobile, debout dans la brume dorée par l'enchantement, le front serein, l'œil imperturbable et la bouche pointue. Merlin se mit à tourner autour d'elle comme un ratier au pied d'un chat perché. Il s'arrêta, serra encore un peu plus les poings, et son bourdon se brisa en deux. Il jeta les tronçons dans l'herbe trempée. Calmebloc glissa un long regard tranquille par-dessus son épaule :

« Je n'imagine rien : j'ai gagné. »

Merlin se calma brusquement : la faim venait de faire couler une goutte froide le long de son échine, l'avertissant qu'il lui restait très peu de force pour la colère. Il passa une de ses longues griffes sur le mur de brouillard étoilé, qui crépita.

« De quoi as-tu peur ? murmura-t-il.

— Les batailles de citrouilles ne m'ont jamais amusée. »

Il sourit, et Calmebloc se sentit inquiète. Les anges n'avaient, de réputation, ni maîtrise d'eux-mêmes ni sens de la dérision.

« Tu crois vraiment que ton tour de passe-passe est susceptible de m'arrêter longtemps ?

— Oh oui ! »

Energie tellurique, songea-t-elle. *Tu peux toujours essayer. Quant à savoir de quoi j'ai vraiment peur...*

Merlin recula : les duels entre immortels étaient très ennuyeux, en effet, surtout parce qu'ils n'avaient pas de fin. Ils demandaient aussi beaucoup d'énergie.

« Mais je doute que nous y échappions, désormais, soupira-t-il.

— Tu parles tout seul ? » demanda Calmebloc en lui faisant face, moins tranquille qu'elle ne s'efforçait de le paraître. Logiquement, les anges n'avaient pas assez de réalité intérieure pour pouvoir résister à la moindre provocation. Celui-ci venait pourtant d'y parvenir. Deux fois. Et même, il avait l'air... *triste ?*

« La reine va tromper le roi, dit Merlin. Il lui fera trancher le col et...

— Et nous recommencerons.

— Quel est ton but, à part te distraire en t'en prenant à moi ? »

Calmebloc eut un haut-le-cœur : mais c'est qu'il renversait la situation !

« Et le tien, à part torturer ces pauvres bêtes ?

— Les humains ? Pauvres bêtes ? »

Pour le coup, il éclata carrément de rire :

« Tu es certaine d'avoir vécu sur cette planète pendant le dernier millénaire ? »

Il cessa de rire aussi vite qu'il avait commencé :

« Et pousser des femmes sur le billot, comment appelles-tu ça ? »

Il tourna les talons avec la même brusquerie. Calmebloc le regarda s'éloigner dans le brouillard épais de l'aube, sa bure grise se fondant dans l'ombre de la futaie. Quand il eut disparu, elle claqua des doigts et le cercle d'or tiède, autour d'elle, fondit et s'effaça. Elle se gratta le crâne à deux mains, longuement.

« Il va falloir que je revoie rapidement toutes mes idées sur les anges », murmura-t-elle. Elle s'avoua enfin, se mordillant l'ongle du pouce et se traitant de chérubin, qu'elle avait surtout peur que Merlin la touche et que ce contact lui retourne le métabolisme plus efficacement qu'un coup de bourdon.

« Pour une fois, confia-t-elle à son pouce droit, je crois que je vais aller vider mon sac dans l'oreille de mes copines. Ça leur fera un sujet de conversation, et j'arriverai peut-être à mettre un nuage de raison dans mon thé d'absurdité. »

Elle rajusta sa lune d'argent sur son front et longea la lisière de la forêt en se demandant comment présenter la chose. *Pimprenouche ? Elle va se moquer. Pétrol ? Elle va me parler engrais. Babine ? Elle va me faire un lai de trois cents strophes.*

Merlin la plaqua au tronc d'un chêne d'une seule main. Après quoi il resta parfaitement immobile, et elle aussi.

« As-tu déjà goûté ma tarte au potiron ? » sourit Calmebloc, qui se sentait plus amusée qu'ulcérée.

Je crois qu'au fond de ma théière, ce type me fait rire.

« Je suis certain que nous ne pourrons pas régler notre problème de cette façon-là, lui répondit doucement Merlin.

— Tu veux implanter la chrétineté ici, nous ne voulons pas, alors tu n'y parviendras pas, asséna Calmebloc. Est-ce assez bien résumé ? Je te signale que tu es en train d'enfoncer au moins deux de tes griffes dans mon épigastre.

— Oh oui ? »

Il en enfonça une troisième. Calmebloc sentit l'amusement la quitter. Elle allait claquer des doigts quand une grimace de haine sauvage terraforma les traits mièvres de Merlin, avec une violence dans laquelle elle reconnut l'écho inextinguible de la Fin du Monde, ce jour lointain où des Anges de Colère, montant à cru les chevaux verts de la Peste, avaient traversé les nues d'Armaggedon en vomissant des anathèmes et des pluies de sang.

« Le monothéisme vous gêne ? Il vous dérange ? Il vous *agace* ? souffla l'Archange en crispant encore la main. Mais à moi, il est *nécessaire* ! Pour ne pas crever. Sais-tu ce que c'est, crever, l'immortelle ? Crever de faim ? Tu sais ce que c'est, la faim ? Et la peur de mourir ? (Il enfonça un quatrième ongle :) Si j'ai appris *une* chose chez les humains, c'est que dans un duel, l'instinct de survie l'emporte *toujours* face au simple agacement. Je ne peux peut-être pas te supprimer, mais toi non plus, et je te *jure* que je peux empoisonner ta vie potagère de fée des légumes jusqu'à la nappe phréatique !

— Ote tes ergots, sale volaille ! Tout de suite ! »

Lentement, il souleva sa main, replia ses griffes. Les muscles de ses mâchoires faisaient deux petites boules au bas de ses joues et il respirait vite, comme s'il en avait eu besoin. Calmebloc réfléchissait à toute vitesse, comprenant en rafale que ce type avait tant et si longtemps fréquenté des humains enragés de désespoir qu'il s'était mis à leur ressembler comme deux gouttes d'adrénaline, et que ce qu'elle avait senti d'étrange chez lui, c'était la perte de sa nature divine. *La peur de mourir, l'horreur de souffrir, le sentiment d'une déchéance.*

« Je ne savais pas », murmura-t-elle en touchant la peau griffée de sa gorge. Elle jeta un œil sur le bout de ses doigts, les vit tachés d'un peu de sang bleu. Il suivit son regard :

« Désolé. »

Elle haussa les épaules, se cicatrisa d'un froncement de nez. Il regarda ses ongles à lui, bleus aussi. Elle tira pensivement le lobe de son oreille, secoua la tête et, faisant un pas en arrière, se réfugia dans le chêne.

Tandis qu'elle glissait le long des immenses racines de l'arbre, elle entendait Merlin qui cognait comme un sourd sur le tronc en feulant de rage.

Il est complètement humain…

« … mais alors, complètement. »

Les quatre fées étaient assises en rond dans leur clairière habituelle autour d'un feu circulaire, un énorme foyer coupé en brosse et bleu clair. Il faisait nuit noire, une lune bossue passait lentement dans le cercle de beau temps au-dessus de leur tête.

« Ça sent mauvais, cette histoire, sentencia Pimprenouche.

— Oui, abonda Pétrol'Kiwi.

— Personne ne m'a dit chapeau pour le philtre, je le signale, signala Babine-Babine.

— Chapeau, siffla Calmebloc. Il nous reste à savoir…

— Reste à savoir, la coupa Pétrol'Kiwi, pour qui tu te bats. Pour les humains, pour nous, ou pour cette foutue poule ? »

Calmebloc manqua en avaler son torque :

« Pour *qui* ?

— Inutile de te vexer, la coupa Pimprenouche. Cet emplumé te fascine visiblement, parce que tu n'arrives pas à le comprendre. Il est encore plus misanthrope que toi et ça te la coupe. Moi non plus, je ne le comprends pas, mais je n'ai pas envie d'essayer. Un ange humanisé, ça ne se rencontre pas tous les siècles. C'est pour ça que la Terre continue de tourner, d'ailleurs. En un seul morceau, je veux dire. Les anges sont immortels mais incapables de tenir deux idées alignées plus longtemps qu'un signe de croix, alors que les humains sont opiniâtres mais incapables de tenir en vie plus longtemps qu'un crocus. Hélas, ta poule semble cumuler ce qu'il ne faut pas.

— Objection ! objecta Pétrol'Kiwi, il peut mourir. De faim. »

Il y eut un silence.

« Calmebloc n'acceptera jamais », marmonna Babine-Babine en jetant une pincée de datura dans le feu.

« Non, grommela celle-ci en se resservant une coupe de vin d'un claquement de doigt. Mais ce n'est pas parce que… D'accord, je reconnais qu'il m'intéresse, mais je peux arrêter quand je veux. Le problème est que, s'il est peut-être possible de lui couper l'herbe sous le pied à chaque fois qu'il essayera de se nourrir, nous aurons droit à…

— Comment se nourrit-il ? demanda Babine-Babine.

— De souffrance humaine, je crois, répondit Calmebloc. De Foi mêlée de souffrance.

— Je pensais que ces animaux-là se nourrissaient seulement de Foi.

— Les anges normaux, oui. Mais lui n'est pas normal, sinon il serait mort ou nous serions envahies de connards ailés. Je veux dire que nous risquons d'endurer à chaque fois une vengeance carabinée. De la façon dont il en parlait, ça sentait le massacre, le défoliant et l'incendie de forêt. »

Elle se tut, la gorge serrée : les fées gardaient un très mauvais souvenir de la Fin du Monde. L'odeur du lutin rôti ou de la sirène grillée ne fait pas partie des bons souvenirs d'un nez.

« Raison de plus, trancha Pimprenouche. Il ne faut pas attendre, ça ne fera qu'empirer. Nous déménagerons, s'il le faut. Une fois, deux fois et à la troisième, il sera trop faible pour contre-attaquer. Il ne faut pas attendre.

— Tu abandonnerais Avallon ? »

Il y eut un silence, décoré des pétillements du feu bleu. Pimprenouche se décida :

« Non. Mais je peux la mettre à l'abri. La décrocher. La faire dériver assez loin d'ici. Evidemment, je ne suis pas sûre de contrôler le genre de loin.

— Moi, franchement, grimaça Pétrol'Kiwi, je viens de lancer un programme de bouturage sur mes poiriers… Oui, ça vous va bien de faire ces têtes-là, mais n'empêche que mon poiré, il se boit pas tout seul ! »

Pimprenouche soupira :

« Pétrol, cette saloperie blanchâtre va transformer mon dolmen en chapelle, nos arbres en crucifix et tes poiriers en tabernacles. Mais surtout, il va nous séparer définitivement de tous les humains. Une fois nos servants assassinés, c'en sera fini des féeries. »

Elle n'acheva pas, ce qu'elle venait de suggérer suffisait : adieu les feux de Beltane, les fêtes d'équinoxe et de solstice, les chants, les danses et les transes, les corbeilles de fleurs et les guirlandes aux arbres des dames, les amoureux idiots qu'on perd dans les bois, les petites filles cueillant le mai sur l'herbe aux fées, les bols de lait frais sur le pas des portes, tous les liens ténus qu'elles avaient noués avec les hommes, les femmes et leurs enfants.

« D'accord, soupira Pétrol'Kiwi. De toute façon, j'ai encore douze muids de poiré en réserve.

— C'est trop bête, quand même, grommela Babine-Babine. Les humains ne peuvent pas se permettre de se passer de nous ni de nos élèves. Sans Avallon, qui va leur enseigner l'usage des simples ? Comment sauront-ils se soigner ? Prendre soin de leurs rages de dents, des fièvres de leurs accouchées, des muguets de leurs nourrissons ? »

Elle regarda ses compagnes, qui lui lancèrent toutes le même regard vide.

« Oh. C'est à ce point ?

— C'est un dieu mort », siffla Calmebloc.

Une onde rose tendre parcourut le feu bleu.

« En attendant que la poule divine retourne à sa picorée de cauchemar, marmonna Pimprenouche, j'ai peut-être une idée. »

☾

La cour avait tant bien que mal emménagé sur le chantier de Camelote, se partageant entre un vieux castel vermoulu qui préexistait, des baraquements vite montés et un foisonnement de tentes surmontées d'oriflammes multicolores. Ayant réussi à trouver son chemin parmi la cohue et les gravats, la dame du Lac se fit annoncer dans les appartements de Merlin l'Enchanteur. Celui-ci la reçut fort cérémonieusement, assis sur une estrade, entouré de sa cour de jouvenceaux armés jusqu'aux dents et tenant à la main un nouveau bourdon d'ébène. Calmebloc s'inclina, souriante dans son diadème de jolies filles aimablement prêté par Pimprenouche.

« J'ai bien réfléchi à ta dernière proposition, Merlin, dit Calmebloc avec une onctuosité éhontée. Et j'en ai une à te faire à mon tour. »

Merlin, blanc de disette et de rage, faillit lui répondre malaimablement, mais il lui parut peu politique de se brouiller en public avec un semblable harem. Il pianota quelque peu sur le manche de son bourdon, se leva et se dirigea vers la porte basse qui menait à son scriptorium. Se retournant, il agita une griffe en direction de Calmebloc qui le suivit, laissant quinze nymphettes inquiètes aux prises avec le double d'écuyers gloussant.

« Je crains le pire entre nos ouailles », dit Calmebloc tandis que Merlin refermait derrière eux la petite porte noire.

« Ça va les occuper. Les filles d'Avallon sont trop bien nées et trop bien équipées en fibules pointues pour qu'il se passe rien de grave. »

Un couinement, de l'autre côté du mur épais, sembla lui donner raison.

« De toute façon, mon chambellan est un eunuque aigri : il ne leur laissera rien faire d'amusant. »

Calmebloc ne répondit pas, occupée à intégrer qu'en plus du reste, Merlin avait acquis le sens de l'amusant. Le scriptorium était petit, mal éclairé par quelques fenestrons étroits et encombré par des mortiers. Merlin alluma lui-même, avec des gestes lents, des bougies blanches plantées dans de hauts bougeoirs celtes, en fer forgé poli par le temps. Calmebloc aurait pu, d'un claquement de doigt, coller au plafond une boule de lumière continuelle mais elle se retint, par pure charité : Merlin avait vraiment l'air au bout du parchemin. Déplumé. Vidé. *Il ne reste plus qu'à lui lier les pattes et à le mettre en cocotte*, songea la fée.

Merlin s'assit sur un pliant, en désigna un autre en face de lui, sur lequel Calmebloc posa son fessier crispé. L'atmosphère était marmiteuse.

L'enchanteur fixa sur la fée des yeux vides. Ses mains étaient allongées comme des vautours morts sur ses genoux qui pointaient à travers la bure grise. Calmebloc discerna avec étonnement l'exacte ossature d'un crâne humain sous la peau très blanche. Les cheveux, profus et brillants, paraissaient seuls à vivre. *Exactement comme sur un cadavre*, pensa-t-elle.

« Alors, heureuse ? » croassa-t-il tandis qu'elle le détaillait lentement à la lueur fauve des bougies. Elle se mordilla la lèvre :

« Je suis venue pour te proposer le moyen de t'éviter de mourir alors non, je ne suis pas précisément heureuse. Contrairement à toi, la mort ne m'intéresse pas. Même pas la tienne.

— Et pour cause, ricana-t-il. Tu n'y connais rien.

— Je suis une fée des arbres, soupira-t-elle. Je mets la terre au monde tous les printemps, je l'accouche tous les étés, je l'embaume tous les automnes et j'en porte le deuil tous les hivers. Je ne pense pas que tu puisses comprendre : nous grimpons deux échelles de valeurs différentes et tu as l'esprit trop myope pour voir celles qui flottent à côté de la tienne. Aussi allons-nous changer de sujet. »

Pensive, elle arrangea ses voiles : elle n'arrivait pas à se faire à ce boisseau de trucs glissants qui s'accrochait partout, et plaignait les oignons tous les matins devant son miroir. Ensuite, elle replaça ses affiquets d'argent tandis que Merlin se demandait s'il n'avait pas eu la sottise de se lancer dans un bras de fer contre une Parque. Pas la jeune idiote ni la vieille salope mais l'autre, la troisième, Lachésis, qui tourne éternellement le fil autour de ses doigts blancs, affichant toujours le même sourire maternel et le même front indifférent. Et tandis qu'il sentait la détresse le remplir en même temps que ses forces le fuir, au point que les flammes des bougies se détriplaient devant ses yeux, il eut une irrépressible envie de l'appeler à l'aide.

Sa dernière chasse s'était avérée un échec et, avec les soucis innombrables que lui posait l'innommable cour d'Artus, il n'avait pas vu passer le temps : non seulement la reine Guenwar avait balayé la croisade prévue d'un revers de hanche mais de surcroît Morigena, ancienne élève d'Avallon et demi-sœur du roi, celle-là même qui avait pris soin de la royale libido durant l'indisposition prolongée de la royale épouse, venait de se découvrir tout soudain passionnément celtisante. Merlin soupçonnait la Grande Prêtresse d'Avallon d'y être pour quelque chose et il avait raison : Pimprenouche n'excellait pas en philtre d'amour, parce qu'elle n'en avait jamais eu besoin.

Il se secoua, se redressa :

« Ne me crois pas si mortel si vite.

— Tu n'es pas brillant.

— Tu ne le seras pas davantage quand j'aurai fait écobuer ta saloperie de forêt ! Tu tires tes forces de là, n'est-ce pas ?

— Détruire toutes les forêts va te prendre cinq minutes.

— Détruire ton arbre me sera plus rapide à moi, qu'à toi de dénouer les liens qui t'attachent à lui et de les renouer ailleurs. Pour peu que tu trouves un ailleurs hors de ma portée, bien sûr. »

Calmebloc respira à fond par le nez. *Avant tout, ne pas s'énerver.*

« Le problème, vois-tu, c'est que nous sommes quatre et que tu es seul.

— Le problème, vois-tu, c'est que brûler quatre arbres est beaucoup plus rapide que de les faire pousser. Et merci de l'information.

— Je t'en prie. Le problème, vois-tu, c'est que faire tomber une pluie diluvienne, d'eau ou de citrouilles, est beaucoup plus rapide que de regarder cramer un arbre.

— Va te faire foutre.

— Essaye donc. »

Ils se jetèrent un long regard chargé de mauvaise haleine.

« J'ai une idée, cependant. Est-ce que ça t'intéresse ? » siffla Calmebloc. Merlin haussa les épaules, moucha d'une griffe une des bougies qui fumait.

« Connais-tu le sens du terme œcuménisme ? poursuivit la fée.

— Oui.

— Tu veux un dieu unique, et tu as tes raisons. Nous pouvons te laisser faire. Voire t'aider. A condition que ce dieu accepte des… aides. Des figures sacrées. Des sous-fifres, en quelque sorte. Des intercesseurs, je ne sais pas, appelle-les comme tu veux. De saints personnages, hommes et femmes défunts, des figures angéliques. »

Merlin ouvrit des yeux de borne kilométrique :

« Et vous en seriez les anges ? Les saintes ?

— Voilà. Franc-alleu pour nos fontaines, pierres, bois et dolmens, et nos lacs bien sûr. Je peux porter une croix en bandoulière, si tu veux. Je peux même en porter douze, si ça t'amuse. Avec ce que je promène comme bimbeloterie, une de plus ou une de moins… Nous pourrions greffer le culte de la Vierge sur celui de Birgit, par exemple. Voilà ma proposition : construis tes églises mais ne touche pas à nos rites. Les conversions se feront d'autant plus doucement, ainsi même les humains gagneront au change.

— J'ai bien entendu le mot *douceur*, marmotta Merlin. (Il moucha une autre bougie.) Et comment comptes-tu t'y prendre ? Le vieux barbu des tribus est un dieu jaloux.

— Comme pour Calibourne. Je compte créer un mythe. Le chaudron est, dans l'esprit celte, symbole d'omniscience et de pouvoir. Nous pourrions le bouturer avec un objet chrétin. La coupe de la Cène. Que nous pourrions jumeler avec la coupe qui a recueilli le sang de Jésus sur la croix. La coupe du Sang Royal. Ça pourrait s'appeler… Sangroyal ? Saint Groyal ?

— Tu t'es renseignée, à ce que je vois, murmura Merlin. Un symbole œcuménique…

— Une couche d'or par là-dessus, nous présentons la chose lors d'un banquet d'Artus avec force trompettes et étincelles, et le tour est joué.

— Le tour est joué », répéta Merlin en penchant sa tête lasse sur le côté. Son regard se perdit dans le vide, qui n'y gagna pas grand-chose. Calmebloc lissa ses soieries sur ses genoux, releva la tête :

« Qu'est-ce qui se passe, à côté ? »

Merlin se leva péniblement, alla ouvrir la petite porte, Calmebloc le suivit. Une ambassade de donzelles beaucoup plus gaiement attifées que les pensionnaires d'Avallon attendait dans la salle d'audience, les bras chargés de cassettes. Merlin se tourna vers Calmebloc avec un petit sourire de Troyen face à un cheval de bois :

« La reine a flanqué Morigena dehors par la grande porte, et c'est à moi que la demi-sœur indigne envoie ses compliments. Je sers de soupirail.

— Ta réponse à ma question ?

— J'y réfléchirai.

— Tu me trouveras chez la reine. »

Calmebloc dut s'y reprendre à trois fois pour arracher ses ouailles à la compagnie des écuyers. Elle confisqua cinq rubans et deux écharpes, lança douze sorts de défroissage de jupon et s'en alla, l'air gourmé, son troupeau la suivant silencieusement, vers les appartements de Guenwar.

La reine lui tomba dans les bras : Lanloken avait enfin trouvé le chantier de Camelote, et elle l'avait revu.

« Je suis au courant, répondit Calmebloc qui avait eu assez de mal à indiquer la route à ce crétin philtré.

— Depuis, chaque fois que je croise Artus, j'ai envie de lui arracher la tête à deux mains ! Comment veux-tu que je continue à coucher avec ?

— Verse ceci dans un gobelet de vin, puis fais-en boire la moitié à ton mari et donne-moi l'autre. Après quoi, il ne te regardera même plus. »

La reine prit la fiole, puis s'enquit de ce que c'était que ce potin qu'on faisait soudain.

« C'est à cause d'un présent que Dame Morigena a fait porter au roi par l'entremise de Sire Merlin, haleta une suivante qui venait d'arriver en courant. Un mantel ! Un mantel somptueux aux armes d'Avallon ! Tout en loutre noire rebrodée de lunes…

— Abrège, dit Guenwar qui, comme toute femme amoureuse, se demandait bien pourquoi elle avait autrefois accordé tant d'importance à de telles vétilles alors qu'on est si bien à poil.

— Merlin a heureusement conseillé au roi de faire d'abord essayer le mantel par une des filles de la suite de Dame Morigena, et l'on a bien vu !

— Elle est morte sur le coup, dirent en chœur Calmebloc et Guenwar.

— Euh… non. Elle a brûlé vive.

— Va, dis la reine. Et toi aussi, dit-elle en se tournant vers Calmebloc. Je crains qu'il ne faille pas bon désormais porter la tenue d'Avallon, dans cette cour.

— J'enverrai chercher le gobelet demain. »

Calmebloc se leva, prit congé et quitta Camelote le jabot haut levé, la voilure froufroutante, à l'ombre armée de la garde de la reine, tandis qu'un lourd silence de disgrâce l'accompagnait. Embusqué dans une embrasure qui dominait le chantier, Merlin n'essayait même pas de ricaner sardoniquement : il n'avait plus la force. La loutre, ce n'est pas facile à enflammer.

« Ma pauvre Pimprenouche, dit Calmebloc en tressant ses longs cheveux blancs, je crains qu'on te retire tes pensionnaires.

— Si chaque fois qu'un de ces nobles bambins essayait d'en trucider un autre, on vidait Avallon, l'île serait désertique depuis longtemps, grommela Pimprenouche qui grattouillait le menton de son chat noir favori.

— C'était un manteau noir brodé de lunes, et le vent politique souffle à rebrousse-poil. Note que ça va m'épargner la peine d'aller trouver cette Morigena : à mon avis, elle ne va pas tarder à venir te demander asile.

— Qui ça ?

— Morigena ! Morgwane en vieux celte. Ne fais pas ton ancêtre. As-tu décroché ton île ?

— Oui. Elle s'éloigne. J'ai miné toute la rive de sorts de direction, alors fais attention. »

Calmebloc rejeta ses nattes dans son dos. Elle avait retrouvé sa tenue verte habituelle, et elle se sentait soulagée.

En partie.

« Crois-tu que ça va marcher ? s'inquiéta-t-elle.

— Oui, sourit Pimprenouche. Merlin est peut-être plus doué que nous en politique mais décidément, il ne connaît rien à la fesse. Je ne dis pas ça pour te faire de la peine.

— Oh, ça va. »

☾

Artus, qui n'entendait pas renoncer à ses banquets pour un simple déménagement, avait fait installer la Table Ronde au beau milieu du chantier de Camelote, sous un gigantesque dais, et sablait une fois de plus la cervoise avec tous ses chevaliers. Merlin, assis à sa gauche, avait l'air épuisé et tendu. Les convives en étaient à lapider un trouvère avec des trognons de nèfles quand un silence épais, une monstrueuse vague de surdité envahit la salle.

Les chevaliers commencèrent par loucher vers leur bouche, laquelle était muette quand bien même ils sentaient vibrer leurs cordes vocales, puis ils s'entreregardèrent, regardèrent le roi et enfin le cercle au centre de la Table, au milieu duquel commençait à se diffuser une faible lueur.

La lueur s'épanouit comme une aurore, irradiant des lances d'or et de sombres étoiles éblouissantes, et au cœur de cet astre qui flottait à hauteur d'homme apparut une coupe magnifique, grande comme les deux mains, couverte de pierreries et semblant emplie de soleil. Elle tournait lentement sur elle-même, lançant vers le dais un faisceau si blanc que les chevaliers mirent leur main devant leurs yeux. Alors une voix se fit entendre, profonde :

« Ceci est le Saint Graal, que bénit Notre Sauveur au soir de la Cène. Ceci est le Saint Graal, qui recueillit le sang de Notre Sauveur au soir de sa Passion. Ceci est la coupe du Sang Divin, et il sera rendu à la Brittonie le jour où le dernier de ses pécheurs aura ouvert son âme à l'Amour de Notre Sauveur. Allez, chevaliers ! Je suis l'Arc, vous êtes les flèches, je suis le Verbe, vous êtes les mots. Allez, et ne revenez pas sans Moi. »

La lumière déclina, la coupe disparut et le silence s'effaça. Les chevaliers s'entre-regardèrent à nouveau en clignant des yeux. Alors Artus se leva, encore ébloui, et dit :

« Je décrète la Croisade en Brittonie ! »

Il obtint une magnifique ovation puis se tourna vers Merlin, qui eut un mouvement de recul : il avait déjà enduré pas mal de regards furieux mais celui-là les valait tous. Visiblement, Artus venait de se débarrasser de son emprise psychique comme d'une miette sur sa manche, il avait reconnu la patte archangélique dans la vision du Graal et il n'appréciait pas du tout de se voir ainsi forcer la main.

Quand Artus prit la parole, ce fut assez benoîtement :

« Mes chers compagnons, le Seigneur a parlé. Nous sommes les plus grands des pécheurs de cette Terre et il nous faut expier ! (Acclamations) Il nous faut partir ! (Acclamations) Et tout de suite ! Quant à moi, en esprit je serai avec vous, car pour le reste, il me faut rester céans, ayant un royaume à gouverner. (Exclamations étouffées) Car tel est, hélas, le Devoir des Rois ! (Acclamations plus maigres) Allez donc, et souvenez-vous qu'il ne s'agit plus de guerroyer mais bien de trouver le Saint Graal ! (Acclamations) Allez, pour la plus grande gloire de la Brittonie ! (Acclamations furieuses) Je ne veux influencer personne mais, à mon avis, la bonne direction, c'est du côté de la Terre Sainte. »

Suivit un silence expectatif qu'Artus combla de belles et bonnes paroles, parlant voyage, exotisme et tribulations, soleil, beau temps et opulentes villes mécréantes, tant et si bien que tout fini en acclamations, et que les chevaliers se levèrent comme un seul homme pour aller faire leurs bagages. Artus se rassit, l'air satisfait, se tourna vers un Merlin horrifié, lui fit un beau sourire et glissa à mi-voix :

« Je n'ai plus les moyens d'entretenir cette bande de feignants, maintenant que mon pays est pacifié. Ça me suce le sang du corps, la moelle des os, ça se tape mes servantes, mon vin, probablement ma femme et ça complote dans mon dos. Une question ? »

Merlin resta écrasé sur son siège. Quelque chose lui avait échappé…

Il tendit un nez psychique vers le roi et reconnut la force impérieuse qui le tenait désormais, en lieu et place de la sienne. A son tour, il se retint de crier de rage.

La vérité, c'est qu'Artus était fermement décidé à vivre le restant de ses jours dans la paix et la fornication avec sa demi-sœur Morigena, pour laquelle il éprouvait depuis peu un amour vif et réciproque. Il était donc temps de renouveler le décor, de se débarrasser des témoins les plus gênants de sa vie passée, tous ces preux chevaliers qui ne rêvaient que plaies et bosses au mépris des couches et courtines, et de renvoyer aux oubliettes cette nouvelle religion qui professait d'encombrants préjugés à l'encontre de la bigamie et de l'inceste. Il garderait Guenwar, bien sûr : la paix picte lui tenait à cœur et Lanloken garantissait celle de son ménage. Et puis…

Et puis je tomberai sous les coups d'un fils ou d'un cousin, comme tous mes ancêtres, quels qu'ils aient été. Ce petit Mordred, tiens ? Je le vois bien dans le rôle, philosopha le roi en se caressant la barbe.

« Alors ? dit-il en se tournant à nouveau vers Merlin. Pas encore parti pour la croisade ? »

Merlin, assis sur une cathèdre dans l'ombre de son scriptorium, s'écoutait mourir. Il lâcha son bourdon, qui roula sur le sol. Il essaya de se lever et retomba assis, écrasé sous le poids de ses propres ailes. Il saisit alors la dague qu'il portait à sa ceinture, se débarrassa de sa bure et avec de grands efforts, réussit à trancher les deux attaches sur ses omoplates. Les ailes tombèrent lourdement à terre, immaculées et immenses. Il parvint enfin à se lever.

« Je me vengerai. Je m'en fous, je me vengerai ! » grinça-t-il en se raccrochant à un des bougeoirs de fonte qui bascula. Il s'écroula à terre.

Il fut sauvé par un petit page qui, accouru au bruit, eut la force de le traîner jusqu'à l'oratorium. Le gamin pleurait de détresse : Merlin était son maître et son mentor, en plus de son employeur, et le voir à terre bavant de faiblesse jetait la terreur dans son petit cœur orphelin. Ne connaissant que la prière pour tout remède, il allongea le grand corps glacé devant l'autel minuscule et se mit à égrener son chapelet en tremblotant. Il jetait de temps en temps un œil à Merlin, et de le voir si blanc et si doré, quoique inerte, il reprit espoir. Confiance.

Foi.

Par conséquent, les forces revinrent à Merlin, petitement. Il se souleva sur un coude, regarda le page qui priait frénétiquement, blême de peur et bleu de Foi.

« Approche », murmura Merlin.

L'enfant se traîna à genoux près de lui, Merlin lui caressa la joue, glissa sa main autour de la nuque étroite et serra.

Il cria de joie quand le cou cassa. D'un geste, il repoussa le corps, bondit sur ses pieds et souffla un grand coup :

« Au nom de Dieu ! Ça va mieux. »

☾

« Tu crois toujours que ton tour de passe-passe est susceptible de m'arrêter ?

— Energie tellurique. »

La brume d'or tiède miroitait au bord du lac, sous les arbres de Glastonbury, comme auparavant. A ce détail près que cette fois, Merlin se trouvait enfermé à l'intérieur du cercle enchanté. Avec Calmebloc. Laquelle ne trouvait pas la situation aussi érotique que prévu.

« Il va te couper en hosties, l'avait prévenue Pimprenouche.

— Arrête de causer et mets des rameurs sur les rives d'Avallon, avait répondu Calmebloc, parce qu'au moment où il réussira à sortir de mon piège, il vaudra mieux que ton île soit loin. Les poiriers de Pétrol avec. Et si vous pouviez vous occuper de rempoter mon arbre aussi, ça m'arrangerait ! J'ai dit et répété que sa riposte risquait d'être très désagréable. Je le retiendrai autant que je pourrai, mais ça peut-être assez bref. »

Merlin s'assit en tailleur sur l'herbe mouillée. Il allongea son bourdon à côté de lui, posa ses griffes sur ses genoux et leva son visage exsangue vers la fée :

« Il n'y a plus qu'à attendre que tu t'épuises, n'est-ce pas ? »

Elle ne répondit pas. Mais il avait raison. Les autres fées avaient transplanté leurs quatre arbres sur l'île d'Avallon et l'île s'éloignait sur la mer, emportant sa force avec elle. Par contre, ce que Merlin ignorait, c'est qu'il était très aisé, pour une fée, de bâtir une tour d'air comme celle-ci : elle la portait en permanence avec elle, un peu comme un parapluie replié. C'était la détruire qui exigeait de la puissance.

« Pourquoi t'es-tu enfermée avec moi, au fait ? »

Calmebloc sourit :

« Pour le plaisir, bien sûr. »

Avec un rien d'expérience des fées, Merlin aurait aussi su que la brume d'or était un bouclier et qu'il est très difficile de promener un bouclier à plus d'une longueur de bras de soi-même. Mais il avait peu fréquenté cette engeance jusque récemment et Calmebloc ne voyait pas l'utilité de le rendre moins ignare. Merlin ferma les yeux et respira profondément : il se sentait beaucoup mieux. Il rouvrit les yeux : de faibles volutes de Foi flottaient dans l'air.

« Alors c'était pour ça… murmura-t-il.

— Quoi donc ?

— Tant que j'ai erré dans les forêts de Brittonie et d'ailleurs, je n'ai jamais eu aussi faim que dernièrement, à la cour du roi Artus. Il y a toujours un peu de Foi qui traîne dans ces solitudes, alors que je n'en ai jamais si peu vu qu'à Camelote. »

La fée haussa les épaules tout en se collant de grandes claques mentales : à trop se précipiter, elle avait commis une belle boulette. Elle se racla la gorge :

« Eh bien, c'est évident. Mets les humains dans la solitude et les dangers, et la Foi leur poussera comme des champignons aux pieds d'un athlète. Alors que si tu les mets en tas et dans le luxe, ils s'occupent mutuellement l'esprit à ne plus pouvoir y glisser une oraison. De plus, c'est une clairière sacrée que nous occupons. Il y a du passage, des prières. »

Merlin sourit :

« L'attention est touchante.

— Les tours d'air poussent plus épaisses ici qu'ailleurs, grommela Calmebloc. Tu as coupé tes ailes ?

— Bon débarras », murmura Merlin en regardant avec envie le ciel bleu au-dessus de lui.

Calmebloc s'assit en face de Merlin. La faiblesse commençait à lui monter le long des chevilles.

« Eh ! fit Merlin, je crois que nous avons de la visite.

— Personne ne peut nous voir. Mais je les connais, ces deux-là !

— La reine et son chevalier servant », ricana Merlin.

C'était bien Guenwar, main dans la main avec Lanloken, tous deux en tenue de chasse, qui s'avançaient à longs pas paisibles sur l'herbe trempée.

« Je n'ai jamais vu la reine si détendue », murmura Calmebloc.

Guenwar et Lanloken s'arrêtèrent, se firent face et ne bougèrent plus, tandis que de longs volutes bleus s'enroulaient autour d'eux.

« Qu'est-ce que c'est que cette plaisanterie ? hoqueta Merlin en salivant.

— Ils sont en train de se jurer leur Foi. Foi amoureuse. Ça t'étonne ? Es-tu sûr de les connaître, ces animaux-là ? Je te rassure, ce phénomène est rare et ne dure… pas longtemps, au naturel. »

Mais au synthétique, et si Babine-Babine avait bien concocté son philtre, ça pouvait durer quelques années et largement nourrir Merlin. La fée se mit encore trois coups de pied au cul mentaux. Guenwar et Lanloken étendirent leur cape à terre.

« Ils ne vont pas faire ça ici ? miaula Merlin.

— Tu n'as qu'à regarder de l'autre côté, si ça te gêne. »

Calmebloc s'allongea : elle se sentait de plus en plus mal. Le contact de la terre lui fit du bien : elle ferma les yeux, laissa son esprit descendre le long des radicelles de pissenlit, cherchant la force qui lui manquait, remontant le fil qui la reliait à son arbre, de plus en plus loin par-delà la mer…

« Pour une fois, on n'a pas l'impression de voir une grenouille faire des pompes sur un poulet prêt à cuire. »

La voix de Merlin lui parut lointaine.

« C'est plutôt paisible, même, continua-t-il. Et ils ont l'air content d'être là.

— Tu n'as pas l'intention de commenter ce… si, tu as », soupira Calmebloc. Elle ouvrit un œil : à plat ventre dans l'herbe, Merlin regardait le couple en mâchonnant un coucou.

« Je ne les avais jamais vus si beaux, tous les deux. Elle a perdu cet espèce de pli hargneux qu'elle avait toujours et lui, son air de mouton anxieux. Etonnant. »

Calmebloc referma les yeux.

« Ça ne va pas ? »

Elle les rouvrit : le visage de Merlin était juste au-dessus du sien, aussi blafard qu'une momie de la veille dans son auréole blonde.

« Ote-toi de là ! Tes bouclettes me chatouillent. »

Il ne s'ôta pas. Pire : il sourit.

« Fais donc pleuvoir tes citrouilles… Non ? Que t'arrive-t-il, la fée ? »

Calmebloc plongea son regard dans les yeux clairs, s'attendant à trouver le vide habituel, et y rencontra une flamme bizarre, fauve et pointue. Elle chercha une analogie et la trouva : *Un chat, bien sûr.*

C'est une chose qu'elle ne savait pas assez, qu'un ange qui se coupe les ailes les voit repousser sous une forme ou une autre, forme qui dépend de son nouveau mode de vie. Or celui de Merlin consistait, pour l'heure, à être enfermé avec elle dans une plaisante atmosphère de printemps.

Forme qui, de plus, pousse redoutablement vite.

Mi-ange mi-poisson

Forêt de Brocéliande, un peu avant l'an mille.

L'Angelot avait barboté quelque temps dans les deux lacs du val du même nom, absorbant la Foi éparse, mais les rapports humains lui manquaient. Un joli matin de mai, comme il émergeait des fonds vaseux où il aimait siester parmi les algues et les brochets, il aperçut un moinillon qui buvait, à genoux sur la rive. Il nagea silencieusement jusqu'à lui et émergea juste sous le petit nez en trompette, avec un grand sourire lumineux qui, au milieu de la boue dont il était couvert, luisait d'une façon inquiétante. Le moinillon glapit de terreur et s'enfuit à toutes jambes. L'Angelot, déçu, sortit du lac, agita ses grandes ailes puis s'allongea sur l'herbe, au soleil. Il avait une étrange envie de chaleur…

Les moines-guerriers lui tombèrent sur le râble à gourdins raccourcis.

Forêt de Glastonbury, au même instant.

« Nous avons été mauvaises, hein ?

— Très ! Très, très. »

Pimprenouche ôta lentement les vrilles de clématite qui couvraient son dolmen, ou ce qu'il en restait. *Un chicot moussu.*

« Oh ! Pimpin ! brailla Pétrol'Kiwi. Viens voir. »

Pimprenouche émergea du buisson :

« Quoi ?

— Je crois que j'ai retrouvé ta pierre plate. »

Pimprenouche s'approcha d'une petite cahute en noisetier, se pencha dans l'embrasure noircie par les chandelles : un autel. On avait fait de sa pierre plate un autel marial. Pour peu qu'on ait donné le nom de Marie à la statue votive, noire comme l'encre, qui était posée dessus et dans laquelle elle reconnut une antique Birgit à laquelle on avait greffé un nourrisson de bois. Sur l'autel, il y avait des croix de roseau séché et des rosaires de noyaux de cerises.

« Qu'est-ce qui s'est passé ? Mais qu'est-ce qui s'est passé ? piaula Pétrol'Kiwi.

— Je ne sais pas, répondit Pimprenouche en ôtant quelques toiles d'araignées de ses cheveux. C'est comme si les humains s'étaient toujours entendus avec eux-mêmes et avec leur monde tant qu'ils ont pu fuir, toujours plus à l'ouest, la famine et les envahisseurs pour des terres libres et fertiles. Mais ils ont touché le bout de cet ouest-ci et maintenant, devant eux, il n'y a plus que la mer stérile. Alors ils se retournent sur eux-mêmes pour s'entre-égorger, et ils brûlent les déesses de la fertilité pour les remplacer par une unique figure de femme frigide, de père dévoreur et de fils mort.

— Je te demande pas pourquoi le chrétinisme a visiblement ratatiné notre religion ! Je te demande pourquoi plusieurs siècles ont passé ici alors que sur Avallon, ça a semblé une poignée d'heures !

— Ah, ça ! Quand on largue les amarres de l'espace-temps, on sait où-quand on part, mais on ne sait pas où-quand on arrive. »

Les deux fées parcoururent la rive, à la recherche d'un point de repère.

« C'est Calmebloc qui va pas être contente, grommela Pétrol'Kiwi.

— Ou alors, ce sont les sorts de direction que j'avais posés sur la rive. Là, je me tire mon chapeau ! Ça n'est pas du sort de direction d'amateur, ça ! Pour s'y perdre, on s'y perd.

— Et y a pas qu'elle.

— Tu penses aux trois douzaines de donzelles qui attendent de débarquer d'Avallon pour aller convoler à la cour du roi Artus ? »

Pimprenouche grimaça : « C'est certain, pas un seul chevalier ne va vouloir épouser sa grand-mère.

— Je veux pas être catastrophiste mais tu vois l'arbre, là ?

— L'énorme chêne crevard, oui ?

— Je l'ai connu tout gland. »

Elles s'arrêtèrent au pied de l'énorme tronc dévoré par le lierre et le gui :

« A vue de nez? demanda Pimprenouche d'une petite voix.

— Quatre cents ans, répondit Pétrol'Kiwi.

— Pas contente du tout. »

« Ils sont encore là ! Babine-Babine en lâcha sa lyre. Je n'y crois pas ! Ils sont encore là ! Tous les deux ! »

La clairière sacrée était devenue un fouillis de framboisiers et de bouleaux au milieu duquel brillait doucement une colonne d'air doré. Et sur le cercle d'herbe qu'enserrait la brume enchantée…

« Vous croyez qu'ils ont passé quatre cents ans à…

— C'est des citrouilles ! » s'exclama Pétrol'Kiwi.

C'était, en effet, un énorme, un gargantuesque, un phénoménal monceau de citrouilles, contenu par le cylindre de brume comme des potirons-candie dans le présentoir de verre d'un monstrueux confiseur.

« Mais où sont-ils ? couina Babine-Babine.

— Dessous, j'imagine, s'inquiéta Pimprenouche. Ça n'a pas marché entre eux, visiblement. Calmebloc a pu survivre si elle a réussi à faire le lien avec un arbre des alentours. Sauf que cet enchantement est un redoutable isolant !

— Euh, c'est son rôle, fit remarquer Babine-Babine.

— Et le nôtre, c'est de la sortir de là le plus vite possible !

— Une tour d'air de quatre cents ans ! Comment veux-tu ? s'exclama Pétrol'Kiwi. Quatre siècles de force tellurique et forestière, tu crois que ça tombe en soufflant dessus ?

— Tu as une autre idée ? aboya Pimprenouche.

— Mais elles ont l'air fraîches, ces citrouilles ! fit observer Babine-Babine. Ce sont des citrouilles de la dernière pluie, pas de la première moitié du millénaire.

— Cessez de braire, les filles ! C'est pénible, au réveil. »

Quelques citrouilles roulèrent et Calmebloc émergea en haut du tas. Elle bâilla, s'étira, regarda autour d'elle. S'ensuivirent quelques explications véhémentes concernant l'état de la clairière et ses causes.

« Alors c'était ça, ce clignotis pendant que nous nous battions ? Je croyais que c'était un orage, mais c'était les jours qui passaient ! Tout ça parce que je suis restée en contact avec mon arbre en Avallon », finit par conclure rêveusement Calmebloc, assise sur son acmé de potirons, les bras noués autour de ses genoux et qui regardait rêveusement les frondaisons argentées des bouleaux, par-delà la brume enchantée.

« Où est la volaille ? demanda Pimprenouche

— Là-dessous, quelque part.

— Morte ?

— Ma foi, probablement pas, non. Pour lui comme pour nous, il ne s'est écoulé que quelques heures sous quelques tonnes. Mais est-il encore utile de le détruire ?

— Amoureuse comme tu l'es, marmonna Pimprenouche, j'aurais quand même cru que tu coucherais. Franchement.

— Moi aussi. Mais de près, il sent le bébé mort et la bave de cerveau, tu sais. »

« *Vade retro, satanas !* »

Le père abbé asséna sur le ventre de l'Angelot un coup de l'énorme croix qu'il tenait à deux mains. L'Angelot se plia en deux.

« *Exorciso te, immundissime spiritus !* »

Le frère prieur abattit sa discipline noueuse en travers du crâne de l'Angelot, faisant voler la vase et les boucles, et lui balança un coup de son pied corné dans les côtes.

« *Omnis incursio adversarii !* »

Deux frères convers, massifs et furieux, se jetèrent sur lui en brandissant des masses piquées de clous rouillés, tandis que le père abbé tentait de le clouer au sol par le nombril avec la traverse soigneusement aiguisée de sa croix. L'Angelot le balaya d'un revers de main et roula sur le côté tandis que les frères convers tapaient comme des sourds, un peu au hasard.

« *Omne phantasma, omnis legio !* »

L'Angelot, empêtré dans ses ailes, essaya de se mettre sur pied et retomba lourdement sur le flanc. Le père abbé lâcha sa croix, tira son épée et frappa en hurlant :

« *In nomine Domini nostri Jesus Christi !* »

L'Angelot hurla de douleur, les moines crièrent de joie :

« *Eradicare et effugare ab hoc*, saleté ! »

Le père abbé porta un second coup de taille, l'Angelot lança une jambe, le faucha à hauteur du genou, reçut un coup de masse sur la tempe et fit le plus beau plongeon qu'on ait vu de mémoire d'ange, droit dans la vase.

« *PLASMATE DEI !* »

Il se laissa couler, abasourdi de souffrance, ses deux ailes brisées traînant derrière lui.

Calmebloc avait, d'un claquement de doigt, fait disparaître les citrouilles dans mille petits pets cocasses. Elle claqua à nouveau des doigts et la brume dorée fondit.

« Voilà.

— Voilà.

— Tu es libre.

— Toi aussi. »

Merlin et Calmebloc regardèrent le fouillis d'arbres et de framboises qui les entourait. Calmebloc se sentait l'esprit encore un peu embué par les années perdues. Elle se demanda si Lanloken et Guenwar avaient fini par se faire surprendre, comment étaient morts les chevaliers du Graal, si Camelote était encore debout… L'Archange fit jouer ses épaules, peu déshabituées du poids de ses ailes. Il soupira :

« Tant qu'à devoir marcher, je vais chercher une contrée moins gadouilleuse.

— Tes ailes repousseront. Sûrement. »

Il lui jeta un regard difficilement déchiffrable :

« Ça dépend de ma vie. Et de mes envies. »

Mais Calmebloc ne l'écoutait pas : elle inspirait l'air frais à pleins poumons.

« Quelque chose manque, n'est-ce pas ?

— Oui, répondit l'Archange. Le relent des guirlandes pourrissant à vos arbres. La puanteur du lait caillé des elfes. La fumée crasseuse des feux enchantés. Les remugles de vos potions en train de bouillir. L'odeur mièvre des faëries. Ton temps est fini, ma jolie. »

Calmebloc le fixa, l'air peiné :

« Et sinon, compte sur moi et mes prêtres pour finir le travail ! » cracha-t-il.

Elle haussa les épaules avec un soupir de pneu crevé : *Il se nourrit de rage et c'est définitivement irrespirable.*

« Nous survivrons, murmura-t-elle. Dans les rêves, les contes ou les marges, mais nous reviendrons.

— Dans nos geôles et sur nos bûchers. Je t'en fais le serment ! »

Calmebloc le regarda : il avait l'air sincère.

« Tu as l'air sincère ! »

Il avait surtout l'air pas content. Il s'approcha d'elle, aussi suave et rassurant qu'un cheval mal achevé. Elle leva un doigt, prudemment.

« J'ai failli mourir, grinça-t-il. Et j'ai détesté ça ! »

Il recula d'un pas, eut un rire subit :

« Ou plus exactement : tu as débarqué dans une mécanique que j'avais mis un demi-siècle à huiler, tu lui as bourré la gueule avec tes philtres ridicules jusqu'à ce qu'elle éclate en dix-huit morceaux dans le but avoué de me faire crever de faim, tu viens de me garder quatre cents ans sous cloche après m'avoir roué de potirons et tu… et je… »

Il en bafouillait de rage. Calmebloc fronça un nez chagrin :

« Je te trouve bien rancunier. De toute façon, tu crèveras. Il est inutile désormais que je m'en mêle : ta propre haine s'en chargera. »

Et elle disparut dans le tronc d'un bouleau, éprouvant une surprenante et fugitive envie de mourir. *Les mâles, c'est vraiment mal embouché.*

Les fées, ça a un sens très personnel de la culpabilité.

L'Angelot s'était réfugié dans un îlot spongieux, au cœur d'une épaisse masse de joncs et de roseaux pourrissants. Allongé sur le flanc, il brûlait de fièvre et gémissait. Ses ailes, cassées et mâchurées en plusieurs endroits, hésitaient entre la plume et la nageoire : l'Angelot avait passé des siècles sous l'eau. En attendant qu'il choisisse ce qu'il était vraiment, elles ne savaient pas comment guérir et l'Angelot souffrait un étrange martyre, quelque part entre le faisan blessé et le poisson à demi écaillé.

A la nuit, une petite tête ronde comme une pomme à cidre vint piquer de son nez pointu la joue exsangue de l'Angelot : il ouvrit les yeux.

« Eh, dit-il faiblement. Eh, toi ! »

La nixe aux longs cheveux verts sauta en arrière et disparut, plouf! dans l'eau sombre du lac. L'Angelot referma les yeux.

La nixe n'avait rien d'une intellectuelle, mais elle n'était pas bête. Rien qu'à l'odeur, elle avait su que la créature qui agonisait sur l'îlot n'était pas d'un modèle courant. Elle dégageait un fumet bizarre de poisson et d'éternité, en lieu et place du tenace relent de pied qui accompagnait habituellement ceux du Grand Peuple.

La nixe fila, entre deux eaux, jusqu'à la souche où nichaient les siens. Il y eut de longs conciliabules au clair de lune, parmi le chant perlé des grenouilles et les arabesques brisées des grandes libellules, autour d'un feu follet mauve qui dansait sa gigue au creux d'une feuille de nénuphar. Les lutins, cachés sous les lentilles d'eau (car les lutins sont avec les nixes comme cul et savate, et ne ratent jamais une occasion de les épier pour en dire du mal) s'en allèrent répéter aux farfadets ce qu'ils avaient appris, tant et si bien que dès l'aube, la forêt bruissait de l'étrange nouvelle : un gigantesque poisson à plumes nichait sur la roselière et il était en train de mourir. L'Archange, qui venait de traverser la mer à pied et se remettait juste de ses nausées, tendit une oreille attentive.

Un rat d'eau, par l'odeur de pourriture alléché, traversa le bras qui séparait la rive de l'îlot. Il pataugea bravement parmi les joncs, se fraya un chemin jusqu'à la forme blanche qui gémissait. Le museau frémissant, il commença l'ascension d'une masse glissante de plumes mouillées et de cartilages cassés en biseau jusqu'à ce qu'il se blesse, roule en couinant et qu'une main brûlante s'abatte sur lui.

Il piaula tandis que de grands yeux fiévreux s'enfonçaient dans ses petits yeux de rongeur affolé. Du sang coulait de sa patte, ruisselait en fins fuseaux le long du bras blafard. Puis il cessa de piauler.

« Désolé, mais il faut amputer. »

L'Archange posa une main sur l'omoplate maigre, agrippa le bord glissant de l'aile écailleuse et tira d'un coup sec : l'Angelot hurla.

« Il y en a une autre, hélas. »

L'Angelot hurla à nouveau, puis l'Archange hala les deux grandes voiles désarticulées jusqu'à la rive. Il les jeta dans l'eau où elles flottèrent un moment avant de s'enfoncer. L'Archange, tout en essuyant ses mains sur sa bure, revint vers l'Angelot qui sanglotait.

« Ça va mieux ? »

L'Angelot battit une paupière larmoyante. Il ouvrit la bouche et rien n'en sortit : ça faisait très, très longtemps qu'il n'avait pas parlé. Il réessaya :

« Faim. »

L'Archange rit :

« Je vois que nous avons le même problème. Patience ! Ce n'est pas le bon coin. »

Il se demanda ce qui se passait : il venait de proposer de partager son bol de Foi ? A la réflexion, il se dit qu'il lui arrivait probablement la même chose qu'avec la fée. Il ne restait plus qu'à espérer que celui-là en voudrait moins à sa peau. Ou mieux, du moins. Autrement, en tout cas.

« Tes ailes repousseront, si tu en as besoin. Ah ! Ça va déjà mieux », dit-il en se penchant sur le dos efflanqué : les plaies se refermaient d'elles-mêmes. *Comme quoi, la chair angélique, ce n'est pas comme cette salo-*

perie humaine, toujours à s'infecter dans des odeurs pas chrétines.

« Peux-tu te lever ?

— Je... je ne suis pas sûr d'en avoir envie.

— Dans l'absolu ? Ou par rapport à mon pied au cul ? »

Les deux anges marchaient côte à côte sur le chemin qui mène au village de Folie, du pas lent des affamés, pareillement émaciés, misérablement vêtus et beaux comme des anges.

« A l'odeur, il y a un village pas loin. Et s'il y a un village, il y a une église, et peut-être même un pilori avec une f... emme dedans. Enfin, on peut rêver, rêvait l'Archange.

— S'il y a un village, il y a des humains, dit l'Angelot d'une voix encore épaisse.

— Sûrement de peu de Foi, soupira l'Archange. Nous allons faire aussi maigre qu'à un dîner d'athées. »

L'Angelot lui jeta un regard bizarre :

« Puisque tu m'as sauvé, je vais te montrer quelque chose que... que j'ai découvert très récemment, en fait, mais c'est parce que je me fatigue peu à réfléchir. »

Tandis qu'ils marchaient, le soleil au-dessus des arbres couvrait leur visage de pièces d'or tiède, et l'Archange se mit à fredonner « Mylitta », ode à la plus rigolote des déesses babyloniennes. L'Angelot sourit, puis s'arrêta :

« Attends-moi là. »

A leur droite, dans un petit champ planté de noisetiers, une gardeuse de chèvres dormait. Il y eut un bêlement tout près d'eux. L'Angelot fit le tour du talus et revint, tenant muselé par une de ses longues mains un chevreau blanc.

« Et s'il y a des humains, il y a du bétail. As-tu un couteau ? »

L'Archange lui passa sa dague.

« Je n'aime pas faire ça, mais j'ai trop faim », marmotta l'Angelot. Il égorgea le chevreau, qui se tordit dans ses bras en l'inondant de sang.

« Tiens, l'ange chanteur », sourit l'Angelot en tendant l'animal à l'Archange, comme une coupe. L'Archange ouvrit de grands yeux :

« Je t'assure ! », insista l'Angelot.

Le soleil ne noircit pas, la lune ne se voila pas la face, car ils avaient l'habitude.

Il y avait bien une femme au pilori, la tête et les mains coincées entre deux planchettes. Elle portait de longs cheveux et une tunique noire fermée par un bijou.

« Une lune d'argent ? C'est trop beau ! » exulta l'Archange. De toute façon, depuis tout à l'heure, un rien le faisait exulter. Le sang lui avait fait un bien fou, comme un hypoglycémique qui aurait ingurgité d'un coup un sachet entier de fraises tagada.

« Voilà l'église, je crois », dit l'Angelot en désignant une maison de bois surmontée d'une Vierge fleurie. Il entra, la tête encore lourde de chaleur rouge et la bouche emplie de fadeur métallique. Un baptistère de pierre usée trônait au milieu d'une salle parfaitement vide. Des membres de bois, pieds, mains, doigts, oreilles, yeux, couilles et seins pendaient aux murs, par centaines, accrochés à des clous par des liens de cuir.

« Qu'est-ce que c'est que cette décoration ? murmura l'Archange en s'agenouillant face à l'iconostase mariale. L'Angelot l'imita :

— A première vue, probablement une évolution chrétine des… comment dire ? Vois-tu, par chez moi, quand un humain souffrait de quelque part, il était d'usage de façonner une image de la partie malade et de l'enterrer, en espérant que la terre se contenterait de dévorer l'image et ficherait la paix à l'original. Parce qu'on imaginait que les maladies venaient des ancêtres morts et enterrés. J'avais une collection de ces rogatons au fond de ma source. J'imagine que maintenant, on en fait l'offrande au christ. Eh bien, comme il est mort et enterré lui-même, c'est assez logique, à défaut d'efficace.

— Superstition païenne ! siffla l'Archange.

— Qu'est-ce que ça peut te foutre, franchement ? Les humains sont comme ça depuis, oh ! Pas mal de temps. La pensée magique a toujours fait des ravages chez eux. »

L'Angelot jeta un regard en coin à l'Archange, par-dessus ses mains jointes :

« Nous ne nous sommes pas déjà vus quelque part ?

— En parlant de christ, éluda l'Archange, je ne vois que sa mère, ici.

— La déesse-mère a toujours eu un franc succès et visiblement, elle continue envers et contre tout. C'est qu'ils enterrent tant de petits… »

Mais l'Archange ne perçut pas l'étranglement dans la voix de l'Angelot.

« Et ton… appétit, comment t'est-il venu ? demanda-t-il.

— J'ai compris que chaque fois que je bois du sang, je reprends des forces. C'est tout. »

L'Archange cligna des yeux en tanguant sur ses genoux pointus : les fraises tagada, ça ne tient pas au corps.

« Je parie que j'ai une recette pour aller tout à fait bien, marmonna-t-il dans le bout de ses doigts.

— Ah oui ? »

Ils attendirent la nuit, l'épaisse nuit cauchemardesque que ne parvenaient à dissiper ni la lueur trompeuse de la lune ni celle, vacillante, des foyers et des chandelles. La femme au pilori gémissait doucement, bougeant les épaules pour soulager la douleur de ses cervicales. L'Archange s'agenouilla devant elle, lui caressa la joue et lui parla. Elle pleura et parla à son tour, de la secte archaïque à laquelle elle appartenait, de l'enfant qu'elle avait conçu lors des feux de Lugnasad, des prêtres qui l'avaient saisie alors qu'elle le vouait à Lug, et du fait que son bébé devait crier de faim, tout seul chez elle. L'Archange se retourna vers l'ombre qui avait envahi la place :

« Elle a un gosse. Ce serait bien d'aller le chercher et de…

— J'y vais ! » s'exclama l'Angelot.

Il trouva le petit, le changea, le nourrit à une chèvre et le ramena à sa mère, murmurant des souvenirs de psaumes le long des rues boueuses du village. Il le déposa dans les bras de l'Archange, qui l'approcha du visage de la mère :

« Le voilà », murmura l'Archange. La femme se remit à pleurer.

« Est-ce que ça ne serait pas plus simple de la détacher ? » proposa bêtement l'Angelot. L'Archange rit tout bas :

« Je t'ai parlé de recette, pas d'angélisme inconsidéré. »

Il releva le menton de la femme du bout du doigt, lui fit un grand sourire étincelant et, avec un de ses ongles pointus, égorgea le nouveau-né. La mère et l'Angelot hurlèrent en même temps, tandis que l'Archange plongeait ses dents dans la plaie.

« Tiens ! » dit-il en jetant le bébé noir de sang à l'Angelot, qui le reçut dans ses bras. La femme continuait à crier et une pluie bleue mouillait la place. L'Angelot ouvrit la bouche pour insulter l'Archange, inspira l'odeur du sang et celle, stupéfiante, de la Foi brisée.

Il faillit tomber.

Le bébé, vidé, cessa d'un coup de s'agiter. L'Angelot se pencha sur lui, inspira encore, et le jeta violemment à terre :

« Qu'est-ce que tu viens de faire ? » balbutia-t-il. L'Archange, d'une main, brisa le cou de la femme. Puis il se leva et ramassa le cadavre du nourrisson. Il le tendit à l'Angelot qui grelottait comme maïs en poêle :

« Ecoute, il est mort, dit doucereusement l'Archange. Ecoute ! Tu connais sûrement mieux que moi les chances de survie d'une réprouvée et de son gosse. Ecoute, tu meurs de faim. »

L'Angelot reprit le bébé dans ses bras. Il avait l'air paisible et il sentait encore bon, le sang, la Foi et le tout-petit. Il ne bougeait plus du tout.

L'Angelot se pencha sur lui, troué de chagrin et tremblant de faiblesse. Il essayait encore de comprendre à quoi il venait d'assister qu'il buvait déjà.

Au matin, ne restaient qu'un cadavre coincé dans le pilori au-dessus d'un cadavre de nourrisson et beaucoup de sang séché à terre, en plaques noires. Sur un des chemins au large de la Folie marchaient un Archange heureux qui comme Ulysse, et un Angelot plâtré de sidération. Une étrange mydriase agrandissait ses yeux et il passait sans arrêt le bout de sa langue sèche sur ses dents, qui lui semblaient avoir enflé.

Après une heure de marche, l'Archange fit un brusque crochet : il était déjà venu ici, cinq cents ans auparavant, et se souvenait d'une clairière où les Gallo-Romains avaient élevé un petit temple dionysiaque de toute beauté. Mais il n'en restait rien, pas même une ruine.

« Le Grand Pan est mort, murmura l'Archange en dégageant d'un amas de broussailles une statuette priapique verte de mousse. Comme c'est étrange, d'arracher les ronces autour de dieux que j'ai vus honorés par des millions de fidèles pendant tant de siècles. »

Il se tourna vers l'Angelot, dont le regard vaguait toujours :

« Ça me fait rire à chaque fois ! »

L'Angelot secoua la tête :

« Ce que nous avons fait cette nuit… »

L'Archange jeta la statuette, s'essuya les mains :

« Nous avons fait ce qu'il fallait pour ne pas mourir de faim. Le sang des hommes est meilleur que celui des bêtes. Surtout quand ils sont en pleine crise de Foi, ha ha ! Oh, d'accord, ce n'est pas de très bon goût. »

L'air songeur, il regarda la statuette à ses pieds :

« Celui-là restera dans les esprits. Avec ses pieds de bouc, ses cornes de taureau et sa virilité d'âne. Il reviendra dans les rêves, les contes et les marges. Sous une forme… démoniaque ? Les vieux dieux deviennent souvent des démons. Du moins, c'est la place que leur réserve la nouvelle religion quand elle n'arrive pas à s'en débarrasser. Et je ne crois pas que nous échapperons à cette règle. »

Il se tourna vers l'Angelot :

« Parce que tu as bien compris que nous aussi, nous sommes juste les survivants d'un ordre mystique disparu, n'est-ce pas ? Si tu ne veux pas finir comme tous les autres, il va bien falloir que tu l'acceptes, n'est-ce pas ?

— Mais accepter quoi ? gémit l'Angelot qui se massait les mâchoires en grimaçant.

— Ta modeste place de démon buveur de sang. Crois-moi, je connais le chrétinisme : fais un sourire sardonique à une nonnette, et elle va se saturer de Foi en se signant comme un moulin à vent. Après, tu n'as plus qu'à boire chambré ! Et je me demande comment je n'y ai pas songé plus tôt. Tant d'années à gargouiller de famine, alors qu'il me suffisait d'être un peu plus incisif, ha ha ! Je sais, c'est de très mauvais goût.

— C'est absolument à *chier* », dit lentement l'Angelot, livide.

L'Archange s'approcha de lui. Il était assez versé en diplomatie pour savoir que s'il essayait d'argumenter sur le mode « Rappelle-toi comme c'était bon », il allait droit au crêpage d'auréole. Parce que le problème était très exactement là. Il prit une tangente :

« As-tu vraiment envie de finir sous cette ronce, vert de mousse et plus chenillé qu'un sureau au printemps ? Tu vis de Foi, et puisque le nouveau dieu est jaloux, il va bien falloir que tu te fasses une place dans son ombre. Crois-tu que de jolies jeunes filles viendront encore, à l'aube, t'apporter des fleurs et de l'adoration ? C'est fini. Ce seront de vieilles femmes emplies de rancœur qui s'adresseront à toi, désormais, et ce dont tu as besoin, il te faudra le leur arracher. »

L'Angelot recula, ouvrit la bouche et la ferma plusieurs fois, avec une mine de poisson échoué :

« Mais… un nouveau-né ? »

L'Archange haussa les épaules :

« Je n'ai pas eu d'autre idée sur le moment. Nous en trouverons, va. »

Et tandis que l'Angelot voûtait des épaules accablées au-dessus d'un estomac qui s'était mis à le tirer avec une violence jusqu'alors inconnue, l'Archange échafaudait des plans de chasse élaborés, se félicitant d'être deux pour les mener à bien. Il fit jouer ses ongles les uns contre les autres, passa sa langue sur ses dents qui pointaient :

« J'ai dans l'idée que nos ailes ne repousseront pas.

— Ah oui ? fit l'Angelot d'un ton morne.

— Parce que voler est une commodité, alors que mordre est… »

L'Archange ignorait le terme « drogue addictive », mais il avait vu des alcooliques, des mangeurs de lotus, des fumeurs d'opium, des mâcheurs de ket, des têteurs de bang et des fous de champignons, alors il connaissait le principe.

« … mordre est une nécessité.

— Mordre ? Seulement mordre ? » fit l'Angelot en levant ses yeux exorbités vers le ciel bleu où tant de myriades d'anges s'étaient diluées sans se poser l'ombre d'une question sur l'envie de vivre et le prix à payer. Il ramena son regard sur son compagnon : efflanqué comme un pendu, déguenillé à la limite du nudisme, riche en tout et pour tout d'une dague et de bottes de boue, l'air dur sous ses bouclettes grises de poussière, les épaules creusées de profondes cicatrices, celui-ci aiguisait ses ongles sur le bord de ses canines et l'Angelot se demanda ce qui les différenciait désormais, tous les deux, du plus binaire des massacreurs bulgares.

Rafale de bulles

Les chasses aux vampires commencèrent peu après l'an mille.

« Il nous faut construire notre propre mythe, avait dit l'Archange à un Angelot toujours aussi hébété.

— Ah bon.

— A deux, nous n'y arriverons jamais.

— Tu veux me faire un gosse ?

— Sois sérieux cinq minutes, s'il te plaît.

— Je suis sérieux comme la mort. »

Les deux anges, à l'ombre d'une chapelle en ruine, passaient de l'huile de lin sur leurs ailes. Celles-ci avaient fini par repousser, sous la pression des hordes de paysans armés de faux qui leur couraient régulièrement après, mais elles étaient désormais noires et chitineuses car, pour le métier qu'ils exerçaient, il valait mieux travailler de nuit.

« Si nous voulons des victimes farcies de Foi, insista l'Archange, il nous faut cuisiner en marmite pieuse. Nous faire craindre comme démons, non comme… loups, ours ou autre prédateur banal. Les humains crèvent de peur mystique devant leurs propres défunts, alors nous allons faire comme ça.

— Comme quoi ?

— Nous la jouer cimetière, ancêtres de retour, âmes sans repos.

— Et comment comptes-tu t'y prendre ? Te balader avec un écriteau : "Je suis mort et vous n'avez pas fini de me le payer ?"

— Sois sérieux deux minutes, s'il te plaît.

— Je suis sérieux comme une pneumonie.

— Réfléchis un peu : qui peut nous aider, en dehors de nous-mêmes ?

— Voyons… personne ?

— Nos victimes.

— Tu veux mettre sur chaque cadavre un écriteau : "J'ai été saigné par un revenant et je vous informe qu'il n'est pas content ?" »

L'Archange faillit en renverser sa burette. Il poussa un soupir d'éolienne :

« Tu es plutôt doué en herboristerie, non ?

— J'ai essentiellement donné dans l'essence de coquelicot.

— Ce qu'il nous faudrait, c'est quelque chose qui plongerait les humains en catalepsie tout en provoquant une hémorragie mémorable. Je pensais à un mélange d'aconit napel et de crin de cheval coupé fin. »

L'Angelot lui jeta un regard en coin :

« Tu as été herboriste, toi ?

— Non. Seulement membre d'une cour royale. »

La rumeur des « morts qui mâchent » se répandit en Europe, d'est en ouest, comme une traînée de poudre. Le scénario était toujours le même : un beau matin, un village paisible trouvait une de ses fermes emplie de cadavres exsangues qu'on s'empressait d'enterrer, lesquels étaient suivis de toujours plus de cadavres exsangues tandis qu'on commençait à chuchoter au sujet de démons ailés surpris à sautiller en ricanant, dans le cimetière, à des heures peu chrétines. Et ce, jusqu'à ce que les villageois, gris de trouille, se risquent jusque dans le cimetière et découvrent certains tertres remués et sanglants. Ils exhumaient alors des corps encore frais, baignant dans leur sang et mâchouillant leur suaire. La moitié du village préconisait de leur couper la tête, l'autre de leur percer le cœur, le contradicteur de service de les brûler et le prêtre, que tout le monde s'autoflagelle pendant trente-trois jours afin d'expier en grand les péchés de la paroisse. Pour plus de précaution, on appliquait le tout.

Après quoi la paix revenait dans le village et les récits filaient bon train sur le dos des artisans itinérants, pèlerins, commerçants ambulants et journaliers errants : pour tous ceux-là, un bon récit bien affreux se vendait au prix d'un bon repas auprès d'un bon feu tout au long de leur route.

1028, quelque part en Aquitaine.

L'Archange et l'Angelot culbutèrent dans une causse bondée de ronces :

« Ah, bravo ! Tu n'aurais pas pu atterrir ailleurs ? hurla l'Archange.

— Tu pèses une vache morte, mon vieux ! » haleta l'Angelot.

Ils pataugèrent péniblement au milieu des lianes acérées, jusqu'à gagner un amas de roches en surplomb.

« J'ai l'aile droite cassée, geignit l'Archange.

— Je vais te mettre une attelle, fit l'Angelot en dépliant doucement la voile qui pendait selon un angle pénible à voir. En tout cas, ta propagande est un succès massif. La prochaine fois, nous nous ferons vraiment mettre en pièces.

— Aïe ! Le gibier se rebiffe. Je n'ai même pas eu le temps de leur projeter une illusion. Aïe… Combien étaient-ils, ces péquenots, avec leurs fourches ? Cinquante ? Il va falloir changer de stratégie. Susciter une terreur mystique sans qu'elle se focalise sur nous. Te souviens-tu de la comète de 989 ? Mais aïe ! Cette terreur qu'ils en avaient ? J'ai rarement eu le ventre si bien rempli qu'à cette époque, AÏE ! »

Le lendemain, une pluie de sang tombait sur l'Aquitaine et l'Archange se couchait avec une migraine format départemental.

« Tu as peut-être vu un peu grand, niveau illusion », fit remarquer l'Angelot en lui appliquant des compresses de sénevé sur le front.

« Aïe ! »

Un peu plus tard, sur une plage déserte encombrée de mouettes et de bois flotté, face à un beau coucher de soleil sur l'Atlantique.

« Après tout, la nature est assez prodigue en vraies catastrophes, soupira l'Angelot, pourquoi se fatiguer à en créer ? Il y a les famines, les épidémies de peste de toutes les couleurs, les pandémies de chiasses de toutes les couleurs aussi, les tremblements de terre…

— Ce n'est pas assez mystique, tout ça.

— Sauf si nous arrivons à faire croire aux gens que *tout ça* vient droit des enfers. En punition de leurs péchés.

— Certes. Mais les gens ne le croiront que si leur curé le leur dit.

— Lequel le dira si le pape le lui ordonne.

— Mais voilà, grogna l'Archange, qui nous réduirait à ne boire que du sang de mort de faim, de pesteux et de coliqueux. »

L'Angelot haussa les épaules avec mépris :

« Qu'est-ce que tu crois ? Que les gens crèveront de peste ou de colique en disant : "C'est bien fait pour moi, car j'ai péché" ?

— Que veux-tu qu'ils disent ?

— Les mourants ? "Aïe-aïe-aïe-merde-merde-argh-couic".

— Je ne te suis pas bien, là.

— Ça ne m'étonne pas. Ce sont les survivants qui comptent. Ceux-là auront la Foi.

— Et ils iront expier leurs péchés sous le sac et la cendre, voilà tout. Ça a un goût de grimace, l'anachorète », grogna l'Archange. L'Angelot siffla d'exaspération :

« Mais non ! Ils diront seulement : "Si j'avais cassé le crâne de mon pécheur de voisin plus tôt, il n'aurait pas refilé sa courante à ma maisonnée !" Après, évidemment, tout dépend de ce que le curé et le pape leur ordonneront de faire de tant de mauvaise Foi. Si c'est le sac et la cendre, bien sûr, le goût en pâtira. »

L'Archange réfléchit, puis il jeta à l'Angelot un regard en coin :

« Tu as été diplomate, toi ?

— Non. Seulement membre du Paradis. »

ooo

1179. Les vieux murs roses du palais du Latran n'avaient pas connu pareille presse depuis...

Depuis le dernier concile, songea Sa Sainteté Alexandre III en traquant une puce sur son poitrail ridé. Archevêques, primats et patriarches s'ébattaient entre les antiques murailles.

« … la discipline ecclésiastique se contente, il est vrai, du jugement des clercs et n'a aucun besoin de peines sanglantes… »

Le vieil homme remonta sa pelisse papale sur ses genoux et tendit sa jambe goutteuse vers le feu. Imperméable au bruit et au froid qui sourdait des pierres énormes, Gratien, le jeune secrétaire pontifical, continuait à arpenter la pièce en pontifiant :

« … mais certaines personnes sont amenées à s'occuper du salut de leur âme par la crainte des peines temporelles… »

Cet imbécile n'a pas l'intention de me resservir tout le canon vingt-sept, quand même ? bâilla le vieux pape.

(Rien qu'à le voir, l'Archange avait eu l'impression de retourner aux temps de Guortigirn. Et d'Aurélius. Et d'Uther. C'était encore une vieille baderne qui allait accueillir ses conseils avisés avec l'enthousiasme d'un anachorète dans une mercerie. Il n'empêche que sous son règne, la papauté avait *enfin* acquis un pouvoir de nuisance intéressant.)

« … comme, en Gascogne, continuait Gratien de sa voix de vinaigre bouilli, ainsi que dans les environs d'Albi, l'absurdité des hérétiques appelés tantôt cathares, tantôt publicains, s'est accrue de telle sorte qu'ils n'exercent plus seulement en secret leur malignité… »

Si, il a, bâilla derechef Alexandre. Le vieux pape régnait depuis vingt ans. Vingt longues années. Deux décennies pendant lesquelles il avait connu l'exil, quatre antipapes, la prise de Rome et une peste monstrueuse, laquelle avait eu le bon goût de décimer la soldatesque mal lavée de ce faquin de Barberousse. Lequel était finalement venu, battu à plate couture et toute honte bue, faire acte de soumission auprès du Saint Siège avec le nez le plus tordu de mémoire de Pape face à un nez d'Empereur. Cette soumission remontait à deux ans et Alexandre se sentait fatigué.

(Autant dire que quand il l'avait vu, l'Archange avait immédiatement décidé de s'en prendre à un homme moins rassis.)

« … mais la proclament ouvertement et pervertissent les gens simples et faibles… »

(Le jeune Gratien, secrétaire pourri d'ambition, doté d'une mémoire de mule papale et d'autant de raison qu'une toupie dans une chaudière, lui parut tout à fait convenir à ses plans.)

Gratien maîtrisait le *Decretum* sur le bout des doigts et rêvait de belles bulles magnifiquement argumentées, Alexandre III ne jurait que par le *Decretum* et avait déjà émis plus de bulles qu'un jacuzzi de bordel, l'un était donc ravi de prendre le relais de l'autre qui ne demandait qu'à le lui laisser.

« … nous prononçons l'anathème contre eux ! »

A condition, bien sûr, qu'il ne vienne pas à l'idée dudit Gratien de faire de l'ombre au pouvoir temporel du pape. Sur ce point, Alexandre ne nourrissait aucune inquiétude : le jeune moine n'avait ni les appuis, ni la fortune, ni la famille nécessaires. En fait, il était exempt de tout défaut.

« … tous les fidèles doivent s'opposer énergiquement à cette peste et même prendre les armes contre eux… »

A l'exception de cette tendance à se gargariser de ses propres mots, mais le vieil Alexandre durcissait de la feuille et il préférait écouter ce fatras qu'avoir à le rédiger.

« … les biens de ces gens seront confisqués et il sera permis aux princes de les réduire en esclavage !

— Bon, bien, très bien, toussota le pape. Sers-moi du vin, tant que tu es là. »

Le jeune Gratien s'interrompit dans son élan lyrique et, avec un empressement qui faisait mousser sa tonsure, emplit la coupe d'Alexandre. Son visage rayonnait de joie, à tel point qu'Alexandre faillit s'en émouvoir :

C'est donc ça, la jeunesse ? songea-t-il. *Avais-je l'air aussi niais, il y a un demi-siècle ?*

Et comme c'était assez accorder de pensées à autre chose qu'à sa goutte, il s'en tint là. Gratien le regarda boire avec un sourire quasi paternel : depuis que, chaque nuit, un ange rayonnant de lumière venait le visiter sur sa couche austère pour lui révéler les arcanes de sa Mission sur Terre, il avait un peu tendance à prendre tous les hommes pour des enfants. Ses enfants.

Et des enfants bien souvent égarés, hélas, pensa-t-il avec un trémulement de joie anticipée, *et qu'il convient de ramener dans le giron de l'Eglise. Avec douceur. Mais fermeté.*

Alexandre se gargarisa avec son vin, en recracha une moitié dans la cheminée, avala l'autre et dit pesamment :

« Ce jour, nous avons enfin réglé le point épineux de l'élection pontificale. Bon débarras. Que reste-t-il ? »

Sa Sainteté aurait demandé « Jésus comment ? » que Gratien n'eut pas ouvert de plus grands yeux : le monachisme galopant avait suscité des ribambelles d'hérésies toutes plus infâmes les unes que les autres et ce vieux croûton osait demander…

C'est un enfant égaré comme les autres, se reprit Gratien, pour qui la sainteté d'un Elu comme lui se mesurait en bienveillance inaltérable et en langage choisi.

« Très Saint Père, reprit-il avec patience, ainsi que je vous l'exposais, il reste à prendre les mesures contre les Juifs, les Cathares, les Vaudois et les Sarrasins.

— Ah ! Les Sarrasins ! s'exclama le vieil homme, sa torpeur soudain chatouillée par la nostalgie. Ça me rappelle, voyons... Oh, ça fait bien trente ans que Bernard de Clairvaux...

— Bernard de Clairvaux se trompait ! »

Alexandre se pencha en avant, pour dégager sa bonne oreille :

« Plaît-il ?

— Que Dieu ait l'âme de ce pieux prédicateur à qui nous devons la Grande Croisade, corrigea hâtivement Gratien, mais pour ce qui est de *« fides suadenda non imponenda »,* il se trompait, Très Saint Père. La Foi doit être persuadée, et non imposée ? Vraiment ? L'hérésie est à nos portes, telle l'hydre aux cent mille têtes...

— Sept, mon ami, sept.

— ... et à quoi nous a mené l'indulgence recommandée par Bernard de Clairvaux ? piailla Gratien tandis que sa voix dérapait dans les aiguës : A quoi nous a mené tant de bonté ?

— A voir l'hérésie à nos portes avec plus de têtes que prévu ? » sourit Alexandre. Gratien faillit avaler de travers : s'il l'avait osé, il aurait fait remarquer au Très Saint Père que ce commentaire sentait l'hérétique, le fagot et l'estrapade et... non. Pas encore.

Pas *tout de suite*.

« Le Second Avènement du Christ approche, Très Saint Père, insista Gratien. L'Apocalypse est pour bientôt ! Le Jugement Dernier ! Armageddon ! Vit-on jamais tant de famines, pestes, guerres et hérésies ? Le Monde croule et pourrit sous le poids de nos Péchés ! Bientôt il sera détruit, et nous verrons à nouveau la

Sainte Face du Christ ! Ce sera l'Avènement de la Nouvelle Jérusalem ! Et que pourrions-nous offrir de plus beau au Christ Rédempteur que le Chef sanglant de l'Hérésie…

— Est-ce qu'il reste du vin ? » demanda le vieux pape avec un soupir d'hippopotame au bain.

Si j'avais bu un coup chaque fois qu'un curé de campagne avec un os dans le nez m'avait prédit l'Apocalypse, rêvassa Alexandre en renonçant à compter sur ses doigts, *je serais un foutu sac-à-vin. Déjà, en l'an 700, Bède le Vénérable avait prévenu qu'il en collait une au prochain qui lui demandait la date exacte de la Fin du Monde. Qu'on me trouve une seule journée qu'un messie hirsute n'ait pas calculée comme étant la Borne de Tous les Temps, l'Aube de la Résurrection des Morts, la Parousie et l'Apocatastase, et en écorchant les mots par-dessus le marché ! Je ne sais pas pourquoi les gens tiennent tant à ce que ce monde-ci finisse. Un goût certain pour les majuscules ? Une bonne excuse pour ne pas aller aux champs, plutôt. En tout cas, ce genre de propos ne facilite pas la paix civile : pendant que les gueux sont occupés à brûler leur mobilier en chantant « Jésus revient », ils ne le sont pas à payer l'impôt. Et Gratien veut que je cautionne de mon autorité papale ce genre de brouillonneries ?*

Le vieux pape se moucha une narine dans la cheminée.

D'un autre côté, sans un peu de terreur, on n'a point de fidèles. Faute de quoi, j'eusse déjà bullé l'émasculation immédiate de tous les prophètes du Jugement Dernier et mon brave Gratien me réciterait ses édits avec des arguments raisonnables. Et une voix encore plus aiguë.

A cette idée, il soupira une fois de plus. Gratien reprit timidement :

« Nous usons de peines spirituelles, Très Saint Père, dit-il.

— Hm ? Oui. En effet. Les pénitences. L'interdit. L'excommunication, dans le pire des cas. C'est efficace. Si on a une bonne armée derrière, bien sûr.

— Nous n'usons *que* de peines spirituelles, Très Saint Père, osa Gratien en suant froid.

— Hm ? Oui, évidemment. Et puis nous requalifions tout ça en crime de lèse-majesté et le bras séculier fait son office, bâilla Alexandre.

— Et l'on condamne les ennemis de l'Eglise à la torture et à la mort en un autre nom que celui de *l'Eglise* ? crécella Gratien comme une craie sur un tableau noir, si strident que le vieux pape en eut ce qui lui restait d'oreille transpercée.

— Hm ? Oui ? Et alors ?

— Et alors… et alors, je propose que…

— Proposez, mon ami, vous avez mon blanc-seing. Aussi bien, ces hérétiques ne sont que des gueux avides qui en veulent à nos économies. »

Et Sa Sainteté Alexandre III s'en alla dormir sous ses courtines brochées, laissant Gratien ébaubi d'une si prompte victoire. Il resta un temps quinaud, comme une poule face à un boson de Higgs, puis saisit fébrilement son calame, se mit à son écritoire et gratta :

« Le jugement ecclésiastique ne condamne pas à mort (*Ça, c'est clair, ça ne passerait pas. Point deux :*) Le jugement fera appel à l'aide des princes et des seigneurs pour appliquer les sévices corporels (*De la sorte, l'Eglise a les mains blanches comme Elle doit, les Princes les mains rouges comme ils aiment, et les hérétiques n'ont plus un doigt intact comme il se doit. Quoi d'autre ?*) Les comtes, barons et consuls des cités devront sévir contre les hérétiques sous peine d'être excommuniés à leur tour (*Ça, ça va faire un raffut du diable, ha ha ! Pardon, Seigneur, je crains n'avoir pas été de très bon goût.*) »

L'Archange, planqué dans l'ostensoir, souriait de contentement. *La jeunesse, il n'y a que ça de vrai.*

ooo

Pendant ce temps, l'Angelot promenait son hébétude dans les rues montueuses d'Avignon et se retrouvait à patauger dans les gravats du chantier d'un gigantesque pont. Un vieillard souriant, barbe au vent du Rhône, se présentant à lui comme le père Bénézet, lui parla avec force postillons du pont à venir, de la Bonté de Notre-Seigneur qui lui avait donné la force de rassembler les fonds nécessaires, et de ces cochons d'Arlésiens qui allaient se voir souffler le monopole de la traversée du Rhône, bien fait. L'Angelot s'essuya la joue et posa une question innocente, par pure politesse :

« Pourquoi "cochons" ? »

L'abbé éructa des choses confuses, d'où il ressortait qu'en Arles tout le monde avait voué son âme à un nommé Valdès, « lequel lit la Sainte Bib en langue vulgaire, mon fils ! » ce dont l'Angelot se foutait éperdument. Les textes bibiques lui paraissaient essentiellement bons à chanter, et la langue y faisait moins que le gosier. Mais il prêta l'oreille à une bizarre déferlante de « hérésie vaudoise » qui, outre les habituelles « fin du monde imminente », contenait des choses comme « conteste la richesse de l'Eglise », « distribuer ses biens aux pauvres » et autres « répartition des terres ». Le vieil homme en piétinait de rage dans la boue. L'Angelot, lui, fit une moue pointue : *Etrange pâton matérialiste d'une farine toute mystique.* Puis il sentit un glissement de terrain interne, du côté de son nombril, qui le laissa pâle.

Il salua brièvement le futur saint et s'éloigna. Il passa le reste de la journée à écouter les conversations de rue, attrapant de-ci, de-là quelques propos franchement vaudois, avec un sentiment discordant de peur et de soulagement qu'il ne s'expliquait pas encore.

ooo

L'Archange gambada longtemps sur les traces de Gratien, de pape en pape, toujours plus guilleret à mesure que les bulles se corsaient d'appels aux meurtres.

Puis il quitta le sémillant secrétaire sans un regard, pour s'attacher aux pas de Pierre de Castelnau et son compère Fontfroide, lesquels avaient mission papale d'extorquer à la tête faible du comte de Toulouse une croisade contre son propre peuple pourri d'hérésie. De toute façon, la présence de l'Archange n'était plus nécessaire à Rome : Innocent III venait d'être élu, et il n'était nul besoin de lui raconter des douceurs sur l'oreiller pour qu'il ne ronfle que plaies et bosses.

Une fois à Toulouse, l'Archange rongea quelque peu son frein : ça prêchait, ça conciliait, ça coupait les cheveux en quatre et la Trinité en dix-huit. Comme Innocent III n'avait pas beaucoup plus de patience que lui, il prononça brutalement la déshérence de tous les fiefs méridionaux et appela à la croisade les barons du Nord qui déferlèrent, trop contents de l'aubaine.

Les choses traînèrent encore, jusqu'à l'arrivée d'un ressortissant de la cour de Philippe Auguste ; un petit barbu bedonnant qui s'était embarqué pour la croisade contre Constantinople avant de découvrir qu'il n'avait pas le pied marin et de faire demi-tour.

« Simon de Montfort !

— Je ne connais pas, répondit l'Angelot en s'essuyant la bouche.

— Il fera de grandes choses, assura l'Archange. Si cette andouille de comte de Toulouse y met un peu du sien. Et si ce beau parleur de Castelnau arrête, ma foi, de bien parler. »

L'Angelot bâilla, puis enroula machinalement sur un de ses doigts une des boucles noires de la femme nue qui reposait dans ses bras en respirant faiblement. Un feu de sarments projetait des lueurs rouges sur l'intérieur misérable.

« Tu manques d'ambition sociale, grimaça l'Archange en s'asseyant sur un escabeau boiteux.

— Ce sang-là a goût de bruyère et de miel, sourit l'Angelot, non de merde et de choléra comme celui de tes citadins, même s'ils sont mieux vêtus. »

Il reposa doucement la femme sur son matelas de paille, prit son pouls, la recouvrit et posa deux pièces d'or sur la table.

« Quant à transformer un beau parleur en vilain muet, comment vas-tu t'y prendre ? demanda-t-il.

— C'est bibiquement simple », ricana l'Archange.

Et Castelnau fut tué à Saint-Gilles, au bord du Rhône, d'un nombre démentiel de coups de couteau. Le comte de Toulouse, que tout le monde trouva commode d'accuser du crime, fut excommunié pour la seconde fois et fouetté au beau milieu de la flaque de sang, en présence d'une foule hilare. S'y mêlaient deux jeunes gens blêmes sous de larges chapeaux, drapés dans de longs manteaux sombres. L'un d'entre eux trépignait d'enthousiasme tandis que l'autre, taciturne et figé, paraissait beaucoup s'ennuyer.

« Tu vas voir ! C'est parti !

— Quoi ? grommela l'Angelot.

— La récolte des olives, pourquoi ? La croisade contre les Albigeois, crétin ! Le grand festin ! »

Les deux pieds dans le sang du moine, Raymond VI, comte de Toulouse, remit sa chemise sur ses épaules fustigées et se croisa contre ses propres sujets.

ooo

1209.

L'Archange et l'Angelot marchaient dans Béziers. Ou, plus exactement, ils pataugeaient dans le sang comme deux vendangeurs dans une cuve à raisin, ivres, titubant et stupéfaits :

« J'l'avais pas dit ? J'l'avais pas dit ? braillait l'Archange en se rattrapant à son compagnon qui tanguait. Vive Simon de Montfort ! »

Les maisons vomissaient des cadavres, des rubans de tripes s'entrecroisaient d'une fenêtre à l'autre, des soleils de cervelle explosée dégoulinaient sur les murs chauffés à blanc par le soleil de midi, et l'odeur était quasiment compacte. L'église Sainte-Madeleine ressemblait à une orange sanguine pressée. L'Angelot s'arrêta :

« Combien, là-dedans ?

— Six mille ? Rien que dans cette église, n'est-ce pas ? Et tout à l'épée !

— Combien en tout ?

— Dix mille ? Trente ? Chiens non compris. »

L'Angelot se retourna : sur une forêt de piques alignée au-dessous d'un escalier étaient empalés cent trente-deux marmots nus.

« Et les bébés, ils sont compris ? »

Rien qu'au ton de voix, l'Archange sut qu'il devait reculer. Il glissa sur un rein et tomba lourdement assis dans une flaque bleue de mouches. Un lourd rouleau de fumée descendit la rue, les aveugla un instant. Les hurlements des hommes brûlés vifs se mêlaient au rugissement des flammes, un peu plus haut. L'Angelot ramassa une tête barbue, noire de caillots séchés, et la jeta à l'Archange :

« Bouffe ! Et crèves-en ! »

L'Archange évita le projectile, se releva, essora sa cape poissée de sang et lança à la silhouette sombre qui disparaissait dans la fumée dansante :

« Ne me dis pas merci pour le gueuleton, ingrat ! »

Il rabaissa son chapeau du bout d'un de ses ongles sales et jeta un regard circulaire :

« Eh bien ! Si Dieu veut reconnaître les siens, il n'est pas couché. »

ooo

Le plus beau souvenir de l'Archange ne fut pas le massacre de Béziers mais bien les cinquante années qui suivirent, où l'on rôtit de l'hérétique par paquets de cent parmi les hurlements, les exhortations au repentir, les éclats de rire du bon peuple et de grands jets de Foi portée au bleu. Simon de Montfort se goinfra toutes les terres du vicomte de Béziers et mourut écrabouillé par un jet de catapulte, sprouitch.

« *Ille humanis generis* !

— Sans moi », bâilla l'Angelot, posé comme un oiseau au bout des vieux remparts de Carcassonne, le menton sur les genoux et les bras enroulés autour des tibias. Ses ailes, déployées contre les pierres romaines encore chaudes de la journée, battaient imperceptiblement, et il regardait le soleil se coucher parmi les vols des martinets avec un doux sourire ; du moins jusqu'à ce que l'Archange tombe du ciel, les joues gonflées de joie.

« Il l'a dit ! Il l'a même bullé : *Ille humanis generis* ! C'est le nom de la dernière bulle du pape !

— Ne crie pas, gémit l'Angelot.

— Dieu accueillera Grégoire IX à sa droite ! S'il revient un jour dans le coin, bien sûr. Nous avons enfin le bras vengeur dont nous rêvions !

— Je ne rêve jamais. »

L'Archange se renfrogna :

« Est-ce que ça t'intéresse, de savoir ce qu'il y a dans cette bulle ? Le nom de la nouvelle organisation papale qui va remplir ton garde-manger pour les siècles à venir ?

— Si je dis non, soupira l'Angelot, je doute que ça te…

— L'Inquisition !

— … coupe…

— La Sainte Inquisition.

— … dans ton élan…

— Saint Office, si tu préfères.

— … alors je t'écoute.

— Et tu sais c'est quoi, la nouveauté ?

— Un relatif mépris de la syntaxe ? marmonna l'Angelot.

— On passe d'une procédure par accusation, nécessitant une délation, à une procédure de soupçon ! Au moindre soupçon, hop ! La flagellation, l'estrapade, les charbons ardents, les cordes et le bûcher en dessert ! Magnifique ! Ce n'est même pas moi qui ai eu l'idée, c'est te dire.

— Qui l'a eue ?

— Conrad de Marbourg ! D'ailleurs, pour le remercier, on lui a confié le poste de Grand Inquisiteur. »

L'Archange s'accroupit aux côtés de l'Angelot, regarda le paysage, n'y trouva aucun intérêt et jeta un regard en coin à son compagnon. Hors le rouleau à pâtisserie, il avait tout essayé pour le dérider, en vain. Il soupira discrètement : avec la fée, au moins, il pouvait se battre. Il secoua la tête :

« Bon. Il va falloir que je veille au grain, sinon ils vont me transformer leurs belles intentions homicides en tristes réalités prêchi-prêchantes. C'est fou, quand même, de préférer un long sermon à une bonne paire de tenailles ! »

De fait, et notamment à Cahors, les inquisiteurs perdirent quelque peu leur temps à déterrer les cadavres des hérétiques morts dans leur lit afin de les traîner par les rues sous une pluie de fruits pourris, de crachats et d'appels au meurtre assez goguenards. L'Archange fulminait :

« Mais je n'ai jamais vu des cons pareils ! Que croient-ils faire, en s'en prenant à des charognes ?

— Damner leurs âmes ?

— Mais il n'y a *pas* de damnation !

— Va le leur dire », ricana l'Angelot.

L'Archange reprit meilleure mine quand Jean de Vicence jeta trente cathares au feu, et remonta au Nord savourer le chef-d'œuvre de Robert le Bougre : cent quatre-vingt-sept d'un coup, ce qui n'est pas une mince affaire sous le crachin champenois.

ooo

Les meilleures choses ayant une fin, Clément V cassa brutalement les reins de l'Inquisition papale, en 1312 et d'une simple bulle. L'Archange essuya une larme et retourna se chauffer au soleil, dans les ruines de Montségur, où il termina le récit qu'il venait de commencer. Ce « Livre des Merveilles » était un petit guide touristique signé Marco Polo, l'exagérateur le plus renommé d'Italie. Mais personne ne lui en voulait car, outre le charbon et le papier-monnaie, il avait ramené de la lointaine Cathay une chinoiserie géniale : la nouille. L'Archange, qui avait écumé la Chine sous les Zhou, se gondolait à chaque page.

Il descendit de son perchoir, confia ses intentions à l'Angelot qui bâilla d'ennui et se rendit à Venise seul, de nuit et par la voie des airs. Là, il prit une caravane qui joignait Tabriz à Ormuz, sur le golfe persique et suivit la route de la soie *via* la caillasse de l'Hindou Kouch, la fournaise du désert de Lob et la grande boucle du Hoang-Ho avant d'arriver à Khai Balig dite « Ville du Khan » en français, « Cambaluc » en occidental et « Pékin » en anachronique.

L'Archange n'eut pas le temps de s'appesantir sur les mensonges éhontés qui remplissaient le « Livre des Merveilles » : les relais de poste s'étaient mis à grouiller de fuyards terrifiés. Des hordes de messagers ceinturés de clochettes couraient d'un village à l'autre en pépiant, dans un mongol haché par leurs dents, toutes sortes d'atrocités.

En fait, une seule.

« Quelle enflure, ce Polo, marmonna l'Archange en poussant du bout du pied le cadavre noirci qui gisait à ses pieds. Il a parlé de mille splendeurs, de pierreries, de monstres fabuleux, de belles dames, d'épices, de soieries, de ces fameuses pierres noires qui tournent au rouge en brûlant, de ces bouts de papier qui valent autant que dix pièces d'or, mais la Peste Noire, il a oublié de prévenir. »

La Grande Peste aux dents rouges remonta la route de la soie, laissant treize millions de Chinois pourrissant sous ses pas. Elle gagna la Crimée dans les casques de la Horde d'Or, sauta sur le poil de leurs ennemis génois à Caffa, débarqua en Sicile et de là, comme du napalm, submergea l'Europe. Ça faisait quatre siècles qu'on ne l'avait pas vue, il en faudrait autant pour s'en débarrasser.

Les Anglais et les Français, occupés à en découdre depuis peu et pour encore une centaine d'années, virent le quart de leur population tronçonné en un seul été. L'Angleterre se rencogna dans son insularité, fit un « ouf » de soulagement et perdit le quart suivant. Les villes allemandes se lancèrent dans un concours, Magdebourg annonçant un mort pour deux habitants, devancée par Hambourg qui dépassait le six sur dix, jusqu'à ce que Brême les pile avec un soixante-dix pour cent bien tassé.

ooo

L'Angelot, un cadavre sur chaque épaule, titubait de fatigue. Il jeta les deux corps dans la carriole : en poussant un peu, on pouvait encore en caser quelques-uns.

Il retourna d'un pas lourd dans la grande salle de l'hospice. L'odeur épouvantable des bubons emplissait l'atmosphère, les pestiférés râlaient, vautrés dans leur propre sang. Il coulait de partout, de la peau même, par grandes plaques. Les plus valides arrivaient encore à se soulever pour vomir, tous réclamaient à boire. L'Angelot alla tirer un seau dans le puits de la cour.

« Cette eau est sûrement pesteuse ! lui cria un médecin qui passait, ruisselant de vinaigre.

— Et ça risque de les contaminer, c'est ça, connard ? » maugréa l'Angelot en transvasant le contenu de son seau dans une dame-jeanne. Il passa parmi les malades, leur versant un peu au hasard de l'eau sur le visage. Sa bure, sa cape et ses ailes étaient raides de déjections, il avait des éclaboussures jusque dans les cheveux et il se sentait faible à crever, lui aussi.

Ce n'est pas un endroit où on peut garder la Foi, songea-t-il. Et le bacille de Yersin donnait au sang un goût préférablement oubliable.

Il posa sa dame-jeanne vide au pied d'un grand crucifix impavide, chargea deux cadavres de plus sur ses épaules et s'en fut compléter sa cargaison. Une frange de membres bleu sombre pendait par-dessus les ridelles, certains encore agités de contractions. L'odeur du grand bûcher, pourtant dressé à l'écart de la ville, parvenait jusqu'ici. L'Angelot donna le signal du départ au cocher qui se retourna, lui jeta un regard effaré et tomba tout d'une pièce dans la boue en vomissant des caillots pourpres. L'Angelot soupira, ramassa doucement le malade et le porta dans la grande salle.

« Mon père ? »

Le prêtre tourna vers l'Angelot le long bec courbe de son masque.

« Mon père, je conduis le charroi jusque hors les murs, et je reviens », dit l'Angelot. L'homme hocha la tête, en ramenant à lui sa longue spatule de bois emmanchée d'une pince d'argent. Il marmonna un *Pater* tout en garnissant le bout de sa spatule d'une hostie blanche et la tendit à bout de bras, visant avec soin les lèvres du cocher allongé dans la paille souillée. L'Angelot haussa les épaules et tourna les talons. Il allait sortir de la pièce quand une volée d'aiguilles brûlantes se planta dans sa nuque : il fit volte-face. Le prêtre suspendit son geste, l'aspersoir se balançant au bout de sa main tremblante :

« Que venez-vous de faire, mon père ? grinça l'Angelot en massant son cou brûlant.

— De vous bénir, mon fils, pour le douloureux chemin que vous avez à parcourir. »

Conduire une charretée de cadavres dans des rues jonchées de cadavres n'était pas un sport envié. L'Angelot quitta lentement la pièce et, toujours lentement, monta à l'avant de son chargement en se demandant combien de temps encore il réussirait à ne pas pleurer.

L'Angelot s'enfonça dans la forêt, au large du bûcher. Il croisa un coq en maraude, qu'il but. Tous les animaux domestiques s'étaient mis au maraudage, on croisait même des meutes de poules sanguinaires, le croupion pelé, qui sautaient sur les passants avec des caquetages pas catholiques. Dans les châteaux dévastés, les gueux buvaient le vin vieux en pissant leur hémoglobine par le nez, les villages s'effondraient sous des monticules de freux, et des charivaris grotesques dansaient la farandole autour des croix des cimetières, plaisamment grimés avec du charbon et du moût de groseille, couverts des bijoux volés aux cadavres mal ensevelis, hurlant de rire et chantant des chansons sordides. On effeuillait la Bib sur les monceaux de rats crevés (« Dieu nous aime un peu, beaucoup… ») tandis que des corbeaux humains, en cagoule noire, tractaient les corps le long des rues avec des crocs de boucher pour dégager la voirie, on se demande bien pourquoi.

1349. La puanteur grasse des bûchers couvrait l'Europe.

L'Angelot tomba à genoux près d'une mare, ôta ses hardes puantes et plongea. Il rêva un instant de rester là, comme avant, à flotter en attendant qu'une jolie fille… Il sortit, transi. Les jolies filles étaient occupées à moucher leur sang au pied de crucifix aussi compassionnels qu'une brique, et lui ne supportait plus le froid.

L'habitude de boire chaud, probablement, songea-t-il en décrassant sa bure dans l'eau trouble. Il sombra dans une inhabituelle réflexion, sur la température qui l'incommodait, l'eau bénite qui le démangeait, le soleil qu'il ne tolérait plus guère, réflexion dont il émergea avec le vague sentiment que s'il avait été plus intelligent, il aurait crié « euréka ! » avant de se jeter au feu. Au lieu de quoi il étendit sa bure sur un buisson et lava sa cape, qu'il étendit à côté de sa bure. Là-dessus il se mit à pleuvoir, comme de bien entendu. L'Angelot leva un nez désabusé :

« Je sais qu'il n'y a plus personne là-haut, mais ça n'est pas une excuse. »

Il lava son chapeau. Ensuite, nu et grelottant, il s'assit en tailleur sous l'arbre le plus épais et, faute de mieux, se tordit les mains en faisant des grimaces affreuses. Il se sentait comme une pierre lancée qui roule dans des ornières peu regardables et pourtant, il n'avait jamais voulu grand-chose, sinon chanter face au soleil et promener le Marmot dans le parfum des fleurs, puis se dissoudre avec lui. Et s'il avait aimé la source des Carpathes, petite matrice douillette au bord de laquelle il soignait des bébés, depuis Brocéliande, il se sentait dévaler des gouffres étranges sous un ciel très bas. A trop vouloir jouer les démons pour effrayer les hommes, il en devenait un, adepte de la nuit et de la puanteur, incapable de voler jusqu'au moindre cumulus mais excellent en piqué. Il pratiquait beaucoup plus le hurlement à glacer les sangs que les berceuses, quand il se réveillait les fleurs étaient déjà closes et quand il souriait, les enfants se barraient en chialant, à cause de ses dents.

Pour tout dire, il avait l'estomac plein et le reste vide. Littéralement, il se rongeait les sangs de désolation.

L'Archange n'avait connu la Terre qu'à travers le prisme de la souffrance et du bien qu'elle lui faisait, pas l'Angelot. L'Archange avait haï la pesante inertie du paradis et adorait les volte-face sanglantes de l'Histoire, mais pas l'Angelot. L'Archange ne vivait que pour le plaisir inouï de la Foi bleue bouillie dans le sang rouge, et l'Angelot aussi. Aussi sa tête mal gréée grinçait à de mauvais vents contradictoires.

L'Angelot se roula en boule sur la mousse mouillée. La solution était aussi évidente qu'une vague de vingt mètres de haut : au bout d'une semaine de jeûne, il se diluerait. Mais rien qu'à l'idée d'arrêter le sang, il se sentait les canines en aigrette.

S'il avait usé d'un peu de clairvoyance, il se fût avoué que la vie lui tenait au ventre pire que le sang, mais c'était un outil inusité dans sa vie de cloporte. Chez tout le monde, l'absence de fonction atrophie l'organe redoutablement vite.

Un peu plus tard, l'Angelot se tourna face au ciel gris et crépusculaire qu'il apercevait à travers les frondaisons obscures. Il songea à toutes les plantes, tous les cataplasmes qu'il connaissait et qui ne servaient à rien contre la peste, absolument à rien, *autant monter une attelle à une méduse* et, sans un bruit, il se mit à pleurer du sang.

ooo

Certaines abbayes réussirent à échapper à l'épidémie, essentiellement en s'en tenant à une conception très rigoureuse de la clôture : les moines tiraient à vue sur tout ce qui faisait mine d'approcher. L'Angelot en trouva une et la but entièrement, depuis le père abbé jusqu'au dernier convers, avec un fort sentiment de justice sociale. Puis, bedonnant et saturé de cholestérol, il s'en fut cuver sur un lit d'aiguilles de pin. Là, il rassembla le peu de courage moral dont il disposait et acheva la réflexion commencée à l'hôpital des pesteux : il avait besoin de sang, de souffrance et de Foi, et il allait devoir s'y faire. Puis, un peu las de battre sa coulpe, il en chercha une autre. Elle était toute trouvée.

J'aurais pu tourner autrement, sans l'Archange. Vivre à la dure, travailler comme rebouteux, tenir un poulailler, me nourrir d'un peu de ferveur et de sang de coq. Mais...

Mais il avait rencontré l'autre salaud à bouclettes. L'Angelot ignorait le terme toxicodépendance mais il en avait plein les veines. Et comme la dépendance engendre rarement de blanches fleurs de lys, il commença à cultiver, dans son cœur défolié par le dégoût de soi, le liseron noir et ligneux de la haine. Ça lui rendit une pêche incroyable.

ooo

L'Archange rentra de Chine, engoncé dans un caftan tatare qui puait le chameau, les ongles enfermés dans de petits étuis d'or et la mine splendide. Les deux anges échangèrent une longue poignée de main glacée et griffue.

« Alors ? Tout s'est bien passé, en Occident ?

— Magnifique ! »

Le Grand Schisme occupa beaucoup l'Archange. Mais le *quattrocento* avançant, il fut obligé de convenir que tout n'allait plus bien comme avant. Le Moyen Age touchait à sa fin, Mantegna donnait à ses saints personnages d'étranges sourires profanes et une relative pause dans les épidémies, les famines et les guerres faisait qu'une certaine joie de vivre relevait les têtes courbées par les épidémies, les famines et les guerres.

« Voyons les choses en face, décréta l'Archange un soir qu'ils étaient attablés tous deux au fond d'une auberge crasseuse de La Rochelle. Ça va faire un siècle que le dernier Cathare est parti en fumée. A qui s'en prendre, désormais ?

— Change de triperie, répondit l'Angelot.

— J'y ai songé. Il se passe des choses plaisantes, ailleurs. Figure-toi que du temps où nous étions occupés à faire mâcher les morts, un calife s'amusait à lâcher sur le Maghreb les Banu hilal et les Banu sulaym, d'aimables bandes de nomades.

— Et alors ?

— Te souviens-tu de cette auberge au pied des Pyrénées ? Le bocal d'oreilles coupées ? Tant pis. Un soir, une petite mauresque m'y avait appris une jolie chanson sur les vertes collines du Maghreb. Quand je l'ai chantée sur la route de la soie, trois siècles plus tard, les gens étaient morts de rire. Il paraît que là-bas, désormais, c'est vert comme une carrière de plâtre. Les Banu hilal ont si bien piétiné le pays à grands coups de chameaux que le désert a tout avalé. Les populations se sont même renomadisées, et tout ça au nom du Prophète. Ça me laisse rêveur. J'aurais bien fait un bout de chemin avec eux.

— Qu'est-ce que tu attends pour y aller ? Il paraît qu'ils convertissent les chrétins à l'aide de bains de pied à l'huile bouillante, toujours au nom du Prophète. Ça te plairait beaucoup. »

L'Archange lui lança un regard torve :

« Sais-tu exactement combien il fait, là-bas ? A l'ombre ? Quand il y a de l'ombre ? »

L'Angelot leva un sourcil que l'Archange n'arriva pas à interpréter :

Que vient-il de dire, avec son sourcil ? « Ah bon ? » Ou « Merde, encore raté ! » ?

L'Archange était content que l'Angelot ait, depuis la Grande Peste, quitté son air vacant de veau échoué, mais il se demandait parfois quel philtre cornu était cause de ce brusque revirement, quand il ne s'en doutait pas carrément.

« Note, reprit l'Archange, que nous pourrions nous en prendre aux Juifs.

— C'est déjà fait. Ils se sont massivement convertis.

— Aux Maures ? En Espagne ?

— Pareil.

— Note aussi qu'il y a des choses à faire avec ces Marranes et ces Morisques. Nombre d'entre eux continuent à pratiquer en secret. Mais…

— Mais l'Espagne, c'est encore trop au sud, c'est ça ? demanda l'Angelot.

— C'est ça. Terriblement ensoleillé. De plus en plus, non ?

— Ah, nous n'avons plus les belles nuits noires d'antan, mon pauvre.

— C'est bizarre, quand même, que l'Inquisition n'existe pas en Espagne. Il faudra que j'arrange ça, un de ces jours. Certes, le Saint Office papal n'a plus sa superbe d'antan mais justement, si on pouvait créer une Inquisition espagnole d'Etat, indépendante de la mollesse technocratique du Vatican… Il faudra que j'arrange ça. »

L'Archange sirotait son vin claret en réfléchissant.

« Plus d'ennemi identitaire, plus d'ennemi héréditaire, plus d'ennemi extérieur, marmonna-t-il. Qu'est-ce qui reste ?

— L'ennemi intérieur ?

— Les dresser les uns contre les autres ? Il faut un critère, quand même. »

L'Archange se gratta le menton :

« Les pauvres contre les riches ?

— Les jacqueries sont finies. Les barons les ont écrasées. Ils ont même rendu les meneurs à leur famille.

— Ils sont trop bons.

— Après les avoir rendus inutilisables, grommela l'Angelot.

— C'est-à-dire ?

— Ils leur ont coupé les pieds, les mains et la langue.

— J'oubliais que tu fraies beaucoup plus que moi avec le peuple. Pas les pauvres contre les riches, donc. Les jeunes contre les vieux ? L'inverse ? »

L'Angelot haussa les épaules :

« C'était bon en 1100 mais la Peste Noire est passée par là, il y a moins de gens en Europe aujourd'hui qu'il y a un siècle. Donc, il y a plus de place pour tout le monde. Trouve autre chose.

— Je cherche, je cherche. »

L'Archange se grattouilla le lobe de l'oreille, parcourut du regard la salle enfumée, s'arrêta au spectacle d'une folieuse chlorotique exhibant son corsage vide à une table de marins pleins.

« J'ai trouvé. »

ooo

A cette époque, les campagnes regorgeaient de rebouteux, devins, herboristes, sorcières et jeteurs de sorts. Ça se passait plutôt bien.

De toute façon, nul ne mettait son linge à tremper ou son épouse au montoir sans prononcer au moins une formule magique, les portes d'entrée croulaient sous les gris-gris et les vaches gravides étaient si couvertes de médailles protectrices qu'on en retrouvait jusque dans les fromages. Plus d'un mari désargenté s'était pris une claque parce qu'il avait regardé la pleine lune en face, on glissait des sous dans ses sabots pour aller pèleriner jusqu'à la pierre guérisseuse de saint Panaris et on dépliait les suaires à la moindre étoile filante. Il arrivait parfois qu'une vieille, surprise à pisser dans le champ de sa belle-fille, soit jetée au feu comme un vulgaire fagot mais les benandanti, adeptes de la magie blanche, étaient généralement respectés. D'abord parce qu'ils savaient remettre en place une épaule déboîtée et connaissaient les formules qui protègent les troupeaux des loups, ensuite parce que personne n'avait envie de se réveiller l'aiguillette nouée, le lait tari ou le nez quatre pouces plus long que la veille.

L'Archange partit en chasse, et leva bientôt son gibier.

« *Super Illius Specula* !

— A tes souhaits, marmonna l'Angelot.

— Te souviens-tu de cette vieille carne qui a décroché la mitre en contrefaisant l'agonie, au début du siècle dernier ? Après ce conclave épique où il avait fallu emmurer les cardinaux pour qu'ils se décident à voter ?

— Jean et quelque ?

— Jean XXII. C'était quelque chose, ce conclave, sourit l'Archange avec nostalgie. Je me souviens de ce cardinal… Orsini ? Qui coursait les moinillons faute de nonnettes, en leur jurant qu'après une bonne sodomie, ils auraient droit à une bonne absolution, haha ! Passons. Le brave Jean XXII a eu la riche idée de rédiger cette bulle, *Super Illius Specula*, qui assimile la sorcellerie à l'hérésie. Si tu accroches un fer à cheval au-dessus de ta porte, que tu mets une patte de lapin dans ta poche ou que tu collectionnes les trèfles à quatre feuilles, zou ! Au bûcher.

— Ça fait plus d'un siècle que sa bulle est sortie, dit l'Angelot en parcourant le vélin huilé. Elle a visiblement moins emballé le chaland que sa méthode de vente des absolutions.

— Je m'en vais leur rafraîchir la mémoire, moi », grommela l'Archange.

ooo

Les premiers traités de sorcellerie parurent peu après. La populace indifférente passait ses nerfs sur les lépreux tandis que Jeanne d'Arc partait en fumée, puis l'Inquisition s'empara du problème. Mais tracasser des paysannes illettrées au sujet de trèfles à quatre feuilles lui parut beaucoup moins gratifiant que jouter avec des hérétiques au verbe fleuri, aussi le Saint Office fut-il assez mollasson en ses condamnations : l'exil lui parut souvent une punition suffisante. Et puis on traque, on arrête, on torture, on juge, on condamne, on exécute, on sue sang et eau devant des parchemins qui raccrochent, des chevalets qui hurlent et des bûchers qui puent, pour ensuite se faire taper sur les doigts par le pape suivant alors bon.

L'Inquisition n'avait jamais rien compris au soutien populaire. L'Inquisition n'était pas aimée, ni aidée, ni suivie, et surtout pas précédée. Ça allait changer.

Migraineux et amaigri, l'Archange applaudit en 1484 l'élection d'Innocent VIII, dont les mœurs peu orthodoxes jointes à une Foi vraiment catholique transformaient l'âme en champs de mines.

Ce brave garçon qui, en son jeune temps, attirait fréquemment les épithètes « affable », « facile à vivre » et « mou du genou », ne devait sa mitre qu'à la certitude qu'avaient tous les autres cardinaux de pouvoir le manipuler. Elevé dans la pompe et la pourpre, il avait tout d'abord fait preuve d'un naturel congruent à sa qualité de fils de sénateur romain : dépensier, paresseux, assez sot et plutôt raffiné, très pieux et plus égocentrique qu'une toupie, assidûment fornicateur, il finit par tomber amoureux d'une de ses maîtresses et légitima leurs deux enfants, ce qui indique un tempérament affectueux. Evidemment, il les avait prénommés Franceschetto et Téodorina, mais ce sont des choses qui arrivent aux parents les mieux intentionnés. Puis la Grande Machine des Ambitions Familiales lui était passée dessus, le bombardant archevêque à 35 ans et cardinal à 41. C'est alors qu'un vertige le prit. Il perdit son abord amène et commença à se ronger les ongles.

Tout d'abord, il essaya sincèrement de faire une croix sur ses appétences terrestres et de prendre goût à la soupe politique du Vatican. Il ne réussit ni l'un ni l'autre, et attrapa la conviction qu'il n'était qu'un gros mauvais. Suite à quoi il retourna à son innocuité dorée, toujours mollement, mais avec un sens aigu de sa peccative nullité qui lui gâtait les meilleurs vins.

Autant dire que quand on le catapulta pape, son vertige ne s'arrangea pas : ballotté entre les Médicis et les Borgia, il allait parfois faire la morale à Franceschetto, qui menait à deux palais du sien une vie pas du tout édifiante, et en sortait complètement bourré. Il passait le restant de la nuit à se ronger les ongles en pensant aux flammes de l'enfer qui guettent les mauvais papes et les mauvais pères. Et ce furent de bien mauvaises nuits, et longues et indigestes, car maintenant que cette fichue mitre lui était tombée sur le front, il disposait de tous les pouvoirs, hors celui qui l'intéressait. C'est-à-dire qu'il pouvait absoudre de ses péchés le monde entier, hors lui-même. Jusqu'à cette soirée bénie entre toutes où Dieu, ému de pitié, lui envoya un ange.

D'aucuns se doutèrent vaguement de l'apparition soudaine d'une influence méphitique sur l'âme du Très Saint Père quand celui-ci se mit à faire égorger des petits garçons pour boire des coupes de leur sang, mais c'était à Rome comme partout : sitôt que le patron déraille, on parle d'autre chose en sifflotant.

L'Archange prit son temps. Il décrivit avec précision les sept cercles de l'Enfer, puis un à un tous les péchés du pape et, quand celui-ci n'eut plus un ongle, il lui souffla *la* solution : une immense absolution. Une absolution *urbi et orbi*. Une Absolution Générale ! Pour laquelle il n'y avait qu'un seul moyen canonique : la croisade. Une Grande croisade.

Innocent VIII convia à la croisade tous les souverains d'Europe, qui lui répondirent par retour de courrier « Bon sang ! Mais c'est bien sûr ! » tout en faisant des mimiques culturellement variées, du doigt sur la tempe au classement direct de l'édit papal dans la cheminée.

« C'est qu'ils sont amollis par les plaisirs de la chair féminine, mon pauvre ami », lui chuchota, dans l'ombre de ses courtines, le bel ange pâle dont il était amoureux. Innocent VIII en bulla de rage.

ooo

« *Summis desirantes affectibus* !

— Encore ? gémit l'Angelot.

— Lis ! Mais lis donc !

— Gnignigni oublieuses de leur propre salut gnagnagna se sont livrées elles-mêmes aux démons incubes et succubes et caetera infamies superstitieuses et excès magiques blabla font dépérir, s'étouffer et s'éteindre les petits des animaux, les moissons de la terre, les raisins de la vigne et les fruits des arbres, tout ça à la fois ? Eh bien ! Il faudra que tu me les présentes.

— Les sorcières ? Oh, tu n'as pas fini d'en voir ! Ni d'en entendre. A mon avis, le son va porter loin. »

L'Angelot reposa la bulle à côté de lui et se remit à tripoter un petit miroir peint.

« Qu'est-ce que tu fiches avec une effigie votive ? demanda l'Archange. Tu vas te brûler les doigts.

— C'est une contrefaçon.

— Qui représente-t-elle ?

— Hans Böhm.

— Böhm ? Il s'est fait cramer il y a dix ans, non ?

— Huit. Pour hérésie. C'est un vieux juif itinérant qui m'a offert ce brimborion, en échange de sa vie.

— Tu manques d'appétit, en ce moment.

— J'ai entendu Böhm prêcher, une fois.

— Encore un prédicateur apocalyptique, c'est ça ? Moi, la Fin du Monde, on me l'a déjà jurée pour 1099, 1190, 1289, 1311 et 1354 et j'en oublie. Un bon prophète ne se décourage jamais.

— Pas du tout, fit rêveusement l'Angelot. Oh, d'accord, Böhm disait que le village de Niklashausen était le centre du salut universel imminent. Mais il disait aussi des choses… le refus de payer la taille et la dîme, l'expropriation des biens du clergé, une propriété commune des terres…

— Ramassis de sottises ! »

L'Angelot secoua la tête :

« Non, non. Il y a quelque chose de séculier, là-dessous. »

Et il sentit à nouveau ce frisson bizarre de bourreau qui entend parler d'abolition.

ooo

Henri Institoris gratta le bout de son nez gelé : il faisait un froid d'otarie dans le scriptorium et les chandelles fumaient. Il posa sa plume, souffla sur ses doigts gourds, bâilla, regarda son collègue Sprenger qui classait avec soin les dernières instructions de Sa Sainteté derrière son lutrin et se repencha sur son pensum :

« Il y a comme un défaut dans la formation de la première femme… »

Là, il s'agissait d'être subtil, parce qu'on ne critique pas Dieu comme ça.

« puisqu'elle a été faite d'une côte courbe »

A part les charcutiers, ça ne vexerait personne.

« c'est-à-dire d'une côte de la poitrine »

Innocent VIII avait l'esprit un peu confus : il ne fallait pas hésiter à être très clair.

« tordue et comme opposée à l'homme. »

Voilà, il avait écrit le principal. Il soupira d'aise : le reste suivrait facilement.

« Il en découle aussi de ce défaut que, comme un vivant imparfait, elle déçoit toujours. »

Il avait des exemples très concrets. Il leur devait sa tonsure, d'ailleurs. Mais comme il n'était pas fatigué de la vie, il les gardait pour lui. Une vague réminiscence de corset brodé enserrant des seins tièdes passa dans le scriptorium, laissant derrière elle une fine buée de chaleur. Institoris chassa la vision d'un signe de croix agacé.

Ça ne va pas recommencer, hein ?

Il gratta avec rancune :

« Toutes choses de sorcellerie proviennent de la passion charnelle, qui est insatiable en les femmes. »

Ce n'est pas terrible, comme formule, songea-t-il en suçotant le bout de sa plume. Il toussota :

« Avez-vous songé au titre de notre ouvrage, mon frère ? »

Sprenger le punaisa de ses yeux fous :

« Oui, fit-il d'une voix sépulcrale.

Je crois qu'il en rajoute, se dit Institoris, *mais je n'en suis pas certain, hélas*. Et qu'avez-vous trouvé ?

— L'Ange m'a visité. Il m'a révélé le nom de notre Œuvre.

— *Ce type est complètement givré.* Et c'est ?

— *Malleus Maleficarum.* »

1486. *Malleus Maleficarum.* Le Marteau des Sorcières.

ooo

Forêt de Chinon, au large d'un sentier de battue.

« Ce truc a un drôle d'arrière-goût. »

L'Archange releva son visage ensanglanté du cou de sa victime.

« Tiens, dis-moi ce que tu en penses. »

L'Angelot plongea un doigt dans la plaie (l'Archange bâfrait comme un sagouin) et goûta :

« Hm… il a mangé du pain de seigle contaminé à l'ergot, sûrement. Tu vas voir des nains partout, cette nuit.

— Ces humains avalent n'importe quoi, grommela l'Archange en cassant la nuque de l'homme (crac). Puis-je en prendre un peu du tien ?

— Mais je t'en prie.

— Il en reste ?

— Un fond.

— Merci », dit l'Archange en fendant la peau crasseuse d'un coup d'ongle. La chasse avait été maigre, cette nuit : deux rouliers affamés, suffisamment shootés à l'acide lysergique pour retrouver instantanément la Foi de leur enfance quand une paire de grands diables ailés leur était tombée dessus, au détour d'un fourré, dents en avant.

« Et comment va l'inquisition espagnole ? demanda l'Angelot en s'essuyant la bouche.

— Elle roule (glou). Sa Très Catholique Majesté a trouvé (glou) l'homme de la situation. Dommage que (glou) je n'ai plus le goût des canicules, ce petit Torquemada (burp) promet beaucoup. Ce coup-ci, je crois qu'il est vide (crac). »

L'Archange repoussa le cadavre, s'allongea sur le dos, croisa ses bras derrière sa nuque et écouta le sang frais chanter dans ses oreilles, aussi repu et vacant qu'une outre pleine de rien. La chaleur du jour remontait du sol, un beau ciel étoilé pétillait au-dessus des vols de chauves-souris, il étira ses doigts de pied en ronronnant. Puis il les crispa brusquement :

« Nous faisons fausse route !

— Quoi ?

— Tout ce temps, nous avons fait fausse route, mon vieux ! Comment veux-tu que les gens aient la haine par des nuits aussi suaves ? Et la Foi sous des cieux si vides ! Ce n'est pas ici qu'il faut être ! Ce qu'il nous faut, à nous, ce sont des forêts épaisses, des aubes noires comme un cul, des jours bas comme un front, des bises glacées adeptes du coulis dans la nuque, un climat de fond de cuveau ! La Germanie ! Allez hop ! Debout, feignant, les zones dépressionnaires nous attendent ! »

ooo

Sur Erfurt, le ciel se prenait pour un couvercle d'un bout à l'autre de l'année. Posé comme un engoulevent sur le rebord extérieur d'un fenestron, l'Archange réfléchissait. L'homme qui dormait de l'autre côté des petits carreaux verdâtres, recroquevillé sur son grabat minable, épuisé par les jeûnes et les angoisses, était tout à fait mûr pour la joie ineffable d'une apparition divine. Avec un bon coup de blanc sur les ailes, un bon coup de noir sur les dents et une bonne douche partout ailleurs, l'Archange s'estimait encore capable de bluffer n'importe qui. Mais…

Mais ce type est terrifié par la vie, songeait l'Archange. *Et j'irais le rassurer ?*

Martin Luther, fils de mineur au cou large, aux yeux curieux, aux reins puissants et à l'imagination inquiète, essayait depuis tout petit de se couler dans le moule étroit de la sainteté telle que la concevait l'Eglise. Ce qui impliquait une patience à toute épreuve, peu de connaissance des choses de ce monde, la paix des sens, soixante-dix centimètres de tour de poitrine et pas plus de quatre cents calories par jour. Autant dire que Luther n'arrivait à rien de bon. Au point où il en était, il ne lui restait plus que deux solutions : sombrer dans la dépression ou casser le vieux moule monacal empli de vieilles idées préconçues, le célibat en tête. Ce qui signifiait s'attaquer directement aux plus hautes autorités de l'Eglise, mais il n'avait rien à perdre. Il ne lui manquait plus qu'un bon coup de pied aux fesses.

L'Archange pianota avec impatience sur son genou cagneux. Un vent glacial lui coula le long du dos et alla secouer les petits carreaux couverts de buée. Il devait faire bon, à l'intérieur. Une suave odeur de soupe aux choux montait des cuisines abbatiales, on entendait tinter des bouteilles.

La chrétineté sombre dans un assoupissement peu nourrissant. Et ce n'est pas la papauté actuelle qui va relever le niveau : ces Borgias sont aussi mystiques que des divans bas.

Il renifla un grand coup et poussa doucement la fenêtre, qui s'ouvrit en grinçant.

ooo

1517.

Luther terrifia toute la chrétineté avec ses récits épiques de lutte contre le diable, et mécontenta tout le Vatican en le désignant comme le repaire de l'Antéchrist. Le pape en bulla de fureur.

« *Exsurge domine* !

— Arrête de braire ! »

La réforme luthérienne se faisant gloire de s'en tenir à la brutalité originelle des textes bibiques et d'en induire un mode de vie terriblement rasoir, les Catholiques décidèrent qu'eux aussi pouvaient être primaires, s'ils voulaient.

« Cabarets, lieux de perdition ! disaient-ils.

— Bals, lieux de luxure ! répondaient les Réformés.

— Bains publics, immonde promiscuité ! contre-attaquaient les Catholiques.

— Théâtre, illusion coupable ! aboyaient les Réformés.

— Jeux de hasard, honte sur vos têtes ! braillaient les Catholiques.

— Livres profanes, raclures de bidets ! » éructaient les Réformés, qui perdaient aisément leur quant-à-soi. Cette surenchère d'intolérance fut assez cocasse à voir, du moins de l'extérieur. Les gargotiers, aubergistes, bouilleurs de crus, violoneux, fabricants de savon, tenanciers d'étuves, chauffeuses de serviettes, tricheurs, acteurs, imprimeurs, éditeurs et littérateurs rentrèrent la tête dans les épaules, en attendant que ça passe. Mais ça ne passa pas vite et peu en sortirent grandis, voire vivants. En tout cas, pas l'hygiène. Mais la frustration sexuelle, si. Ainsi que la chasse aux sorcières, dans le rôle du dommage collatéral.

On innova. A la Michelade de 1567, les Réformés égorgèrent tous les Catholiques mâles et adultes. A la Saint-Barthélemy, en 1572, les Catholiques massacrèrent tous les Réformés sans distinction d'âge ou de sexe. Ce fut considéré comme un progrès. L'Angelot le prit très mal.

ooo

1580, forêt de Haye, au large de Nancy.

« Ce truc a un drôle d'arrière-goût. »

L'Archange releva son visage ensanglanté du cou de sa victime.

« Tiens, dis-moi ce que tu en penses.

— Hm… Mal français, pour les Italiens. Mal italien, pour les Français. Vérole, pour tout dire.

— Petite ?

— Grande. Un cadeau de nos amis des Amériques.

— Ils sont fous, ces Américains. Crac. »

L'Archange regarda autour de lui. Il comprenait désormais pourquoi les forêts lorraines avaient une aussi épouvantable réputation : elles hébergeaient une petite tribu d'elfes noirs. L'Archange les pourchassait à coups de pied mais comme il s'agissait d'elfes noirs, le pied lui doulait et les arbres alentour portaient de nombreuses traces d'orteils. Des ricanements sardoniques orbitaient autour des deux anges, sous le couvert obscur des grands arbres.

« Si tu as fini, pourrions-nous foutre le camp, s'il te plaît ? soupira l'Archange. Ce n'est plus très loin.

— J'ai fini, dit l'Angelot en s'essuyant la bouche. Es-tu sûr de ton homme ?

— De Remigius ? Plus que de moi-même. Je l'ai cueilli tout petit, celui-là. »

Déployant leurs ailes, ils filèrent en direction des lumières de Nancy qui clignotaient dans le lointain, au milieu des marais.

Nicolas Remigius, Grand Inquisiteur pour la région de Nancy, arrivé avec son *Malleus* sous le bras, se disait convaincu que le tiers de la population de Lorraine avait des accointances avec les sorcières ou la Réforme, voire les deux. En tout cas, avec le Démon. Il eut le temps de brûler huit cents personnes avant qu'on l'arrête à son tour. A l'issue d'un procès épique, il avoua benoîtement servir le Diable depuis son adolescence. Car contrairement à la plupart de ceux dont l'Archange avait hanté l'oreiller, Nicolas Rémigius ne s'était jamais posé de questions oiseuses sur l'identité de son guide lumineux : il connaissait son latin et en latin, « celui qui fait de la lumière » se dit « luci fer », point.

Ce double jeu qui, à l'adolescence, lui avait paru terriblement affriolant lui sembla, l'âge venant, de plus en plus triste. Quand il parvint à Nancy, il était seul et vieux, il souffrait dans sa chair, il était damné et ne voyait nulle part de quoi regretter ce monde ni craindre l'autre. Il mourut benoîtement. L'Archange assista à son bûcher avec le regret de la belle œuvre gâchée.

« J'ai vu un placard sur les murs, chuchota l'Angelot à l'oreille de l'Archange qui, pour se consoler, buvait une ensorceleuse dans une des geôles du château de Lunéville.

— Glou ?

— "Où donc est passé le Jugement Dernier ?", ça disait. »

L'Angelot avait un sourire bizarre. L'Archange releva la tête, s'essuya le menton d'un air excédé :

"Et alors ? Tu n'as jamais vu ça ? Des alcooliques prédisent la Fin du Monde pour tous les jours, toutes les nuits de pauvres gens jeûnent et prient en attendant Armaggedon et tous les matins, ils finissent par se dire : "Bon, eh bien on va casser une petite croûte, histoire de ne pas ascensionner aux cieux à jeun, hein ?" et le jour suivant, ça recommence. Forcément, à la longue, ces prophéties absurdes suscitent parfois quelques incrédules. Et tu me déranges pour ça ? Ça fait des siècles que ça dure. Moi, j'ai croisé dernièrement toute une flottille de bateaux couverts, prêts à appareiller sur le prochain Déluge. L'obscurantisme et nos estomacs ont encore de beaux jours devant eux, va. »

L'Angelot recula dans l'ombre de la geôle : non, jamais encore il n'avait vu ça. Mais il savait déjà qu'il le reverrait. Souvent. Et en pire.

Le lendemain, il tomba sur un écrit d'un certain Paracelse, au demeurant fou de Dieu banal, qui prétendait que la silicose des mineurs avait plus à voir avec la poussière de charbon qu'avec les esprits irrités de la montagne.

Ça vient.

ooo

1609, au Louvre.

Pierre de Rosteguy, seigneur de Lancre et époux de la nièce du sieur Montaigne, tout juste arrivé de Bordeaux et encore crotté jusqu'aux yeux, fut introduit dans les appartements du Roy. Henri le Quatrième, tiraillé entre sa goutte, sa reine (que son propre favori, le petit Richelieu, évêque de Luçon, qualifiait lui-même de grosse vache, ce n'était pas lui qui le disait) et sa maîtresse (putative, hélas, car le petit Condé, mari d'icelle, refusait absolument de se laisser pousser des cornes, même royales) grommelait en mâchouillant de l'ail. Debout derrière lui, Sully tripotait sa fraise d'un air ennuyé :

« Il se peut que Condé ait attrapé un peu d'amour pour son épouse, Sire.

— Pure méchanceté, Rosny ! Il n'aime pas les femmes ! On croit choisir un mari complaisant, car bougre et bâtard, et on se retrouve avec un parangon de vertu couvant sa chaste moitié en crachant des flammes !

— Lancre est annoncé, Sire, dit un chambellan.

— Ah ! Qu'il entre. Puis qu'il parte au plus vite ! Son ordre de mission est ici. La dernière chose dont j'ai souci, c'est bien d'un nid de salopes à mes frontières ! »

L'entrevue fut brève et Lancre, tout gonflé de fierté, partit immédiatement pour le Pays basque avec le titre d'enquêteur royal, s'enquérir de la plainte d'un seigneur local qui voyait des sorcières partout.

A son arrivée, il trouva une petite communauté de femmes de pêcheurs assez primesautière. Privées de tutelle masculine six mois par an, elles se saluaient en contrefaisant des grâces de dames nobles, se coiffaient les unes les autres avec art, et passaient leurs soirées à danser au son des tambourins. Assidues aux offices religieux, notait fébrilement un Lancre horrifié, elles manquaient cependant complètement de la réserve qui sied à leur sexe, surtout quand il est livré à lui-même, et étaient bien fières pour des roturières. Il qualifia l'éclat de leur chevelure de « violent » et leurs yeux de « dangereux, autant en amour qu'en sorcellerie ». La messe était dite.

Elles furent toutes arrêtées et longuement torturées. Lancre, le coude bien calé sur le *Malleus* et les yeux exorbités, exigeait des détails, encore des détails, toujours des détails, de quelle manière elles embrassaient l'anus du diable, de quelle manière il les fouettait, comment elles dansaient nues, si elles s'accouplaient avec leur mère ou leur fils ou les deux et surtout, surtout, si le sexe du diable était gros (Oui, mais gros comment ?) et glacial (Oui, mais froid comment ?) et couvert d'écailles (Oui, mais quel genre d'écailles ? Genre anguille ou genre thon ?).

L'heure n'étant pas encore à la psychiatrie, cinq cents personnes furent brûlées et Lancre s'en retourna à Bordeaux, un peu congestionné, rédiger deux manuels de démonologie qui furent d'immenses succès de librairie.

ooo

Lovés dans la charpente d'une maison d'arrêt de Salzbourg, les deux anges suivaient le déroulement d'un interrogatoire. On venait d'amener l'accusée, une vieille paysanne illettrée dénoncée par sa voisine comme commerçant couramment avec le Malin et, de ce fait, négligeant un beau verger dont la voisine voulait bien s'occuper pieusement, elle.

On l'avait dénudée, rasée de partout et revêtue d'une chemise de chanvre baptisée à l'eau bénite. Epuisée par l'incompréhension, la soif, la faim et trois semaines de geôle obscure, la vieille clignait des yeux effarés dans la lumière des chandelles. Quand on lui eut montré le fouet, les brodequins, le chevalet et la poire d'angoisse, elle n'allait pas mieux.

« Elle n'a pas droit à un avocat ? chuchota l'Angelot.

— Le superintendant de Henneberg a dit, *texto*, que les avocats feraient mieux de ne pas s'occuper de ce genre d'affaires, sous peine de risquer de sauver la vie de leur cliente “pour provoquer encore plus de dommages et de maux”. Parce que “tout le mal que de telles fiancées du diable feront, les honorables avocats devront un jour en répondre devant Dieu et la chaire du Christ”. Alors tu penses…

— Oui, ça fait pas envie. »

Le juge enchaînait les questions théologiques, tout à fait inutilement puisque la vieille ne parlait qu'un patois rhénan au lexique essentiellement rural. Le juge soupira, engueula le traducteur :

« Mais elle ne comprend pas les questions ! se défendit celui-ci.

— Qu'elle réponde par oui ou par non, ça suffira bien, soupira le juge. Alors, au sujet de l'enfançon qu'on l'accuse d'avoir fait mourir d'un seul regard…

— Certaines s'en sortent ? chuchota l'Angelot.

— Une sur vingt.

— Relisez vos notes, greffier ! fit le juge d'une voix lasse.

— Demandé si elle croyait aux sorciers et diableries. At dict que non. Demandé si, puisque la Bib elle-même mentionne sorciers et diableries, elle se pensait plus sage que la parole de Dieu. At dict que non. Demandé à nouveau si elle croyait aux sorciers et diableries. At dict que oui. Demandé pourquoi elle avait la première fois menti. (Là, la vieille s'était lancée dans une diatribe virulente.) At dict qu'on dict qu'elle dict tout ce que l'on veult.

— C'est la lutte des lettrés contre les illettrés, susurra l'Angelot. Il n'empêche, elle n'est pas bête, la vieille.

— Ça ne lui servira à rien. Car le pire est à venir.

— Qu'on introduise les témoins à charge ! » lança le juge, excédé.

Et ils entrèrent tous, le fils et la belle-fille, la voisine et le charron, le boucher et le tripier, le corroyeur et le puisatier, tous ceux qui en voulaient à son verger, ses économies, son poulailler, ou qui espéraient seulement acheter à peu de frais un certificat d'innocence. Et ils témoignèrent tous, à charge, disant comment ils l'avaient vu s'enduire le corps d'une substance nauséabonde et s'envoler sur son balai, comment les vaches qu'elle touchait tombaient malades et crevaient, comment elle marmottait des blasphèmes quand elle passait devant le reposoir du carrefour et comment elle avait offert à sa bru un vin si aigre que c'était sûrement du poison. L'accusée s'effondra comme un vieux flan.

« Jusque-là, marmotta l'Archange, elle avait lutté pour retrouver la liberté, rêvant de retourner dans son monde habituel. Mais maintenant qu'elle n'a plus de monde dans lequel retourner, ça va être du billard. »

De fait, le juge n'eut pas besoin de la pousser beaucoup pour qu'elle donne des détails, encore des détails, tous les détails qu'on voulait, et elle pleurait comme une chèvre en citant tous ceux qu'elle avait vus au sabbat, son fils léchant les pieds de sa belle-fille, la voisine forniquant avec le charron, le boucher enculant le tripier, et le corroyeur partageant une cuisse de nourrisson avec le puisatier. Le juge donna l'ordre qu'on les arrêtât tous.

Ensuite, il fit allonger la vieille sur une table, bras et jambes liés aux montants, et un bourreau commença à piquer sa peau avec un poinçon, centimètre carré par centimètre carré.

« Qu'est-ce qu'ils font ? demanda l'Angelot en haussant le ton pour couvrir les cris.

— Ils cherchent le point du diable, une zone insensible du corps.

— Pourquoi insensible ?

— Parce que les gens touchés par le diable ont tous une zone insensible sur le corps. Parce que ce que touche le diable ne peut plus être vivant.

— Tout le monde ne peut pas avoir cette chance.

— C'est à se demander comment il t'arrive de ressentir un intérêt quelconque pour ces animaux-là. »

L'Angelot scruta le visage de l'Archange, qui couvait d'un regard bienveillant le spectacle en contrebas.

C'est donc pour ça qu'il m'a amené là, songea l'Angelot. *Pour me dégoûter. Commencerait-il à avoir peur ? Mais de quoi ?*

L'Archange avait de la haine une expérience qui manquait à l'Angelot.

On apporta au juge un certificat de bon poids, que le puisatier s'était fait établir quelques jours auparavant. Le juge le déchira avec un borborygme exaspéré.

« Bon poids ? chuchota l'Angelot.

— Les sorciers sont supposés être anormalement légers. Ça permet de relâcher les accusés bien nourris, au cas où la populace essayerait de mouiller le notable.

— Et là, que vont-ils lui faire ? »

La vieille n'était plus qu'une poupée rouge. Le greffier et le bourreau se félicitaient d'avoir trouvé le point du diable, juste sous le pied, comme souvent.

« Une forme d'ordalie, la preuve de l'eau. On va la jeter dans une mare. Si elle flotte, c'est qu'elle est vendue au Malin.

— Et si elle se noie ? Ne me réponds pas, j'entends la réponse d'ici. Vraiment, tu as fait de l'excellent travail. Je te félicite. »

L'Angelot se glissa silencieusement dehors, sous une magnifique pleine lune. De la rosée couvrait le toit.

« Toi aussi, ça te fait pleurer? murmura l'Angelot en regardant la face de carême qui pendait parmi les étoiles. Mais attends la fin... »

L'Archange le rejoignit sur les ardoises glissantes :

« Ah ! Ça sent meilleur, ici. Ces histoires de vieilles harpies qui volent, ça me rappelle un peu les stryges méditerranéennes.

— Et moi, ces histoires d'humains qui rêvent qu'ils dansent avec les animaux, ça me rappelle beaucoup le chamanisme. »

Avec un rien de méthode, les deux anges auraient pu inventer l'ethnologie dans la foulée.

« As-tu vu à quoi ressemble leur diable ? Avec ses pieds de bouc, ses cornes de vache et sa bite gargantuesque ? Ha ha ! Salut, Grand Pan ! dit l'Archange dans un rire démoniaque : Je te l'avais dit, qu'on se reverrait ! »

L'Angelot se demanda quels regrets, quelle nostalgie d'un éternel été son double sans remords cherchait à détruire.

« Je me souviens des geôles romaines ! jubilait l'Archange. Sais-tu ce que les païens reprochaient aux premier chrétins ? De manger de la chair humaine et de se vautrer dans la luxure ! Les humains ne changent pas. Viens ! Nous filons en Bourgogne, il y a un enfant découvreur tout à fait pittoresque.

— Les gosses aussi ? »

Les anges déplièrent leurs ailes sombres, tâtèrent la portance du vent glacé.

« Les gosses surtout ! Le dernier a mis en accusation plus de six mille personnes, jurant qu'il percevait sur leur visage le voile invisible de la sorcellerie. J'ai rarement fait un pareil gueuleton ! Ils s'entre-dénoncent tous auprès des tribunaux séculiers avec un zèle qui fait pâlir d'envie les inquisiteurs ! Les geôles sont engorgées de terreur mystique ! Ah, et puis il faudra que je te montre les *witchfinders* anglais. Là-bas, ils ont inventé la torture privée… »

Ils s'envolèrent tandis que la vieille détaillait à un juge vert de fatigue la composition d'une hostie de messe noire, avec force postillons.

ooo

« Oh, non, soupira l'Angelot.

— Quoi ? Tu n'as jamais vu un bûcher ?

— Oh, patène de bordel, non ! Je ne savais pas qu'on fouettait les enfants face au bûcher de leurs parents, non !

— Et encore, ceux-là ont été étranglés à peine le feu allumé. Le spectacle en est tout amoindri. En Espagne, maldoués qu'ils sont, ils coulent les condamnés dans des moules en plâtre qu'ils mettent ensuite au four. Résultat, la foule ne voit rien et personne n'est content. Alors que dans le Nord, ils ont trouvé *la* technique pour que ça dure : ils attachent les gens près du feu, à des échelles, avec des linges mouillés sur la tête et le cœur. La combustion…

— Je crois que je vais avoir le regret de te prier de me priver des autres détails amusants ! » cracha l'Angelot. L'Archange le regarda avec un grand sérieux et dit lentement :

« Ça ne me fait pas rire : ça me nourrit. Et honnêtement, ça me troue la paillasse. »

L'Angelot se sentait couvert d'une sueur glaciale. Il cacha ses mains sous ses fesses, pour qu'elles arrêtent de trembler. Il se sentait aussi coliqueux que jadis, quand il luttait en vain contre la Grande Peste.

« J'ai déjà vu des animaux tuer leurs petits, mais au moins, c'était pour les bouffer, marmonna-t-il.

— Ce ne sont pas des animaux, fit remarquer l'Archange, ce sont nos proies. Et si tu t'obstines à les considérer comme des créatures à ton image, tu vas coaguler du bocal. Parce que personne n'a envie de ressembler à *ça*. J'ai peut-être lancé la chasse aux sorcières mais ce n'est pas moi qui les torture. Ni toi. Ils se l'infligent tout seul. Je n'ai pas encore trouvé de limite à leur imagination malsaine. »

L'Angelot se prit la tête dans les mains : *Ça finira un jour, ça finira forcément un jour.*

Ménage à potron-minet

1657.

« *Proformandis* !

— Uh ? D'habitude, c'est moi qui brandis des bulles papales en hurlant, dit l'Archange.

— Mise en garde contre les erreurs et abus dans les procès de sorcellerie !

— Merde. »

En réalité, il n'y avait plus assez de juges pour suffire à la tâche et les tribunaux séculiers versaient dans le n'importe quoi : les délations en dominos vidaient des villages entiers, les procès liquidaient des régions. De nombreuses voix commençaient à crier « Au fou ! ».

En 1676, un édit sur l'internement des déments porta un rude coup aux accusateurs apocalyptiques, aux prophètes illuminés, aux découvreurs de sorcières et autres pourvoyeurs frénétiques de bûchers. Un peu plus tard le roi de France, Louis, quatorzième du nom, apprit que sa maîtresse, l'énorme Athénaïs de Montespan, lui avait fait boire pendant des années, dans son infusion du soir, un philtre d'amour à base de poils de cul de curé défroqué et de crachat de blasphémateur. Absolument écœuré, Louis ferma la Chambre Ardente en charge de l'Affaire des Poisons, brûla toutes les minutes des procès en sorcellerie que la Chambre avait instruits et, d'un seul décret, fit disparaître le crime de sorcellerie, le remplaçant par celui d'escroquerie. Puis il changea de maîtresse.

La même année eut lieu, à Madrid, le dernier autodafé d'hérétiques. Et ils n'étaient que dix-neuf.

« Mais que se passe-t-il ? gémit l'Archange.

— La lumière leur vient, sourit l'Angelot.

— Et ça t'amuse ? ragea l'Archange. Nous allons crever de faim, s'ils s'adonnent à la raison !

— Ça fait longtemps qu'elle couve, cette propension à s'intéresser *enfin* au sort des hommes sur Terre, et non plus à leur salut en l'air. Aujourd'hui, il semble qu'elle éclose. Et pour répondre à ta question : Non, ça ne m'amuse pas. Mais ça me troue la paillasse.

— Crétin. »

1708.

L'Angleterre était en guerre contre la France, l'Angleterre était en guerre contre l'Ecosse, globalement, il ne faisait pas bon être Anglais. Quelques prophètes prédirent la fin du monde pour le 25 mars, avec abondance de tonnerre, famine, incendie et pluies de soufre, ainsi que la résurrection de leur messie personnel, le bon docteur Thomas Emes. Le 25 mars, le docteur Emes refusa absolument de se lever de son tombeau, ce qui ne gêna pas ses amis, lesquels remirent l'Apocalypse à un jour ultérieur.

Anthony Ashley Cooper, comte de Shaftesbury troisième du nom, vit tout cela, se gratta le menton et suggéra qu'il existait peut-être un lien entre l'exaltation religieuse et les calamités naturelles, voire un régime alimentaire malsain.

« C'est la lutte des lettrés contre les illettrés », susurra l'Archange.

De fait, il commença à sembler vulgaire de faire le fanatique dans les salons. Quand un moine visionnaire annonça au pape Benoît XIV que l'Antéchrist était venu au monde et allait sur ses trois ans, le pape soupira de soulagement :

« Je laisserai donc le problème à mon successeur. »

A Paris, une fois enterré le vieux Louis, quatorzième du nom, le régent du royaume et ses roués sombrèrent dans un athéisme effréné, en plus de l'ivrognerie et de la débauche, ayant pour l'occasion inventé le champagne et la loterie. En effet, dans les petits dîners du régent, on tirait ses partenaires sexuels au sort, et certains prétendaient que le régent avait déjà, comme Loth, sorti le nom de sa fille du chapeau. Le terme se popularisa, bizarrement, à défaut de la technique.

Les libertins du XVIIe siècle, stoïques et végétariens, n'étaient pas des rigolos ; ceux du XVIIIe firent beaucoup plus d'émules. Aussi l'Archange recommença-t-il à maigrir. L'Angelot aussi, mais il avait bien meilleure mine.

Paris, mitan du XVIIIe siècle.

« Ah ! Un tremblement de terre à Londres ! Voilà qui va refanatiser les foules ! s'exclama l'Archange, attablé au café Procope, rue des Fossés-Saint-Germain, devant un épouvantable chocolat au poivre, et qui feuilletait la Gazette d'une main peinte en rose cyclamen. Cesse de te gratter la tête, mon ami ! Tu sens le provincial à la fureur.

— Je me demande comment tu peux sentir quoi que ce soit, gémit l'Angelot. Que cette ville pue !

— Tu es gothique : c'est un des charmes de Paris.

— Et cette perruque me démange !

— Tu fous de la farine partout. »

L'Archange avait décidé de civiliser l'Angelot, aussi l'avait-il traîné chez le bon faiseur d'où ils étaient tous deux ressortis aussi ravissants que des Watteau, ensachés dans des culottes à pont collantes comme des timbres, une redingote de drap souris très ajustée, de délicats souliers à bout carré absolument incompatibles avec la forme d'un pied, des bas immaculés absolument incompatibles avec la célèbre boue de Paris, le gilet fleuri de rigueur et une perruque à rouleaux pulvérisée de fleur de froment qui semait à tous vents. Ils s'étaient aussi maquillés, en rouge et blanc, sans oublier une volée de mouches de velours, et inondés de parfums musqués épouvantables. Ainsi accoutrés, ils passaient rigoureusement inaperçus. L'Angelot, assis sur une fesse au bord d'un tabouret, remuait ses épaules engoncées, frottait son entrecuisse serré, agitait ses doigts de pied congestionnés, mouchait son nez agressé et râlait comme un bossu.

« Ecoute ! dit l'Archange qui dévorait l'article sur Londres en ruines et flammes. Voici ce qu'écrit le plumitif : "Une foule incroyable rendait grâce au Dieu du Ciel en s'enfuyant dans la campagne voisine." *God's not dead !* L'Apocalypse est encore debout ! »

Voltaire lui répondit, écœuré, depuis son exil de Ferney :

« Que suis-je, où suis-je, où vais-je, et d'où suis-je tiré ? »

Atomes tourmentés sur cet amas de boue,
Que la mort engloutit et dont le sort se joue.
Pourquoi ce monde a-t-il été créé ?
Pour nous rendre tous fous.

« Bien dit », ricana l'Angelot.

L'athéisme galopant se heurta à une belle résistance : le chevalier de la Barre mourut roué, à dix-neuf ans, pour n'avoir pas ôté son chapeau devant une procession. De rage, Voltaire inonda l'Europe d'antichrétinisme primaire.

« Il n'est pas fou, Bernouilli, gloussa l'Angelot qui avait piqué la Gazette de l'Archange. Il a eu le front de dire en public que l'apparition d'une comète est davantage un événement astronomique qu'un signe manifeste de la Colère de Dieu. Là, je pense qu'il s'est fait injurier par son confesseur : la pétoche des comètes a toujours été un argument de poids contre nous, pauvres pécheurs. Alors il rectifie, et publie que s'il s'est prononcé en ce qui concerne le corps des comètes, il ne peut pas en dire autant de leur queue ! Quel faux-cul.

— Que d'organes, soupira l'Archange.

— Tiens ! La *United Society*...

— Salut, D'Alembert !

— ... *of Believers in Christ's*...

— Tiens, voilà Condorcet.

— ... *Second Appearing*...

— Oh ! Rousseau suivi de ce con de Buffon.

— ... tu m'écoutes quand je te parle ?

— Je t'écoute, grommela l'Archange.

— Du côté du Lancashire, il y a une nouvelle communauté de fanatiques illuminés nommée Shakers. Elle devrait te plaire. Ces cinglés dansent dans des postures extravagantes, pirouettent, chantent, grognent, se jettent par terre, ululent, coqueriquent et fatiguent tout le monde. Ils vont se faire exiler aux Amériques.

— Il faut absolument que j'aille là-bas. Ce pays de fous de Dieu déracinés m'a l'air très prometteur », marmonna l'Archange en palpant son ventre creux. Et la dernière sorcière fut brûlée vive, en 1782, du côté de Genève.

La Révolution française plongea l'Angelot dans un dégoût abject :

« Regarde-les ! Ils sont en train de vivre la Révolution des Lumières, le Triomphe de la Raison sur l'Obscurantisme, de la Philosophie sur la Religion, de la Justice sur l'Arbitraire, on leur a juré qu'ils pourraient enfin travailler ensemble à leur bonheur ici-bas plutôt que de crever de misère pour un hypothétique bonheur *post-mortem* et regarde-les, ces abrutis ! Ils ont brûlé la statue de l'Athéisme et maintenant, ils promènent la guillotine en procession, comme une Vierge Marie !

— Hé hé », lui fut-il répondu.

De fait, il ne fut pas facile, pendant le demi-siècle suivant, d'aller quelque part sans tomber sur un messie ébouriffé, ce qui navrait l'Angelot et n'aidait guère l'Archange à remplir sa panse vide, le messie moderne étant plus raisonneur que sanguinaire. Pour se nourrir, ils en étaient tous deux revenus au sang dénué de Foi et aux petites giclées occasionnelles de ferveur déçue. Régime sans sel et fractures non ouvertes.

Ça n'avait plus rien à voir avec ces vagues irrésistibles qui montaient au pied des bûchers, quand ils chassaient dans les cachots bondés ou à même les longues files des condamnés, aveuglés par la fumée grasse et mordant au hasard, tandis que tous les yeux étaient tournés vers les flammes et que la foule hurlait de joie entre deux rangs noirs de prêtres et de soldats ; aux balcons, les nobles bâillaient en exhibant leur graisse enviable.

L'Angelot se demandait pourquoi sa haine, de sombre et glacée, était progressivement devenue rouge et brûlante. Il n'avait guère l'expérience du manque. On pardonne tout à son dealer, hors la pénurie.

Napoléon mourait d'ennui à Sainte-Hélène, Louis XVIII prisait son tabac entre les deux beaux seins de madame du Cayla et, sanglé dans un haut col empire très démodé, l'Archange arpentait furieusement les rues de Paris mal éclairées par des lanternes rougeâtres. Il passa par la place de Grève, humant l'air saumâtre qui avait tant vibré de Foi et de flammes. Puis il longea d'un pas irrité la Conciergerie où il s'était si souvent abreuvé autrefois, quand Louis le Quinzième faisait emmurer vif, dans des logettes grillées, de malheureux plumitifs condamnés à mourir de faim pour un sonnet de trop. On voyait encore la tour Bonbec d'où Philippe IV, dit le Bel, avait regardé cramer les derniers templiers sans bouger un cil de ses grands yeux de glace, mais il ne restait rien de la tour de Nesle ni du grand gibet de Montfaucon, ni même du méphitique cimetière des Innocents où les exaltés se roulaient au pied d'une aubépine miraculeusement fleurie en appelant le Christ et le sang à grands cris.

C'est idiot ! songea l'Archange. *Une bonne terre acide qui dévorait son cadavre en deux mois.*

Cette grosse vache de Louis XVI avait aboli la torture, un demi-siècle auparavant et aujourd'hui, on combattait la peine capitale, l'esclavage, les mauvais traitements infligés aux femmes et aux enfants, et même aux animaux.

Bande de femelles ! grimaça l'Archange. Il se retourna vers le marché couvert où, cinq siècles auparavant, on vendait les enfançons dix sous pièce. Des bateleurs les achetaient pour les mettre à grandir dans des jarres de terre, d'où ils sortaient assez contrefaits pour faire rire le badaud. Aujourd'hui, on y proposait des sifflets, des toupies et des polichinelles en carton ! L'Archange cracha sur les pavés ronds et reprit sa marche solitaire.

Il évitait désormais la compagnie de l'Angelot, car son regard écœuré l'agaçait comme un soleil. Il n'avait jamais demandé à être aimé, grand Dieu ! Et souffrir de la solitude n'était pas son genre, mais il retrouvait dans la moue de dégoût que sa vue inspirait à l'Angelot l'étrange sensation d'inexistence que lui avait causée la disparition soudaine de la fée. Pourtant l'Angelot avait longtemps été, pour l'Archange, un agréable compère : caustique, acerbe, excellent compagnon de chasse, complaisante oreille à ses plans macabres et contradicteur éternel de sa misanthropie. Mais hélas, depuis quelques années (depuis la Révolution ?), il avait retrouvé sa mine de gamin dégoûté qu'il fallait traîner de force sur les chemins de Brocéliande. La docilité en moins. L'Archange s'arrêta au bord de la Seine, sombre et songeur. Il n'est jamais facile d'être méprisé par l'ensemble de ses pairs, quand bien même l'effectif s'élève à deux.

La vérité, c'est que la rupture épistémologique qui avait conduit les humains à remplacer les bûchers par la règle à calcul avait réduit l'Archange à la famine, et qu'il n'avait personne à qui s'en prendre. Il sauta sur une péniche et de là, gagna les Etats-Unis d'Amérique tandis que Quinet clamait que le Mal n'est pas d'essence diabolique mais un simple fléau, rien qu'un fléau de plus, comme l'ignorance ou la colique, et que le vrai Dieu s'appelle Progrès. L'Angelot applaudissait des deux ailes mais sans l'ombre d'un sourire.

A Boston, l'Archange tomba en plein post-millénarisme : on racontait partout que, pour que la Fin du Monde et le Second Avènement du Christ s'accomplissent, il fallait que tous les hommes soient exempts de péchés. Les péchés naissant de la nécessité, il suffisait de supprimer le péché grâce au progrès social : « Améliorez les conditions de travail, éduquez les hommes, libérez-les de l'esclavage, garantissez des salaires corrects et des prix justes, et la société accédera au royaume de Dieu ! » clamaient de doctes prédicateurs.

« D'ici trois ans », précisait obligeamment un certain Finney. L'Archange n'apprécia pas du tout. Il avait parfois l'impression d'entendre l'Angelot ricaner dans sa tête. De temps à autre, il croisait un magasin orné d'une pancarte : « Ce magasin est fermé en l'honneur du Christ qui descendra du Ciel vers le 20 octobre », mais ça ne suffisait plus à le dérider. Où était Esdras, où était Eustache Deschamps, dignes pleureuses des IIe et XIVe siècles, toujours sanglotant sur la Décadence de leur Epoque comparée aux Ages d'Or du Passé, appelant à la purification par le vide et frayant la voie à tant de massacres expiatoires ?

Les pauvres filles cousues de lettres d'infamie en soie écarlate ne consolèrent pas l'Archange. Il n'avait guère envie non plus d'aller, dans les grands déserts ensoleillés de l'ouest, participer à des vulgarités plates comme les *scalping parties* mises à la mode par George Washington. Alors il descendit le long de la cordillère andine, jusqu'en Patagonie, où il vit des migrants de tout poil (Anglais, Ecossais, Russes, Allemands, Chiliens, Argentins) s'amuser à détruire les populations patagones. Il participa même un jour à une chasse au pigeon gelé, organisée par un certain Von Flack : après avoir fait monter une tribu alacalufe sur un iceberg, Von Flack y amarra son cotre et donna l'autorisation à tous ses convives d'ouvrir le feu, à hauteur de jambes. La journée se passa en tirs, beuveries et paris enfiévrés sur l'ordre des décès.

L'Archange connaissait toute la gamme des massacres, ceux de la peur, du calcul, de la convoitise, de la haine et de la cruauté, ceux de l'ennui et de la gratuité, de la bêtise et de l'indifférence, du plaisir voire de l'erreur, tous ! Depuis les massacres sous-tendus par la Foi la plus monolithique jusqu'à ceux où ne résonnait que le grand rire décérébré de la sauvagerie, mais celui-là lui causa un malaise indicible. Dans la brume épaisse que déchirait la dent blême de l'iceberg, le sang ne se voyait pas, les cris de douleur ne s'entendaient pas. L'Archange regarda la mort se répandre sur la banquise, ajoutant le froid au gel, le mutisme au silence, la pâleur à la blancheur tandis que, sur le pont, les invités de Von Flack se racontaient des histoires de fesse. Il y eut même une véritable échauffourée, au sujet du titre de propriété de cent mille acres de pampa. La conclusion grisâtre du crépuscule trouva l'Archange crispé de colite somatique : il avait compris qu'il ne comprenait plus rien à ce monde.

Il lui fallait faire une fin, si possible en des contrées de vieille tradition et de mœurs rétrogrades. D'ailleurs, l'Angelot lui avait parlé d'un coin propice.

Il regagna le vieux monde et s'immisça dans les rêves d'un jeune écrivain.

Ce qui avait définitivement écœuré l'Angelot, c'était la Grande Terreur de la Révolution française et, plus exactement, les massacres de Septembre.

Lui qui avait pataugé dans Béziers après Simon de Montfort, dans Chaillot après la Saint-Barthélemy, à Lons-le-Saulnier sur les traces d'Henri IV, au Palatinat lors du Grand Sac du Grand Siècle et en Normandie après les gragonnades, il n'avait tout simplement pas supporté ce septembre-là.

« Pour les vaincre, messieurs, il nous faut de l'audace, encore de l'audace, toujours de l'audace ! »

Le discours de Danton était très beau. Il était très clair aussi : une partie du peuple devait se porter aux frontières pour en découdre avec le reste de l'Europe, une autre creuser des retranchements autour de Paris et la troisième défendre la ville de l'intérieur, ce qui signifiait nettoyer les prisons, ces repaires de royalistes sanguinaires. Autant dire qu'il n'y eut pas grand monde à faire du terrassement.

Ivre d'enthousiasme, le peuple avait déferlé sur l'abbaye de Saint-Germain-des-Prés, aux Carmes, à la Conciergerie, à Bicêtre, à Saint-Firmin, à la Force, à la Salpêtrière. Il commença par égorger, puis il hacha au sabre, enfin il finit à la bûche. Ceux qui n'avaient pas trouvé d'objets contondants mettaient les cadavres en tas. Quand il n'y eut plus ni prêtres, ni nobles, ni accapareurs à trucider, on tua les galériens qui attendaient, à la chaîne, leur départ pour le bagne, puis on tua les vagabonds, les clochards, les mendiants, les femmes marquées à la fleur de lys ou du V de voleuse et enfin, les gamins placés en correctionnelle.

L'Angelot était là, sur un des murs de Bicêtre, tandis que les enfants couraient partout, refusant de se laisser tuer. Ils grimpaient aux murailles, se faufilaient entre les jambes de leurs bourreaux, se glissaient dans des soupiraux dont il fallait les tirer par les cheveux ou par le pied, et ils poussaient ces cris qu'on n'entend que chez les êtres très jeunes ou très désespérés, qui sont un mélange de pleurs et de hurlements. Ils faisaient un bruit de Limbes…

Dies irae, dies illa, songea l'Angelot alors qu'il avait déjà sauté à bas du mur. Quand il se réveilla, la cour était désertée, silencieuse, rouge de sang, bondée de corps désarticulés. Il tenait un cadavre dans chaque main. Il était couvert de débris gluants et ses deux ailes pendaient, déchirées. Il était aussi couvert de contusions et d'entailles, qui cicatrisaient vite.

Il avait *vraiment* pété un plomb.

Il lâcha les deux barbus qu'il traînait après lui. La nuit tombait sur le 3 septembre 1792 et le vent qui se levait agita, parmi tant de rouge, un bizarre petit chiffon doré. L'Angelot s'approcha : c'était la chevelure vivante d'un petit garçon au crâne ouvert.

Jour de colère, ce jour-là.

Pendant ce temps, vautré à la terrasse du café Procope en tenue de sans-culottes, l'Archange regardait tanguer au bout d'une pique la tête de la princesse de Lamballe qu'un barbier venait juste de friser et de poudrer, et il riait. Ce n'était pas à cause de cette chose pitoyable qui gouttait dangereusement près au-dessus de son sorbet, mais parce qu'un des assassins avait découpé la foufoune de la victime et s'en était fait une moustache avec laquelle il ressemblait *furieusement* à Innocent VIII.

L'Angelot avait longtemps, très vaguement mais de façon étrangement persistante, espéré que l'humanité sortirait de sa crasse sanglante pour forger un monde moins lamentable. Du fond du Haut Moyen Age il avait vu monter les Lumières, comme une aube. De ce jour de septembre 92, il se retrouva dans la nuit noire.

Sans aucune illusion, il regarda marcher le Progrès, le fameux Progrès mécanique dont on attendait tant de bien, sur ces talons de fer qui menèrent les hommes depuis leurs terres misérables jusqu'à des usines pas plus drôles. Il chassa beaucoup en pays minier, à cause de la chaleur constante que dégageaient les terrils. C'était une vie de lièvre, crasseuse et sordide : la nuit, il s'abreuvait erratiquement aux cadavres d'ouvriers belges dont la chasse aux émigrés remplissait les fossés. Le jour, il creusait un terrier dans les scories et dormait là, au chaud, empli de rêves agités.

Un soir, alors qu'il suivait, le ventre gargouillant, un pèlerinage marial aussi bleu de Foi que la robe de la statue processionnante, il leva les yeux vers le ciel noir de charbon pulvérulent. Il réalisa alors que, pendant près de mille ans, il n'avait fait qu'espérer de retourner au fond de sa source, dans les Carpathes ou ailleurs. Il n'avait fait qu'attendre que passe la grande vague sanglante du monothéisme, pour vivre à nouveau d'amour et d'eau fraîche dans un monde pacifié, en apaisant des pleurs de bébé.

Elle doit être pleine de rejets industriels et de poissons crevés, ma source. Et l'exil rural a dû vider les villages alentour. Où aller ?

Pour une fois, l'Archange lui manquait. Cette constatation le dégoûta : ce type avait quand même commis un nombre de monstruosités qui défiait l'ensemble des entiers naturels et ce, tout simplement parce que…

Parce qu'il le pouvait ?

L'Angelot se mâchonna la lèvre : d'où venait, chez l'Archange, une pareille vacuité ? Du Paradis, bien sûr. Les angelots chantaient, les séraphins nounoutaient, les anges gardiens gardiennaient, les chérubins se tapaient la paperasse mais aux archanges, on ne demandait rien, sauf de guerroyer de temps à autre contre des ennemis immortels.

Si j'avais à neutraliser une créature potentiellement pleine de pouvoir, moi aussi, je l'enverrais remplir éternellement une tâche inutile en le traitant de héros, songea l'Angelot, transi sous une fine pluie noire. Il ignora toujours que, ce jour-là, il avait exactement épousé les pensées qu'avait eues Dieu, bien longtemps auparavant.

On s'est débrouillé pour que l'Archange demeure immature et aussi égocentrique qu'une roue à aube. Mais il a bien mieux compris que moi ce monde de fiel, et si je pouvais lui demander conseil...

L'Angelot haussa les épaules. Il entendait la réponse d'ici :

« Mais ce monde n'a jamais été autre chose qu'une béchamel de caillots ! Ce n'est pas parce que tu as eu la chance de trouver un coin tranquille pendant quelques siècles qu'il faut croire à des angélismes pareils ! »

Seulement voilà : l'Archange n'était pas là. Sans quoi, il eût peut-être répondu tout autre chose.

« Nous survivrons, aurait-il dit avec un accent bizarre. Dans les rêves, les contes ou les marges. »

Ça avait été une sacrée expédition : traverser la pelouse sans se faire éventer par le chien, escalader le chèvrefeuille sans glisser, attendre des heures, planqué dans le géranium, que quelqu'un ouvre la fenêtre, glisser le long des rideaux et parvenir à la table à thé sans se faire pincer par ce foutu chat du Cheshire au sourire affreusement pointu. Tamar faillit perdre courage devant les pieds de la table à thé, en poirier ciré verticalement lisse. Les lutins sont bons en varappe, pas en miracles.

Il s'assit sur son petit derrière crotté, évalua la situation de ses grands yeux jaunes, puis grimpa sur un tabouret commodément frangé de glands de soie et, de là, gagna le plateau de la table en s'aidant du napperon au crochet qui la recouvrait. Il fallait vraiment aimer le sucre.

La journaliste du Merry Mail se trémoussa dans son fauteuil : son faux cul la gênait.

« Quel est celui de mes livres que je préfère ? marmonna son interlocuteur. Celui que j'ai écrit pour mon fils : *Au-delà du crépuscule.* »

Il savait qu'elle s'en foutait. Ce n'était pas de ça qu'elle était venue parler. Ce n'était jamais de ça qu'on venait parler, avec lui. Le vieil Irlandais tripota la canne à pommeau d'argent qu'il tenait entre ses jambes. L'amertume lui remplissait la bouche.

« Pardonnez-moi, je suis un peu secoué.

— Oh oui ? dit la journaliste avec un sursaut d'intérêt.

— La mort d'un vieil ami est toujours un moment difficile. »

Il se tut, fit virer sa canne entre ses paumes.

« Vous voulez parler de… de Mr. Wilde ? » La journaliste pondit le nom comme un noyau de cerise qui aurait eu un goût de chenille.

« Un habitué de vos chroniques littéraires et mondaines, je crois, grinça l'homme.

— Oh. Il le fut, oui. Il y a longtemps.

— C'est-à-dire : avant qu'il se fasse coincer pour enculade avérée et en crève de misère, c'est ça ? » explosa le vieil homme. Après tout, qu'est-ce qu'il en avait à fiche, de cette abominable brougnafière ? Il était déjà connu comme le loup blanc, et pour son plus mauvais livre, par-dessus le marché. La journaliste cessa de se dandiner sur le rebord de son fauteuil et sa bouche se figea dans une moue parfaitement anale, minuscule et plissée.

Coincé au fond du sucrier, Tamar passait par toutes les couleurs de l'arc-en-ciel. Il s'était fait surprendre par l'arrivée des Grands alors qu'il avait la bouche pleine, et il n'osait même plus mâcher. Enfoui dans le sucre jusqu'au cou, il écoutait, mort de peur et joues gonflées, les énormes voix se croiser au-dessus du petit pot de porcelaine en se répétant :

Ne pas péter, surtout ne pas péter.

« Souhaitez-vous, reprit le Grand sur un ton plus affable, encore un peu de thé ? Du sucre ?

— Non, merci.

— Souhaitez-vous que je vous parle de mon itinéraire littéraire ?

— Oh, j'en serais ravie ! »

La journaliste soupira de soulagement. Brièvement. Car le vieux chameau embraya immédiatement, avec une délectation certaine, sur son premier opus : *Charges et Devoirs d'un employé de Tribunal de Grande Instance en Irlande*. Son interlocutrice se décomposait à mesure. Mais qu'il fallut bien qu'il en vienne au fait, et sorte le petit couplet habituel.

« La voie était tracée, n'est-ce pas, depuis les histoires du XVIIIe siècle et, bien sûr, le « Carmilla » de Sheridan Le Fanu. »

La donzelle se redressa sur son faux cul.

« Mais laissez-moi vous conter une anecdote : du temps où j'étais administrateur du Lyceum Theatre... »

La donzelle se redégonfla.

Est-ce que je lui parle de la Golden Dawn, ou est-ce que j'ai pitié ? se demanda-t-il. Mais après tout, peu de gens avaient eu pitié d'Oscar Wilde, et elle n'en faisait visiblement pas partie : dix minutes de société secrète. La visiteuse dodelinait du chef, engourdie par le froid mouillé de décembre sur St. George's Square, la raideur de son corset, l'épaisseur du taffetas mauve qui la sanglait et l'ennui sirupeux que son interlocuteur distillait, alignant avec un soin maniaque des poncifs dont tous deux savaient très bien qu'ils avaient déjà été mille fois publiés.

Si seulement je pouvais interviewer directement les vampires, rêvassait-elle tandis que l'écrivain, fourrageant dans sa barbe, évoquait pour la énième fois, avec force circonlocutions, la possibilité encore hypothétique quoique envisageable qu'il écrive une biographie d'Henry Irving. Au fond du sucrier, Tamar avait recommencé à mâchouiller son énorme bouchée de sucre. Ses petites dents pointues, en écrasant les cristaux collants, lui semblaient faire un bruit d'enfer (crontch, crontch) mais tant pis.

Quand la journaliste commença franchement à piquer du nez dans son double menton, le vieil écrivain eut enfin pitié d'elle :

« J'ai eu l'idée de mon Dracula une nuit... »

Il effeuilla pesamment des détails banals, le cauchemar de 1890, les trois femmes qui lui mordaient le cou, le plaisir et la peur, le vieux comte qui entrait dans la pièce en hurlant : « Cet homme m'appartient ! » Mais il ne parla pas de ce froissement d'ailes, dans la nuit. Ni de la grande fatigue qui le tenait, depuis. Asthénie, anémie, il connaissait les termes médicaux, grâce aux médecins qui n'y connaissaient rien et qui parlaient des reins, doctement. Amaigrissement, nausées et vomissements, du sang parfois, d'autres affections en i comme la tachycardie, et cette pâleur devant sa glace, cette torpeur…

« Un peu de thé ?

— Oui, merci.

— Un peu de sucre ?

— Avec plaisir. »

La petite cuillère en argent plongea droit vers le crâne rond de Tamar, s'arrêta, et racla une pincée de sucre juste au-dessus de ses genoux. Puis elle disparut, tandis que le couvercle retombait avec un claquement sec. Tamar dut aller rechercher sa respiration au fond de ses chaussettes.

« On dit, cher Maître, enchaîna la journaliste en reposant sa tasse, que d'innombrables voyageurs se rendent chaque année dans les Carpathes, sur les traces de l'abominable Vlad Dracul. Comme si tout cela était… je veux dire : comme si votre Grand'Œuvre était authentique ! Qu'en pensez-vous ? »

Il la regarda, pensif. Il y avait des touristes, oui. Et par conséquent, un château ténébreux au bout du chemin, par une sorte de Loi Naturelle du Tourisme. Et tant pis s'il s'agissait d'une forteresse du XVIIIe siècle ruinée à la massette. Mais il y avait d'autres rumeurs aussi, et des frissons authentiques le long d'échines indigènes. Il y avait la silhouette d'un château, un *autre* château dont jamais, jamais on n'indiquait le chemin, parce qu'on y entendait des ailes, dans la nuit…

Tamar, philosophe, avala finalement sa monstrueuse bouchée, ouvrit sa petite bouche le plus grand qu'il put et en goba une autre. Quant à Bram Stoker, il finit par virer la journaliste avec un flegme anglais, c'est-à-dire avec une grossièreté que son interlocutrice trouva typiquement irlandaise : il se tut définitivement et se concentra sur le pommeau de sa canne jusqu'à ce que la visiteuse déclare forfait. Elle se déplia dans un grand craquement de baleines soulagées et rangea ses carnets au fond de son réticule en se confondant en remerciements glacés. Tout ça était terriblement *british*.

Stoker raccompagna la donzelle à la porte d'un pas traînant tandis que, dans leur dos, le couvercle du sucrier se soulevait (crontch, crontch ?).

Tamar était un lutin, c'est-à-dire qu'il avait le neurone directement branché sur l'estomac, qu'il métabolisait le glucose comme pas un et qu'il voyait des choses en dessous du spectre humain. Il vit l'aura du vieil homme vibrer d'ombres.

Tamar hocha sa petite tête, ce qui faillit faire tomber le couvercle qui était posé en équilibre dessus : un ange gardien, oui, ça y ressemblait. Ça faisait longtemps qu'il n'avait pas croisé un humain gardienné, songea-t-il. *Sauf qu'un ange gardien ne laisse pas tomber son humain de son vivant, d'habitude.* Hors cet humain-là ne traînait derrière lui qu'un souvenir d'ailes et, à voir la trace qu'elles avaient laissée, Tamar se dit que ça valait beaucoup mieux pour lui. Il fit glisser le couvercle sur le napperon et se carapata aussi vide que son bedon lourd de sucre le lui permettait.

Cet ange-là était d'un nouveau genre, blanc comme la neige noire des cauchemars, de « caucher », oppresser, et « mar », l'esprit maléfique, le même que celui de *nightmare*, soit un des plus vieux mots existant, un mot qui datait de bien avant les Celtes, un terme europide, une foutue saleté, oui ! Tamar n'avait pas du tout envie d'en savoir plus.

Il dégringola le chèvrefeuille, s'arrêta pour vomir dans le serpolet et courut, le plus rapidement qu'il put, prévenir son peuple qu'une nouvelle race d'anges était parmi eux et qu'il valait mieux l'éviter.

Le vieil homme se rassit pesamment devant son thé froid et regarda dans le sucrier.

Le petit goinfre m'en a laissé un peu.

Il remit le couvercle en place et continua à mourir lentement, d'un mal sanglant et languissant, que les médecins qualifièrent de rénal et nommèrent « de Bright », doctement.

Fin XXe.

Des torrents de nuages se pressaient dans le ciel comme des cheveux dénoués dans un feu d'enfer. Une énorme pleine lune roulait là-dedans, ivre, démâtée. L'Angelot ricana.

On a l'esthétique qu'on peut, songea-t-il.

Il avalait de son pas infatigable un chemin étroit coincé entre un ravin obscur et un à-pic couvert de ronces. Ses ailes sombres claquaient le long de ses cuisses. Le vent hurlait entre les dents des montagnes, doublant les hurlements des loups. L'Angelot trouvait l'ensemble franchement grandiloquent.

Il entendit un bruit de grelots funèbres et se retourna : elle était là, bien sûr, la carriole fantôme hérissée de feux de saint Elme, avec son cocher au chapeau vide, ses chevaux indistincts, ses fanaux fuligineux pendant comme des yeux aux harnais pourris. Derrière elle, la meute clignait ses longs yeux verts et criait. L'Angelot se campa sur ses deux jambes écartées, ôta son bomber de cuir, déploya ses ailes et hurla :

« Vos feux de croisement ne sont pas réglementaires ! »

Il renfila son blouson et reprit sa marche. Quelques instants plus tard, la carriole s'ébranla à sa suite.

Le château était énorme, massif et dans un état de conservation remarquable, pour autant qu'il était possible d'en juger à la lueur chiche de la lune toujours roulée dans un courant d'écumes noires. L'Angelot était assez nyctalope pour évaluer la monstruosité qu'il avait devant lui :

Un pauvre rogaton médiéval qu'on a restauré il y a moins d'un siècle, en halant toutes les épaves de toutes les architectures défuntes.

Il y avait du classique dans les façades et dans les meneaux. Il y avait des escarpes menaçantes saupoudrées d'échauguettes mignardes, une poudrière pourvue d'un toit de pagode soutenu par des cariatides pansues, des flèches gothiques garnies de moucharabieh et des bulbes dorés sur des poivrières à colombages. La grille d'entrée, gardée par un cercle infernal de magie bleue qui fendait les ténèbres comme un scalpel, était (*Oh non !*) style nouille. Elle s'ouvrit en grinçant inlassablement et l'Angelot entra, escorté par un vol de corbeaux.

Ce sont de vrais corbeaux, nota-t-il, *pas ces affreux freux qui ont remplacé nos charognards d'antan. Je parie qu'on trouve aussi des rats. Des vrais, des por-*

teurs de peste ! Et non les vulgaires surmulots qui ont pris leur place.

Il s'arrêta au milieu de la grande cour, finement pavée et grondante d'orage, que surplombait un peuple de gargouilles farouchement médiévales, et sourit largement :

Ce type est vraiment Tales of the Crypt *!*

L'Angelot avait passé pas mal de temps aux Etats-Unis.

La porte d'entrée était énorme et solennelle, en chêne aspé de bronze, et sculptée de toutes les visions de l'enfer.

Si un nabot bossu l'ouvre en agitant sa lanterne, je hurle !

Il poussa l'énorme battant glissant de pluie, qui céda avec un grondement sourd. L'intérieur était de meilleur goût : on avait ouvert toutes les huisseries ferrées, posé des tapis cuisse-de-nymphe-émue sur les dallages de pierre brute et tendu les murs suintants de tapisseries à feuillages. Les immenses salles de garde étaient émiettées par des écrans brochés, des sofas posaient devant des armures trapues, et des forêts de bougies blanches brûlaient dans des bougeoirs en vermeil. L'air sentait un mélange bizarre de musc et de caveau. Allant toujours de son pas silencieux, l'Angelot franchit des antichambres délicatement lambrissées, grimpa un escalier tendu de soie et finit par croiser, dans une salle de bal improvisée grâce à cent mètres carrés de parquet flottant, quelques… *invités* ?

Vêtus de damas en loques, le visage épaissi de céruse, ces créatures étranges tenaient à la main des cartes à jouer et de petits mouchoirs en dentelle sale. Ils se saluaient avec minutie puis se croisaient sans un regard. Les femmes exhibaient des épaules en sorbet poudrées de poussière, les hommes des chevelures centenaires. Sous les lustres resplendissants, les miroirs restaient vides. L'Angelot essaya de lire leurs pensées mais il n'y trouva rien. Pensivement, il frotta la semelle de ses santiags à la cire fine du parquet puis se dirigea vers le fond de la salle.

Il entra dans la bibliothèque, une immense pièce sombre tapissée de livres gaufrés d'or, avec un énorme bureau en acajou et une cheminée gargantuesque. Un feu d'enfer accrochait des reflets gras aux flancs de divers outils de navigation en cuivre jaune.

Un sextant, une boussole, une réplique d'ancre marine, un baromètre, un casque de scaphandrier, mon dieu, jusqu'où s'arrêtera-t-il ?

« Alors ? fit une voix derrière lui.

— Alors, mon chou, tu as *tout* à gagner en t'abonnant à *Ma maison, mon château* », répondit l'Angelot en se retournant.

L'Archange, nonchalamment appuyé à un chambranle, le regardait avec des yeux aussi phosphorescents que ceux des loups. Au-dessus d'une longue cape noire, son visage était d'un blanc de sel. Le contraste entre la mièvrerie de ses longues boucles blondes et la sauvagerie de sa bouche gonflée de dents était… *tellement sexy !*

L'Angelot se frotta les mains au-dessus du feu en se retenant de glousser bêtement.

Je n'aurais jamais dû fumer avant de venir. Et je crois que j'ai vraiment passé trop de temps en Californie. Mais quoi ? Les Américains sont très croyants, les sachets de sang très faciles à trouver, et les gens de San Francisco étaient très drôles, vraiment, avant de mourir.

Il sifflota *It's Raining Men*, le temps que passe la vague de chagrin. Puis il gémit :

« Tu sais quoi, *honey* ?

— Quoi ?

— Je crois que je suis séropositif. »

L'Archange ouvrit de grands yeux, puis lâcha un rire rauque :

« Tu t'es mis à l'humour ?

— Je suis devenu très gai, en effet. Et toi, comment vas-tu ?

— J'ai créé mon royaume, comme tu vois. »

L'Archange s'approcha à son tour du feu ; l'Angelot le regarda mieux et siffla doucement.

« Mazette ! Montre voir comme tu es beau ? Tourne-toi un peu ? Mais tourne-toi, voyons !

— Mais que t'arrive-t-il, enfin ? » gronda l'Archange.

L'Angelot se mordilla les lèvres :

« Je prends l'air du temps, faute d'en avoir un à moi, et cette époque-ci est à la futilité, chéri. Oh, ces bottes ! Terriblement martiales ! Et cette cape, laisse-moi deviner… Pur suaire taché de sang ! J'ai raison ? »

L'Archange haussa les épaules :

« Je t'ai senti de très loin », grommela-t-il. L'Angelot retint *in extremis* un commentaire déplacé :

« Moi aussi, sourit-il. Depuis Cluj, très exactement. Un vrai trou, cette ville, soit dit en passant. Il n'y a pas beaucoup d'esprit comme le tien sur la bande FM. Ecoute, si tu fronces les sourcils dès que j'utilise un terme de moins de cinquante ans d'âge, tu vas te creuser la ride interoculaire. Comment s'est passé ton siècle ?

— Bien. Comme tu as pu le voir en passant, j'ai fait des émules. Disons : j'ai initié un certain nombre de…

— … de casse-croûtes ? Ha ha ! Ah non ! Je t'en prie, ne recommence pas à faire ta tête de mort. Ainsi, le vampirisme est *vraiment* devenu contagieux ? Ces nouvelles maladies de sang sont étonnantes, n'est-ce pas ?

— Mes invités ont assez peu de conversation, malheureusement.

— Et comment as-tu fait ? demanda avidement l'Angelot. Tu leur as fait boire ton sang ?

— Oui. Mais ce ne sont que de simples zombies, grogna l'Archange, dociles et affamés. Dénués de reflets, je ne sais pas trop pourquoi.

— Le zombie est peu porté sur la réflexion, ha ha ! Ecoute, chacun son tour de fatiguer l'autre avec son humour de fond de caveau, *dearest*. J'ai enduré bien pire de ta part pendant mille ans. »

L'Angelot fit courir ses ongles vernis sur le flanc du casque de scaphandrier. Il avait toujours un reflet, lui.

Ainsi, la fonction crée l'organe, et le mythe du vampire façonne le vampire.

« *We don't need no education* », chantonna-t-il. Dans son dos, l'Archange étirait ses doigts griffus avec nervosité. Il avait perdu l'habitude de la société, et la nouvelle mouture de l'Angelot le dépassait un peu :

Je l'ai déjà connu grognon, muet, plaintif, pénible, désespéré et geignard, mais jamais aussi insaisissable.

« Et de ton côté, ce siècle ? soupira-t-il.

— Bien, répondit l'Angelot. Bien, merci. En intention, aussi sanglant que les précédents, mais beaucoup plus de moyens. Ça a dû te plaire. »

Il sifflota *Sympathy For The Devil* en parcourant, la tête penchée, quelques rayons de livres pulvérulents :

« Oh ! Mon exemplaire dédicacé des *Bijoux indiscrets*, de ce bon vieux Diderot ! Depuis le temps que je le cherchais ! Tu aurais pu me demander avant de l'emprunter, quand même. C'était un homme charmant, mais quelle haleine, grand Dieu ! Oh, pardon », flûta-t-il en entendant l'Archange gronder.

Je n'y crois pas : cet imbécile est devenu vampire. Il s'est fait vampire, vrai vampire à l'ancienne, allergique aux bondieuseries et mortel comme devant. Il s'est rendu mortel tout seul, comme un grand !

L'Angelot se racla la gorge :

« J'ai passé des décennies charmantes sur la côte Est, bébé. »

Il jeta un œil à l'Archange.

« La côte Est. Des Etats-Unis. D'Amérique. »

Il se retint d'entamer *Jesus Christ Superstar*.

Vraiment charmantes. Vraiment... il va falloir que je me passe cette stupide habitude d'employer le terme vraiment tous les trois mots. Après, il faudra que je trouve une alternative à charmante.

Il regarda l'Archange, qui regardait le feu.

On dirait le Maneken Pis, l'humour en moins.

L'Archange rejeta sa cape sur son épaule. L'Angelot trouva ce mouvement *vraim... franchement sexy. Pour sexy aussi, il va falloir que je songe à faire quelque chose. Vraiment.*

« Et que me vaut le plaisir de ta présence ? demanda l'Archange, toujours figé devant la cheminée, ses longues griffes emmêlées dans sa chevelure poussiéreuse.

— Eh bien, sur la côte Est, depuis les années mille neuf cent cinquante, il y a eu toute une période assez... »

L'Angelot se mordit la lèvre avec une moue qu'il réservait, d'habitude, aux mayonnaises ratées : il y avait eu toute une période assez, en effet. *Peace and love*, le résumé était assez bon, sans oublier toutes sortes de substances assez rigolotes qui entraînaient des comportements assortis.

« C'est simple, tâcha-t-il d'expliquer, je pouvais boire quasiment en public et *avec* le consentement de la victime, vois-tu ? C'était vu juste comme un trip un peu chaud. Certains adoraient accrocher des squelettes en plastique fluorescent aux boules à facettes des boîtes de nuit et se balader avec des dents en plastique.

— Il y a toujours eu des cinglés pour préférer mourir dans nos bras que vivre dans d'autres, dit l'Archange avec ennui.

— Oui mais… Là, il ne s'agissait pas de mourir. Juste de rire.

— Le sang sans la Foi, ou la Foi sans le sang, et le désespoir en sus, ça ne vaut rien, gronda l'Archange.

— Je ne m'attendais pas à ce que tu comprennes, fit sèchement l'Angelot. Toujours est-il qu'il y a eu… Oh, l'ambiance est devenue *vraiment* détestable, dernièrement. Si tu savais…

— Quoi ?

— Rien. »

L'Angelot tapota le cadran du baromètre en chantonnant *Show Must Go On* :

« L'AZT est *tellement* moins fun que l'ecstasy, vois-tu ? Non ? Ça ne m'étonne pas. Mais ça n'a aucune importance. C'est très cool, chez toi. Vraiment. *Réellement*. Devine qui m'en a parlé ? Devine comment je t'ai retrouvé ? fit-il avec un petit sourire taquin. Allez, devine !

— Je n'en ai aucune idée, grogna l'Archange qui n'avait pas compris la moitié des mots. L'Angelot exhala un petit soupir perlé.

La reine Victoria devait être plus marrante. Si ce crétin continue comme ça, je ne me donne pas trois heures avant de gambader dans son mausolée, une plume dans le cul, en beuglant « Welcome to the pleasure dome ! »

— Paimpont ? Continua-t-il. La forêt ? Brocéliande ? Tu devrais faire une cure de magnésium. Les lutins, enfin quoi, mon chou ! Ils te connaissent, figure-toi. Ce sont de vraies pipelettes, entre nous. Par eux, j'ai reçu des nouvelles de toute la planète ! Et de toi, bien sûr. Avec ton adresse. »

L'Angelot posa un quart de fesse sur le coin du bureau :

« Voilà. C'est tout.

— C'était le comment, dit l'Archange. Reste le pourquoi. Pourquoi es-tu venu ?

— Eh bien… par amour, bien sûr ! »

L'Archange le regarda : l'Angelot lui renvoya un grand sourire limpide.

Ça me rappelle les concours de tee-shirts mouillés sur Malibu Beach.

« Rien de plus facile, chéri, lui avait expliqué Bruce. Tu souris de toutes tes dents en ne pensant à rien du tout, ça rassure les cons, ça terrifie les autres et tout le monde vote pour toi. »

Mais l'Archange n'avait l'air ni rassuré, ni terrifié, seulement perplexe.

J'avais oublié que ce type n'est rien, songea l'Angelot. *Qu'un sanibroyeur.*

« J'ai juste besoin d'une bonne planque quelque temps, reprit-il. Ne t'inquiète pas, ajouta-t-il en agitant les mains, je n'ai nullement l'ambition de troubler la paix de ton petit *home*, ni de harasser sexuellement tes, comment as-tu dit ? Invités ?

— Mes créatures, corrigea l'Archange sans sourire. Mes servants.

— Tes servants. Je n'y toucherai pas, c'est promis.

— Inutile que tu me le promettes, ils ne t'obéiraient pas. Ils n'obéissent qu'à moi. Ils sont sous *mon* emprise. *Toute* la région est sous mon emprise !

— Parfait, approuva l'Angelot.

Ce que c'est que de ne jamais sortir, quand même. On attrape la maladie de sérieux aussi vite que des champignons sous les fesses et des toiles d'araignée entre les oreilles.

— Tu veux dire que ce château et ses environs sont enfermés dans... quelque chose comme... un nœud spatio-temporel ? »

L'Archange eut un geste d'impatience.

Et dire qu'il n'a même pas lu Dune.

« Tu peux rester, grogna l'Archange. Je ne chasserai que demain soir. Accompagne-moi, si tu veux. »

Il quitta la pièce d'un pas solennel. La porte grinça outrageusement, bien sûr. L'Angelot se retrouva seul face au feu. Il hocha la tête, s'assit plus commodément et se mit à fredonner *Ashes To Ashes*. Son sourire n'avait vraiment plus rien de charmant.

L'Angelot visita le château de fond en comble, prenant mentalement des notes.

Il faudra absolument que je fasse repeindre les caissons des plafonds. On dirait des casiers à bouteilles.

A la tombée de la nuit, l'Archange le trouva en train de coiffer les cheveux grouillant de mites d'un de ses servants.

« Qu'est-ce que tu fais ? gronda-t-il.

— Eh bien, hésita l'Angelot, son peigne en suspens au-dessus du crâne livide de la femme, une crête ? »

Il démêla une mèche badigeonnée de teinture verte et de fixatif extra fort, la tordit d'un doigt expert :

« Avec ce corset en soie champagne, avoue que le contraste est vraiment différent ! Evidemment, il manque quelques épingles à nourrice, et une étincelle de malice dans ces yeux bovins mais…

— Je t'interdis de toucher à mes servants ! »

La voix de l'Archange était descendue dans des infrasons peu accessibles. L'Angelot le fixa quelques secondes, posa le peigne sur la coiffeuse et dit :

« Chef oui chef. »

La voix de l'Archange remonta quelques octaves :

« As-tu faim ? »

L'Angelot fit un grand sourire et acquiesça.

Il n'a même jamais vu un seul Kubrick.

L'Angelot rendit mentalement justice à l'Archange : ce type savait gérer ses approvisionnements. Des autochtones grassement rémunérés rabattaient vers son territoire de la viande sur pied, qui était ensuite triée. Certains partaient pour consommation immédiate, d'autres étaient conservés un temps au château. L'Archange ayant le sens de la mise en scène, ces victimes-là sombraient rapidement dans une monstrueuse terreur mystique pleine de saveur. Quand on a passé quinze jours enfermés dans un manoir lugubre avec des ombres qui font n'importe quoi sur les murs, des lits à baldaquin qui crachent spontanément des nymphettes à grandes dents, des statues qui pleurent du sang et un mobilier sculpté de têtes de mort, il est rare de conserver un matérialisme piaffant.

« Et merde. »

L'Angelot soupira, ouvrit le réservoir à piles de son Walkman, les retourna une fois de plus, en vain. La voix de Boy George grelottait à un point intolérable, qu'il était désormais impossible de n'attribuer qu'à l'interprète.

« Il va falloir que j'aille acheter des piles. A Cluj. Ce n'est pas tout près, même avec la charrette en ruine de l'autre piaf, et mes nouvelles ailes ont une portance minable. »

Il avait coupé ses ailes sur le bateau qui l'emmenait à Frisco, des années auparavant. A l'époque, le cuir ne se portait plus du tout. Depuis, elles repoussaient un peu selon ses besoins et beaucoup n'importe comment, ce qui l'avait fait surnommer La-tapiole-qui-se-rase-le-dos dans le cénacle assez peu fermé des habitués du *Devil's Slide*, la plage rigolote de San Francisco. A ce souvenir, il grimaça de chagrin, puis sursauta de contrariété : un vent glacé venait de renverser son flacon de Coco Oil, heureusement fermé.

« Ça recommence », soupira-t-il.

Quand l'Archange envoyait de grandes giclées d'illusions et de courants d'air dans le château, ça voulait dire qu'il avait un nouveau cheptel à conditionner.

Encore des donzelles en chemise de nuit Snoopy qui vont galoper dans les couloirs en poussant de petits cris, songea l'Angelot. L'Archange lui avait aimablement proposé d'y adjoindre un bellâtre nourri au milkshake, rien que pour lui, mais l'Angelot avait refusé avec une grimace horrifiée :

« Mais enfin, mon chou, il vient du Texas ! »

De toute façon, l'Angelot était parfaitement bisexuel, mais il était hors de question qu'il pratique *ça* dans ces conditions-*là*.

« L'amour, c'est la liberté frénétique, ça fleurit pas dans les prisons », chantonna-t-il en s'approchant de sa fenêtre à meneaux, vitraux et barreaux.

Voyons, songea-t-il en regardant la pluie tomber à baignoires dans la cour, *j'ai une chambre vert d'eau dans un vivarium de requins et pour couronner le tout, nous sommes en pleine mousson. Je vais bientôt devoir me raser les branchies.*

Il entendit la porte s'ouvrir et laissa retomber les épais rideaux de velours.

« Oh ! C'est Halloween, déjà ? pépia-t-il. Et on ne m'a même pas prévenu ? »

L'Archange avait revêtu ses impressionnants atours de Maître du Haut Château, qui consistaient en seize mètres de soie noire. Il sourit à peine.

« Veux-tu des bonbons, mon petit ? gloussa l'Angelot. Je n'ai pas de pomme d'amour, hélas. Une sucette, peut-être ?

— Tu n'as pas bu grand-chose, hier.

— Oh, arrête avec ça, veux-tu ? Tes touristes sont bourrés de colorants. »

L'Archange s'avança au milieu de la pièce et l'Angelot dut convenir qu'il était *réellement* magnifique. Il n'était pas à l'aise, non plus. La venue de l'Angelot lui avait rappelé à la fois qu'il y avait un monde extérieur, et qu'il n'y connaissait plus rien.

Une fois, une seule, cinquante ans auparavant, il y était retourné, parce qu'il avait lu dans les yeux de ses rabatteurs humains une terreur pire que celle qu'il était capable de leur inspirer. Alors il était allé les voir passer, ces satanés wagons plombés, en contrebas des Carpathes. Depuis, il n'avait tout simplement plus remis un pied hors de son territoire : cet interminable défilé gris et silencieux lui avait profondément déplu, comme un écho de banquise.

Songeur, l'Archange s'approcha de l'écritoire. Il redressa la bouteille de Coco Oil.

« Tu as beaucoup voyagé, n'est-ce pas ? »

L'Angelot fit la moue :

« Comme ci, comme ça. Après les Etats-Unis, je suis allé en Afrique.

— Quelle idée ! »

L'Angelot s'approcha à son tour de la tablette, ouvrit le flacon, se versa un peu d'huile sur la main, inspira l'odeur sucrée. Il était parti en Afrique, oui, après le centième enterrement. Il n'en pouvait plus, de voir passer ses partenaires dans des urnes funéraires.

Sans compter qu'elles avaient toutes exactement l'allure de suppositoires.

Le moyen d'aller joyeusement boire une bière dans un bar de Castro Street quand, à chaque fois qu'on passe un coup de fil, on s'entend répondre : « Tu veux parler à Michael ? Désolé, *honey*, mais il vient juste de mourir. »

Heureusement, il s'était souvenu qu'il aimait les enfants. Avant tout, après tout et malgré tout, comme cric pour lui remonter le moral, il n'avait jamais trouvé mieux que s'occuper d'enfants. Juste à ce moment-là, il avait rencontré ce type, un stewart ravagé par le kaposi. Ils avaient bu un verre au Twin Peaks, et le stewart lui avait dit qu'on cherchait des volontaires pour s'occuper de pouponnières en Afrique subsaharienne :

« Vas-y, mon chou. Ça ne te changera pas les idées mais au moins, tu auras l'impression de faire quelque chose. C'est ce dont nous avons tous besoin, non ? Moi, je ne peux pas y aller. Je suis déjà trop crevard. »

Alors il était parti pour l'Afrique et ses mouroirs pour marmots. Les parents étaient morts, les grands-parents étaient morts, les oncles et les tantes étaient morts, tous embarqués par la *thin disease*, restaient de petits orphelins agonisants auxquels il était censé apporter des soins palliatifs : une boîte d'Aspirine et deux de Bactrim, par mois et pour cinquante lits.

Il s'était remis à chanter et, en chantant, il se retenait de pleurer afin que le gamin roulé en boule sur son sommier rouillé continue de sourire. Il pleurait *après*, et c'était de vraies larmes. En eau. Avec du sel.

Un matin, il avait vu débarquer cette équipe de télévision pressée, puant le Off anti-moustiques, la Bud Light et le shit. Elle avait installé ses caméras devant les petits lits et elle tournait inlassablement, et fumait à peu près autant. Une connasse décolorée lui avait demandé si « on s'habituait ».

Quand le petit Soso à l'œil gonflé était mort, après avoir appelé pendant des heures « Mama ! Mama ! », un connard avait débranché la caméra en disant : « Elle est bonne ».

« Je ne sais pas si elle était bonne, ricana l'Angelot en refermant le flacon de Coco Oil, mais ce qui me console, c'est que lui non plus. »

Le meurtre avait été commis avec peu de discrétion. *En direct live, ha ha !*

Par conséquent, ça avait fait pas mal de scandale. L'Angelot avait réussi à fuir sur un rafiot de pirates nigérians.

« Que dis-tu ? fit l'Archange.

— Que ta traîne ramasse tous les moutons des couloirs, murmura l'Angelot en s'approchant de lui. Tu sais ? Parfois, j'ai… parfois, je crois qu'on a tous besoin de quelqu'un qui nous ressemble, et qui nous comprenne. Mais je te sens si loin ! Comme enfermé dans ce château de luxe. Et je voudrais savoir qui a posé la main froide de la richesse sur la blanche épaule de mon ange. »

Il joignit le geste à la parole, effleurant de ses doigts manucurés l'épaule raide du vampire qui recula :

« Je n'ai jamais rien eu contre la sodomie ! grogna-t-il. Par contre, patauger comme ça dans l'humanité, c'est franchement répugnant !

— Oh, c'était juste une réplique des *Enfants du Paradis* que je n'avais encore jamais réussi à placer ! » rit l'Angelot en faisant une pirouette. L'Archange jeta un coup d'œil sur sa traîne :

« C'est complètement faux. »

Il y eut un gémissement dans le couloir, de l'autre côté de la porte sculptée d'énormes araignées.

« Alors c'est vrai ? Il n'y a personne dans ta vie ? Pas une seule Mina ? Même en soie vert d'eau ? » L'Angelot secoua la tête : « Oh, triste sépulcre blanchi…

— Evite de citer l'autre imbécile, s'il te plaît, grommela l'Archange.

— Oh, pardon. »

Il est tellement dans son trip qu'il ne peut plus entendre une citation de la Bib sans se fouler l'oreille, et il ne dispose d'aucune protection rapprochée. Même pas d'une petite couche de méfiance. Je suis vexé.

L'Angelot leva les yeux au plafond en souriant, l'Archange le regarda fixement. Il n'était pas sûr de pouvoir détruire cette tête folle si l'envie lui en prenait. Ce qui n'était probablement pas grave car même si, pour sa part, il était devenu aussi territorial qu'un éléphant en rut, cette créature évaporée n'avait pas la consistance d'un concurrent. Et ce n'était probablement pas souhaitable : il avait besoin de l'Angelot pour comprendre le monde nouveau, et réapprendre quelques libertés.

« Demain, dit-il sur un ton détaché, le choix de nos proies se fera devant l'église de Sibiu, juste avant l'enterrement.

— Un enterrement nocturne ? piaula l'Angelot.

— A l'aube.

— Toi ? Sortir dès potron-minet ?

— Tu le fais bien, toi.

— Oh, moi, tu sais…

— Je crois que j'ai un peu trop pris au sérieux mon dégoût du soleil, ces dernières années, marmonna l'Archange. Revoir une aurore me tente assez.

— Parfait. » L'Angelot claqua des mains en dansant sur un pied : « Je suis content que tu cesses de faire ton Nosferatu. Au fait, c'est quand même mortel que tu n'aies encore jamais songé à organiser une *rave party* dans tes sous-sols ! J'en connais qui tueraient pour une acoustique pareille ! »

L'Archange rassembla d'un air digne ses robes de soie et, glissant comme un spectre sur le parquet moisi, ce que l'Angelot appelait son *look caddy*, franchit la porte de la chambre qui s'ouvrit et se ferma toute seule. L'Angelot resta longtemps à contempler le battant d'ébène sculpté :

Ainsi, ce cher Vlad commence à réaliser qu'il s'est lui-même enfermé dans un cercueil étroit, et il compte sur moi pour soulever le couvercle. Soit je me suis amélioré en manipulation, soit il a dégringolé trois étages de QI.

Il respira à nouveau sa main, saturée de senteur coco, en songeant aux lutins de Brocéliande :

« Ce n'est pas un démon ! C'est un ange noir. Noir comme la neige des cauchemars ! »

Les lutins d'Autriche avaient été plus précis :

« Et son nom est légion ! »

C'est là que l'Angelot avait tiqué. Il avait compris que l'Archange faisait des émules. Il contaminait.

Heureusement, il semble que cette saloperie de vampirisme se transmette mal. Un peu comme le virus Ebola.

Le germe paraît s'affaiblir d'organisme en organisme. Les servants sont des loques, les servants de servant des légumes. Il n'empêche que l'Archange s'amuse à répandre une maladie de sang. Il contamine…

La lueur du feu cirait les sculptures noires de la porte. L'Angelot secoua la tête et gémit :

« Ces araignées sont vraiment à chier ! »

Quand les deux anges s'accoudèrent au balcon qui donnait sur la place de l'église, il faisait encore nuit noire. L'Archange frissonnait.

« Il ne fait pas chaud, n'est-ce pas ? sourit l'Angelot.

— Non », toussota l'Archange. Ils savaient tous les deux la vérité, qui était que l'Archange touchait à la limite physique de son domaine et qu'il s'y trouvait aussi à l'aise qu'une mouche sur un rouleau de scotch.

« Et sinon, c'est toujours aussi apocalyptique, là-bas ? demanda l'Archange.

— Où donc ?

— Je veux dire : dehors ?

— De par le vaste monde ? Oh oui, toujours. La religion n'a pas changé : elle impose la frustration sexuelle, les gens deviennent des marmites de solitude et ensuite, les représentants du culte en font ce qu'ils veulent ; des marmites à clous, en général. Mais les humains ont atteint une certaine ampleur dans le grotesque : le dernier président des Etats-Unis jugeait inutile de se préoccuper d'écologie, persuadé qu'il était que la Fin du Monde surviendrait bien avant l'épuisement des ressources de la planète.

— J'ai toujours aimé le tour d'esprit des Américains, marmonna l'Archange.

— On a nommé Antéchrist, successivement, le complexe informatique de la Communauté européenne, le président de la Commission de Bruxelles, et un magnat du logiciel coûteux nommé Will Door. » L'Angelot gloussa : « Je me souviens d'une église de East Hollywood qui a pris des dispositions juridiques pour le cas où une ascension subite emporterait aux cieux tous ses dirigeants. A l'époque, j'avais demandé à un de ces évangélistes si Jésus ne risquait pas de trouver la démarche un peu terre à terre. Il m'a répondu : “Il ne nous en voudra pas d'avoir fait des projets d'avenir”.

— Mais n'auraient-ils pas un petit côté matérialiste ? »

L'Angelot eut un sourire de pastèque :

« Les Américains ? Tu as l'eau qui grimpe vite dans la cafetière, toi ! Je me souviens aussi d'un cameraman, l'assistant d'un prédicateur télégénique, prêt à retransmettre la Seconde Venue du Christ en triplex, et qui se demandait si l'éclat de Jésus ne risquait pas d'être un peu trop vif pour sa caméra.

— Plaît-il ?

— Il faudra que tu viennes voir une télévision de près, un jour. Par contre, le concept d'agent de change, tu connais ? Ça existait déjà, de ton temps, n'est-ce pas ? Il y en a un, de Wall Street, qui a lancé un numéro vert, « Les Fondamentalismes Anonymes », pour que les gens angoissés par l'imminence du Jugement Dernier puissent déverser leurs angoisses. Le téléphone, ça te dit quelque chose, au fait ?

— Le ciel s'éclaircit, fit l'Archange d'une voix paisible, ses longues griffes crochant le bois vermoulu de la rambarde.

— Moi, continua l'Angelot imperturbable, j'avais mis un autocollant à l'arrière de ma Toyota : “Si vous entendez une trompette, accrochez-vous au volant”. »

Il tressautait encore de rire quand le cortège funèbre arriva sur la place.

« Tu sais exactement ce que tu veux ?
— Oui.
— Laquelle ? »
Les deux anges, accoudés au balcon, regardaient les femmes qui regardaient passer les cercueils sur la place, en contrebas. Le glas sonnait interminablement.
« Celle-ci, un peu à gauche. Celle qui a arraché son voile de deuil.
— Je vois. Elle est jolie. »
L'Archange se mit à rire tout doucement :
« Te souviens-tu ? »
L'Angelot tourna la tête vers lui, souriant aussi :
« De quoi ?
— D'une époque, pas si lointaine, où tu m'aurais répondu "Ta gueule" ?
— Je me souviens, répondit l'Angelot sans cesser de sourire.
— Tu as beaucoup appris. »
Les deux anges se penchèrent à nouveau vers la place. Leurs ailes sombres les protégeaient de la lumière de l'aube, le vent froid du matin faisait des nœuds dans leurs cheveux dorés.
« C'est que tu m'as beaucoup appris, murmura l'Angelot.
— La sauvagerie, oui. Mais pas le goût du sang. Celui-là, je te le dois.
— Mais tu ne m'as pas appris que la sauvagerie, mon chou.
— Et quoi d'autre ? » demanda l'Archange en fermant ses longs yeux. Il inspira profondément l'air glacial : le lieu et l'heure le laissaient tremblant, presque

sans force, mais il tiendrait. Il n'y avait pas de raison pour qu'il soit moins costaud qu'un vulgaire angelot, *un flûteur de pipeau, un gratouilleur de lyre, un couineur de psaumes, un torcheur de marmots.* Son compagnon leva une main fine, blanche comme un os. En bas, le cortège funèbre formait un cercle. La jolie veuve avait remis son voile.

« La haine. »

L'Angelot saisit à pleine main les cheveux de l'Archange et lui écrabouilla la tête sur le rebord du balcon. Il le poignarda dans le dos, deux fois, à hauteur du cœur, avec un pieu. Ensuite il lâcha le corps qui déjà perdait déjà du poids et s'éparpillait en fine poudre grise. Il se raccouda au balcon.

« Ça ne me fait même pas plaisir, marmonna-t-il tandis que les cercueils entraient un à un dans l'église. Par contre, la fille me fait *vraiment* envie. Et ça, je suis content que tu me l'aies enfin payé. »

Toutes les étoiles
à cinq minutes à pied

Longtemps, longtemps après, quand la Terre aura pondu une nichée de cités satellitaires et l'humanité essaimé aux six points zénithaux du système solaire.

L'une des cités orbitales se nomme Leptus. D'allure, c'est la plus monstrueuse descendante de l'antique famille des roues de vélo et elle tourne lentement sur son moyeu, sa carcasse gigantesque grinçant dans les vents solaires. Un ascenseur sol-cité, fin comme un cheveu de géant, la relie à la planète mère, et des myriades de navettes petites et grandes nouent autour de son ossature blanche leurs boucles paraboliques. Sur le noir épais de l'infini, elle brille d'un éclat sidérant de diadème ou d'explosion nucléaire.

Ses innombrables rayons sont percés de hublots énormes et derrière eux déambule un milliard d'êtres humains de belle facture : trente-deux dents, pas une ride ni un bouton, du zéro défaut. Avec ça, la nonchalance que procure une pesanteur allégée jointe à une santé sans nuages, plus tous les ajouts ludiques que permet une biotechnologie avancée dormant dans l'ombre légère de la futilité : doigts palmés, implants neuraux, ailes décoratives, profilage crânien, articulations supplémentaires, organes génitaux farfelus. Si on cherchait, dans cette foule, un *Homo sapiens sapiens* en état d'origine, on en trouverait cependant. Au moins un.

Il n'a aucun mérite, son naturel est plutôt avenant. Il arbore fièrement une cicatrice à la lèvre, une incisive brisée en biseau et des oreilles décollées qui forcent parfois l'intérêt. Mais le plus souvent, il affiche une expression vacante de bigorneau qui fait fuir. Il s'appelle Berger Lianghyu et pour l'heure il est assis, morose, derrière une des baies vitrées de Leptus. Il est en face d'une fille aux cheveux bleus qui fait de grands gestes enthousiastes, et la lumière dorée d'une table de bar monte entre eux.

2401, orbite terrestre, espace mental de Berger Lianghyu.

Délusion a l'intention de transformer tous les hommes en vampire. Je demande, histoire de confirmer :

« Tu as l'intention de transformer tous les hommes en vampires ? »

Délusion lève les bras et les yeux au ciel (c'est une vieille expression : sur Leptus, on peut tendre les bras et rouler des yeux dans toutes les directions, ce sera toujours vers le ciel). Elle brame :

« Je me demande vraiment pourquoi je m'obstine à vouloir de toi dans mon équipe !

— Parce que je suis le géographe le moins cher de ce côté-ci de la galaxie. Et puis, choisis tes mots : une équipe de deux, ça s'appelle un duo. »

J'avale ma caféide. Délusion me regarde avec des oursins dans les yeux. Je détourne la tête : grave erreur. Nous sommes assis dans une des corbeilles du plus grand troquet de Leptus et le vide, le vrai Vide, Le Vide

Interstellaire est à un mètre de moi. Il s'agit d'un mètre de duraglass, d'accord, mais quand même ; je ne m'y ferai jamais. Je baisse les yeux, deuxième erreur : les océans valsent à quelques milliers de kilomètres au-dessous de moi. Faute de mieux, je regarde à nouveau Délusion.

« Je n'ai peut-être pas de quoi me payer deux coéquipiers, d'accord, grince-t-elle.

— Ça, avec cent kilodollars de subvention…

— Mais avec deux milliards de chômeurs, c'est peut-être suffisant pour intéresser un géographe moins obtus que toi !

— Sûrement. Un champion de l'analyse de données qui te projettera la fin du monde par glissement tectonique en couleurs réelles, mais qui sera infoutu de reconnaître un pissenlit d'un bouton-d'or.

— Ça tombe bien : je me fous des pissenlits et des boutons-d'or. »

Elle commande une troisième tournée de caféide.

« Je récapitule : sais-tu ce qu'est un vampire ?

— Pas clairement, non.

— C'était une légende, jusqu'à ce qu'on découvre, ou qu'on croit découvrir, que cette légende vient d'une maladie très réelle : la porphyrie. Il s'agit d'une déficience héréditaire en enzymes qui provoque une dégradation de l'hémoglobine, et qui est souvent associée à des déformations dentaires. Ajoute à ça que les dépôts de porphyrine rougissent les lèvres et les dents, rappelle-toi tes cours de sociologie européenne médiévale, ces histoires avec Dieu, le diable, les démons, les damnés, le cannibalisme symbolique chrétin, et tu expliques la légende du vampire. Du moins, c'est ce que tout le monde croyait, jusqu'à ce que Per Okotnikov s'en mêle. »

J'ouvre de grands yeux :

« Per Okotnikov ? Le disparu des Carpathes ?

— Lui-même. »

Per Okotnikov est, ou était, un de ces innombrables chercheurs, mi-botanistes mi-généticiens, plus une troisième moitié de géologue, qui usent leur belle jeunesse à rédiger des thèses fumeuses. La sienne s'intitulait « Etude de l'érosion en zone humide sur terrain calcaire ». Ce genre de travaux est, ou était, acheté par les industriels du loisir qui sont légalement contraints de se renseigner avant de « revivifier une zone », comprenez « construire une juteuse base de loisirs » sur les ossements défoliés de la Terre. Ça consiste à planter n'importe où de jolies fleurettes et des bungalows en plastique pour accueillir les hordes de touristes qui vont et viennent depuis les Cités-satellites, soit quinze milliards d'âmes, jusqu'à la surface de la planète, soit un milliard d'âmes richissimes et trois milliards de laissés-pour-compte qui s'autodétruisent dans les anciennes métropoles.

Evidemment, maintenant qu'il y a des tulipes au Groenland, des prunus roses sur la Terre Adélie et des chalets suisses au fond de la grande fosse des Philippines, le filon ne vaut plus tripette. Surtout quand on décide, comme l'avait fait Per, d'étudier l'érosion d'un coin subcarpathique ni beau ni ensoleillé, et coincé entre deux « réserves écologiques protégées ». Dans ces réserves, la main du revivificateur n'a pas le droit de poser le pied : son seul droit, c'est de poser des kilodollars sur la table des gardiens de réserves en échange de pieds de prunus, d'oignons de tulipe et de troupeaux de lapins qui seront massacrés au fusil balistique par les joyeux touristes des Cités-satellites. On vit dans un monde bizarre, je vous le dis.

« Tu connaissais Per ?

— Un ancien camarade d'études. J'ai appris sa disparition par mon réseau professionnel. Et toi ?

— J'étais en congrès à Bucarest quand j'ai découvert à la fois son existence et sa disparition. On n'avait pas de nouvelles de lui depuis des lustres. Comme j'étais à pied d'œuvre, on m'a désignée pour aller récupérer son laboratoire.

— On ne s'est pas lancé à sa recherche ?

— Si. On a fait quelques tournées de navette. Mais on n'a rien trouvé. Per avait des dettes, alors on ne s'est pas inquiété plus que ça.

— C'est sympathique.

— Que veux-tu, il avait choisi un coin ni revivifié, ni écoprotégé, ni urbanisé, ni rien. Pas une assurance n'avait accepté de couvrir son expédition, tu penses.

— Et qui est ce "on" ?

— Son commanditaire et principal créancier, l'University Bank of Concept. Elle m'a fait confiance pour dépouiller son travail et le lui transmettre si j'y voyais quelque chose d'intéressant. J'ai fait mieux : j'ai proposé de le continuer.

— Et elle a accepté ?

— Je l'ai convaincue qu'une petite zone revivifiée de type "forêt impénétrable où rôdent les loups" pouvait attirer quelques touristes. Les gens des Cités aiment les sensations fortes. J'ai aussi noté, dans un alinéa de mon rapport, qu'il subsistait peut-être quelques essences rares de pins et de mousses, et tu sais comme les revivificateurs aiment avoir l'exclusivité d'une espèce végétale.

— Surtout si elle est garantie sans tripatouillage génétique. "Les plantes dont nos ancêtres faisaient des bouquets ou des fagots", oui, je sais. »

Je survis encore, économiquement parlant, grâce à ma dernière trouvaille en fait d'espèce primitive, un ravissant lichen qui tapisse maintenant les grottes de la base de loisirs turkmène de l'Intourist Entertainment S.A. Il m'en faudrait une autre comme ça, sinon je vais finir dans le ventre glacial d'une Cité en tant que responsable des ficus d'un couloir de communication ou pire : comme assistant de Délusion dans un projet délirant. A moins d'emménager à New York ou à Tokyo, avec une combinaison pare-balles et un casque à oxygène. La vie ne vaut pas cher, en bas ; dans tous les sens du terme.

Je regarde la salle : elle est si grande qu'une brume bleue en brouille les perspectives. « Les Cités de l'espace, c'est l'espace assuré ! » clamaient les premiers promoteurs spatiaux. Pour une fois, la publicité est en deçà de la fiction. Les corbeilles creusées dans la coupole de duraglass qui s'étagent tout autour de nous sont aussi nombreuses que les alvéoles d'une ruche, et elles sont presque toutes occupées. C'est que les gens aiment ce mode de vie ! Ils adorent aller à table sur des courants d'air porteur pour s'empiffrer de nourriture synthétique dans des bacs collés au Vide et ensuite, retourner gagner leurs kilodollars dans les profondeurs d'une mégalomachine en orbite perpétuelle. Je veux bien admettre que c'est beau, ce ciel immense, ces bulles étincelantes, ce vertige qui monte de toutes parts, et l'orbe vert et bleu de la planète qui défile à mesure que Leptus tourne sur son moyeu. En face de moi, par-dessus l'épaule de Délusion, je vois briller les grandes roues de Fuentes et de Tsai Tchouen, plus loin on devine Vetchnï, Robayyat et Mitsuhashi. Il y a quinze Cités orbitales ; quinze monstres milliardaires en êtres humains.

C'est très beau, je veux bien l'admettre, mais je n'arrive pas à m'y faire, c'est tout. C'est la raison pour laquelle je suis devenu géographe, morphogéographe très exactement; géographe de terrain. C'est la seule façon d'habiter sur Terre si on n'a ni fortune ni combinaison antipersonnelle.

« L'University Bank of Concept m'a donné son autorisation, et cent kilodollars, continue Délusion.

— Quelle est la vraie raison de ton intérêt pour Per?

— Une annexe que j'ai trouvée dans ses notes. Un début d'essai médical.

— Médical?

— Mupathologie, plus précisément.

— De quelle mupathie?

— Tu t'y connais en mupathologie?

— Je sais que c'est la pathologie des mutations. »

Je compulse mentalement mes carnets d'étudiant :

« Une mupathie est une affection mutagène, ce qui présuppose qu'il y a de jolis gènes normaux et de vilains gènes anormaux, dits mutants, présupposition qui me paraît puante mais je ne suis pas là pour lancer un débat éthique. On trouve de tout chez les mupathies, depuis celles qui n'affectent qu'un seul gène jusqu'à celles qui bouleversent le génome tant et si bien que le malade passe de l'état d'*Homo sapiens sapiens* à l'état d'*Homo sapiens mutandis*. On fait bien sûr la distinction entre les mupathies bénignes, celles franchement malignes qui détruisent l'organisme et celles, dites handicapantes, qui permettent de continuer à traîner des années durant une existence lamentable. »

Je lève un doigt doctoral :

« Il y a plusieurs types de mupathie : celles qui sont d'origine héréditaire, celles acquises par développement dans l'organisme d'un agent biologique contracté et celles acquises par exposition de l'organisme à un agent mutagène. »

Une navette passe à deux mètres de nous, de l'autre côté du mur de duraglass. Ses occupants nous font de grands sourires : les Citadins sont en général de joyeux lurons. Je leur réponds un bras d'honneur, toussote et reprends :

« Une mupathie se traite par thérapie génique, à condition qu'elle infecte suffisamment de contribuables pour inquiéter les pouvoirs publics ou qu'un des sujets atteints soit assez riche pour se payer les recherches nécessaires à sa réinsertion dans le beau monde des *Homo sapiens fortunens*, le genre de clampin qui s'ennuie au fond d'un palace himalayen ou d'un château sino-marocain aux Kerguelen. »

Je vous jure que ça existe. J'ai vu, de mes yeux vu, une pagode avec des stucs style saâdien plantée au bas bout de l'océan Indien.

« Et puis ? » demande Délusion. Je sursaute :

« Et puis il faudrait que je revoie mes cours.

— Revenons à Per, plutôt. La mupathie dont il s'est occupé, personne ne l'a jamais étudiée avant lui. Il l'appelle mutahé. Mutation déficitaire en hémoglobine. Mieux connue sous le nom de vampirisme.

— Il a croisé un porphyrique dans les Carpathes ?

— Pas un : un nid. Un nid de porphyriques qui ont de grosses dents, d'énormes carences en hémoglobine, des capacités psioniques surdimensionnées et quelques siècles. »

Délusion boit une gorgée de caféide et me regarde par-dessus le bord de son gobelet.

« Psionie ?

— Télétransport, télépathie, perception des champs magnétiques, télékinésie.

— Du calme. »

Délusion reprend sa respiration. Moi aussi. Je commande une quatrième tournée.

« Tu es sûre… je veux dire, absolument certaine qu'Okotnikov n'était pas drogué jusqu'aux os ?

— Je suis sûre d'avoir des notes rédigées soit par un psychotique affligé d'un délire extrêmement cohérent, soit par un bon biologiste confronté à une mupathie inconnue.

— As-tu consulté le dossier médical de Per ?

— Bien sûr. C'est un chercheur d'une stabilité mentale rare. Rare pour sa profession, j'entends, parce qu'il faut quand même être affligé d'un léger déséquilibre pour préférer la bouillasse originelle à un bon poste de revivificateur domicilié en Cité.

— Je pense exactement le contraire.

— Je sais. C'est pour ça que j'ai besoin de toi. Je sais que tu as passé les trois quarts de ton temps, quand tu étais écoconservateur de ton tas de boue…

— Ma zone de marécage, s'il te plaît !

— … à chasser et à pêcher. J'ai besoin d'un chasseur, un vrai, qui sache capturer vivantes des espèces un peu moins lobotomisées que les lapins des bases de loisirs. Je me charge du reste. »

Je mets quelques secondes à écouter ce que mes oreilles ont entendu :

« Capturer vivantes ?! Tu veux que je ramène des vampires dans mon carnier ?

— Ah ! Tu vois que tu peux comprendre, quand tu veux ! »

Je bois ma quatrième tournée et commande une pipe de ganja. J'ai besoin de me détendre. Délusion précise :

« Toi, tu fournis les cobayes. Moi, je me charge de les étudier. Si ça marche bien, dans deux ans, nous avons la métamure du siècle !

— Tu veux fabriquer une métamure avec *ça* ?

— Et dans deux ans et un jour, nous sommes riches à milliards ! De quoi faire construire une Cité pour nous tout seuls ! » Délusion en postillonne d'enthousiasme : « Pour moi toute seule, je veux dire. Toi, tu pourras t'acheter une zone de marécage grande comme la réserve du Brésil ! »

Délusion a un sourire triomphant. Cette fille est folle. Je ne connais aucune zone de marécage grande comme la réserve du Brésil. Et depuis qu'on a transformé ma zone de marécage bien-aimée en roselière de merde, raison pour laquelle j'ai collé ma démission à ces écoadministrateurs de merde, raison pour laquelle je suis dans la merde, les marécages me donnent le bourdon. Je préférerais une montagne ; une belle montagne pointue avec des cols, un bel étagement d'essences depuis les feuillus jusqu'aux mousses et, à son pied, une vallée, une belle zone humide avec une belle forêt alluviale, et de belles friches à insectes et à petits mammifères pour nourrir des rapaces… Non seulement cette fille est folle, mais elle est contagieuse. J'allume ma pipe, balaie mes rêves colonialistes et essaye de réfléchir.

Utiliser les bons côtés des maladies n'est pas une idée nouvelle. Curer une maladie, c'est l'éradiquer mais la métacurer, c'est l'utiliser. Ça a commencé par la vaccine, première métacure à effet immunitaire. Après, on a inventé des métacures à effets variés : on a tripatouillé le VIH pour faire maigrir les gros qui voulaient devenir maigres sans arrêter de manger, par exemple. C'est comme ça qu'un dérivé de la *« thin disease »* est devenu une « métacure à effet hypopondéral ». Et dernièrement on a mis au point les métamures, métacures à base de mupathie : torturer les gènes mis en cause dans le daltonisme pour arriver à percevoir davantage de nuances, autre exemple. On vend ces métathérapies à ceux qui ont les moyens de les acheter. Les recherches sont très longues, très coûteuses, absolument hors de portée d'une équipe formée d'un géographe asocial et d'une généticienne riche de cent kilodollars.

« De toute évidence, je ne mènerai pas le projet à terme, poursuit Délusion, assez lucide dans sa folie. Il suffit que j'en sache suffisamment pour déposer un brevet concernant tous les effets possibles d'une métacure mutahé. Après, je ferai travailler des hordes de spécialistes à ma place. Est-ce que tu imagines ? Métamure à effet télépathique, métamure à effet télékinétique, mais est-ce que tu imagines ? Espérance de vie décuplée ! Télétransport ! »

J'avais raison. Délusion veut transformer tous les humains en vampires. Elle veut obtenir un sérum, un traitement, des implants cérébraux, je ne sais quoi qui donne aux hommes non le goût du sang, mais tous les côtés vendables du vampirisme. Je vois trois issues : soit Per a bu, cette mission est un flop minable et je me retrouve dans deux ans aussi riche qu'aujourd'hui ; soit Per n'a pas bu et c'est un flop quand même, je passe les deux prochains siècles à traîner ma carcasse au fond des Carpathes en hurlant à la lune ; soit c'est un succès, et la Terre et ses quinze satellites monstrueux seront, d'ici dix ans, remplis d'immortels qui se liront dans la tête les uns des autres, s'enverront des assiettes à travers la figure sans les mains, et s'entretélescoperont dans la stratosphère.

« D'accord pour tenter le coup ? » demande Délusion. Je n'ai même pas de quoi payer ma ganja. Je lui fais un grand, grand sourire :

« Bien sûr que je suis d'accord ! »

« Un jour, j'aurai un appartement sous le vide ! » clame Délusion en ouvrant la porte de son studio. Je marmonne :

« Quel pinacle. »

Tous ces crétins de Citadins n'ont qu'une seule ambition : avoir Le Grand Vide en guise de plafond. Un mètre carré à fleur de Cité vaut autant qu'un quartier de Boston. Délusion s'affaire sur son serveur ménager tandis que je me dandine d'un pied sur l'autre. Chez elle, c'est immense, blanc et éblouissant. Je déteste. Je déteste tout : l'éclat de la résine murale qui me fendille la rétine, le siège aérostatique qui s'est mis à me suivre partout comme une rondelle de citron en rut, et le sentiment d'être dans une alvéole agglutinée aux milliers d'alvéoles d'une ruche en orbite. La pesanteur artificielle me donne le tournis et les panneaux muraux (de splendides hologrammes où déferlent des sources, des crépuscules et des catastrophes naturelles), le bourdon. Au-dessus de nos têtes se trouve, faute de mieux, une représentation du Grand Vide criante de vérité : noir abyssal piqué de myriades d'étoiles d'un blanc cru. Vues de la Terre, les étoiles scintillent tendrement mais vues de l'espace, elles brillent comme des canines. Le siège continue de ronronner à ras de mes fesses, je lui flanque un coup de pied et il va s'écraser en tournoyant contre le nez d'un volcan en pleine éruption tridimensionnelle.

« Déprogramme ton machin, je n'ai pas envie de m'asseoir.

— Maintenant non, mais d'ici deux heures, oui.

— Il est si long que ça, le rapport de Per ?

— Il est. »

Je m'assois et essaye de me décontracter en regardant La Mecque. C'est l'hologramme mobile qui, dans toutes les pièces de toutes les Cités, indique à tout moment la position de la Terre. Je la trouve, ronde et rassurante, bleu bébé, entre l'ionisateur et un pot d'herbacées complètement affolées. On a beau faire, les plantations des Cités ont toujours l'air d'avoir fumé. D'aucuns disent que c'est dû à la pesanteur artificielle, d'autres à la lumière halogène, aux croisements farfelus, au terreau synthétique, aux engrais surdosés, au rayonnement fossile ou aux vents cosmiques mais moi, je suis sûr que c'est dû au fait qu'elles ne sont pas à l'aise dans l'espace. Ici, les chênes poussent à soixante degrés, les fraisiers bouturent à tout-va, les bouleaux pèlent, les peupliers font la vis, les fougères sont raides comme la justice, les roses se prennent pour des œillets et les œillets, pour des plantes grimpantes. Quant au lierre, il refuse de monter. On a mis de la vigne vierge à la place, elle refuse de descendre.

« A quoi penses-tu ?

— Aux bizarreries du grand parc de Lude. »

Délusion hausse les épaules et allume sa table de projection sur une vue géographique de l'Europe centrale :

« Per a installé son labo sur le plateau de Tirgu, ici ! »

Je me penche : c'est en pleine Transylvanie, entre la Grande Hongrie et la Moldavie. Les indications hygrométriques sont étonnantes. Ce n'est pas un plateau, c'est une piscine.

« La ville la plus proche est un résidu malfamé nommé Cluj. Ils y ont fait des achats.

— Lesquels ?

— D'après mes sources, surtout du sang, en doses de 25 centilitres. De quoi transfuser tout Cluj. Et d'autres bricoles pour leurs expériences.

— Avec quel argent ? Et qui ça, ils ?

— A crédit. Je suppose qu'ils espéraient se renflouer en mettant la main sur quelques artefacts du château de Tirgu. Je ne te l'ai pas dit ? Les mutahés gîtent dans une ancienne seigneurie nommée Döglött.

— Qui ça, ils ?

— Per Okotnikov et Laïskibel Koueï Jen. Sa maîtresse et collaboratrice. C'est une présence officieuse, la University Bank of Concept ne voulait pas se payer deux chercheurs sur ce projet.

— Qu'est-ce que ça veut dire, Döglött, en patois local ?

— En patois hongrois, ça veut dire "crevé". »

Délusion éteint la carte, farfouille dans ses fichiers :

« Per envoyait un compte rendu toutes les semaines. La première semaine sans compte rendu, l'UBC a pensé que le matos de Per était en vrac. La deuxième, que Per était un piètre technicien. La troisième, que c'était un incapable doublé d'un escroc. Et la quatrième, qu'il avait peut-être besoin de quelque chose.

— Et personne ne va les attaquer, comme d'habitude.

— Comme d'habitude. Les patrouilleurs envoyés sur place ont trouvé le laboratoire bien en ordre à deux kilomètres huit cent cinquante de Döglött, personne dedans et pas trace de la navette. Le temps qu'ils se décident à m'y expédier et que je me décide à y aller, il s'est écoulé encore un mois. J'en ai passé un à éplucher son rapport, plus deux autres pour convaincre l'UBC. Au total, ils ont disparu depuis cinq mois. J'ai enquêté du côté de Cluj, je n'ai pas trouvé trace d'eux. J'ai demandé des informations aux entités juridiques limitrophes, rien non plus. J'ai laissé tomber. Voilà pour les délais. Passons au contenu du labo. Par rapport à un labo de botaniste moyen, je n'ai rien trouvé d'intéressant, à part bien sûr le contenu des mémoires, un matériel vidéo de pointe et un bac d'observation bizarrement trafiqué.

— Comment ça, bizarrement ?

— On avait renforcé l'isolation avec des treillis électriques, comme s'il s'était agi d'observer une bestiole de taille humaine et de force herculéenne. Mais j'ai fait analyser son absence de contenu : il n'y a jamais rien eu là-dedans. Une autre absence m'a causé du souci : les sacs de sang. Je n'en ai pas trouvé un seul. Il est vrai qu'ils en ont utilisé beaucoup pour leurs expériences.

— J'ai hâte de voir ça.

— Ça vient.

— C'était une blague.

— Trop tard. »

Délusion lance la vidéo :

« Ils ont fait du beau travail, avec rien comme lumière. J'ai juste fignolé leur montage. »

Plan du pays, plan de la parcelle, altimétrie, hygrométrie, quelques indications atmosphériques, botaniques et géologiques, un bref commentaire climatique (temps pourri), aperçu du camp de base, présentations habituelles (intitulé de la mission, méthodologie, outils, délais), en résumé, un rapport de recherche lambda. Le laboratoire est propre, la fille est jolie comme un cœur eurasien, Per a toujours sa bonne bouille en pain brûlé caucasien, je prends des notes sur ma tablette : « Ils n'ont pas l'air complètement déments. »

Délusion commente :

« Voici leur trajet depuis le camp de base jusqu'à Döglött. »

Le montage est bizarre : un aller, un retour, un aller, un retour, *ad nauseam.* On ne voit rien d'autre que le chemin. Je note fébrilement ce que je reconnais de la flore (« Classique, futaie de vallon froid à sol acide d'abord, apparition des résineux et de la mercuriale vivace au fur et à mesure qu'on prend de l'altitude et du calcaire ») jusqu'à ce que Délusion arrête la vidéo.

« Ça y est ? Tu as remarqué ?

— Quoi ?

— Qu'est-ce que tu notes ?

— Que sitôt que tu me passeras la main, j'agrandirai le quadrant qui va bien pour confirmer que j'ai bien *vu* ce plan d'iris fétide qui…

— Et ça se dit expert en randonnée ! Regarde mieux. »

Je regarde. Aller, retour. Aller, retour. Je scrute en même temps les images et les repères satellitaires affichés.

« Ils n'ont pas suivi le même chemin d'une fois sur l'autre, c'est ça ? » bredouillé-je. Mais le satellite prétend exactement le contraire : les deux chercheurs n'étaient pas des novices, ils ont défriché, sécurisé, balisé et emprunté un seul chemin. Délusion hoche la tête, me repasse en accéléré le quadrant supérieur : dans le ciel, des pics montagneux tremblotent… et disparaissent.

« Ils ont suivi le même chemin et, d'une fois sur l'autre, ils n'ont pas eu le même paysage ? »

Délusion ne répond pas. Je mâchouille ma langue et lui jette un regard mécontent. Elle me le rend. A mon avis, elle *aussi* attendait de ma part une explication sensée. Je soupire.

« Bon. Bien. »

Elle renifle :

« Voilà, voilà. »

Si mes yeux voient juste, nous sommes en face d'un *time warp*. Une déformation temporelle. Le genre de choses qu'on n'obtient qu'en laboratoire spatial, et encore faut-il avoir le goût de l'infiniment petit et de l'extrêmement coûteux. Je secoue la tête : il n'y a rien de théâtral dans cette vidéo. D'un extrait à l'autre, on reconnaît le tracé du chemin, un taillis de groseilliers, un certain rythme dans l'élévation sinueuse du terrain, et l'emplacement des balises. Simplement, les troncs gris sombre des pins noirs sont parfois remplacés par les troncs saumonés de pins sylvestres, une belle grappe jaune et toxique de cytise apparaît puis disparaît, une nappe d'aconit tue-loup se plie et se déplie, et puis il y a ces montagnes qui fluent et refluent en arrière-plan, comme des vagues…

« Si on voulait, on pourrait accuser des variations de lumière, de masses nuageuses et de floraisons. N'est-ce pas ?

— On va dire ça, marmonne Délusion. Pour le moment.

— Et Per et Laïskibel ? Ils n'ont pas avancé d'explication ?

— Ils n'ont rien remarqué, visiblement. Cette partie du montage est de moi. »

Elle relance la vidéo.

« Arrivée à Döglött. »

C'est un château énorme, dans le goût sino-marocain, avec une nette tendance donjon sinistre et de belles façades ouest-europe XVIIIe siècle.

« *Space mortgage !* Ne me dis pas que ce truc est inconnu des guides touristiques ! dis-je tandis que la vidéo balaye une floraison hallucinante de flèches gothiques et de clochetons Renaissance.

— Il n'a jamais été répertorié nulle part. Les images satellites de l'endroit montrent juste un misérable chicot de forteresse enfoui dans une forêt dense sous une pluie perpétuelle. »

La frousse m'envahit.

La voix de Per est monocorde :

« Teint bilieux, dents surdimensionnées, hypertrophie morbide des cheveux et des ongles. »

Le plan a été filmé en caméra furtive. Intérieur nuit, une salle de bal. Je regarde évoluer des silhouettes dans la lueur jaune d'halogènes flottants. Les habitants du château sont vêtus n'importe comment, avec des bouts de brocard et de fourrure, de la peinture bleue couverte de poudre dorée, de grandes coulures de fard et de pierreries. Ils se promènent lentement, ils dansent vaguement, ils se saluent et ils chantent, sans paroles. Ils fredonnent. Une sono multipoints diffuse le second mouvement du *Vallas* de Bâ.

« C'est tout ce qu'ils font, grommelle Délusion. Le jour, ils sont introuvables et la nuit, ils jouent les divas sur des airs chiants. Ou bien ils restent assis des heures durant, et écoutent pousser leurs cheveux. Per voyait là-dedans des analogies comportementales avec les psychoses de nos ancêtres mais moi, j'en suis venue à penser que tout ça est une mise en scène et qu'ils se foutent de notre gueule. »

Les danseurs sont très pâles, très gracieux et très… une pensée me traverse l'esprit :

Très morts ?

Un texte défile en surimpression :

« Je vis que ses traits étaient contractés par la mort, que ses yeux ne voyaient pas et que son sourire était une convulsion imprimée par l'agonie sur la figure d'un cadavre » (© Tolstoï Ltd).

Je murmure :

« Bien dit.

— Ces gens marchent, font des gestes et usent de leur gosier, grommelle Délusion. Ils sont donc vivants ! Peut-être pas de la même façon que nous, mais tout autant. »

Elle parle avec la voix de la raison tandis que mon instinct proteste :

Ces gens-là sont morts ! Aussi morts que mort se peut, et depuis des siècles.

Je note : « Ne pas oublier de me fier à mon instinct. »

J'ai les pieds gelés de stress et les mains moites d'angoisse.

Je note : « Question : pourquoi ne fous-je pas le camp immédiatement ? Réponse : parce que tout ce bordel est fascinant. »

Je relève le nez vers la vidéo : la mise au point est assez médiocre. Je le fais remarquer à Délusion. Je n'aurais pas dû : elle arrête la vidéo au beau milieu d'une antichambre décorée dans le goût froid du décadent nord-amérique XXIIe, agrandit un immense miroir de Seattle devant lequel passe un couple de danseurs : il est vide. Un peu brouillé par endroits, empli de lumière, et vide.

« Ils n'ont pas de reflets, c'est ça ?

— Non. Les caméras ont bien du mérite d'avoir réussi à restituer ces images. Ces mecs-là n'impriment pas. Etonnant, non ?

— Oh ! La belle litote.

— Affaiblissement des caractères sexuels secondaires, continue Per en voix *off*, raucité de la voix chez les femelles, mâles imberbes. »

Changement de plan. Per et Laïskibel ont décidé de donner de la distraction à leurs hôtes : une des microcaméras coupe le champ de suspension d'un banc halogène qui tombe avec fracas sur le parquet. Les réactions des danseurs sont d'une vivacité telle que la minute suivante a été montée au ralenti.

« Coordination musculaire et force physique exceptionnelles, nasille Per. Une caméra a été détruite. »

Plan sur une main griffue qui se tend vers un objectif, suivi du noir complet. *A priori*, un vandale a grimpé le long du mur, comme une araignée, après avoir repéré la caméra qui flottait au ras du plafond.

« La voilà », dit Délusion en me tendant un minuscule chiffon de composite. Un matériau plus dur que l'acier. Roulé en petite boule. Je croasse :

« Tu n'as pas soif?

— Non, mais tu peux te servir. »

Deux bières plus tard, Per continue ses observations :

« Pas de pratiques sexuelles observées, comportements sociaux difficilement identifiables. Pas d'usage constaté de la parole. Nyctalopie.

— Le compte rendu de Per est un peu brouillon, dis-je.

— C'est un brouillon, répond Délusion.

— Ouïe très fine. A évaluer.

— Conclusion : ces gens sont surhumains, fais-je.

— Physiquement, oui, complète Délusion. Intellectuellement, Per les considère comme décérébrés. Mais pas moi.

— Habitudes alimentaires… » continue Per.

Des tableaux défilent : à Cluj, le commerce de l'hémoglobine synthétique atteint des sommets.

« Il n'y a pas davantage de disparitions inexpliquées aux alentours de Döglött que dans d'autres coins terriens, précise Délusion. Ah, regarde ! »

Le visage crispé, blême et étrangement paisible d'un habitant du château flotte à hauteur de la caméra. La caméra recule. Il n'y a pas que le visage qui flotte. Je murmure :

« Télékinésie.

— Télétransport. Faire léviter un corps, ce n'est rien…

— Parle pour toi.

— … par rapport au fait de réussir à faire léviter son propre corps. C'est comme soulever la chaise sur laquelle on est assis. Autre expérience : quelques sacs de sang ont été déposés au milieu de la cour par un minidrone. Et là, regarde ! »

Je regarde : les habitants se penchent sur les sacs de sang, les ramassent, les tripotent un peu et puis s'en vont, tous dans la même direction, un sachet à la main.

« Je n'ai rien vu, dis-je en fronçant le nez.

— Attends. »

Nouvel appât, nouveau rassemblement : les vampires ramassent les sacs et s'en vont, toujours dans la même direction, un escalier en colimaçon qui mène à la tour centrale.

« Je ne comprends pas.

— Comportement reproductible, explique Délusion. Ces gens ont fait quelque chose avec ces sacs. Ils ont réfléchi, testé, ils ont communiqué entre eux, piaffe-t-elle, ils ont appris ! C'est-à-dire que non seulement ils ont un comportement hautement organisé mais en plus, je suis certaine qu'ils communiquent par télépathie !

— Tu crois qu'ils les ont bus ?

— Aucune idée. On n'a jamais retrouvé un seul sachet, vide ou plein. Certains étaient lestés de balises mais elles ont rapidement cessé d'émettre. Comme si elles avaient été trouvées, identifiées et détruites. Mais là, j'extrapole. »

Ça résiste pourtant à pas mal de choses, une balise. Au Vide Interstellaire, par exemple. Et ça peut émettre depuis des endroits peu accessibles. La Grande Fosse des Philippines, par exemple.

« Qu'est-ce que c'est que ça ?

— Un portrait, soupire Délusion. Elément décoratif intérieur peint à la main.

— De qui ?

— De lui. »

Gros plan sur un habitant, assis au bord d'un chemin de ronde, qui contemple le paysage. C'est un adolescent couvert de taches de rousseur et de lividités cadavériques, vêtu d'un costume d'arlequin déchiré et d'un boa de synthèse d'excellente facture.

Est-ce que les vampires rêvent de serpents électriques ?

Sa ressemblance avec le portrait est frappante, presque photographique.

« Non, je veux dire…

— De qui ? De Calin Alupi. Impressionniste roumain, surtout pastelliste, mais pas mauvais à l'huile. 1906 – 1984. »

Je me tourne vers Délusion, qui achève avec un sourire idiot :

« Spécialisé dans les natures mortes. Hi hi ! »

Je repasse à ma consigne pour prendre du matériel : un vieux casque de randonnée, mon presse-spécimens, des seringues à graines et un analyseur ADN « tombé de la navette ». C'est fou comme on peut soudain perdre tout intérêt pour l'iris fétide. Ensuite, je retrouve Délusion à la station de descension Leptus-Terre et je me colle un calmant grand format sur l'épaule. J'ai horreur de voyager dans cette cabine, j'ai toujours peur que le filin casse et m'envoie jouer les étoiles filantes dans la stratosphère. Et je me fous de ce qu'on raconte sur la solidité des filins à nanostructure.

Le temps que j'encaisse les effets saumâtres de mon patch, le descenseur a dégringolé sur Terre et atterri en pleine effervescence touristique. Délusion me traîne dans le métro interurbain et dix stations plus tard, nous sommes à Cluj, un peu barbouillés par les compensations d'accélération. J'avale une grande bouffée d'air authentique, à défaut de pur. C'est du bon oxygène craché par les poumons verts des forêts, pas mouliné par des saloperies de station atmosphériques. Ensuite, je tousse. Les cités terriennes ont l'haleine assez chargée, même après filtrage.

« J'ai réservé au *Quasi-Cité* », m'informe Délusion en surveillant du coin de l'œil son chariot. Un groupe de touristes bloque le couloir de transit, scotché qu'il est devant une baston terrienne délicieusement pittoresque : la face extérieure de la paroi en duraglass est grêlée de sang.

« Oh, maman ! Regarde ! Celui-là, il a une calvitie !

— Mais il est ruineux, cet hôtel ! dis-je à Délusion en collant discrètement mon pied au train du bambin.

— Mais il est sécurisé. Il y a la guerre dans les Balkans, comme toujours. Et j'ai des choses à te montrer avant que nous ne commencions à prendre des risques. »

« Je n'ai pas eu le temps de monter toutes les vidéos de Per. Je ne l'ai pas pris, à vrai dire. Je vais te résumer, ça suffira. »

Le nez collé à la vitre, un vaste sourire accroché à la face, je regarde la *skyline* de Cluj, noire sur le ciel doré.

Le soleil se couche lentement, enfle et rougit, suinte sur sa compresse de nuages, et je me sens aussi bien qu'un koala dans une botte d'eucalyptus. Je jette un œil aux mouchards viraux : il est hors de question d'ouvrir la fenêtre, hélas. Délusion a descendu un plan de travail du plafond de notre chambre et répand dessus tout un bric-à-brac dont je ne doute pas qu'elle va m'expliquer le fonctionnement. Ce serait bien qu'elle la ferme cinq minutes. D'un autre côté, c'est elle qui paye.

« Per a essayé de cartographier le château. Voilà le résultat. Ce n'est pas très probant. »

Délusion a déroulé son écran et projette un plan tridi, largement zébré de *« cella incognita »*, mais néanmoins assez complet pour permettre de se repérer dans Döglött. Pour peu qu'un cinglé ait l'idée d'entrer là-dedans, bien sûr.

« Il y a cent cinquante pièces au bas mot, commente Délusion. Ça pourrait faire un bel hôtel. »

Je lui jette un regard en coin et marmonne :

« Il est déjà équipé, en plus. Il nous reste à comprendre pourquoi personne n'a encore eu l'idée de planter une caisse à l'entrée. »

Délusion comprend parfaitement ce que je veux dire. Du bout du doigt, je fais défiler les segments que Per a réussi à filmer : Döglött n'a rien d'une ruine antique. Il contient des artefacts venus des six siècles précédents, beaucoup de lézardes et de moisi, des rideaux en loques et des écheveaux de toiles d'araignée, mais aussi des éléments de confort qui datent de demain. Un panneau mural, notamment, semble revêtu d'une de ces laques régulatrices dont j'aurais juré qu'elles n'existaient encore qu'au stade de prototype. Je m'arrête au milieu d'un couloir rechampi en bleu, devant une console

Arts-Déco au-dessus de laquelle vire lentement un hologramme de la *Sthéno* de Yann Minh. Métallisée comme ça, avec son dos arqué de victime et ses vérins de machine qui glacent de reflets blancs le bois doré de la console, mes dents à couper que c'est un original. Elle doit valoir un petit million de kilodollars.

« Je voudrais savoir quelle est la tronche du chien de garde qui permet à ce château de ne pas être pillé. »

Délusion hausse les épaules. Elle aussi, elle voudrait savoir. Mais ce qu'elle ne sait pas et moi si, c'est que Per n'était pas le genre d'abruti à mettre la tête dans une gueule-de-loup aussi velue. Délusion éteint le plan, qui disparaît dans un petit nuage de pixels multicolores. En trois coups d'ongle, elle lance un nouvel extrait vidéo :

« Voilà une vue en infrarouges. Je ne t'étonnerai pas si je te dis que les habitants du château sont poïkilothermes. Ils ont une constitution très économique. C'est peut-être pour ça qu'ils vivent si longtemps.

— Parce qu'ils sont à sang chambré et que la région est fraîche ? L'explication me paraît un peu courte.

— Le métabolisme de ces gens-là est une pure merveille, marmonne-t-elle en fouillant dans ses classeurs. Et je te le prouve ! Per a chargé une caméra avec un petit sifflet et l'a envoyée au château, pour évaluer l'ouïe des habitants. L'indice de perception de ce test acoustique est déterminé par le fait que… bref, quand l'un des habitants lève les yeux vers le sifflet, on en déduit qu'il l'a entendu. Voici les résultats, les moyennes humaines sont en regard, c'est assez époustouflant : ces gens-là entendent les ultrasons, les infrasons et les pets de souris à dix kilomètres. Même les chiens sont plus durs de la feuille qu'eux. Attends, je… Ah ! Voilà ! Les résultats du test suivant : Per a remplacé le sifflet par un aimant et regarde ! »

Il n'y a rien à voir de franchement différent : les habitants du château perçoivent les champs magnétiques à la perfection.

« Pour le moment, continue Délusion en tapotant à toute vitesse sur son écran d'où jaillissent des bouts de fichier affolés, Per s'est contenté de tests non intrusifs. Juste des balises, des caméras, des bidules témoins ou à stimuli légers. Il a décidé de passer à la vitesse supérieure. En fait, il voulait y aller. Armé. Donc il fallait qu'il fabrique des armes et qu'il les teste. Il est passé aux tests intrusifs. Ce n'est jamais très agréable.

— Ce n'est pas très éthique, non plus. »

Et ce n'est pas très malin, surtout. Personnellement, face à une bestiole dix fois plus vieille que moi, qui bénéficie d'une acuité générale dix fois meilleure, d'une force physique dix fois supérieure et de dents comme ça, pour peu qu'il me vienne l'idée absurde de m'aventurer dans sa tanière, je ne commence pas par la rendre folle de rage.

« En partant du principe que les plus gros défauts font les meilleures qualités et inversement, Per a bricolé un émetteur d'ultrasons et, pour ses propres oreilles, un casque à infrasons, vu que ceci compense cela. Cet engin-là, il s'est dit que ce n'était pas la peine de le tester. Mais il a aussi compulsé de vieux grimoires ayant trait aux vampires et il a décidé de tester ce qu'il y a de vrai là-dedans. Il a donc commandé des halogènes UVA-UVB, pour voir si ces bestioles font vraiment des allergies au soleil.

— Arrête-moi si je me trompe, mais tout ça est resté à l'état d'intentions, n'est-ce pas ? Parce que Per a disparu juste après le premier test intrusif, n'est-ce pas ?

— Oui.

— Quel test ?

— Il a balancé des seringues remplies de sulfure d'allyle. »

Je rigole : il s'agit d'essence d'ail.

« Tu as une idée du résultat ?

— Ça leur fait mal.

— Je peux voir ça ?

— Eh bien… il n'y a pas de vidéo. Juste une note de Per. »

Elle ment. Je sens qu'elle ment. Elle éteint son écran :

« Ces petites ampoules sont pleines de sulfure d'allyle et celles-là, de soluté d'ions argent. Voici de l'alcool phényléthylique. De l'extrait de rose, en quelque sorte. J'ai aussi emporté six pistolets à ampoules, les projecteurs UVA de Per et son émetteur d'ultrasons. Et puis, euh… quelques symboles religieux. »

Elle me tend une poignée de croix, d'étoiles de David, de mains de fatma et autres bidules pieux que les croyants collent à leurs vêtements. J'ouvre de grands yeux :

« Tu crois que ça fonctionne ? »

Délusion soupire :

« C'est une théorie de Per. La religion est une mass-constante. Il n'existe pas de peuple assez peu benêt pour ne pas adorer une face de fesse quelconque, en caillou ou en bois d'arbre, et pour ne pas avoir peur de son pendant, nommé démon. Le vampire est considéré comme un démon, c'est une phobie mass-constante. Disons que tant de gens ont eu tant peur des vampires pendant tant de temps qu'à la longue, un dépôt de trouille s'est formé dans le mass-psychisme. D'après Per, ces symboles religieux fonctionnent comme des catalyseurs : quand un humain les agite sous le nez d'un vampire, ils lui permettent de capter la peur en suspens, de la canaliser et de la diriger vers le vampire sous forme de, attends, je te lis l'extrait : "une télékinésie inconsciente appliquée à une matière psychique, qui consiste à rassembler une énergie éparse et à la restituer sous forme d'énergie organisée", un rayon de chaleur ou un truc comme ça.

— Tu veux dire que ces gris-gris jouent les catalyseurs parce que beaucoup de gens ont beaucoup cru que les vampires étaient des démons, et que ceux-ci n'en souffrent que parce que tout le monde, eux compris, se considèrent comme tels ?

— En gros, oui. Per avait prévu d'en coller sur ses caméras, parce qu'une caméra coûte un œil et que les vampires avaient de plus en plus tendance à les rouler en boulettes. Nous ferons comme tu veux. »

Je tombe assis sur la table, qui tangue légèrement.

« Qu'est-ce que tu viens de dire ?

— C'est toi le chasseur. Tu as le choix des armes. »

Je regarde Délusion, qui regarde un magnet en forme de tiki renfrogné. Au cas où un des vampires soit un Polynésien précolonial ?

« Sinon, soupire Délusion, Per avait aussi sa théorie sur la mupathie mutahé. Une histoire de sang, bien sûr. Le sang contient des composés ferreux, indispensables pour oxygéner les tissus, et c'est le foie qui fournit le fer. Pour lui, cette mupathie est une maladie de foie, d'où le teint bilieux. Malheureusement, il n'a pas eu le temps de pratiquer une dissection. »

Je hausse les épaules : envisager de disséquer une de ces admirables mécaniques, c'est comme qualifier de « raucité de la voix » ou de « teint bilieux » le timbre profond et la pâleur statuaire des vampires. Délusion relève de sa poignée de magnets un petit nez hypocrite :

« Voilà. Tu sais tout. »
Non.

Le labo de Per est niché dans une forêt de frênes. C'est une morula de chercheur à revêtement caméléon, trois bulles articulées entre elles comme un collier et posées sur un lit de colchiques. On y trouve une bulle de travail, une bulle habitable et une bulle de rangement. Ce genre de laboratoire se déplace aisément sur terre, sur l'eau et dans les airs, se niche partout et résiste à n'importe quoi. Il coûte cher, aussi. Pour qu'un chercheur abandonne sa morula, il faut vraiment qu'il soit lourdement empêché. Par son propre décès, rarement moins. Je pose mon havresac dans une des bulles, déplie mon skyboard et vais faire quelques cercles concentriques autour du camp, histoire de sentir où je suis.

La journée est avancée, grise, bruineuse ; je glisse quelques centimètres au-dessus de l'herbe mouillée. Flore de vallon froid, érables et fausses renoncules, le charme triste des paysages montueux dans la brume. Vraies renoncules à tête d'or, violettes, recoins de mousse, des corneilles dans les grandes frondaisons. Le vent descendu des hauteurs sent la neige et la chlorophylle. Je m'arrête pour filmer quelques fauvettes qui s'ébrouent sous la strate arbustive, grattouille l'écorce d'un chêne sessile à la recherche d'insectes phytophages, le nez rouge et le cœur réjoui. Cette forêt est entretenue. Elle est censée l'être, bien sûr, par la juridiction terrienne. Et elle l'est. C'est étonnant.

Je finis mon tour en ricanant bassement : je suis en train de devenir aussi raciste que ceux des Cités, lesquels n'ont pas une haute opinion des résidents terriens ; le terme « taupes moites » résume assez bien la chose. Bien sûr, les Terriens en ont autant au service des Citadins, dans un genre moins littéraire : foutus piafs prétentieux. Et moi, j'ai assez traîné à tous les étages pour savoir qu'ils se méprennent réciproquement : les Terriens sont des rats hystériques et les Citadins, des moineaux abrutis.

Tu dois être quelque chose comme un foutu misanthrope moite, me dis-je en repliant mon skyboard. Et je m'en fous. Cet endroit est un havre de paix dans lequel je n'ai pas l'intention d'amarrer les vieux bateaux grinçants de l'humanité. J'entre dans la bulle de travail : Délusion est déjà à pied d'œuvre. Je la regarde farfouiller dans son serveur pendant quelques secondes, puis je déverrouille la coque qu'elle a apportée et commence à vérifier mes armes.

La nuit est tombée. Délusion a ouvert la terrasse au sommet de la bulle habitable et servi deux ballons de glace à la vodka. Je suçote le mien en scrutant la masse noire de la forêt. Temps couvert sur lune couchée, il n'y a rien à voir. La bulle génère un dôme de chaleur que troue une bise frisquette. J'entends des bruits furtifs de chasse, en contrebas, et une chouette, peut-être. Ma paume grille de froid.

Bon sang ! Est-ce que tu te rends compte à quel point c'est impossible, un écosystème aussi riche dans une zone qui n'est ni revivifiée, ni écoprotégée ?

Je pose le ballon à mes pieds et frotte mes mains l'une contre l'autre. Les réminiscences de pluies acides et de nappes phréatiques caustiques s'éloignent.

« As-tu vérifié tes pistolets ? demande Délusion lovée dans sa waterchair, sa boisson gouttant entre ses doigts, l'air pour une fois détendu.

— J'ai vérifié toutes les armes. Je ferai une première reconnaissance demain. J'aurai besoin de télécharger tes plans.

— Tu veux aller là-bas dès demain ? »

Elle rit doucement. Une aile touche le dôme de chaleur en crissant.

« Qu'est-ce que c'est ? sursaute Délusion.

— Une chauve-souris. Une petite musaraigne toute douce, couleur feuille morte », murmuré-je. Peut-être vais-je voir des papillons ? De beaux sphynx duveteux, de petits citrons éclatants ? Je reprends mon verre : je me sens saoulé de fatigue, de grand air et de stupeur. Si on m'avait dit, il y a quarante-huit heures…

Tu ne trouves pas ça étonnant, de croire à tant de choses si nouvelles si vite ?

Je repose le ballon à moitié fondu. Ce n'est pas le moment de se prendre la tête. Ni quelque décision que ce soit. Elle risquerait d'être drôlement instinctive.

« C'est quoi, *ça* ? »

Délusion a planté dix ongles dans la peau lumineuse de sa waterchair.

« Un chasse-ours. Une relique familiale. Ça émet une jolie lumière, un arc électrique capable d'aveugler un ours en pleine charge, et soixante mille volts au contact. Tu n'imagines pas l'inertie d'un ours qui charge.

— …

— N'y vois aucune agressivité de ma part. Simplement, je déteste qu'on m'envoie au bain sans me toucher un mot des piranhas.

— Mais de quoi parles-tu ? » crache Délusion. Je ne suis pas sûr que la waterchair résiste à ses ongles. Ma patronne tangente le bain de siège.

« Je ne sais toujours pas comment réagit un vampire perfusé au jus d'ail, et ça m'étonnerait que Per n'ait pas filmé la scène sous vingt angles différents. Alors tu vas me montrer cet extrait. Mais avant, tu vas me dire pourquoi tu ne me l'as pas montré.

— …

— L'ampérage est minable, d'accord, mais soixante mille volts dans la tempe, surtout par cette humidité, à ta place, je n'essaierais pas. »

Le vent de nuit, glacial et mouillé, lourd d'humus, rebrousse sur le front en sueur de Délusion de petites mèches qui s'emmêlent dans les pinces de mon chasse-ours. Autour de nous, la forêt se tait.

Vraiment navré d'avoir rompu le charme de cette soirée.

Mon instinct me félicite. La chasse est une discipline où l'on apprend très vite à se passer de cortex au profit de trucs plus reptiliens. C'est moins intelligent et justement, ce monde est bas du front. Les doigts de Délusion se décrispent :

« D'accord. Mais si tu me dis que… si tu me traites de débile, je t'en colle une ! Quel que soit le voltage. »

J'éloigne doucement le chasse-ours, me rassois posément. Délusion relâche ses lèvres, recrache ses joues et ramasse son verre. Puis elle me balance deux tonnes de mépris, une par œil :

« Tu n'as rien remarqué ?

— Evite les manipulations psychologiques.

— J'avais pourtant fait un beau montage vidéo du chemin qui change d'une fois sur l'autre, mais tu n'as rien compris, n'est-ce pas ? Et les miroirs ? Les miroirs vides de reflets ? Non plus ? Ça m'étonnerait que tu comprennes mieux ce soir, mais tu as insisté. »

Elle se racle la gorge :

« Les vampires ne se reflètent pas dans les miroirs. Ils ne vieillissent pas, non plus. Pas beaucoup, pas vite ou pas du tout, je ne sais pas. Quant au sulfure d'allyle... »

Elle boit une gorgée.

« Le sulfure d'allyle les fait disparaître.

— Comment ?

— J'ai bien dit : pas de commentaires ! Ils disparaissent, clac ! comme ça. Pour réapparaître deux pas plus loin, pliés en deux. Ils n'aiment pas le sulfure d'allyle, non, mais ce que je m'en fous ! Non. Pas "pour réapparaître". Plutôt "pour être réapparus". Non plus : "tout en étant réapparus". Ecoute : j'ai calculé, n'est-ce pas ? La vidéo n'est pas claire, mais j'ai fait tout ce que j'ai pu. J'ai recalculé cent fois, tu sais ? Et je ne sais pas. Je crois que le vampire atteint a réapparu au moment même où il a disparu. Pas une atoseconde de différence. Voilà. »

Elle me jette un regard furieux.

« Par contre, ils ont l'air très liés au périmètre de ce château. Je te parie mon serveur qu'ils ne peuvent pas en sortir ! Tu connais ça, le mythe du vampire qui ne peut vivre loin de sa sépulture. La légende dit : un vampire est très lié à la terre qui l'a vu mourir. En langage moderne, ça signifie : un mutahé est dépendant du spectre magnétique de la zone géographique qui l'a vu muter. Heureusement parce que sans ça, il y en aurait partout, de ces saletés. »

J'ai eu tort de ne pas emmener ma ganja.

« Si j'essaye de résumer ce que tu viens de me dire, ça donne : déplacement instantané, présence simultanée et phénomène lumineux incohérent dans des limites spatiales qui nous échappent intuitivement ?

— C'est exactement ça.

— Tu veux dire qu'ils vivraient dans un monde d'espace étroit et de temps infini, où la matière irait plus vite que la lumière ? Non ! Que s'ils ne se reflètent pas dans les miroirs, c'est qu'ils ne sont pas précisément devant le miroir mais partout à la fois et au même moment dans un espace limité ?

— Voilà !

— Tu veux dire qu'ils auraient quelque chose de… »

Je cherche le bon terme, sans le trouver :

« De relativiste ? Non, de quantique ? Non, euh… les deux à la fois ?

C'est impossible, bien sûr; c'est tout à fait impossible. Ça fait combien de temps qu'on essaye de lier la théorie de la relativité et celle des quanta sans y parvenir ?

— Je veux dire, dit lentement Délusion, qu'ils ont un étrange rapport au temps, à l'espace et à la lumière. Je crois que Per l'a compris comme moi. Je crois que c'est pour ça qu'il s'est précipité au château comme une andouille dès qu'il a vu ce film. Et je crois qu'il y a laissé sa peau. »

J'avale le culot de mon verre. Cul sec, on ne peut mieux dire. Je tousse et je reprends :

« Raisonnons sans fanatisme : c'est sûrement intéressant, techniquement, mais enfin, si tu mets au point une métamure dont le seul effet sera de supprimer le reflet du patient dans son miroir, ça risque de n'intéresser que les gens très laids, non ?

— Mais il est idiot ou quoi ? marmonne Délusion avec une telle conviction que je ne me vexe même pas.

— Aussi, réponds-je. Un peu dépassé, accessoirement. L'éternité, c'est bien beau mais…

— Ah, mais on s'en fout ! Ces gens vivent dans une demi-prison où le temps est infini et l'espace réduit et nous, nous vivons dans la prison inverse. Alors, en croisant nos deux demi-prisons, nous obtiendrons peut-être une liberté complète ! Ça m'a toujours énervée que vivre signifie : aller de rien à rien en passant par pas grand-chose.

— S'il te plaît, il est tard : nous allons éviter la philosophie de fond de navette. »

Délusion s'en étrangle de rage :

« Alors que nous pouvons avoir l'infini ! De quoi avons-nous l'air, à nous traîner d'une planète pourrie à une autre dans nos pauvres vaisseaux poussifs qui n'osent même pas quitter le système solaire, sauf dans les rares cas où nous avons congelé cinquante pauvres gus pour les lancer dans un voyage de vingt mille troufignards d'années en espérant qu'ils n'arriveront pas trop périmés à quatre minables années-lumière d'ici ? Alors que nous pourrions avoir un infini, un vrai !

— Un quoi ? »

Là, j'ai vraiment couiné piteusement.

« Mais l'Univers, bougre d'abruti ! L'Univers ! Si nous comprenons comment ces gens fonctionnent, si nous arrivons à maîtriser le temps comme eux, nous aurons toutes les étoiles de l'Univers à cinq minutes à pied ! »

Tu as besoin d'un autre verre.

Le clafoutis intemporel

Quelque part, loin de tout,
la Mort tombe indéfiniment…

« Il a fini par m'avoir, ce pingouin sodomite ! »

Embusqué entre deux poutres, l'Archange fulminait de rage. Le fantôme de l'Archange, plus exactement. Au-dessus de lui, de l'autre côté du plafond, le soleil chauffait le balcon où gisait encore sa cape noire. Son corps, lui, s'était éparpillé en fine poussière, l'enterrement avait quitté l'église de Sibiu mais lui restait coincé là, dans ce recoin sombre. Les spectres ne supportent pas les lumières vives. C'est d'ailleurs la seule chose qui leur soit vraiment désagréable, avec l'ennui. Et la faux de l'Ankou.

D'aucuns prétendent que l'Ankou est une fille. Mais ça n'a pas d'importance.

Longtemps, l'Ankou fut la Mort, auprès de laquelle la Fin de la Vie faisait figure d'aimable péripétie. Pour des raisons psychologiquement compliquées, l'Ankou hantait tous les chemins creux de toutes les contrées, armée d'une faux apte à trancher la chair flaccide des spectres et d'un arsenal terrifiant, essentiellement composé de grincements sinistres et de ricanements caverneux. Tout spectre fraîchement conçu était à peu près sûr de trouver l'Ankou au chevet de son cercueil, et d'être débité incontinent en rondelles grossières : deux jambes, deux bras, un torse et une tête. Les morceaux, liés en fagots, étaient ensuite jetés dans une charrette puis déversés en vrac dans des grottes obscures où ils commençaient une longue éternité de rondelles de saucisson abandonnées.

Certains spectres échappèrent à ce triste sort, mais ceci est une histoire précédente, au terme de laquelle l'Ankou fut précipitée dans un puits sans fond par un énergique épaulé-jeté de Pimprenouche, et voilà pour elle.

Le beau résultat de la disparition de l'Ankou fut une terrible recrudescence de fantômes errants, qui fut rapidement absorbée par le web. Mais ceci est l'histoire suivante.

Pour le moment, à la veille du XXIe siècle, l'Angelot repeint en grenat les plafonds à caisson de Döglött et l'Ankou continue à sévir tout autour du monde, abritant ses longs cheveux blancs sous son large chapeau noir, et promenant sa carriole au cul d'une haridelle piteuse. Au bout de sa main maigre, une grande faux bleue lance des éclairs grandiloquents.

Elle s'arrête à la borne de Sibiu, pose son fouet et se redresse sur son banc de bois, qui grince sauvagement. L'odeur de spectre est d'une violence peu commune.

L'Ankou hume l'air froid de son nez tout en os et sourit : ce n'est pas tous les jours qu'elle a l'occasion de trancher de la chair d'âme multimillénaire. Du spectre d'ange…

Si l'Archange s'était un peu intéressé au sort *post-mortem* de ses propres victimes, s'il avait un peu observé les méthodes de chasse de l'Ankou, il aurait pu s'en sortir. Mais hélas pour lui, il n'y connaissait rien. L'Ankou le cueillit au ras du plafond crasseux et le débita avec de grands gestes, puis elle saisit la tête coupée par ses cheveux bouclés et grinça de toutes ses dents jaunes : ce crâne empestait l'énergie mystique. Il avait une odeur d'ange, une odeur de démon ; une odeur de Fin du Monde. Une odeur qui lui rappelait l'époque où sa mère, une fée, avait plié bagages en l'oubliant dans son youpala. S'il y avait un souvenir qu'il ne fallait pas rappeler à l'Ankou, c'était celui-là.

Un peu plus tard, l'Ankou connut le sort que réserve aux méchants toute histoire soucieuse de moralité, et les spectres prirent en masse possession du web. *Des* web : le web terrestre, le sélénite, le martien, l'interplanétaire. Ils y bâtirent de magnifiques sites où ils purent s'adonner librement aux plaisirs ectoplasmiques, par force essentiellement intellectuels, pour ne pas dire tristement peu sensuels car la chair numérospectrale n'a quasiment aucune consistance. Parmi ceux-là, citons la poésie, la programmation, la recherche fondamentale, les sciences dures et molles, l'iconomanie, l'érudition et la médisance, le tout bien à l'abri des vivants. Ils les observaient cependant, de loin mais avec une grande attention, et un sens aigu du devoir d'ingérence.

Par exemple, quand les vivants se mirent à rêver de pérégrinations extraterrestres, les spectres firent mieux que les regarder : ils les aidèrent. La plupart des progrès de l'aérospatiale furent dus au travail opiniâtre et *post-mortem* de petits génies décédés dans de stupides accidents de voiture/navette/skyboard. Les chercheurs vivants prirent vite l'habitude de poser les questions les plus ardues sur le Net, et de recevoir des réponses lumineuses émanant du fin fond de bases scientifiques nord-sibériennes. Ce n'est pas le genre d'endroit où un intellectuel surdiplômé fout volontairement les pieds pour vérifier l'existence de son interlocuteur.

Quand ils n'étaient pas occupés à causer avec leurs ex-collègues, les spectres s'occupaient d'eux-mêmes. Ils bâtissaient de nouveaux réseaux dans lesquels habiter, et se tapaient dessus pour savoir qui aurait le droit d'y emménager. Il y eut le web marin de Palcopie et la noosphère de Ch@mpi, il y eut la cyberdictature de Blanche Neige et son fameux arrêt antihantise qui mena de nombreux spectres au formatage sans jugement, il y eut des gaffes monumentales, des putschs iniques, du népotisme, des innovations et des drames affreux, comme le Grand Court-Jus de 2075 et le Nouveau Format de 2112. Bref, il y eut une Histoire, dont les vivants ne soupçonnèrent pas grand-chose. Tout au plus quelque critique avisé commentait-il de temps à autre : « C'est marrant ! Ce truc électronique sonne comme du Kurt Cobain. »

Quelque part au cœur de Leptus, au fond d'un serveur de maintenance, dans un des innombrables sites de repos des spectres du Web Interplanétaire Libre.

« Ce coup-ci, je crois que nous les avons tous numérisés ! »

Onésiphore s'abattit pesamment sur une ottomane, poussa un soupir de soulagement et attrapa une grappe de raisin virtuel qui trempait dans un cratère empli de cyberjurançon. Le décor préraphaélite du site était d'une mièvrerie délicieuse, avec un ciel abricot, un dallage vivement colorié, une balustrade au-dessus de flots crémeux et des lauriers-roses dans de grands pots. Assis d'une fesse sur le socle d'une statue de Vénus, le front soucieux et les mains pleines de fichiers, Evariste Galois se contenta de hausser les épaules :

« Tu sais bien que nous ne pourrons *jamais* affirmer une chose pareille. »

Onésiphore, qui avait du raisin plein la bouche, jugea plus simple de ne pas s'énerver. Ça faisait des siècles qu'il exerçait la tâche ingrate de numériseur, laquelle consistait à draguer avec minutie tous les sous-sols de la Terre, et à en remonter tous les fagots humains que l'Ankou y avait accumulés pendant plusieurs millénaires.

Parfois, songea Onésiphore, *on rêve d'un mot de soutien, voire d'un geste d'encouragement.*

Le gros spectre numérisé reprit une poignée de chasselas. En termes gustatifs, sa nouvelle extension numérique était une merveille ! Elle n'avait plus rien à voir avec les pauvres formats du XXe siècle, quand il devait se contenter de suçoter des fruits sans goût truffés de petits pixels carrés. Il enfonça ses épaules dans le dossier moelleux et ferma les yeux pour mieux réfléchir.

Le problème, avec les fagots humains, ce n'était pas tellement les têtes. Celles-là, on les numérisait et on les téléchargeait sur le web interplanétaire, où une cohorte de spectres s'empressait de les accueillir et de leur greffer un corps virtuel flambant neuf. Ensuite, il fallait encore les faire passer devant un cyberpsychiatre, parce que réapprendre à vivre en un seul morceau après des décennies de balkanisation, ce n'est pas simple. Et admettre de voyager sur des trains d'ondes interplanétaires quand on n'a jamais connu que la mule, le lama ou le chameau, ça n'est pas facile non plus. Mais vraiment, le traitement des têtes, c'était de la routine.

Le vrai problème, c'était les restes. Le reste des restes. Pas les torses : ces paquets d'ectoplasma inerte étaient compactés puis jetés dans de grands puits de lumière où ils se dissolvaient. Les lasers de guidage des gros transporteurs interplanétaires faisaient très bien l'affaire. Mais que décider au sujet des pieds et des mains ? Ces petites choses avaient tendance, sitôt extraites de leur prison, à se débiner dans toutes les directions sur leurs doigts affolés. Celles qu'on ne rattrapait pas à temps retournaient très vite à l'état sauvage, et Onésiphore avait déjà eu affaire à des meutes de mains féroces et à des hordes de jambes folles. Les premières nichaient volontiers dans les ginkgo biloba de Kyushu, d'où elles dégringolaient sans prévenir sur la tête des voyageurs égarés, et les secondes parcouraient les étendues gelées du grand Nord canadien, en insaisissables théories verdâtres et bondissantes qu'on suivait à la trace : quelques empreintes de pied ténues, beaucoup de cadavres de lapins des neiges morts de peur.

Pour compliquer la chose, ces bestioles n'allaient pas toujours en groupe. Certaines étaient solitaires. Et quelques TPP, les Traqueurs Panards et Paluches chargés de dénicher, capturer et dissoudre ces encombrantes bestioles, avaient fini par en apprivoiser une ou deux, dont ils se servaient comme rabatteurs. Et évidemment, ce qui devait arriver était arrivé.

Il paraît que certaines sont terriblement attachantes.

Onésiphore soupira :

« En vérité, Evariste, te vois-tu dire : “Petit ! Petit !” au cuissot de ton grand-père ?

— A mon avis, il faut virer l'autonégociation de parité du driver… Quoi ?

— Non, rien », grommela Onésiphore.

Une moitié du réseau avait récemment décrété infâme cette exploitation éhontée de restes humains, l'autre moitié l'avait estimée absolument indispensable, et la troisième s'était lancée dans une croisade farouche en faveur des Panards et Paluches :

« Honte sur vous, qui envoyez à une mort lumineuse ces animaux sans défense ! clamaient-ils.

— Mais ce ne sont pas des animaux ! Ce sont des morceaux, argumentait Onésiphore.

— Pourquoi ? Parce qu'ils proviennent d'un corps humain ? Et vous alors, d'où sortez-vous ?

— Mais quelle mauvaise foi ! »

Onésiphore soupira : « Si je les laisse faire, ils vont numériser tous leurs abattis de compagnie et nous ne pourrons plus faire un pas dans un site sans marcher sur un doigt dépourvu de propriétaire auprès de qui s'excuser. »

L'idée d'un web hanté par des mains fureteuses et des jambes gambadantes lui coupa l'appétit : il reposa précautionneusement le trognon de sa grappe de chasselas.

« D'un autre côté, ça fait quelques mois que nous ne trouvons plus de fagots spectraux, même dans les cavernes les plus reculées. Avec un peu de chance, le combat cessera faute de combattants. Même si c'est vrai que nous ne pourrons *jamais* être certains d'avoir vidé toutes les cachettes de l'Ankou.

— Reste-t-il du raisin ? » bâilla Evariste. Il ferma ses fichiers, prit une grappe de raisin d'une main, un gobelet de vin d'une autre et commença à feuilleter une poignée de mails avec les deux suivantes.

« Je n'arriverai jamais à m'y faire, gémit Onésiphore.

— Ce sont toujours mes bras supplémentaires qui te chagrinent ?

— Tu ressembles à un céphalopode aquatique poilu.

— Il est temps que nous commencions à exploiter la plasticité de nos incarnations numériques, dit sèchement Evariste. Et avec ça, je programme vachement plus vite.

— Il ne manquerait plus que ce soit seulement décoratif. Sinon, comment vont tes affaires ? »

Evariste passait l'essentiel de son temps à plancher sur des projets futuristes dont le seul intitulé faisait fuir Onésiphore, et la totalité à lutter bit à bit contre Blanche Neige, dont la cyberdictature s'étendait d'un pôle à l'autre de la Terre.

« Oh, les crétins du réseau martien continuent à ergoter au sujet de leur martiennitude ontologique, prétendant qu'il y aurait une Voie Martienne à laquelle nul étranger ne pourrait oncques comprendre que pouic », grincha-t-il tandis qu'Onésiphore observait un mutisme glacialement indifférent, exprès.

« Personnellement, continua Evariste, je trouve leurs nouvelles antennes absolument ridicules : ils ressemblent à des escargots. Ah ? Une corvée pour toi. »

Evariste tendit un brin de mail à Onésiphore, qui y jeta un œil las :

« Ectoplasma d'origine inconnue ? J'y vais de ce pas. »

L'Ankou l'avait bien planqué, celui-là. Le petit fagot dense et bouclé de l'Archange avait eu droit à une niche pour lui tout seul, au fond d'une nappe phréatique très peu fréquentée. Il était resté là, à barboter, impuissant dans le noir absolu.

Onésiphore passa de satellite en satellite, emprunta un train d'ondes géocentré et sauta enfin hors du réseau, dans la nuit noire de la Terre, convertissant d'un bond son ample bedaine numérique en gros bidon spectral. Puis il s'avança, verdâtre et translucide, toujours vêtu de sa redingote 1830 et froissant à peine l'herbe qu'il foulait, jusqu'au sac que lui présentait un numériseur perplexe. S'y trouvaient une tête livide aux longs yeux clos, deux jambes glabres, deux bras maigres, un torse efflanqué et deux…

« Ailes ? »

La matière ectoplasmique était moins glauque que d'habitude, moins frangible, aussi. Elle était à la fois plus lumineuse et plus obscure.

« Lumineuse et obscure ? » marmonna Onésiphore. Il secoua la tête : cet oxymoron lui rappelait un poème plusieurs fois centenaire.

« Quelque chose qui finissait par… la neige noire des rêves ? »

Onésiphore referma le sac :

« Faites comme d'habitude. Il n'y a aucune raison de procéder autrement. Numérisation de la tête, dissolution du reste. »

Le numériseur allait charger le sac sur son épaule quand Onésiphore l'arrêta :

« Attends ! Je voudrais essayer quelque chose. »

Il extirpa du sac un bras tressaillant.

« Je vais adopter celui-là. Pour juger, il faut essayer. Berk. »

Le membre était sectionné à hauteur du coude. Onésiphore le retourna dans plusieurs sens puis grattouilla le poignet blafard. Le bras frémit, et déplia lentement une longue paume dépourvue de lignes, des doigts interminables et cinq griffes noires.

« Petit, petit ? »

Au fond du Web Interplanétaire,
dans une des logettes d'accueil
pour nouveau numérisé.

Assis dans un fauteuil à oreillettes, le cyberpsy regardait l'Archange avec dubitation. Ce sujet-là se remettait vite : il avait déjà quitté l'air hagard du numérisé de frais pour une expression beaucoup plus désagréable. Et même, il s'était levé, avait fait le tour du décor, observé son interlocuteur, puis son nouveau corps, et semblait être mentalement passé à tout autre chose. Chose bizarre, le cyberpsy n'arrivait pas à mettre une époque dessus :

XIXe ? XXIe ? D'habitude, je les renifle du premier coup : il n'y a aucune chance de trouver un rationalisme aussi névrotique avant 1830. Mais cette gestuelle faciale raide, par contre, je ne l'ai vue qu'au XIVe. Oh, le beau cas !

A défaut, le cyberpsy avait programmé, dans la logette d'accueil, un cadre « bourgeoisie cossue » aussi transséculaire que possible, avec des boiseries, des chandelles, une cheminée et des napperons sur les dosserets des chaises. C'était morose, mais pas plus effrayant qu'un clafoutis.

Plus intemporel qu'un gâteau aux fruits avachi, je n'ai pas encore trouvé.

Le cyberpsy joignit le bout de ses doigts sous son menton et attaqua le chapitre « Confort identitaire » du cahier des charges « Traitement des post-traumatismes spectraux » :

« Votre nouvel aspect vous plaît-il ? Nous pouvons le modifier à votre gré, bien sûr. Etiez-vous plus grand ? Aviez-vous une caractéristique quelconque ? Grain de beauté, envie, pilosité, cicatrice ? Même un défaut, voyez-vous, peut aider à… »

Le nouveau venu leva une main tranchante.

C'est un casse-pieds, pas de doute, songea le psy. *Au mieux.*

Il attendit quelques secondes et reprit :

« Vous serez accompagné pendant quelques jours par un membre du Web Interplanétaire Libre. Il vous fera visiter nos installations et vous en expliquera le fonctionnement. N'hésitez pas à revenir me voir si vous avez besoin de parler. »

Le psy fit une autre pause tandis que l'Archange grattait doucement l'intérieur d'une de ses paumes avec ses nouveaux petits ongles ronds et brillants.

Fin de la partie « Le Web Interplanétaire Libre, terre d'accueil », songea le psy. *Passons à la phase « Mais ce n'est pas non plus une poubelle ».*

« S'il y a des personnes auxquelles vous étiez attaché en tant que vivant et que vous souhaitiez retrouver, nous pouvons lancer un avis de recherche. Cependant, je vous conseille d'attendre un peu avant de ménager ce genre de rencontre. Elles sont souvent assez stressantes, et la numérisation est en soi un passage éprouvant... »

L'Archange lui jeta un regard très reconnaissable : celui du meurtrier qui réalise que ses victimes ont ressuscité. Ou plutôt, qu'il existe une vie après la mort et que c'est quasiment la même. Le psy avait l'habitude, et il connaissait la marche à suivre. Evariste avait été très clair sur ce point :

« Je ne veux pas que le Web Libre devienne un vaste tribunal post-mortem. Nous ne ferions plus que ça. »

Bien sûr, un certain nombre de monstres illustres avaient été cueillis au sortir de leurs propres restes, numérisés d'office et formatés sans jugement ni trompette. Mais pour le tout-venant, le salopard non médiatisé, la procédure était autre :

« Il n'y a pas que le Web Interplanétaire Libre, ronronna le cyberpsy. S'il est des personnes que vous ne souhaitez pas croiser, le plus simple serait peut-être, après un temps raisonnable d'adaptation, de descendre faire une petite visite au web terrestre. La transparence y est moindre. Cela vous conviendrait-il ? »

L'Archange hocha lentement la tête, après avoir longuement dévisagé le cyberpsy. Celui-ci sourit : le terme « petite visite » était d'un faux-cul... « Vous qui entrez ici, abandonnez tout espoir » eût été plus honnête.

« Gentille... »

Rencognée sous le sofa, la main de compagnie essayait de se faire toute petite. Onésiphore l'attrapa par la peau du poignet et l'extirpa de son abri. Il la tint serrée contre lui et lui grattouilla longuement la saignée avec des ronronnements apaisants. Petit à petit, la main se détendit.

« C'est pourtant vrai que ça s'apprivoise, ces bêtes-là. »

Sitôt qu'elle serait habituée à lui, il enlèverait son gant.

« C'est qu'on a de grosses grigriffes, n'est-ce pas ? bêtifia Onésiphore. Il faudra que je pense à te trouver une laisse, aussi », murmura-t-il tandis que la bestiole s'endormait en travers de sa bedaine.

L'Archange n'avait pas fait trois pas dans le web terrestre qu'on l'avait déjà assommé, ligoté et traîné jusque devant l'Impératrice. Celle-ci ordonna qu'on lui ôte ses liens : pour une fois qu'elle recevait de « là-haut » autre chose qu'un psychopathe amorti, elle comptait bien en profiter.

L'Archange se releva, s'épousseta les genoux, puis promena son regard froid sur ce qui l'entourait : il était dans une cathédrale de ténèbres. Entre des arcs-boutants d'acier, hauts comme des falaises, s'étendaient de gigantesques pans d'obscurité miroitante. L'Archange prit le temps de mieux regarder : les murs ne miroitaient pas, non. Ils emprisonnaient, comme un monstrueux aquarium, des formes indistinctes qui se mouvaient lentement. L'Archange distingua peu à peu des corps impossiblement étirés, des faces déformées qui hurlaient indéfiniment. Au centre même de cet enfer, debout sur le sol d'obsidienne, se tenait une petite silhouette vêtue de noir et couronnée de silicium brillant. L'Archange écarquilla ses grands yeux :

c'était ça, l'Impératrice ? La Terreur Numérique, la Malédiction de l'Au-delà ? Ce bout de gamine au visage mièvre ? Cette poupée de cire avec une bouche en celluloïde et des yeux de…

D'accord.

A côté de celui de Blanche Neige, le regard de Guortigirn eût rayonné d'innocence, transpiré la naïveté et empesté la démocratie.

« Vous admirez mon papier peint, je vois, flûta l'Impératrice d'une petite voix mielleuse.

— Très élégant. Des traîtres ?

— Des opposants politiques. On dit comme ça maintenant. Ils sont en format 2D. Tout plats, mais encore conscients.

— Ça fait joli et ça débarrasse.

— Exactement. »

Blanche Neige et l'Archange se jaugèrent en silence, et tombèrent tous deux tacitement d'accord : ils étaient faits pour s'entendre. Du moins, tant qu'il ne leur serait pas plus avantageux de se gruger.

« Où sommes-nous ? » demanda l'Archange en s'asseyant dans une des cathèdres de la Salle Impériale virtuelle. De hautes croisées vitrées donnaient sur une impression de chute de neige nocturne. Des dépouilles d'ours blanc pendaient aux murs épais, avec des armes rouillées. Au fond, un trône en os sous un dais en peau de couilles prenait la poussière.

« Physiquement, dans une base scientifique du Groenland. Virtuellement, ce site est une reconstitution de mon château de Burnurgrin. C'était la capitale de mon empire, l'empire du Nord, sur lequel j'ai régné quatre cents ans du temps où la Terre était plate. Vous ne l'avez pas visité, à l'époque ? »

L'Archange jeta un regard aux fenêtres derrière lesquelles une tempête de neige dansait la gigue :

« Vu le climat, ça ne m'est sûrement pas venu à l'idée. »

L'Impératrice claqua des doigts : un petit bonhomme poilu s'approcha, portant sur un plateau trois hanaps décorés de têtes de mort. Il servit Blanche Neige d'abord, l'Archange ensuite, et avala cul sec le troisième verre.

« Je vous présente Grinchelungen, mon conseiller. Parlons peu, parlons bien. Depuis le temps que nous sévissons ici-bas, nous avons tous deux fait le tour du pouvoir, de la possession, de la cruauté et autres billevesées. Quant aux plaisirs de la chair, j'espère pour vous que vous vous en êtes mis plein la lampe tant que vous aviez une lampe, parce que maintenant, c'est trop tard. Et les occupations intellectuelles, c'est bon pour les tarlouzes. Pour dire vrai, il n'y a plus grand-chose qui nous amuse, hors la haine. Sommes-nous d'accord ? »

L'Archange la fixa : finis, les plaisirs de la chair ? Il n'avait jamais vécu pour autre chose et voilà qu'il réalisait que le petit corps ridicule dont on l'avait affublé, pâle copie ectoplasmo-numérique de sa magnifique chair divine, était rigoureusement incapable d'apprécier le plaisir du sang. Et les flèches bleues de la Foi passeraient à travers sans s'y arrêter, sûrement… On l'avait privé de son Corps de Gloire et sans Lui, il n'était *rien*.

Blanche Neige, qui avait lu mot à mot dans le regard horrifié de l'Archange et en avait promptement tiré de rassurantes conclusions sur la vivacité d'esprit de son interlocuteur, reprit :

« Engraissons nos petites haines, donc. Nous avons chacun les nôtres et, à nos âges, il n'est plus raisonnable d'espérer en changer. Servez les miennes, j'assisterai les vôtres. Vous me suivez ?

— Au brodequin près. »

Onésiphore était en train de brosser le fin duvet blond qui recouvrait l'avant-bras de sa paluche de compagnie, laquelle tressaillait de bien-être, quand les sirènes d'alerte saturèrent le site. Il sauta dans le premier train d'ondes et fit irruption, un peu essoufflé, au cœur du Centre de Cyber-Recherches, point névralgique et colossal du Web Interplanétaire Libre.

« Que se passe-t-il ? », demanda-t-il à K@tic, car poser une seule question à Evariste en un moment pareil, c'était risquer une avalanche de jurons peu explicites. Non que K@tic eût la tête naturellement plus loin du bonnet qu'Evariste, mais ce n'est pas Evariste qu'Onésiphore avait épousé.

« La vieille salope vient de lancer une attaque contre Döglött, chéri.

— Ça faisait longtemps !

— Celle-là est d'un nouveau genre.

— Lequel ?

— Mystique. »

Sur les gigantesques écrans déployés le long des monolithes de données du Centre, le château de Döglött paraissait surtout se prendre une rincée mémorable.

Mais pas plus mémorable qu'à chaque printemps, songea Onésiphore. *Ni qu'à chaque automne. Ce qui n'est rien à côté des orages d'été. Et des tornades de Noël.*

« Hem, est-ce de la pluie ? demanda-t-il.

— Oui.

— De la pluie… en eau ?

— Oui.

— Diantre. Est-ce grave ?

— Bénite.

— Plaît-il ?

— C'est une pluie d'eau bénite, mon cœur. Une meute de drones vaticans a béni ces nuages, il y a une heure. Et tu sais combien ceux de Döglött sont allergiques à Dieu. J'aimerais bien savoir comment elle a eu cette idée. »

Onésiphore scruta les écrans avec inquiétude : Döglött était le principal relais du Web Libre sur la planète. S'il tombait…

« Raté, raté, c'est raté ! » pestait Blanche Neige en lardant de fléchettes le poster 2D d'un de ses précédents pires ennemis, punaisé au-dessus du trône.

« Mais qu'est-ce qui a pu se passer ? » grommela l'Archange, le nez écrasé sur un des carreaux givrés derrière lesquels la neige feignait toujours de tomber. Ces petits flocons incessants lui rappelaient de bons souvenirs : ce crétin d'Hannibal et ses éléphants enrhumés éternuant dans la neige alpine, le lynchage du Grand Inquisiteur Bernardo Gui…

« Il s'est passé que c'est raté, crétin ! éructa Blanche Neige qui n'avait pas été élevée, ou bien trop tard. C'était bon pour toi, de cramer à la première goutte d'eau bénite ! Mais il semble que le crapaud embusqué à Döglött ait les verrues plus épaisses que les tiennes ! Ou alors, il a pas pleuré sur les travaux d'étanchéité.

— Nous pourrions essayer une rafale de pieux en bois ?

— Ah non ! Finies les attaques air-sol à gros budget ! Je veux du subtil. Du diplomate. Du pensé ! Si c'est dans tes cordes de harpe. »

L'Archange se retourna, planta ses yeux dans ceux de Blanche Neige et sut parfaitement avec quelle haine il s'occuperait l'esprit, sitôt l'autre volaille plumée, vidée et rôtie. Il sourit suavement. L'Impératrice le lui rendit.

« Au pire, si je ne trouve rien, je hante les rêves d'un quelconque abruti jusqu'à ce qu'il soit persuadé d'avoir envie de passer ses vacances en pleines Carpathes », grommela l'Archange en chargeant sa requête dans le havresac d'un agent intelligent. Il le lança sur le web terrestre et attendit. Ce ne fut pas long.

« Per Okotnikov ? Grinchelungen ! J'ai là un jeune tout fou qui cherche des subsides pour aller du côté de Döglött. Il a déposé une “Demande de bourse dans le cadre de recherches universitaires”, je cite rigoureusement, ça doit vous dire quelque chose ?

— C'est parfait, répondit Grinchelungen. L'University Bank of Concept sponsorise ce genre de projet très couramment, et feu son Président a déjà visité la Salle Impériale. Or, c'est un spectre impressionnable et l'UBC est une entreprise familiale qui aime bien faire tourner les guéridons avant de prendre des décisions. Je ne doute pas que monsieur UBC Fils sera ravi de faire plaisir à son regretté papa qui sera ravi de nous obéir. »

« Où sont-ils ? piailla Blanche Neige en arrachant par poignées le poster de sa boiserie. Ce Per Machinchouette et sa pétasse diplômée, ils sont passés où ?

— Ils ont disparu, fit l'Archange d'une voix blanche.

— Ils sont où ? hurla Blanche Neige en lançant des petits bouts d'opposant à travers la pièce.

— "Disparu" signifie que nous ne savons où ils sont, fit posément remarquer Grinchelungen en déroulant un poster tout neuf.

— Une mission officielle, j'aurais pourtant cru que l'Angelot n'oserait pas y toucher, chatouilleux comme il est niveau discrétion, marmonna l'Archange. En plus, j'avais rempli les deux lascars de possession psychique juste avant leur départ.

— Tu n'as pas remarqué qu'il a un peu dépassé la date de péremption, ton pouvoir angélique ? piailla Blanche Neige.

— Ça, ça reste à prouver, fit songeusement l'Archange. Il a très bien fonctionné sur les instances vaticanes en tout temps, y compris dernièrement.

— Envoyons quelqu'un à la recherche de nos deux disparus, proposa Grinchelungen sur un ton apaisant. Je l'accroche au-dessus du trône comme le précédent ?

— Et sur Per et Laïskibel avant leur départ, il fonctionnait à la perfection, continua l'Archange. Jusqu'ici, rien n'a jamais été capable de contrer mon… »

Il s'arrêta, puis souffla doucement sur un petit carreau givré :

« … presque rien. »

Délusion dormait, bras en croix, dans le bac inconfortable de sa chambre de l'hôtel *Quasi-Cité*. Comme un plan 3D, l'Archange s'épanouit doucement au-dessus de l'écran souple encore déroulé sur la table. Il plana au-dessus de la couchette : Délusion se mit à ronfler en souriant. Cette donzelle-là, il l'avait conditionnée à souhait, et méthodiquement. Pour expédier à Döglött une créature plus motivée qu'elle, il aurait fallu qu'il y aille lui-même.

Et pourtant, elle en était revenue plus désobéissante qu'un chat entier, puis s'était escampée par le premier ascenseur direction Leptus sans même laisser un mail. L'Archange ferma les yeux : son corps en ectoplasma de synthèse ne valait plus tripette, certes, mais il disposait par contre de toute sa tête archangélique. Il inspira profondément.

Bien sûr.

Il sourit brièvement. Cette odeur, il l'aurait reconnue entre mille. Il rouvrit les yeux, regarda autour de lui, puis fit lentement le tour de la pièce, caressant de ses doigts fuligineux les armes artisanales de Délusion. Elles ne fonctionneraient pas. Il avait prétendu le contraire à Blanche Neige, faute de mieux, mais depuis l'échec de sa divine rincée, il savait que son plan ne fonctionnerait pas. Döglött avait été imprégné d'humidité consacrée pendant trois jours et trois nuits. S'il ne s'était pas écroulé sur ses habitants, ce n'était pas une gousse d'ail qui ferait mieux. Il n'existait qu'une seule explication : le nouveau maître de Döglött s'était débrouillé pour ne pas se laisser enfermer dans une logique vampirique.

Ce pays est à moi, grinça l'Archange. *A moi ! Je l'ai fait, et j'y suis mort ! Si l'autre emplumé est si peu vampire qu'il est capable de grignoter de l'hostie au goûter, je l'étais suffisamment pour que la terre sur laquelle se sont dispersées mes cendres n'ait rien à me refuser !*

Et surtout pas l'hospitalité. Il se faisait très peu d'illusion sur sa crédibilité impériale : Sa Majesté n'aimait pas l'échec, alors deux échecs, elle détesterait sûrement. Or, à vue de nez, il était bien parti pour.

Une obscure odeur de potiron

Hôtel Quasi-Cité, espace mental
de Berger Lianghyu.

« Je me réveille avec un foutu mal aux cheveux. Délusion est déjà devant son écran : de ma position couchée, je vois l'implant au creux de sa nuque. Se faire rajouter de la mémoire comme à un putain de terminal, je ne comprendrai jamais.

« Regarde ! Mais regarde ! »

Je me lève : au-dessus de la table, des constellations tournoient. Ralenti sur une étoile blanc-bleu, peut-être Altaïr, puis sur une géante rouge semblable à Arcturus et un soleil aussi blanc que Sirius. Les astres roulent entre nous deux, bavent des flammes, secouent des parsecs de vrilles éruptives.

« Alshaïn et Tarazed, énumère Délusion, Albiréo du Cygne, Véga, et Shéliak et la Double Double de la Lyre, quelles merveilles ! Ras Algethi et Ras Alhague, l'astre grenat de Céphée, Algol, Mira Céti, Bételgeuse d'Orion, Rigel et Aldébaran, El Nath et Achernar d'Eridan, Phecda et Spica, Canope de la Carène, Alpha et Proxima du Centaure, Sigma Librae, Procyon, regarde-moi ça ! »

Je recule brusquement devant un amas gazeux qui fonce sur moi. Délusion éteint l'écran tandis que je cligne des yeux éblouis. Je vais préparer deux caféides et deux beignets de vitamines. Quand je les pose sur la table, Délusion baye toujours aux quasars. Ça lui ressemble autant qu'à moi, un nobel d'hydroponie. Je ne sais pas pourquoi, mais voir ce processeur sombrer dans la poésie me gêne. Je lui tapote maladroitement une épaule en disant quelque chose comme : « Nous allons essayer d'y aller, promis ».

Elle quitte son sourire idiot, récupère son habituelle expression de cactus et décrète :

« Nous irons. »

Ça me soulage.

« Nous irons dans les étoiles avec mes vaisseaux subluminiques ! » insiste-t-elle. Les Citadins, ça finit toujours par péter une nanopuce. Je finis ma caféide :

« Nous allons commencer par aller à Döglött, d'accord ? Avec nos pieds. »

J'ai enfilé une combinaison de sûreté, accroché à ma ceinture un pistolet chargé de soluté d'argent, un autre bourré de sédatif à grands carnassiers, la lampe à UV, l'émetteur d'ultrasons et un pieu en bois finement épointé, parce que j'ai quelques prétentions littéraires. Je cache mon chasse-ours dans une poche ventrale, pour ne vexer personne, et je sors. La journée est assez claire, irrévocablement humide, et délicieuse. Tout est vert, frémissant, bruissant, j'ai l'impression de voir l'air trembler tandis que chaque feuille expire une fine buée de gaz carbonique naturel. Pas une seule d'entre elles n'est semblable à une autre, pas un seul brin d'herbe n'a la même nuance qu'un autre, les hautes frondaisons brassent des oiseaux et la *skyline* est vierge comme au premier jour du monde…

« Ne bouge pas ! »

Délusion commence à me couvrir de symboles religieux, des pieds à la tête.

« Les fesses aussi, tu es sûre ?
— Je ne suis sûre de rien.
— Dépêche-toi, veux-tu ?
— J'ai bientôt fini. Encore un là…
— Ah non ! Il ne faut pas exagérer, non plus. »

Je crève d'impatience de plonger dans le bain vert de la forêt et de filer vers les cimes, à l'assaut de ce fichu château hanté. Ça tombe bien, c'est la mission qui est inscrite dans mon contrat, quasiment mot pour mot. Par contre, l'obligation de me faire bénir les interstices n'est indiquée nulle part. J'échappe aux magnets mal placés de Délusion et je rentre dans la bulle, pour vérifier la charge de mon skyboard. Délusion me suit en grognonnant.

« Y a-t-il quelqu'un ? »

Je dégaine avant même de comprendre la question. Une tête bouclée a passé la porte, affichant un sourire inquiet.

« Per ? »

Délusion en lâche sa poignée de crucifix.

« La proposition des vampires est très claire : pas un mot sur eux à l'UBC et en échange, nous pouvons faire toutes les expériences que nous voulons. »

Per a toujours cette voix basse qui plaisait tant aux filles, et ses deux mains carrées.

« Mais pourquoi avoir laissé tout votre matériel en plan ici ?
— Nous avons chargé ce dont nous avions besoin dans la navette. Le mieux, c'est que vous veniez voir. Laïskibel nous attend. »

Je jette un œil interrogateur à Délusion : en vain. Elle regarde Per comme si c'était Bételgeuse en personne, assise sur un tabouret aérostatique. Ça ne m'étonne pas, Per faisait déjà cet effet-là quand…

« Est-ce que ça va ? » me demande-t-il avec gentillesse. Je me sens vaseux.

« Ça doit être un excès de pollen. Ou d'humidité. Ou d'oxygène. Il faut le temps de s'habituer, n'est-ce pas ? » dis-je en me massant l'arête du nez. Per nous regarde, tous les deux, avec un grand sourire, puis il finit sa caféide, se lève et dit :

« Quand vous voulez. »

Ses longues boucles dorées roulent sur la peau noire de sa combinaison, jusqu'en dessous de ses épaules.

J'ai déjà mis mon skyboard en position départ quand une vilaine envie de pisser me tord le nombril. Comme ma combinaison s'occupe en général très bien toute seule de ces choses-là, j'en déduis qu'il s'agit plutôt d'une urgence mentale.

Ne pas oublier de te fier à ton instinct.

« Attendez ! J'ai oublié quelque chose. »

Je rentre dans la bulle. Mes notes. J'ai oublié de relire mes notes. Je n'oublie jamais de relire mes notes avant de partir en chasse.

Reprends-toi, mon vieux !

Mais après tout, que peut-il m'arriver dans un pays comme celui-là, en compagnie de quelqu'un comme Per ? Je déroule mon écran et survole ce que j'ai pu noter :

« Vidéo 1 : plan pays, alti, hygro, climat – temps pourri – méthodo, délais, per et laï – n'ont pas l'air complètement déments »

J'ai encore un coup de vase.

Tu fais une chute de tension, ou quoi ?

Je jette un œil au poignet de ma combinaison : même pas. J'enfonce un ongle entre mes deux yeux, aïe ! Quand on se sent vaseux, la douleur…

La douleur réveille !

Il y a ici un truc qui rend bête et heureux.

Une sorte de shit psychique.

Je sais traiter ça. Je lève la jambe et ran ! J'expédie mon petit doigt de pied contre le montant du sas. Ça fait très mal. Je sens, littéralement, l'adrénaline me parcourir les veines, chassant l'espèce de buée béate qui m'encombre. Je tiens toujours mon écran serré au creux de mon poing : je le défroisse.

« n'ont pas l'air complètement déments »

J'avais noté ça, oui, au sujet de Per et sa bonne bouille de pain brûlé caucasien, ses petits yeux perçants, ses cheveux noirs raides comme des baguettes, oh merde ! J'attrape une pince à feuille, je l'accroche à mon oreille et je serre.

Il y a plus douloureux, mais guère.

« Ne bouge pas ! »

Cette saloperie de pince me fait si mal que j'en chialerais. Le blondinet me regarde de ses grands yeux clairs, je fixe son épaule gauche avec obstination tout en visant son épigastre à deux mains, tandis que valsent dans mes veines les hormones lucides de la douleur.

« Ne bouge pas, salopard ! Délusion ! »

Je m'approche de Délusion, la secoue du bout du pied. Avec le coup que je lui ai envoyé dans les reins, elle doit avoir suffisamment mal pour dessaouler comme moi.

« Délusion ! Ce type n'a rien à voir avec Per ! »

Délusion gémit :

« Qu'est-ce que tu…

— Rappelle-toi la vidéo que nous avons vue ensemble ! La première ! Rappelle-toi à quoi ressemble Per. Le vrai Per. Un petit brun bronzé. Ce type n'est pas Per ! »

Délusion se relève péniblement tandis que je continue à viser le blondinet. Il n'a pas bougé d'un millimètre. Son visage est d'une blancheur liliale, presque lumineuse, le vent froid joue dans ses cheveux solaires…

Ce salaud est un de ces vampires télépathes ! Il te fait la danse du ventre mentale !

Je me concentre sur le sang qui coule de mon oreille. J'en ai l'œil gauche qui pleure, qui papillote… qui se ferme… Je tire, argent et sédatif en même temps. Mais les deux projectiles n'arrivent pas où il faut. A cinq mètres, je n'ai simplement pas pu le rater !

Si ?

Les deux ampoules ont été déviées ? Nous sommes très mal barrés.

« Délusion ? »

Je sens un mouvement dans mon dos. Je percute à peu près en même temps que mon crâne : *je* suis très mal barré.

« Comment vous sentez-vous ?

— Mal, merci. »

Le visage blafard du faux Per stationne au-dessus de mes yeux. Il a l'air inquiet. Il est beaucoup plus pâle, bien moins lumineux que dans mes souvenirs cacophoniques. Mon oreille me lance, le cocon de béatitude benête qui me berçait depuis quelque temps a lamentablement crevé et j'ai une migraine d'enclume.

Le visage du faux Per disparaît, au profit d'un plafond à caissons peint en fluorides vertes et rouges d'un goût pendable. J'essaye de bouger : j'ai les mains et les pieds entravés. Je respire profondément en savourant : ce n'est pas dit, que je laisse ma peau dans l'affaire ;

c'est écrit. Quelque part au fond de mon intime conviction. Et ce qui marchera à ma place, dans mon slip, en sortant d'ici, je n'en sais rien.

Je récupère peu à peu quelques neurones. Ma combinaison distille probablement des substances vivifiantes. Je réalise que je suis assis, ou plutôt vautré, dans un vaste fauteuil qui sent la fleur morte. Le tissu brûlé me gratte la joue. Ça doit être de la fibre animale, laine ou soie, ou encore végétale. Je redresse la tête : un jour glauque coule à travers de petits carreaux plombés. La fenêtre est grande, rectangulaire, mangée par des rideaux verts. La pièce est haute de plafond, glaciale et sombre. Je tourne la tête : il y a une cheminée, et un feu dedans. Un vrai feu de vrai bois, avec les bruits et la fumée. Il y a des livres en papier, des meubles sur des pieds, en vrai bois aussi, et des tableaux 2D faits main. Je suis à Döglött.

Je referme les yeux. Une ombre bouge au-dessus de moi :

« Buvez. »

Je sens un goût âpre et envahissant, probablement un vin de vigne. Je bois, je bâille et je vais mieux. J'entends un rire grave, tout près : je rouvre un œil.

« Je suis désolé pour votre tête, mais vous avez réagi plus violemment que prévu, sourit le faux Per.

— Où est cette salope de Délusion ?

— Elle est probablement devant son catalogue stellaire, en train de calculer des parsecs. Mais elle n'est pas responsable.

— Vous l'avez hypnotisée ?

— Oui. Mais ça n'aurait pas suffi. »

Je bouge un peu dans le fauteuil, pour aérer mes crampes.

« J'ai droit à une explication ? »

Je me tortille pour m'asseoir franchement. Le blondinet est maintenant debout devant le feu, je vois sa silhouette et je réalise : ce type est une antiquité. Sa stature n'a rien à voir avec celle des humains actuels, rendue élastique par les variations de pesanteur. Lui a toujours eu un G sous les pieds et soudain, je sais pertinemment qui il est : il est celui que je soupçonne d'exister depuis que j'ai vu les habitants du château réagir, devant les sacs de sang, avec une unanimité que je n'ai rencontrée qu'une seule autre fois, dans un clan de loups sibériens parfaitement hiérarchisé. C'est le maître de la meute.

Il me regarde avec des yeux phosphorescents de nyctalope, et il me dit :

« Oui. »

J'ai dû parler trop vite.

J'essaye de digérer ce qu'il m'a raconté sur le devenir de l'âme immortelle de nos chers défunts : des bonshommes numériques.

« Si je pouvais avoir encore un peu de vin, et si je pouvais le boire avec mes propres mains ? »

Il libère un de mes poignets et attache l'autre à l'accoudoir, le rat. Je suçote philosophiquement sa tisane râpeuse. Ma combinaison doit sûrement ramer pour dégrader l'alcool, je la sens qui vibre doucement contre ma peau. Juste avant de partir, j'ai eu l'heureuse idée de la bloquer en mode urgence.

« Vous ne croyez pas un mot de ce que je raconte, dit fort justement le loup en chef. Et je ne suis pas un loup.

— Vous dites ça pour me mettre à l'aise ? »

Il s'assoit près du feu et me regarde. Moi aussi. Il ne ressemble à rien. Ou plus exactement, il ressemble à une momie d'adolescent en rupture de caveau. Il est d'un blanc parfait, plastiquement parfait, et l'ensemble est très désagréable. Car quelle que soit l'harmonie des traits, voir bouger des lèvres aussi blanches que des névés, et ce blanc s'étendre comme une banquise jusque dans les trous de nez, les muqueuses oculaires et la transparence des oreilles, c'est difficilement supportable. J'ai déjà vu des androïdes, bien sûr, avec leur peau luisante qui plisse mal et leurs yeux sans reflets, mais ce type-là est pire.

« Si je veux vous convaincre, il va falloir que je cite des témoins à la barre, c'est ça ? » soupire-t-il. Je lève un sourcil :

« Franchement, s'il ne s'agit que de me tirer quelques litrons d'hémoglobine, ne vous donnez pas tout ce mal. »

Il me regarde sans mot dire, j'ai déjà compris :

« C'est pour autre chose, n'est-ce pas ? Vous avez besoin de moi, c'est ça ?

— Je vais commencer par le commencement, d'accord ? En attendant de vous apporter mes preuves concernant les bonshommes numériques.

— Montrez-m'en un, ça sera plus court.

— C'est ce que je vais faire. Mais tâchez de comprendre qu'il y a spectre et spectre, sur le web. Que certains d'entre eux sont mes alliés et d'autres, non. Pour que mes alliés viennent jusqu'ici, il leur faut emprunter des voies assez détournées.

— Vous n'êtes *pas* connecté au réseau ? »

J'en reste bouche bée, il sourit. Il a un putain de sourire. Très exactement, il a un foutu charisme et un sacré dentiste.

« Vous ne trouverez nulle part de périmètre moins connecté que le château de Döglött. Incroyable, non ? »

Il rit brièvement. Je grommelle :

« C'est drôle ?

— Cette religion de la connexion permanente ? Pour moi, assez. Disons que c'est récent. »

Il se lève, ou plutôt se déplie. Il est bizarrement gracieux, comme s'il nageait. Je ricane :

« Et vous, récent, vous ne l'êtes pas ? »

Le regard qu'il me jette a dix mille ans. Je repose mon gobelet. Il se rassoit.

Ce type est beau. Je n'ai jamais chassé correctement parce qu'une fois la bête à portée, j'en profite toujours pour l'admirer avant de la finir, et elle fout toujours le camp avant que j'en sois rassasié. Ce type est beau de la même façon, avec la même évidence qu'un lièvre traqué ou un tigre en arrêt, même si les lièvres sont rachitiques et mal fichus et les tigres pendouillant et bouffés aux mites. Ça n'a rien à voir avec la beauté qu'on trouve à un être humain. Plutôt avec le feu, ou la mer.

« Ce sont mes ennemis qui ont envoyé Per et Laïskibel ici, explique-t-il. Ce n'est pas la première attaque qu'ils lancent. Disons que Per et Laïskibel ont été conditionnés par mon pire ennemi. Hypnotisés, si vous préférez. Je les ai laissés venir. Quand j'ai compris qu'ils cherchaient à concevoir des armes pour m'abattre, je m'en suis occupé. Et ils sont devenus…

— … morts ? »

Il secoue lentement la tête :

« Non. Ils ont été reconditionnés. Mais pas par moi. Je n'ai pas tant de pouvoir hypnotique que mon ennemi, mais j'ai des alliés qui…

— Je suppose que ceux qui savent de quoi vous parlez comprennent ce que vous dites, mais pas moi. Pouvez-vous être plus clair ?

— Vraiment ? »

Je hoche la tête. Il se lève, prend une aiguière sur un guéridon, me ressert, se ressert, me fait face et lâche :

« Je suis un ange et lui, un archange. Un fantôme d'archange, certes, mais même dans cet état, ses techniques de lavage de cerveau sont meilleures que les miennes. Il est ressorti dernièrement de la naphtaline, ce qui me fait grand tort puisque c'est moi qui l'y ai envoyé. Par conséquent, il me hait et il a la ferme intention de me détruire, ce qui fait grand tort à mes amis spectraux car Döglött est leur meilleur relais sur la planète. Alors j'ai fait appel aux fées.

— Je vois. »

Je bois. Mourez bourré, ça facilite.

« Si vous connaissez les contes et légendes arthuriens, reprend-il, vous avez entendu parler de ces tours d'air que savent incanter les fées, et qui isolent du temps qui passe. Per et Laïskibel sont dans l'une d'entre elles, et ils commencent à se déconditionner.

— Ils dessaoulent, c'est ça ?

— C'est ça. Nous avons besoin d'eux. Ils sont bons en génétique, et nos centres de recherche manquent de chercheurs pré-morts, je veux dire : vivants, pour effectuer les manipulations.

— Les quoi ?

— Ecoutez, je vais finir mon histoire, d'accord ? Nous, je veux dire le Web Libre et ses sympathisants, disposons d'un laboratoire en génie génétique. Malheureusement, si les spectres sont très bons en modélisation, pour ce qui est de remplir une pipette, ils manquent un peu de la matérialité nécessaire. Je vous montrerai Per et Laïskibel dans leur tour d'air, si vous voulez. Elle est tout près, au fond de l'ancien verger.

Après avoir envoyé ces deux-là, l'Archange a envoyé un troisième éclaireur.

— Délusion.

— Elle-même. Elle avait le cerveau littéralement lessivé.

— Et zou ! La tour d'air.

— Non. Il a fallu faire mieux. »

Il croise et décroise les doigts avec impatience. Je sens venir l'aérolithe d'un million cinq cent mille tonnes, centré juste sur mon nez. Le maître des loups soupire :

« Ecoutez…

— Il ne fait que ça, non ? »

Je sursaute, me retourne autant que faire se peut :

« Wahou ! »

« Moi, c'est Calmebloc. Cid pour les intimes, fée des bois pour tout le monde, une vieille amie des spectres du Web Libre pour ceux qui n'auraient pas lu les tomes précédents. Voilà Pimprenouche, même profession. Et votre hôte s'appelle l'Angelot. Si nous faisions venir Evariste, pour expliquer le problème à notre jeune invité ? »

Calmebloc s'avance vers moi, claque des doigts et mes liens s'évanouissent avec de jolis petits effets arc-en-ciel. Décidément, elle me plaît beaucoup. C'est une vraie fée, une dame de légende, lumineuse et souriante, belle comme un cœur, drapée dans des voiles verts hélas assez peu transparents. Au point où j'en suis, je trouve ça joli.

« Sauf votre respect, les amis, gouaille Pimprenouche, la deuxième fée, en s'emparant de l'aiguière, s'il s'agit d'expliquer quelque chose de façon compréhensible, téléchargez plutôt Onésiphore ! Beurk, du rouge. Et clac ! Un petit blanc sec. »

Je masse mes poignets. Heureusement que je suis cuit, sinon est-ce que j'en croirais mes yeux ? Calmebloc s'assied sur le tabouret que vient de quitter l'Angelot, ses cheveux blancs coulent sur le parquet. Est-ce que ce sont vraiment des étoiles qui dansent dans les plis de sa tunique ? Ses pieds, contre la pierre de l'âtre, sont les plus jolies bestioles que j'ai jamais vues. Je lève les yeux et rencontre les siens.

« Délusion vous a raconté son rêve d'étoiles sur le dos des vampires, n'est-ce pas ? sourit-elle. C'est une idée. Une très bonne idée. Une idée de Per, en fait. Voyez-vous, Blanche Neige… je veux dire : la pâle salope qui dirige le web terrien, est une destructrice. Elle finira par contrôler tous les web, surtout si elle est aidée par une force aussi magistrale que celle de l'Archange. Lui, considérez-le comme la puissance agissante de la décomposition sur Terre et je n'exagère même pas. Il n'est pas tuable, et il est purement entropique. Il saccage comme les arbres respirent. Il nous faut absolument ouvrir une porte pour que les spectres du Web Libre puissent s'échapper de l'étroit réseau interplanétaire. Nous devons ouvrir une voie pour que l'humanité parte vers d'autres influences telluriques moins dévastées que la Terre, au lieu de se fatiguer à terraformer des pruneaux secs comme Mars ou de s'entasser sur des machines orbitales. Ensuite, nous pourrons faire en sorte que la Terre devienne un sanctuaire pour ce qui subsiste de flore et de faune, et je me compte dedans. Beaucoup d'entre nous sont certains que l'idée de Per est géniale.

— C'est quand même dingue que personne ne l'ait eue avant lui, d'ailleurs, glousse Pimprenouche.

— Ne recommence pas. Presque aucun humain vivant n'a eu accès à Döglött depuis des siècles et en tout cas, pas avec une batterie de tests scientifiques.

— Et puis, le génie génétique a fait dernièrement des avancées décisives sans lesquelles tout ça serait impossible à envisager, grommelle l'Angelot dans mon dos. Vous connaissez le terme "avancée décisive" ?

— Pas du tout ! rigole Pimprenouche d'une voix un peu bancale. Il en veut, de mon Gewurtz, le petit jeune homme ? »

Je tends mon gobelet. C'est quoi, au fait, la sentence ?

Blanc sur rouge, rien ne bouge, rouge sur blanc, euh, dommage pour toi ? Non.

J'avale cul sec. Je m'en fous, j'ai commencé par du rouge. Je dis :

« D'accord. Le vampire comme porte des étoiles. Très bonne idée. Et moi, là-dedans ? »

Je n'aurais pas dû poser la question. Le silence est immense. Et Pimprenouche me ressert copieusement. Je sens ma combinaison grincer sous l'effort.

« Et puis, pourquoi "génie génétique" ? Vous n'arrêtez pas de parler de génie génétique. Alors que ces machins relativistes avec des étoiles dedans, c'est plutôt de la physique, des saletés quantiques ou astronomiques, non ? » insisté-je lourdement. Ensuite, je bois.

« C'est tout simple, dit Calmebloc sur un ton un peu plus raide. Le voyage interstellaire n'est pas à la portée de l'humanité.

— Hips ?

— Humanité. *Homo sapiens sapiens*. Il faut une constitution physique bien plus robuste, une perception différente de l'espace, et un étrange rapport au temps. Ce qui est le cas des habitants de Döglött.

— Et alors ?

— Alors il faut que l'humanité se fasse vampire. *Homo Sapiens Mutandis*. Par un long, immense et raisonné dérèglement de tous les gènes.

— Scrdmbl. »

Je repose mon gobelet à mes pieds et je bafouille :

« Celui-là, je crois qu'il a fini trafiquant d'armes…

— Je crois que nous allons changer d'interlocuteur. »

Délusion ne s'excuse même pas : elle m'engueule tout de suite.

« Ton refus de la métamure mutahé, c'est une névrose ! Un résidu infantile, une superstition, un souvenir obscur de bébé, un vieux fantasme d'Ordre naturel !

— Mais est-ce qu'on ne peut pas parler d'instinct sans se faire renvoyer au biberon ? A moi, ça ne paraît pas sain, de se transformer en vampire pour aller visiter Orion !

— Bien sûr que ça paraît bizarre, de se vampiriser pour s'expatrier ! Mais notre seul choix est entre l'ascension vers les étoiles sur les ailes des vampires, et la combustion lente au ras du sol !

— C'est Icare, ta solution ! Un suicide.

— Mais non !

— Mais si ! C'est un truc à devenir fou. Quitter sa race pour quitter son monde, ça ne te semble pas un peu déstabilisant ?

— Pour un humain, oui. »

Je sors ma tête lourde de mes mains brûlantes :

« Tu dis ?

— Pour aller si loin, si vite, et trouver ça naturel, il faut une autre constitution que la nôtre. Il faut se faire vampire. Le remède est dans le mal. Ecoute-moi !

— Je ne fais que ça. »

Délusion se rapproche, j'ai une seconde l'impression qu'elle va tomber à genoux devant moi. Elle se contente de joindre les mains :

« La métamure que nous te proposons te donnera quelques-unes des caractéristiques intéressantes du vampire : davantage de force, de résistance, une longévité accrue et des sens aiguisés. Mais ni allergies aux végétaux, ni intolérance au soleil, ni modification du régime alimentaire. Et des kilotonnes de pouvoirs psy ébouriffants !

— La quoi qu'on me *quoi* ? »

Il y a encore un silence, suivi de chuchotis. J'ai de l'éthanol pas raffiné dans les veines et il commence à yodler dans mes oreilles. Je relève le nez : Délusion est sortie, l'Angelot est adossé à la cheminée et Calmebloc est assise à côté de lui. Ils me regardent.

« Qu'est-ce que vous avez fait à cette pauvre fille pour la mettre dans un état pareil ? »

Il sourit d'un coin de la bouche, elle détourne la tête :

« Philtre d'amour, marmonne-t-elle.

— Comment ?

— Elle a bu un philtre d'amour.

— D'amour ? Mais pour qui ?

— Elle a bu la moitié du philtre, grommelle Calmebloc. Et l'autre moitié, nous l'avons chargée sur une sonde extrasolaire. C'est le vide interstellaire qui l'a bue.

— Et ça a marché ! Elle est tombée amoureuse des étoiles ! » jubile Pimprenouche d'une voix pâteuse. Je me retourne : vautrée dans un fauteuil jumeau du mien, elle me fait un clin d'œil coquin.

« Contre le pouvoir de l'Archange, il ne restait plus que ça, soupire Calmebloc.

— Et qu'attendez-vous de moi ? Si vous avez envie de tester sur moi votre nouvelle métamure, puis-je savoir pourquoi vous me demandez mon avis ? »

J'ai mal au crâne et franchement, je commence à trouver toute cette histoire atroce. A défaut de repas, je servirai de cobaye, alors j'aimerais qu'ils m'expliquent *pourquoi* ils me l'expliquent. Pas pour que je donne mon accord, quand même ?

« Si ! » souffle tout près de moi la voix profonde de l'Angelot. Je ne l'ai pas vu bouger. Même en deux exemplaires, il est terrifiant.

« Mais si vous avez besoin d'un volontaire, pourquoi ne cherchez-vous pas quelqu'un qui… quelqu'un qui est d'accord, par exemple ?

— Parce qu'il nous faut quelqu'un rapidement, sans ébruiter les recherches et, surtout, il nous faut un spécimen le moins tripoté génétiquement possible, avec le moins d'améliorations neurochirurgicales possible ! Et quand je dis neuro, sachez que ça nous intéresse aussi pas mal que vous ayez encore le service trois pièces en l'état d'origine, parce que ce n'est pas très courant. Ce n'est pas le tout, de réussir à faire muter les *sapiens sapiens*, parce que si ça leur vitrifie les spermatozoïdes et que ça leur carbonise l'érection, la race vampirique risque de n'être qu'un foutu parasite de plus ! »

Je lève la tête vers le gros spectre verdâtre qui vient de sortir du tapis pour m'asséner sa diatribe, et je sombre enfin dans le coma.

« Comment s'appelle-t-elle ? »

Cette voix me dit quelque chose.

« Je l'ai baptisée Antanadipneute. »

Celle-là aussi.

« Mais elle répond quand on dit “Mimine”. »

J'ouvre un œil. La pièce sombre aux rideaux verts. J'ai froid. Et soif. Et mal au crâne.

Je tourne la tête.

Oh non…

C'est bien une fée, et elle parle bien à un gros type transparent. Et ce qu'il flatte de la main, c'est une…

« C'est vraiment affectueux ? »

Main.

« Oh, c'est surtout affreusement égoïste. Elle est plus attachée à son coussin qu'à moi, certainement. »

Coupée.

« Et elle adore les câlins. »

Et verdâtre. Je claque des dents. L'Angelot se penche sur moi :

« Ça va toujours aussi mal ?

— Je voudrais me réveiller. Ailleurs. »

Il me prend par les épaules et m'aide à m'asseoir. Son contact est analgésique, comme celui d'un chat.

« Vous n'avez rien à fumer ?

— Si. »

Je reste assis, les mains agrippées aux genoux, tandis qu'il farfouille dans un tiroir. Il revient avec une petite pipe en teck, la glisse entre mes lèvres et pose sur la grille une pincée d'herbe qu'il allume avec un briquet à l'antique. Je me sens un peu moins atrocement mal.

« Ça fait longtemps que vous, euh, habitez ici ?

— Quelques siècles. J'ai volé ce château à l'Archange.

— Et qu'est-ce que vous y faites ?

— Je mène une vie de rentier. J'héberge aussi quelques machineries utiles au Web Libre. Ce château est une de leurs seules bases terrestres. Döglött tient assez à la Terre pour leur être utile, et assez peu pour être à l'abri des attaques de la cyberdictature de Blanche Neige.

— Quoi ?

— Döglött n'est pas exactement là, voyez-vous ? Selon les besoins, je le fais osciller entre ici et là-bas.

— Où ça, *là-bas* ?

— Nous allons appeler ça une dimension parallèle, n'est-ce pas ? Parce que, si je vous dis qu'il s'agit d'un pays de brume nommé Sitriste d'accès aléatoire et de réputation lugubre, ça ne va pas vous avancer. Il fut un temps où je suivais avec attention votre évolution géopolitique. » L'Angelot prend un drôle d'air gêné : « Il m'est, hem, arrivé d'intervenir. Depuis que j'ai rencontré les ex-vivants du Web Libre, je leur laisse ce soin. Ils me semblent plus aptes que moi à gérer la chose.

— Les *spectres* interviennent dans la géopolitique ?

— Eh bien, ils en font partie, non ? Disons que les vivants leur doivent l'idée des cités orbitales, entre autres. Et techniquement, nombre des progrès scientifiques qui ont rendu leur réalisation possible. Les morts, pardon, les ex-vivants n'ont pas franchement autre chose à faire qu'à penser. En spéculations intellectuelles pures, ils sont excellents. Et comme la majeure partie des échanges scientifiques se fait sur le réseau, ils peuvent peser sur les décisions des vivants, merde : pré-morts. Les spectres ont aussi beaucoup contribué à l'élaboration de cette fine composition hormonale qu'on trouve dans l'atmosphère des Cités, et qui a notablement réduit le niveau d'agressivité des rapports humains urbains.

— La *quoi* ?

— Comme ça se prononce. Oui, je sais, la première fois qu'on l'apprend, ça fâche. Mais on s'y fait. »

Je ne sais pas trop de quel côté me fâcher : du côté du tripotage hormonal, ou du côté de la baisse du niveau d'agressivité.

« Etes-vous au courant de ce qui se passe dans les tuyères d'entretien ? Les chambres de torture ? Pour ne pas parler des guerres terriennes ? »

L'Angelot allume sa propre pipe et reprend :

« Il existe assez peu de violence sociale dont je n'ai quelques notions. Comparativement au passé, les marginaux des tuyères sont d'aimables intellectuels, mais il n'est pas utile que vous me croyiez. »

Je mouronne :

« Alors nous sommes tous manipulés hormonalement depuis des générations, à chaque respiration, par nos propres ancêtres et pour notre bien, c'est ça ?

— C'est un bon résumé. Croyez-vous vraiment que le confinement de la vie orbitale serait supportable sans un peu de défonce ?

— Je n'ai jamais cru qu'on pouvait simplement survivre sans être un peu cinglé. »

Même l'herbe n'arrive plus à m'euphoriser. Je soupire :

« Ça ne vous gêne pas, éthiquement, de nous décérébrer ?

— Ethiquement, moins que ce que vous vous faites subir à jeun. »

Il exhale un magnifique rond de fumée bleu et continue :

« Sinon, le reste du temps, je m'occupe de mes invités.

— Lesquels ?

— Les vampires qu'a fabriqués mon prédécesseur. Il leur a détruit la cervelle. J'ai réussi à leur rendre un peu d'autonomie, mais tous ont des lésions cérébrales irréversibles. Alors je les ai insérés dans un réseau mental commun et je les promène. Je les nourris. Je les occupe.

— C'est touchant. C'est une croix que vous portez, en fait ? »

Il ricane dans son tuyau de pipe :

« Jusqu'à quel point s'agit-il d'une expiation ? Ils sont comme des bébés, vous savez ? Ils sourient quand ils sont contents, ils aiment la musique… » L'Angelot prend à nouveau son étrange air gêné : « Les derniers événements me donnent raison. Raison de les garder au lieu de les tuer. Ils ont donné des idées à Per, et ils sont indispensables pour les premières observations du phénomène mutahé. Car obtenir un *Homo sapiens mutandis* ne sera pas suffisant : il faudra aussi, un jour, réussir à lui mettre un vaisseau autour. Une autre pipe ? »

Je hoche la tête et enchaîne :

« Vous n'avez jamais eu envie de bouger d'ici ? De voyager ? Je viens de sortir une énormité, là, non ?

— Oui, grince-t-il. Je *déteste* les voyages.

— Et éthiquement, ça ne vous gêne pas *non plus* de me proposer de me faire décérébrer comme vos loques ?

— Ce ne sont *pas* des… Il n'y a aucune raison que la métamure mutahé détruise votre esprit. Et ce ne sont *pas* des *loques*.

— Les vampires sont peu réputés pour la vivacité de leur esprit, hein ? Je me suis un peu renseigné sur le phénomène, avant de suivre Délusion. Je suis même remonté jusqu'aux légendes des morts qui mâchent et… »

L'Angelot toussaille bruyamment, l'air cette fois carrément embêté :

« Vulgaire propagande, vous pouvez me croire. Les ex-vivants sont les rois de la modélisation, ils n'useront de leur traitement sur vous que quand il sera au point, et leur but est de conserver les capacités cérébrales des sujets parfaitement intactes. Et puis, vous savez ? On dit beaucoup de choses sur le vampirisme, alors qu'en fait…

— En fait ?

— Est-ce que ça vaut la peine que j'essaye ?

— Allez-y.

— C'est de l'angélisme.

— Comment ?

— Un vampire est un humain qui a bu du sang d'ange. Je suis un vampire sans humanité, si vous voulez. L'Archange était un vampire. Il n'y a pas de différence, voyez-vous, entre l'ange et le vampire. Il s'agit simplement pour vous de devenir ange, et de monter aux cieux.

— Ce n'était pas la peine d'essayer, finalement.

— Je m'en doutais. »

A ce moment-là, je sens une curieuse vibration sur mon épaule droite, juste à l'endroit où Délusion a collé une de ses ridicules mains de fatma. Une fumée en sort en se tordant, je lâche ma pipe. La fumée se déverse sur le parquet, juste en face de moi, s'agglomère en un long corps glauque sommé d'un visage blafard, splendide, haut perché et plâtré de haine. Je me tasse dans mon fauteuil, mais ce n'est pas moi que fixe l'apparition. L'Angelot se lève.

« Te revoilà », dit-il. Je fais un bond : des tréfonds du château montent soudain d'horribles hurlements de souffrance !

« Mes servants sont toujours là, dit l'apparition d'une voix grégorienne.

— Fous-leur la paix ! » crache l'Angelot.

L'apparition a un grand sourire de vampire. La pièce s'assombrit d'un coup. Les cris s'étouffent puis reprennent ; je vois une ombre verte bouger derrière le spectre.

« Salut, Merlin. »

Les cris cessent brutalement.

« Salut, la fée, dit Merlin sans se retourner.

— La dernière fois que nous nous sommes vus, tu puais le potiron, susurre Calmebloc en s'interposant entre l'Angelot et Merlin. Mais tu avais meilleure mine.

— Et l'avant-dernière fois, je faisais cramer une salope endimanchée, t'en souviens-tu ? Mais le flambé de manteau fait moins de dégâts que vingt-six grammes d'explosif déguisés en gris-gris magnétiques. Et j'ai encore assez de force mentale pour jouer les détonateurs. »

Je baisse les yeux vers les magnets dont je suis couvert. On ne se méfie jamais assez des crucifix. Merlin se tourne à nouveau vers l'Angelot :

« Dégage ! grince-t-il.

— Ça, tu me l'as déjà dit, répond l'Angelot, très calme.

— Plutôt crever ! aboie Calmebloc.

— Ce n'est pas à ta portée, dit Merlin.

— Que cherches-tu, au juste ? demande l'Angelot, toujours d'un calme neuroleptique.

— Je veux Döglött.

— Il préfère pas une petite pipe, le monsieur ? gouaille une voix saoule.

— Pimprenouche, tais-toi ! gronde Calmebloc.

— Fous le camp d'ici, l'Angelot ! Ici, je suis chez *moi* ! »

L'Angelot demande :

« A quoi est-ce que ça te servira, toi qui n'as plus besoin ni d'un toit ni de rien ?

— A te savoir marchant seul au soleil, et imaginant ce que je suis en train de faire endurer à tes loques mort-vivantes !

— Ce ne sont *pas* des *loques* !

— Alors ça ! C'est de la haine grand cru mise en bouteille au château ou j'y connais rien !

— Pimprenouche, bois !

— Mais cette outre a raison ! grince Merlin. De quoi crois-tu que je me nourrisse, l'Angelot, depuis ce que tu m'as *fait* ? »

Je me tourne vers Pimprenouche : elle rigole.

« Il n'y a pas moyen de coller une baffe à cet abruti ? sifflé-je. Elle se penche vers moi :

— Gifler un spectre ? Tu passerais à travers, chuchote-t-elle d'une petite voix pâteuse. Même les spectres se passent à travers entre eux. Il n'y a que quand ils se tripotent eux-mêmes qu'ils réussissent à toucher quelque chose. Et après, on s'étonne qu'ils soient en colère ! »

Elle remplit son verre en en renversant beaucoup à côté, tellement elle rit.

« Ce que je t'ai fait ? explose l'Angelot avec une hargne recuite : Ce que je t'ai fait ? J'ai simplement fini, avec mille ans de retard, ce qui avait été si bien commencé ! Tu te souviens, en 1028, de ces cinquante types ? Ils avaient pris leurs fourches pour nous clouer à une porte de grange, à la fin ! Comme la Peste, le Croup ou le Choléra ! Car tu es, avec tes pouvoirs immenses, ta gueule de rêve et ton appétit de souffrance, le principe même de ce qui fait de ce monde un enfer ! Tu es la connerie au front d'airain ! Celle qui ose tout et n'apprend rien ! Rien ! Jamais ! »

Il fait une pause et reprend, plus calmement :

« Et moi, j'étais comme toi mais moi, j'ai appris. Ce que sont le pouvoir et ses exigences. On peut se permettre de détruire tout ce qu'on peut quand on peut peu. Mais quand on a notre force, on ne peut *pas* se passer de cerveau. Le monde était devenu trop fragile pour se permettre de laisser vivre quelqu'un comme toi. Tu n'as jamais réfléchi à ce que tu faisais, parce que tu as un jour décidé que tu n'avais *personne* en face de toi ! Et pourtant, qu'est-ce que tu avais de plus que tes bouteilles de sang ? Elles ont des besoins, des envies et la terreur de disparaître : qu'est-ce que tu avais de plus ? Tu t'es enfoncé dans ta prétendue supériorité comme une autruche dans le sable, et qu'est-ce que ça a fait de toi ? Un fléau de plus ! »

Il marche sur Merlin, qui recule :

« Un fléau, sans mémoire et sans objet ! Rien qu'une saleté de virus dans un monde qui déjà s'effondre sous son propre poids ! Tu te crois unique ? Tu es banal à pleurer, autant qu'un bubon, un trafiquant d'armes ou un tremblement de terre ! Et je t'ai cloué au mur, à la fin ! Comme le Choléra ou la Grande Peste ! »

Il y a un silence. Merlin mâchonne :

« Tes leçons de morale m'ont toujours barbé. Et maintenant, dégage d'ici ou je fais tout sauter. »

L'Angelot hausse les épaules :

« D'accord. »

Calmebloc crie « Non ! ». Elle lève les mains pour je ne sais quel tour de passe-passe tandis que le hurlement de souffrance recommence tout autour de nous. Onésiphore se jette devant Calmebloc en bégayant qu'il ne faut pas que Döglött explose à cause de tout un tas de raisons techniques, Merlin lui montre les dents et la main coupée saute depuis l'épaule d'Onésiphore pour aller se crocher dans la gorge de l'enchanteur. Il titube en arrière, sur moi.

Je vois arriver cette masse glaireuse ; j'ai déjà le chasse-ours à la main alors j'envoie la sauce, quasiment sur mes propres genoux constellés de gris-gris explosifs…

Comme deux glaçons sur un radiateur

Comment disait Auden ?

L'Angelot boitait dans les décombres de Döglött.

La mort prend les innocents ?

Il ne restait rien.

C'est ça. Les innocents. Et ceux qui sont incroyablement drôles.

L'éternelle pluie tombait, mouchant les foyers d'incendie.

Et ceux qui avaient vraiment envie de rester.

Une flèche gothique était plantée de guingois dans une géhenne de gravats vitrifiés.

Ce n'est pas du pétard à corbeau, cet explosif.

L'Angelot se hissa en haut d'un agglomérat de pierres calcinées, regarda autour de lui le paysage sanglotant des Carpathes. Il était de retour chez lui, oui.

L'explosion avait complètement désorganisé l'Archange. Son spectre artificiel vola en éclats tandis que son crâne angélique fusait à trois kilomètres de là, sonné. Il rebondit sur l'herbe, roula, puis s'arrêta au milieu d'une touffe de ponchirade.

Les vampires de Döglött étaient morts, la satisfaction de la vengeance accomplie anesthésiait déjà la haine tutélaire de l'Archange. Sa tête commença à se dissoudre et à couler entre les radicelles et les nids de taupes.

Calmebloc regarda un temps l'Angelot errer parmi les ruines de Döglött, cherchant sans espoir ses vampires chanteurs. Puis elle s'approcha de lui et lui posa la main sur l'épaule :

« Est-ce que ça va aller ?

— Oui.

— Tu es sûr ?

— Oui.

— Onésiphore a réussi à regagner le Web Libre avec un invité surprise sous le bras. Et Pimprenouche, à dessoûler. La tour d'air est toujours debout, et Délusion est sur Leptus… tu es certain que ça va aller ? »

L'Angelot se tourna vers Calmebloc :

« J'ai toujours su tuer. Epargner, je sais faire ça, aussi. Mais sauver ceux que j'aime, je n'ai jamais su. Jamais, jamais. Et je ne sais pas pourquoi. »

Il se retourna sur les ruines encore fumantes :

« Ça doit être un talent spécial et je ne l'ai pas, quelque chose comme ça…

— Tu les retrouveras parmi les spectres, va. »

L'Angelot haussa les épaules :

« Tu sais bien que non. C'était des âmes infantiles, paisibles comme de l'eau, et celles-là ne reviennent pas. Elles se dissolvent tout de suite. Tu sais bien que non. »

Calmebloc se tut. Puis lâcha :

« Et lui ? Crois-tu que nous le reverrons, lui ?

— Je ne sais pas. Et je m'en fous. »

Il regarda ses mains noires de suie.

« Je ne pense pas. Franchement, que veux-tu qu'il me prenne de plus ? »

♫

L'Archange coula entre les herbes, suivant la pente. Quelque part sur cette pente, il y avait une source et dans la source, un marmot hurlait. Il ne pleurait pas, il ne réclamait pas ; il hurlait, sans merci.

Ça faisait plus de quatorze siècles qu'il hurlait, parce qu'il n'avait aucune notion de la seconde qui passe. Des squames angéliques le berçaient. Il en restait tout juste de quoi retricoter une anatomie.

L'Archange commença à se retricoter.

Calmebloc était partie, l'Angelot hantait toujours les ruines à la lueur de la pleine lune. Il ramassa un fragment de boa électrique, un copeau de fluoride rouge, un bout de corde de violon et un bouchon fondu qui sentait encore la noix de coco rance. La chaleur rémanente lui rappelait les terrils de Lorraine, en ces temps lointains où…

Son dos le grattait. Ses ailes repoussaient probablement.

Le Web Libre n'aura qu'à utiliser les relais du Web Marin, le temps qu'on reconstruise Döglött. Enfin, qu'on le remblaye. Après l'avoir déblayé.

Au loin, la tour d'air luisait faiblement. L'odeur de bûcher lui rappelait des millions de souvenirs immondes.

Soudain, il entendit pleurer. De saisissement, ses mains lâchèrent leur provende de débris.

« Mon rocher, ne sois pas bête ! Non : pas sourd ! »

L'Angelot essayait désespérément de se souvenir. Il connaissait un psaume qui fonctionnait, pourtant ! Entre ses bras, le marmot hurlait, éternellement dévoré par les loups, rongé par les rats, foré par la faim et terrifié par l'abandon, encore empêtré dans de vieux lambeaux angéliques, ses petites mains crispées tremblant devant sa bouche.

« Il a créé les grands luminaaaires ! » vociféra l'Angelot. Le marmot ne faiblit pas d'un décibel et l'Angelot sentit la détresse le déborder :

C'était lequel, ce foutu psaume, nom de Dieu ?

La voix de l'Angelot se réveilla, s'ajusta, et s'étendit comme un paradis de douceur sur la douleur infernale du marmot :

« Tu es mon bâââton et ma houleeette ! »

Le marmot eut un hoquet. Puis il se tut.

Il râlocha encore un peu, se ramollit lentement entre les mains de l'Angelot et, nouant sous son menton ses deux poings fermés, il s'endormit.

On savait y faire, autrefois, dans les Limbes, songea l'Angelot en tombant à genou. Il glissa sa paume sous le crâne dégarni du marmot et le regarda au visage : c'était bien Lui, le Marmot, revenu de l'autre bout du Temps, toujours aussi fripé. C'était Lui et c'était aussi le témoin, le symbole et la victime de plusieurs millénaires d'Histoire sanglante ; de la grande danse de mort des hommes marchant siècle après siècle sur le ventre d'innombrables nourrissons dont tout le monde se fichait. Car derrière toutes les guerres, tous les affrontements, toutes les échauffourées, toutes les conquêtes et reconquêtes, les purges et les pogroms, derrière tout ce que l'Angelot avait entendu pudiquement nommer événement, incident de frontière, vendetta, expédition punitive, épuration, chevauchée, raid ou manœuvre stratégique, c'était ce qu'il avait toujours vu : des hommes gisant dans leur sang, des femmes allongées dans leurs tripes et, à côté de leurs cadavres, quelques enfants encore en vie mais aussi condamnés que si on leur avait ouvert proprement la gorge, et qui agonisaient longuement, les lèvres sèches, le visage tourné vers un ciel vide, en ne laissant même pas un nom derrière eux.

L'Angelot caressa doucement le front bossu et, pour la première fois depuis le début du Monde, il eut une pensée pour les parents du Marmot. Sa gorge se serra...

« ? » murmura l'Archange en s'approchant de l'Angelot, vert sur l'herbe noire. Mais l'Angelot avait retrouvé le Marmot, le Marmot dormait enfin et les âmes paisibles ne demeurent pas ici-bas.

♫

« Il hurlait ! Il hurlait sans arrêt ! Quand je l'ai trouvé au fond de cette source, c'était le hurlement incar – désincarné ! C'était une torture éternelle en couches-culottes ! Il n'aurait jamais dû se consoler ! Et l'emplumé s'est mis à pleurer ! Comme une femme ! Je l'ai vu se diluer ! A vue d'œil, je les ai vus s'évaporer ! Comme deux glaçons sur un radiateur ! »

L'Archange, debout au milieu des ruines de Döglött, hurlait de rage.

« Que voulais-tu qu'il fasse d'autre ? »

L'Archange se retourna : parmi les ruines noires graissées de lune blanche, la fée s'avançait vers lui.

« Que voulais-tu qu'il fasse d'autre alors qu'il avait enfin sur son cœur, devant ses yeux, près de ses lèvres, dans ses mains, celui qu'il aimait ? »

L'Archange entendit un rire léger :

« Quel joli corps tu as là, mon ange ! On dirait un rideau de cuisine. Il n'empêche : c'est un corps angélique. La haine t'a bien nourri, n'est-ce pas ? Et tu dois être repu, cette fois. »

L'Archange regarda le carré d'herbes sur lequel l'Angelot s'était dilué, ruisselant comme une source, le Marmot ronflotant doucement contre lui.

« Il a foutu le camp, répéta-t-il. Il a foutu le camp ! »

Il fit face à Calmebloc :

« Mais tu ne comprends pas ? Il a foutu le camp ! Et moi, je… et moi, je… et toi, qu'est-ce que tu fous là ?

— Et toi, tu n'as plus rien. La Terre se vide, le ciel est vide, l'enfer ploie sous la poussière, ta chair est partie en fumée et tu as fait brûler tous les livres. Que vas-tu devenir ? »

L'Archange écarta des bras impuissants. La fée leva vers lui un visage limpide :

« A quoi pourrais-tu encore tenir ? De quoi pourrais-tu encore te nourrir ? De haine pour Blanche Neige ?

— Pour une mortelle ? s'offusqua l'Archange. Pour qui me prends-tu ?

— Alors pourquoi, pour qui resterais-tu encore ? »

L'Archange lui opposa un regard éternellement vide pour lequel rien, ni personne, n'avait jamais rien pu.

♫

« Et il s'est dissous ? Vraiment ? Il a fondu ?

— On aurait dit une glace au four, en moins appétissant.

— La nappe phréatique n'est plus à ça près.

— Mais il y est parvenu, à la fin, marmotta Calmebloc.

— Qui ça ? A quoi ? demanda Pimprenouche en ouvrant une bouteille d'un coup de dent.

— Le Marmot ! Le concentré de Victime. Il a fini par les avoir, ses deux pires ennemis : le Monstre et le Mou. Celui qui détruit et Celui qui laisse faire. L'assassin et son salarié. Le bourreau et son assistant. Il les a cloués à la porte du néant, tous les deux d'un seul coup ! Comme le Sida ou la Grande Peste. Bien joué.

— Bois un coup, tu es toute pâlotte. Ce truc-là, c'est fort comme la mort. »

Calmebloc prit la bouteille de Poiré Grand Age :

« Ça, ma pauvre Pimprenouche, ni toi ni moi n'en saurons jamais rien. (Glouglouglou.)

— Ça, ma pauvre Calmebloc, pourquoi crois-tu que je bois ? »

DEUXIÈME PARTIE

L'immortalité moins six minutes (tome 0)

Dans le ciel au-dessus de la Terre plate, le soleil se baignait. Il faisait la planche sur la brume matinale et buvait la rosée du bout de ses innombrables pailles d'or.

Zoom.

Brillant comme le dos d'une anguille, un fleuve filait entre deux plaines vallonnées. On y voyait quelques prairies chargées de moutons et quelques champs cultivés, comme de petites pièces de coton vert tendre ou jaune paille cousues sur un épais tissu de forêts. Des aigrettes de fumée indiquaient ici un village nain, enfoui sous le chaume, là un village ogre, massif et fortifié.

Zoom.

Au bord de la grand'route qui traversait la région d'outre en outre, à deux kilomètres du dernier village nain avant le grand'pont sur le grand'fleuve, poussait un petit bosquet de noisetiers. Il était en fleur et, parmi les chatons blancs, un couple d'oiseaux bleus échangeait des roucoulades.

Zoom.

A dix mètres du bosquet, les deux pieds dans la gadoue, Pistou le nain aboyait des injures en piétinant la bouillasse devant le peu qui subsistait de sa charrette :

« J'en ai ras le bonnet, moi, des doubles-mètres ! »

Il se recula pour observer le sillon qu'une roue coupable avait tracé sur la chaussée détrempée, puis au milieu des ruines de son véhicule, puis à nouveau sur la chaussée. C'était un large sillon. Très large. Le sillon d'une roue de char ogre.

« Et il n'a même pas essayé de m'éviter, ce crétin ! Même pas fait semblant ! Tout droit, il est allé ! Il faudrait qu'ils s'offrent des lunettes, les mal-oxygénés ! Et un cerveau, s'ils n'ont pas bu toutes leurs économies ! »

Il se pencha sur les ruines : il n'y avait rien à récupérer. Un essieu, peut-être…

Frouatch !

Lancé à fond de train, un char ogre rasa les fesses de Pistou, lui crépissant le dos de boue. Le cocher, hilare, lança :

« Faut pas te garer n'importe où, roule-petit ! »

Le char disparut entre deux geysers de gadoue, poursuivi par une salve d'insultes. Dans le bosquet, planqué derrière une brochette de chatons duveteux, un gang de fées clochettes riait à glotte abattue.

Pistou poussa la porte de sa chaumine, un essieu sous le bras et, alors que son épouse Pissaladière ouvrait la bouche, grinça :

« Pas un mot. Pas un. »

Il posa l'essieu contre le mur chaulé, puis ressortit pour se décrépir à la fontaine. Sa femme s'approcha de lui tandis qu'il tordait son bonnet trempé et l'étendait sur la branche basse d'un poirier :

« Je peux te parler ? » susurra-t-elle.

Il soupira :

« Je t'écoute. De toute façon, cette fichue charrette avait l'osier râpé, il fallait que j'en change, c'est moins grave que d'attraper les oreillons, et toutes ces sortes de consolations. Je t'écoute.

— C'est que… j'ai quelque chose d'un peu compliqué à te dire.

— Ah ?

— Concernant ta fille.

— Qui se trouve être aussi la tienne. Enfin, j'espère.

— Eh bien…

— Vas-y, je t'écoute, ronchonna Pistou en essorant sa chemise. Tant qu'il ne s'agit pas d'ogre, n'est-ce pas…

— … »

Il releva le nez de sa lessive :

« Oh non ! »

Si.

***

Les ogres et les nains se détestaient, bien sûr. Puisqu'à un mètre près, ils se ressemblaient comme deux gouttes de bière : solidement bâtis et volontiers rougeoyants, ils aimaient manger, boire, chanter des chansons peu élaborées, élever d'innombrables marmots, et dissimulaient une âme facilement mélancolique sous un bel organe. D'ailleurs, jusqu'à l'adolescence, rien ne distinguait un ogron d'un nainot. Raison pour laquelle une ségrégation sévère séparait les cités ogres des villes naines : deux enfants qui s'aiment depuis leur plus tendre enfance se laissent rarement arrêter par une légère divergence de croissance survenue sur le tard. Or, les métis ogro-nains étaient… ratés.

***

« Ça arrive dans les meilleures familles, assura Pissaladière.

— Je n'ai jamais aspiré au titre », grommela Pistou.

Il n'était pas en colère : il avait de la peine.

« J'ai de la peine », moucha-t-il.

Pissaladière sortit deux mouchoirs de sa poche, lui en tendit un, pressa l'autre contre son propre nez, et ils fondirent en larmes en même temps. Dans leur dos secoué par les sanglots, la fontaine pleurait en silence sous sa barbe de mousse verte. En haut du poirier, un farfadet mâchait à petites bouchées le pompon du bonnet de Pistou.

***

Les métis ogro-nains étaient ratés, mais ratés à un point frisant l'ostentation.

Sur l'échelle des aptitudes du mammifère moyen, ils avaient zéro dans toutes les matières. Seul le poulet possédait une peau plus tendre, mais du moins le poulet bénéficiait-il d'un plumage qui lui donnait un certain ressort face au soleil et au froid. Alors que les ogro-nains, avec leur épiderme nu, attrapaient des engelures à la moindre bise, des brûlures à la première éclaircie, et des ampoules au plus léger effort. Leurs dents minuscules, rigoureusement inaptes à l'attaque et à la défense, poussaient en désordre, tombaient en désordre et pourrissaient avec méthode. Leurs ongles, que personne n'osait appeler griffes, cassaient comme un rien. Avec ça, ils jouissaient de l'ouïe d'un bulot, de l'odorat d'un œuf et de la musculature d'une méduse : un chien qui leur arrivait au genou entendait cent fois mieux, sentait mille fois mieux et pouvait les déchiqueter comme un chausson. Et tout ça n'était rien à côté de la désespérante lenteur de leurs gestes : à part les limaces et les champignons, tout le monde était plus rapide qu'eux. Par là-dessus, bien sûr, ils ne voyaient rien la nuit et s'avéraient incapables de distinguer, au goût, un champignon comestible d'une amanite turpide.

Sur l'échelle de la progression intellectuelle, ils n'étaient pas véloces non plus : il leur fallait un an pour parvenir à mettre un pied devant l'autre sans s'effondrer, deux pour réussir à articuler un mot et, le plus souvent, ce n'était pas un mot très intéressant. Par bonheur, ils mouraient tôt, d'infections incroyablement variées. Pour ça, ils étaient bons.

Le jour où dame Nature avait créé les ogro-nains, plus connus sous le nom d'humains, elle avait dû les poser au bord du Chemin de l'Evolution en faisant « Hi hi ». Heureusement, ils étaient incapables de se reproduire.

Ou du moins, ils n'avaient pas envie d'essayer.

***

« D'un autre côté, ils ne sont pas méchants, ces humains. Ils sont même gentils. Affectueux, en tout cas, tâcha de temporiser Pissaladière.

— Ils sont complètement neuneus, oui ! »

Pissaladière tapota ses doigts les uns contre les autres :

« Il faudra le noyer à la naissance, si je comprends bien !

— Mais non, ma douce, soupira Pistou en ôtant son pantalon crotté. On va lui faire bon accueil, au petit. Et ensuite, nous mènerons notre fille à tous les bals nains de la contrée. Parce que mon prochain descendant, j'aimerais bien qu'il ait un cerveau entre les oreilles. Et tu lâches ce pompon, toi ! »

***

A cette époque, la Terre était plate et les humains lisses du cortex. Ils apprenaient lentement, n'inventaient rien et n'encombraient pas davantage. Quelques sages ogres et nains s'étaient penchés sur la question ; ils en avaient déduit qu'ils manquaient de « réflexivité ».

« Vous voulez dire : de réflexion ?

— Non, pas précisément. Réflexivité, plutôt.

— Maturité ? Volonté ? Conscience de soi ?

— Environ, si vous y tenez. Mais réflexivité, c'est davantage ça.

— Les sages, c'est toujours à utiliser des mots qui n'existent pas !

— Ce n'est pourtant pas compliqué : l'autre dans le miroir, ils ne le voient pas ! Et si vous n'aimez pas qu'on vous réponde, il ne faut pas poser des questions existentielles, non plus !

— Snob ! »

Etc. La vérité, c'est que les humains manquaient complètement de motivation pour intervenir en ce bas monde. Ils étaient philosophes, à défaut d'autre chose.

***

Les nains et les ogres vivaient dans de petits tissus urbains bien organisés, chacun de leur côté, les uns ayant un fort penchant pour les chaumines chaulées, les autres pour les chaumières à prétention châtelaine, avec des colombages et des tourelles carrées. Fut un temps où les ogres avaient bien un peu usé de pillerie et saccage auprès des nains mais, outre que ceux-ci ont la tête dure, la rancune tenace et la hache plus dure qu'un tibia, il s'était rapidement avéré inutile de voler des armures qui s'arrêtent au nombril et des tables hautes comme des marchepieds. Et puis, on combat mal, à genoux dans une grotte enfumée. Fut un temps où les nains avaient bien, eux aussi, un peu usé d'embuscade et rançonnerie auprès des ogres mais, outre que ceux-ci ont la tête haute, la gueule bien fendue et la masse d'arme plus solide qu'un crâne, il s'était rapidement avéré inutile de voler des armures qui traînent par terre et des tables hautes comme des plafonds. Et puis, on combat mal, à dix sur un truc qui gigote. De toute façon, les nains et les ogres avaient d'autres chats à fouetter.

En général, noirs.

Et, hélas, placés du bon côté du manche du fouet.

Si nains et ogres avaient quitté l'ombre plaisante des bois et les étendues riantes des plaines pour les gaz odorants de l'urbanisation, ce n'était pas par plaisir : c'était pour se regrouper face à un ennemi supérieur en nombre, comme disent les fuyards après la déroute. Oh, il ne s'agissait pas de fuir les fées. Les fées sont bien un peu mêle-de-tout et cause-de-rien mais, dans la vie : « On choisit sa famille, on supporte ses voisins » (proverbe nain). Ce n'était pas non plus à cause des lutins de champignon, ni des nixes d'étang, ni même des génies des sources et pourtant, quand on a passé sa matinée à négocier un panier de bolets avec ses habitants et son après-midi à courir après des petites connes qui s'amusent à faire des nœuds au linge mis à tremper, on n'a aucune envie de perdre sa soirée à frotter le dos d'un grand couillon en échange d'un seau d'eau potable. Mais enfin, « Tant va la masse d'arme à l'eau qu'à la fin, on peut boire en paix » (proverbe ogre).

C'était à cause des elfes noirs.

Les elfes noirs ne sont pas précisément méchants, non : ils sont pires.

***

Posons un instant la plume au profit du pinceau, afin que nulle imagination ne se fourvoie. Il serait indu d'imaginer les nains comme de petits tas de couperose poilus, non plus que les ogres comme des monstres cyclopéens, le nez massif et la mâchoire prognathe. Bien au contraire : les nains étaient musculeux et carrés, avec un torse en V et un fessier fait au tour, une peau mate couleur vieil or, des yeux de cassis et des quenottes éclatantes, qu'ils adoraient montrer en riant. Bref, voir un nain, c'était avoir envie de lui sauter au cou. Les naines étaient construites sur le même patron, avec au surplus des seins magnifiques et, depuis les reins jusqu'à la nuque, un petit serpent de grâce qui ondulait délicieusement. Comme, de surcroît, tous et toutes avaient des cheveux bouclés aussi noirs qu'un ventre de merle, une voix profonde et une gestuelle nonchalante qui confinait au sensuel, il était rare qu'on se contentât du cou.

Les ogres étaient rigoureusement identiques, avec un peu plus de carré dans le menton et de volupté sauvage dans le modelé de la bouche, ce qui ne gâtait rien. Evidemment, ils avaient de grands pieds et un rire à déboucher les bouteilles mais, historiquement, personne ne s'est jamais plaint.

Les humains, eux, étaient laids. Tout mous en leur premier âge, ils s'efflanquaient comme des sauterelles et se couvraient de boutons en à peine vingt ans, avant de se barder de graisse et de rides en tout juste cinquante. On s'efforçait parfois d'admirer l'extrême variabilité de la couleur de leurs yeux, faute de mieux, mais hélas, elle n'allait que du marron digéré au bleu teinture rincée en passant par le jaune miction, nuances qu'on retrouvait plus ou moins dans leur chevelure. De toute façon, ça ne rachetait pas le pauvre vert de leur peau.

Les elfes noirs, eux, étaient d'une beauté féerique. Ça leur était facile, au vu du nombre de gènes magiques dont ils disposaient. Ce n'était pas une beauté compliquée : ils ressemblaient à des flammes sommées de deux yeux effilés, aussi rassurants que des gouffres. Malheureusement, la grâce infinie de leurs traits et la fluidité ailée de leurs gestes n'étaient pas aisées à apprécier. D'abord parce que, dès qu'un elfe noir se trouvait dans le coin, il y avait neuf chances sur dix pour que le coin ait rapidement une excellente raison d'être aveuglé par la rage. Ensuite, parce que les elfes noirs étaient – noirs. Mais *très* noirs. Aussi noirs que noir se peut. Un noir d'ombre, très exactement, ou un noir d'encre ; un noir qui n'avait rien à voir avec une pigmentation, plutôt avec une substance.

Il est possible que vous l'ayiez déjà vue. Avez-vous connu des soirs où l'obscurité s'épaississait incroyablement dans le fond de la pièce, semblant créer un second mobilier de cauchemar ? Ou bien des couloirs si ténébreux qu'à chaque pas, vous croyiez marcher dans un mur ? Et, bien sûr, tandis que vous titubiez d'angoisse, le pied du fauteuil est venu s'écraser contre votre petit orteil. Voilà, c'était eux.

Sinon, ils ont une jolie voix et, d'après les fées, ce sont « des putains d'affaires au lit ». Mais moins que les korrigans.

Naissance d'un miroir magique

A un kilomètre du village de Pistou, dans une toute petite clairière qui trouillotait d'une pastille de clarté blonde le cœur obscur de la forêt, deux fées étaient assises l'une à côté de l'autre. Le soleil, passant ses pinceaux ardents entre les feuilles dentelées des chênes, posait des glacis sur leurs cheveux pâles et les fines soieries dont elles étaient vêtues. Des nuages de pollens dansaient dans l'air statique, frais et lourd d'humidité. Les crosses des pougères dégouttaient de rosée ; de petits champignons, roses et ronds comme des orteils, montaient en meute à l'assaut d'énormes racines moussues. Les deux fées discutaient entre elles, de leur voix mélodieuse, ou disons que l'une d'elles monologuait tandis que l'autre faisait assez mal semblant d'écouter :

« Tu crois qu'il m'aime ? »

Assise sur une branche basse capitonnée de lichen bleu, la fée Babine-Babine se balançait doucement. Son œil était rêveur, et son minois transpirait de niaiserie. Elle mâchonnait le bout de son pouce étroitement bandé. C'est à des détails comme ça qu'on reconnaît les apprenties ensorceleuses. La fée Pétrol'Kiwi, elle, était en train de préparer sur ses genoux, dans un pot de bois, un nouvel onguent antimycosique dont elle attendait des effets miraculeux contre la spongiure du bouleau. En tout cas, plus miraculeux que ceux de l'onguent précédent, lequel dissolvait le parasite, l'écorce, le pot et ses genoux avec un appétit égal.

« Tu crois qu'il m'aime ? répéta Babine-Babine. Loki ? Le korrigan dont je viens de te parler pendant un quart d'heure ?

— Le grand dépendu aux cheveux rouges ? grommela Pétrol'Kiwi. Je pensais que cette saison tu en étais à l'elfe noir ? Celui qui se fait appeler Porteur-de-tempête ?

— Moudubas ?

— Voilà. »

Pétrol'Kiwi ricana dans son pot. Car elle-même portait pour vrai patronyme la croix pesante de Tendance-haussière, aussi estimait-elle qu'elle avait bien le droit de se moquer.

« Tu vois, analysa Babine-Babine, je crois qu'entre Moudubas et moi, ça n'a jamais été vraiment sérieux. C'est un très bon ami, bien sûr, mais je le trouve un peu immature, tu vois ?

— …

— En fait, je crois qu'il a peur de s'attacher. L'idée de devoir faire un choix l'angoisse terriblement, tu vois ?

— …

— Tu pourrais faire un effort pour t'intéresser un peu à autre chose qu'à toi, grommela Babine-Babine dans son pansement.

— Moudubas est un crétin, déclara Pétrol'Kiwi d'un ton à glacer définitivement les confidences les plus subtilement analytiques.

— Tu es dure. Je crois qu'il se cherche, c'est tout.

— Eh bien, pour se trouver, il est pas rendu. Sauf s'il est caché au fond d'un poulailler.

— Alors ça ! s'étrangla Babine-Babine, *ça*, ce sont des ragots immondes que fait courir Pimprenouche sous prétexte qu'il n'a pas voulu danser avec elle à la dernière orgie de solstice ! »

Pétrol'Kiwi haussa les épaules et commença à badigeonner, au pinceau, une grosse plaque de spongiure bleuâtre qui rongeait le flanc d'un bouleau :

« Il n'empêche, grogna-t-elle, beaucoup de nains ont constaté que, là où Moudubas passe, les poules trépassent. Et pas de la scarlatine. »

Babine-Babine, qui pensait déjà à autre chose, recommença à se balancer sur sa branche en grignotant son pansement :

« Que penses-tu de Loki ? Il est terriblement mûr, lui. Non ?

— Oh, si. Si c'était une tomate, il faudrait se dépêcher de préparer la vinaigrette. Il a le cheveu rouge blet, ce pauvre garçon.

— On ne peut rien te dire, soupira Babine-Babine.

— Ecoute, dit Pétrol'Kiwi en se reculant un peu pour évaluer le bien-posé de son badigeon : les korrigans sont moins méchants que les elfes, mais seulement parce qu'ils sont encore plus feignants. La seule chose que tu as en commun avec Moudubas et Loki, c'est le feu aux fesses, alors arrête de penser. Il n'y a qu'un organe pour ça et il n'est pas concerné par vos affaires. »

Babine-Babine sauta de sa branche avec un air définitivement vexé et s'éloigna à grands pas et la tête haute.

« Qu'est-ce qui lui arrive, à Babine ? demanda la fée Pimprenouche qui émergeait juste de l'ombre froide de la futaie. On dirait une poule de combat !

— Ne parle pas de poules, ricana Pétrol'Kiwi. Babine a une descente d'organes, voilà tout.

— Pourquoi est-ce qu'il fume, ton bouleau ?

— Pour faire joli, soupira Pétrol'Kiwi. Bon, regardons les choses en face : il va *vraiment* falloir que j'aille demander conseil à l'herboriste de la rue Sainte-Bérégonne. Dans l'Ether.

Elle tordit son joli nez jusqu'à son oreille gauche. Pimprenouche soupira en écho :

« A qui le dis-tu ? Ça va faire trois mois que je dois *vraiment* aller faire réviser ma baguette chez Féerique-Cambouis. Mais je n'arrive pas à me décider. »

Les deux fées restèrent silencieuses un moment. Bien sûr, elles venaient toutes deux de l'Ether, comme tout ce qui était magique sur Terre. Bien sûr, l'Ether représentait pour elle leur pays d'origine. Mais ni l'une ni l'autre ne se sentait la fibre patriotique. Il y a des gens, comme ça, qui ne pensent à leur village natal que pour ressasser la douce jouissance d'en être très loin.

« Si nous y allons toutes les deux, nous pourrons nous remonter mutuellement le moral en chemin, qu'en dis-tu ? suggéra Pétrol'Kiwi.

— Et si l'une se fait écrabouiller par un tapis volant, l'autre pourra la venger. »

Pétrol'Kiwi sortit une craie de sa poche et dessina une porte sur le tronc du chêne le plus proche. Puis elle marmonna une formule et dessina un rond à hauteur de poignée.

« Prête ? »

D'un claquement de doigts, les deux fées couvrirent leur chef de deux casques intégraux en laque noire. D'un autre claquement de doigt, Pétrol'Kiwi fit apparaître un gros balai en acajou luisant, muni de deux selles et terminé par deux tuyères fuselées d'allure terriblement aérodynamique. Quand elle les eut allumées, elles prirent aussi un aspect remarquablement agressif, crachant des langues de feu à trois mètres en arrière :

« C'est vraiment nécessaire, ces réacteurs ? bafouilla Pimprenouche.

— C'est juste pour cramer les taxis. »

Pimprenouche monta sur la selle arrière en bouclant la mentonnière de son casque :

« Vas-y, tu peux démarrer. »

Pétrol'Kiwi se mit à son tour en selle, rassembla ses jupes de soie auxquelles elle fit un nœud serré, ouvrit à la volée la porte en craie et plongea droit dans l'Ether. A trois mètres du chêne, assis au milieu d'une fricassée de bolets fumante, un lutin roussi braillait de minuscules injures.

***

Porteur-de-tempête, l'elfe noir affligé du nom de Moudubas, errait dans la forêt en mâchant sa rancœur. De toute façon, il n'avait pas le choix : le monde entier n'était qu'une vaste forêt, sauf là où il n'était qu'un vaste océan. En ces temps très lointains, la Terre était plate comme un électroencéphalogramme de mauvais augure et l'être humain n'avait pas encore commencé à l'orner à sa façon xylophage : aucun dieu ne lui réclamait de bûcher, de temple à charpente complexe ou de livre sacré en pâte à papier. Les arbres avaient donc tout loisir de croître et se multiplier, et ils ne se gênaient pas.

Moudubas errait donc, de hêtre en frêne, cherchant une plaisanterie déplorable à faire. Non seulement parce que c'était, en tant qu'elfe noir, sa nature et son métier, mais encore parce qu'il s'était fait vilainement plaquer la veille et qu'il n'y a rien de plus triste, surtout au printemps. Il aurait bien cassé la figure de Loki, son rival bienheureux, mais outre que celui-ci était haut comme ça et large d'autant, il arborait une broigne de cuir où le mot HAINE était marqué en korrigan et au fer rouge. Moudubas ne connaissait pas le korrigan mais le fer rouge, oui. Il errait donc, en attendant de trouver à se venger sur une créature plus abordable.

Il s'approcha en catimini du campus féerique où Babine-Babine, son ancienne petite amie, avait sa turne. Des escaliers finement ciselés s'élevaient en colimaçon le long des troncs énormes de séquoias millénaires, jusqu'à une cité universitaire sous futaie noyée dans une pénombre verte. Des passerelles s'entrecroisaient d'un faîtage à l'autre, à une hauteur vertigineuse, reliant entre eux des palais sylvestres entés aux frondaisons gigantesques. Des brassées de tourelles effilées comme des ongles avaient été bâties au carrefour d'énormes branches ; mille lampes d'argent se balançaient dans l'ombre liquide. Les silhouettes voilées des fées passaient comme de lointains navires au fond de cette lumière d'aquarium, marchant le long des passerelles ou se penchant aux fenêtres ogivales des tours. L'air palpitait d'enchantements douceâtres. Moudubas, qui connaissait le spectacle par cœur et n'avait pas l'âme d'un esthète, ne leva même pas les yeux. Il fila entre les fûts monstrueux, en direction du cercle d'entraînement réservé aux apprenties ensorceleuses, lequel était situé dans une clairière assez éloignée du campus.

Les fées, c'est un peu mièvre mais ça n'est pas fou.

La nuit tombait sur la clairière universitaire. Le cercle d'entraînement « Potions vulnéraires – niveau moyen » paraissait vide, chaque élève ayant, avant de s'en aller, soigneusement entassé ses petites affaires sous une cloche de protection invisible, afin que les oiseaux de nuit ne viennent pas fourrer leurs pattes dans les échantillons de « Poudre de fureur » et de « Pousse-l'amour ». Le ciel était déjà suffisamment encombré de gragons dyspeptiques et de chimères en rut.

Bien servi par ses gènes éthérés d'elfe noir, Moudubas distinguait aisément les cloches invisibles alignées en rond sur l'herbe. Il en chercha une qui fût remplie de fioles d'aphrodisiaques et de fards. Il la trouva rapidement : tout autour, l'herbe était salie de blush « Rouge pompon ». Il claqua des doigts, marmonna des conjurations, tendit la main et la cloche de protection disparut, avec une grâce de buée et un bruit de crapaud meulé.

Moudubas trouva d'abord des pains de parfum rances, des bâtons de khôl, une mandragore ligotée avec un air pas content, une poignée de fientes de lièvre et la traditionnelle cassette « Nécessaire de la Jeune Fée » chez Grabote, rue Chasse-Bosse, Ether, 25 % de cervelle de chatte gratuite (le prix indiqué tient compte de la réduction). La cassette débordait de sachets soigneusement étiquetés (Poudre d'huître, Semis de gobelin, Peluche de bernicleau). Moudubas écarta tout ce fatras d'une main impatiente, dispersant béchers, pipettes et feux follets somnolents, se sentant désolé par tant d'amateurisme. Tout en fouillant, il grommelait :

« Tentative pour faire de l'eau céleste ? Raté. Huile de baume de marc lustral ? Encore raté. Même le vinaigre, elle n'y arrive pas. Si je lui sabote quelque chose, ça va la rassurer ! »

Il sortit, d'un sachet de soie brodé de runes, un petit miroir rond à poignée ovale. Son reflet grelotta, comme à la surface d'un bol de mercure.

« Tiens ? Un miroir magique. Ou plutôt, une tentative inaboutie de miroir magique. Un brouillon…

— Cot ? » lui répondit un faisan malchanceux qui somnolait à trois pas de là dans un trou de trèfles.

***

Sur l'autostrade à ∞ voies qui ceinturait l'Ether, le tandem conduit par Pétrol'Kiwi slalomait entre les tapis volants turbo, les hyperbalais et les gragons blindés lancés à fond de train en crachant du feu par tous les trous.

« Tu la trouves, cette sortie ? hurla Pimprenouche.

— Non ! brailla Pétrol'Kiwi. Ces emplâtres ont encore refait toute la géographie du coin depuis la dernière fois ! La Porte de Corne est après la Porte Eburnéenne, maintenant ! »

Pétrol'Kiwi donna un coup de guidon pour éviter une 26-licornes de course et plongea résolument au sud-ouest-nadir, rasant le toit d'un vingt tératonnes rutilant. Pimprenouche décida de se mettre à hululer sans s'arrêter, en attendant de trouver le courage de sauter.

***

Moudubas gloussait, tout en mettant la dernière main à son mauvais coup (« C'est le cas de le dire, glousse glousse. »). Il referma la fiole de vernis, ouvrit la gourde de colle :

« Qu'est-ce que je pourrais mettre là-dedans qui serait encore pire ? »

La réponse était facile : parmi les matières bannies de la panoplie des ensorceleurs, il n'y en a qu'une pour avoir la méchanceté du métal tout en étant trop faible pour rendre les services du métal, une matière si égoïste que jamais elle ne se corrode et si maléfique qu'elle rend fous tous ceux qui la voient. L'or.

Moudubas détacha un des anneaux qu'il portait à l'oreille et se pencha à nouveau sur le miroir magique de Babine-Babine.

***

Pétrol'Kiwi leva le pied tandis que son tandem remontait la bretelle de dégagement de la porte des Mille Baguettes. Elle se gara un peu plus loin, sur l'accotement herbu, ôta son casque et s'essuya le front en haletant. Pimprenouche, elle, bascula sur le côté comme une masse.

« Ça va ? souffla Pétrol'Kiwi entre ses dents encore collées.

— Gargl. »

Pétrol'Kiwi posa son casque sur le guidon et regarda alentour : l'Ether s'étendait tout autour d'elle, devant, derrière, à droite et à gauche, certes, mais aussi au-dessus et en dessous, et c'était un problème pour une fée des arbres. Pétrol'Kiwi aimait bien le clair de lune, sauf quand il se levait sous ses fesses. L'Ether était une grosse bulle de magie, grosse à peu près comme un univers, et si Pétrol'Kiwi avait parfaitement conscience que toutes les créatures magiques, dont elle, étaient ses enfants et ne lui devaient que des remerciements, ça ne signifiait pas qu'elle avait le sens de la famille. La population féerique qui vivait dans l'Ether recomposait le décor en permanence, selon ses caprices, et le résultat était aussi rassurant qu'un grand huit embarqué sur une montagne russe.

« C'est pour ça que j'aime les arbres, grommela Pétrol'Kiwi. Ça pousse de là à là, à un rythme à peu près linéaire, et ça ne fait pas autre chose que des feuilles puis des fruits, puis du bois de chauffe. Et c'est silencieux.

Un astre vert et carré déversait, au-dessus de sa tête, des décibels mélodieux. De grands trois-mats orbitaient autour ; on voyait leurs ailes arquées se gonfler dans les vents solaires. Pétrol'Kiwi sortit un plan de sa poche, le déplia et essaya de s'orienter : l'autostrade passait à sa gauche, dans un grand concert d'effets doppler. A sa droite flottait un quartz gros comme un continent, hérissé de tours sur toutes ses facettes (« Ça doit être New Yearz Elvz, si je me souviens bien », marmonna Pétrol'Kiwi en tripotant son plan) et autour d'elle, il y avait…

« Merde, tu n'aurais pas pu t'arrêter ailleurs ? hoqueta Pimprenouche, qui avait essayé de se lever avant de se recoucher précipitamment.

— Où ça, ailleurs ? »

Le tandem était posé sur un îlot d'herbe bleue de trois mètres carrés qui dérivait paisiblement dans le vide intersidéral. Un banc de petits poissons monodimensionnels s'arrêta pour brouter. Pimprenouche roula sur le dos en soupirant d'angoisse, souleva péniblement ses paupières et émit un bruit bizarre. Pétrol'Kiwi leva les yeux :

« Euh… salut ? dit-elle d'une toute petite voix.

— … tulaS, lui répondit, deux mètres plus haut, une voix qui ne faisait pas sa fière non plus.

— Ça va, là-haut ?

— ? sab ne, suov tE .non, tuot ud saP

— Atroce, atroce.

— Je hais cet endroit, je hais cet endroit ! balbutia Pimprenouche.

— .sulp non elbamia sap tse'n srevne 'L », lui fut-il répondu.

Au-dessus de leur tête, un petit îlot herbu dérivait aussi, dans l'autre sens. D'ailleurs, il était dans l'autre sens dans bien des sens, de telle sorte que les deux fées se demandaient si ce n'était pas elles qui étaient dans le mauvais sens. Et, sur l'îlot inversé, se tenaient deux fées, l'une à califourchon sur un balai-tandem, en train de chiffonner un plan magique qui changeait à vue d'œil, l'autre à plat dos sur l'herbe et faisant une tête horrible.

« Ce n'était pas un miroir dérivant, n'est-ce pas ? chuchota Pimprenouche quand l'îlot jumeau se fut éloigné, tel un pesant nuage.

— Bien sûr que non, puisqu'elles nous ont répondu, murmura Pétrol'Kiwi d'une voix lasse. C'était nous, qu'est-ce que tu veux ? Un résidu de sort de dédoublement qui traînait, je suppose. »

Une bande d'hippocampes se rua sur les petits poissons monodimensionnels, lesquels filèrent comme mille éclairs.

« On y va? soupira Pétrol'Kiwi en repliant son plan.

— On est parties, agonisa Pimprenouche en ramassant son casque, lequel clignotait sous une rafale de change-couleur (du rose au bleu au rose au bleu). C'est une vraie poubelle, cet endroit. Tu peux toujours édicter les lois que tu veux, il y a toujours des pollueurs pour dégazer leurs vieux sortilèges n'importe où, c'est vraiment une honte ! Moi, je choperais les contrevenants et je les enverrais faire un stage de survie dans le Sub-Ether, ça traînerait pas !

— Tu as toujours eu une sale mentalité, rit Pétrol'Kiwi. En selle, ma belle, avant que notre aire de stationnement ne se transforme en bulle de savon. Ou en cul de gragon. »

Pimprenouche bondit sur le balai.

***

Moudubas massa longuement le verre tendre du miroir, pour bien faire pénétrer (« Glousse glousse glousse ») le vernis, souffla doucement sur le cadre jusqu'à ce que la colle soit sèche, puis le rangea à nouveau dans la housse. Il referma la boîte débordant de sachets graisseux, remit la cloche invisible en place et s'éloigna, à pas feutrés, du cercle d'entraînement. De grands papillons glissaient dans l'air nocturne, comme des masques de velours : il en attrapa un au vol et le croqua. Un peu plus loin, une douce lumière verte tombait en cascade depuis les hauteurs du campus sous futaie et se dissolvait dans la nuit duveteuse. La brise de printemps portait jusqu'à l'elfe noir des rires languides, des chants à plusieurs voix et le pétillement argenté des sortilèges. Babine-Babine devait être quelque part là-haut, *à se pinter à la bière avec des pétasses de sa trempe*, songea Moudubas en broyant le papillon entre ses petits crocs rageurs.

***

Le tandem longeait les ruelles médiévales d'All About Elvz, dont les bicoques en torchis s'entassaient de part et d'autre de ruelles pavées de vide interstellaire. La poussière froide d'une queue de comète les emplissait, pour l'heure, d'un fog bleuté où brillaient les flammes jaunes de lampadaires à huile.

« La prochaine fois, je prendrai mon carrosse, grommela Pimprenouche en frissonnant.

— Je te souhaite bien du courage dans les embouteillages, ricana Pétrol'Kiwi. La dernière fois que je suis venue ici en carrosse, devine combien de temps j'ai mis rien qu'à faire Melnibone-Rlyeh ? »

La plupart des volets étaient clos, les autres découpaient dans la nuit de rassurantes vignettes à rideaux derrière lesquels de vieilles femmes courbées tricotaient de la toile d'araignée.

« Aucune idée.

— Deux éons presque et demi.

— Deux éons ?! Et demi !?

— Exactement. Je peux te dire que j'ai ftagné comme un Ctulhu ! C'est pour ça que j'ai passé mon permis de balayer.

— Oui mais, l'avantage d'un carrosse, c'est que s'il reçoit une décharge magique, il fait cage de Farfaday. »

De temps en temps, au détour d'un virage, les phares du balai faisaient chanter un coq endormi dans une arrière-cour. Au-dessus des toits de tuile rousse, on entendait causer les girouettes et grincer les anneaux de glace autour des planètes.

« C'est là. »

Pétrol'Kiwi arrêta le balai devant un hangar peint en bleu ciel écaillé. Penchées sur un établi crasseux, deux mécanos en octarine de travail ponçaient des marmites. Une troisième, allongée sous un pont noir de cambouis, décrassait le carburateur d'un gragon de collection. Ça n'avait pas l'air très agréable, en tout cas ça faisait des bruits étranges. Assises en rond sur un lustre accroché au plafond bas, onze fées clochettes diffusaient une douce lumière jaune et, pour l'heure, jouaient au tarot.

« Je passe te reprendre tantôt, dit Pétrol'Kiwi. On ira s'en jeter un au Chaudron baveur. D'accord ? »

Pimprenouche acquiesça et descendit de l'engin avec un soupir de soulagement, tandis que Pétrol'Kiwi grattait son rétroviseur encroûté de cristaux d'hydrogène avant de remettre les gaz.

***

Quand l'aube passa son nez froid hors de ses draps obscurs, Moudubas avait eu le temps de dévorer une bonne livre de chauffe-souris, violer une chouette effraie et pisser dans le pot d'onguent anti-spongiure de

Pétrol'Kiwi (le sort de protection qu'avait placé la fée, ratant son saut, lui avait mordu le genou). C'était maigre, en fait de niches et de frasques. Faute d'inspiration, il s'assit sur un ressaut calcaire pour regarder l'aurore étirer dans le ciel ses grands bras oranges et secouer ses cheveux mouillés au-dessus de la forêt. En repensant au campus féerique, à Babine-Babine et à son miroir, l'elfe noir éprouva un vague sentiment de pis-aller. Il se frotta les yeux et se demanda s'il n'avait pas été un peu léger, niveau vengeance. Comme le dit le poète : « La suite lui prouva que non ». Il venait de signer l'arrêt de mort de presque toute forme de vie sur la planète, et l'interdiction de séjour du reste. Lui compris.

Et de sa plus belle encre, encore.

***

Pétrol'Kiwi emplissait les fontes de son balai de sachets odorants :

« Alors, j'ai le santal citrin, deux livres de bon savon blanc, et aussi les petits vers rouges. Le vitriol ? Oui. Et un lot de scabieuse hépatique, l'huile de guignolette et l'addition : j'ai tout. »

Après réflexion, elle retourna dans la boutique pour s'offrir un tonnelet d'eau-de-vie de miel, en songeant que le voyage retour risquait d'être identique à l'aller.

Service-client, la débonnaire tenancière de l'herboristerie de la rue Sainte-Bérégonne, avait un peu réaménagé l'espace-temps de sa boutique afin de se faciliter la cueillette des simples. A droite de l'entrée se dressaient donc des étagères d'acajou lustré, sur lesquelles s'alignaient infusions et principes dans de petits bocaux cachetés à la cire et, à gauche de l'entrée, s'étendaient six cent mille hectares plantés de frétille alpestre, de pétunium, de pouton vert, de scoumounier et de joubarbe. Ils hébergeaient à peu près autant d'insectes et d'oiseaux, sans compter les fouines et les onions. Les mines d'aspilyprane gazotée étaient au fond du couloir, à droite. A gauche, c'était les toilettes. Par contre, pour la cendre d'huîtres et le sperme de pendu, Service-client avait reculé devant le coût de l'aménagement : elle sous-traitait. Et pour l'heure, elle était en vacances.

« Oh ! Service-client ? appela Pétrol'Kiwi, en s'approchant du comptoir en bois usé dressé au fond de la boutique, que surmontait un immense miroir embué de poussière. As-tu encore de ton sirop chinois ? »

Pétrol'Kiwi tapa sur le comptoir avec son casque noir : « Ce Shu-Shen que tu m'as servi l'année dernière ?

— Ce n'est pas chinois, grommela Service-client de l'autre côté de la vitre piquée du miroir. En haut de la quatrième étagère.

— C'est quand même commode, ces miroirs magiques, dit Pétrol'Kiwi en attrapant un tonnelet vermoulu. Tiens, si j'en avais un, je pourrais te passer commande depuis chez moi au lieu de devoir me déplacer. Ce serait… »

Elle chercha un terme pour décrire son soulagement, puis renonça :

« … commode.

— Je ne livre pas dans les mondes euclidiens.

— Tiens ? Je ne te savais pas logiphobe.

— Je n'ai rien contre la logique, euclidienne ou pas, grommela Service-client. D'ailleurs, certains de mes meilleurs amis en sont. Seulement, mes plombages sont en alliage de naine brune.

— Ah.

— On ne fait pas plus résistant, comme amalgame.

— Sûrement pas. »

Pétrol'Kiwi essaya d'imaginer Service-client débarquant dans son univers, au volant de son basilic de livraison, pour se retrouver au centre d'un disque d'accrétion gros comme le système solaire, et ouvrit la bonde du tonnelet de Shu-Shen.

« As-tu un verre ?

— Sous le comptoir. »

De l'autre côté de la vitre, sous un soleil-double d'un bel ultraviolet, Service-client matérialisait imperturbablement des pots de cyclamens, qu'elle alignait ensuite sur le rebord argenté d'une falaise de méthane solide où ils fanaient vertigineusement vite. Pétrol'Kiwi avala cul sec un verre de Shu-Shen, regarda dans l'eau grise du miroir et leva un sourcil perplexe :

« Qu'est-ce que tu fais, exactement ?

— Je me détends, répondit Service-client.

— Tu te détends ?

— Oui.

— En créant des pots de, euh…

— Ce ne sont pas des euh.

— Sûrement pas.

— Ce sont des cyclamens. Ça me détend, c'est tout, grogna Service-client. Les cyclamens, ça n'est pas beau, ça ne sent pas bon et ça ne sert à rien. Un peu de gratuité, ça me détend. J'imagine que ce genre d'activité a un côté névrotique, mais tu sais ce que je pense des psychothérapies.

— Eh bien quand on n'a eu, comme nous, ni enfance ni parents, l'utilité d'une psychothérapie, n'est-ce pas…

— A qui le dis-tu, soupira Service-client.

— On n'est pas grand-chose, au fond, renchérit Pétrol'Kiwi. Faudrait pas vieillir, en plus.

— On ne vieillit pas, bâilla Service-client. Fiche-moi le camp au lieu de dire des bêtises. Et tire bien la porte en partant, je n'ai pas envie qu'une singularité vienne boulotter mes amaryllis. »

Pétrol'Kiwi chargea le tonnelet sur son épaule :

« Au fait, s'inquiéta-t-elle, il n'y a rien qui soit cacheté au radium ou quelque chose dans ce genre, dans les paquets que tu m'as donnés ? Parce que, la dernière fois, ta cagette à mygales était en calcium. C'est un joli métal mais je te rappelle que chez moi, c'est rempli d'oxygène et…

— S'il y a un problème de ce genre, préviens-moi, grogna Service-client, que j'engueule mon arpette.

— Tu as pris une apprentie ?

— Une feignasse, maugréa la boutiquière. Qui est encore en train de faire du surf sur une éruption solaire au lieu de servir la clientèle.

— Ça me fait penser que Babine-Babine a commencé un cycle d'ensorceleuse. Je pourrais lui demander de me fabriquer un miroir magique, qu'en penses-tu ? Comme ça, je pourrais te prévenir avant de passer.

— Babine-Babine a quatre pieds gauches, ricana Service-client en massant son poignet fatigué par les sorts. Alors que pour réussir un miroir, il vaut mieux être un putain de simien ambidextre.

— A ce point ? s'étonna Pétrol'Kiwi en changeant son tonnelet d'épaule. Pour faire un miroir magique, il suffit pourtant d'une boucle spatio-temporelle et d'une bonne plaque de verre, non ? »

Service-client émit un bruit sanitaire :

« Blrp. Une plaque de verre sur un nœud spatio-temporel, ça te permet juste de plonger ton regard dans un abîme. Le problème, c'est que l'abîme aussi regarde en toi. Et crois-moi, certains abîmes en tirent de drôles de conclusions.

— Ils réfléchissent bizarrement, c'est ça ?

— C'est bien résumé. Tiens, ce miroir-là, expliqua Service-client en lâchant son dernier pot de cyclamen pour tapoter de l'ongle son côté de miroir, c'est un millimètre de cristal qualité beurk et trois centimètres de vernis qualité philtre. A côté, réussir la pierre philosophale, c'est de la citrouille. Idem pour la colle.

— La colle ? » Pétrol'Kiwi reposa son tonnelet sur le comptoir et s'en servit un petit dernier.

« La colle du cadre, expliqua Service-client. Il y a deux façons de rater un miroir : le couvrir d'un vernis qui craquelle, ou sceller le cadre avec une colle qui fuit. Les liants d'un miroir doivent être parfaitement étanches et complètement neutres. Accessoirement, vu la température qui règne ici, il faut de surcroît étanchéifier le joint avec…

***

… du capton. Ou du mylar. Vous pouvez utiliser du polytétrafluoroéthylène, aussi. Avec un *h*. Et plusieurs *y*. PTFE. Le plus efficace consiste à superposer. Une couche de mylar à l'extérieur, qui tient lieu de bouclier thermique et, en dessous, une couche de PTFE lissée à plat, pour l'étanchéité. Des questions ?

— Il faut changer le joint tous les combiens ?

— Cinq cents ans. Elève Babine-Babine ! Répétez ce que je viens de dire !

— … »

***

De retour de l'Ether au crépuscule, Pétrol'Kiwi trouva Babine-Babine toute seule dans le cercle d'entraînement, devant une marmite modèle universitaire, en train de touiller à grand-peine un colloïde épais qui cuisait à feu doux et de marmonner :

« De toute façon, je m'en fiche, des joints basse température. Je n'ai pas l'intention d'aller fabriquer des miroirs magiques au beau milieu du vide interstellaire, moi.

— Qu'est-ce que tu fais, ma grande ? demanda Pétrol'Kiwi sur un ton résolument dégagé.

— Deux heures de colle, pour tout t'avouer. » Babine-Babine toussa dans les vapeurs épaisses. « Notre professeur de miroiterie a l'oreille fine. Et toi ? As-tu trouvé un remède contre ta moisissure de bouleau ?

— Je suis allée rue Sainte-Bérégonne. J'ai acheté quelques épices susceptibles de m'aider. Mais dis-moi : te sentirais-tu capable de me fabriquer un miroir ? Quelque chose de simple, juste pour causer de temps en temps avec l'Ether. Je peux te payer en benjoin. Ou en pâte de plume enshitée, si tu préfères.

— Je peux toujours essayer. Je viens de finir mon premier miroir, et il est… il n'est pas mal réussi, oui. Tiens, touille à ma place, sinon ça va attacher. Je vais te montrer. »

Babine-Babine jeta le manche de sa touillette entre les mains de Pétrol'Kiwi, fouilla dans son sac, sortit un petit miroir rond d'un sachet et le tendit devant le visage de Pétrol'Kiwi qui y risqua un œil méfiant. Puis deux yeux étonnés : elle s'y trouvait une bonne tête. Plus exactement : une belle tête. L'air peu commode ; légèrement fatal même ; d'un genre carrément érotique, pour tout dire. Un teint de pêche, un œil de feu et…

« Pas mal, non ? dit Babine-Babine en remisant prestement le miroir dans son sachet, dont elle tira les cordons bien à fond avant d'y faire trois nœuds serrés. Pétrol'Kiwi la regarda fixement : elle avait cru voir, au passage, une mèche de cheveux trembler sur la joue de Babine-Babine.

« Tu es sûre qu'il ne fuit pas un peu, ton miroir? Service-client m'a dit que...

— Tu es sûre que tu n'es pas un peu jalouse ? » répondit Babine-Babine avec un petit sourire déplaisant. Pétrol'Kiwi en demeura coite : ce n'était pas son genre, la jalousie. Ni la coquetterie, d'ailleurs. Et la méchanceté n'était pas celle de Babine-Babine.

Il ne fuit pas, ce miroir, songea Pétrol'Kiwi. *Il suinte. Du venin.*

Elle fit alors l'énorme faute, la monumentale bourde historique de ne pas s'inquiéter plus que ça.

***

Pendant ce temps, ignorant le sort funeste qui accourait vers lui à grands pas, Pistou le nain agitait un ornithorynque en peluche sous le nez de son petit-fils :

« Grouli grouli ! »

Le bébé souriait en bavant. Puis il se froissa, devint tout rouge, se détendit en émettant une odeur méphitique et sourit à nouveau. Sa tête sans force ballait sur l'avant-bras poilu de son grand-père, ses mains minuscules se tendaient vers l'ornithorynque de façon terriblement approximative. Or il avait déjà trois mois.

Un vrai humain, quoi, songea Pistou, l'air néanmoins bêtement heureux. *Et le pire, c'est que je m'en fous. Il est trop mignon ! Nain, ogre, humain ou chat, les petits sont génétiquement programmés pour provoquer chez les autres des sentiments ravis. Et des bafouillis idiots.*

« Grouli grouli ? »

Même les petits poissons sont moins moches que les gros. Il n'y a guère que les bébés mouches pour manquer de grâce.

Pistou allongea le bébé sur la table à langer et langea.

On pourrait en faire un humain de compagnie, bien sûr. Une aimable potiche au coin du feu, qu'on envoie chercher de l'eau une fois par jour pour que ses jambes ne s'atrophient pas.

C'était l'usage, faute de mieux.

Peut-être que si on mettait quelques humains ensemble, dans un village conçu pour eux, et qu'on les laissait tranquilles, ils y seraient plus heureux ? Ils apprendraient l'indépendance, prendraient une certaine conscience d'eux-mêmes, toutes ces choses…

Il pouvait essayer. A condition de ne pas se poser trop de questions sur les éventuels rapports entre le fait d'être heureux et celui de développer une conscience.

Canard à la cerise

Le soleil tombait à flots sur le campus féerique. Filtré par de nombreuses épaisseurs de feuilles, il emplissait les amphithéâtres sylvestres d'une brume verte et dorée, plus propice à la sieste qu'à la concentration. Les élèves, moites de chaleur, couvertes de coccinelles qu'elles n'avaient même plus la force de chasser, coulaient comme des fromages sur les bancs de bois usé. Pies et rouges-gorges arpentaient à pas comptés les pupitres, à la recherche de miettes de gâteau ; des pibels roses roucoulaient dans les frondaisons toutes proches. Nonobstant cette douce torpeur, Cours-du-brent, professeur ès Déplacements multidimensionnels, essayait depuis une heure d'intéresser sa classe d'apprenties ensorceleuses (cours moyen) aux subtilités du calcul mental algorithmique. Elle ne rencontrait qu'un succès d'estime malgré les terribles menaces qu'elle agitait, du haut de sa chaire, dans l'air parfumé :

« Vous verrez ! Quand vous vous retrouverez nez à mandibules avec un fridibble éthéré, vous serez bien contentes de ne pas mettre trois heures à quadranguler de tête une porte dimensionnelle ! Et celles qui ne se seront pas correctement exercées *avant*, elles pourront toujours venir se plaindre après, mais ce sera par morceaux ! Babine-Babine ! Répétez ce que je viens de dire ! »

Babine-Babine détourna lentement ses grands yeux ensommeillés de son miroir, pour jeter un regard las au visage congestionné de Cours-du-brent. Puis elle reposa son miroir sur une petite sauterelle verte qui siestait à côté de son encrier et lâcha :

« Ce n'est pas parce que je suis la seule à ne pas dormir qu'il faut vous en prendre à moi. »

Cours-du-brent enfla démesurément, puis déballasta une cargaison de grossièretés académiques et de punitions universitaires. Babine-Babine soupira bruyamment, rangea son miroir dans son grand fourre-tout en toile d'épeire maculé de slogans juvéniles (« Magie partout, féerie nulle part »), rafla ses crayons en même temps qu'une poignée de coccinelles et quitta l'amphithéâtre de ce pas insouciant qui, de tout temps et en tous lieux où des vieux tentent de dresser des jeunes, a toujours été considéré comme une infamie.

Elle sauta, avec aisance, depuis la haute branche qui portait l'amphithéâtre jusqu'à la mousse sombre qui tapissait le pied du séquoia facultaire (elle avait toujours eu A en télétransport), et se dirigea d'un pied alerte vers son coin de lac préféré. Là, elle s'assit dans l'herbe, posa son sac, en tira le miroir magique et recommença à se mirer complaisamment.

***

A trois encablures du village de Pistou, dans la toute petite clairière où poussait le bouleau malade, deux fées faisaient une partie de casse-sucre :

« Depuis quelque temps, elle devient pénible, mais pénible ! gémit Pétrol'Kiwi.

— Elle devient pire que pénible, approuva vigoureusement Pimprenouche : elle devient purgative !

— Elle s'admire avec une frénésie masturbatoire, et je pèse mes mots ! rugit Pétrol'Kiwi. Quand elle ne parle pas de la beauté gargantuesque de ses cheveux, elle embraye sur dix minutes de louanges au sujet de son cou de cygne ! Un cou de cygne, je te demande un peu !

— Elle aurait l'air fin, le crâne piqué au bout d'un S plein de plumes !

— Et encore, je blanchis le tableau ! C'est pire que ça ! Ecoute…

— Oui ? » Pimprenouche se pencha vers Pétrol'Kiwi.

« Pas plus tard qu'il y a quelques jours, continua Pétrol'Kiwi *sotto voce*, je la croise au cromlech. On parle de choses et d'autres, c'est-à-dire qu'elle m'explique qu'elle porte merveilleusement bien la tunique de sacrifice, gnagnagna, et, dans le même élan, elle décide de me montrer à quel point ses seins sont haut perchés !

— Quoi ? » Pimprenouche ouvrit une grande bouche interloquée.

« Et, dans la foulée, continua Pétrol'Kiwi, la voilà qui me déclare que sa foufoune est finement fournie, et qui me le prouve tout de go !

— Elle a fait ça ? » Pimprenouche, bouche et bras ballants, bégayait de stupéfaction. « Ça, alors ? Elle ne m'a jamais infligé ça, à moi !

— C'est ce dont je me doute, grommela Pétrol'Kiwi. Considérant tes goûts et les miens, elle nous aurait fait bien plaisir en nous montrant, à toi son cul, à moi sa bouture de mandragore. Ah, mais non ! Et figure-toi que j'ai dû (Tiens-toi bien) l'arrêter au moment où elle s'est mise en tête de me démontrer (Tu te tiens bien ? Assieds-toi, plutôt) que ses lèvres (pas celles-là, hein ?) étaient pulpeuses autant que la fraîche cerise un matin de printemps (Toi, la nixe, tu oublies mon panier de noixes !) Elle n'est pas belle, mon histoire ? se rengorgea Pétrol'Kiwi. Totalement sic ! J'ai pressenti le moment où elle allait me demander de constater que son clitoris était aussi adorable (Tu veux vraiment une claque ?) qu'un petit canard barbotant dans sa mare, alors je lui ai dit que c'était autant pour son devant, mais qu'en ce qui concernait son derrière, il commençait à sentir la savate ! Ça l'a calmée.

— …

— A peine. Tiens, tu veux une noixe ?

— Ça alors ! » Sous les pieds nerveux de Pimprenouche, la mousse de la clairière chuintait ; la nixe fit un bond de côté pour l'éviter. « Mais pourquoi est-ce que moi, je n'ai pas eu droit à son canard à la cerise ?

— Parce que tu aurais tout bouffé, fit Pétrol'Kiwi en haussant les épaules. Tu n'as pas un casse-noixe ? Tant pis, je vais essayer avec les dents.

— Moi, reprit Pimprenouche sur un ton déçu, la dernière fois que je l'ai croisée, j'ai eu droit à l'intégrale "Ce que m'a dit Cours-du-brent, et comment je lui ai cloué le bec", suivi de "Comment j'ai envoyé paître le recteur quand il a essayé d'arranger les choses". J'ai fini par glisser : "En clair, tu t'es fait virer ?" et là, c'était reparti pour une heure d'éructations. Un déluge. D'où il ressort qu'en clair, elle s'est fait virer. »

Pétrol'Kiwi hocha une tête dégoûtée :

« (Crac croc.) Je l'ai toujours dit : cette fille est une pauvre velléitaire qui tourne à l'aigre avec l'âge.

— Et par là-dessus, elle est contente d'elle, soupira Pimprenouche. Merci mais moi, les noixes, ça me fait des morceaux dans les dents.

— Elle s'aime avec une férocité qui démotive, c'est vrai. (Croc.) On craint d'en rajouter. On redoute le trop-plein. Alors qu'il n'y a vraiment pas de quoi, n'est-ce pas ? Physiquement, pour trouver plus insipide, il faut herboriser au sillon blettes.

— Et intellectuellement, parlons-en ! s'énerva Pimprenouche. Si on trouve de quoi. Elle patrouille à ras de pubis.

— Et ses tenues ! Non, mais tu as vu ça ? (Crac.)

— Tu veux parler de ses corsets en thuya ? ricana Pimprenouche.

— En thuya vernissé, siffla Pétrol'Kiwi. Où est mon casse-noixe, enfin ? Ce sont encore les clochettes qui l'ont piqué pour aller danser ? Et son truc dans les cheveux, tu l'as vu ?

— Son chouchou ? gloussa Pimprenouche.

— Oui ! Son chouchou. Figure-toi qu'il est en poils de chenille tressés ! Ridicule.

— Grotesque. »

Pétrol'Kiwi s'assit pesamment sur une souche en crachotant des esquilles de coque de noixe. Pimprenouche, toujours debout, croisa les bras et la regarda sombrement de dessous une mèche de cheveux clairs.

« Bon, souffla Pétrol'Kiwi. A partir de là, je sèche. Critiquer le chouchou en chenille, ça tangente déjà la limite de mes compétences.

— En plus, ajouta Pimprenouche, j'ai le même. »

***

Babine-Babine glissa le miroir dans son sac, plia et déplia plusieurs fois son bras ankylosé. L'air fraîchissait. La fée contempla un moment le couchant, qui coulait comme du miel sur le lac Lofofora. Des nuages de libellules tremblaient dans l'air doré, le rose tendre des nénuphars s'enflammait au ras de l'eau.

Babine-Babine alla s'accroupir tout au bord de l'eau et se pencha pour scruter son reflet, qui se découpait en papier noir sur le fond de vase verte. Puis elle cala ses fesses sur un morceau de rocher, enfonça ses orteils dans la gadoue tiède, réunit ses genoux pour y poser son menton pointu, enlaça ses tibias de ses longs bras maigres et ferma les yeux sur deux pleurs involontaires. La paresse tombait du ciel sur ses épaules, comme une écharpe de plomb… La fée émit un petit pet flûté et ne bougea plus.

***

Pétrol'Kiwi et Pimprenouche restèrent un moment sans mot dire, tandis que le jour mollissait et que le soleil fondait comme beurre jaune sur la mie bleue de l'horizon. Les ombres allongées noyaient la clairière dans un jus outremer où tournoyaient les petites olives vertes des lucioles.

« Ah, soupira Pétrol'Kiwi, ce genre de duo en hargne majeure fait un bien fou. Mais c'est à peu près le seul avantage, vu qu'il n'y a rien de pertinent là-dedans. Or nous sommes, il me semble, face à un vrai problème. Babine-Babine a réellement changé. Et pas en bien.

— Elle change vraiment. En mal », confirma Pimprenouche.

Pétrol'Kiwi se leva, plongea la main dans un terrier, en tira deux coupes et une fiole à long goulot.

« Vin d'herbe ? »

Les sourcils toujours joints en un nœud soucieux, Pimprenouche acquiesça. Pétrol'Kiwi claqua des doigts : un joli feu doré se mit à danser au milieu de la clairière, faisant boucler autour de lui un ruban de crépitements et d'odeur de résine grillée. Pimprenouche tomba assise sur la mousse et remplit les deux coupes tandis que Pétrol'Kiwi enlevait ses protections de cuir, celles qu'elle mettait pour élaborer ses onguents curatifs et défendre ses boutures contre les istouitouis rageurs à cul bleu. Elle les plia soigneusement et les fourra dans son terrier de rangement, sans aucun égard pour la plausibilité spatiale (le terrier aurait pu tenir dans la poche droite de son tablier). Ensuite elle s'affala en face de Pimprenouche, de l'autre côté du feu, et but un grand coup.

« Elle change en bizarre, en tout cas, marmonna-t-elle enfin. Je ne suis pas très forte pour distinguer le bien du mal, mais… La dernière fois qu'elle est venue ici, j'étais en train de mettre la dernière main à mon nouveau fongicide. Tu sais ? Celui contre la spongiure de bouleau. »

Pétrol'Kiwi eut un vague geste de la main en direction de la silhouette du bouleau malade, qui faisait un trait clair dans la nuit à la façon d'un mât dans la brume.

« Bon, ça fumait de partout, ça puait à faire fuir tous les glands de la forêt. Là-dessus Babine-Babine fait irruption avec la grâce d'un herpès, et commence je ne sais quel discours, comme quoi je lui fais de la peine avec mes petites mixtures, que je n'ai aucune ambition, alors que des océans sylvestres attendent ma touche créatrice… »

Pétrol'Kiwi se resservit, regarda un moment l'opulente pleine lune qui nageait au milieu de sa coupe de vin, comme une énorme rondelle effervescente, puis l'avala.

« Disons que c'était niais et malaimable, mais pas si mal intentionné que ça. Il y avait de l'énergie, là-dedans. Et de l'imagination. Et je ne sais quelle tentative pitoyable de me faire du bien, un genre de – d'affection mal cousue. »

Pimprenouche se resservit à son tour, mais elle se contenta de suçoter sans appétit sa tranche de lune. Pétrol'Kiwi se poussa un peu, pour laisser passer une écrevisse des buissons attirée par la lumière du feu, et continua :

« C'était bien la première fois que je voyais Babine-Babine essayer de lever le nez de son nombril pour regarder vers un horizon lointain, même si c'était le mien, d'horizon, et qu'elle n'y voyait que des poux. Je veux dire : aussi bien elle que moi, que toi, nous savons qu'il est plus facile de gérer son immortalité en la vivant au jour le jour qu'à coup de grandes ambitions. Tout ça pour dire que Babine-Babine change, mais je ne sais pas pourquoi, ni dans quelle direction. »

Pimprenouche avala sa pleine lune, se servit encore une fois. L'écrevisse des buissons s'arrêta au plus près du feu, replia ses pattes et ne bougea plus. Pétrol'Kiwi grommela :

« Toi, tu n'es pas du tout d'accord avec moi, c'est ça ? »

Pimprenouche lui planta dans les yeux, par-dessus le feu qui dansait sa molle gigue, un de ces regards qui signifient :

« Tu es bien assise ? Alors, allonge-toi. »

***

Babine-Babine se redressa brusquement. L'obscurité avait diffusé dans l'or du soir, une fraîcheur mouillée roulait sur l'eau en brassant des roucoulades de crapauds. La fée remua un peu ses fesses glacées par la roche, se gratta nerveusement le nez, le front et une joue. Puis elle fouilla dans son sac à grands gestes agacés, arracha le miroir de son sachet et y plongea les yeux. Elle parut alors se calmer. Seuls ses orteils, qui se crispaient sporadiquement dans la vase, telles dix crevettes en train de faire le même cauchemar, trahissaient l'étrange chatouillis nerveux qui la travaillait sans trêve – comme une faim.

***

Pimprenouche se racla la gorge et pondit, du bout des lèvres :

« Alors, comme ça, Babine-Babine est passée te voir dernièrement ?

— Ouaip, répondit Pétrol'Kiwi.

— A un moment où tu t'occupais de ta spongiure ?

— Ouaip.

— Et, tout en parlant, elle a dû la tripoter, ta spongiure.

— Comment ?

— Elle y a mis la main, non ? Ou le pied, ou le cul ?

— Eh bien… Oui, à un moment, elle l'a gratouillée en ricanant que c'était vraiment pitoyable de n'avoir rien de mieux à f… mais comment sais-tu ça ?

— Un cas rare, cette spongiure, continua imperturbablement Pimprenouche, qui poussa les antennes de l'écrevisse pour attraper la fiole à long goulot et se mit à la téter avec application.

— Très rare. Pour tout dire, c'est le seul cas que je connaisse. Et je te signale que cette fiole est en connection télémagique avec un fût de cinquante litres. Si tu continues à faire cul sec, je ne réponds de rien. »

Pimprenouche reposa la fiole et rota :

« Je suis tombée amoureuse, dernièrement. D'une dryade de bouleau. Belle plante. Jusqu'à ce qu'elle attrape cette sale spongiure. »

Pétrol'Kiwi ouvrit de grands yeux ronds tandis que Pimprenouche continuait :

« Une balafre mycosique, qui ressemble diablement à celle contre laquelle tu t'acharnes, a poussé en une nuit sur le tronc de l'arbre et, par conséquent, sur la peau de son symbiote. Une sorte de croûte bleue qui va de l'oreille à l'aisselle. C'est pour ça que je suis venue te voir, ce soir. Pour savoir si ton nouvel onguent était au point. »

Pétrol'Kiwi secoua, dans un même mouvement, sa belle tête hirsute et la fiole au long cou.

« Une mycose pareille ne se propage que si un oiseau se pose dessus et en emporte sous ses pattes. Et, crois-moi, j'ai passé un temps fou à emballer ma spongiure dans une coque de sorts chasse-moineaux.

— Pure abnégation de ma part, d'ailleurs, ajouta Pimprenouche sans relever, car la donzelle est farouchement hétérosexuelle. Evidemment, depuis qu'elle est défigurée, son amant l'a quittée pour retourner à ses anciennes amours.

— Ah ! Les hommes, balbutia Pétrol'Kiwi.

— Qu'est-ce que ces endives moites viennent faire là-dedans ? Loki est un korrigan. »

Pétrol'Kiwi lâcha sa fiole, au moment même où Pimprenouche lui tendait à nouveau sa coupe.

Quelques secondes plus tard, Pétrol'Kiwi ramassa la fiole et se mit à boire à longs traits, à même le goulot.

« Ce que Babine-Babine a fait là, murmura Pimprenouche, c'est… c'est mauvais joueur. C'est… c'est elfique.

— Elfique ? dit Pétrol'Kiwi en reprenant son souffle. Oui. Elfique. C'est ça. Elfique. Presque laid.

— Elle est en train de réinventer la méchanceté, en y ajoutant quelques fioritures inédites, soupira Pimprenouche. Or, une fée, ça a bien des défauts mais pas celui-là.

— Une fée, c'est… Si je me rétrosouviens bien, marmonna Pétrol'Kiwi, dans la future sagesse populaire, les fées seront sujettes à un nombre considérable de proverbes désabusés[1]. Comme : « Une fée, ça a un peu tendance à faire n'importe quoi pour se désennuyer ».

Pétrol'Kiwi agita la main au-dessus de sa coupe :

« Caltez de là, les feux follets. Vous savez bien que l'alcool, ça vous fait exploser.

— Je me rétrosouviens aussi, continua Pimprenouche, d'une gamine qui dira que ça ne sert pas à grand-chose, une fée. A part dire “Ta gueule !” et affubler les gens d'oreilles d'âne.

— “Les fées, ça n'est pas très patient”, qu'elle dira, la sagesse populaire. » Pétrol'Kiwi rota sans discrétion. Et “ça fait toujours des cadeaux encombrants”.

— “Ça n'est pas toujours très vif d'esprit”, ajouta Pimprenouche, et “pas éduqué”, non plus.

— “Ça a la citrouille facile”, compléta Pétrol'Kiwi.

— Et “un sens très personnel de la culpabilité”.

— “Ce sont des chipies”, aussi. “Qui ricanent bêtement entre elles”.

— Et “ça a des noms ridicules”. La sagesse populaire sera parfois bien mesquine, grommela Pimprenouche en repliant les jambes pour faire de la place à une ribambelle de pibels frigorifiés.

— Mais elle tombera d'accord avec nous, la sagesse populaire : “Les fées, ça n'est pas méchant”, conclut Pétrol'Kiwi. Tous les proverbes les plus idiots s'entendront là-dessus : les fées peuvent se montrer velléitaires, irresponsables et bornées, mais elles ne considèrent pas les autres comme des pigeons d'argile. Ou alors,

1. Cf. les tomes rétrosuivants. Ou postprécédents.

pas exprès. Et, surtout, elles ont le sens de leur propre intérêt. Une fée, au fond, c'est un peu comme une grenouille.

— Plaît-il ? émit Pimprenouche en grattouillant entre les deux yeux un bébé pibel qui se mit immédiatement à ronronner.

— Quand les fées deviennent méchantes, c'est signe qu'il y a une brusque variation de pression dans les masses magiques. La fée est l'équivalent éthéré d'un indicateur météorologique et Babine-Babine est en train de dégringoler en zone "Tempête".

— Considérant nos pouvoirs et la haute fragilité de ce monde, dit Pimprenouche sur un ton sentencieux en caressant le ventre du pibel qui avait roulé sur le dos, il est certain que si nous avions l'habitude de nous livrer à la cruauté, nous aurions dû, depuis longtemps, aller chercher une nouvelle biosphère en état de marche dans une autre dimension. En condamnant l'accès à celle-ci avec de grosses planches.

— Comme nous avons dû le faire, autrefois, pour le Sub-Ether.

— Voilà. »

Pétrol'Kiwi eut un petit reniflement gêné.

« Eh bien, ça nous a servi de leçon, conclut Pimprenouche. Les fées sont puissantes et immortelles. Notre seule chance de vivre à peu près agréablement dans un univers en un seul morceau, c'est de pratiquer assidûment l'innocuité et la futilité ! »

Pétrol'Kiwi haussa les épaules :

« Toute espèce douée de raison agit de même. Sauf à être suicidaire, ou profondément abruti, on se débrouille pour trouver le moyen de vivre en bonne intelligence avec son biotope. Et une fée des arbres qui répand, en pleine forêt, une spongiure féroce pour se venger d'une rivale, est-ce suicidaire ou stupide ?

— C'est elfique. » Pimprenouche soupira en repoussant doucement le pibel. « En ce qui concerne Babine-Babine, je ne sais plus quoi faire. A part la fuir.

— Ce qu'il faut faire, conclut Pétrol'Kiwi en nouant serrés ses fins sourcils, c'est trouver la cause de son pourrissement. Elfique, dis-tu ? Je crois que j'ai ma petite idée. Entre nous, câlins comme sont les pibels, maintenant que tu as commencé à caresser celui-là, t'es pas débarrassée. »

***

La lune posait une rognure d'ongle blanche sur le bord du miroir. Le reste était envahi par le reflet de Babine-Babine, une image à la fois parfaitement ressemblante et étrangement gauchie. Son visage apparaissait plus dense, plus expressif que dans la réalité, modelé par une main talentueuse et un maquilleur raffiné. Mais ses yeux la scrutaient sans aménité, impatients et accusateurs.

Tout à coup, une petite patte verte se déplia délicatement dans la tache de lune.

« Salut, toi », murmura Babine-Babine en saisissant, entre deux doigts glacés, la sauterelle qui sommeillait sur la tranche d'argent. Elle la posa sur la paume tendue de sa main et lui donna une pichenette, laquelle jeta l'insecte affolé sur son flanc vert pâle qui palpitait. La fée saisit alors délicatement l'insecte entre deux doigts et, avec deux autres doigts, arracha lentement les longues jambes arrière. Les deux pattes, séparées du corps, tressautèrent une fois. Babine-Babine les jeta devant elle, dans l'eau du lac. Elle déposa la sauterelle mutilée sur un de ses genoux et reprit le miroir qui avait glissé le long de ses cuisses, jusqu'au creux de son ventre.

Son propre reflet fixait sur Babine-Babine un regard intrigué, attentif ; un regard luisant de loup. Babine-Babine sourit, essaya plusieurs moues mutines qu'elle jugea terriblement séduisantes, regarda à nouveau la sauterelle qui patinait sur son genou cagneux de toute la force de ses pattes restantes.

« Eh bien ? murmura-t-elle enfin. Saute ! »

Surtout de la pomme

La petite idée de Pétrol'Kiwi était simple comme un coup de gégène :

« Je cloue Moudubas au sol et je lui tire les vers du nez au fer rouge, nous sommes d'accord. Mais ensuite ? C'est rancunier, comme engeance. Il va falloir que nous nous en débarrassions définitivement. Et comment faire pour se débarrasser définitivement d'un elfe noir ? C'est increvable, ces bêtes-là. »

Pétrol'Kiwi avait l'air inquiète.

« On pourrait peut-être le couler dans un lingot de fer ? suggéra Pimprenouche en éjectant pour la quinzième fois le petit pibel de ses genoux. Les elfes n'aiment pas le fer.

— Oui mais, la contredit Pétrol'Kiwi, le fer, ça rouille. Et je crois que cette pauvre écrevisse s'est grillée toute seule.

— On pourrait peut-être le jeter dans un puits de malédiction ? » Pimprenouche tira un poil du croupion du pibel qui s'étalait obstinément en travers de ses cuisses ; il se mit à piauler misérablement (« Couine ! ») mais ne se poussa pas d'un centimètre. « C'est interminable jusqu'à l'éternité, ces choses-là.

— Oui, mais je me méfie des puits de malédiction. On croit être débarrassé et paf ! Vingt mille ans plus tard, on se retrouve avec le même problème sur les bras, en encore plus colérique. Tu veux une pince ?

— Non, merci. » Pimprenouche se leva, agacée, et flanqua son pied dans l'arrière-train du pibel (« Couine ! »). « Il n'y a qu'à le boucler dans une naine brune ou un cul-de-sac spatio-temporel ! »

Pétrol'Kiwi secoua la tête :

« Il lui restera toujours la volonté de se venger et la puissance de l'Ether pour le faire. Et une demi-carapace ? Tu veux une demi-carapace ?

— Un sort d'oubli ? D'accord, oublie. Il est aussi magique que nous, cet effronté. Et j'ai horreur de l'écrevisse grillée. »

Pimprenouche se rassit devant Pétrol'Kiwi ; le pibel se lança immédiatement à l'assaut de sa cheville gauche. Dans l'aube naissante, le petit feu pâlissait. Pétrol'Kiwi le fit disparaître d'un claquement de doigts et jeta aux nixes les restes de l'écrevisse.

« Cavé ? Croissant ? »

Les deux fées déjeunèrent avec morosité, essuyant du bout des doigts la rosée au bord de leur tasse. Entre deux bouchées, Pimprenouche donnait des miettes au pibel qui s'était juché sur un de ses genoux. Une brume laiteuse montait en bouillonnant de la mousse, les primevères clignaient leurs yeux roses et jaunes, tandis que les alouettines se raclaient l'arrière-bec dans les hauteurs. L'air, opaque et froid, commença à se teinter d'un bleu de bon augure alors que Pétrol'Kiwi finissait son quatrième beignet à la gencive de lutin.

« Ou alors, je laisse l'elfe noir tel quel, cloué par terre, avec une bonne caverne murée autour de lui ? suggéra-t-elle la bouche pleine.

— Allons donc, grogna Pimprenouche en époussetant les postillons de beignet, un type cloué au fond d'un sépulcre ? Je ne sais pas… »

Elle posa sa tasse, essuya ses doigts dans le duvet rose du pibel, cueillit un coucou jaune et entreprit de le mâchonner.

« Je ne sais pas. J'ai peur qu'il trouve à sortir de son caveau.

— Comment ?

— Oh, par l'opération du, euh… d'une manière ou d'une autre. »

Les fées, ça sait flairer un mythe à trois lieues. Pétrol'Kiwi aussi avait un air rêveur en attaquant son cinquième beignet :

« Le tableau ne me déplaît pas, à moi. Et d'ailleurs… je ne sais pas pourquoi je dis d'ailleurs, d'ailleurs : ça n'a aucun rapport. Il faut chasser notre souvenir de son esprit, n'est-ce pas ? Alors, pourquoi ne pas lui broyer le cerveau ? D'un bon coup de pieu. Ou de plusieurs petits ? Lui enfoncer des épines dans le crâne ?

— Son cerveau repoussera.

— Sauf si les épines restent en place. Je pensais à une sorte de couronne…

— Je ne donne pas trois jours avant qu'un autre elfe ne la lui fauche, ricana Pimprenouche. Mais il m'a pissé dessus, ce salopiot !

— Balance-le. Alors, une seule épine, mais bien placée ?

— *Blam !* Où ça ?

— Couine !

— Pauvre bête. Entre les deux yeux, expliqua Pétrol'Kiwi. J'ai déjà vu ça. Un korrigan membre de l'équipe de ligue 1 de vessie gonflée de Goodelvzning, qui avait inondé sa troisième mi-temps. Il a confondu le ballon avec un hérisson. Pile entre les deux yeux.

— Et alors ?

— Alors, rien. » Pétrol'Kiwi eut une moue dépitée : « Pas mort, en pleine forme physique mais sinon, plus rien. Un légume. Plus d'envie, plus d'humeur, plus rien. On a dit que le hérisson lui avait volé son âme.

— C'est-à-dire qu'un des piquants avait sectionné une partie des fibres nerveuses qui alimentent le lobe préfrontal du cortex cérébral, fit Pimprenouche en tendant son reste de coucou à un daim qui traversait la clairière.

— Euh… oui, bredouilla Pétrol'Kiwi.

— Mais le korrigan est éthéré, non? Il pue, mon coucou? Matériélo-éthéré comme l'elfe noir, mais assez magique pour se réparer tout seul, non?

— Si on enlève l'épine, oui. Tu sais bien que les daims ne mangent que des feuilles de mokatier. Mais tu connais le climat, à Goodelvzning ? – 86 °C, les bons jours. Je veux dire, s'il y avait un jour. Donc, c'était un hérisson des glaces avec des épines en givre. Va-t'en discerner la chose sur un korrigan pâlichon qui vient de se rouler dans la neige.

— Mais on a fini par y parvenir, insista Pimprenouche. On a ôté l'épine et le korrigan a retrouvé toute sa sémillante personnalité, n'est-ce pas ?

— On y a mis le temps, mais on a fini par trouver. Le soir même, soupira Pétrol'Kiwi, il a fêté ça et confondu un ballon avec un dindon. »

Elles bâillèrent toutes les deux, en chœur, à la face de la première bouffée d'air tiède qui venait de trébucher du haut des frondaisons pour dégringoler jusqu'à elles, flottant dans ses jupons estivaux. Les chants des oiseaux bouclaient comme des serpentins au-dessus des arbres. Soudain, un faisan bigarré déboula dans la clairière, hirsute et mal-volant, pour venir percuter le bouleau dans une grande gerbe de plumes.

« Ce que c'est con, un faisan ! gloussa Pimprenouche.

— C'est de la famille des poules, sourit Pétrol'Kiwi. Poules. Poulets, poussins », murmura-t-elle. Le faisan, sonné, s'assit au milieu d'un soleil éparpillé de duvet blanc et de rémiges d'or. Il regarda la fée en clignotant de ses petits yeux idiots. Il secoua un peu ses ailes magnifiques et sa queue somptueuse, parfaitement inadaptées au vol en sous-bois, avec cet air douloureux du volatil condamné, par son propre instinct, à vivre en sous-bois.

« Cot ? fit-il doucement.

— Tu sais quoi ? dit Pétrol'Kiwi en fixant la pauvre bestiole accroupie en ses atours mortels. Pour venir à bout d'un elfe noir, il n'y a qu'un seul moyen : faire appel à une créature encore plus bête et méchante que lui, et la lui agrafer aux chausses pour l'éternité. Une créature tiers type.

— Tu veux parler d'une créature mystique ?

— Voilà. Magique, matériel, mystique : trois types, six solutions. A choisir, je vote pour le mystico-matériel, bien sûr. Je nous vois mal nous mêler de mystique pure : nous ne sommes pas des anges. Mais, en tant que fées sylvestres, nous devrions pouvoir donner dans le mystico-rustique. La déité du terroir. La créature primordiale, boueuse et mal lunée. » Pétrol'Kiwi ramassa quelques miettes de beignet et les jeta en direction du faisan, qui mourut de peur sur-le-champ. « Bon, je tiens mon dîner, au moins.

— Une créature chtonienne ? demanda Pimprenouche. Tu veux invoquer un gros monstre des profondeurs pour le lancer aux trousses de Moudubas jusqu'au gnab gib[1] ?

---

1. L'inverse du big-bang. Notion volée à Douglas Adams, *in* « Le guide du routard galactique » et suivants.

— Je veux utiliser sa propre méchanceté contre lui, expliqua Pétrol'Kiwi. Quelle créature pourrait en vouloir à Moudubas, encore plus que lui ne m'en voudra quand je l'aurai eu cloué au sol ?

— Tu me demandes qui peut en vouloir à mort à un elfe noir ? » Pimprenouche fit des yeux tout ronds : « Tout le monde ?

— Mais pour ce qui est d'en vouloir au-delà de la mort à cet elfe-ci, j'ai une idée un peu plus précise », ricana Pétrol'Kiwi.

***

La douleur n'est pas soluble dans le temps. En tout cas pas celle, sans issue ni remède, de l'agonie. La douleur stagne, forme flaque et croupit. Elle se calcairise, elle se fossilise, mais elle perdure tandis que la joie s'évapore. Raison pour laquelle les châteaux, quand ils sont hantés, ne le sont jamais par de joyeux lurons qui font gaiement cliqueter leurs chaînes en poussant des gémissements de plaisir.

***

« Honnêtement, je préfère la chasse à l'escargot. Ou au papillon. Ou même à la tortune à pointes, grommelait Pimprenouche qui, à quatre pattes, grattait au fond d'un terrier de rat les restes douloureux d'une agonie volatile. Ah ! J'en ai plein sous les ongles, j'ai horreur de ça ! » glapit-elle en jetant les grumeaux de douleur dans un sac en cuir. La souffrance résiduelle formait comme une glaire qui recouvrait les ossements et les plumes moisies. Pendant ce temps, imperturbable, Pétrol'Kiwi triangulait sur une carte leur prochaine destination :

« L'écho agonique est net. Nous filons droit sur le village de Joliflûtiau. Moudubas a dû y sodomiser tout un poulailler nain.

— Ça tombe bien, dit Pimprenouche en refermant son sac, j'ai un copain à saluer, là-bas. Ça fait des lustres que je ne l'ai vu. Et ça fait quatre heures que nous errons de tas d'os en tas d'os, j'imagine que ça va finir par suffire ? »

Pétrol'Kiwi soupesa le petit sac où grouillaient des gémissements gallinacés, fit la moue et estima :

« Il y a là de quoi invoquer une grosse bête. Voire une très grosse bête. Ne m'en veux pas, Pimprenouche, mais je préférerais qu'on ait de quoi pour une énorme bête. »

Les deux fées, fatiguées et boueuses, se traînaient sur une route défoncée par les pluies récentes.

« Tiens, marmonna Pétrol'Kiwi en désignant un amas d'osier pourrissant sur le bas-côté, un char ogre s'est farci une carriole naine.

— C'est signé Grobl'R, ricana Pimprenouche. Le marchand d'osier ogre de Vertcôtiau. L'osier se vend mal, cette année. Alors il crée de la demande, en quelque sorte. Avec son habituelle délicatesse de barrique.

— Tu connais bien les urbains, dis donc ! admira Pétrol'Kiwi.

— Non, mais... C'est-à-dire : surtout leurs femmes », admit Pimprenouche.

Elles s'arrêtèrent devant la palissade bien close du village de Joliflûtiau.

« Qui va là ? brailla le garde perché en haut de la tour de guet, penchant vers les deux fées son casque trop grand.

— La Force d'attraction Primordiale et sa Puissance Créatrice ! brailla Pimprenouche.

— Juste deux fées, ajouta précipitamment Pétrol' Kiwi en donnant un coup de coude dans les côtes de sa voisine. Pétrol'Kiwi et Pimprenouche, fées des arbres sis la forêt de Ahleschâmiaux, à l'est du lac Lofofora. Nous venons voir euh – comment s'appelle ton ami, Pimpin ?

— Pistou.

— Pistou, c'est ça. C'est un ami. A elle. »

Pétrol'Kiwi fit un grand sourire au garde qui, caché dans son petit mirador de rondins, lui répondit par une vilaine grimace :

« Et pourquoi voulez-vous le voir, Maître Pistou ?

— Pour baiser sa femme ! aboya Pimprenouche.

— Excusez-la, elle a un peu bu, bafouilla Pétrol'Kiwi en donnant un second coup de coude dans le sein droit de Pimprenouche. Pour faire une simple visite de courtoisie.

— Bon, bon, grommela le garde en descendant de ses rondins. La courtoisie, je comprends ça. Le reste aussi, notez bien.

— Et en plus, ça marche », murmura Pétrol'Kiwi avec effarement tandis que la porte tournait en grinçant. Le garde passa le bout de son casque par l'entrebâillement, scruta les deux visiteuses de haut en bas, et enfin s'effaça pour les laisser entrer. Une ligne de dents étincelantes apparut sous la visière rabattue :

« Excusez-moi pour les questions mais, la dernière fois que j'ai laissé entrer une fée, c'était un elfe noir. Vous n'imaginez même pas quels dégâts il a fait.

— Hélas si, soupira Pimprenouche.

— Et comment pouvez-vous être sûr que nous ne sommes pas des elfes noirs déguisés en fées ? demanda Pétrol'Kiwi.

— Parce qu'aujourd'hui, je suis à peu près à jeun, dit le nain en refermant soigneusement la palissade.

Il n'était même pas bien déguisé, l'elfe noir. J'ai honte.

— Je vois, fit Pétrol'Kiwi. Allure féline, regard oblique, des serpents plein les cheveux et une érection de cheval, c'est ça ?

— Non. Il était très aimable, voilà tout. Et moi, les fées, je les connais un peu, quoi. J'aurais dû me méfier. Bonne visite chez nous, mesdames. »

Le nain de garde ôta son casque trop grand et fit un gracieux salut aux fées, puis il se recoiffa et remonta prestement en haut de son mirador. Pimprenouche secoua l'épaule de Pétrol'Kiwi :

« C'est par là.

— Crénom, bredouilla Pétrol'Kiwi, il a un de ces sourires ! Et de ces yeux ! Et de ces…

— Tu iras lui demander de te faire visiter son mirador. Après. »

Les deux fées remontèrent la grand'rue de Joliflûtiau, Pimprenouche saluant une connaissance tous les trois pas et Pétrol'Kiwi scrutant chaque détail de sous un air indifférent. Plutôt qu'une rue, c'était un large chemin de terre piétinée serpentant entre des chaumines en pierres blanches, gaiement coiffées de paille dorée, et qui s'étalaient sur des pelouses assez mal tondues.

— Salut, Cumain ! Salut, Percy ! » frimait Pimprenouche en agitant la main à droite et à gauche, recueillant beaucoup de beaux sourires, autant d'exclamations chaleureuses et quelques grimaces. Elle s'arrêtait parfois pour tailler une bavette, tandis que Pétrol'Kiwi regardait autour d'elle : les portes et les fenêtres étaient grandes ouvertes, déversant des flots de naines affairées, du pain blond plein les bras, des nains diligents chargés de salades et de paniers d'œufs, d'enfants courant, de porchonous dodus et de volailles très dignes, en grand plumage. Les deux fées traversèrent un potager (« Alors, Phenouï ? Ça pousse ? ») puis un ru minuscule qu'enjambait un petit pont arqué. Elles croisèrent plusieurs troupeaux d'oies à la démarche papale, et une théorie de minuscules poussins jaunes qui s'éparpilla à leur approche comme un collier cassé. A un détour du chemin apparut une chaumine bâtie un peu à l'écart. A vue d'œil, c'était une boutique, ornée d'une enseigne en forme d'anguille.

A vue de nez, c'était effroyable.

Tout autour, sur une cinquantaine de mètres, au milieu de touffes d'herbe en mauvaise santé, quelques semis de pommes de terre agonisaient dans un silence poignant. Accroupi sur l'anguille en fer blanc, un vautour dormait.

« Bon sang, murmura Pétrol'Kiwi en se mettant un doigt dans chaque narine, z'est goi, zette oteur ?

— Ça, c'est le bon air du large du siècle dernier, soupira Pimprenouche en pressant le pas. La poissonnerie du village. »

Pétrol'Kiwi inspira par la bouche, libéra ses doigts, en tira un claquement mouillé et soupira de soulagement tandis que Pimprenouche grimaçait :

« Dis donc, il n'est pas un peu fort, ton sort ?

— Simple enchantement rapproché d'huile essentielle, répondit Pétrol'Kiwi. Ça sent meilleur, non ?

— Ça sent, pas de doute. C'est fait avec quoi ?

— C'est fait au plus court. » Pétrol'Kiwi jeta un œil sur les essences agricoles alentour.

« Ça sent surtout la pomme, grommela Pimprenouche.

— Y en a.

— Mais y a pas seulement que de la pomme. Y aurait pas des fois de la betterave ?

— Plutôt de la patate. J'ai fait dans le tout-venant.

— Alors la prochaine fois, risque-toi dans le bizarre. Nous voilà bientôt rendues, mon copain Pistou habite juste derrière. Figure-toi que je viens d'apprendre que c'est précisément chez lui qu'il y a trois matins de ça, toutes les volailles ont été retrouvées format X-Large, avec de l'omelette jusque dans le larynx. Vingt poules, trois canards, un jars et deux dindons.

— Deux dindons ? ?

— Il n'y a pas plus rancunier qu'un dindon. Même morts, ils glougloutent encore. La récolte sera bonne. »

Une poule en enfer

Pimprenouche mena Pétrol'Kiwi jusqu'à une jolie chaumière posée entre une fontaine, un petit étang et un poirier, auquel s'adossait un vieux poulailler. Pimprenouche frappa à la porte, qui s'ouvrit sur une naine dorée comme un abricot. Les deux fées l'avaient visiblement interrompue en plein pétrissage : elle était rouge, essouflée, et essuyait des mains blanches de farine sur son tablier. Sa cotte, à moitié délacée, avait glissé sur une épaule brillante de sueur. Elle cligna deux ou trois fois des yeux, le temps de reconnaître Pimprenouche dans le contre-jour, poussa un cri de joie et lui sauta au cou :

« Pimprenouchette !

— Pissaladièrounette !

— Que tu sens bon, ma galine ! C'est de la pomme ?

— Surtout de la pomme.

— Fais sentir encore ! »

Pétrol'Kiwi poussa un soupir, leva les yeux et commença à compter les poires du poirier. A 134, elle décida qu'elle n'était pas obligée de supporter ça et toussa bruyamment.

« Ha ha ?

— On ne parle pas la bouche pleine.

— Je disais, respira Pimprenouche, ça va ?

— Non ! Je fais une allergie aux bruits d'évier. » Pétrol'Kiwi agita le sac, dans lequel gigotaient toujours des larves de douleurs aviaires. « Et on a un sac à finir. »

Pimprenouche grommela, dénoua ses bras de la taille de Pissaladière et rajusta ses soieries tandis que la naine relaçait sa cotte et que Pétrol'Kiwi relevait les yeux vers le poirier en resoupirant.

« Alors, Pissaladière, il paraît que l'elfe à trois pattes a visité votre poulailler ?

— 147, 148…

— Une hécatombe, ma bonne amie. Ça date d'il y a trois jours. Tu as besoin d'un peigne ? Non ? Suivez-moi, je vais vous montrer. »

Le poulailler était tapissé de paille, de duvet, de débris de coquilles et de piaillements spectraux. Pétrol'Kiwi les cueillit un par un tandis que Pimprenouche saluait Pistou, survenu sur ces entrefaites, avec autant de chaleur mais moins d'humidité que sa femme. Il lui rendit force accolades, en donna sa part à Pétrol'Kiwi et s'exclama :

« Venez avec moi, mes toutes belles ! Je vais vous montrer ma nouvelle décapotable ! »

Ivre d'enthousiasme, il leur fit faire trois fois le tour d'une coquille d'osier capotée de cuir brut et posée sur quatre roues immenses :

— C'est une 6 bancs TDI ! Quatre amortisseurs en cuir de zébulon tressé, carrosserie osier de Gué-Droit, essieux plaqués bronze, triples rênes ! Et le fouet est offert.

— Garage Grobl'R ? demanda Pimprenouche.

— C'est ça. Jolie, n'est-ce pas ? Un peu chère, mais il n'en avait plus qu'une, paraît-il. Et le fouet est offert. Joli fouet, n'est-ce pas ? Vous voulez l'essayer ? demanda Pistou, prêt à tout pour partager son ivresse. Je vous dépose où vous voulez ! Allez, ça me fait plaisir. Vous voulez voir mon nouveau village ? Il n'est pas à moi, bien sûr. Mais c'est mon idée, et j'en suis très fier ! »

Les deux fées montèrent dans la carriole, s'installèrent inconfortablement sur les bancs en bois, et Pistou lança ses poneys d'un claquement de langue.

La carriole filait entre deux prés verdoyants, le soleil tapait et Pétrol'Kiwi décida de se détendre un peu. A ses côtés, le sac se tortillait comme une colique. Le plus répugnant restait à faire, bien sûr…

« On y est ! annonça Pistou.

— C'est un village nain ? » demanda Pimprenouche.

Ça y ressemblait, en tout cas. En tout petit, et en tout de guingois. Chaumines bancales, meules de foin mal montées, potagers minuscules où les choux se prenaient pour des tournesols.

« Tiens ? On fait sécher le linge sale, ici ? s'étonna Pimprenouche en avisant un drap couvert de taches accroché à un fil.

— Ah ! Norbert Octave Edouard s'est encore mélangé dans les processus, soupira Pistou tout en décrochant le drap épais, brodé sur le côté d'un N, d'un O et d'un E en coton rouge. Je lui ai expliqué quinze fois, pourtant. Et dessiné deux. Norbert Octave Edouard ! »

Pétrol'Kiwi eut un hoquet : ce qui venait de sortir de la chaumière à l'appel de Pistou n'était pas un nain. Et d'abord, c'était vert.

« Norbert Octave Edouard, je te présente Pimprenouche et Pétrol'Kiwi. Pimprenouche et Pétrol'Kiwi, je vous présente Norbert Octave Edouard.

— Ah.

— Oh. »

Les deux fées regardaient le jeune humain avec circonspection, tandis qu'il fixait avec atonie un probable rêve de sieste. Il n'était pas très beau. Les boutons, probablement. Les cheveux, aussi. Et l'odeur, bien sûr. Et puis le vert, ça ne va avec rien. Et surtout, Norbert Octave Edouard n'avait pas l'air vif. Et un regard d'escargot avec des freins.

« C'est la première fois que j'en vois un en vrai, murmura Pimprenouche.

— Mais je croyais qu'ils…, bafouilla Pétrol'Kiwi.

— Oh ! vous pouvez vous adresser à lui directement, assura Pistou. Il comprend parfaitement. N'est-ce pas, Norbert Octave Edouard ? »

Norbert Octave Edouard eut une vague mimique d'acquiescement, comme une vaguelette soulevée par une cuillère nonchalante à la surface d'un bouillon gras.

« Mais je ne pense pas que ça l'intéresse, conclut Pistou. Hélas. »

Affectueusement, il réajusta les pans de chemise de Norbert Octave Edouard, lui retira un pissenlit de l'oreille et un bout de tartine du haut-de-chausse. Puis, avec de grands gestes, il tenta à nouveau de lui infuser quelques notions d'hygiène.

« Non, pas ça. Ça, c'est la naphtaline. Savon. Répète. Ici, plutôt. Non, pas comme ça. Recrache ! Voilà. De haut en bas. Non ! Eh bien, tant pis, tu vas le chercher, grand nigaud. Non !! »

Pistou se pencha par-dessus la margelle du lavoir :

« Le bras seulement ! »

Pétrol'Kiwi et Pimprenouche, fascinées, s'assirent dans l'herbe. Pétrol'Kiwi grattouillait son sac geignard en lui roucoulant des « Petit, petit », Pimprenouche suçotait un coucou jaune. Finalement, Pistou parvint à obtenir un drap propre (putativement : sous la mousse, on ne voyait pas très bien) accroché à plat sur un fil tendu, et qui gouttait un peu moins que Norbert Octave Edouard.

« Une heure, siffla Pimprenouche. Ça a pris une putain d'heure ! C'est désespérant.

— Tu ne sais pas regarder, répondit Pétrol'Kiwi. En une heure, le gamin n'a pas fait un geste de plus que ce que lui a demandé Pistou. Sauf un.

— Lequel ?

— Il s'est gratté le cul.

— Fascinant.

— Pour une qui fait grand cas du corps et de son langage, je te trouve bien non-comprenante. Qui sait repérer où ça le gratte et se gratter là où ça le démange en sait assez pour bien vivre. Ce grand dépendu n'a pas la tête vide : elle est remplie à craquer par le sens de son propre confort. C'est un jouisseur effréné doublé d'un égotiste parfait et d'un feignant de compétition, qui n'apprendra jamais rien afin que Pistou continue à tout faire à sa place. Un peu comme un… – Pétrol'Kiwi se mordit la lèvre, à la recherche d'une comparaison percutante : un navet.

— Uh ? dit Pimprenouche. C'est bizarre, quand on me parle égoïsme, paresse et jouissance, ce n'est pas précisément l'image d'un navet qui me vient en tête. Plutôt celle d'un chat, en fait.

— Eh bien, ta tête a tort. Le navet pique toute l'humidité aux autres légumes, et planque son opulente brioche charnue dans une discrète motte de terre, en ne laissant dépasser qu'une barbe miteuse qui ne fait envie à personne. Tandis qu'un chat, ça se voit tout de suite, qu'il se fout de toi. En manchon, il fait assez joli et en ragoût, il est meilleur que le navet.

— *Tout* est meilleur que le navet.

— C'est ça, l'idée. »

Pimprenouche fit « Hon hon » et cueillit un coucou frais tandis que Pistou, soucieux du détail, lardait le drap de pinces à linge.

« Ce n'est pas facile, lança-t-il aux deux fées avec un clin d'œil, mais ça vient. Je sens que ça vient.

— Hon hon, répéta Pimprenouche. Quelqu'un de votre famille, ce Norbert Octave Edouard ?

— Un cousin. Mon petit-fils aussi est ogro-nain. Mais avant de faire… de ne pas savoir faire la lessive, il a le temps. »

Pistou secoua énergiquement la brosse, faisant tourner dans le soleil de grandes roues de gouttelettes.

« C'est en le berçant que l'idée m'est venue. Je me suis dit qu'au lieu de laisser ces petits moisir près de la huche à pain, on pourrait peut-être leur apprendre à pétrir. Que, peut-être, à force de les croire privés de libre-arbitre, on ne leur laisse pas l'occasion d'en avoir. J'ai proposé à mes concitoyens d'aider nos métis à se bâtir un village, et ils ont accepté. Voilà. L'expérience est en cours.

— Hon hon. Tu es bon, Pistou, machonna Pimprenouche.

— Non. Le bien qu'on fait aux autres, c'est du lustrant qu'on passe sur son propre miroir. La bonté, après tout, c'est un luxe qu'on ne peut se permettre qu'en environnement favorable. On peut être bon à tout propos, mais pas avec tout le monde. Dans les épines du vrai monde, être bon, c'est… une mauvaise rime.

— Et d'après vous, susurra Pétrol'Kiwi, les humains ne sont pas du bois sur lequel poussent les épines ?

— Té ! Vous les avez vus, non ? Pour être méchant, il faut penser un peu.

— J'ai vu, oui. Et votre expérience en cours, elle court vers quoi, à votre avis ? »

Pistou finit de ramasser quelques pinces à linge, les posa sur la margelle près de la brosse, puis vint s'asseoir à côté des fées :

« Elle court en rond, à mon avis. Ils apprennent peu et lentement mais surtout, ils oublient vite et beaucoup. Le fond du problème, c'est qu'ils ne s'intéressent à rien. Vous n'auriez pas un sort d'ambition ?

— Hon hon, fit Pimprenouche.

— On n'est pas pour déséquilibrer les écosystèmes, ronchonna Pétrol'Kiwi. Déposer un peu d'ambition dans cette tête verte, allez savoir ce que ça donnerait.

— De belles plantes, sûrement, estima Pistou. Ils sont gentils comme tout ! Pleins d'affection.

— Vous voulez dire qu'ils sont câlins ?

— Voilà.

— Je perçois une certaine différence, marmonna Pétrol'Kiwi.

— A propos de perception, osa Pistou, vous ne trouvez pas que ça sent la pomme ?

— En partie, en partie. »

Au crépuscule, Pistou déposa les deux fées non loin de la clairière au bouleau malade et, tandis qu'elles saluaient le départ de la carriole du bout de la main, Pétrol'Kiwi demanda à Pimprenouche :

« Tu crois que ton copain a conscience de se donner beaucoup de mal pour un ramassis de sybarites aussi affectueux que des calculs rénaux ?

— Aucune idée. Tu crois qu'il est bientôt fini, ton sort d'huile essentielle ?

— Pareil. »

Les deux fées regardèrent la carriole fondre dans l'or du couchant puis s'enfoncèrent au plus sombre de la forêt, le sac gigotant toujours sur l'épaule de Pétrol'Kiwi.

***

Moudubas, qui venait de dévorer trois petits lapereaux tout frais pondus et de déposer le quatrième dans une fourmilière, pour voir, s'apprêtait à entamer une bonne sieste bien méritée. Vautré dans l'herbe aussi luisante qu'une fourrure, il étira son long corps obscur. En ronronnant, il frotta son nez arqué contre les jupons frais d'une fleur de rhododinium écarlate. Le saucissonnier sauvage au pied duquel il s'était allongé portait de petits fruits d'un vert acide, qui oscillaient comme de grosses gouttes de pluie prêtes à tomber. Moudubas rit longuement au nez du soleil, du ciel éclatant et de l'averse charnue en suspens au-dessus de lui. Puis il tourna la tête de côté et ferma les yeux en soupirant de bien-être. Ses longues griffes se posèrent doucement sur sa poitrine, ses deux pieds piquèrent du gros orteil l'un vers l'autre et, deux minutes plus tard, il ronflait avec opulence.

Pétrol'Kiwi s'approcha à pas feutrés de l'elfe noir. Elle avait revêtu toutes ses protections de cuir, tannées et balafrées par les onguents les plus audacieux, et tenait à la main un fagot de dix lances finement épointées, taillées dans une vieille grume de pimpasol bien sèche : on ne se méfie jamais assez des elfes noirs. Ils n'ont pas l'ampleur éthérée des fées mais, au pied de la réalité tridimensionnelle, ils sont un peu plus rapides et, surtout, beaucoup plus vindicatifs. Bons lanceurs de petits sorts mesquins, ils sont aussi exceptionnellement résistants à la magie. Pétrol'Kiwi savait que sa seule chance de parler de façon rentable avec Moudubas revenait à lui mettre d'abord la pâtée, et que sa seule chance d'y parvenir était de le surprendre, afin de réussir à le priver, en même temps, de la libre disposition de ses mains et de sa parole (sans oublier les dents).

« Autant le tuer tout de suite. Ce qui ne sera pas commode pour le contraindre à répondre à mes questions », s'était-elle dit avant de se rappeler que Moudubas était presque aussi immortel qu'elle.

Ce qui lui simplifiait singulièrement la tâche.

L'elfe noir dormait comme une statue tombée, un gisant d'ébène sans défaut dont la peau buvait toute la chaleur du jour. Son torse bombé montrait, comme un bouclier, des inserts de reflets aussi étincelants que des ferrures d'argent, et ses jambes interminables luisaient sous un glacis de sueur. Ses cheveux dénoués sur l'herbe avaient la grâce inquiétante d'un nœud de vipères repues, lovées autour de son profil très pur. Pétrol'Kiwi, tout en démêlant silencieusement son fagot de lances, songea qu'un jour, elle prendrait enfin le temps de se laisser envahir par le trouble exquis que lui inspirait l'elfe noir. Le jour où elle l'aurait empaillé. Puis elle leva la première pique et, d'une poussée, perfora proprement l'épigastre de Moudubas. Il y eut un « Crac ! » de crayon brisé tandis que la pointe crevait le sternum et s'enfonçait entre les poumons avant de pulvériser deux vertèbres. Avec un « han ! » besogneux, Pétrol'Kiwi enfonça la lance profondément dans la terre, jusqu'à mi-fût, alors que Moudubas ouvrait de grands yeux stupéfaits et une grande bouche pleine de sang. Pétrol'Kiwi cloua au sol la paume d'une main, à la volée, puis le poignet opposé, de la même façon qu'on fixe un ourlet avec deux épingles. Posément, elle doubla chaque lance d'un second trait orienté en angle inverse, afin que les soubresauts d'agonie de Moudubas ne les arrachent pas. Par contre, pour immobiliser les jambes qui bottaient désespérément et projetaient en tous sens des mottes de terre, elle dut s'y prendre à plusieurs reprises : l'elfe avait la cuisse dure et le mollet fluet.

Pétrol'Kiwi s'essuya le front et recula pour juger du résultat. Ce n'était pas très beau, c'était humide et plutôt salissant ; de plus, ça émettait des gargouillis mais enfin, ça tenait. Moudubas tremblait à grands spasmes, cloué à la terre sanglante et couvert de petits saucissons verts. Pétrol'Kiwi soupira, essuya son visage et ses mains écarlates, rejeta en arrière ses longs cheveux rougis, et alla s'accroupir près de la tête de l'elfe. Les immenses yeux noirs papillotaient de souffrance, du sang coulait sans arrêt de la bouche désarticulée. Pétrol'Kiwi se releva, arracha les deux piques qui transperçaient la poitrine de Moudubas et attendit, quelques minutes, que la plaie béante se referme. Puis elle reposa l'extrémité d'une des piques sous l'arceau costal, juste au milieu de la plaque abdominale à petits carrés prétentieux :

« Si j'étais toi, je répondrais à mes questions. »

Moudubas cracha un dernier caillot, toussa un coup et croassa :

« Ah bon ? »

Pétrol'Kiwi appuya un peu sur sa lance :

« Babine-Babine, c'est un nom qui te dit quelque chose ? »

Tout en maintenant fermement la pointe contre le bedon irréprochable, Pétrol'Kiwi fixait avec attention les lèvres tremblantes. En quelques syllabes incantatoires, ce salopiot pouvait lancer un sort de déplacement, ou de termites, enfin lui faire faux bond. Après quoi, elle n'aurait plus qu'à numéroter ses abattis en attendant la vengeance, plat que les elfes noirs mangeaient en général à peine cuit et avec beaucoup d'éclaboussures. Il ne lui resterait qu'à déménager de ce continuum-là, ou à supporter des jetés de désherbant dans ses plantations pendant les siècles des siècles.

Moudubas ouvrit en effet la bouche, mais il n'articula rien de plus élaboré qu'un ricanement encore graisseux de sang. Pétrol'Kiwi leva sa lance :

« Moi, je suis contre mais je pressens, hélas, que la suite va être longue et désagréable. Babine-Babine est une vieille amie. Une vieille, vieille amie, insista la fée. Ça fait trois big-bangs qu'on se connaît. C'est te dire à quel point elle m'exaspère. Une belle exaspération comme on n'en fait plus de nos jours. Ça me ferait deuil de la perdre. Or je suis en train de la perdre, ma Babine-Babine. Elle et ses histoires de fesse futiles, ses tenues vestimentaires hurluberlutes, sa naïveté de veau sous le pis et son inconcevable maladresse. Je ne la reconnais plus. Elle ne se ressemble plus. C'est à toi qu'elle ressemble, désormais. Et j'aimerais bien savoir pourquoi.

— Je suis censé en avoir quoi que ce soit à foutre, de vos histoires ? toussa Moudubas, plus trouilloté qu'une pomme de douche, en crachotant quelques caillots résiduels.

— Censé, toi ? Haha. Tu as *intérêt* à en avoir à foutre. Tu me crois sur parole ou je te prouve ? »

Pétrol'Kiwi leva sa lance et[1]

***

A quelques centimètres du pied droit de Moudubas, un piqueqnaqui (scarabée noir que les impératifs de la Nature poussent à forer la chair des saucissons sauvages pour y pondre ses œufs) s'attaquait à un des petits fruits verts éparpillés autour du corps de l'elfe noir.

« Xyvrumbfd, marmonnait-il en son langage, qui m'a fichu des fruits aussi durs ? C'est pas des mandibules, c'est des pinces coupantes qu'il me faudrait[2]. »

***

L'humeur vitreuse coulait sur les joues de Moudubas. Avec un soupir de dégoût, Pétrol'Kiwi inséra la pointe d'une de ses lances sur le côté de la mâchoire crispée et [3]

***

Le petit piqueqnaqui faillit être emporté par une rafale de sang tiède. Il pataugea bravement et parvint de justesse à remonter sur son saucisson.

---

1. Note de l'éditeur : Merci de ne pas oublier que la collection Fantasy n'est pas une collection gore. *

* Note de l'auteur : D'accord.

2. NDE : C'est quoi, *ça* ? **

** NDA : Une ellipse.

3. NDE : Cf. 1. ***

*** NDA : Cf. *

« Franchement, râla-t-il, à part des enclumes et des hallebardes, il est tombé du ciel tout ce qui pouvait en tomber ! »

Il nettoya soigneusement le fil de ses mandibules et, avec des ahanements de bûcheron, réduisit en purée trois grammes supplémentaires de pulpe acide[1].

***

« Tu as *craché* dans le vernis ? ? »

Finalement, au milieu de gargouillis dont la teneur et l'origine sont tenues pour malvenus, Moudubas avoua.

« Du sperme ? » comprit Pétrol'Kiwi. Elle planta sa lance dans la terre[2] et massa son biceps fatigué :

« Tu as mis du *sperme* dans un philtre à miroir magique ? Du sperme d'elfe *noir* ?

— …, gargouilla Moudubas.

— Oui. Oui, bien sûr. Du sperme. Et de l'or. Ma foi… »

Pétrol'Kiwi médita quelques secondes sur les effets conjugués d'une semence magique (*une semence grouillant de trois cent millions de petits concentrés de méchanceté en pleine crise de fertilité*) et d'un métal vicieux (*inoxydable et criminogène*). Pendant ce temps,

---

1. NDE : Ellipse : (fém.) Une ellipse est un procédé de rhétorique consistant à **omettre** un ou plusieurs mots, voire un passage entier, et à **laisser le lecteur** le reconstituer lui-même. Larousse © *

* NDA : Liberté de création artistique : (fém.) Droit inaliénable, pour un auteur, d'employer les procédés rhétoriques qu'il veut. **

** NDE : Ce n'est pas dans le Larousse. ***

*** NDA : Non, c'est dans le Code du Travail.

2. Note du piqueqnaqui : Je retire ce que j'ai dit, pour les hallebardes.

l'esprit troublé par les brusques variations climatiques, le petit piqueqnaqui grimpait aveuglément le long du fût de la lance. Finalement, Pétrol'Kiwi arracha ladite lance du sol, grimaça comme son coude la lançait (*Ça y est ! J'ai un torture-elbow*) et recreva l'œil de Moudubas, jusqu'à l'occiput cette fois. Les gargouillis cessèrent enfin.

Au prix de manœuvres peu racontables, Pétrol'Kiwi traîna le corps disloqué jusqu'à une grotte obscure au fond de laquelle Pimprenouche, agenouillée, officiait.

« Ça y est ? demanda Pétrol'Kiwi.

— Dag donnera degi dagron !

— Apparemment pas. »

Elle recloua Moudubas au sol rocailleux couvert d'une mince couche de gadoue, puis s'approcha prudemment de la fissure qui s'ouvrait au fond de la grotte (quoique le terme « gouffre » ait été plus approprié). Il n'en montait que ténèbres et froidure, le froid intense des immensités souterraines.

« Broniannem !

— Bien dit », approuva Pétrol'Kiwi tandis que Pimprenouche se relevait en se massant les genoux, puis ramassait vivement ses cornues, bougies, chaudron et baguette magiques étalés autour d'elle. Elle les fourra dans une besace et recula de trois pas. A terre, au milieu d'un pentacle, le sac empli de douleurs aviaires s'agitait de façon frénétique.

Une couture craqua.

« Vite ! »

Pimprenouche attrapa le bras de Pétrol'Kiwi qui, fascinée, essayait de comprendre ce qui était en train de naître, crépitant et emplumé, au centre du pentacle.

« Il arrive ! »

Un vent glacé jaillit du gouffre au fond de la grotte, s'accrochant aux cheveux des fées, effaçant le pentacle et éparpillant des embruns de sang elfique.

« Pétrol ! »

Les deux fées sortirent en courant de la grotte. Une fois à l'air libre, Pimprenouche fit volte-face, chancela sous la rafale et, d'un grand geste affolé, écroula l'entrée de la grotte.

Les deux fées, essoufflées, se regardèrent sans mot dire. La fumée dégagée par l'éboulis se dissipait rapidement. Le soleil et le silence, ou du moins ce tutti frutti de hurlements d'oiseaux et de piaillements de fées clochettes qui en tient lieu en pleine forêt, reprenaient lentement leurs droits.

« Et maintenant ? demanda Pétrol'Kiwi.

— Maintenant ? Maintenant, je me souviens que tu m'avais parlé d'un truc nommé… Tsin-Tao ?

— Shu-Shen. Mais c'est pas chinois. »

Pétrol'Kiwi commença à délacer ses braies pleines de sang séché.

« Shu-Shen, répéta Pimprenouche en ôtant ses lourds bracelets d'invocation. S'il n'y a pas de pomme dedans, j'en prendrais bien un verre. Ou deux. »

***

Dans les ténèbres sans failles de la grotte murée, le vent se jetait toujours en hurlant contre la roche, soulevant des trombes de poussière. Puis il se tut net, comme une corde qui casse.

La poussière commença à retomber.

La lance qui traversait le crâne de Moudubas, sous l'action lubrifiante de fluides divers, commença à glisser, centimètre par centimètre, hors de l'orbite.

Une demi-heure plus tard, la poussière était entièrement retombée sur le sol et la lance, avec un petit chuintement dégoûtant, glissait et roulait dans la boue. Cinq minutes plus tard, Moudubas essayait d'accommoder avec ses nouveaux yeux et n'y parvenait pas : l'obscurité était totale.

Il tenta de bouger, hurla de souffrance, tira comme une brute : la pointe de la lance fichée dans son avant-bras droit ripa sur la roche. Il plia péniblement le coude, planta ses dents aiguës dans le bois et réussit à se dépiquer. Suant de douleur, il vint aussi à bout de la lance qui transperçait son coude gauche et, juronnant au milieu d'un flot de salive sanglante, saisit la hampe qui lui trouait le poumon.

C'est alors qu'il entendit un bruit. Comme le raclement de lourdes herses de fer traînées sur du roc.

Pris d'une nouvelle suée d'agonie, il parvint à extirper la pointe de sa poitrine. Le mouvement lésa le muscle cardiaque et l'elfe noir mourut, pour la dix-septième fois en moins de trois heures.

***

Allongées sur l'herbe dans leurs soieries mouillées, Pétrol'Kiwi et Pimprenouche buvaient à la file de petits verres de Shu-Shen sec.

« Du sperme et de l'or, murmura Pimprenouche. Babine-Babine regarde au fond d'un gouffre, et ce gouffre lui renvoie son regard avec des yeux pleins de haine et d'avidité. Et de luxure, certes, mais ceci ne compense pas cela.

— Je crois que les qualificatifs appropriés sont plutôt séduction et malignité, marmonna Pétrol'Kiwi. Mais je n'avais pas pensé à l'avidité. Une sorte de tension permanente…

— Une connerie dévorante, oui !

— Dévorante comme la fièvre de l'or ou la flambée du slip. Repasse-moi le tonneau. »

***

Une fois son cœur repoussé, Moudubas se sentit mieux. En deux contractions et trois injures, il fit sauter les dernières lances. Puis il s'assit et attendit que ses tibias se ressoudent, tout en prêtant une oreille attentive à son environnement. Il était peu familier avec les puissances telluriques qui, pour leur part, ne voulaient pas entendre parler de lui, aussi son sens de l'orientation battait-il de l'aile dans ce cul de basse-fosse. Mais il arrivait à sentir, autour de lui, un espace assez vaste. Dépourvu de mobilier. Avec, peut-être, un petit courant d'air, par là ? Et puis, cette espèce de chuintement massif, de l'autre côté. Une… présence *?* Muette et énorme.

« COT ? »

***

« Il n'y a pas trente-six moyens : une bonne masse par d'sus, une bonne enclume par d'sous, le miroir au miyeu, et le problème est réglé, moi j'dis, bafouilla Pétrol'Kiwi.

— Pas sûre qu'ce soit si simple, fit Pimprenouche d'une voix tout aussi morne mais un peu moins pâteuse. Il reste du Chouchou ?

— Shu-Shen. Il en reste un bas-fond. Avec du moût dedans.

— Glouglou.

— Pas sûr, c'est sûr, reprit Pétrol'Kiwi. D'après ce que m'a dit Service-client, faire un miroir, c'est pas simple, alors j'imagine que le défaire, c'est plonpliqué. Pliqué.

— Il est raide, ton moût.

— Nous sommes deux, hoqueta Pétrol'Kiwi en roulant sur le côté. Tu peux me dire pourquoi on picole dès qu'on a un problème ?

— Pour oublier ?

— Note qu'on picole aussi quand on n'en a pas.

— Pour fêter ça ?

— Ça s'tient. Mais pas debout, kh kh kh.

— Tu m'aimes ?

— Franchement, dans la vie, fit rêveusement Pétrol'Kiwi, t'enlèves la bouteille, qu'est-ce qu'il te reste ?

— La fesse ? »

Il y eut un long silence. Un lutin hardi grimpa sur le tonnelet de Shu-Shen. Le vent d'une baffe fit tomber son bonnet et il se carapata, la bouche pleine, en direction d'une souche creuse.

« Les arbres, dit finalement Pétrol'Kiwi. Je préfère les arbres. Mollissent pas, ronflent pas, réclament rien, grainent proprement et meurent en silence.

— Oui mais, s'anima Pimprenouche, il y a des tas de trucs sympas qu'on ne peut pas faire avec un arbre.

— Cite-m'en un.

— …

— Un seul.

— Je préfère pas, bafouilla Pimprenouche.

— Ah ! Tu vois ?

— Glouglou, répondit Pimprenouche.

— Bon, et ce foutu miroir, alors ? Comment on le détruit ?

— Comme d'habitude, soupira Pimprenouche. Au prix d'un effroyable tintouin. Les objets magiques, pour s'en débarrasser, c'est trois kilomètres d'invocations, une fabrique de chaudrons et des ingrédients de la mort des fées. Si c'est pas pire.

— Ça peut ?

— Oh oui.

— Tu veux dire : six kilomètres d'invocations, un consortium d'usines de chaudrons et des ingrédients du Sub-Ether ?

— Je veux dire : une putain de quête. »

***

Moudubas se leva avec une extrême lenteur. Il sentit rouler sous sa main une lance boueuse et referma sur elle des doigts glacés par l'appréhension. En temps normal, un simple « Cot » suffisait à lui donner une érection de type matinal. En mode normal, plutôt ; environ 10 décibels. Mais là, on frôlait les 120. Il sentit ses fesses se serrer l'une contre l'autre, comme deux petits poussins perdus dans la forêt.

Il y eut à nouveau ce raclement de griffes géantes contre le roc, la rumeur confuse d'un ébrouement de dinosaure mouillé, et une épaisse puanteur de plumes et de guano commença à se répandre.

« COOT. »

Moudubas serra sa lance et la pointa devant lui, dans la direction du rugissement.

***

« Et l'elfe noir ? demanda Pimprenouche. Tu crois pas qu'on y est allé un peu fort, avec lui ?

— A'c un elfe noir ? Pas possib'.

— Ou un peu faible ? La bestiole va chercher à le picorer sauvagement, c'est sûr. Poussée par la faim, l'atavisme et la rancœur de 192 agonies aviaires. Et toute la puissance de la Terre. Laquelle est remarquablement imperméable à l'Ether et à sa magie.

— Rrr », répondit Pétrol'Kiwi.

Pimprenouche secoua le tonneau :

« Elle aurait pu m'en laisser, la garce. N'empêche que si ce monstre chtonien tient bien de la poule, il a une capacité de concentration de, oh, huit secondes ? Tu crois que ça suffira ? Pétrol ? Pétrol !

— Par quoi veux-tu qu'elle soit déconcentrée, ta foutue poule ? râla Pétrol'Kiwi en se tournant de l'autre côté. Y a rien d'aut' que l'elfe, dans la grotte.

— Il suffit d'un rien, marmonna Pimprenouche. Même d'un tout p'tit rien… »

***

Moudubas serra les dents pour les empêcher de claquer. Ça bougeait, devant lui. Quelque chose bougeait. Une masse énorme. Enorme ! Tellement haute qu'il se demandait où avait bien pu passer le plafond. Une masse de chaleur gallinacée qui crissait, tanguait, grinçait – et s'approchait, en faisant insupportablement tinter ses ergots d'acier contre le roc. Moudubas suait comme on pisse. Perdu dans cette obscurité parfaite, cette prison tellurique, il essayait vainement de trouver un sort à la hauteur (*Invisibilité ? C'est idiot. Chêne-timber ? Pas crédible. Saut de grenouille ? Ça mange quoi, au juste, une poule ?*).

Moudubas leva sa lance. Ses sens elfiques décryptaient à toute vitesse la moindre de ses sensations et l'emplissaient, au même rythme, d'un désespoir abject. Malgré le noir, il *savait* ce qui avançait vers lui. Malgré l'odeur affriolante du guano, il *sentait* la véritable nature de ce qui marchait sur lui. Il la *connaissait*. Il en avait plein les veines. Le vieux démon familier.

La destruction.

« COOT ! »

***

A quelques mètres de Moudubas, le petit piqueqnaqui décida de faire contre mauvaise fortune bon cœur, et entreprit de forer courageusement le flanc arrondi d'une lance abandonnée.

Ce n'était pas tellement plus dur qu'un saucisson sauvage.

L'allégorie du cornichon continental

« Tu as déjà fini ton Shu-Shen ? » demanda Service-client. Pétrol'Kiwi posa son casque sur le comptoir usé de la boutique d'herboristerie de la rue Sainte-Bérégonne, Ether.

« Oui. Non. Si, mais ça n'est pas grave. Je ne suis pas venue pour ça. Je suis venue parce que j'ai besoin d'un conseil. »

Service-client, sans lever les yeux du pain de cire à cacheter qu'elle faisait fondre au-dessus d'un bec bunsen, hocha brièvement la tête :

« Coûte cher, ça. Et ton bouleau, comment va ?

— Va bien. Ton emplâtre l'a guéri. Le problème est que l'épidémie s'est répandue, et que j'ai eu du mal à la gagner à la course.

— Ah. Tu n'avais pas isolé la plaie ?

— Seulement contre les méfaits du hasard. J'avais oublié ceux de la malfaisance.

— Espèce de jeune. »

Service-client fit couler une longue larme, rouge et luisante, sur un bouchon de liège qui fermait une petite fiole de verre dépoli. Pétrol'Kiwi s'assit sur un haut tabouret et passa en soupirant une main pâle dans sa chevelure ébouriffée.

« J'ai un vrai problème, Service-client.

— Je me doute, murmura celle-ci en appliquant un sceau de bronze verdi dans la cire encore ductile. Vu la tête que tu fais quand tu descends de ton engin, je me doute que tu ne montes pas dessus sans une bonne raison. Alors ? Une mycose sur ton chêne préféré ?

— Un miroir magique défectueux.

— Aïe ! »

Service-client souffla sur son doigt, reposa le sceau et éteignit le bec bunsen. Puis elle dévisagea un instant Pétrol'Kiwi :

« Babine-Babine ?

— Elle-même. Sans aide, elle n'aurait probablement réussi qu'un miroir magique fuyard. Mais elle a été aidée. Hélas.

— Par qui ?

— Un elfe noir. »

Service-client se lécha le bout du doigt :

« Saleté d'engeance. Qu'est-ce que cette plaie à trois pattes a bien pu imaginer ? »

Pétrol'Kiwi le lui expliqua. Elle ajouta :

« Sais-tu comment se débarrasser de cette saleté de miroir ?

— Oui. Non. Je sais que je ne sais pas. Que personne ne sait, à part un tas de parchemins pulvérulents rangés au fin fond d'une bibliothèque située au fin fond de la Terre du Bas-Bord.

— Patatras.

— Ah, ça ! Ma pauvre amie, je crois que tu viens de marcher dans une quête.

— Reste à savoir de quel pied, hein ?

— Il n'y a pas de bon pied pour ça. »

***

« Oh ! Pimprenouche !

— Mm ?

— Recrache ça tout de suite et viens ! J'ai des nouvelles fraîches.

— Mm... mais elle m'embête ! Ne bouge pas, Sibouleth. Garde la pose, je reviens. »

Pimprenouche roula hors de la meule de foin en pestant tout bas. La nuit estivale crissait de cigales, de soupirs et des protestations ténues de brins d'herbe malmenés. Une lune luxurieuse se penchait sur le paysage, levant des marées d'hormones dans toutes les veines hors celles de Pétrol'Kiwi, qui étaient saturées de contrariété.

« Tu avais raison : c'est une quête !

— Et c'est pour ça que tu me déranges ?

— Il faut aller en Bas-Bord et je n'y ai jamais mis les pieds.

— Moi si.

— Je sais. Tu me demandais pourquoi je te dérangeais, hein ? »

Pimprenouche s'essuya la bouche avec un pan de sa jupe en grommelant que ç'aurait pu attendre sinon un autre jour, du moins un bon quart d'heure.

« Honnêtement, reprit Pétrol'Kiwi, je ne sais même pas par où passer pour atteindre Bas-Bord. »

Pimprenouche sourit :

« Je sais que ta culture générale n'a jamais pissé bien loin mais là, elle se mouille carrément les pieds. Bas-Bord fait partie du B.A.-ba des fées. C'est un des fondements de notre univers. Hélas.

— Tu veux dire : fondation ?

— Fondement, je maintiens. C'est un non-sens coincé sous l'Ether.

— Sous ? Mais sous l'Ether, c'est le Sub-Ether !

— Et entre les deux, c'est Bas-Bord. Ou disons : entre les deux, sur le bord, un peu de guingois. Tu vois un sandwich au jambon ?

— Euh, oui ?

— La tranche du dessus, c'est l'Ether. Celle du dessous, le Sub-Ether. Et entre les deux, le cornichon qui dépasse, c'est Bas-Bord. Une languette de terre assez incohérente. Fortement tellurique, bourrée de magie et empoisonnée de mysticisme.

— Tu veux dire qu'il y a une civilisation qui s'est développée là-dedans ?

— N'importe quel cornichon, si tu attends assez longtemps, finit par avoir son propre biotope. »

Un faible gémissement monta de la meule de foin.

« Hem, toussa Pétrol'Kiwi, tu comptes laisser ta copine dans l'état où tu, eh bien, l'as trouvée en entrant ?

— Oh, pardon ! »

Pimprenouche plongea à nouveau dans le foin, laissant Pétrol'Kiwi méditer sombrement sur un cornichon de la taille d'un continent, couvert de l'équivalent d'une culture de *pénicillium notatum*.

« Cela dit, reprit Pimprenouche vingt minutes plus tard d'une voix un peu essoufflée, ce n'est pas un endroit désagréable. Il est même intéressant, par certains côtés.

— Je vois, soupira Pétrol'Kiwi qui s'était mornement avachie en tailleur sur l'herbe, ses cheveux blancs cuisant sous la pleine lune féroce : les filles de là-bas sont jolies.

— Très ! gloussa Pimprenouche en s'asseyant près d'elle. Très typées. Blondes au nord, brunes au sud, elfes multimillénaires quoique encore fraîches au milieu.

— Des elfes ?

— Sylvestres. Mais dans l'ensemble, la population de Bas-Bord n'est pas très portée sur la gaudriole.

— Ça explique que tu sois là », ricana Pétrol'Kiwi.

Pimprenouche haussa les épaules et entreprit de refaire ses tresses :

« Mieux vaut une naine à cellulite pleine de tempérament qu'une elfe à principes pleine de principes. Disons que les gens de Bas-Bord sont, non pas guindés, mais sérieux. L'amour y est courtois, l'hospitalité sacrée, le nationalisme exacerbé et toutes ces choses. C'est la terre du lieu commun.

— Magie ?

— Oh oui, grimaça Pimprenouche.

— Côté obscur ?

— Nan ! Côté lourd. Ça t'érige des tours de vingt kilomètres de haut qui tiennent debout sans remblais pendant cinq cents ans mais, dès qu'il s'agit d'invoquer un misérable verre de vin, ça fait sa coquette.

— Tellurique ?

— A fond. » Pimprenouche noua le bout de sa première tresse, la jeta derrière son épaule et commença la seconde. « Volcans insomniaques, souterrains surpeuplés de monstres à souffle de chaudière. Dès que tu commences l'ascension d'une montagne, il y a une tempête de neige force huit. Si tu trempes un pied dans l'eau d'une mare, il y a intervention instantanée d'une abomination affamée, à se demander comment elle a trouvé assez de protéines pour devenir aussi grosse dans sa pataugeoire. Et tout est à l'avenant. Autant te dire que je n'ai jamais essayé d'y creuser un trou avec une pelle.

— Mystique ? soupira Pétrol'Kiwi.

— Je n'ai jamais vu un seul dieu, là-bas. Mais j'ai bien vu les cent cinquante volumes qui racontent leurs gaffes et les conséquences d'icelles.

— Quel genre de théologie ?

— Basique. Un être suprême crée des créatures parfaites, sauf le jour où il a le soleil dans l'œil et où il fabrique un être plus mauvais qu'une rage de dents un jour de gel, lequel bricole lui-même ses propres émules. Et tout ça finit par se venger sur le matériel. Tu sais, pour une bonne quête, il faut un beau monde bien ordonné : le Mal à droite, le Bien à gauche, et les vaches au milieu. Un monde un peu bas du front. Sinon, comment veux-tu apprendre ? »

Pimprenouche envoya la deuxième tresse rejoindre la première dans son dos, et invoqua un en-cas fromager accompagné d'une boîte de bière de papaille.

« Apprendre ? répéta Pétrol'Kiwi.

— C'est le but d'une quête. Sa raison d'être, son alpha et son oméga. Une quête est toujours menée par un quidam qui rame sur six cents lieues et arrive au bout moins bête qu'il n'a commencé. Il a *appris*.

— Quoi ? demanda Pétrol'Kiwi en s'essuyant le front d'un air égaré.

— Des choses. Sur lui. Et sur le monde qui l'entoure. Ça ne te fera pas de mal, maintenant que j'y songe, gloussa Pimprenouche.

— Trop aimable. Mais je ne vois pas à quoi ça va me servir, de devenir docteur émérite ès Bas-Bord. Et, depuis l'éternité que je vis avec moi-même, je m'aime bien mais je ne m'intéresse plus guère. Disons que ce n'est plus la passion comme au premier jour.

— Ah ! C'est comme ça, une quête. C'est obligé.

— Magnifique. »

Pimprenouche tendit à Pétrol'Kiwi un verre de bière.

« Tiens, bois ça. Je te sens marmiteuse.

— Et moi, je me sens profondément enquêtée. »

La lune se couchait doucement, dans une hémorragie de pâleur. Les soupirs capiteux s'étaient tus un par un, remplacés par de petits ronflements, et une nuit de velours tombait sur le pays comme un rideau, laissant toute la scène aux étoiles filantes. Seules les cigales ne fatiguaient pas.

« Il dissout même la rouille au fond de la marmite, ton sirop ! toussa Pétrol'Kiwi. Résumons-nous : il faut, pour détruire ce fichu miroir, aller dans une bibliothèque sise dans une cité inconnue sise dans un pays psychorigide et mal-famé, où nous serons dans l'obligation de… ramer ? Important système hydrologique ?

— C'est une image. Ça signifie souffrir.

— Plaît-il ?

— C'est le but ultime d'une quête.

— Ça en fait deux, alors.

— Non. L'autre, c'est le moyen. Le principe de la quête plonge ses racines dans la certitude malsaine que souffrir, c'est bon.

— Je ne te suis pas très bien.

— Des siècles de perversion à rattraper, sourit Pimprenouche. Ecoute : les gens souffrent sans cesse et pour rien, alors ils essayent de croire que ça a un sens et que ça leur forge une belle âme, parce que ça leur remonte le moral. Et ils appellent ça une quête. Ça te va ?

— A moi ? En quoi ça me concerne ? Je ne suis pas un gen, moi. Je souffre rarement et toujours pour une bonne raison ; en général, c'est un coup de débroussailleuse dans le pied. Mais il est exceptionnel que ça me remonte le moral. Sauf la fois où je croyais couper le kiki à un lierre sauteur et où je me suis rendu compte, à la dernière seconde, qu'il y avait une pousse rarissime de noyer périodique qui…

— Stop ! »

Pimprenouche avait levé la main. Elle la reposa sur son genou et soupira :

« Essaye de comprendre. Une quête est une démarche spirituelle qui… (Elle regarda la tête que faisait Pétrol'Kiwi :) On va plutôt aborder le sujet par un angle concret, d'accord ?

— D'accord ! » Pétrol'Kiwi eut l'air soulagée. « Brièvement.

— Premièrement, une quête nécessite un héros. A défaut, une héroïne. »

Pimprenouche tendit un index accusateur vers Pétrol'Kiwi, qui jeta un œil stupéfait par-dessus sa propre épaule.

« Deuxièmement…

— Et toi ? ergota Pétrol'Kiwi. Toi, tu fais doublure ?

— Non : comparse. Indispensable aussi. Deuxièmement, reprit Pimprenouche en agitant son index, il faut un objet magique. A trouver, à détruire, ou à rassembler façon puzzle.

— Ecoute, Pimpin ! glapit Pétrol'Kiwi en sortant de sa stupeur : Moi, je veux juste retrouver ma vieille Babine-Babine et en un seul morceau. Alors j'accepte d'aller farfouiller dans une bibliothèque pleine d'acariens, voire de me taper un tour complet de Bas-Bord en canoë-kayak si ça peut aider, mais toutes ces histoires de souffrir pour être belle, ça m'a toujours gonflée ! »

Pimprenouche resoupira et leva ses grands yeux cernés vers le ciel scintillant. Les étoiles pétillaient comme des bulles dans du cristal, les chauffe-souris faisaient des huit en cliquetant.

« Service-client ne t'a pas dit ? reprit-elle.

— Dit quoi ?

— Que tu n'as pas le choix ?

— On a toujours le choix, bougonna Pétrol'Kiwi.

— Si on arrête tout de suite les platitudes et qu'on fait dans le concis, j'ai une chance de trouver cinq minutes pour une petite, disons, sieste avant le lever du soleil. Alors soyons concises. Te souviens-tu, dans l'univers précédent, des cyano-bactéries dont tu t'occupais en faisant semblant que c'était des algues bleues ?

— C'était d'une tristesse, se rappela Pétrol'Kiwi.

— Et l'univers d'avant, insista Pimprenouche, quand l'eau était si rare qu'on sortait les serviettes dès qu'on découvrait un filon de sulfate de magnésium ? Et les tempêtes d'acide dans les déserts basaltiques ?

— Excellents spots, autant que je me souvienne.

— Et cet autre univers, où l'interaction forte était si faible que tout se résumait à un unique astre ultra-dense ? Là aussi, on a ridé free-style sur les éruptions solaires. On les a même comptées, les éruptions ! Des millions d'années à compter des putains de fissions, en attendant le nouveau big-bang.

— Où veux-tu en venir ? murmura Pétrol'Kiwi.

— Au fait que tu tiens à ce monde…

— Toi aussi.

— … et que si tu n'interviens pas, il est foutu. Tu n'as pas le choix. Moi non plus, mais ça ne change rien à ton problème.

— Tu ne crois pas que tu en fais un peu trop ? » Le ton de Pétrol'Kiwi était caustique, mais sa voix était blanche comme la nuit. Elle avait assez peu pris la peine d'intellectualiser sa puissance féerique, mais elle flairait d'instinct l'odeur de poudre des grandes conflagrations multiverselles. Un mythe était en marche, portant dans ses jupons de fer la mort des mondes. Pimprenouche poursuivit, imperturbable :

« Babine-Babine a donné naissance à un monde jumeau de celui-ci, infecté par la malice et l'avidité. Quand elle se regarde, son double la regarde aussi. Quand elle se penche, il se rapproche d'elle. Elle finira par tomber dans les bras de son propre reflet et il ne lui fera pas de cadeau. Par cette brèche ouverte tous nos doubles, à leur tour, viendront nous rendre visite. Tu vois le tableau ?

— C'est hors de question. Et, au risque de me répéter, que penses-tu d'un bon coup de masse sur la face de ce foutu miroir ?

— C'est un moyen plus rapide d'ouvrir la brèche. Tu *dois* partir en quête. »

Pétrol'Kiwi s'allongea sur l'herbe chaude, les mains croisées derrière sa nuque, et gémit :

« Mais pourquoi moi ? »

Pimprenouche s'allongea près d'elle :

« Celle-là, elle a dû être copyrightée par la première créature qui s'est éveillée à la conscience. »

Il y eut un long silence. Une théorie de fourmis monta à l'assaut des restes de l'en-cas au fromage, certaines tentèrent l'ascension de la boîte de bière de papaille ; celles-là ne devaient jamais revoir la fourmilière natale. Les cigales fatiguaient enfin. Mais les grillons se réveillaient juste.

« Je veux dire, hésita Pétrol'Kiwi, Service-client est au courant, elle aussi ? Pourquoi est-ce qu'elle ne se chargerait pas de cette quête ?

— Ça représente quoi, pour elle, ce monde ?

— 4 % de chiffre d'affaires et beaucoup de soucis de livraison, marmotta Pétrol'Kiwi. C'est ce qu'elle m'a dit. Je me disais aussi : mais pourquoi me dit-elle ça ?

— Parce que des quêtes, ça arrive tout le temps et tu n'es pas la première à essayer d'en refiler une aux copines.

— Ah. Et toi, tu…
— Je me disais que ça ne venait pas vite.
— Toi aussi, tu es…
— Oublie.
— Grmbl. »

Elles regardèrent le soleil se lever, Pimprenouche rêvassant à tout ce qu'elle avait raté cette nuit et Pétrol'Kiwi cherchant désespérément, dans son carnet d'adresses mental, qui pourrait lui être assez redevable de quelque chose pour aller à sa place, eh bien… ramer sur un cornichon ? Si elle avait bien tout compris.

Quand le soleil leur toucha le bout des pieds, Pimprenouche s'était endormie et Pétrol'Kiwi, résignée.

***

Dans la grotte murée, la Poule chtonienne tenait Moudubas sous son ergot de fer et déchiquetait sa tête à mesure que celle-ci repoussait. Des débris de cerveau[1]

Le petit piqueqnaqui creusait toujours.[2]

***

« Si tu me dis… oh, bon sang ! Que tu me l'avais bien d… Ih ! Oh ! Ah ! ahana Pétrol'Kiwi, je te… Uh !

— Le prophète dit : Quand tu as la colique, ne menace pas celui qui te tient le papier.

1. NDE : Tsst. *
* NDA : Fi !

2. NDP : C'est pas des pinces coupantes qu'il me faudrait, c'est un foret à béton ! **
** NDE : Qu'est-ce qu'il fout en bas de page, celui-là ? ***
*** NDA : Je fais des ellipses où je veux.

— Ah ? Quel proph... Ohlala ! A ce propos : il t'en reste ?

— Quinze pages. Et je te l'avais bien dit. »

Sans regarder, Pimprenouche tendit à bout de bras une poignée de pages d'almanach froissées dans la direction approximative d'où venaient les bruits. Une épaisse odeur, à base de pomme, flottait alentour.

« Tu es vraiment allée voir Babine pour lui demander tout benoîtement son beau miroir ? gloussa Pimprenouche.

— J'ai essayé d'être... honnête, oui. Ça t'é... pate, hein ? Ayayaïe ! Et elle m'a balancé ce... Ouille ! Si elle était aussi... bonne en philtre à miroir magique... qu'en sort de chi-ah ! Oh !

— Sort d'elfe noir typique. Elle est vraiment très contaminée. »

Pimprenouche arracha encore quelques pages d'almanach, les fatigua entre ses doigts, les tendit derrière elle et prit l'air soucieux que les circonstances lui semblaient exiger :

« Par Pic et Dam, elle va se méfier, maintenant. Je te l'avais dit, que la première étape et non la plus simple, serait de récupérer ce fichu miroir.

— Si je le lui avais volé... Cornetruc, mon sort d'Imodiome serait bien aimable de faire... son office. Ah ! Quelle misère !

— Tu sais, à part pour nous, c'est une fonction cour... commune, et souvent considérée comme agréable.

— Tu crois qu'avec un peu d'entraînement... on réussit à éviter de s'en mettre plein les pieds ? Je crois que ça va mieux... Ah, non-on ! »

Une fois l'almanach épuisé, Pétrol'Kiwi sortit de derrière les buissons, blême et suante. Elle jeta un coup d'œil en arrière, fit la moue et rabaissa ses soieries avec fatalisme :

« Au moins, c'est bon pour les salades.

— Elle te l'a lancé comme ça, son sort ? demanda Pimprenouche.

— Comme ça. A deux doigts et à bout portant. J'ai eu le temps de placer trois phrases, et paf ! Sans sommation. Le miroir la tient serrée. Très serrée. J'ai pourtant essayé de lui parler de notre vieille amitié, tout ça.

— Ma pauvre Pétrol, soupira Pimprenouche.

— Elle m'a agressée devant quatre chênes que j'ai connus tout glands. »

Pétrol'Kiwi invoqua un sort de prélavage-lavage-blanc-90° et en frotta ses pieds. Pimprenouche avait cessé de soupirer et la regardait en coin :

« Et alors ?

— Et alors, elle n'ira pas loin. En tout cas, pas avec son miroir. »

Pétrol'Kiwi releva la tête vers Pimprenouche :

« Si je le lui avais volé ouvertement, on l'aurait eue sur notre dos pendant toute la quête. »

Il y avait peu d'amitié dans ses yeux.

« Eh bien, risqua Pimprenouche, ça n'aurait peut-être pas été plus mal. Je crois que c'est aussi un élément obligatoire d'une quête, ce type d'emmerdement. C'est le principe du danger intérieur…

— Je n'en ai rien à péter, Pimpin, la coupa Pétrol'Kiwi. Je ne pars pas faire une quête mais détruire une abomination. Ça risque d'être un sale travail, je ne pense pas en sortir les mains propres ni, n'en déplaise à la théorie questuelle, l'âme embellie. Mais je vais le faire, tout de suite et toute seule. »

Pétrol'Kiwi finit de désinfecter ses soieries d'un revers de sort rageur et partit à grandes enjambées sous la futaie. Pimprenouche lui emboîta le pas :

« Pétrol ! Ecoute !

— Je t'écoute.

— C'est très bien, de prendre ce problème au sérieux. Mais c'est complètement irréaliste de croire que tu vas y arriver toute seule ! L'héroïne a besoin d'une comparse ! »

Pétrol'Kiwi se retourna brutalement, Pimprenouche pila et les deux fées se retrouvèrent nez à nez :

« Ecoute, fit Pimprenouche. Dans une quête…

— Si tu répètes encore *une fois* ce mot, grogna Pétrol'Kiwi, je t'arrache les pieds et je te les enfonce dans les oreilles.

— Tu as besoin de moi.

— Tu as une preuve ?

— Comment te feras-tu ouvrir les portes de la bibliothèque, déjà ?

— Sésame-ouvre-toi.

— C'est un sort.

— Je suis une fée. »

Nez contre nez, les deux fées parlaient entre leurs dents serrées.

« Nos sorts ne sont pas bienvenus, là-bas, expliqua Pimprenouche.

— Première nouvelle.

— Pétrol, mets de l'huile ! J'ai passé toutes mes vacances là-bas, à une époque. Alors que toi, tu ne distinguerais pas un croque d'un caillou. Tu as besoin de moi.

— Un croque ?

— Ah ! Tu vois ? »

Pétrol'Kiwi recula son nez. Pimprenouche se retint de baver de soulagement.

« Un croque, expliqua-t-elle, c'est une des plus vilaines bêtes de Bas-Bord. Très laid. Et très, très irascible.

— Et pour la bibliothèque ? Tu sais comment y entrer ?

— Euh, pour tout t'avouer, en Bas-Bord, j'ai surtout fait du tourisme sexuel mais… Mais j'ai gardé des contacts ! Pétrol ! Reste ici ! Acré bongu d'foutue fumelle… »

Pimprenouche courut à toutes jambes derrière Pétrol'Kiwi :

« C'est une force souveraine, une quête ! Une lame de fond historique ! Tu ne peux pas lutter contre ! Si tu refuses de… *gargl.*

— Je t'avais prévenue, siffla Pétrol'Kiwi qui avait refermé ses mains autour du cou de Pimprenouche. Je commence par quel pied ?

— Iork ! Si tu refuses les règles, tu…

— Mais je ne les refuse pas, les règles ! grinça Pétrol'Kiwi. Je les aime, les règles ! Les règles, je les prends, je les retourne et je les… »

Essoufflée, Pétrol'Kiwi lâcha la gorge de Pimprenouche qui chut lourdement sur la mousse en essayant de reprendre son souffle, et conclut d'un ton âpre :

« Je vais faire mon boulot sans règle, sans rame et sans masque de beauté spirituel. »

Pimprenouche se massa la glotte et réussit à articuler :

« D'accord. Mais je viens avec toi.

— Pourquoi ?

— Parce que sinon, je vais me ronger. Et puis, c'est pourtant vrai, que je connais le pays et pas toi. »

Pétrol'Kiwi renifla. Elle se dandina d'un pied sur l'autre, puis tendit la main à Pimprenouche, qui grommela et se releva toute seule.

« Bon, d'accord, dit Pétrol'Kiwi en haussant les épaules. Mais qu'est-ce qu'il peut puer, ce sort d'huile essentielle ! »

***

« Encore fini ton Shu-Shen ? fit Service-client.

— J'aurais plutôt besoin d'un film d'étanchéité, grogna Pétrol'Kiwi. Un silicone élastomère quelconque.

— J'ai reçu dernièrement un monocomposant à réticulation neutre. C'est pour quoi, au fait ?

— Pour ça. »

Service-client poussa un petit cri ridicule :

« Tu es folle, d'amener ça ici !

— Je l'ai mis dans un enchantement à un bar, avec oxygénation continue et contrôle d'hygrométrie. Il ne devrait pas bouger. Logiquement.

— Bon sang, ces foutus euclidiens et leur logique à deux écus… »

Nonobstant son ton rageur, Service-client ne put se retenir de tendre un nez curieux au-dessus du miroir magique qui reposait sur son comptoir.

« Mes Dieux, mais que leur apprend-on donc, aux étudiants, de nos jours ? »

Elle leva un œil vers Pétrol'Kiwi, dont elle trouva la mine aussi furax qu'on pouvait l'attendre chez quelqu'un qui a pris une décision désagréable.

« Tu vas en Bas-Bord, n'est-ce pas ?

— J'ai le choix ?

— Non. Un film d'étanchéité, alors. J'ai ça. »

Service-client sortit de derrière son comptoir et alla farfouiller dans les étagères obscures qui garnissaient sa boutique. Elle revint en tenant à deux mains un petit pot de fer rond.

« Trois couches, douze heures de séchage entre deux, le pinceau est offert. Joli pinceau, non ?

— Très, approuva Pétrol'Kiwi d'un ton lugubre.

— Ne lésine pas. Ça résiste à tout. Sauf à la chaleur. Quoi qu'il t'arrive comme catastrophe, elle ne viendra pas du fond de ta poche.

— Me voilà rassurée, grommela Pétrol'Kiwi d'un ton funèbre.

— Ça fera douze sols, vingt deniers et trois pences.

— Ça ne fera rien du tout, dit Pétrol'Kiwi d'un ton radin en glissant le pot dans une de ses poches. Avec ça, je sauve 4 % de ton chiffre d'affaires. Ce service vaut bien un pot de mastic, sans doute.

— C'est du racket.

Service-client pinça la bouche, tapota du bout des doigts sur son comptoir usé, puis dit :

« Allez, r'ôtes ton casque : je te paye le coup. Et quelques conseils avisés. Gratuits, hein ? Gratuits. »

Tandis que Service-client fourgonnait sous le comptoir, Pétrol'Kiwi laissa son regard se perdre de l'autre côté de la vitrine poisseuse de pollen. Une aurore boréale un peu étrange, orange à bords rouges, traînait dans la rue Sainte-Bérégonne. Les larges pavés blonds de la chaussée, arrondis par l'usure, tanguaient sous la rafale d'ions. Ils semblaient nager dans un goudron sombre et micacé, mais ce n'était que le noir profond du vide interstellaire, piqué d'étoiles, qui apparaissait entre eux tandis qu'ils s'entrechoquaient avec un bruit de sabots. Planté juste devant la boutique, un vieux lampadaire à gaz se laissait pousser d'étranges branchages de fonte, bourgeonnant de petites ampoules électriques sur le point d'éclore. Le son grêle d'un bal musette sortait en dansant de la taverne voisine ; la nuit tombait juste. Ou alors, elle finissait. Ou elle ne faisait que passer, ou bien elle allait revenir dans un quart d'heure. Pétrol'Kiwi frissonna ; une rafale de cristaux d'azote cinglant la vitrine venait de lui rappeler la température extérieure.

« Il fait bon, chez toi », murmura-t-elle. Service-client commenta avec aigreur :

— Oui, merci, vu ce que ça me coûte, ça peut. Tu sais quel différentiel j'ai entre le comptoir et la devanture, en moyenne ? 250 degrés. Alors que ça ne coûterait pas plus cher de mettre l'Ether entier au zéro Celsius, hein ? Ça demande seulement l'investissement de départ, n'est-ce pas ? Mais rien à faire avec la copro. J'ai beau expliquer que ça bouffe plus d'énergie de faire tourner les fissions au zéro Fahrenheit que de refroidir les patinoires de méthane au zéro Celsius, rien à faire. Une calculette sous le nez, on me jure encore le contraire. C'est de la paresse intellectuelle ou de l'envie de nuire, je te jure ! »

Elle eut un geste de la main en direction du miroir de Babine-Babine :

« Dis-moi : comment l'as-tu obtenu ? Babine-Babine ne te l'a pas remis de son plein gré, n'est-ce pas ?

— Je l'ai trouvé par terre. Dans un trou d'arbre.

— Vraiment ?

— Comme je te le dis.

— Parfait. Ça vaut mieux. Il vaut mieux que le, hem, l'objet n'ait pas été obtenu de façon complètement illégale. C'est un bon point.

— C'est aussi le dernier, dit Pétrol'Kiwi. Parce que je commence à être foutrement en retard. J'ai rendez-vous avec Pimprenouche chez Hennin & Co. »

Pétrol'Kiwi eut soudain l'air affreusement malheureuse :

« Je ne sais pas pourquoi, elle s'est mise en tête de nous vêtir des pieds à la tête de vrai tissu cousu avec du vrai fil. Des couches et des couches de trucs qui grattent, et des chaussures en peau d'animal crevé. Alors qu'une fois là-bas, un sort de photocopie suffirait largement à ce que nous passions inaperçues dans la foule.

— Elle a raison. C'était mon second conseil : ne te sers pas de ta magie, là-bas.

— Je suis une fée. Je *suis* magie.

— Eh bien, ne t'en vante pas. »

Service-client, après avoir servi deux verres de gnôle, fixa par-dessus l'épaule de Pétrol'Kiwi le point vague du souvenir heureux :

« Fut une époque où nous, les Ethéréens, allions beaucoup en vacances en Bas-Bord. Pimprenouche t'en a parlé ? C'était l'adresse hype par excellence. Surtout les croisières le long des côtes ouest. Je me souviens d'avoir fait un mois en trois-mâts, depuis le cap d'Elfanroth-Arlan jusqu'à la presqu'île d'Aven-Morlansul, ç'a été un morceau de paradis ! J'ai aussi pris un break d'une semaine en pension complète sur l'île d'Ismingorninlad : une de ces bières ! Au marché, on trouvait des cottes de mailles magiques pour une poignée de queues de cerise.

— Et Pimprenouche ? Tu l'as croisée, là-bas ? demanda Pétrol'Kiwi.

— Elle a beaucoup voyagé en Bas-Bord, elle aussi, confirma Service-client. Mais plutôt dans l'arrière-pays, avec son sac à dos et son épée à deux mains. Elle est assez roots, parfois.

— Roots, ouais, siffla Pétrol'Kiwi. On peut dire ça comme ça. Elle est très "Chambre chez l'habitant" et "Produits du terroir". Surtout quand c'est de la "Langue fourrée et sa sauce au sang". »

Service-client haussa un sourcil perplexe, et reprit :

« J'ai passé pas mal de temps en Bas-Bord, jusqu'à ce que… Tu sais ce que c'est : quand on est loin de chez soi, il arrive que certaines barrières lâchent. On se laisse un peu aller, enfin tu vois le genre.

— Tu veux dire que les touristes se comportent en général comme des porcs ? Qui font péter les gros enchantements en braillant des invocations vulgaires, et s'en vont en laissant le terrain jonché de parchemins gras ?

— Eh bien oui, assuma Service-client. Ce que nous ne savions pas, c'est que Bas-Bord a des poussées sub-éthériques. C'est un pays de lutte Bien-Mal un peu bas du front. Le Bien gagne, c'est son métier, mais… Tu vois un furoncle ? La mouchante du néflier ? N'importe quoi de récidivant ? demanda-t-elle en ouvrant le tiroir de sa caisse d'un coup de manivelle.

— Je vois. On ne s'en débarrasse jamais.

— Voilà. Il reste toujours un point d'infection prêt à recroître dès qu'on regarde ailleurs. C'est le cas en Bas-Bord. » Service-client compta avec dextérité une pile d'écus d'or. « Plein est, il y a un furoncle sub-éthéré qui a lentement drainé les flux magiques désordonnés que les touristes semaient sur leur chemin. Il a peu à peu repris du poil de la bête, le climat est devenu plus âpre et on a vu pulluler les croques et les croquelins.

— Mais qu'est-ce que c'est que ces sales bêtes ?

— Des sales bêtes. » Service-client logea un lorgnon devant son œil droit et jeta un œil acéré à quelques pierreries. « Pur délit de faciès : les croques sont petits, trapus, affligés d'une tronche d'accident de berceau, couverts de crasse, de prime abord hargneux et de second, agressifs.

— Et les crequins ?

— Croquelins. » Service-client donna un coup de langue sur une poignée de perles. « Les croquelins sont pareils mais en plus menus, avec un côté rat d'égout. Ils escaladent les murs avec une vivacité d'araignée et tirent volontiers à l'arc, quoique mal. Petit à petit, ils se sont mis à grouiller partout. Les autochtones leur donnaient d'autres noms mais je suis incapable de me rappeler lesquels. C'est toujours un tel charabia, l'étranger ! Sans compter qu'ils ne parlent pas qu'un seul étranger, en Bas-Bord, mais plusieurs selon leur race.

— Beaucoup de races ? demanda Pétrol'Kiwi.

— Eh bien, outre les croques, les croquelins et une kyrielle de monstres chtoniens, il y a des elfes et des nains. » Service-client donna un coup de dent dans un denier d'argent large comme sa paume. « Deux types de nains : nains des mines à barbe apparente et nains des champs, ceux-là plutôt de type gros lutin à bouclettes. Fument comme des volcans et ont du poil aux pieds. Il y a aussi une race particulière d'ogres. De petits ogres.

— De grands nains ?

— Si tu préfères. Moins beaux que les nôtres. Des croques mieux peignés ou des humains moins verts.

— Elle a bien un nom, cette race, insista Pétrol'Kiwi. Ils se donnent bien un nom, entre eux ? »

Service-client soupira :

« C'est une des joies de Bas-Bord. Si on te demande qui tu es, qu'est-ce que tu réponds ? »

Elle sortit un encrier, une plume d'énéfant, et gratta de tout, tout petits chiffres sur un très grand cahier en cachant le bas de la colonne avec son coude.

« Pétrol'Kiwi, fée des arbres, répondit Pétrol'Kiwi.

— Eh bien, si tu poses la même question à un semi-ogre de Bas-Bord, il te répondra : Nornumgul fils de Peliwaith fils de Boralion roi d'Angmuyn des Marches du Rhidorueth Est. Tu n'imagines pas comme c'est fatigant. Hm, où en étais-je ? Ah, oui : le climat de Bas-Bord est devenu rugueux et l'herbe moins grasse sous nos siestes.

— C'est alors que, courageusement, vous avez mis au point un plan en quatre points et sur vingt siècles, pour réduire vos émissions de sorts à effet de maléfice, marmonna Pétrol'Kiwi.

— Non, fit Service-client en refermant son grand grimoire de comptes. J'ai le regret de t'informer que c'est alors que nous avons fui comme des blaireaux pour passer nos vacances ailleurs.

— Hin hin.

— L'excuse générale, expliqua Service-client, était que nous n'avions pas le droit de… zut, ça m'échappe, c'était bien tourné pourtant. De "nous ingérer indûment dans les affaires locales", voilà. C'eut été "nier le droit des peuples de Bas-Bord à disposer d'eux-mêmes". Et "faire preuve d'une arrogance liée à notre prétendue supériorité technomagique".

— Et tu en penses quoi ? »

Service-client eut l'air un peu surpris :

« Eh bien comme ça, au débotté, que notre tourisme a fait tourner leur commerce pendant quelques siècles, et que personne ne s'en est plaint sur le moment.

— Remets tes bottes et arrête de penser, tiens, soupira Pétrol'Kiwi.

— Toujours est-il, reprit Service-client d'un ton pincé, que si tu te sers de tes sorts là-bas, tu devras supporter deux conséquences : l'attention immédiate et forcément malveillante du démon de l'est, et le renforcement immédiat et forcément dommageable de sa puissance. C'est toi qui vois.

— Exactement, grommela Pétrol'Kiwi en vissant son casque sur sa tête. Et depuis le temps, a-t-on idée de la façon dont les choses ont empiré en Bas-Bord ?

— Ça tombe bien que tu y ailles, nous sommes nombreuses à nous poser la question. »

Pétrol'Kiwi jeta un regard circulaire sur la boutique, les étagères surchargées, les champs ensoleillés à perte de vue, le comptoir ciré, la vitrine poussiéreuse derrière laquelle les nombreux bourgeons du lampadaire commençaient à clignoter doucement :

— Et ton arpette ?

— Ma *Drosera dentata* l'a boulottée, maugréa Service-client. Les jeunes, ça ne sait quoi inventer pour pas bosser. Et ton verre ? Tu n'as même pas touché à ton verre ! »

Pétrol'Kiwi poussa la porte, grimaça tandis que sa peau affrontait une chute de 250 degrés centigrades, se retourna et dit :

« Aujourd'hui, comme à chaque fois que je suis sortie d'ici, j'ai une vague envie de vomir. Mais les autres fois, j'avais bu. »

Elle claqua la porte vitrée derrière elle et eut un grand sourire en entendant la vitre dégringoler avec force fracas et piaillements.

***

Dans l'obscurité glacée de la grotte, la Poule s'acharnait de son énorme bec sur un chapelet de tripes déjà lacéré. A l'aide de son tout petit cerveau sans bulbe, Elle avait réussi à discerner que tant plus on tirait, tant plus il en venait, et Elle comblait goulûment sa faim sans fin ainsi que quelque obscure colère qui lui hérissait les plumes du croupion.

Puis Elle entendit un bruit. Un étrange mélange de bois frottant contre la pierre et de toutes, toutes petites imprécations.

C'était le piqueqnaqui qui, son trou enfin foré et ses œufs enfin pondus, se devait de rouler son saucisson à l'abri dans un terrier. Hélas, la Nature n'ayant pas prévu le cas d'un saucisson de deux mètres de long, il peinait.

La Poule accommoda. Son œil énorme distingua la silhouette minuscule d'un scarabée se débattant dans la gadoue. L'atavisme prit les commandes, appuya sur le bouton « picorage » : Elle lâcha Moudubas et se rua sur le piqueqnaqui.

Derrière Elle, les restes de l'elfe noir ne bronchèrent pas, tout d'abord. Les blessures étaient si atroces qu'un légiste aurait probablement employé le terme « tartiné ». Et puis elles étaient d'origine chtonienne, ces blessures. Une fois que la Terre a bu votre sang et dévoré vos os, elle ne les rend pas comme ça.

Les deux pieds dans une quête

Il était aux alentours de midi et le temps était délicieux. A genoux au milieu d'un sous-bois tapissé de muguet, Pétrol'Kiwi, songeuse, regardait Pimprenouche enduire de paraffine les têtes soufrées d'une poignée d'allumettes. Tout autour des deux fées, sur vingt mètres carrés, étaient éparpillés des armes de toutes sortes, des vêtements, une batterie de cuisine et une trousse de premier, second et ultime secours. Une poignée de fées clochettes se roulait, en riant bêtement, dans les bandes velpeau.

« Gosh ! C'est compliqué, une quête, siffla Pétrol' Kiwi.

— Goudronne ton sachet d'amadou au lieu de causer, toi, répondit Pimprenouche.

— Il est goudronné.

— Tu appelles ça goudronné ? fit Pimprenouche. A la première pluie, on pourra se servir de ton amadou pour faire germer des haricots ! Mais on les mangera froid. Tu me rajoutes deux couches, et au trot ! Et c'est quoi, ça ? Le truc brillant qui dépasse de ton sac ?

— Euh, une fiole de schnaps ?

— En argent ? Tu ne veux pas emporter une collection d'enclumes, non plus ? Du laiton, ma vieille. C'est plus léger.

— Mais ça donne un goût, le laiton ! protesta Pétrol'Kiwi.

— On a du schnaps ou on a du goût, mais pas les deux à la fois, sentencia Pimprenouche. Et je te rappelle que l'alcool, c'est seulement pour nettoyer les blessures et flanquer le feu aux prisonniers. Ton épée ?

— Epée aiguisée ! clama Pétrol'Kiwi.

— Poignard ?

— Poignard acéré !

— Cotte ?

— Cotte de mailles orangée !

— Combien de couches de minium ?

— Trois. C'est ridicule d'ailleurs, cette couleur orange, marmonna Pétrol'Kiwi. Pas martial pour un clou.

— Mieux vaut un clou orange qu'un Martial mort, asséna Pimprenouche.

— Pimprenouche oui Pimprenouche !

— Et n'en fais pas trop.

— Ça me gratte, ce truc, gémit Pétrol'Kiwi.

— Broigne de laine. Contre les vents coulis et les petits matins glacés.

— Et le manteau à capuche en peau de vache ? Qu'il pèse un veau, c'est exprès ?

— Contre les vents rugissants et les grosses journées gelées. Tu me remercieras, assura Pimprenouche.

— Tu me l'as déjà dit, soupira Pétrol'Kiwi.

— Pansements ? Cataplasmes ? Scie chirurgicale ? récapitula Pimprenouche. Et la corde ? Tu as pensé à la corde ? Et les galets de sel ?

— Dans le sac de riz. Tu lâches ça, toi ! » hurla Pétrol'Kiwi à l'adresse d'un petit lutin à bonnet qui se carapatait avec un sachet de sucre. En deux claquements de doigt, la fée rajouta du goudron où il fallait et du laiton autour de son schnaps.

« Par contre, ton sac, tu le fais à la main, exigea Pimprenouche, pas à la magie. Je n'ai pas envie qu'on se retrouve, après le premier bivouac, avec vingt mètres cubes de bagages à tasser dans le volume d'une taie d'oreiller. Et le miroir ? »

Pétrol'Kiwi poussa un petit cri effarouché :

« *Oups !* J'allais l'oublier ! » Elle rectifia avec un rire gras : « Mais non, je plaisante. Je l'ai cousu dans ma chemise. De lin. Qui gratte. Et dont je n'ai qu'un exemplaire. Pour tout le voyage. Ce qui m'inquiète.

— Tu n'as pas l'intention d'emmener tes névroses hygiénistes en Bas-Bord, j'espère ? ricana Pimprenouche. Elles risquent d'avoir mal au nez.

— Mais si c'est pour puer du dessous-de-bras pendant six mois, grimaça Pétrol'Kiwi, pourquoi le bliau de soie et le surcot de velours ?

— Pour faire bien dans les banquets mondains, si d'aventure nous en croisons. Toujours avoir une tenue propre en réserve, ça permet de manger à l'œil de temps à autre, foi de routard, expliqua Pimprenouche.

— Mais être propre, est-ce que ça ne consiste pas d'abord à changer de chemise ?

— Non. “Propre” signifie “qui sent le flouze”, lequel n'a pas d'odeur.

— Ce sera bien le seul, murmura Pétrol'Kiwi. »

Pimprenouche rangea les allumettes dans leur boîte, se releva :

« Bon, allez : on emballe et on y va. Non ! On ne fourre pas le barda dans les sacs n'importe comment. De la mé-tho-de.

— Risquer ma vie dans une aventure spirituelle, je voyais ça plus échevelé, marmonna Pétrol'Kiwi. Tu lâches ça, toi ! hurla-t-elle à l'adresse d'un petit faune qui se carapatait avec une boîte de gelée d'os de banane.

— Nous verrons plus tard pour l'échevelé, dit Pimprenouche, mais en attendant, tu ne tasses pas les œufs durs sous la marmite à soupe. »

Docile, Pétrol'Kiwi s'écarta d'un pas et regarda Pimprenouche rouler les anguilles séchées dans les compresses stériles et les aligner au fond d'un sac avec la rapidité que donne une longue habitude.

« Je ne te connaissais pas ce talent, fit Pétrol'Kiwi avec un petit sifflement admiratif.

— C'est que tu ne connais pas la règle, glousse Pimprenouche : la dernière qui boucle son bagage doit y caser tout ce qui n'est pas rentré dans le barda de l'autre.

— Et comment allons-nous en Bas-Bord ? demanda Pétrol'Kiwi en calant précipitamment, au fond de son propre sac, des pots de conserve avec des bas de laine.

— Porte dimensionnelle. Savoure-la, ce sera ton dernier sort avant longtemps.

— Service-client, cette vieille garce, m'a dit qu'utiliser un sort là-bas revenait à nourrir les puissances maléfiques qui ravagent Bas-Bord.

— Elle a très bien parlé, dit Pimprenouche qui pliait serré son duvet.

— Alors il vaut mieux aller en Bas-Bord sans magie, non ? Ne pouvons-nous pas y aller en bateau ?

— A travers la mer éternelle ? Ce serait un peu long. Et puis, une porte dimensionnelle bien invoquée laisse 99 % de sa puissance derrière elle. Ce sera un pet de lapin éthéré. Tu n'es plus copine avec la vieille Service-client, toi ?

— Si, mais j'ai une petite crise de dégoût. » Pétrol'Kiwi haussa les épaules : « Ça me passera avant que le bon goût ne lui vienne, va. » Elle empila ses vêtements de luxe par-dessus les pots de conserve et tassa fort. « D'autres choses à me dire sur ce qui nous attend en Bas-Bord ?

— Non, sauf à insister sur ce petit détail : pas de sort. » Pimprenouche glissait avec dextérité ouvre-boîte, tire-bouchon et cure-dent dans les poches externes de son sac. « Pas de boule de lumière éternelle (Tu lâches ça, toi !), pas de Faites-comme-si-j'étais-pas-là, pas de Un-poulet-une-bière-et-pas-l'addition. J'ai racheté à vil prix les devises bas-bordiennes qui traînaient au fond des coffres des anciennes touristes. » Pimprenouche fit sauter dans sa main une bourse dodue : « Mais je ne sais même pas si je détiens une fortune, ou juste de quoi acheter un pain de seigle.

— Vous avez laissé ce pauvre pays dans un état piteux, n'est-ce pas ? »

Pétrol'Kiwi tabassa son sac à coups de poing puis de fesses, bien décidée à faire tenir la trousse de secours avec le reste.

« Disons que nous l'avons bien poussé sur sa propre pente, fit Pimprenouche. Pas moins, mais pas plus. Figure-toi que les Bas-bordiens sont dotés d'un certain libre-arbitre et que nous autres, les fées, ne sommes quand même pas toutes-puissantes.

— T'es gonflée », ricana Pétrol'Kiwi.

Pimprenouche boucla son sac :

« Un petit ballonnement de mauvaise foi, peut-être, grogna-t-elle. Et j'insiste : pas de sort, c'est fatiguer. Souffrir. S'user. Perdre le moral, avoir faim, soif, la nausée, le rhume, des ampoules aux pieds, des puces ailleurs et toute la misère de la finitude sur le dos.

— Preums ! »

Pétrol'Kiwi, son bagage terminé, regarda tout autour d'elle. Puis elle jeta un œil sur Pimprenouche. Qui avait la même allure qu'elle. Hélas.

« Braies, broigne, cuculle, coupe au bol et havresac, avec la friteuse qui pendouille et fait clang contre la marmite, quelle allure, ma belle…

— Tais-toi, tu m'excites », gloussa Pimprenouche.

Pétrol'Kiwi haussa les épaules et ajouta :

« N'empêche, je m'étonne que Babine ne soit pas encore venue nous admirer.

— J'ai laissé ce problème au Rectorat, expliqua Pimprenouche. Il a promis de s'en charger. C'est qu'Il est un peu responsable de la situation, aussi. Il a dû se mettre à plusieurs pour la retenir mais, pour le moment, Il a l'air d'y arriver. Y allons-nous ?

— Hm. »

Pétrol'Kiwi regarda encore une fois, autour d'elle, la forêt blonde et verte, la danse des mouchenettes piqueuses dans les rais du soleil et la rangée de petits bonnets bleus qui dépassait d'une souche, attendant qu'une saucisse tombe de son barda pour bondir.

« Courage, ma puce, fit Pimprenouche d'une voix exaspérante de bonhomie. Tu vas voir plein de choses nouvelles, rencontrer plein de gens différents et…

— Et ?

— Et tu verras comme ça fait du bien quand ça s'arrête. Cette petite promenade va te délier l'esprit et le reste, je suis sûre. Peut-être même que tu prendras goût à l'aventure, au piment du risque, au grand frisson des expériences exotiques ! » s'enflamma Pimprenouche.

Pétrol'Kiwi lui jeta un regard en coin :

« Tu me proposes la botte, là ? »

Pimprenouche haussa les épaules :

« Ça ne coûte rien d'essayer. Peut-être qu'à force de se soutenir l'une l'autre parmi les ronces du chemin, une grande histoire d'amour passionnel va naître entre nous ?

— C'est pour me faire envie que tu dis ça ? demanda Pétrol'Kiwi avec un air encore plus en coin.

— Tu as d'autres questions ? rétorqua Pimprenouche, glaciale.

— D'autres questions, voyons... Quel est le vrai nom de Bas-Bord ? Je veux dire : le nom que ses habitants lui donnent ?

— Oh. Il y a un petit problème de langues et de patronymes dont il faudra que je te cause. Mais je crois que ses habitants l'appellent la Terre du Centre. Ou du Mitan. Enfin, quelque chose dans ce goût-là.

— La Terre Médiane ?

— Presque, presque.

— En ce qui concerne la langue », reprit Pétrol'Kiwi en essayant d'assurer sur son dos son énorme bagage (« Si j'ai mon tabac et ma pipe ? Tu es sûre que c'est nécessaire, le tabac et la pipe ? Couleur locale ? A ce point ? ») sans coincer les bretelles dans son épée courte ni dans sa hache de jet (« Mais je suis nulle en jet ! Couper du bois ? Pourquoi faire ? Il fait si froid que ça, là-bas ? ») ni dans sa batterie de cuisine (« C'est à ce point dépourvu de restaurants ? Tu es sûre ? »), « elle est vraiment aussi compliquée qu'on le dit ?

— Pas la langue : *les* langues. Et leurs variantes patoises. Sans oublier les versions véhiculaires, les idiomes archaïques et les spécificités de caste. Et pas de Traduis-moi-ça. Es-tu sûre d'avoir bien mesuré l'ampleur de ce qui nous attend ? »

Pimprenouche sortit un bout de craie de nulle part et traça l'encadrement d'une porte sur le flanc noueux d'un abricotier :

« Pas de sort d'Imodiome, insista-t-elle, pas de Sèche-vite, pas de...

— Même l'Imodiome, on n'a pas le droit ? » fit Pétrol'Kiwi d'une voix amenuisée. Pimprenouche saisit la poignée en craie, tourna, tira :

« Pétrol, mon petit, pour éviter ses propres pieds, il suffit de plier les genoux et de se pencher en avant. Comme quand tu fais un piqué sur un balai. »

Elles plongèrent en Bas-Bord.

***

Un morceau de boyau rampa dans la boue, en rencontra un autre. Un bout de fémur roula dans la boue, pivota pour venir se loger à sa juste place, quelque part en dessous du col. D'un bout à l'autre de la grotte, ce qui représentait une sacrée surface, toutes les pauvres particules qui avaient un jour composé le corps radieux de Moudubas recommencèrent, pour la millième fois, à progresser l'une vers l'autre, leur mémoire cellulaire braquée sur une seule obsession : retrouver le giron chaud du fonctionnement biologique. A quelques pas de géant de là, la Poule grattait furieusement une fissure dans le granit au fond de laquelle s'était réfugié le piqueqnaqui. Or, la Poule était peut-être un épouvantable monstre chtonien dont les ergots développaient la puissance de trois caterpillars, mais le granit…[1]

Dans un chuintement furtif et multiple, Moudubas rampait vers lui-même.

***

Université de Magie, UFR d'éthérotoxicologie.

« Je le veux. Je le veux ! JE LE VEUX ! »

---

1. NDP : Du granit, c'est du granit. Heureusement.

Babine-Babine hurla. Elle se leva d'un bond du lit où elle était prostrée et frappa des deux poings le mur d'air lisse qui formait cercle autour d'elle.

« JE VEUX ME VOIR !

— Taisez-vous donc et prenez ça », grommela Cours-du-brent en lui tendant un plat de bronze sur lequel s'étirait un long rail de coke, accompagné d'une paille jaune. Puis elle reprit son tricot de toile de tégénaire. Babine-Babine serra les poings, les desserra : inutile qu'elle s'acharne contre la tour d'air. Inutile aussi d'essayer de faire bouffer ses aiguilles n° 4 à la vieille pie. Elle avait déjà essayé les deux, sans succès. Le Rectorat avait mis le paquet, niveau sécurité éthérée. Elle se rassit donc sur sa couche basse, saisit le plat entre ses mains tremblantes, sniffa la ligne, se pinça le nez.

Elle se sentit mieux.

Le manque s'éloigna. A deux pas.

Ses ongles saignaient, rongés jusqu'à la lunule.

« Ça va durer longtemps ? grinça-t-elle.

— Oui, mon chou, dit Cours-du-brent d'une voix monocorde. On en a déjà parlé. Un sevrage, c'est toujours long.

— Et ça ? » Babine-Babine jeta la paille sur le plat, et le plat par terre : « C'est censé me faire du bien ?

— Oui, mon chou. Ça t'en fait, d'ailleurs. N'est-ce pas ?

— Un peu. Mais remplacer une dépendance par une autre, aboya Babine-Babine, c'est vraiment… c'est bien une idée universitaire ! Et je ne suis pas un chou.

— Oui, mon lapin. Une dépendance à la coca, c'est comme au pavot : une fée s'en guérit d'un claquement de doigts, expliqua Cours-du-brent en comptant ses mailles. Alors qu'une dépendance au narcissisme elfique, mazette ! Une dépendance à soi-même et au vertige du gouffre, fichtrebleu ! J'espère que tu as du courage. »

Babine-Babine inspira lentement. L'air lui semblait glacé, et rare. Elle tourna la tête en tous sens. Au-delà du mur d'air, le campus féerique étendait ses ramures géantes. Elle ferma les yeux : depuis que son miroir n'était plus là pour couper son champ de vision et le transformer en une boucle brève, harmonieuse et rassurante, elle ressentait la distance comme un poignard et l'espace comme une terreur. Tout ça au fond d'une épaisse flaque d'ennui, épaisse comme de la cendre volcanique. Elle essaya à nouveau de respirer : la crise d'angoisse montait.

« Un peu d'ecstasy, mon lapin ? proposa Coursdu-brent en tendant une petite boîte à pastilles.

— Je ne suis pas un lapin », sanglota Babine-Babine en lui arrachant la boîte des mains.

***

La mâchoire de Moudubas retrouva une de ses molaires. Avec mille précautions, ses métatarses se tâtèrent, se chevauchèrent, éjectant un métacarpe qui s'était fourvoyé. Evidemment, une fois que l'elfe noir serait reconstitué, il faudrait aussi qu'il parvienne à dégager l'entrée de la grotte sans attirer l'attention de l'autre Furie chtonienne, songea confusément un amas de neurones qui tremblotait comme de la gelée au fond d'une fosse orbitale.

A chaque jour suffit sa peine, estima un morceau de tissu cortical en glissant le long d'une vertèbre.

A l'autre bout de la grotte, la Poule picorait comme si elle avait l'éternité devant elle. Ce qui n'était pas faux.

Au fond de la fissure de granit, le petit piqueqnaqui, guidé par son instinct obstiné, évaluait les chances de survie de ses œufs dans une veine de charbon. Certes, c'était de la matière organique, mais quelque peu passée de fleur, quand même.

Il commença néanmoins à creuser[1].

***

« JE NE SUIS PAS UNE PUCE ! »

1. NDP : Mon royaume pour une lampe à grisou !

Au pays des citrouilles

Pimprenouche et Pétrol'Kiwi roulèrent cul par-dessus tête dans un pré. La porte dimensionnelle brilla un instant dans les airs derrière elles, mince comme un coup de fouet, puis disparut. Pimprenouche se mit debout en bringuebalant :

« Pétrol ? Tu vis encore ? Parfait. Alors, où sommes-nous donc ? »

Pétrol'Kiwi se releva en grommelant, vérifia son paquetage, puis observa les alentours et lâcha un long sifflement :

« Fiou ! Alors ça ! Ça, c'est beau. »

C'était de la nature en plein été, du vert éclatant au soleil. C'était de l'herbe brillante, des haies fleuries et des arbres fruitiers opulents, des chemins sinueux où roulaient des vagues de papillons blancs et jaunes, des murets blonds, des tas de foin dorés, des silhouettes ailées de moulins bleus dans le lointain, le reflet glauque d'étangs ronds, des champs de colza grands comme des mouchoirs et peuplés d'épouvantails empaillés, le bêlement continu de champs de moutons parsemés de souches verdies, le bafouillis des fontaines et des rus. Le tout était vallonné comme un alignement de fesses sous un parasol bleu, et baignait dans une magnifique odeur de frais.

« C'est ravissant ! s'exclama Pétrol'Kiwi. C'est merveilleux, c'est agreste, c'est champêtre, c'est pastoral, c'est…

— C'est Nabotland. »

Pimprenouche replia rageusement la carte qu'elle avait sortie :

« Et merde. Nabotland. B'd'ch'd'm'.

— On se croirait à la maison ! » Pétrol'Kiwi continua un instant sur sa lancée enthousiaste, tournant sur elle-même et gloussant de joie. « Tu disais ? Nabeaulande ? Ça ne fait pas très lande, quand même.

— Tiens ! » grogna Pimprenouche en lui tendant la carte. Pétrol'Kiwi la déplia, la tourna dans plusieurs sens :

« Moui ? »

Pimprenouche posa son doigt sur le parchemin :

« C'est une carte que j'ai prise dans un vieux *Guide du féetard*. Je n'ai aucune garantie qu'elle vaille encore tripette, mais je n'avais pas mieux. Alors là, à gauche, le jaune pipi, il faut le voir bleu : c'est la mer éternelle. A droite, le marron caca, c'est la terre. On devait aller là (l'index de Pimprenouche se posa en bas à droite) et on est là (l'index remonta en haut à gauche).

— Oh ! On est dedans de combien ? s'inquiéta Pétrol'Kiwi.

— Quatorze cents bornes.

— Ça fait combien, en kilomètres ?

— Mille quatre cents.

— Ah, quand même, fit Pétrol'Kiwi en branlant du chef. Et là, entre les deux, c'est bien une chaîne de montagnes pointues et infranchissables ?

— Oui.

— Ah, quand même. Et l'endroit où nous voulons aller, c'est cette espèce de carré de montagnes avec la croix au milieu ?

— Surtout pas ! s'exclama Pimprenouche. C'est là que niche le Sub-éthéréen. Et la croix au milieu, c'est un warninje. Ça signale un danger. Nous, nous voulons aller à l'extérieur du carré, sur le fleuve. Ici.

— Hm. Pas d'autres bibliothèques ailleurs ?

— Tu penses bien que non. Ah, pas de doute, nous sommes bien dans une quête ! râla Pimprenouche en tintinnabulant de la batterie de casseroles.

— Et le petit warninje, là, que signale-t-il ? demanda Pétrol'Kiwi.

— Un danger dans la forêt contiguë à Nabotland. »

Pétrol'Kiwi rendit la carte à Pimprenouche, regarda à nouveau autour d'elle :

« Oh ! Un nain ! souffla-t-elle en pointant un doigt vers le bois de tilleuls qui s'étendait à leur droite : il y a un nain, là-bas ! Assis au pied d'un arbre.

— Normal, grommela Pimprenouche. Nabotland, c'est un pays de nains. De foutus nains nationalistes. Nous aurons de la chance si nous arrivons à nous faire servir une bière à la taverne.

— Il y a une taverne ? sourit Pétrol'Kiwi.

— Au bourg. Qui doit se situer… Eh ! Tu entends ? »

De la route sinueuse qui passait en contrebas du pré s'éleva le grincement d'une charrette.

« Couchée ! » souffla Pimprenouche d'un ton pressant. Pétrol'Kiwi obtempéra. Le nez dans les pâquerettes, elle vit le nain se lever d'un bond, courir vers la carriole et sauter au cou de son conducteur.

« Oh, oh », fit Pimprenouche. Le conducteur avait une brave allure de vieillard à barbe grise, avec un chapeau de feutre gris, un gros nez et une longue pipe, mais Pétrol'Kiwi était une fée : même sans sort, elle voyait les auras. Et l'aura du vieil homme n'avait rien de vieux ni de brave. Elle était éthérée, immémoriale, puissante et impitoyable. Cependant, le vieillard serrait le nain dans ses bras avec ce qui ressemblait à une réelle affection. Derrière lui, dans la carriole d'osier, était allongé un bourdon horriblement noueux, à la fois serpentiforme et phallique, turgescent de pouvoir magique.

« Quel pays bizarre, murmura Pétrol'Kiwi.

— On bouge doucement, chuchota Pimprenouche. La carriole va sûrement au bourg. Nous allons la suivre à distance. »

Les deux fées rejoignirent prudemment la route.

« As-tu déjà eu l'occasion de parler à ce sorcier vingtième niveau ? demanda Pétrol'Kiwi.

— Non, mais je l'ai déjà croisé. Tout le monde l'a déjà croisé. Il n'est pas causant, grommela Pimprenouche. C'est un des ennemis du Sub-éthéréen, autant te dire qu'il n'aime pas les touristes comme nous. Pas du tout. Alors, si tu pouvais faire moins de bruit en marchant…

— C'est pas moi, c'est les gamelles. »

Les deux fées remontèrent le chemin à bonne distance de la carriole, qui émettait de temps à autre d'étranges pets pyrotechniques. Il y avait des enfants minuscules qui riaient et de petits jardins soigneusement entretenus, déroulés comme des paillassons sur le seuil de portes rondes.

« C'est rigolo, les maisons sont presque enterrées sous le gazon ! C'est normal ? fit Pétrol'Kiwi.

— Tu ne comptes pas sur moi pour faire guide, j'espère ? grinça Pimprenouche.

— Tu te souviens que c'est pour cette unique raison que j'ai accepté que tu viennes, j'espère ? siffla Pétrol'Kiwi. Tu as vu, dans la prairie à droite, les banderoles ? Et les tentes ? Et les rangées de fûts ? Une fête se prépare ? Chouette !

— Non, pas chouette, râla Pimprenouche. Poisse ! On est à mille cinq cents kilomètres de notre but, dans une contrée de racistes hystériques cernée par des forêts dévoreuses, alors non ! Pas chouette.

— Tu es sûre que tu aimes voyager, toi ?

— Oh, Pétrol ! » Pimprenouche s'arrêta au milieu du chemin. « Ceci n'est *pas* un voyage d'agrément.

— Oh, Pimprenouche ! On est paumées dans un pays en guerre, avec une bombe à retardement dans la poche, pour accomplir un truc qu'on ne sait même pas quoi, même pas où et même pas comment, alors la dernière chose à faire, c'est regarder la réalité en face », déclara Pétrol'Kiwi en continuant à trotter d'un jarret alerte. Pimprenouche haussa les épaules et redémarra à sa suite.

***

La taverne était basse, longue, coquettement lambrissée et éclairée au lumignon de suif. Des tables en bois ciré étaient posées sur un parquet râpeux. La bière coulait à flots, les nains se marchaient mutuellement sur leurs pieds poilus en riant d'abondance.

« Marrant, bâilla Pétrol'Kiwi au-dessus de son bock en grès qui débordait de mousse, j'ai déjà vu des gens venir à la taverne avec leurs gosses, leur chien, leur fourche, leur chimère apprivoisée, leur gragon et même, une fois, avec un cheval, mais avec leur citrouille, jamais. Et je n'avais jamais vu de citrouilles aussi énormes. En tout cas, pas des citrouilles, euh, agricoles. C'est une mode ? »

Pimprenouche haussa les épaules :

« A mon avis, c'est de la frime.

— Tu comprends quelque chose à ce qui se raconte ?

Les deux fées tendirent leurs petites oreilles pointues, dissimulées sous la capuche de leur cuculle en peau de vache :

« Bas korriganais ? suggéra Pétrol'Kiwi.

— Archaïque, alors, répondit Pimprenouche. L'accent est cyclopéen, un peu, non ?

— Mais les sonorités sont nymphiques.

— Ou sirénéennes.

— Par contre, le vocabulaire…

— … et la syntaxe…

— … ne sont semblables à rien de connu. Rien de naineux, rien de lutineux.

— Laisse tomber, j'y entrave que dalle, soupira Pimprenouche. Ça pourrait aussi bien être du trollebem.

— Tu m'avais pourtant dit avoir passé pas mal de temps ici ?

— En Nabotland ? s'insurgea Pimprenouche. Plutôt crever ! C'était la destination préférée des vieilles carabosses qui venaient négocier du tabac nain contre des graines de citrouille à carrosse.

— Ah, voilà. Je me disais aussi : elle a un goût de cire à dorer, la soupe au potimarron.

— Et elles assistaient aux beuveries naines en gloussant de ravissement : "Ma chêre, j'ai vu des danses folkloriques complètement êthniques. Et puis ces nains sont si pittorêsques !", enfin tu vois le genre.

— Moins fort ! souffla Pétrol'Kiwi. On nous regarde. »

Les deux fées piquèrent du nez dans leur bock tandis que, par-dessus leurs pommettes écarlates de joyeux lurons, quelques nains leur jetaient des regards acérés d'éléphants mâles en lisière de territoire.

« Qu'est-ce qu'on fait, après ? chuchota Pétrol' Kiwi.

— On reste pour la fête de ce soir. Avec un peu de chance, il y aura un dîner à gratter. Et après, on se carapate direction Sud-Est. »

***

La fête battait son plein. Pimprenouche s'était expliquée à grands gestes avec la fille du tenancier de la taverne, une jolie blonde poupine, et les deux fées avaient été embauchées en cuisine. Pétrol'Kiwi, une main enfoncée jusqu'au coude dans un immense bac rempli d'eau chaude, utilisait l'autre pour s'empiffrer de pâté de biquette aux fèves. Les tables du gigantesque pique-nique nocturne croulaient sous les plats bourratifs, les robinets des tonneaux de bière viraient au rouge, les guirlandes de lampions en papier ballottaient au gré de la musique et Pimprenouche, les joues échauffées, retournait d'une main experte une bonne centaine de saucisses sur un gril immense. Puis, le feu d'artifice commença.

Puis, le feu d'artifice finit.

Puis, le feu qui avait pris fut éteint.

« Waou. Joli, le feu d'artifice. » Pétrol'Kiwi, allongée sous une table renversée, eut un long sifflement admiratif : « Jamais vu une toile de tente voler aussi haut. En tout cas, pas avec les piquets. »

Pimprenouche se releva, essuya ses mains balafrées de brûlures sur son tablier :

« Nous allons avoir droit à un discours, je le crains. »

A l'autre bout du champ, un petit bonhomme grisonnant était monté sur une estrade et la foule l'ovationnait tandis qu'il l'apostrophait.

« Qu'est-ce qu'il dit ? demanda Pétrol'Kiwi en ôtant son bonnet de toile crasseux.

— Toujours aucune idée, répondit Pimprenouche. D'après la gestuelle, je crois qu'il les remercie un par un.

— Ça risque d'être long.

— Pas forcément. Tu sais, ils s'appellent tous Gros-pied ou Velu-peton, quand ça n'est pas Bouc, Prout ou Souk. Pittoresques, je te dis.

— Eh !

— J'aurais dû emporter mon pot de graisse d'edelweiss, dit Pimprenouche en contemplant ses paumes abîmées.

— Eh ! Il a disparu !

— J'ai un de ces coups de barre, moi…

— Il a disparu, le vieux bonhomme ! bégaya Pétrol'Kiwi. Disparu ! Comme une bougie soufflée ! Et regarde ! Regarde la marque ! Là, la marque du sort d'invisibilité ! L'aura du sort ! Là ! »

Pimprenouche plissa ses yeux fatigués et aperçut, au-dessus de l'estrade, la marque d'un sort ; l'aura résiduelle d'un enchantement. Mais elle ne vit pas l'aura bleue d'un coup de jus éthéré ; elle vit l'onde noire d'un maléfice sub-éthéré.

« Oh, coquin de sort ! fit-elle d'une voix blanche. Oh, que ça pue ! Nous fichons notre camp, ma vieille.

— Mais, et le gâteau ? protesta Pétrol'Kiwi. J'ai vu passer un gâteau de compétition ! Plus gros que moi, triple couche de glaçage blanc…

— Pétrol ? »

Pimprenouche fixa Pétrol'Kiwi dans le gras de l'œil. Pétrol'Kiwi se détourna avec un air gêné.

« D'accord, on y va. »

***

Les deux fées, cheminant au plus noir de la nuit avec leur barda mal refagoté sur le dos, faisaient un potin d'enfer et se tordaient le pied dans toutes les ornières du chemin. Pétrol'Kiwi s'arrêtait à peu près tous les vingt mètres pour vomir bruyamment dans le fossé :

« Oh, je suis désolée. Je ne sais pas ce qui m'arrive…

— Trop mangé, trop bu, pas assez dormi et pas de sort de Sitrate, se moquait Pimprenouche.

— On aurait dû dormir quelques heures à l'auberge, quand même. Au moins, attendre que le soleil se lève. On a l'air ridicule, là : ça fait trois fois qu'on franchit le même pont. »

Pimprenouche leva un nez épuisé, essaya à nouveau de se guider d'après les étoiles, vit double puis triple, se frotta les yeux et tomba assise sur le bas-côté dans un grand vacarme de laiton froissé :

« Tu as raison. J'abandonne. On va camper là. Enfin… s'endormir assises là, quoi.

— Et puis, un maléfice sub-éthéré, il n'y avait pas de quoi paniquer, grognonna Pétrol'Kiwi.

— Nous retrouver au centre de l'attention du Sub-éthéréen local alors que nous avons la mort de notre monde dans la poche ? Pas de quoi paniquer, peut-être ; mais partir en courant, si. »

Pétrol'Kiwi s'allongea dans un concert de bidons :

« Demain, j'allège le barda. Et tant pis pour la cuisine. On mangera froid, mais on marchera en silence.

— (Bâillement.)

— Je pue le fond d'estomac. C'est infect.

— (Grattement de tête.)

— Et j'ai les mains gercées par la vaisselle.

— …

— Et au moins une puce, insista Pétrol'Kiwi. Et les pieds gonflés. Et les bretelles qui me frottent.

— Et, bientôt, trois dents en moins, ronchonna Pimprenouche.

— …

— …

— Tu crois vraiment que le maléfice a attiré l'attention du Sub-éthéréen ? marmonna Pétrol'Kiwi, le regard errant sous la voûte étoilée, dans un effort louable pour penser à autre chose qu'à son corps dolent.

— C'est une éponge, ce Sub-éthéréen, répondit Pimprenouche. C'est comme ça qu'il survit. Incapable de produire sa propre magie, il lui faut absorber celle produite par d'autres. Je ne sais pas comment le vieux bonhomme a fait pour disparaître mais, à mon avis, il aurait tort de réapparaître.

— Il a dû se servir d'un objet magique, sûrement. Ces nains sont éthérés comme je suis punk. Je me demande de quel objet magique il peut s'agir, d'ailleurs. Un chapeau ? Quelquefois, pour les sorts d'invisibilité, il suffit de tourner le chapeau qui va bien devant-derrière, et hop ! Ou alors, un collier… Chut ! Quelqu'un approche. »

Les deux fées se figèrent dans leurs atours bruyants. Une silhouette rabougrie, escortée d'un bâton de marche, passa devant elles en sifflotant et disparut au prochain tournant.

« Il a réapparu, le vieux bonhomme. Et en un seul morceau, murmura Pimprenouche. Je suis impressionnée.

— Pas une once de magie sur lui, ajouta Pétrol'Kiwi. Il a refourgué son objet sub-éthéré à quelqu'un d'autre. Les vieux, c'est des sournois. Tiens, voilà l'aube. »

Une demi-heure plus tard, des pansements un peu partout, les deux fées repartirent en éternuant dans la brume glacée du petit matin, laissant derrière elles une montagne de casseroles bosselées et quelques écumoires en laiton.

« Où allons-nous, au fait ?

— Nous sortons de Nabotland direction plein est, par-delà le fleuve. En essayant de ne pas nous tromper de direction, parce que… »

Au fur et à mesure qu'elles s'éloignaient du bourg, les alentours se faisaient moins plaisants. Moins riants. Moins urbains. Et surtout beaucoup, beaucoup plus *grands*.

***

« Je n'avais encore jamais vu ça. Mais alors, jamais. Jamais même imaginé une seule seconde qu'une chose pareille pouvait exister. »

Pétrol'Kiwi était bouche bée. Loin au-dessus d'elle, diverses variétés de mélèzes géants étendaient leurs ramures. A leurs pieds, minuscule et hébétée, la fée n'en finissait pas de s'émerveiller. Pimprenouche, pour sa part, regardait autour d'elle d'un air inquiet. Les troncs étaient monstrueux, de ce bleu-gris qui ne voit jamais le soleil. Une brume noyait le sol couvert de mousse, il régnait un silence glacial de cathédrale ou de crypte et une lumière vague, lacustre. Rien ne bougeait, hormis les gouttes d'eau tombant de hauteurs incroyables ou filant sur l'écorce. Des racines gigantesques sortaient de terre avant d'y plonger à nouveau, s'élançaient et se tordaient en arches, comme des tentacules pétrifiés ; des lianes barbues, tendues entre elles, donnaient l'illusion d'une forêt de harpes sous-marines.

« Oh, Pimpin, c'est magnifique ! C'est dantesque !

— Dantesque, marmonna Pimprenouche. Voilà. Je cherchais le terme. Nous sommes dantesquement perdues. Dans les forêts dévoreuses de si triste réputation autour de Nabotland. Je l'avais dit. J'avais dit qu'il ne fallait pas quitter la route principale. Mais *on* ne m'écoute pas. »

Un long cri sourd monta et se dispersa autour d'elles, semblable à une corne de brume ou à la souffrance d'un damné. Pimprenouche fit un bond, gémit :

« Oh, Pétrol, on est tellement mal parties !

— Mais enfin, Pimpin, c'est merveilleux, au contraire ! Je n'avais jamais vu d'essences si majestueuses ! Regarde, là ! La taille de ce rejet ! As-tu déjà vu un nœud d'une taille pareille ?

— Misère de moi, au grand jamais !

— Et ici, continua Pétrol'Kiwi en tendant l'index, on distingue les cercles de croissance. Je parie que...

— Mais qu'est-ce que c'était que ce bruit ?

— Oh, une branche maîtresse qui jouait, sûrement. Ou une jeune bouture qui se balade.

— Qui *quoi* ? couina Pimprenouche.

— Crois-en ma vieille expérience arborescente : cette forêt est si vieille, si vieille, elle a tant connu de choses et tant absorbé de magie éparse qu'elle est dotée d'une conscience au moins collective, et probablement d'une certaine liberté de mouvement. Je sens ces choses-là.

— Oh la la ! »

La forêt réa de nouveau. Cette fois il y avait plusieurs voix, caverneuses et menaçantes, qui résonnèrent interminablement.

« Oh, mes aïeules ! piaula Pimprenouche dans les aigus.

— Tiens, regarde ! (Pétrol'Kiwi agita son doigt :) Regarde le chemin par lequel nous sommes venues.

— Oui ? fit Pimprenouche en suivant du regard la direction qu'indiquait Pétrol'Kiwi.

— Eh bien ?

— Mais, quel chemin ? demanda Pimprenouche. Mais… le chemin ! Où est le chemin ?

— C'est bien ce que je disais : les arbres se sont déplacés et ont fait disparaître notre chemin, conclut Pétrol'Kiwi d'une voix satisfaite. Tu vois bien qu'ils bougent. »

Pétrol'Kiwi se tut, parce qu'une lame d'épée courte lui appuyait sur la glotte. Elle roula prudemment les yeux : le visage de Pimprenouche était tordu comme un vieux mouchoir et son regard rougeoyait de folie. La main qui tenait l'épée tremblait mais surtout, elle blanchissait aux jointures.

« Pimpin ? articula doucement Pétrol'Kiwi.

— P… Pé…

— Je connais ces gens-là. Alors, rengaine ce truc en métal et calme-toi.

— Gens…

— Arbres. Les arbres. Je connais les arbres. Je sais y faire. Alors remballe cette cousine de scie à bois, parce que ça les énerve, et écoute-moi. »

Pimprenouche abaissa lentement son arme. La releva brutalement tandis que la forêt hurlait une fois de plus. Pétrol'Kiwi ouvrit grand la bouche et lâcha un long mugissement. Il y eut un silence interminable, expectatif. Pétrol'Kiwi fit un clin d'œil à Pimprenouche :

« Ça va mieux ?

— Je… je n'ai plus envie de… de tete tuer, non.

— Parfait.

— Juste dede… te gifler. Je, euh, suppopose que c'est un progrès. »

Pimprenouche rengaina d'une main tremblante. Elle essuya son front ruisselant de sueur froide avec une manche trempée d'humidité glacée.

« A… alors ? claqua-t-elle des dents : Comment fait-on pou-our retrouver la route ? »

Pétrol'Kiwi soupira :

« Arrête, avec ta route. Règle numéro un : quand on a un Sub-éthéréen aux fesses, ne jamais suivre la route.

— Ah ?

— Les Sub-éthéréens adorent les carrefours et les bas-côtés. Je n'y peux rien. Et je les connais bien. »

Pimprenouche sortit un reste de mortadelle de sa poche, la glissa entre ses lèvres blanches, mâcha péniblement, fit glisser avec un coup de Pommes Furieuses.

« Ils détestent les cours d'eau, aussi, continua Pétrol'Kiwi. Eau courante, eau vive. Aiment le stagnant.

— Je ne sais pas pourquoi, murmura Pimprenouche, mais je me fous complètement du Sub-éthéréen, en ce moment. Je préférerais un cours sur les désherbants et les débroussailleuses.

— MMMMMMMMMMMMMMMMMMMMMM ! brailla la forêt.

— Tais-toi donc ! ragea Pétrol'Kiwi.

— Ah parce… parce qu'ils comprennent ce qu'on dit ? bégaya Pimprenouche.

— Il y a des mots, comme ça, qu'on reconnaît dans toutes les langues. »

Pétrol'Kiwi prit son élan, et monta en trois enjambées en haut d'une souche vaste comme une cuisine. Puis elle mit sa main en visière et regarda vers l'ouest, ensuite vers l'est, et enfin vers le ciel car la souche venait de s'ouvrir sous ses pieds et elle tombait comme une masse vers une obscurité absolue, le hurlement de Pimprenouche dans les oreilles.

***

Pétrol'Kiwi atterrit dans une masse pulvérulente qui se révéla, à l'odeur, être du *Mycelium grignotatum*. Elle toussa, tandis que la souche refermait lentement sur elle ses épaisseurs de bois.

« Je suis Pétrol'Kiwi, fée des arbres, fit-elle en arboréen universel. Et j'ai douze échantillons de mycoses parasitiques pires que celle-là dans mon sac. Enfermées dans de petites fioles très fragiles. Je serais toi, je ne serrerais pas trop fort. »

La pression se relâcha. La fée entendait, de façon amortie, Pimprenouche tabasser la souche à grands coups d'épée en hurlant comme une hyène.

« Et j'ai aussi la recette d'un remède contre ce *grignotatum* qui te dévore de l'intérieur. Ça t'intéresse ? »

La souche grinça ; un mince filet de lumière se posa sur le front de Pétrol'Kiwi, bientôt occulté par le visage hystérique de Pimprenouche.

« PETROL !

— Tout baigne, ma grande. » Pétrol'Kiwi jeta un œil autour d'elle. « Dans les spores. »

***

« Ne me dis pas que tu gâches notre précieux temps à concocter un médicament pour ce… cette souche ! rageait Pimprenouche.

— Une fée des arbres n'a qu'une parole, répondit Pétrol'Kiwi qui râpait une poignée d'écales de noisettes. Et puis, qu'est-ce qu'il a de précieux, notre temps ?

— Il a que j'aimerais bien rentrer chez moi ! glapit Pimprenouche.

— Et ?

— Et plus vite nous sortirons d'ici, plus vite nous serons à la bibliothèque, plus vite…

— … nous nous rendrons compte que nous sommes infoutues de lire cette langue de sagouin et donc, de savoir quoi faire du miroir. »

Pimprenouche tomba assise sur la mousse :

« Fuc. Je n'avais pas pensé à ça. Enfin si, mais… je suppose que nous rencontrerons un lettré, un clerc qui se souviendra du langage éthéré, et que… Je trouverai une solution sur le moment, voilà tout.

— Tu n'étais encore jamais venue en Bas-Bord sans utiliser de sorts, n'est-ce pas ?

— Ça se voit tant que ça ?

— Oui. »

Pétrol'Kiwi échenilla une touffe de salsepareille. Pimprenouche serra ses genoux sous sa cuculle de vache, renifla, grelotta un coup :

« J'imagine que si je parle de faire du feu, la moitié des branchages va me tomber dessus ?

— Du tout. Les forêts ont l'habitude du feu. Elles en ont même besoin pour se renouveler. Certains arbres font des fruits qui ne grainent que sous l'action d'une flamme. Et, de toute façon, j'en ai besoin pour distiller ma potion. »

Pimprenouche regarda, autour d'elle, les arbres trempés dans le brouillard mouillé, puis considéra ses doigts :

« C'est terrible, ce monde où l'action n'est pas la sœur du rêve. Autant essayer d'allumer un feu dans une baignoire.

— Va plutôt chercher du petit-bois, feignasse », marmonna Pétrol'Kiwi en pilant un besoar de couleuvre.

***

Quarante allumettes plus tard, un feu flambait haut et clair sur un lit d'éclats de quartz humides. Pimprenouche, emmitouflée dans son duvet peu sec sous sa cuculle trempée, regardait le feu d'un air geignard :

« C'est malin : j'ai trop chaud du devant et froid du derrière.

— Appel d'air, répondit Pétrol'Kiwi qui touillait une pâte indistincte. Dors.

— Je n'arrive pas à dormir. D'habitude, il me suffit d'un claquement de doigt, mais là…

— Tiens. Magie agricole. »

Pimprenouche prit la fiole de schnaps que lui tendait Pétrol'Kiwi, but, grimaça.

« Tu as raison : ça donne un goût. Tu crois que tu vas réussir à nous faire sortir d'ici ?

— Oh oui. Il suffira de nous saupoudrer de spores de *grignotatum* : le chemin va se rouvrir tout grand devant nous. Ils ne sont pas méchants, ces arbres, tu sais ?

— Non, grommela Pimprenouche.

— Enfin, quand je dis "pas méchants"… Si, ils sont méchants, espécistes et sans pitié, mais ils ne sont pas suicidaires. Et au moins, niveau prédateur, ils ont fait place nette.

— Ne crois pas ça. Il y en a un qui rôde dans le coin, murmura Pimprenouche.

— Ah oui ?

— Son truc, c'est de sauver les touristes. De leur offrir l'hospitalité.

— Et puis ? fit Pétrol'Kiwi.

— De les faire mourir d'ennui à coups de poèmes. C'est le petit warninje que tu as vu sur la carte. Je préférerais que nous sortions d'ici avant de le croiser. Reste à décider ce que nous ferons quand nous serons hors de danger.

— J'y ai pensé. Après tout, il semble que les nains du cru aient le même problème que nous : un objet magique malintentionné. Alors, si nous arrivions à savoir ce qu'ils comptent faire du leur, ça nous donnerait peut-être une idée sur quoi faire du nôtre. »

Pétrol'Kiwi ôta sa mixture du feu, la goûta, réfléchit un moment et reprit :

« Quand même, je me demande de quel objet magique il s'agit. Un bracelet ? Quelquefois, il suffit d'un bracelet qu'on porte au poignet et, dès qu'on le remonte sur le bras, hop ! Mais je vois mal un nain grisonnant se balader avec un bracelet. »

Pétrol'Kiwi entendit un « ting cling » derrière elle, se retourna et vit la fiole rouler hors des doigts de Pimprenouche. Celle-ci ronflait, la tête sur ses propres genoux.

***

Bien des jours plus tard, au sortir de la grande forêt majestueuse et glacée, les fées retrouvèrent les petits chemins gadouilleux de Nabotland. Le soleil dormait encore, d'un œil seulement, sous une couche de brume grise.

« Nous retournons à l'auberge ? » proposa Pimprenouche avec une sorte de gourmandise désespérée. Pétrol'Kiwi ne répondit rien. Sourcils froncés, elle s'était arrêtée et essayait de scruter la pénombre embuée de la route. Il y avait une chaumine sur la droite, vague silhouette noire au chapeau pointu. Pétrol'Kiwi renifla.

« Si tu veux, murmura-t-elle. Ce que tu veux, où tu veux, mais pas par la route. Pas par *cette* route.

— Tu sens quelque chose ?

— Oui. Je sens. Avec mon nez. Une odeur de…

— De ?

— Sang ! glapit Pétrol'Kiwi.

— Mais j'essaye, j'essaye !

— Bon sang ! On se tire. »

Pétrol'Kiwi attrapa Pimprenouche par un bidon et la poussa par-dessus un muret en jonc tressé. Elles atterrirent dans une rangée de citrouilles :

« Ouille ! »

Pétrol'Kiwi posa sa main sur la bouche de Pimprenouche. Elles attendirent sans bouger, malgré les gros fruits ronds et durs qui leur meurtrissaient les côtes. Puis, vaguement rassurée par le silence obstiné, Pétrol'Kiwi chuchota à l'oreille de Pimprenouche :

« Il y a un nain mort sur la route. Devant la maison.

— Mff ?

— Ça sent le sang répandu, la viande de nain froide, le pétrole cramé et le Sub-éther. Je vais y aller.

— Mff.

— D'accord, mais pas un bruit. »

Elles repassèrent le muret, s'approchèrent à pas menus de la maison obscure. Un léger mieux dans la clarté leur permit de distinguer un petit corps proprement décapité. La tête avait roulé dans le fossé, à côté d'une lampe à huile fracassée et d'un chapeau en cuir ciré. Pimprenouche releva des empreintes de sabot énormes et remplies d'aura noire. Pétrol'Kiwi se pencha sur le cadavre : la plaie paraissait cautérisée, comme faite par une lame enduite d'acide.

« Tu penses ce que je pense ? marmonna Pimprenouche.

— Le vieux bonhomme s'est servi une fois de son artefact sub-éthéré, et c'était une fois de trop.

— Ça a alerté les sbires du démon de l'est et ils déferlent ici, armés jusqu'aux dents, à la poursuite du vieux bonhomme, ou plutôt de celui a hérité de son artefact.

— Et nous sommes sur leur route avec notre miroir. Fuc ! gémit Pétrol'Kiwi. Il faut couper à travers champs !

— Bon, nous n'allons pas non plus passer nos journées à patauger dans les semis ! s'énerva Pimprenouche. Nous allons attendre le matin cachées derrière les citrouilles et voyager en suivant les petits sentiers plutôt que la grand'route, voilà tout. »

Elle était au-delà de toute fatigue, avec une envie de hurler de froid et un tout petit vide très lourd à la place de l'estomac.

« Et pour ce pauvre gars, qu'est-ce qu'on fait ? s'inquiéta Pétrol'Kiwi en désignant le nain décapité.

— Pour lui ? » Pimprenouche haussa les épaules. « Nous ne pouvons plus rien pour lui. Une quête, ça fait toujours des victimes innocentes, tu sais ?

— Et c'est tout ce que tu trouves comme requiem ? L'oratorio du dommage collatéral ? Ah, bravo ! Pour la beauté spirituelle, tu repasseras.

— Ecoute. » Pimprenouche se pinça la racine du nez. « Ce type a sûrement une famille, actuellement planquée dans la maison que voilà, et qui n'attend que l'aurore pour sortir, récupérer le corps et accuser du meurtre le premier étranger venu. Il se trouve que c'est nous, et que c'est l'aurore. Alors nous filons hors de Nabotland et vite, s'il te plaît.

— Et s'il laisse une famille derrière lui ? ergota Pétrol'Kiwi. Avec plein de mioches et une femme… pleine de mioche aussi ? Fais voir ta bourse. »

Pimprenouche tendit sa bourse à Pétrol'Kiwi, qui choisit deux grosses pièces et les posa sur la poitrine du cadavre. Puis elle ramassa la tête, la posa à la place qu'elle était censée occuper, cacha ce qu'elle put de la plaie avec le chapeau en cuir ciré, marmonna le « Plus près de toi, mon gland » qui servait lors de l'abattage des grands chênes crevés et suivit Pimprenouche en titubant de fatigue.

***

Après dix heures de sommeil dans les citrouilles et un brunch à base de sardines séchées à la gelée d'os de banane, les deux fées repartirent. Un petit soleil sans façon les faisait miauler de plaisir brut.

« Je rends les doigts gourds, je rends les doigts glacés, je rends les doigts horriblement douloureux du bout, je suis ? demanda Pétrol'Kiwi.

— L'onglée ! clama Pimprenouche.

— Gagné. A toi.

— Je suis un petit bout de peau rond et gluant, dit Pimprenouche, je pousse sur le talon, je fais atrocement mal, je fripe et je saigne, je suis ?

— L'ampoule ! Je suis le mollet grésillant comme bacon en poêle, je suis le pied tout mou qui se tortille au bout de façon ridicule, je suis ?

— L'ankylose à fourmis ! A moi, à moi. Je suis le mollet dur comme du bois, je suis le pied qui se recroqueville…

— La crampe ! » trompeta Pétrol'Kiwi.

Elles en étaient à « Je pique, je gratte, je suppure », quand un quarteron de nains hurlants dévala sur leur droite, depuis un champ de maïs haut perché, pour venir s'aplatir au beau milieu du chemin, cinquante mètres devant elles. Elles plongèrent, d'un même élan, dans le dévers sur leur gauche.

***

« Qu'est-ce qu'ils font ? chuchota Pimprenouche.

— Ils se relèvent et ils agitent des légumes, non ? répondit Pétrol'Kiwi.

— Une grosse carotte, je crois.

— Miam ! »

Planquées derrière d'énormes racines en contrebas du sentier, les deux fées observaient les quatre nains à travers un rideau de fougères :

« Et là ?

— Ils cueillent des champignons, j'ai l'impression. Oh, oh. »

Sans sommation, une tornade sub-éthérée remonta le chemin en feulant, faisant voler les feuilles mortes et ternissant la lumière. Les deux fées se tassèrent sous les racines. Pétrol'Kiwi colla son oreille au bois mouillé :

« Sabots. Le meurtrier de cette nuit approche. Et les quatre nains… »

Dans un bel ensemble, les nains se jetèrent à leur tour au creux du nœud de racines, à dix mètres des fées.

« … ont de l'instinct », marmonna Pétrol'Kiwi. Les deux fées se recroquevillèrent tandis que le cheval approchait, dans un bruit sépulcral de sabots ferrés, d'éperons tintant et de plaques d'armure s'entrechoquant. Il les dépassa en encensant bruyamment, s'arrêta à la hauteur des nains. Une onde sub-éthérée, d'un noir absolu, éclata au-dessus de leur tête. Il y eut des bruits désordonnés, le cheval hennit, se cabra, Pétrol'Kiwi se prit une bûche en pleine poire et les nains se carapatèrent sur la pente raide, encombrée de rejets et de souches, où le cheval infernal fut bien incapable de les suivre, tandis que son cavalier poussait un cri aigu, plus horrible encore que le hurlement des arbres.

***

« N'a fait mal ! Gn !

— Ne bouge pas ! Ça pisse le sang. Je ne vois plus ton œil. Ah si, je crois que tu l'as encore. Bon, il me semble que c'est propre. Je vais mettre du désinfectant et une compresse. Tu risques de ressembler à un pouce de charpentier pendant quelques jours.

— Gni !

— Je vais aussi saupoudrer de moisi de lime, parce que c'est vraiment très vilain. Tu as senti comme moi ? L'onde du sort sub-éthéré ? Un des nains détient l'objet magique, et il n'est pas tellement au courant qu'il vaut mieux pour lui ne pas s'en servir.

— Nf !

— Je crois que c'est l'un des nains qui a lancé cette bûche, pour faire diversion. Pas de chance, hein ? Ça va ? Tu peux parler ? Tu vois quelque chose de l'autre œil ? Je ne suis pas experte en bandage, mais je crois que ça tient. »

Pimprenouche essuya ses mains pleines de sang sur sa broigne raide de crasse, se leva et remonta courageusement la pente jusqu'au chemin, en dérapant sur la mousse. Quand elle redescendit, elle tenait dans ses bras deux choux, quatre carottes et une poignée de champignons, ainsi qu'une saucisse égarée.

« Il peut y avoir profit à suivre ces nains, sous certains aspects. Je ne savais pas que ça creusait comme ça, le grand air. Je fais du cinq mille calories par jour, en ce moment. »

Pétrol'Kiwi tâtait prudemment ce qui lui tenait lieu de visage :

« Tu as mal ? s'inquiéta Pimprenouche. Tiens, on va se fumer une petite boulette de plume enshité, c'est souverain contre les douleurs. Et je vais nous faire une salade. Il me reste de l'huile de psalme. Ça ira ?

— Fa ira. Fait fier.

— Ne touche pas à tes dents ! Il y a des chances qu'elles se recollent toutes seules. Il a de la voix, le cavalier sub-éthéré, n'est-ce pas ? J'ai failli laisser une oreille dans l'affaire. Bon, où va-t-on, maintenant ? Tu as l'économe ?

— Dans la pofe afant de mon fac. Fais foir la carte… Là. On fa là.

— Un village ? Bonne idée. Nous achèterons à manger : il ne nous reste plus rien.

— Moi, fe fois furtout qu'on va traferfer un grand fleufe. Fe tiens à mettre le pluf poffible d'eau courante entre nous et l'autre difa à fefal. »

***

Les deux fées étaient assises à une table dans une des auberges du village, un estaminet pouilleux et très sombre. Sales, fatiguées, affamées, de mauvaise humeur, hirsutes et bandagées de partout, elles se fondaient avec aisance dans la clientèle.

« Alors f'est fa, les femi-ogres ? » murmura Pétrol'Kiwi. Pimprenouche acquiesça :

« Ils sont aussi vilains que des humains, n'est-ce pas ? Le vert en moins, bien sûr.

— Fe recommande une tournée, furfeille nos courfes. »

Pimprenouche regarda Pétrol'Kiwi slalomer entre les buveurs et s'accouder au bar. Un feu orange fumait dans une grande cheminée, le plancher était couvert de sciure et de crachats. Le plafond à poutres était noir de suie, une pluie hargneuse cognait contre les fenêtres ogivales à petits carreaux plombés. La plupart des clients étaient rongés par le mauvais vin, les mauvais souvenirs et les cicatrices. Ils avaient des cheveux rares, des faces défoncées et des yeux pleins de peur et de haine. Ils traînaient des tenues de grand chemin, couleur de terre et de poussière ; certains se cachaient, comme les deux fées, sous des capuches de cuir. Les cercles écarlates des fourneaux de pipe luisaient comme des citrines dans la pénombre enfumée. Pimprenouche avala le fond de sa chope d'étain :

« Y a pas, ça donne un goût. »

Pétrol'Kiwi revint avec deux litres de bière juste pissés, les posa sur la table graisseuse. Un grand semi-ogre encapuchonné passa derrière elle, alluma sa pipe au foyer, retourna s'asseoir dans l'encoignure d'une fenêtre. Il croisa les jambes, tira sur sa pipe, pencha le front pour dissimuler son visage et sortit un œil pour scruter la salle.

« Celui-là, marmonna Pimprenouche en fouillant dans son havresac à la recherche de sa blague à tabac, avec un bon néon fuchsia marqué "espion" sur la tête, il serait plus discret.

— Il n'est pas mal, pour un femi-ogre, chuchota Pétrol'Kiwi. Fe l'ai regardé fous le nez, quand il commandait au bar : il a de la gueule fous fes poils.

— Berk, lâcha Pimprenouche en bourrant sa pipe.

— Effaye d'être un peu bifecfuelle, de temps fen temps. L'auberfifte lui a dit un truc bifarre.

— Tu as compris quelque chose ?

— Un mot. A la fête fez les nains, le vieux bonhomme a tapoté un fambon en employant le même.

— Et c'est quel mot ?

— Impronomfable. Mais foit f'était une propofifion lubrique de la part de l'auberfifte, foit fe paufre garfon f'appelle Belle-Cuiffe.

— Belle-Cuiffe ?

— Cuiffe ! Et feffe de te moquer de mon handicap.

— Belle-Cuisse, voyez-vous ça…

— Ou Long-fémur, quelque fofe comme fa. »

Pimprenouche tira sur sa pipe, loucha sur le fourneau qui rougissait et grésillait, tâcha de dire quelque chose qui fût un peu pensé :

« C'est vachement dénué d'intérêt, comme information.

— Fe me demande quand même fe que fa peut bien être, comme obfet mafique. Un caillou ? Parfois, il fuffit de fufer un caillou et hop !

— Zutre ! Les nains ! chuchota Pimprenouche. Nous allons nous faire repérer. »

Les quatre nains, trempés jusqu'aux pieds et crottés jusqu'aux cheveux, venaient de pénétrer dans la taverne. Pimprenouche saisit le sac bourré de provisions, Pétrol'Kiwi empoigna les deux chopes encore pleines, et elles montèrent quatre à quatre l'escalier branlant de la taverne pour aller se réfugier dans leur chambre.

***

« F'est quoi, fe bruit ?
— Hm ?
— Pimprenoufe ! Tu as entendu ?
— Rhm.
— Il y a eu comme un bruit… »

Pendant quelques instants, Pétrol'Kiwi garda un œil ouvert dans la pénombre de la chambre. Puis un demi. Il y eut des craquements pesants dans l'escalier : Pétrol'Kiwi rouvrit tout grand son œil. Le referma lentement. Et sauta sur ses pieds tandis qu'un effrayant charivari ébranlait le plafond au-dessus de sa tête, comme si on mettait toute la literie d'une chambre sens dessus dessous, bois de lit compris. Pimprenouche tomba de sa paillasse en juronnant tandis que Pétrol'Kiwi cherchait dans le noir un balai, pour taper au plafond :

« Ils font pas bien, les foifins ! »

Puis les hurlements éclatèrent à l'étage supérieur, suraigus, plus horribles et multiples que tous ceux de la forêt cannibale. Ils vibraient d'une haine inhumaine, faite d'avidité déçue et d'atroce souffrance. Les deux fées retinrent leur souffle pendant qu'une effroyable cavalcade dévalait l'escalier. Des chevaux hennirent devant l'auberge, piétinèrent lourdement la boue puis partirent au galop dans un bruit de ferraille bousculée. Pétrol'Kiwi attendit encore cinq minutes avant de lâcher son balai.

« Il n'y avait pas qu'un feul affaffin.
— Je parierai plutôt pour la demi-douzaine, chuchota Pimprenouche en s'habillant à toute allure. Mais

ces cris puaient davantage la déception que le meurtre. Je monte voir. »

Cinq minutes plus tard elle redescendait quatre à quatre, silencieuse sur ses bas de laine. Pétrol'Kiwi, frigorifiée, rechargeait la petite cheminée avec des bouts de bois humides.

« La chambre du dessus est un enfer de plumes. » Pimprenouche s'enroula dans son duvet en claquant des dents. « Tous les matelas, les édredons, les oreillers ont été crevés à grands coups d'estoc. Armes acides, comme celle qui a décapité le pauvre gus en Nabotland. Les lits sont tout petits. Quatre lits. Format nain. Et vides. Nos quatre copains sont plus fins que je ne l'aurais pensé. Il reste un peu de schnaps dans la poche avant de mon sac.

— Merfi. Qu'est-fe qu'on fait ?

— On se tait et on observe. Ne bois pas tout. »

Pimprenouche se posta à la fenêtre. Dans la rue, derrière les petits carreaux dépolis des maisons, des flammes de bougie vacillaient. Les cris avaient été de taille à réveiller tout le voisinage et l'on voyait des nez se presser contre les vitres, des bonnets se pencher aux balcons, à tous les étages, dans toutes les masures avoisinantes.

« Sauf là, murmura Pimprenouche. Oh, oh.

— Qu'est-fe que tu dis ?

— Une des fenêtres en face est restée fermée comme un volet de bordel.

— Et alors ?

— Alors j'ai retenu ton idée. Les quatre nains trimballent un objet maléfique, nous aussi. Ils doivent avoir une idée de la façon de s'en débarrasser, nous pas. Nous allons les suivre et les imiter. Et je crois que je viens de découvrir où ils se sont planqués cette nuit. »

Pimprenouche vint s'asseoir devant la flambée fumante tandis que Pétrol'Kiwi rebouchait la fiole de schnaps :

« Tu feux faire une forte de… quête par procurafion ? Un… une copie ? Une contrefafon ?

— Voilà.

— Fa me paraît branque. Les nains font au-defant des pires fennuis et tu feux que… ah oui, fa n'est pas bête. Ils feront le ménafe defant nous. Mais fa me paraît peu épique, comme attitude. Et, moralement, peu élefé. Pas queftuel pour un fou, quoi. Que fais-tu de la dimenfion fefaleref… fefale… et fuc.

— Une quête où il n'y a pas eu, en un mois, une seule belle princesse à l'horizon ? dit Pimprenouche qui frottait ses paumes l'une contre l'autre au-dessus du feu. Eh bien, sa dimension chevaleresque, je m'assois dessus des deux fesses », conclut-elle en prenant le flacon des mains de Pétrol'Kiwi.

***

La veine cave se connecta aux deux sous-clavières, l'humérus droit se cala contre sa palette, le nerf glutéal s'étira le long du fessier rond de Moudubas, les bâtonnets et les cônes prirent leur place sur la rétine, et l'elfe noir ouvrit les yeux.

Il faisait sombre.

Il faisait froid.

Mais le silence ne régnait pas.

« Scritch, scritch, COT ! »

Inlassablement, la Poule grattait le granit.

Moudubas eut la présence d'esprit de ne pas essayer tout de suite son nouveau corps. Il laissa son thalamus, son faisceau pyramidal et tout le bazar reprendre tranquillement pied dans la réalité. Ensuite, il commença à réfléchir.

***

Université de Magie, UFR d'éthérotoxicologie.

Babine-Babine, assise sur l'herbe dans sa tour dorée, regardait dehors, à travers le mur de buée, en battant du pied sur un rythme intérieur.

« Et du crochet ? Tu ne veux pas faire du crochet, pucette ? lui demanda Cours-du-brent avec affabilité.

— Plutôt crever, baleinette. »

Cours-du-brent poussa un soupir tandis que Babine-Babine bâillait à se décrocher la mâchoire. Ses ongles repoussaient, depuis quelques jours. Elle avait cessé de les ronger. Les diverses ecchymoses qu'elle s'était faites en se fracassant la tête contre la brume infrangible de sa prison circulaire n'étaient plus, elles aussi, qu'un souvenir bleuâtre. Par contre, qu'est-ce qu'elle pouvait se faire tartir ! Elle arracha un brin d'herbe qui tentait de pousser sous sa fesse et l'enroula autour de son index. Elle avait toujours besoin de s'occuper les doigts.

« Une cigarette ? risqua à nouveau Cours-du-brent sur un ton mielleux.

— Un peu de silence ? » riposta Babinc-Babine. Cours-du-brent roula son tricot, se leva de son pliant et traversa le mur d'air sans ajouter un mot. Babine-Babine en sourit de soulagement. Mais bon suaire ! elle s'emmerdait à mourir. Elle fourra le brin d'herbe dans sa bouche, noua ses mains autour de ses genoux et reprit sa morne contemplation d'un extérieur gazé d'or, son pied battant toujours une mesure nerveuse.

Jaillissant de la brume, un livre décrivit une brève courbe avant de venir la frapper à la nuque. Babine-

Babine fit « Ouille ! », ramassa le livre, grogna et l'ouvrit quand même :

« Art poétique et prosodie, par Glissement-annuel-du-yuan », lut-elle en page de titre.

***

Du maïs. C'était ça. Les poules mangeaient du maïs.

Nus sous leur cotte de mailles

Au petit matin, les deux fées virent les quatre nains se glisser hors de la masure d'en face avec des mines d'insomniaques. Ils étaient accompagnés d'un poney bai et d'un semi-ogre encapuchonné :

« Tiens, marmotta Pétrol'Kiwi, mais f'est Belle-Cuiffe ? »

Elles leur emboîtèrent le pas à distance, grelottant dans leurs vêtements mal séchés, les yeux encore collés par la fatigue et le havresac plein de légumes en bottes. Elles remontèrent, avec un bruit de succion, la rue principale du village. Il pleuvait toujours et les maisons dormaient, accroupies dans leur corset de colombage noirâtre, leur chapeau d'ardoise incliné sur le front. Aux abords de la barrière d'octroi, quelques enclos hébergeaient des chevaux endormis. Et la barrière n'était plus là.

« Fi, elle est encore là. »

Pétrol'Kiwi se pencha au-dessus du panneau de bois vermoulu enfoncé dans la gadoue.

« Mafette ! Ils f'y font allés fort, les cafaliers de l'Apocalypfe. F'auraient pu frapper autrement qu'afec leurs fabots. »

Pimprenouche jeta un œil aux gonds enchâssés dans le mur d'enceinte : ils pendouillaient. Elle se tourna vers Pétrol'Kiwi : celle-ci, emmitouflée dans sa cuculle ruisselante, paraissait hypnotisée par la barrière gisant à ses pieds.

« On y va ?

— Attends, attends… Hier foir, quand on est arrifées, il y afait fe guf qui gardait l'entrée du fillafe. Felui qui nous fa fentiment indiqué l'auberfe du… »

Pétrol'Kiwi releva le nez, s'approcha du corps de garde. La porte était grande ouverte sur une petite pièce obscure et froide. Une lanterne éteinte était posée sur une table bancale.

« Oh fi, murmura Pétrol'Kiwi. Pimprenoufe ! Fiens m'aider !

— T'aider à… à soulever une barrière en bois d'arbre ? A mains nues ? A nous deux ? Tu rêves !

— Dépêfe ! Fe fuis sûre que le gardien est deffous. »

Pimprenouche leva les yeux au ciel, les rabaissa parce que, ce faisant, elle recevait de l'eau en pleine poire, et alla aider Pétrol'Kiwi à soulever la barrière. Le bois glissait entre leurs doigts, se délitait en gadoue et en échardes mais ne bougeait pas d'un pouce. Pimprenouche lâcha prise en grimaçant.

« Pétrol, atterris ! S'il est là-dessous, il n'a plus besoin d'aide et nous sommes trop faibles à deux pour… »

Pétrol'Kiwi se redressa, émit un bizarre petit bruit avec le nez, fit volte-face et partit en courant vers le bourg, soulevant des gerbes de boue avec ses bottes. Pimprenouche la regarda s'éloigner, silhouette fondante dans le brouillard de pluie, haussa les épaules, arrondit le dos et alla se mettre à l'abri dans le corps de garde.

Finalement, l'aubergiste se décida à venir accompagné d'un client qui bénéficiait d'un gros cheval.

Fumante et renâclante, la bête hala la barrière d'octroi sur un lit de bûches rondes. Le corps du garde gisait dessous, bras en croix. Pétrol'Kiwi et l'aubergiste le traînèrent dans son gourbi et l'allongèrent sur la table. Un semi-ogre ventripotent intervint sur ces entrefaites, ses fourrures barrées d'une médaille d'allure officielle, le teint rouge et l'air mauvais, suivi par quelques hommes d'armes. L'aubergiste parlementa longtemps avec eux tandis que Pimprenouche soufflait dans ses doigts bleus et que Pétrol'Kiwi tentait de décrasser le visage du cadavre avec un linge douteux.

« Il a été étouffé dans la boue, grommela-t-elle. Pas de contufion mafeure à la tête. Il n'a pas eu la fanfe de mourir fur le coup. Etouffé dans la bouillaffe pendant que fes falopards galopaient deffus et que fes autres falopards dormaient paifiblement. Fe fais lui faire une tête, à ta quête.

— Ce n'est pas ma quête, je te rappelle.

— Une tête quand même. Falope. »

Le mort avait une expression hagarde, mais son visage était surtout empreint de tristesse.

« Faloperie. »

***

En quelques jours, au fur et à mesure que les nains et les fées progressaient vers l'est, le paysage se fit moins agreste. Un sol empierré montait entre des arbres dépouillés, verts de mousse. Avec la fin de l'été et l'altitude apparurent le givre, la gelée et enfin la neige, par plaques et touffes. Le vent était pointu, le ciel plat et blanc, blessant comme une lame.

De pansement en pansement, la tête de Pétrol'Kiwi reprit allure féerique. Les deux fées virent les plantes de leurs pieds épaissir et jaunir, des cals se former à leurs talons, leur peau virer du blanc délicat au cannelle grand teint. Elles apprirent, souvent à leurs dépens, à cueillir le pignon et le champignon, le pissenlit et l'ortie, la grenouille et l'escargot, et à les grignoter en marchant. Elles apprirent aussi à plisser les paupières pour protéger leurs yeux de la lumière, pisser debout, cuisiner sans feu, extirper les tiques d'un coup d'ongle et vider leurs chaussures au réveil avant de les enfiler. Dents crispées, doigts noués aux bretelles de leur sac, elles marchaient inlassablement en comptant les nuages de corbeaux, les raids d'écureuils et les brames de cerfs. Devant elles, les nains avançaient lentement sur leurs petites jambes, s'arrêtant avant la nuit pour allumer de tout petits foyers qui diffusaient d'affolantes odeurs de saucisses rissolantes et de bacon grésillant.

« Je vais les tuer, ces nains, gémissait Pétrol'Kiwi en suçotant une galette de blé noir enroulée autour d'une garniture de cerfeuil sauvage. Les tuer, les embrocher et les faire griller ! Avec une demi-noix de cachou râpée.

— Passe-moi l'eau, s'il te plaît, grommela Pimprenouche qui mâchait inlassablement une lanière de viande de chèvre séchée. Qu'est-ce que je pue des pieds, moi ! »

L'obscurité s'épaississait autour d'elles, la nuit promettait d'être sans lune et sans pitié. Pimprenouche tendit la main, la referma sur une feuille froissée :

« Pas le PQ : l'eau.

— Fignegné héfinegna gnohoho ?

— Finis ton cerfeuil, avant de parler.

— Fignegné héfinegna gnohoho ?

— Euh, qui êtes-vous ? »

Pimprenouche délogea la lanière de chèvre d'entre ses dents, la cracha sur le côté, sortit une allumette d'une de ses poches et la gratta sur son ongle :

« Oh, oh.

— Gnohoho ?

— C'est quoi, ce truc ? souffla Pétrol'Kiwi.

— Fignegné ? Gnohoho ?

— Je crois... je crois que c'est un croque. »

L'allumette s'éteignit.

« Un jeune croque. Ou un croquelin. Un peu perdu. » Pimprenouche gratta une autre allumette, regarda la feuille froissée que le jeune croque avait glissée dans sa main : « Ou complètement paumé. »

La feuille était, sinon blanche, du moins vierge.

« Tu parles le croque ? demanda Pétrol'Kiwi.

— Pas du tout.

— Gnohoho ? Hougna ? »

Pimprenouche leva son allumette : la créature, pas bien grande, était couverte de haillons de cuir.

« Bon. Au moins, me voilà au courant que si quelque chose pue ici, ce ne sont pas que mes pieds. »

Elle fouilla à nouveau dans ses poches :

« Tu veux une châtaigne, mon petit ? Une demi-grenouille ? Une pomme séchée ? »

La créature tendit une main sale et griffue, s'empara avidement du bout de grenouille et le croqua avec des bruits répugnants. L'allumette s'éteignit.

« Bon, bâilla Pimprenouche. A vrai dire, je préfère voir ton visage demain matin. »

Le petit croque tâtonna pour reprendre sa feuille, émit encore quelques « gn » et s'éloigna. A l'odeur, il n'alla pas loin. Pimprenouche noua solidement son sac à son bras gauche, posa sa main droite sur la garde de son épée et s'endormit assise, comme une masse.

***

Quand elle se réveilla, l'esprit aussi ankylosé que le reste, elle vit tout d'abord la grande clairière au bord de laquelle elles s'étaient arrêtées pour la nuit, et qui était remplie de brume blanche. Au milieu, Pétrol'Kiwi fouillait du bout du pied un petit tas de tourbe noir.

« Alors c'est ça, un croque ? » marmonnait-elle.

Le petit tas remua.

« M'a pas l'air terrible. Moche, mais pas terrible.

— Il est jeune, fit Pimprenouche, et il est seul. Deux atouts. Pour nous. »

Les fées avalèrent un petit déjeuner minable et se remirent en marche en grinçant de tous leurs membres.

« Un massage. Ma baguette pour un massage », gémit Pimprenouche. Des lambeaux de nuit traînaient encore dans la forêt, elles faillirent tomber sur les nains qui avaient toujours du retard à l'allumage. Pétrol'Kiwi grimpa à un arbre pour les espionner à son aise :

« Ils parlementent. Ils ont l'air inquiet. Enfin, surtout Belle-Cuisse. Si c'est un bon pisteur, il aura senti le croque. Ils vont accélérer. »

En redescendant, elle faillit marcher sur le petit croque :

« Fignegné héfinegna gnohoho ? »

La créature tendait avec obstination son bout dc papier sale. Pétrol'Kiwi s'agenouilla devant elle :

« Ecoute, bouchon : je ne comprends rien à ce que tu racontes, et tu risques de fortement nous gêner. Alors, si tu pouvais rentrer chez toi…

— Gnohoho ?

— Bon sang. »

Le petit croque était très vilain ; tout, en lui, respirait la maladie de peau et la malformation dentaire. Mais il avait, bizarrement, de grands yeux de chat fendus et verts, ronds comme des billes, humides, lumineux ; magnifiques.

« Et qu'est-ce qu'il pue, soupira Pimprenouche.

— Bestiole des bois, fit Pétrol'Kiwi toujours à genoux. Ça éloigne les insectes. Evidemment, ça a le même effet sur les proies, mais tant qu'on reste sous le vent… Qu'est-ce que tu cherches, hein ?

— Gnohoho ?

— Gnohoho ? »

Le petit croque eut un affreux sourire noirâtre :

« Gnohoho ! »

Pétrol'Kiwi prit la feuille blanche, ce qui déclencha une frénésie chez le croque : il agita ses haillons en tous sens et en sortit un bout de fusain qu'il tendit à la fée.

« [Tu veux un dessin ?] mima Pétrol'Kiwi.

— Pétrol, nous allons perdre la trace des nains, geignit Pimprenouche.

— File-leur le train, je te rattrape. [Mais un dessin de quoi ?] Et, pour l'amour du son, cesse de gémir !

— Gnohoho ! Gnohoho ! Gnaho !

— [Tiens. C'est un mouton. Bêêê !]

— Bon, alors j'y vais. Euh… je laisse des petits cailloux derrière moi, d'accord ?

— D'accord, poussin. [Non ? C'est pas ça que tu veux ?]

— Hégna fapougni gnohoho ?

— Gnohoho ?

— Gnohoho ! Fougni !

— Mais je ne sais pas ce que c'est, moi, un gnohoho ! Ça a quatre pattes ? Trois ? Une crête ? Une cheminée ? Des palmes ? Oui ? Non ? »

Pétrol'Kiwi griffonna en tous sens et, quand la feuille fut irrémédiablement perdue, le petit croque entra en transe :

« Gnohoho fagnagnan hafagnagné ! »

Pétrol'Kiwi regarda la feuille, ferma un œil :

« Mais c'est... ça ressemble à un borogove, ton truc ! Un peu smouale, même. C'est ça, que tu voulais ? Tu veux un borogove, c'est ça ? »

Le petit croque prit délicatement la feuille noircie des mains de Pétrol'Kiwi, et l'attacha dans son propre dos à l'aide d'une fibule très rouillée. Puis il fouilla dans ses poches, en tira une autre feuille pas très propre mais irréfutablement vierge, et la tendit.

« Désolée, gars, soupira Pétrol'Kiwi, mais je dois rejoindre ma copine. Et ça m'arrangerait franchement que tu ne viennes pas. »

Le petit croque regarda Pétrol'Kiwi, puis sa feuille. Il inclina la tête dans différents sens, rangea sa feuille et tendit une main vide, paume en l'air. Pétrol'Kiwi posa dedans une pomme desséchée et une tranche de pain rassis. Ensuite elle ramassa son sac, regarda quelques secondes le petit croque qui mangeait, tout noir au milieu de la clairière blanche, et partit sur la piste de cailloux.

Le petit croque lui emboîta immédiatement le pas.

***

Le petit croque se révéla étonnamment utile. Il semblait parfaitement au courant qu'il valait mieux pour lui ne pas aller au-devant des nains et du semi-ogre, aussi trottinait-il en arrière, ramenant quantité de noisettes, de nèfles et de noix, probablement chipées dans des réserves d'écureuils, et des tubercules de toutes sortes qu'il mâchait avec des crissements affreux. Il ramenait aussi des feuillages, qu'il disposait en couchages moelleux, et trouvait toujours une planque confortable pour la nuit. Il pressentait les sautes de vent et de pluie, dénichait les traîtreuses flaques d'eau saumâtre et les précieuses sources d'eau douce, les nids d'abeilles abandonnés, confits dans le miel, et les airelles fermentées cachées au fond des buissons comme de petites prunelles ratatinées. Il faisait bombance avec des orvets, des salamandres et des musaraignes sous le regard blasé des deux fées : elles commençaient à se sentir pleines d'indulgence pour les exigences étonnantes de l'appétit. Devant elles, les nains avaient accéléré ; derrière elles, les cavaliers sub-éthérés croisaient comme de grands navires en perdition ; autour d'elles, l'hiver formait flaque et cristallisait.

***

« Alors, voyons, fit Pimprenouche en scrutant la carte étalée sur ses genoux à la lumière chiche de la fin de journée. Ah oui, je me rappelle ce coin. On va arriver près d'une ancienne tour de garde. "Un lieu pittoresque et grandiose", dit le guide. Autant dire : lugubre et plein de courants d'air.

— C'est fou ce qu'on peut croiser comme ruines peuplées de sculptures, marmonna Pétrol'Kiwi qui se curait les dents avec une écharde.

— Tu ne vas pas me croire, mais… il recommence à neiger ?

— Je te crois, je te crois.

— Je reprends : tu ne vas pas me croire, mais ce genre de promenade se payait très cher, autrefois.

— Quoi ?

— Notre petite balade, précisa Pimprenouche. Il y a des fées qui payaient très cher le droit de marcher pendant des jours dans le froid et les vents coulis, en mangeant des trucs rassis et en buvant l'eau du cru qui leur filait la tourista. Le goût de l'aventure, qu'elles disaient. Parcourir la route antique qui mène de vallées grandioses en sites pittoresques, qu'elles disaient. Je les soupçonnais vaguement d'en avoir sué vingt litres, et de s'en revenger en recommandant leur mauvais plan à tout le monde. Elles appelaient ça : grande randonnée. Très, très cher. »

Pétrol'Kiwi haussa les épaules, sortit un peu de charpie de son sac et entreprit de s'occuper de ses pieds. Au-dessus d'elles, de grands arbres noirs déversaient de blancs flocons. Les nains étaient un peu plus loin, digérant près d'un feu fumeux tandis que Belle-Cuisse veillait d'un œil, pipe au bec. Pimprenouche bourra et alluma la sienne tandis que le petit croque revenait avec une provende de raves terreuses. Puis il sortit son bout de fusain, s'assit à croupetons devant Pétrol'Kiwi, tira un petit bout de langue verte et dessina, sur une saillie de calcaire pâle, une forme bizarre.

« C'est un versin, ça, non ? demanda Pétrol'Kiwi. Un dcheux versin, si je ne me trompe. Qui hurlifloune ?

— Gnonhon héfégnon fougnu gnoufignan.

— Un verchon ? Les verchons sont plutôt fourgus, d'habitude. Et ils bourniflent. Attends voir. »

Pétrol'Kiwi prit le fusain des mains du croque et rajouta un pâté à l'œuvre. Pimprenouche tira sur sa pipe, l'écouta grésiller.

« Tu comprends ce qu'il dit ? fit-elle rêveusement.

— De temps en temps. Il utilise une variante griselfique avec un bec-de-lièvre. C'est pas facile.

— Griselfique, hein ?

— Après beaucoup de radiations tératogènes. Il te reste à manger ?

— Une boulette de miettes de pain aux pissenlits, un fond de pot de pâté. Et mes lacets. Pur porchonou.

— Quelle misère, soupira Pétrol'Kiwi.

— Nous aurions dû nous méfier. Je pensais qu'il y aurait moyen d'acheter du pain ou des œufs dans les fermes le long de la route, comme au sortir de Nabotland. Mais depuis que nous avons passé le dernier village, macache.

— Ah, ça ! Le coin est aussi peuplé que le crâne d'un œuf », marmonna Pétrol'Kiwi tandis que Pimprenouche essayait de noyer son estomac rebelle dans la fumée. Elle tira encore une longue bouffée, rota et demanda :

« Il a un nom, le petit croque ?

— Rtoutitou.

— A tes souhaits.

— C'est son nom. Il a perdu son borogove et il le cherche. C'est pour ça qu'il a attaché ce, eh bien, dessin dans son dos.

— Il est… plein d'espoir ? s'enquit Pimprenouche. Ou carrément benêt ?

— Tu m'expliqueras la différence demain », fit Pétrol'Kiwi. Et elle se repencha sur la saillie blanche que le petit croque noircissait en faisant « gn ».

***

Cette nuit-là, un marcassin orphelin, pitoyable et grelottant, vint chercher refuge dans le giron de Pétrol'Kiwi. Elle le réchauffa avec générosité jusqu'au petit matin, heure à laquelle elle lui cassa le cou avec une aisance de bûcheron, l'ouvrit et sortit son foie. Pimprenouche pâlit d'horreur, envisagea de protester, puis avala quelques tranches tièdes. Elle resta ensuite longtemps debout, la tête rejetée en arrière pour ne pas vaumir. Pétrol'Kiwi débita la petite bête avec son grand couteau, jetant des lambeaux de chair au croque qui les gloutonna bruyamment. Elle saupoudra la langue, les rognons et les filets avec du zeste de citron, les roula dans des bandes velpeau préalablement salées et les remisa dans son sac :

« D'ici ce soir, ça aura eu le temps de cuire. La viande crue, c'est parasites, relents gastriques et compagnie.

— T'es une vraie dure, toi, hoqueta Pimprenouche entre deux renvois. Moi, je n'avais encore jamais eu l'occasion de mourir de faim. C'est assez douloureux, en fait. Tiens, Touitoui a l'air d'aimer le sabot à la croque-au-sel.

— Rtoutitou. Il a un estomac admirable.

— On ne peut pas ne rien avoir.

— Oh toi, grogna Pétrol'Kiwi, tu trouves toujours qu'on a assez quand on a un joli cul. Mais à part toi et les fauteuils, franchement, qui est-ce que ça intéresse ?

— Hengnoufé ? »

Le petit croque s'était approché des deux fées. Souriant, ensanglanté, couvert de touffes de poils et de graisse jaune, il tendait deux bras chargés de présents : minuscules côtelettes, fragments de boyaux qui laissaient s'échapper de minces étrons lactescents, et une infantile moitié de cervelle. Pimprenouche rejeta la tête en arrière.

***

La tour de garde, construite sur un champignon de roche, dominait une plaine venteuse. Les quatre nains et leur compagnon s'étaient embusqués parmi les pierres écroulées de la première fortification que dominaient les restes d'un châtelet. Il n'en subsistait qu'une couronne de colonnes et les formes vagues de statues grises.

« Franchement, fit Pétrol'Kiwi qui était allongée, loin en contrebas, sous des genêts coupe-vent et sur un confortable lit de joncs, et qui grignotait un petit rein cru au citron salé en le trouvant le meilleur du monde, tu construis une fortif' pour lutter avec désespoir contre des rois-sorciers sanguinaires venus du Nord, tu perds ton temps à sculpter des gugus en caillou, toi ?

— Moi, non. Mais les semi-ogres sont très symbolistes. Et puis, ça devait être rien chiant de tenir la garnison ici, l'hiver. Et puis… et puis on est dans une quête, quoi, soupira Pimprenouche qui scrutait la tour de garde à la longue-vue. Il n'y a pas plus symbolique. Tiens, le semi-ogre qui accompagne les nains, mon hennin à couper que c'est le fils caché d'un roi de très haute graisse, ou quelque chose de ce genre.

— Tu n'as pas de hennin.

— Mon sein gauche, alors.

— Ah, quand même. N'empêche, ça ne te questionne pas, toi, le coup de l'objet magique du nain ? C'est peut-être une ceinture. Ou une cape ? Je ne me souviens plus si le vieux nain portait une cape.

— Eh ! Je rêve, ou ces crétins ont gagné le point le plus haut à dix lieues à la ronde pour y allumer un feu ?

— Hm ? » Pétrol'Kiwi leva le nez de son rein : les nains avaient, en effet, allumé un petit feu dans la corniche située sous la tour de garde. Elle parcourut du regard le paysage crépusculaire qui entourait le scintillement jaune du feu, comme un coup de stabiloboss en négatif : « M'est avis que nous continuerons la quête sans eux. »

Fusant parmi les ombres du soir, la noirceur absolue du Sub-éther arrivait au galop, traînant avec elle un cortège de hurlements suraigus.

« Rtoutitou ! Couché ! »

Le petit croque se jeta entre les deux fées, grelottant de tous ses membres.

« Tu les connais ? murmura Pétrol'Kiwi. Tu les as déjà vus, n'est-ce pas ? Et tu sais de quoi ils sont capables, c'est ça ?

— Gnafu ! gémit Rtoutitou, le visage enfoncé dans le lit de joncs.

— Gnafu, ouais. »

La chasse passa à trois mètres des fées, soufflant et sonnant, puis piqua droit vers la tour de garde, se fondant à nouveau dans l'obscurité. On entendait le halètement sourd des sabots frappant la terre humide et le choc des plaques d'armure les unes contre les autres.

« Il y a quelque chose à faire, contre eux ? murmura Pimprenouche.

— Utiliser un des quatre éléments, répondit Pétrol'Kiwi. Si tu as ça sur toi. Une tornade, un fleuve en crue, une éruption ou un incendie.

— Le feu ?

— Le feu. Je ne crois pas que les nains soient au courant : ils viennent juste d'éteindre le leur.

— On y va ! » Pimprenouche se mit debout d'un bond et se rua hors du genêt. Pétrol'Kiwi la suivit avec un temps de retard, se battant contre ses bretelles pour dégager sa hache. Et tandis qu'elle courait, se tordant les chevilles sur les pierres, elle marmonnait :

« Pourvu que le nain se carapate à la faveur de la nuit sans lancer son sort sub-éthéré, pourvu que… »

L'aura noire du sort explosa, comme une vesse-de-loup sous un talon de fer.

***

Les deux fées arrivèrent juste à temps pour voir les cavaliers sub-éthérés se jeter du haut du châtelet dans un tourbillon de flammes, accompagnés de leurs cris insoutenables. L'aura obscure s'effilochait en longues volutes au-dessus des colonnes effritées. D'entre elles montaient les cris et les gémissements des nains, et le souffle de forge du semi-ogre qui venait de se battre seul, à l'épée et à la torche, contre une demi-douzaine d'adversaires lourdement enfouraillés. Embusquées au fond d'un creux de roche, les deux fées virent passer la petite troupe affolée qui dévala la colline et disparut dans la nuit.

« L'un d'entre eux est blessé, murmura Pétrol'Kiwi.

— C'est quoi, ce bruit de casseroles, en contrebas ? chuchota Pimprenouche.

— Les cavaliers noirs qui essayent de convaincre leurs montures infernales de les laisser remonter sur leur dos, répondit Pétrol'Kiwi. Comme ils puent le feu de cheminée, ça peut durer un moment.

— Ils ne sont pas morts ?

— Morts ? Jamais de la vie. Et d'abord, parce que mourir n'arrive qu'aux vivants. Ce sont probablement les hardes qu'ils portent pour se protéger du soleil qui ont flambé. A l'heure qu'il est, ils sont à poil sous leur cotte de mailles et sûrement un peu gênés, mais toujours aussi, comment dire ? morts-vivants qu'avant. Nous pistons les nains ?

— Inutile, répondit Pimprenouche. Je sais où ils vont, pour le coup.

— Au plus proche cimetière ? L'autre abruti a encore joué avec son hochet sub-éthéré au pire moment. C'est une manie, chez lui, de se moucher dans la queue des panthères.

— Nous sommes dans une quête, nom d'un graal ! râla Pimprenouche. Le héros ne meurt pas : il souffre.

Celui-là s'est sûrement pris un coup de lame acide, et les seuls médecins dignes de ce nom, en Bas-Bord, sont les elfes. Nos copains foncent chez eux ; il y en a un nid, plein est. Je sais où il est. Mais nous allons d'abord laisser les cavaliers passer devant nous, n'est-ce pas ? »

Les deux fées montèrent sur la terrasse de la tour de garde. A la lueur d'une grande lune gelée, salie de nuages, elles virent que le sol était couvert de lambeaux de tissu carbonisé, de suie, de sang et de limaille de fer corrodée.

« Eh bien, fit Pimprenouche d'un air instable, tu penses ce que je pense ?

— Oh oui ! » répondit Pétrol'Kiwi en grinçant des dents. Un peu de salive moussait au coin de sa bouche. Elles foncèrent toutes les deux vers la corniche : mélangé à la cendre et aux restes de braise, le dîner interrompu des nains, soient huit tomates bien mûres, six saucisses juteuses et quatre tranches de bacon croustillant, commençait à figer dans sa propre graisse. Les fées arrivèrent une seconde avant Rtoutitou.

***

Dans les sous-bois touffus qui menaient vers l'est, Pétrol'Kiwi apprit à Pimprenouche à pister :

« Là, c'est une branche brisée par un pas. Il y a même un poil de pied nain qui y est resté accroché. Et là, une empreinte dans la mousse. Ça marque bien, la mousse, mais ça reprend vite sa forme initiale. Une empreinte nette comme ça, ça veut dire moins d'une demi-heure d'avance.

— Comment es-tu sûre que c'est eux ?

— Un sabot de biche n'a pas cinq orteils. Et là, à droite, on voit une piste qui dévie. La traînée est moins large. Le nain qui l'a faite était tout seul. »

Pétrol'Kiwi avança avec précaution :

« Ce genre de piste en épi signifie en général… Mais vas-y plutôt, toi. Ça ne sert à rien si je te dis tout. »

Pimprenouche y alla bravement, tendant un nez inquisiteur au-dessus des buissons et progressant avec lenteur :

« Proutch.

— Berk !

— Parfait. Quand on marche dedans une fois, on retient bien la leçon. Les pistes en épi signifient, en général, une envie de chier. »

Pétrol'Kiwi regarda autour d'elle : il faisait froid, gris et humide ; la forêt était assez claire mais terriblement broussailleuse. Les nains filaient à la vitesse de la peur, prestes et silencieux, soudain plus sobres que des squelettes, en remorquant leur congénère blessé. Le petit croque, lui, commençait à montrer d'étranges signes d'agitation : il lambinait, traînait le pied, gémissait et avait perdu tout intérêt pour le dessin.

« Qu'est-ce qui le perturbe ? s'inquiéta Pétrol'Kiwi.

— La proximité des elfes ? Ou peut-être le fait que les cavaliers noirs soient à nouveau sur notre trace, répondit Pimprenouche. Après tout, si les croques sont la main-d'œuvre du Diable, ça ne signifie pas qu'ils Lui portent beaucoup d'affection.

— La main-d'œuvre du… de quoi parles-tu ?

— Pour tout le monde en Bas-Bord sauf toi, soupira Pimprenouche, les croques sont, au même titre que les cavaliers noirs, des affidés du Sub-éthéré. Des serviteurs zélés, sanguinaires, tortionnaires et affamés, ayant le goût des os broyés, des dents limées et des giclées de cervelle. Ce petit croque a eu de la chance : s'il était tombé sur tout autre que toi, il aurait eu le crâne fendu en deux jusqu'au sternum avant même d'avoir pu dire “borogove”. Le croque est la racaille de Bas-Bord, avec le croquelin et leur métis, le croquaïe.

— Mais c'est idiot ! ragea Pétrol'Kiwi. Qui dit croque adulte dit bébé croque, et femme croque en cloque, et sage-femme croque, et berceuses croques et biberons croques. Je ne dis pas que je raffole des chiards, mais qu'une espèce ne peut survivre grâce à la seule sauvagerie ! Elle a besoin d'espaces démilitarisés, de procédés d'éducation et de soins, de rituels communs, de… enfin ! Ce petit a une étonnante culture de chasseur-cueilleur : il a forcément des parents attentifs qui le cherchent sûrement. Tiens, quand il dort, c'est toujours avec un vieux nyarlatothep en peluche.

— En Bas-Bord, décréta Pimprenouche avec un rien d'exaspération tout en fendant d'un pas énergique une étendue de fougères, il n'y a pas d'équilibre socio-écologique, de métissage culturel ni d'enrichissement mutuel par la différence. Ici, le grand vaut mieux que le petit, le noble que le paysan, le fort que le faible, le mâle que la femelle, le blond que le brun, le pâle que le bronzé, le bien-né que l'enfant trouvé, le riche que le pauvre, le beau que le laid et le croque ne vaut rien. Voilà. Et quand on a toutes les bonnes qualités, on se rengorge et on vit entre soi. Et quand on n'a pas toutes les bonnes qualités, on se rengorge encore plus et on vit davantage entre soi. Et quand, par extraordinaire, un grand mâle blanc se voit obligé de reconnaître un certain mérite à une naine noire, en général au cours d'une quête, seul événement susceptible de suspendre un moment le train-train séculaire, on s'exclame sur un ton philosophique : “Ainsi, même une petite merde peut avoir son utilité en ce monde ?”, la populace s'esbaudit, on fait une fête et ensuite, chacun retourne dans son casier à serviette sauf les croques, qui sont des torchons. Voilà.

— Ça pue, grogna Pétrol'Kiwi.

— C'est une *quête*, asséna Pimprenouche. Vision du monde pyramidale en plus de manichéenne. Oh, oh. Tu entends ça ? »

De l'autre côté d'un bouquet de châtaigniers, elles aperçurent un cheval qui approchait en soufflant doucement. Les deux fées s'embusquèrent derrière les troncs ; le petit croque vint se nicher sous la cuculle de Pétrol'Kiwi. Il tremblait.

« Ça ne te gêne pas, l'odeur ? chuchota Pimprenouche.

— Non, non, tu peux rester, répondit Pétrol'Kiwi.

— Non, je voulais dire…

— Moi aussi, je voulais dire que tu sens des pieds, du cul et du bec, autant que moi et pas moins que Rtoutitou ! cracha Pétrol'Kiwi *sotto voce*.

— Bon, d'accord, faut pas le prendre comme ça », marmotta Pimprenouche.

Elles se turent, guettant l'approche du grand cheval pâle monté par une haute forme sombre. Pimprenouche tendit un œil entre deux branches : un voile de cheveux bruns flottait dans le dos de la cavalière. Son visage était d'une pureté absolue, blanc comme la lune, avec une bouche rouge comme une plaie ouverte. Ses oreilles étaient pointues. Le reste, vêtu d'une coquette amazone matelassée, paraissait à la fois potelé et vigoureux.

« Mes préférées ! flûta Pimprenouche dans un filet de voix extasiée.

— Tu la connais ? » chuchota Pétrol'Kiwi.

Le cheval s'éloigna, encensant noblement au rythme de son pas altier.

« Oh, oui. C'est la fille du patron des elfes de l'ouest. Je l'ai croisée une fois, lors d'une remise de prix de la Grande Course interelfique de canoë. Mais il n'y a rien eu entre nous, hélas. C'est une pécore de deux millénaires, née aux limites de la féerie et probablement encore vierge. »

Pétrol'Kiwi siffla de surprise :

« C'est terrible !

— C'est elfique.

— Ces elfes-là ressemblent pourtant assez à nos elfes gris, lesquels sont végétariens et taciturnes mais pas complètement névrosés, quand même.

— Bast, tu connais les elfes : ils sont inconnaissables. »

Le cheval blanc se fondit dans la brume du sous-bois ; un peu plus loin, le nain blessé agonisait bruyamment sur la mousse.

« Mais qu'est-ce qu'elle vient faire ici ? reprit Pétrol'Kiwi.

— Avant-poste, je suppose. Nous ne sommes pas tellement loin des terres de son père. C'est ce qui angoisse Rtoutitou, j'imagine.

— N'empêche, grommela Pétrol'Kiwi, c'est bien elfique, de venir voir un mourant sur un cheval pâle. »

***

L'elfe filait vers l'Est au grand galop, le nain blessé sur son pommeau et les cavaliers noirs à ses trousses, suivis de loin par les trois nains restants et Belle-Cuisse, eux-mêmes pistés par les deux fées et un Rtoutitou de plus en plus fébrile.

« Il ne peut pas, il ne doit pas et, d'ailleurs, il ne veut pas entrer en pays elfique, répétait patiemment Pimprenouche. Ces gaillards-là ont du nez et des arcs. Les elfes de Bas-Bord ne sont pas des tendres : ce sont des militaires. Leur demander de tolérer un croque, c'est comme te demander de confier tes boutures à un elfe noir.

— Mais Rtoutitou est un gamin.

— Il y a des elfes noirs d'un mètre quarante.

— Mais c'est un artiste !

— Il y a des elfes noirs qui font de très jolis motifs au fer à souder.

— Mais c'est injuste !!

— C'est une QUÊTE ! »

Les abords du pays elfique étaient verts et plaisants. Allongée sur le ventre dans l'herbe haute, Pimprenouche battait langoureusement des pieds, affolant les pissenlits. Elle louchait vers ses propres mains, devenues presque transparentes ; la faim chantait dans ses oreilles. Pendant ce temps, Pétrol'Kiwi parlait doucement à Rtoutitou. Prostré, le petit croque se triturait une verrue plantaire en reniflant.

« Il faut que je l'emmène là-bas, tu comprends ? Chez les elfes. Il faut qu'elle mange. Elle est tout estéquite et elle commence à oublier son propre nom. Après, je te retrouve. Attends-moi à l'est de la combe.

— Hagné ? Fifigno hagné hagné.

— Bien sûr, que c'est idiot. Mais si j'ai bien compris ce qu'était une quête, ajouta Pétrol'Kiwi sur un ton désabusé, le but du jeu est de nous jeter dans la gueule du loup, et il l'ouvre à l'est. Alors retrouve-moi à l'est. »

***

Depuis le surplomb, la vue sur la combe elfique était enchanteresse. L'eau chutait, blanche et bouillonnante, dans un entrelacs de gorges. Sur les ressauts s'étageaient des kiosques de bois clair reliés entre eux par de fines passerelles. La lumière était pâle et automnale, un peu sépia. L'architecture, toute en finesse et en claire-voie, était ornée de lambris d'inspiration végétale, en forme d'arabesques, de crosses ou de triskell. Il y avait des pavés blonds, des feuilles mortes en vol et des voilages entrouverts sur de grandes pièces meublées de livres, de lutrins, de coussins écarlates et de hauts candélabres. Le long des chemins, on avait semé quantité de statues mièvres. Les deux fées s'étaient arrêtées au bord d'une cascade pour se laver et enfiler leurs habits propres.

« J'ai encore un visage décent, après ce coup de bûche ? demanda Pétrol'Kiwi en tâtant ses pommettes zébrées de cicatrices. C'est bête, j'aurais dû emmener un… C'est-à-dire…

— Si tu poses un doigt sur ce miroir et que tu y jettes un œil à ton visage, je te coupe et le doigt, et l'œil et le visage, susurra Pimprenouche.

— Oui, je ne suis pas si bête, grommela Pétrol' Kiwi.

— Mais lui, il est puissant.

— Tu crois que le nain blessé va s'en sortir ? demanda Pétrol'Kiwi en plantant un peigne dans ses nœuds.

— Bien sûr. Si c'est lui, le héros.

— Les nœuds mouillés, je me demande si c'est la peine d'essayer de faire quelque chose. Et sinon ? Si le héros, c'est Belle-Cuisse ou un autre nain ?

— Alors le nain blessé va mourir. De toute façon, il y a toujours au moins un comparse qui meurt, dans une quête. Question de tension romanesque, d'enjeu affectif, tout ça. »

Pétrol'Kiwi jeta un œil torve à Pimprenouche. Qui le lui rendit. Et se le vit renvoyer.

« Nous aurions dû invoquer un balai, grogna Pétrol'Kiwi, pour mener ce pauvre gars en urgence chez les elfes.

— Nous aurions attiré l'attention du Sub…, commença Pimprenouche.

— Et si on lui pétait la gueule, à celui-là ? s'énerva Pétrol'Kiwi. Moi, j'ai déjà encadré un fridibble éthéré sans les dents alors un Noir Seigneur des Ténèbres et du Néant, je le prends d'une seule main.

— Tu me passes le peigne ? Nous pouvons briser la quête, en effet. Et détruire à la fois ce pays-ci et le nôtre. Même les fées ne peuvent rien contre les quêtes. Tu es un peu bouchée, non ? Attends voir : ton bliau est tout plissé dans le dos. »

Pétrol'Kiwi se tourna docilement, ajouta :

« Et l'objet magique, qu'est-ce que c'est, à ton avis ? Une chaussure, peut-être. Note, invisible à cloche-pied, ça n'est pas bien malin. Une coupe ? Une lampe qu'on allume, et hop ? »

Le soleil se couchait doucement, léger comme une crème fleurette ; de lentes spirales de feuille descendaient dans l'ombre des gorges. Pimprenouche soupira, reboucla son sac :

« Pétrol, mon amie, si tu savais comme je m'en fous. »

***

Un faible chuintement attira l'attention de la Poule. Celle-ci gratta encore un peu la fissure de granit, par pur entêtement, puis tourna son énorme tête stupide en direction du bruit. Et il n'y avait pas que le bruit, oh non… Il y avait l'odeur. Ronde, dorée, chaude, fruitée, affolante ! Une odeur de maïs.

La Poule se précipita sur ses pattes larges comme des herses. De la paroi éboulée de la grotte suintait un jet fin, mais continu, de maïs. Il bruissait contre la roche comme une robe de soie parfumée. La Poule se mit à picorer en grattant furieusement le sol. Un de ses ergots d'acier arracha une pierre de l'éboulis.

Toujours immobile dans le noir, Moudubas suait à grosses gouttes. Plus bas, sous le granit, le piqueqnaqui pondait enfin, avec un soulagement de grand constipé.

Une autre pierre roula…

***

Université de Magie, UFR d'éthérotoxicologie.

« Que vos strophes soient comme les vagues qui se succèdent et se recouvrent, ou comme ces soldats qui marchent par pelotons, sans qu'on sache d'abord où ils se dirigent.

— Allez, poulette, tu peux filer.

— Quoi ? »

Babine-Babine releva la tête du traité de poésie : Cours-du-brent, son ouvrage de dame toujours roulé sur le bras, se tenait en face d'elle, pédagogiquement souriante, la tête visiblement déjà occupée par d'autres soucis universitaires. Elle fit un geste de la main et les murs d'or qui avaient si longtemps cerclé l'enfer personnel de Babine-Babine s'évanouirent, comme un beau rêve devant une vilaine sonnerie.

« Oh ! Un petit détail, quand même, ajouta Cours-du-brent d'une voix sucrée. Tu as fini ta cure, c'est entendu. Et le Rectorat tient à se féliciter du succès de celle-ci.

— Comment ? » Babine-Babine referma doucement son livre et commença lentement à se lever de sa couchette en se demandant si elle n'allait pas se réveiller. Cours-du-brent eut alors un affreux petit sourire sadique :

« Cela signifie que tu es en postcure. Interdiction de quitter le campus. Interdiction de te regarder dans un miroir. Interdiction de te soûler, de forniquer, de te battre et toute autre activité dégradante. Interdiction absolue d'utiliser le moindre sort. Interdiction, même, de prononcer le moindre gros mot. Et franchement, à ta place, je ne chercherais même pas à savoir ce qui se passerait si tu franchissais une des ces lignes rouges. Bibiche. »

Cours-du-brent tourna les talons avec nonchalance et s'éloigna sur l'herbe tiède du campus tandis que Babine-Babine respirait à fond par le nez, en comptant jusqu'à dix.

Rave party sur un balai

La vie des elfes, dans les hauteurs de la combe, était pensive. On y lisait, en silence, des livres immensément vieux. On y conférençait en rond et on y fronçait des sourcils soucieux en gardant le dos bien droit. On s'y promenait parmi des saules en larmes et on y jouait, sur d'immenses harpes, des complaintes aussi sépia que la lumière, aussi longues que la chute des feuilles, aussi anciennes que la mélancolie. La nuit, sous les ponts arqués, les cascades déversaient des voies lactées ; les silhouettes hiératiques des elfes se confondaient alors avec les statues des jardins.

La vie des semi-ogres employés aux cuisines était moins onirique, mais elle était plus revigorante. Et d'abord, il faisait délicieusement chaud au coin des grandes cheminées. Les deux fées furent accueillies à bras ouverts et bourrées de plats en sauce. Elles dormirent autant qu'elles avaient mangé, puis remanièrent leurs bagages avec un sens aigu de l'indispensable : Pétrol'Kiwi fit doubler sa cuculle d'une couche de cuir de vache supplémentaire et Pimprenouche aiguiser son épée façon rasoir. Enfin, elles accumulèrent autant de pains à la viande et de pavés de cassonade qu'elles pouvaient en porter. Pétrol'Kiwi prépara un petit paquet de grenouilles séchées pour Rtoutitou.

De temps en temps, Pimprenouche allait se promener sur les corniches du village elfique. Elle s'asseyait sur le parapet et levait des yeux rêveurs vers les palais. Des femmes elfes passaient là-bas, parmi les colonnades, dans leurs grands atours de velours changeant. Elles ressemblaient à de beaux vaisseaux gréés pour de longs voyages ; la lumière triste et douce faisait briller leurs cheveux cendrés.

Un soir particulièrement splendide, alors qu'elle avait bu un hydromel particulièrement traître, Pétrol'Kiwi vint s'accouder près d'elle pour regarder les eaux tomber et les arbres faire pleuvoir de l'or au fond de la combe.

« Je me demande, finit par dire Pétrol'Kiwi, si nous ne sommes pas en train de passer à côté de quelque chose.

— Oui ? répondit distraitement Pimprenouche qui suivait du regard, de l'autre côté de la gorge, les allées et venues d'un elfe dont la tunique d'argent découvrait, de temps à autre, la cheville.

— Je sens qu'il y a ici, reprit Pétrol'Kiwi, dans ce pays, quelque chose de... de plus grand, de plus fervent que... que moi, en tout cas. Et je n'arrive pas à saisir quoi. J'ai l'impression de... (Elle agita les doigts comme si elle cherchait à attraper un fil d'araignée :) J'ai l'impression d'entendre le chant des âges des elfes, de l'entendre comme s'il venait de l'autre côté du temps et de découvrir lentement que c'est lui qui rythme le pas des nains et le nôtre. (Elle renversa la tête vers le ciel largement étoilé :) C'est comme si j'étais entraînée, malgré moi, dans une histoire qui me dépasse mais qui a un sens. Un sens immense. Enfin, ce n'est qu'une impression, n'est-ce pas ?

— Héhé, ricana Pimprenouche. C'est la quête qui commence à te ronger le crâne, ma belle. Tu n'as pas compris ? La quête est une drogue. On finit toujours par lui appartenir. Elle rend le monde plus grand, plus intéressant que la normale et surtout, d'une simplicité splendide. Elle lui donne un sens. Qui y a goûté une fois se retrouve ensuite devant la vraie vie comme devant un bol de soupe froide. Alors il repart. C'est comme ça qu'on se retrouve vieux questeur pathétique, pantin rhumatisant sur son palefroi bon pour la réforme, à tabasser les moulins faute de gragons. Une drogue, te dis-je ! Qui rend bête et malheureux à la longue, comme toutes les drogues.

— Merci de me l'apprendre, grommela Pétrol'Kiwi. Alors ce feu, cette flamme que je sens parfois, le matin, briller dans mon regard, c'est… c'est du collyre ?

— Métaphoriquement. »

Pimprenouche se frotta les yeux. L'elfe avait cessé ses allées et venues sans en montrer davantage. La fée tendit la main au-dessus du parapet pour attraper un grand sphinx qui tanguait dans les courants ascendants, et le manqua.

« Moi aussi, j'ai mon impression, dit-elle lentement. Mais elle est moins réjouissante que la tienne. Ce pays perd sa magie comme on perd son sang. La terre de Bas-Bord est en train d'avoir sa peau. C'est un combat au sommet entre deux puissances, et la magie ne tient plus qu'à un piolet. A l'est, elle tourne à l'aigre ; ici, elle agonise. La magie dégringole de ces cascades sous forme de tristesse, ternit la lumière, pèse sur les épaules, prend tous les noms qu'elle peut : désespoir, nostalgie, déchéance, mal du pays, cafard. La magie de Bas-Bord, dictateur fourbu, est sur le point de crever et, en digne autocrate, emmènerait bien tout le pays avec elle dans son caveau. Je te le prédis : avant la fin, il nous faudra intervenir. Contre elle.

— Mais… mais nous sommes des fées ! Nous *sommes* magie ! protesta Pétrol'Kiwi.

— C'est un problème, en effet.

— Des fées des arbres, évidemment, conclut pensivement Pétrol'Kiwi. Mi-magie, mi-terre. Et je me demande si tu n'as pas, toi aussi, un peu tendance à tomber dans le grandiloquent.

— Une quête, c'est contagieux, soupira Pimprenouche. En plus du reste. »

***

Les deux fées, équipées de frais et chargées comme des mules, sortirent des communs elfiques juste à temps pour voir le nain blessé quitter la combe. Il avait l'air en pleine forme et portait au côté une épée étincelant d'aura bleue. Derrière lui venaient ses trois copains nains, ainsi qu'une troupe bigarrée et fortement armée. Le vieux magicien à barbe grise était de la partie, son bourdon à la main ; Belle-Cuisse aussi.

« Hi hi ! Tu as vu le gros nain roux qui les accompagne ? Il a des petites tresses dans la barbe ! gloussa Pétrol'Kiwi.

— Ils ont l'air de savoir où ils vont et comment y aller, se réjouit Pimprenouche. Bon sang, j'espère que c'est à deux pas ! Et en terrain plat.

— Et moi, j'espère que l'elfe délavé qui les escorte ne va pas flairer Rtoutitou. »

Car elles avaient retrouvé le petit croque au sortir de la combe. Jaillissant des hautes herbes, il avait couru vers elles, ses grands yeux clairs rivés sur Pétrol'Kiwi, et lui avait sauté au cou.

Piquant plein sud sur les traces de la troupe, les fées longèrent une chaîne de montagnes acérées dont les longs doigts noirs étaient gantés de neiges éternelles. Sur la moraine accidentée des contreforts, des vertèbres de roche claire soulevaient de pauvres bruyères et les inévitables ruines. Cette fois encore, les fées durent se résigner à ne pas faire de feu.

« C'est que les elfes ont l'œil vif, s'inquiétait Pimprenouche. Nous allons les suivre de très loin et manger froid.

— Nous allons les paumer », pronostiqua Pétrol'-Kiwi en scrutant le paysage désolé.

Elles les paumèrent en effet. Cependant, Rtoutitou mit peu de temps à relever leur piste.

« Tu m'étonnes, dit Pimprenouche. Entre le crottin de poney, la bouse de nain, le guano d'elfe et la pisse de semi-ogre, ce n'est plus une piste : c'est un parcours fléché.

— Et qu'est-ce qu'ils crachent ! renchérit Pétrol' Kiwi.

— Et qu'est-ce qu'ils clopent !

— Et tu as vu, toutes ces épluchures partout !

— Un vrai troupeau de touristes », conclut Pimprenouche d'un air dégoûté.

La piste prit soudain un tour déroutant.

« Mais qu'est-ce qu'ils font ? râla Pimprenouche. Hier ils allaient vers le sud, aujourd'hui, ils vont vers l'est. Ils n'ont quand même pas l'intention de traverser la montagne ? On est au début de l'hiver ! »

La troupe franchit cependant bravement les contreforts et partit à l'assaut des sommets. Les nains abordèrent les premières plaques à vent sur leurs pieds nus et poilus.

« Des fous ! Ce sont des fous ! » s'esbaudissaient les deux fées, grelottant au pied des monts sous la bise qui déferlait des glaciers. La chaîne étant infranchissable, le col vers lequel se dirigeait la troupe se serait appelé pic en tout autre univers. Depuis la moraine, les deux fées observaient les malheureux qui s'enfonçaient dans la neige jusqu'à la taille, voire jusqu'au nez selon les espèces, et elles se refilaient la longue-vue en ricanant. Puis elles les perdirent définitivement de vue, parce qu'une terrible tempête s'était levée.

« Ah ça ! sentencia Pimprenouche, s'ils me l'avaient demandé, je le leur aurais prédit. Nous, nous allons passer par-dessous.

— Par-dessous ? La montagne ?

— Il y a un tunnel. Site grandiose et pittoresque, je t'aurais prévenue. On y trouve... (Pimprenouche feuilleta son vieux guide :) “un ensemble palatial typique et un pont folklorique”. Que de litotes, que de litotes. Mais dis donc, demanda-t-elle en relevant un nez inquiet vers la montagne : tu trouves ça vraiment normal, toi, un orage en cette saison ? Je veux dire...

— ... que cette tempête te paraît aussi naturelle que de la tartrazine E 102 ? ronchonna Pétrol'Kiwi. A moi aussi. »

Les deux fées regardèrent les nuages noirs qui roulaient au sommet des pics, emportant des tourbillons de neige et de foudre livides ; le pétillement bleu d'une aura éthérée palpitait dans leurs plis.

« Un sorcier incante dans le coin et ce n'est pas une demi-baguette, conclut Pimprenouche. Filons ! »

***

« Hagnagni gnafignou fegnu ! Hagnan ! Fafougneu !

— Il dit que ça ne lui semble pas une bonne idée.

— A moi non plus, ça ne semble pas une bonne idée, grommela Pimprenouche. Dans l'ensemble, tout ce voyage me semble frappé au coin du mauvais sens. Mais c'est quand même moins pire de passer par-dessous que de contourner tout le bazar à pince, ou de faire l'ascension de ces foutus pics en tongs, non ?

— Gnahugnou ! Gnéhé hanfeugneu ! »

Rtoutitou agita ses petits bras avec véhémence. Puis il s'approcha de Pimprenouche et tenta de lui saisir une main en postillonnant de plus belle :

« Gnéhéhanfeugneu.

— Oh, fatigue ! clama la fée en se dégageant. Les autres fous (paix à leurs surgelés) voulaient aller vers l'est, aussi allons-nous vers l'est. Et au plus court ! Et le plus court est aussi le plus profond. Je sais bien que ça va être plein de démons incendiaires, là-dessous, en plus des araignées et des blattes, conclut-elle sombrement, mais nous n'avons pas le choix.

— Gnéhon, maugréa Rtoutitou. Gnéhéhon. Héhéhon, ajouta-t-il d'un ton désespéré. Gnafignahougnahan.

— De la famille ? Tu as de la famille là-dessous ? s'étrangla Pétrol'Kiwi.

— Je me demande bien comment tu fais, grommela Pimprenouche.

— Et c'est de la famille de quel genre ? (Pétrol'Kiwi se pencha pour voir la tête que faisait Rtoutitou :) Genre famille, ouais. »

Elle se redressa, regarda autour d'elle : ce n'était pas beau à voir. Les contreforts s'étaient crevassés, avaient perdu le peu d'humus qui leur restait, et les deux fées se traînaient désormais dans un entassement de rocs gris énormes, lunaires, sinistres à se ronger les dents. Tout allait donc plutôt mal jusqu'à ces cinq dernières minutes, quand Rtoutitou avait compris où les deux fées l'emmenaient. Depuis, il refusait d'avancer. On pouvait donc dire que les choses allaient encore plus mal. *Ce qui est un bel effort*, songea Pétrol'Kiwi en tétant sa gourde presque vide et en battant de sa semelle glacée la roche que le crépuscule n'égayait pas. *D'un autre côté, explorer le ravin qui est devant nous fait partie des dix choses que j'ai le moins envie de faire dans ma vie, entre « attraper des hémorroïdes » et « jouer à trust-me avec un elfe noir ». Alors peut-être que, d'une certaine façon, les choses vont provisoirement moins mal que très mal ?* Elle sortit un petit pain aux grives de sa poche, le rompit en deux, en tendit la moitié à Rtoutitou et mâcha l'autre avec minutie tandis que Pimprenouche, assise sur un bout de rocher au bord du ravin, feuilletait son guide pour la vingtième fois :

— Ça devrait être là et ça n'y est pas. Voilà.

— Ah, c'est souvent comme ça, quand on est perdu, philosopha Pétrol'Kiwi entre deux bouchées.

— Je n'arrive pas à exprimer combien ça m'énerve, siffla Pimprenouche.

— De toute façon, même si nous trouvons l'entrée de ton labyrinthe, Rtoutitou refusera d'y entrer, alors…

— Alors ? » demanda Pimprenouche en relevant vivement le nez. Pétrol'Kiwi ne répondit pas tout de suite : elle regardait sa vieille copine comme si elle ne l'avait jamais vue. Le visage éternellement juvénile, cuit par le froid et la fatigue, se creusait aux yeux et s'affirmait à la bouche. Les cheveux blancs, coupés sauvagement court juste avant leur départ, repoussaient en bouclant serré ; ils étaient sales. Sortant de manches crasseuses, les mains avaient élargi et bruni, pris de la corne et du cal. Sous les braies de toile, l'os du genou saillait ; le muscle extérieur de la cuisse aussi. *Elle est bien, comme ça*, songea Pétrol'Kiwi. *Elle pue à trois toises et elle a les dents jaunes, mais elle a... elle a enfin de la gueule.*

« Alors, reprit-elle, s'il ne vient pas, je…

— Tu ?

— Je ne viens pas non plus.

— Ah, fit Pimprenouche d'un air bizarrement content. Figure imposée d'une quête. Très bon signe.

— Est-il possible de savoir ce que tu racontes ?

— Je crois que nous entamons le chapitre "La querelle d'amoureux entre les deux comparses pour les beaux yeux du héros". Très important. En général, le héros accorde sa préférence à celui ou celle qui le trahit à la fin. Très poignant. »

Pimprenouche replia son guide :

« Si tu veux aller à l'est sans passer dessus ou dessous la montagne, tu vas être obligée de passer par la plaine qui s'ouvre au sud. Et là, tu vas tomber sur le magicien.

— Lequel ?

— Celui qui a concocté la tempête d'hier. Il n'y a pas trente-six magiciens, dans le coin : il n'y en a qu'un et il habite là-bas.

— Ah. Bon. Bien. Euh, Rtoutitou ? fit Pétrol'Kiwi. As-tu déjà songé à te réconcilier avec ta parentèle ?

— Ce magicien est sûrement devenu un affidé du Sub-éthéré, depuis le temps. Il va poser sur toi sa longue griffe, continua Pimprenouche sur un ton de plus en plus enthousiaste, et te torturer abominablement ! A ce moment-là je débarquerai, fumant de rage et couverte de bleus, après avoir émincé à moi toute seule son armée de croquaïes, et châtié le traître Rtoutitou ! (Pimprenouche se dressa et agita le bras :) Je commencerai par m'acharner sur tes chaînes avec ma vaillante épée mais tu me diras, sur un ton mourant : "Laisse, Pimpin, j'ai mon compte. Sauve notre monde !". (Pimprenouche se recroquevilla sur elle-même :) D'une main tremblante, tu me tendras le miroir et je le prendrai avec émotion, rengainant ma lame ébréchée en retenant mes sanglots, car il faut vraiment être un crétin de quêteur pour imaginer qu'on peut découper une chaîne avec une épée, et…

— … et on va faire du feu, hein ? intervint Pétrol'Kiwi. Un bon feu bien chaud, d'accord ? Je vais nous préparer une infusion de gecko séché, avec un rien de pâte de piume. En attendant, mâche-moi ce bout de cassonade. Ce n'est rien qu'un peu d'hypoglycémie. Rtoutitou ! »

Pimprenouche se rassit sur son bout de rocher en secouant la tête :

« Tu es autant à ta place dans une quête qu'un calmar dans un cassoulet.

— Rtoutitou, trouve du bois ! (Pétrol'Kiwi regarda autour d'elle, corrigea :) Ou du lichen.

— Cataclop, cataclop ! »

Montant du fond du ravin rempli de crépuscule, un poney bai passa au galop près des fées et disparut dans l'ombre glaciale des roches.

« Le poney des nains ? fit Pimprenouche. J'ai dans l'idée que nos amis nains ont abandonné à temps leurs sports d'hiver et décidé de prendre le même chemin que nous. Ils ont probablement trouvé l'entrée du souterrain. Et les ennuis qui vont avec, bien sûr.

— Je suggère de dîner avant de descendre les rejoindre, dit Pétrol'Kiwi.

— Bien sûr, acquiesça Pimprenouche en tombant le sac, dont elle sortit un économe et trois patates. Je m'en voudrais de déranger cette communauté de braves en plein héroïsme. »

***

Au fond du ravin se trouvait un lac, un vilain lac gris métal. Le chemin se terminait, au pied d'une falaise verticale, par un énorme tas de roches éboulées. Pétrol'Kiwi tournicota, le nez fureteur, dans la mince bande de gadoue qui séparait le lac de l'éboulis :

« Ça vient de s'effondrer, ça, soliloqua-t-elle. Pierres taillées, clairement un ancien mur maçonné. Il y a des tentacules tout frais tranchés. »

Elle poussa du bout du pied une section de tentacule verdâtre, aussi épaisse que sa cuisse et couverte de ventouses.

« Beurk. Il y a aussi une flèche à empennage jaune. Une blague à tabac. Les trois saucisses habituelles. Beaucoup de bois flotté brisé… »

Pétrol'Kiwi se redressa, observa un moment la surface étale du lac au milieu duquel une lune froide faisait la planche. Le vent des montagnes passait en sifflant loin au-dessus de leur tête.

« Un monstre lacustre a attaqué nos amis, chuchota-t-elle en direction de Pimprenouche, et les a rudement secoués. Pas de cadavres. Pas de traces de pas plus loin. Soit le kraken les a tous bouffés, soit…

— Regarde ça. »

Pimprenouche avait ramassé un fragment de roche portant un liseré de métal qui luisait comme de l'argent au soleil :

« Métal magique, murmura-t-elle. Brille à la lumière de la lune et des étoiles. Coûte un œil le gramme. Moi qui m'inquiétais pour nos finances, j'ai désormais de quoi acheter la moitié du pays. Je crois que ça signifie que ce qui s'est écroulé récemment n'était pas un banal mur, mais plutôt la pittoresque et folklorique porte d'entrée du souterrain. Le passage est condamné. C'est Rtoutitou qui va être content. »

Elle fourra le fragment dans sa poche :

« Je vais voir s'il n'y en a pas d'autres du même genre. Avec deux ou trois morceaux comme ça, nous rachetons tout Bas-Bord, nous faisons expulser le Subéthéré pour défaut de loyer et…

— Tu ne vas rien voir du tout, dit Pétrol'Kiwi à voix basse. Car nous filons d'ici. La bestiole tapie sous ces eaux n'est sûrement pas du genre à être rassasiée, quand bien même elle aurait avalé toute la troupe qui nous précédait.

— Gnahengnon fonfin !

— Quelqu'un arrive ? Cachons-nous ! »

Dissimulées derrière un rocher fraîchement tombé, et qui avait visiblement connu des jours meilleurs comme pilastre dorique, les deux fées virent un petit être furtif, maigre mais tout en muscles, blanc comme un cadavre et à peine bipède, longer la rive mercurielle du lac. Sa façon de se déplacer, vive et oblique, était celle des créatures traquées ; son dos nu portait d'anciennes cicatrices de fouet. Il s'arrêta devant l'éboulis, le renifla plusieurs fois et entreprit de le gravir. Cinq minutes plus tard, il parvenait au sommet et disparaissait.

« Bon. S'il n'est pas de retour d'ici un quart d'heure, c'est qu'il y a là-haut un passage vers le souterrain, se réjouit Pimprenouche.

— Ou vers la gueule grande ouverte d'un monstre chtonien à convection, marmonna Pétrol'Kiwi.

— C'est possible aussi.

— Qu'est-ce que c'était, ce truc ? Un croquelin ?

— Ça y ressemblait, répondit Pimprenouche. Mais d'ordinaire, les croquelins puent moins le poisson.

— A moi, l'odeur m'a plutôt rappelé la poissonnerie de Joliflûtiau qui n'a qu'un rapport très ancien avec le poisson, ce noble animal à l'hygiène irréprochable.

Rtoutitou ? Tu ne veux vraiment pas nous présenter à tes cousins ? »

Pétrol'Kiwi se lança dans une longue discussion avec le petit croque. Rtoutitou n'avait pas l'air de plaisanter : il agitait les bras, secouait la tête et postillonnait beaucoup.

« Vous faites trop de bruit ! chuchota Pimprenouche qui scrutait la surface plate du lac.

— D'accord, Rtoutitou, fit Pétrol'Kiwi. Gagne l'est des montagnes à ta façon et retrouve-moi de l'autre côté. »

Rtoutitou devint presque frénétique, mimant des choses horribles en piaulant d'angoisse.

« Mais dis-lui de se taire ! » siffla Pimprenouche tandis qu'une ride concentrique filait sans bruit sur les eaux du lac. Rtoutitou se tut ; il se contenta de braquer ses immenses yeux clairs sur le visage soucieux de Pétrol'Kiwi. Puis il saisit la main de la fée et tira dessus avec décision. Pétrol'Kiwi s'accroupit tout près de lui, pour lui parler à l'oreille :

« Gnefeugna gnafanhogné. Gnognote. Zut, comment dit-on ? Gnohogne ? Gnofogneu ? Compris ? »

Rtoutitou ne répondit rien : il abaissa une lippe amère et jeta un regard triste vers l'éboulis, avant de le poser sur le bout de ses chaussures. Pétrol'Kiwi soupira :

« Désolée, mais je ne peux pas laisser ma vieille Pimpin seule ici, dans l'état de confusion mentale où elle est. (Elle se redressa, réendossa son sac :) Allez, Pimpin, souffla-t-elle, on y va. Mais que ce soit clair : nous jetons un œil là-haut et si la situation se présente mal, nous rebroussons chemin. »

Suivie par Pimprenouche, elle contourna l'énorme roc derrière lequel elles s'étaient abritées.

« Qu'est-ce que tu entends par : mal ? demanda Pimprenouche.

— Hm… quatre cadavres de nains ?

— Et rebrousser chemin pour aller où ?

— Nous essayerons de passer par le nord et NON ! Je ne veux pas savoir ce qu'il y a comme danger au nord, merci.

— Ah, tant mieux, grommela Pimprenouche. Parce que rien qu'y penser, ça me ruine le gros côlon. »

Les deux fées étaient au pied de l'éboulis ; elles le gravirent avec vivacité. Derrière elles, sur les eaux grises, les ondes concentriques se succédaient toujours plus rapidement. En haut de l'éboulis s'ouvrait en effet un passage, ou plutôt une pente vertigineuse qui se perdait dans des ténèbres compactes. Pétrol'Kiwi se pencha dans le conduit, fit la grimace, se tourna vers Pimprenouche et bafouilla :

« Mais qu'est-ce que tu… »

D'un geste vif, Pimprenouche avait incanté une boule de lumière éternelle et la lançait dans l'obscurité ; elle sauta à sa suite et disparut dans l'ombre.

« Mais, hoqueta Pétrol'Kiwi, mais tu… mais je… Rtoutitou ? »

Au pied de l'éboulis, le petit croque commençait à son tour l'ascension. Sur le lac, une énorme masse d'écume grise se souleva et se mit à filer au ras de l'eau, droit vers la rive. Pétrol'Kiwi claqua des mâchoires et sortit de sa poche de cœur une sarbacane qu'elle décapsula d'un coup de pouce. Pendant ce temps, aussi vif qu'un lézard, Rtoutitou était parvenu à sa hauteur. La fée l'attrapa par un bout et le jeta dans le trou derrière elle, puis elle recula, sa sarbacane à la bouche, guettant le geyser de bulles qui touchait la rive au pied de l'éboulis.

« Qu'est-ce que tu fous, Pétrol ? »

Pimprenouche émergea du conduit, passa sa main dans la ceinture de Pétrol'Kiwi et la tira violemment en arrière ; elles churent toutes deux dans le toboggan moelleux d'un sort de chute-de-plume.

***

« Ah ! On avait dit quatre, rappela Pétrol'Kiwi. Cinq maximum. »

A la lumière verdâtre de leur boule lumineuse, les deux fées arpentaient avec circonspection une sorte de hall d'entrée taillé dans la roche noire, et que l'éboulis avait plus qu'à moitié comblé. Sous la poussière récente de l'éboulement, la crasse ancienne et mille générations de toiles d'araignées, gisait une quantité effroyable de cadavres de nains, visiblement fauchés en plein combat. Momifiés, desséchés, ils portaient encore leur armement rouillé et, sur leur visage parcheminé, les marques de la terreur. Des flèches noircies sortaient des orbites creuses et des paniers de côtes.

« J'en ai déjà compté vingt-cinq, et c'est parce que je ne compte pas vite, continua Pétrol'Kiwi. Nous rebroussons chemin.

— Ce n'est pas à ces nains-là que je pensais, et tu le sais très bien, répondit Pimprenouche. Ceux-là sont morts depuis… Bon, écoute ! (La fée se campa sur ses jambes, planta ses poings sur ses hanches. La colère la gagnait, rouge et chaude :) Moi, dans l'affaire, je ne suis que la comparse. Si tu veux faire autre chose ailleurs, plutôt que suivre l'autre troupeau de gaffeurs ici, dis-le donc ! Fais-le donc ! J'écoute et j'obéis. Figure-toi que je me fatigue de devoir, en permanence, décider quelle route prendre et argumenter pour te convaincre de la prendre. Ça ne m'amuse pas, de prendre des décisions concernant une quête aussi mal emmanchée !

— Mais moi non plus ! s'exclama Pétrol'Kiwi qui se sentit brutalement pétiller de rage.

— C'est toi l'héroïne, ou pas ? rugit Pimprenouche.

— Mais c'est toi qui exiges depuis le début que ce soit moi ! » brailla Pétrol'Kiwi. Puis elle sursauta comme Rtoutitou lui tirait frénétiquement la manche en lui indiquant, par signes, qu'il était urgent de baisser le ton. Pimprenouche ôta un poing de sa hanche, le regarda comme s'il s'agissait d'un gros beignet un peu écœurant :

« C'est marrant, je crois que nous en sommes à la phase "Le héros se brouille avec son meilleur ami juste au moment où ils traversent un marigot grouillant de crocodiles et où, franchement, ils auraient mieux à foutre que de discutailler".

— Ou alors, marmonna Pétrol'Kiwi, nous en sommes à la phase "Le héros explique à son mentor qu'il voudrait bien pouvoir aller pisser sans générer de commentaires questuels, merci".

— Ce que je veux dire, reprit Pimprenouche en se pinçant la racine du nez, c'est que nous sommes au courant que le coin grouille de croques ou de croquelins et que, pourtant, nous beuglons comme… »

Elle regarda autour d'elle : maintenant que sa colère retombait, tel un crêpe sur une tombe, elle trouvait l'endroit moins terrifiant mais plus sinistre. Sordide. Et triste, surtout.

« Il va falloir faire attention, Pétrol, chuchota-t-elle. La quête nous tend de foutus pièges psychotropes. Ou alors, nous sommes victimes de l'ivresse des profondeurs. »

Pétrol'Kiwi, qui sentait aussi les pétillements de la rage céder la place à une étrange gueule de bois émotionnelle, hocha la tête :

« Je crois que tu as raison. La quête a besoin d'action. Elle cherche à semer la zizanie entre nous, n'est-ce pas ? Elle agit par bouffées délirantes, hm… »

La fée tomba le sac, farfouilla dedans, en tira une fiole remplie de minuscules cachets :

« Tiens, prends-en un. C'est un régulateur thymique. Ça ne fera pas de nous des miracles d'empathie mais, au moins, nous ne nous engueulerons plus au milieu des crocodiles. »

Pimprenouche regarda, d'un air songeur, la pilule blanche sur sa paume sale :

« Tu avais prévu le truc ? »

Pétrol'Kiwi avala un cachet et répondit :

« Du tout. Résine de pins aux dix épines. C'est souverain contre l'érésypèle écailleux auquel je suis sujette. A force de tripoter des onguents acides, n'est-ce pas ? La régulation thymique est un effet secondaire indésirable.

— Indésirable ?

— Disons… bizarre. Pas désagréable mais bizarre. Tu verras. »

Elle réendossa son sac, regarda de tous côtés :

« Au moins, les traces sont claires : nos amis ont grimpé cet escalier. Et tu as raison : il n'y a pas d'autre choix que de les suivre. Rtoutitou ? Gni ? »

Le petit croque, méthodiquement, aiguisait un vieux poignard rouillé sur une pierre. Il jeta un œil en direction de Pétrol'Kiwi, se releva et glissa la lame rousse dans une de ses chausses.

« Oh, encore une petite question, reprit Pétrol'Kiwi en regardant la boule de lumière éternelle. Je croyais que nous devions faire tintin sur les sorts ?

— Pas sous terre, répondit Pimprenouche. La couche tellurique nous protège du regard du Subéthéré. Et c'est tant mieux parce qu'autant que je me souvienne, se promener dans le coin avec des structures touristiques avariées risque d'être assez sportif. »

***

Les fées continuèrent un temps à pied, puis Pimprenouche se donna une tape sur le front et elles invoquèrent un balai grand confort, avec palanquin de velours et arceaux de sécurité. Sous leur manche défilaient les splendeurs déchues de la mine la plus gigantesque et la plus mortuaire que Pétrol'Kiwi ait jamais vue. Des tunnels naturels s'entrecroisaient en tous sens avant de culbuter ensemble au fond de failles vertigineuses. Dans la pierre grise et scintillante, les nains avaient taillé des escaliers, des porches, des ponts et les avaient ornés de motifs abstraits. A leur état d'usure, on sentait les siècles passer. Tout était recouvert de poussière et de toiles d'araignées, et semé de cadavres secs. Certains squelettes, assis au pied des stalagmites, tenaient des livres racornis entre leurs doigts. Au-dessus des puits et des failles subsistaient des échelles, des passerelles en bois pourri, des pontons auxquels étaient arrimés des palans qui paraissaient attendre qu'on tire sur leur chaîne pour remonter les seaux. Mais cent mètres plus bas, dans les ténèbres parfaites, le mineur gisait face contre terre et ses dents jaunes étaient éparpillées autour de lui. Le silence était absolu, l'air lourd et froid, puant le reliquaire.

Baignant dans sa propre orbe de lumière verdâtre, le balai manœuvrait lentement, esquivant treuils et crochets rouillés, étais branlants qui servaient de quenouilles aux araignées et ressemblaient à des gréements fantômes. Au bout du palanquin, roulé en boule, Rtoutitou dormait. Confiantes dans les vertus de leur pilote automatique, qui avait reçu l'ordre de pister à distance l'odeur puissante de la troupe des nains, les deux fées buvaient du vin dans des coupes d'or et avalaient des petits fours à la chaîne. De temps en temps elles cessaient de mâcher, leur gorge se serrant au passage d'une scène de massacre particulièrement pathétique, figée sous la poussière de roche, ou d'une perspective abyssale particulièrement magnifique, où l'art nain magnifiait le roc brut. Puis leur gosier reprenait ses aises et elles doublaient les bouchées, ayant à rattraper quelques mois de gelée d'os de banane et de crapauds crus. Peu à peu, sous l'effet bêtifiant de la résine de pins aux dix épines, elles en vinrent à faire des commentaires de plus en plus stupides tandis qu'un ricanement involontaire leur fendait la face.

« Oh là là. Regarde à droite.

— Oh, le pauvre garçon ! (Mâche.) Non mais franchement, des fois, on se demande.

— Comment a-t-il fait son compte, celui-là ? (Avale.) Je veux dire, si tu te bats, tu prends la flèche pleine face et si tu fuis, plein dos ! Mais là…

— Ah, ça doit faire mal !

— Il cherchait ses lentilles, tu crois ?

— Mff !

— Ark, ark, ark. »

Le balai commença à louvoyer au milieu d'une forêt de stalactites. Au bout du palanquin, Rtoutitou faisait des petits bruits avec sa bouche.

« Je me demande, reprit Pétrol'Kiwi, quels dangers nous guettent dans ces mines. A part faire une chute ou une dépression (Mâche.), je ne vois pas ce qui pourrait nous arriver.

— Si les nains ont été massacrés, c'est pour laisser la place à quelqu'un d'autre, non ? (Suçote.) Ces étages-là sont déserts, mais les envahisseurs doivent avoir leurs quartiers (Crachote.) quelque part. Plus bas, peut-être. Dans des secteurs moins accessibles, je suppose, répondit Pimprenouche en broutant une grappe de raisin noir. Tant que nous ne faisons pas un vacarme d'enfer, il n'y a rien à craindre.

— En tout cas, reprit Pétrol'Kiwi, je suis d'accord avec toi, au moins sur un point. Parce qu'enfin, qu'est-ce que ça donne, si tu résumes ? Les abrutis que nous suivons se servent d'un appeau sub-éthéré dès qu'un Sub-éthéréen passe près d'eux (Glou). Ils montent sur des promontoires pour faire du feu en pleine nuit (Mâche). Et comme, avec tout ça, ils n'ont pas encore réussi à mourir, ils se débrouillent pour réveiller la grosse bête du lac (Mâche, glou, kof kof). Excuse-moi. Franchement, vue la distance entre la rive et l'endroit où elle niche, au milieu du plan d'eau (Glou), je ne sais pas comment ils s'y sont pris. A mon avis, ils lui ont carrément jeté des pierres sur la tête (Mâche). Bref, j'imagine que c'est la quête qui veut ça et qui les pousse à être aussi empotés, mais il n'empêche que tu as raison : c'est un sacré (Glou.) troupeau de gaffeurs, et je ne serais pas étonnée si… »

De la direction qu'avait prise la troupe vint un bruit clair qui résonna longuement dans les souterrains obscurs.

Il y eut un autre bruit, jumeau du premier, puis il y en eut d'autres, et encore d'autres, pressés les uns contre les autres, comme un millier de rondins dévalant un escalier céleste, si sonores, véloces et innombrables que toute la mine se mit à vibrer. Ensuite, il y eut un silence.

Pimprenouche coupa les gaz et les phares ; le balai resta à tanguer dans le noir. Pétrol'Kiwi finit sa bouchée, reposa sa tartine un peu au hasard devant elle. Un bruissement, aux pieds des fées, leur apprit que Rtoutitou s'était réveillé.

« Si quoi ? murmura Pimprenouche d'une voix étranglée par un fou rire intempestif.

— C'est pas vrai, gloussa Pétrol'Kiwi. Tu y crois, toi ? Il y a une seule bévue à ne pas commettre et ils marchent dedans des deux pieds. » Elle se pinça le nez pour retenir son hilarité. « Par Turiante ! Elles sont bien dosées, mes pilules. »

Il y eut un bruit sourd, qui venait de partout et n'en finissait plus.

« On dirait les battements d'un cœur, souffla Pétrol'Kiwi tandis que le bourdonnement montait autour d'elles, s'amplifiait sous les innombrables voûtes et se muait en cavalcade.

— Hanfougnegné !

— Les tambours, marmonna Pimprenouche. Ils ont réveillé les tambours de guerre croquelins. Le gaffeur fou a encore frappé. Cette fois-ci, s'ils s'en sortent, je leur paye la tournée. »

Des cris stridents, vifs et multiples comme des rats, semblant venir à la fois du haut, du bas, de tous les côtés, de n'importe où et de nulle part, couvrirent bientôt les tambours.

« Et voilà la cavalerie, grommela Pimprenouche. Qu'est-ce qu'on décide ? On file ? On assiste au massacre de loin ? De près ? On prend des paris ? »

Rtoutitou, à quatre pattes, se faufila entre les deux fées. Il tremblait à en renverser le balai. Pétrol'Kiwi passa son bras autour de lui et chantonna un sort de rassurement qui n'eut que peu d'effets.

« Pétrol ! siffla Pimprenouche. Tes ordres ?

— Mais pourquoi moi ? gémit celle-ci. NON ! Ne réponds pas, c'était juste une question en l'air. Remets cette charrette en marche, allume les phares et active l'option Invisibilité. Avant de me décider, je veux voir sur pièces.

— Tu as de ces mots, pouffa Pimprenouche. Bon sang, c'est vrai qu'elle est bonne, ta résine », ajouta-t-elle en essayant de ravaler ses gloussements. Le balai plongea dans une faille tandis que les cris aigus et les roulements sourds redoublaient.

***

Le balai déboucha dans une caverne gigantesque, une nef naturelle soutenue par des piliers sculptés, une véritable forêt de piliers identiques plantés au cordeau. Hauts chacun d'une soixantaine de mètres, ils s'alignaient jusqu'à se perdre dans l'infini des ténèbres. A la lueur fantomatique du balai, le spectacle était magnifique, ahurissant, spectral et, pour l'heure, assez peu digne d'intérêt. Car au même moment, dans une salle contiguë à la nef, la troupe menée par les nains était aux prises avec une horde d'assaillants composée surtout, mais pas essentiellement, de croques en armures. Des geysers de poussière, des hurlements et des bruits de ferraille entrechoquée jaillissaient par la porte défoncée. Les fées postèrent leur balai dans l'embrasure.

« Ils ne s'en sortiront pas, soupira Pimprenouche. Pas face à un troll. Pur silice, qui plus est.

— C'est ce qu'on va voir », fit Pétrol'Kiwi. Elle sortit à nouveau, de sa poche de cœur, sa sarbacane encapsulée.

« C'est quoi ?

— Fléchette empoisonnée.
— Poison ?
— Curare.
— Contre un tas de roche ? » s'étonna Pimprenouche.

Pétrol'Kiwi claqua des doigts au-dessus de la sarbacane. Un pétillement bleu fusa brièvement le long du tube.

« Bien sûr que non », répondit-elle.

Elle porta le tube à sa bouche ; Pimprenouche leva la main juste devant l'embouchure. Pétrol'Kiwi rabaissa lentement son arme.

« Tu as failli mourir, dit-elle.
— Soyons sérieuses deux minutes, veux-tu ? Sais-tu ce que ça signifie, intervenir dans une quête ?
— Je m'en doute. Et je m'en fous. »

Pétrol'Kiwi porta à nouveau le tube à ses lèvres, mais Pimprenouche ne rabaissa pas sa main.

« C'est la quête qui te pousse à intervenir. Et comme elle est addictive, plus tu interviendras, plus tu auras envie d'intervenir. Dans une quête qui n'est même pas la tienne. Bon sang, je voudrais bien ne plus sourire bêtement ! »

Pétrol'Kiwi se décala légèrement, visa, souffla. La fléchette passa au ras du pouce dc Pimprenouche. Le léger sifflement se perdit dans le raffut du combat. A vingt mètres en contrebas du balai, le troll montrait un énorme dos gris et un effrayant trident de métal rouillé. Nains et semi-ogres le lardaient de flèches, de coups d'estoc et de taille qui faisaient l'effet d'un coup de fourchette dans le genou d'un mammouth. Pimprenouche vit la fléchette, aussi minuscule qu'un crochet de serpent trois-pas, se ficher dans la nuque énorme ; elle reposa sa main, doucement, sur le velours vert du palanquin.

« Ça va le ralentir, ton truc ?

— Le ralentir ? gloussa Pétrol'Kiwi. Ça va l'étendre comme un sac de plâtre. Dans trois secondes, deux, une… »

Le troll vacilla, poussa un long mugissement et s'effondra d'un coup, soulevant un monumental nuage de poussière.

« Waou ! s'exclama Pimprenouche. C'était quoi ?

— Hydrochlorofluorocarbone. Un friopack de douze kilos sous pression, ça calme son troll. »

Pimprenouche se retourna : la nef commençait à grouiller de croquelins. Ils jaillissaient des fissures du plafond comme des blattes d'une bonde de baignoire et dégringolaient le long des piliers, piaillant, se bousculant, dents pointées et armes brandies. De toute évidence, ils étaient fous de rage. Pimprenouche reporta son attention sur la troupe de nains et de semi-ogres. Fidèles à leurs habitudes, ceux-ci étaient occupés à des billevesées. En l'occurrence, ayant ramassé leurs armes, secoué la poussière de leurs habits, achevé les croques blessés et constaté qu'il n'y avait aucun mort dans leurs rangs, ils admiraient la cotte de mailles d'un des nains, laquelle était fort jolie au demeurant. Puis, alors que la rumeur de cent mille pieds de croquelins galopant sur le sentier de la guerre enflait sous les voûtes énormes, ils parurent se ressaisir, quittèrent précipitamment la salle où gisait le cadavre du troll, et se mirent à courir entre les piliers. Les premiers croquelins se laissaient justement tomber sur le dallage devant eux.

« Ça ne va pas du tout, grommela Pétrol'Kiwi.

— Mais si, dit Pimprenouche, rassurante, en faisant virer leur balai de bord. Le mage a une ampoule de lumière éternelle au bout de son bourdon. Là ! Il vient de la visser et les croquelins reculent. Ces petites bêtes sont allergiques aux U.V. »

Formant un îlot lumineux au milieu d'une marée de bitume, la troupe se tassait autour du vieux magicien à chapeau gris, qui tenait haut son bourdon ensoleillé. L'océan de croquelins, clignant des yeux déments, se resserrait inexorablement.

— Non, je veux dire… pourquoi paniquent-ils autant ? reprit Pétrol'Kiwi qui avait refermé ses deux bras sur Rtoutitou et lui tapotait le dos. Les croquelins ? Ils sont mille milliards contre un et demi, et ils paniquent quand même ?

— A ton avis ? sourit Pimprenouche.

— Ah, tu penses la même chose ? Mais où ?

— Plus haut, je pense. Les petits, ça pousse mieux à l'air frais. Oh, oh. »

Il y eut un son grave, ou plutôt une giclée d'infrasons qui ébranla la pierre. Les croquelins se turent d'un coup. Dans les ténèbres, au bout de la nef, apparut une palpitation écarlate. Les croquelins bronchèrent, reculèrent en masse. Puis vint l'écho d'un pas gigantesque et la ligne de basse prit de l'ampleur tandis que le fond de la nef se remplissait de pourpre incandescente. Les croquelins, dans un bel élan, remontèrent tous ensemble le long des piliers. En un instant, ils avaient fichu le camp par les failles du plafond et la troupe resta seule au centre de son cercle de lumière blanche. Nains, elfe et semi-ogres se mirent à courir entre les piliers tandis que les reflets incendiaires les rattrapaient.

« Alors, ça ! chuchota Pimprenouche, ça, il faut que tu voies. Autrefois, c'était le clou de l'itinéraire “Découverte du patrimoine spéléologique de Bas-Bord”. Un très, très beau spécimen de bouledogue chtonien. Très, très rare. On pensait que l'espèce était éteinte. A vrai dire, on l'espérait.

— Comme tu me l'as fait plusieurs fois remarquer, on n'est pas là pour s'amuser, rétorqua Pétrol'Kiwi.

File plutôt le train des nains, ils vont sûrement encore trouver une bêtise à faire.

— Tu veux intervenir de nouveau ? demanda Pimprenouche en manœuvrant le balai.

— D'abord, je suis certaine que, dans l'esprit d'une quête, si on intervient sans panache et sans gloire, ça ne compte guère. Ensuite je soupçonne vaguement que, quoi que tu en penses, notre quête et la leur ne sont pas si différentes que ça. »

Cinq minutes plus tard, précédant les nains d'une tête, le balai des fées sortait de la nef par l'autre bout et Pétrol'Kiwi poussait un hurlement de vertige : la mine s'interrompait brusquement au bord d'un gouffre. Il n'y avait plus rien sous leur vol que ce trou absolument noir et, comme un serpent nageant dans le vide, une incroyable passerelle de pierre qui sinuait d'un bord à l'autre de l'abîme. Il était impossible de comprendre comment les mineurs avaient réussi à monter, depuis un sol situé au moins deux cents mètres plus bas, les colonnes qui soutenaient cette rampe absurde. Pétrol'Kiwi se pencha : *Ils ont dû se servir de stalagmites qui existaient déjà, je ne vois pas d'autre solution. Ni d'autre raison à un tracé aussi alambiqué.*

La passerelle montait quinze marches, en descendait vingt, bifurquait à quarante-cinq degrés à gauche, à trente-sept à droite puis remontait, tournant et oscillant en tous sens, jusqu'à devenir un pont droit qui, d'une ultime enjambée, rejoignait l'autre bord. Elle n'était jamais plus large que deux bras écartés et, nulle part, n'avait de garde-corps.

« Par mon premier eczéma, bafouilla Pétrol'Kiwi, c'est impossible ! Il est physiquement impossible de marcher là-dessus sans vomir, c'est imposs... »

La troupe, lancée à fond de train, fit irruption au bord du gouffre et faillit s'y précipiter dans le même mouvement. L'elfe les retint de justesse. Nains et semi-ogres commencèrent alors à dévaler les marches de la passerelle.

« Mais ils n'y arriveront jamais ! Le bouledogue va les rattraper avant qu'ils aient traversé le bazar ! hoqueta Pétrol'Kiwi. Et puis il est plein de trous, ce chemin ! Et puis… »

Une série de sifflements vint compléter ses raisons de s'inquiéter. Réfugiés dans les fentes du plafond ou embusqués dans des galeries aériennes, les croquelins commencèrent à faire pleuvoir des flèches sur la troupe. Pétrol'Kiwi rit nerveusement :

« Franchement, là, elle exagère, la quête ! »

Pimprenouche stabilisa le balai et lança une poignée de sable bleu dans les airs, en direction des croquelins.

« Protection contre le mal ? demanda Pétrol'Kiwi.

— Hypermétropie, ricana Pimprenouche. Avant de viser juste, les croquelins devront aller chez l'oculiste. »

De fait, les flèches commencèrent à s'égarer dans des directions cocasses. Les deux fées, travaillées par un incoercible fou rire, garèrent leur balai près du plafond.

« Bon, qu'est-ce qu'on fait ? haleta Pimprenouche.

— On va suivre Dupoisson », répondit Pétrol'Kiwi en s'essuyant les yeux. Et elle montra du doigt une petite silhouette blanche qui, tandis que le bouledogue chtonien commençait à défoncer le chemin aérien à grands coups de sabots, s'esbignait par une fissure haut perchée.

Les galeries supérieures offraient un tout autre spectacle. Il y régnait une obscurité légère, percée de loin en loin par les minces lueurs de prises d'air extérieur, et une chaude odeur de caca lacté. Dans des alvéoles encombrées de peluches moisies, de minuscules croquelins dormaient ou jouaient avec leurs mains. Des croquelines allaient par groupes, portant un marmot au dos ou au sein, et discutaient en sourdine. Au sol, les marmites de lait alternaient avec les tapis d'éveil. Le balai invisible circulait là-dedans, sans susciter d'autres réactions que quelques reniflements inquiets. Pimprenouche évita de justesse une grand-mère galopant aux trousses d'un bambin merdeux.

Au bout de la galerie, le balai se faufila dans un conduit d'aération et se posa au soleil, sur une corniche de calcaire. Pimprenouche le fit disparaître d'un claquement de doigt plein de regrets.

« Waou, fit-elle. C'était bien, hein ? »

Les deux fées et Rtoutitou s'assirent au bord du ressaut, les jambes dans le vide, les yeux blessés par la lumière froide d'un jour d'hiver.

« Tiens, constata Pétrol'Kiwi en jetant un œil larmoyant en contrebas, les gaffeurs ont survécu ? »

Au pied de la montagne, la troupe s'était éparpillée. La plupart d'entre eux étaient tombés sur leurs fesses et se tenaient la tête à deux mains.

« Je crois qu'ils pleurent », murmura Pimprenouche. Elle compta sur ses doigts : « Il en manque un, non ?

— Où est le vieux ?

— Je crois qu'il y est resté.

— Bonne bille de bois, soupira Pétrol'Kiwi, je suis en pleine descente et j'ai horreur de ça mais c'était bien, oui. » Elle tapota avec entrain le dos de Rtoutitou, qui lui fit un pauvre sourire. « Merci pour la balade, en tout cas, dit-elle en se tournant vers sa voisine.

— De rien », marmonna Pimprenouche. Elle ferma ses yeux humides et tendit son visage à un petit vent âpre qui sentait bon la glace et l'herbe roussie par le gel. Puis elle contempla un moment le paysage de collines pelées. Des torrents tout juste filtrés par les neiges filaient sur leurs gués de galets noirs. A mon avis, reprit-elle, les nains vont courir se mettre à l'abri chez les elfes suivants. Les elfes de l'est. C'est un quartier de haute sécurité sous la coupe d'une reine malcommode. Jolie dans le genre fade, un peu comme nous, mais vraiment malcommode.

— Et folkloriquement, le coin vaut le détour ?

— Pas du tout. C'est une copie du campus féerique. Avec un peu plus d'argenterie et un peu moins de guichets administratifs mais sinon, c'est pareil. De grands arbres, des escaliers à n'en plus finir, des palais haut perchés, une visibilité restreinte et des collections de statues dans le style pompier.

— C'est une spécialité locale. Que fait-on ?

— Ma foi, soupira Pimprenouche en dépliant sa carte, au sortir de chez ces elfes, nos amis vont sûrement aller se jeter dans la gueule du loup. Sinon, je ne vois pas l'utilité pour eux de tracer plein est. Le plus court chemin est de descendre ce grand fleuve, là. Ça permet d'arriver chez le Sub-éthéré par le nord. »

Pétrol'Kiwi jeta un œil sur la carte et battit des mains :

« On va faire du bateau ? Chic ! »

***

Avec une effrayante lenteur, Moudubas se traîna au travers de l'entonnoir de caillasse que les ergots de la Poule avaient dégagé. Une fois sorti de son tombeau, il resta longtemps allongé au soleil, reprenant des forces par tous ses pores mille fois déchiquetés. Puis il fila droit vers le campus féerique où il fut accueilli par un appariteur qui s'enquit de son identité et, sitôt qu'il l'eut apprise, lâcha un « Ah, c'est vous ? » glacial qui parut bizarre à l'elfe noir.

Il mit longtemps, et beaucoup de formulaires, et beaucoup de files d'attente devant des guichets à ouverture aléatoire, à localiser Babine-Babine. Il mit plus de temps encore à obtenir un droit de visite. Mais il tint bon.

Les elfes noirs ne sont pas, par nature, des êtres patients. Mais celui-là était mort mille fois et, après mille morts, même l'organisme le plus primaire finit par sentir du mou dans la corde raide de sa propre nature. Et puis Moudubas n'avait pas l'habitude d'être bienvenu où que ce soit, et c'était sa fierté.

***

Université de Magie, laboratoire de calligraphie appliquée.

Mal assise sur un haut tabouret, Babine-Babine recopiait en tirant la langue un lai anacoluthique en diable. Ses doigts étaient tachés d'encre violette, ainsi que le bout de son nez. Moudubas prit cinq minutes pour apprécier la courbe prononcée du fessier évasé sous une courte blouse bleue, et qu'un cordon resserrait à la taille. Par l'échancrure du vêtement, il savoura de l'œil le début d'un sein haut perché. Ensuite, il s'approcha à pas d'elfe. Mais Babine-Babine, que son interdiction de sortilège mettait à la merci des plaisanteries les plus impunies, avait acquis des réflexes : elle se retourna brutalement, sa plume Copperplate tendue à hauteur d'orbite. Moudubas sauta en arrière.

« Ah ? C'est toi, dit la fée d'une voix morne. » Et elle s'accouda de nouveau à son lutrin. « Au fait, si tu me touches, je te crève les yeux », ajouta-t-elle sur un ton badin. Moudubas secoua la bouche dans tous les sens et décida de garder son calme.

« Ce n'est pas toi que je cherche, grogna-t-il. Ce sont tes deux copines. L'agricole et la ruminante. Tu ne les aurais pas vues ? » demanda-t-il avec l'absolue certitude de faire mouche. Babine-Babine, en effet, se tourna lentement vers lui :

« C'est amusant que tu me poses la question, sais-tu ?

— Je me doute, ricana Moudubas.

— Ah oui ?

— Elles m'ont parlé de toi, figure-toi.

— Ah oui ?

— Et de ton miroir, aussi. »

Babine-Babine paria que l'elfe noir n'était pas complètement au courant de la série d'interdits qui la frappait : elle agita doucement sa Copperplate affutée, courbe comme un ergot de poule.

« Tu tiens à ton œil ? »

L'elfe noir n'était pas au courant, en effet. De plus, il avait désormais pour les ergots l'œil du grain de maïs. Il raconta donc sa petite histoire sans barguigner. Quand il eut fini, la fée hocha la tête en marmonnant :

« Je m'en doutais. Je m'en doutais, qu'elles étaient derrière tout ça. »

Ils tombèrent vite d'accord : ils allaient chercher les deux fées, les trouver et leur faire la peau. De joie, l'elfe noir en devint presque aimable. Tout seul, il n'aurait jamais pu rêver plumer une fée.

« Si tu voulais détruire un miroir magique, comment t'y prendrais-tu ? demanda-t-il à Babine-Babine qui nettoyait son matériel avec fébrilité.

— J'ai appris ça en cours de méthodologie, répondit-elle avec la netteté de quelqu'un qui s'est beaucoup penché sur la question ces derniers temps. Il faut partir en quête. Elles se sont coincé les doigts dans une quête, les imprudentes ! Et c'est notre veine. Parce que c'est long, une quête. C'est dangereux. Et ce n'est jamais, jamais gagné d'avance. »

Des cadavres dans le papier peint

Les nuages roulaient dans le ciel au-dessus de Bas-Bord, et une sueur froide coulait de leur ventre rond.

Zoom.

Large et sombre comme le dos d'un silure, un fleuve filait entre deux forêts. On voyait quelques ruines grises émerger de la futaie, tels les bras raides de marins engloutis. Des panaches de fumée indiquaient ici un campement croquaïe, là un bivouac croque.

Zoom.

Etendu parmi les herbes longues de la rive, un pêcheur pêchait. C'est-à-dire qu'il avait enroulé une boucle de fil autour de son index et qu'en attendant que le poisson ait envie de mourir, il pionçait.

« Ça mord ? »

Une main renversée sur les yeux et l'autre emmêlée dans le fil de sa ligne, Pétrol'Kiwi répondit par un ronflement sonore. Pimprenouche jeta son fagot à terre et alla lui secouer l'épaule.

« Hein ? Quoi ? piaula Pétrol'Kiwi.

— Tu dormais ? Tu galèjes, Pétrol ! Ça grouille de croquaïes, par ici. »

Pétrol'Kiwi s'assit, regarda d'un air pâteux la mine soucieuse de Pimprenouche puis les eaux vertes du fleuve, et grogna :

« Rtoutitou fait le guet.

— Rtoutitou guette le passage de la troupe sur le fleuve. Il ne peut pas, en plus, surveiller ce qui se passe dans votre dos.

— De toute façon, grommela Pétrol'Kiwi en halant sa ligne, elle est sûrement déjà passée la nuit dernière, la troupe.

— La troupe de gaffeurs ? gloussa Pimprenouche. Ils passeront de jour, et probablement en jouant de la grosse caisse. Ou en poussant des cris, ou en lançant des pétards. Ça mord ?

— En quelque sorte », soupira Pétrol'Kiwi en dégageant de son hameçon une mâchoire de nain gluante d'algues. Elle la balança dans le fleuve. « Ce n'est que la dixième, aujourd'hui. Ça n'a pas l'air facile de mourir de la scarlatine, dans ce pays.

— Et côté cimetière marin, tu n'as encore rien vu, marmonna Pimprenouche.

— Comment ?

— Rien. Rtoutitou ? Toujours personne ?

— Gnonhon », fit le petit croque, accroupi un peu plus loin sur la rive, le menton sur les genoux, et qui se curait le nez. Pimprenouche considéra un moment les flots glauques du fleuve et, au-delà, la forêt épaisse que survolaient des plumets de freux en chasse. Assise sur ses talons, Pétrol'Kiwi essayait de démêler sa ligne. L'air froid sentait la vase et le…

« T'as pété ? » demanda Pimprenouche. A peine avait-elle prononcé ces paroles qu'un frisson glacé fila le long de sa colonne vertébrale. Elle se retourna. Au même instant, Pétrol'Kiwi pivotait sur ses talons pour regarder derrière elle.

A dix mètres se tenait une rangée de monstres. Enormes, cuirassés et casqués de cuir, tenant dans leurs énormes pattes des dépeçoirs à peine dégrossis, les guerriers étaient couverts de boue comme des ressuscités de la veille. De grandes balafres de peinture blanche traversaient leur face. Dans leurs mufles puissants s'ouvraient de petits yeux de chat, clairs et fendus, fixes comme la folie. Des dents hirsutes soulevaient leurs lèvres noires. Sous la terre, la poussière, la crasse et les lanières entrecroisées de leur équipement, saillaient des muscles de bêtes de somme.

« Pétrol ? fit Pimprenouche d'une voix inaudible.

— …

— Tu te souviens de ce que tu m'as dit sur la culture croque, les rites, la civilisation, tout ça ?

— …

— Eh bien, tu oublies. Ce ne sont pas des croques. »

Pétrol'Kiwi commença à se relever, centimètre par centimètre. Un des guerriers flatula bruyamment. Un autre ricana. Un troisième releva la visière de son casque d'un petit coup de sa lame émoussée, épaisse comme une paume et prolongée d'un ergot cruellement rouillé. Leur façon de se dandiner ressemblait à un pourlèchement de tigre.

« Ce sont des croquaïes, poursuivit Pimprenouche en posant très doucement sa main sur le pommeau de son épée. Nés tout bottés de la terre par la force de la magie. Des machines à broyer. Ils ne connaissent ni la peur, ni la douleur. Tu as songé à t'entraîner avec ta hache, avant de partir ?

— A couper du bois ? Un peu, chuchota Pétrol'Kiwi.

— Alors occupe-toi de Rtoutitou », fit Pimprenouche à voix haute. Elle déboucla la fibule qui tenait sa cuculle, laissa glisser à terre la lourde cape, dégaina dans un sifflement bref et chargea en poussant un hululement sauvage un peu ridicule. Pétrol'Kiwi ouvrit de grands yeux stupéfaits : Pimprenouche se jeta sur le premier croquaïe en face d'elle et lui porta un grand coup de taille maladroit, qu'il para d'un simple mouvement du buste. Le geste de Pimprenouche finit dans la gorge du guerrier à sa droite tandis que, d'un moulinet du poignet, elle envoyait une dague sous le menton du croquaïe de gauche. Elle accompagna, plus qu'elle n'esquiva, le coup du premier croquaïe, roula à ses pieds et lui trancha le jarret. Le croquaïe s'effondra en meuglant, sous les fontaines de sang noir qui jaillissaient du cou de ses deux compagnons.

Pétrol'Kiwi parvint à détacher ses yeux du spectacle et à dépêtrer sa hache de jet de sa ceinture, tout en se disant que Pimprenouche avait des talents cachés. Puis, comme une grande ombre se posait sur elle, elle réalisa avec chagrin qu'elle, non. En tout cas, pas ceux-là. Elle leva sa hache pour essayer de bloquer l'énorme casse-tête qui descendait droit sur son crâne. Un poignard roux de rouille se planta dans l'œil du croquaïe ; son arme, déviée, cassa net le bras de la fée. Rtoutitou la tira en arrière, par l'épaule, alors que le croquaïe tombait à genoux devant eux. Pétrol'Kiwi hurla de douleur ; Rtoutitou la saisit alors par la ceinture et la traîna dans le fleuve avec une vigueur surprenante.

Pétrol'Kiwi pataugea dans la vase en luttant contre les frelons blancs de l'évanouissement, perdit pied et commença à se noyer. Au milieu de ses propres gargouillis, elle entendait des éclaboussures sauvages autour d'elle, mêlées de grognements furieux. Elle sentit un frôlement sur sa cuisse : c'était Rtoutitou qui lui empruntait une de ses dagues. Elle toucha un haut-fond, donna un coup de pied, jaillit à la surface au milieu d'une flaque bouillonnante de sang noir et avala tout ce qu'elle put d'air. Elle décida de nager, malgré le poids de sa cuculle de vache renforcée qui la tirait vers le bas, mobilisa imprudemment son bras cassé et tourna de l'œil dans une grande inspiration de sang et d'eau.

Pimprenouche fit face au dernier croquaïe encore en vie et au sec : quatre gisaient morts sur la rive, deux autres se battaient au milieu du fleuve contre ce qu'elle supposait être Pétrol'Kiwi. L'ultime croquaïe usa d'abord de tout l'attirail psychologique du guerrier : grognements, poses avantageuses, roulements d'yeux et de sourcils. Pimprenouche tâchait de jouer le jeu tout en scrutant l'armure glaireuse de gadoue, à la recherche d'un point faible; elle ne s'était pas battue depuis longtemps et la montée d'adrénaline était plus forte que tout ce dont elle se souvenait. Elle peinait à contrôler ses neurones.

Il est dix fois plus costaud et plus lourd que toi, se répétait-elle avec le calme étal d'une casserole de lait portée à 99 degrés. *Au moins dix fois. Alors, laisse venir.*

Le croquaïe chargea. Il n'était pas dix fois plus lent que la fée, hélas. Pimprenouche esquiva, le croquaïe fit une volte-face fulgurante et frappa la fée au visage, d'un revers de pommeau. Pimprenouche bougea une fraction de seconde trop tard : le coup rata la pommette mais cueillit la tempe. Pimprenouche vola en arrière et se reçut très mal. Sa clavicule céda en deux endroits; de douleur et de rage, elle mordit une touffe d'herbe. Le croquaïe se jeta sur elle et, d'un coup de casque, l'assomma.

***

Pimprenouche se réveilla au fond d'un tombeau. Le noir était absolu, l'air saturé de terre et elle ne pouvait pas bouger davantage qu'une momie dans son sarcophage. Elle eut une seconde de panique intense.

« On se calme, fit la voix de Pétrol'Kiwi qui lui parut venir de beaucoup plus haut. Tiens, attrape ma main. »

Pimprenouche sentit un tâtonnement sur son front, parvint à dégager une main et à saisir celle de sa comparse. Elle se sentit tirée vers le haut. Patinant furieusement, elle émergea dans une grotte pas beaucoup plus éclairée que son tombeau, et qui méritait le nom de terrier. Elle suivit Pétrol'Kiwi à quatre pattes jusqu'à l'air libre. Autour d'elles se dressaient des ruines grises corsetées de lierre.

« Qu'est-ce qui se passe ? demanda-t-elle en crachant des petits bouts d'humus.

— Nous étions dans un tel état que je nous ai descendues sous terre, répondit Pétrol'Kiwi, pour nous lancer un sort de Restaure-all. Mais ça manque de souterrains spacieux, dans le coin. »

Pimprenouche s'ébroua comme un chien et s'épousseta tout en regardant alentour. C'était toujours l'épaisse forêt, dans laquelle l'odeur fade du fleuve se mêlait à celles, plus acides, des champignons et de la mousse. Les ruines étaient probablement celles d'un temple, bâti à la gloire de dieux avec lesquels Pimprenouche n'aurait pas voulu prendre le thé : grotesques, massifs et affligés de faciès hargneux. Le jour atteignait au zénith, le ciel au-dessus des arbres s'était dégagé et brillait, bleu pâle. Pimprenouche ôta un mille-pattes de sa poche et demanda :

« Où est Rtoutitou ?

— Il est retourné sur la rive pour guetter les nains, répondit Pétrol'Kiwi. Tu te sens mieux ?

— Mieux que quoi ?

— *A priori*, mieux qu'une double fracture de la clavicule, un enfoncement du plancher orbital et un trauma crânien accompagné d'une hémorragie sous-durale massive. Et aussi un, euh, poignet en miettes.

— Ah ? Oh. » Pimprenouche recommença à crachouiller des gravats. Pétrol'Kiwi lui tendit une gourde :

« Tiens, débarbouille-toi, rince-toi la bouche, bois un coup, tout ça. Il faut que nous récupérions nos affaires sur la rive. Ensuite, nous prendrons un bon déjeuner et il n'y paraîtra plus. Ou presque.

— J'ai failli l'avoir, l'autre gros lard, dit rêveusement Pimprenouche entre deux gorgées. Mais vraiment, failli.

— Du verbe faillir : se planter », marmonna Pétrol' Kiwi.

Les deux fées se risquèrent à découvert, le temps de récupérer ce qu'elles purent de leur barda, et regagnèrent l'abri des grands arbres. Une brume légère tire-bouchonnait sur l'eau émeraude qu'agitait un incessant clapotis.

« Il faudrait peut-être fouiller les cadavres, suggéra Pimprenouche en déballant, sur ses genoux, une boule de fromage dur et de minces galettes dorées.

— Rtoutitou l'a fait. Il n'a rien trouvé, à part du pain moisi et un beau poignard qu'il s'est approprié. Et, eh bien, quelques pieds de bébé en brochette, tu vois ? Des choses comme ça.

— Tu prendras un peu de galette avec ton fromage ? demanda Pimprenouche d'un ton dégagé. C'est bizarre, j'ai assez mal au cul.

— Oh, grommela Pétrol'Kiwi, le sort n'a eu le temps de traiter que les blessures majeures, n'est-ce pas ?

— J'ai peut-être le coccyx fendu, tu ne crois pas ?

— Oh non, quand même pas, marmotta Pétrol'Kiwi.

— Comment ça, quand même pas ?

— Il a été formidable, mon petit croque, esquiva Pétrol'Kiwi sur un ton enthousiaste. Il m'a repêchée, traînée au sec, et puis il a composté ton agresseur en plein… dos.

— En plein quoi ? Pétrol, es-tu en train de me dire que ce gros tas de boue m'a explosé le cul ?

— On dit violée, quand on a le sens du drame, soupira Pétrol'Kiwi. Euh, oui. La réponse est oui. Pas longtemps, mais oui. »

Pimprenouche béa, puis referma la bouche et se remit à mastiquer pensivement son bout de fromage. Finalement, au bout d'une galette, elle lâcha :

« Si ça se trouve, ce blaireau m'a collé une chtouille. »

Pétrol'Kiwi avait l'air extrêmement embêtée, en plus de terriblement navrée.

« Ecoute, ma vieille, si tu as besoin d'en parler, je…

— Parler de quoi ? ragea Pimprenouche. Je ne me souviens de rien, et le seul qui pourrait s'en souvenir est, à l'heure actuelle, raide comme une bite ! Mais je suis… je me sens vexée. Où est-il, ce foutu porchonou ?

— Eh bien… à la même place que tout à l'heure, n'est-ce pas ? »

Pimprenouche se leva, tira une dague de sa botte et marcha d'un pas décidé vers la rive. Pétrol'Kiwi se concentra sur son fromage, raclant soigneusement les petites herbes qui le recouvraient. Quelques minutes plus tard, Pimprenouche revint s'asseoir près d'elle en secouant ses mains trempées pour les faire sécher.

« Je lui ai coupé l'andouillette et la lui ai fourrée dans la lune. Ça amusera ses collègues. Et moi, ça m'a soulagée. »

Pétrol'Kiwi, sans rien répondre, lui tendit un morceau de galette garnie. Mais Pimprenouche était en train de jeter un œil à son propre haut-de-chausse :

« Ah oui, tiens, c'est tout déchiré.

— C'est moi qui ai rafistolé le truc, expliqua Pétrol'Kiwi. Tu veux de ma galette, oui ou non ?

— Tu ne m'avais pas dit que ce salopard portait, à la ceinture, un collier de vagins séchés et un chapelet de couilles confites.

— Bon, tant pis, je me la bouffe. »

Pétrol'Kiwi engloutit son bout de galette tandis que Pimprenouche sortait un chiffon de son sac.

« Ne bouge pas, je reviens.

— Où vas-tu ?

— Derrière les ruines, rafraîchir mon deux-pièces avec vécé sur le palier. »

***

Rtoutitou avait assemblé une planche de fortune. Le ventre calé dessus, lui et les deux fées nageaient au milieu du grand fleuve vert à la suite des barques conduites par les nains. Ceux-ci étaient passés en milieu d'après-midi, dans des canots elfiques, pagayant nonchalamment. Tout en admirant le paysage que l'or du jour rendait grandiose, les deux fées devisaient. Pimprenouche était toujours pâle de colère et de stupéfaction, et Pétrol'Kiwi essayait de tenir l'équilibre entre le bourru et le compatissant avec un succès mitigé.

« Tu as déjà couché avec un mâle, au fait ? demanda-t-elle.

— Bien sûr, répondit Pimprenouche en battant furieusement des pieds. Pourquoi crois-tu que je suis lesbienne ?

— Ah. Evidemment. C'est une position qui se défend. Oh, pardon.

— Abrutie. »

En fin d'après-midi, les flots devinrent tumultueux et, sur un signe de Rtoutitou, les fées abordèrent. Au loin, les barques elfiques faisaient de même.

Les deux fées suivirent le petit croque à travers bois, trottant en silence sur un lit de feuilles rousses. Sur un autre signe de Rtoutitou, elles se cachèrent sous un nœud de racines. A vingt mètres de là, un des nains errait, l'air malheureux, dans les restes d'un temple aussi ruiné que tous les autres. Les deux fées, à force de chuchotements, convinrent qu'il s'agissait du nain blessé précédemment, et que c'était le même que celui qu'elles avaient vu sous les arbres de Nabotland, le jour de leur arrivée. A divers signes sub-éthérés, dont sa mauvaise mine, elles supposèrent que c'était aussi lui, le gaffeur qui transportait l'objet maléfique et s'en servait à tort et à travers. Pétrol'Kiwi décida unilatéralement de l'appeler Gafton et, sur ces entrefaites, Gafton fut rejoint par un grand semi-ogre fortement odorant, dont le pourpoint de velours rouge brodé d'or contrastait avec les cheveux en friche. Il portait, à la ceinture, un cor d'ivoire cerclé d'argent et semblait très agité. Il y eut des éclats de voix et l'aura noire du sort d'invisibilité fusa à nouveau.

« Oh, non ! gémit Pétrol'Kiwi.

— Le semi-ogre a essayé de s'emparer de l'artefact par la force, murmura Pimprenouche, et ce crétin de Gafton… tu n'as pas pété, n'est-ce pas ? »

Pétrol'Kiwi secoua la tête et les deux fées se tassèrent, avec Rtoutitou, sous leur nœud de racines. Le pas lourd d'un escadron de croquaïes ébranlait déjà le sol.

Les deux fées, entre les radicelles blanches qui leur pendaient sur la figure, virent Gafton s'enfuir et Belle-Cuisse surgir de nulle part pour triompher d'une bonne vingtaine de croquaïes à lui tout seul.

« Trop fort ! Ce type est trop fort ! chuchota Pétrol'Kiwi avec enthousiasme.

— Pft ! Il s'est posté en haut de l'escalier du temple et les a pris un par un, alors c'est facile, grommela Pimprenouche. Moi aussi, j'en fais autant, si on me filtre les entrées. »

Un peu plus loin dans le sous-bois, le son d'un cor résonna à plusieurs reprises.

« Tiens, le semi-ogre en pourpoint rameute tous les croquaïes sur lui ? dit Pétrol'Kiwi. C'est chevaleresque.

— Si ça se trouve, soupira Pimprenouche, il s'imagine seulement appeler à l'aide. »

Il y eut encore bien du tumulte, des cris, des galopades, des braiements de croquaïes, le tremblement grave des cordes d'arc se détendant, le bruit humide de la ferraille perçant la viande, puis tout vira brutalement au calme. Les deux fées sortirent de leur trou : les alentours étaient parsemés de cadavres de croques et de croquaïes. Certains bougeaient vaguement. Pimprenouche les acheva de façon particulièrement lente.

« Ce n'est pas très questuel, comme attitude, risqua Pétrol'Kiwi.

— Un viol, ce n'est pas très questuel non plus, répondit Pimprenouche d'un ton sec. Une quête, c'est prié d'être pudique, voire coincé du cul, si je puis me permettre de le rappeler à la causalité mythologique qui est censée nous accompagner.

— Mais où est passé Gafton ? s'inquiéta Pétrol' Kiwi. »

Rtoutitou la prit par le poignet et la mena vers un bouquet de saules. Il écarta une longue mèche de chatons jaunes et tendit sa petite main noire : sur le fleuve, une barque elfique s'éloignait, brillant comme de la neige dans le couchant. A son bord se devinaient deux silhouettes assises.

« Oh, oh, fit Pimprenouche. Gafton et un de ses copains nains abandonnent leurs amis.

— Il faut dire qu'avec des amis comme ça, ils n'ont plus besoin d'ennemis », ricana Pétrol'Kiwi. Pimprenouche haussa les épaules :

« C'est l'artefact sub-éthéré qui a dû ronger la tête du semi-ogre en pourpoint. Ce truc m'a l'air puissant. Ou alors, ce sont les semi-ogres qui ne sont pas bien malins.

— Toi, tu es jalouse de Belle-Cuisse depuis le début », grommela Pétrol'Kiwi. La barque approchait de la rive opposée. Pimprenouche secoua la tête :

« A mon avis, ils foncent droit vers… »

Elle n'acheva pas sa phrase.

« Vers ? soupira Pétrol'Kiwi.

— Tu veux vraiment savoir ?

— Hm. En tout cas, je sais qui va l'apprendre en même temps que moi. »

Une forme livide barbotait avec décision dans le léger sillage de la barque.

« Dupoisson ? Avec lui, nous ne risquons pas de perdre leur piste, ricana Pimprenouche. A vue de nez.

— Gnaheugnou, approuva Rtoutitou avec un gloussement très laid.

— Tiens ? s'étonna Pimprenouche en lui lançant un regard admiratif, tu comprends quelque chose à ce que je raconte, maintenant ? Tant mieux, parce que ce n'est pas près d'être réciproque. »

Elle s'agenouilla au pied du saule, et posa une main sur l'épaule du petit croque :

« Et au fait, Rtoutitou… Pour le coup de main sur la rive, tout à l'heure. Eh bien… merci.

— C'est marrant, Pimpin, toussota Pétrol'Kiwi, c'est justement ce que j'allais te dire. »

Les deux fées se frottèrent discrètement un œil, Pimprenouche poussa un soupir. Un étage plus bas, Rtoutitou renifla une paire de fois.

***

Le paysage était d'une laideur presque industrielle. Ce n'était que de la rocaille tourmentée, des pics énormes fripés d'arêtes coupantes, garnis de genêts et de mousses noires. Des bancs de brume naviguaient sur cette houle figée. Le temps avait viré au triste, le plafond avait baissé de trois crans et pesait. Il faisait froid et mouillé. A l'est s'étendait un ciel sombre d'usine mal dépolluée, parcouru d'éclairs oranges. Les fées se traînaient sur les traces odorantes de Dupoisson, lequel pistait les deux nains, lesquels étaient totalement paumés et tournaient en rond dans la friche minérale.

« Je m'en fous, je fais du feu. Après tout, nous ne sommes pas sous le vent et puis je m'en fous : je fais du feu. »

Pétrol'Kiwi, bleue de froid et verte de faim, entassa quelques branchettes dans un creux de rocher et bâtit un petit foyer sur lequel elle mit à griller un lièvre maigrichon chassé par Rtoutitou. Pimprenouche ajouta deux poignées de raves, autant de fèves et fit trois parts à peu près équitables. Les deux fées avalèrent chacune la leur en lorgnant celle de Rtoutitou qui n'était pas encore revenu de son tour de garde. Il surgit juste avant que la loyauté de ses deux compagnes ne lâche, comme un élastique surmené. Arrosant équitablement les fées de postillons aux fèves, il se lança dans un récit épique.

« Cette nuit, Dupoisson a sauté sur le poil des deux nains. » Pétrol'Kiwi tâchait de traduire tout en évitant les rafales. « Il a essayé de s'emparer de… de je ne sais quoi. Un hublot ? » La fée fit des gestes d'incompréhension auxquels Rtoutitou répondit par d'autres gestes et un débit encore plus véhément. « Un médaillon ? Un anus artificiel ? Rien à faire, je n'arrive pas à saisir. Une boucle de ceinture ? Un monocle ? Un suppositoire ? Toujours pas ? Il les a demandés en mariage ? Il a essayé de les sodomiser ? Il leur a mordu le doigt ? » Rtoutitou leva les yeux au ciel. « Oui, bon, tu n'as qu'à être plus clair. Et ensuite ? Dupoisson s'est fait mater par les deux nains. Ah, c'était donc ça, les braiments que nous avons entendus ce matin ? Tu vois, Pimpin, que ce n'était pas un iguane en rut. Et Dupoisson s'est échappé. Non, il précède désormais les nains ? Il les guide ? C'est ça ? Voilà. » Rtoutitou soupira, s'épongea le front, bu un grand coup et replongea dans son écuelle. Pétrol'Kiwi se tourna vers Pimprenouche. « Dupoisson guide les nains. Ils ont dû lui promettre une cargaison de sardines. »

***

Le paysage suivant était encore plus triste et amer que le précédent mais, au moins, il était dégagé. Dupoisson avait réussi à conduire les deux nains de l'autre côté de la rocaille, qui s'était effondrée d'un coup dans une étendue marécageuse grande comme un continent. Elle s'étendait jusqu'aux confins obscurs de l'est, jaune et miroitante, parsemée de grands pans de reflet de ciel gris et de troupeaux de brume légère.

Dans le lointain, une ligne de montagnes montait la garde sous des nuées épaisses et sombres, infusées d'une sirupeuse lumière orange. Accroupies dans les herbes, les deux fées suivaient la lente descente des nains vers le marécage.

« Hm, grogna Pétrol'Kiwi. Ça ne va pas du tout.

— En effet, soupira Pimprenouche. Nous en avons pour des jours à patauger dans la gadoue. C'est comme ça, une quête ; une succession de pays inconfortables avec, pour seules distractions, des échauffourées avec les autochtones. Je veux dire, quand tu en as fait une, tu les as toutes faites.

— Ce n'est pas ce que je veux dire, moi, l'interrompit Pétrol'Kiwi en scrutant le marais de sous sa main en auvent. D'ici, je vois bien des fusains, masse de joncs et de prêles, des roseaux aussi, mais toutes ces pauvres plantes sont chlorotiques. Ça ressemble à une carence en potasse… ou à un excès d'azote ? Trop de composés azotés. Comme s'il y avait un cimetière sous l'eau. Et puis, j'ai beau chercher, je ne vois pas un seul piaf. Ça devrait pourtant grouiller de bécassines, de hérons, de gobemoucherons attirés par un grouillement d'insectes. Et d'ailleurs, tu entends ? » Pétrol'Kiwi leva un doigt près de son oreille.

« Quoi ? s'inquiéta Pimprenouche.

— Rien. Il n'y a rien.

— Ce que tu m'agaces quand tu fais ça, ronchonna Pimprenouche.

— Pas un glapissement de volatile, continua Pétrol'Kiwi imperturbable, pas un plouf de grenouille, pas un zonzonnement de moustique, rien. »

Pétrol'Kiwi se tut. Le silence était total, en effet ; compact, massif, gigantesque, impressionnant, oppressant. Hors un grondement lointain, qui venait de l'est.

« Et puis, reprit Pétrol'Kiwi dans un chuchotement, il y a des lotus. Tu vois, là-bas ? dit-elle en tendant le doigt. Trèfle d'eau et lotus. C'est comme si on trouvait un pingouin dormant entre les pattes d'un chameau. Le trèfle d'eau est une petite herbette de rivage alors que le lotus pousse en eau profonde. Ce n'est pas un rince-pied, ce marécage. Oh ! Là ! Regarde ! s'exclama-t-elle soudain. Du méthane ! Tu as vu les feux follets ? Un, deux, quatre, six ! C'est du méthane.

— Pétrol, écoute-moi, risqua Pimprenouche.

— Azote, méthane, bon sang, ce truc est un puits de fumier ! la coupa Pétrol'Kiwi. Mais ça devrait puer, non ? » Pétrol'Kiwi tendit une narine dans l'air statique, chargé seulement d'une mauvaise haleine de vase.

« Pétrol ! glapit Pimprenouche.

— Et ça ne pue pas. Quoi donc ?

— Ça ne pue plus depuis longtemps. Et ce ne sont pas des feux follets. »

Pétrol'Kiwi détacha son regard du marécage, que le couchant rendait aussi éblouissant qu'un miroir brisé, pour se tourner vers Pimprenouche :

« Qu'est-ce que tu racontes ?

— C'est un cimetière liquide. L'eau est saturée de cadavres, les mêmes depuis des milliers d'années. C'est pour ça que personne ne s'y risque, pas même les mouches à merde : c'est trop triste.

— Les mouches du coin n'aiment pas les cadavres ? Purée, on est loin de chez nous, alors.

— Comme tu dis, fit Pimprenouche sur un ton lugubre. Ces morts-là ne pourrissent pas.

— Ah. Je comprends que les mouches soient écœurées. Mais, et les feux follets, alors ?

— Ce sont les esprits des morts.

— Ah oui ? Comme c'est romantique ! sourit Pétrol'Kiwi.

— Euh, non. » Pimprenouche secoua la tête d'un air navré. « Non, vraiment non. Ces flammes vont essayer de t'hypnotiser pour t'emmener dans les bas-fonds avec elles. Alors pourrais-tu essayer, pendant la traversée, de ne pas trop prendre de risque ? De ne pas ramasser des échantillons végétaux toutes les cinq minutes, par exemple ?

— Oh, morne plaine, marmonna Pétrol'Kiwi. Ce qui me console, c'est qu'au moins, il n'y aura pas de serpents d'eau. »

Pas de serpents d'eau, certes, mais des serpents de ciel, oui da ! C'est vraiment n'importe quoi, ce pays, se dit Pétrol'Kiwi qui, un doigt dans chaque oreille, se cachait comme elle pouvait sous la ramure maigrelette d'un châtaignier d'eau. Un énorme serpent ailé passa au-dessus d'elle. Il se tordait et ruait dans les airs en ouvrant une mâchoire de varan de Komodo ; le souffle de ses grandes ailes froissait la surface du marécage, secouait les herbes jaunies, déchirait la brume froide. Un des cavaliers noirs se tenait à califourchon sur son dos. A travers les branchages, Pétrol'Kiwi vit que le cavalier portait, par-dessus ses oripeaux sombres, un diadème de fer. Ses mains gantées de plaques d'acier miroitaient tandis qu'il tirait brutalement sur les rênes du monstre. A l'aplomb en dessous de lui, blottis sous les branches basses d'un buisson de sorbiers, les deux nains et Dupoisson essayaient de se faire oublier. Fou de frustration, le cavalier hurlait sans arrêt, de son insupportable cri suraigu. Au bout d'un temps interminable, il se décida enfin à se déclarer bredouille et fit virer son gragon pour filer plein est en décrivant de grands cercles dans l'air jaune.

Pétrol'Kiwi ôta ses doigts de ses oreilles et soupira de soulagement. Puis elle partit à la recherche de ses compagnons. Rtoutitou sortit, ruisselant, d'une ornière de vase, et Pimprenouche refusa de sortir d'un bouquet de joncs, qui penchait ses aigrettes décolorées au-dessus du marécage.

« Pimpin ? chuchota Pétrol'Kiwi en s'approchant d'elle. Oh, bonne bière, j'ai vraiment eu peur que l'autre abruti de Gafton lance, une fois de plus, son sort subéthéré au plus mauvais moment. Pas toi ? En tout cas, je crois que nous nous sommes trop approchés d'eux. Il faudrait… Pimpin ?

— Regarde ça ! » murmura Pimprenouche qui, agenouillée sur le rivage argileux, effleurait l'eau avec une longue baguette de roseau.

Pétrol'Kiwi regarda : devant elles, à leurs pieds, nageaient six cadavres. Trois elfes et trois semi-ogres, vêtus de soie et d'or, paraissaient flotter quelques centimètres sous la surface du marécage. Allongés sur le dos, ils avaient les yeux clos et les bras écartés. Leurs visages émaciés étaient très blancs, paisibles. L'un d'eux portait un bizarre petit masque d'argent ; un autre, des perles de couleur tressées dans ses sourcils. Un troisième avait de longs cils noirs qui rayaient ses joues. Leurs cheveux s'étiraient et bouclaient autour d'eux, comme des algues. Les herbes aquatiques leur faisaient, à chacun, un berceau… Pétrol'Kiwi se redressa brusquement, donna une bourrade à Pimprenouche :

« Attention ! Tu vas tomber dedans. »

Pimprenouche haussa les épaules et, enfonçant son bâton dans l'eau, elle touilla.

« Tomber dans quoi ? Regarde : il n'y a rien. »

Du bout de sa badine, elle trouillota le visage d'un des elfes sans rencontrer la moindre résistance. Des tourbillons de vase commencèrent à brouiller l'image des cadavres.

« Rien de rien, marmonna-t-elle. Foutaise, pipeau et calembredaines. Ce sont de purs hologrammes. Alors, quoi ? Un repoussoir à curieux ? Il y quelque chose qui habite là-dessous et qui n'aime pas les touristes ? Ou qui adore les papiers peints à motifs tridimensionnels d'un goût douteux ? »

Pétrol'Kiwi qui avait faim, froid, sommeil, l'oreille douloureuse et cent pour cent d'hygrométrie jusque dans le slip, souffla par le nez avec impatience :

« Nous résoudrons cette passionnante énigme une autre… une autre quête, d'accord ? »

Pimprenouche secoua ses cheveux trempés par le brouillard, se releva péniblement et dit :

« Plutôt crever. »

***

Plus les deux fées se rapprochaient de la ligne de montagnes noires qui fermait le marécage, plus les grondements se faisaient intenses, se bousculant comme des quintes de toux. La lueur orange, qui léchait par en dessous le corps tourmenté des nuées, fulgurait parfois en jaune vif.

« Je pensais à de l'orage, mais c'est une activité volcanique, hm ? grommela Pétrol'Kiwi. C'est marqué sur ta carte, "Volcan en activité", hm ? Tu l'as payée cher, ta carte ? »

Les deux fées se retrouvèrent bientôt au pied d'une falaise de lave ; un mur de jais accidenté, vitrifié et luisant de pluie. Les nains avaient déjà commencé l'ascension.

« Par mes cors ! Ils sont increvables alors que je ne suis qu'immortelle, haleta Pétrol'Kiwi. J'abandonne.

Elle tomba à genoux sur la pierre tranchante, trempée de bruine. Pimprenouche s'effondra à côté d'elle, fouilla ses poches et sortit son guide.

« Tu peux toujours critiquer ma carte mais je t'assure qu'en y jetant un coup d'œil, tu comprendrais que ça n'est pas bien grave.

— Hm ? » Pétrol'Kiwi n'essaya même pas de relever la tête.

« De l'autre côté de cette falaise, les nains vont se casser le nez sur la Grande Porte du royaume de l'est, fit Pimprenouche en tapotant du bout du doigt le dépliant fatigué. Ils sont exactement aussi sots que prévu. Pour entrer en douce quelque part, le passage le moins pertinent est bien la porte principale avec ses gardes, ses verrous, ses alarmes et ses molosses. Nous les verrons repasser par ici bientôt. Quels veaux !

— Et ils ne sont même pas comestibles », gémit Pétrol'Kiwi.

Les deux fées se hissèrent cependant, tant bien que mal, au sommet du contrefort volcanique. De là, le sol tombait en piqué vers le fond d'une gorge étroite avant de remonter sur mille mètres de lave verticale. Une porte énorme, d'une bonne centaine de mètres de large et crénelée comme un orgue de fer, perçait le flanc du cratère. Dans la gorge défilait une armée de semi-ogres, une phalange colossale dont les rangs serrés étaient hérissés de lances. Elle arriva au pas cadencé devant le portail qui pivota sur lui-même en grinçant comme le tombeau d'un géant, couvrant les mugissements sourds des cors. Bouchesbées, les deux fées et le petit croque regardaient les oriflammes noir et or palpiter en rythme au-dessus des casques d'acier. De là où elles s'étaient embusquées, elles pouvaient aussi voir

Gafton, son gros copain et Dupoisson. Ceux-ci, allongés sur l'extrême bord du contrefort, paraissaient fascinés par le spectacle.

« Euh, chuchota Pimprenouche, le gros nain, s'il continue à se pencher, il va… Oh, non ! C'est pas possible ! »

Le plus gros des deux nains venait de piquer du nez droit dans la gorge, sous le regard d'environ deux mille soldats en arme.

« Mais c'est pas possible, bégayait Pimprenouche. Non mais tu y crois, toi ? »

Pimprenouche se tourna vers Pétrol'Kiwi : celle-ci avait enfoncé son visage dans l'espèce de mâchefer qui recouvrait le sol et son dos était secoué de spasmes.

« Exc-cuse moi, hoqueta-t-elle en relevant un visage meurtri, barbouillé de poussière et de larmes, c'est… c'est les nerfs ! »

Quand elles eurent fini de rire, elles réemboîtèrent le pas des nains qui reprenaient leur marche lente, droit vers le sud cette fois, le long de la paroi du cratère.

« Bon sang, j'aimerais pourtant bien savoir comment ils s'en sont sortis, marmonnait Pétrol'Kiwi en dérapant sur la lave glissante.

— Té, fit Pimprenouche sur un ton philosophique, ils portent des capes elfiques qui les rendent invisibles et puis ce sont des héros, eux. Ils ne risquent pas de prendre un mauvais coup, eux. Nulle part, d'ailleurs. Chouchous, va ! »

Elle cracha par terre et remonta son sac d'un coup d'épaule en grommelant des injures indistinctes.

***

Dès avant le soir, le paysage reprit du gonflant. Les arêtes d'obsidienne rentrèrent sous terre, laquelle se couvrit de verdure, et la brume tenace fondit enfin. Seul le ciel restait noirâtre et vaguement tonnant. Au bivouac, Pimprenouche scruta sa carte et donna un coup de coude enthousiaste dans les côtes de Pétrol'Kiwi.

« Tu vois ces cartouches, là ? lui expliqua-t-elle.

— Oui mais aïe !

— Les chardons, c'est mauvais signe. Les bleuets, c'est bon signe. Tu vois, les marais à cadavres, c'est du trois chardons. Eh bien, le pays que nous allons traverser dès demain, c'est du deux bleuets !

— Ça signifie que le service hôtelier y est raffiné ? grimaça Pétrol'Kiwi en massant son flanc maigre.

— Ne sois pas stupide, s'agaça Pimprenouche. Ça signifie qu'il y a de l'eau potable, peu d'animaux venimeux et que le climat n'est que rarement extrême. Bonne bille, c'est même du deux pattes ! Abondance de gibier de moyenne élevée ! Oh oui, une petite brochette de cailles…

— Pour ce soir, c'est bouillie d'orties et pousses fraîches de pissenlit, la coupa Pétrol'Kiwi. Et c'est toujours mieux que ce qui est prévu pour demain matin.

— C'est-à-dire ?

— Rien. »

***

Le pays au large du cratère était verdoyant, frais et touffu, parcouru de rivières limpides dans lesquelles le poisson, suicidaire, sautillait gaiement. Les fées se gavèrent de filets crus et d'œufs oranges qui collaient à leurs doigts. Elles se remplirent d'eau fraîche comme lors d'un lendemain de cuite, se baignèrent dans des mares glacées en pariant trois anguilles à qui en sortirait la plus violette, et réussirent même à pousser Rtoutitou à la baille. Le petit croque bouda une nuit entière parce que les fées, en pleine euphorie, furent incapables, malgré tous leurs efforts, de lui présenter des excuses sans glousser. Bien sûr, il y avait encore des ruines de pierre grise sur lesquelles siestaient de longues vipères dorées, et la lumière était triste comme une ampoule dénudée couverte de poussière et de chiures de mouches au bout d'un fil rouillé dans un vieil appentis à l'abandon au fond d'un jardin d'orties. Mais il y avait aussi des champs affriolants de girolles et des rondes de beaux cèpes charnus. Pimprenouche apprit à ses dépens la différence entre le bolet simple et le bolet satan, dont les plaies virent au bleu et qui fout la chiasse.

La nuit, étendues les bras en croix sous une grande lune amicale, les deux fées divaguaient tranquillement en écoutant leur estomac digérer. Elles parlaient de la sénescence de Bas-Bord, de son vieux soleil dépressif, de ses innombrables ruines que personne ne songeait à relever ; des cultures croques, elfes, naines et semi-ogres dont Pimprenouche ne pensait que du mal ; de la bêtise comparée des nains et des quêtes ; et, surtout, de leurs réserves de sel qui diminuaient. Puis elles s'endormaient au beau milieu d'une phrase et se mettaient à ronfler exactement au même moment. Roulé en une toute petite boule noire, Rtoutitou veillait.

« Ils se sont arrêtés dans une clairière de sable, dit Pimprenouche, l'œil collé à la longue-vue. Le gros nain a dépecé deux lièvres et il mitonne un de ces civets, dis donc ! »

Elle soupira, replia la lunette.

« Bon, je vais préparer des cailloux au miel. Ça nous fera patienter. »

Il y eut un roucoulement d'oiseau, long et sonore, qui fit tressaillir les trois compagnons.

« C'est un faisan qui se prend pour un engoulevent, ça ? Ou simplement un faisan mal imité ? murmura Pétrol'Kiwi. Rtoutitou, trouve-nous un abri. »

Le petit croque les mena prestement en haut d'un cèdre bleu. De là, Pétrol'Kiwi repéra une bonne dizaine de pisteurs semi-ogres, encapuchonnés de cuir noir et armés de grands arcs. Les nains, complètement cernés mais paisiblement ignares, jetaient des herbes aromatiques dans leur chaudron fumant.

« Ça me paraît étrange, murmura Pimprenouche en grattant ses mains pleines de résine. Tout ça pour deux nains ? Il doit y avoir une autre raison à la présence de ces soldats. »

Un long mugissement lui répondit. Elle faucha la longue-vue que tenait Pétrol'Kiwi, la braqua loin au-dessus des nains :

« Des énéfants ! Ce sont des énéfants ! Un troupeau d'énéfants ! Waou !

— Fais voir ! » Pétrol'Kiwi lui arracha la longue-vue. « Des énéfants, ça ? Ça a les oreilles pointues, un énéfant. Et poilues.

— Bast, c'est la variante bas-bordienne. Réputée pour ses quatre défenses et son sale caractère.

— Ils sont harnachés comme des épouvantails à gragons, en tout cas. Tu as vu ça ?

— Je ne vois pas comment, grommela Pimprenouche.

— Un plein panier de guerriers sur le dos, du barbelé autour des défenses, des bracelets à pointes aux quatre pattes, mazette ! Ils sont accompagnés de fantassins semi-ogres à turbans munis de lances. A mon avis, ces gens-là ne viennent pas acheter des bibelots en moules peintes. Et tu as foutu de la résine plein la longue-vue. Oh ! Les archers semi-ogres viennent d'attaquer les énéfants ! A une tonne contre cent kilos, ils sont gonflés. Oh la la ! Oh ! Oh la !

— Mais quoi ? s'impatienta Pimprenouche.

— Un énéfant blessé vient juste de s'effondrer. Devine où ?

— Dans la marmite des nains, soupira Pimprenouche.

— Gagné. » Pétrol'Kiwi rabaissa la longue-vue. « Quand une armée passe, c'est sur leur nappe de pique-nique ; quand un escadron tend une embuscade, c'est dans leur panier à provisions ; et quand un énéfant agonise, c'est au fond de leur gobelet. Pauvres gars.

— Rends-moi cette longue-vue !

— Je peux pas, c'est tout collé ! »

Les deux fées prirent le temps d'avaler le civet de lièvre que les nains avaient laissé en plan. Puis, tandis qu'une nuit somptueuse s'étendait sur la forêt, elles suivirent Rtoutitou le long d'une pente abrupte qui montait entre d'immenses mélèzes. Après plusieurs heures, elles parvinrent enfin au sommet du raidillon : le paysage s'ouvrit brusquement devant elles, gigantesque. Sous une pleine lune écrasante, des montagnes aiguës couvertes de conifères argentés alternaient avec des gorges vertigineuses, remplies d'eaux et d'ombres. Les longues barbes des cascades écumaient sur d'épais cols sylvestres. Sans mot dire, Pétrol'Kiwi s'assit et admira. Moins contemplative, Pimprenouche scruta à la lorgnette les replis obscurs de la crevasse qu'elles surplombaient :

« Je compte une bonne dizaine d'archers à capuchon embusqués un peu plus bas, arcs bandés. »

Elle s'avança vers le bord, se pencha :

« Et je compte un seul Dupoisson au bout de leur ligne de tir. Bon sang, ce crevard vient de pêcher une carpe et il est en train de l'assommer avec un enthousiasme qui fait peine à voir. »

Pétrol'Kiwi s'approcha à quatre pattes du rebord, risqua son nez au-dessus du gouffre : cinquante mètres plus bas, à travers une brume de gouttelettes, elle vit Dupoisson. Accroupi sur un rocher au milieu d'un petit lac rond et noir, il semblait battre la mesure sur la pierre avec son poing tout en frétillant de l'arrière-train. Un cercle de chutes d'eau tendait des voiles blancs autour de lui. Sa chanson aigrelette, fausse et joyeuse, montait jusqu'aux oreilles de la fée.

« Ce garçon est contaminé, murmura-t-elle.

— Tiens ? Les archers détendent leurs arcs, commenta Pimprenouche. Et voilà Gafton qui parlemente avec Dupoisson. »

Comme elle se penchait de plus en plus, Rtoutitou la tira brusquement en arrière. Pimprenouche faillit s'énerver, parut réfléchir, puis remballa sagement sa longue-vue et se mit à couvert.

« Notre croque a raison, fit-elle en s'asseyant près de Pétrol'Kiwi. Ces archers sont des gars du cru qui connaissent chaque arbre. Je faisais une cible parfaite.

— C'est une chance qu'ils ne nous aient pas encore repérés, dit Pétrol'Kiwi.

— Tu veux rire ? Ils savent où nous sommes, combien nous sommes et le nombre de nos couteaux. Ce qui me va très bien. Vivement qu'ils nous capturent.

— Moi aussi j'ai faim, mais quand même », soupira Pétrol'Kiwi. Pimprenouche sourit : « A ton avis, où ce genre de guérilleros niche-t-il ? Dans des igloos ? Là où on fait sa guerre, on se loge. Ici, c'est de la montagne. Et qui dit montagne dit cavernes. Oh oui, gémit Pimprenouche en tâtant son ventre creux, une bonne caverne aux murs bien épais. »

Son crâne sonna quand un manche de hache s'abattit dessus. Ce que voyant, Pétrol'Kiwi et Rtoutitou se jetèrent à plat ventre avec une bonne volonté qui étonna un peu leurs assaillants.

***

Université de Magie, Bibliothèque universitaire.

Emmurée derrière trois monticules de grimoires poussiéreux, le menton dans les mains, Babine-Babine rêvassait. L'elfe noir, suspendu par les pieds à une des échelles roulantes, se faisait les ongles de la main droite avec ceux de la main gauche.

Trois fois qu'il recommençait.

Ses ongles étaient désespérément propres.

D'ici peu, ils allaient tomber.

« Qu'est-ce qu'on attend ? gémit-il.

— La fin de ma post-cure, dodelina Babine-Babine.

— Et après ?

— Nous allons là où les fées commencent leurs quêtes : à la grande bibliothèque de Tirlite, en Bas-Bord.

— Encore une bibliothèque ? geignit Moudubas.

— Elève Babine ! fit une grosse voix qui résonna entre les rayonnages silencieux comme un pet gras dans un bénitier.

— Recteurteur ! » aboya Babine-Babine en retour. L'air coliqueux, elle repoussa en arrière sa lourde chaise de lectrice et quitta à grands pas l'ombre cirée.

Cinq minutes plus tard, elle sortait du bureau du Recteur, les oreilles tintinnabulant d'insultes choisies, un quitus fraîchement tamponné entre les doigts.

Elle était libre.

Un démon à forme immobilière

La grotte dans laquelle les archers semi-ogres avaient enfermé les deux fées et le petit croque s'avéra obscure et sentant l'humide. Elle ne le resta pas longtemps : Pétrol'Kiwi lança une boule de lumière éternelle, Pimprenouche avala un sachet d'aspypliprane gazotée et elles invoquèrent une énorme dinde fumante, avec des patates.

Tout en rongeant une cuisse, Pétrol'Kiwi fit le tour de la geôle : elle était encombrée de gros tonneaux d'huile. Il y avait aussi des piles de couvertures elfiques, des pièces d'armure en cuir brun garnies de ferrures blanches, six seaux cerclés de bronze empilés l'un dans l'autre, une caisse de gobelets en étain martelé et quelques…

« O ma douleur, murmura la fée. »

Elle se retourna : assis en tailleur sur le sol de terre battue, Pimprenouche s'empiffrait et Rtoutitou bâfrait carrément, le visage enfoncé jusqu'aux yeux dans la carcasse de la dinde. Pétrol'Kiwi fit un signe véhément à Pimprenouche qui agita un sourcil, grimaça et se résigna à se lever, sans lâcher son os.

« Tu étais au courant ? demanda Pétrol'Kiwi à mi-voix en tendant son pilon vers ce qu'elle venait de trouver au fond d'un grand panier d'osier. C'est ce que je pense ? »

Pimprenouche avait arrêté de mâcher.

« Artisanat local », maugréa-t-elle. Elle attrapa une couverture elfique, la jeta sur le panier et retourna s'asseoir près de Rtoutitou. Pétrol'Kiwi fit de même. Sans mot dire, elles posèrent devant elles leur pilon inachevé. Rtoutitou sortit son affreux petit blair de la carcasse et regarda les deux morceaux de dinde abandonnés dans la gadoue.

« Hougnenfougnéhu ?

— Non, firent les deux fées en chœur.

— Tu peux finir », ajouta Pétrol'Kiwi.

Rtoutitou croqua les deux pilons en même temps, bouillasse comprise. Un bruit de pas se fit entendre dans la galerie qui menait à leur grotte ; Pimprenouche claqua des doigts et les reliefs de leur repas disparurent. Les deux fées se levèrent en même temps avec le même visage décomposé, le même teint d'indigestion, et toisèrent en silence le grand semi-ogre qui venait d'entrer.

Large, sale, blond, mal rasé et tout de cuir vétuste vêtu, le guerrier puait à dix pas. Il montrait des yeux glaireux de fatigue et des dessous d'yeux rouges d'épuisement. C'est cet état pathétique qui dissuada Pétrol'Kiwi de lui balancer, sans sommation, un missile magique dans le sternum. Ignorant des risques qu'il courait, le semi-ogre promena un regard d'huître sur le trio étrange qui se tenait devant lui. De toute évidence, que deux probables elfes marchent aux côtés d'un croque confirmé le dépassait, mais pas plus que tout le reste.

Puis il fixa un point au-dessus de la tête des fées, qui levèrent la leur. La boule de lumière éternelle palpitait au plafond.

« Et merde. »

D'une pichenette, Pimprenouche envoya le semi-ogre dans le bain suave d'un sommeil enchanté. Il chut dans les bras de Pétrol'Kiwi qui l'allongea par terre.

« Nous sommes trop bonnes avec ces taxidermistes, grommela-t-elle. Reste à retrouver notre barda puis nos deux nains, qui sont sûrement prisonniers au même titre que nous et au même endroit, et à ficher le camp d'ici. (Elle claqua des mains, déclenchant une petite averse locale de pétillements bleutés :) Passe-muraille ! Rtoutitou, grimpe sur mon dos. Et ferme les yeux. »

Les deux fées s'enfoncèrent dans la roche noire de la grotte comme dans du beurre.

Marcher dans les murs n'est pas une partie de plaisir, ni forcément une bonne affaire. L'obscurité y est totale, sauf quand on émerge accidentellement de la paroi, ce qui arrive souvent et, parfois, au pire endroit. La seule tactique à peu près efficace consiste à sortir une main du mur, pour sentir l'air frais, et à le longer à tâtons, comme un aveugle, en espérant que personne ne remarquera ce drôle de crabe vertical.

Pétrol'Kiwi tendit un bras à l'aveuglette, fit un pas, sentit de l'air au bout de ses doigts, replia son bras, fit encore un pas et glissa deux yeux et un nez à l'air libre : rien. Obscurité, relents d'humus et de conserves. Il s'agissait probablement d'une autre réserve. Elle se renfonça dans le mur, tendit le bras sur sa droite, fit un quart de tour, avança prudemment. Pimprenouche, qui avait agrippé une de ses épaules par-derrière, la suivait servilement. Rtoutitou, horrifié de claustrophobie, avait niché son visage dans ses cheveux et gémissait doucement. A la chaleur humide qui envahit son dos, Pétrol'Kiwi estima qu'il venait de pisser de trouille. Elle sentit encore de l'air au bout de ses doigts : cette fois, il s'agissait d'un couloir, vaguement éclairé par des torches. Les deux fées le suivirent un instant à l'air libre, se réfugièrent dans la roche en entendant approcher de nombreux bruits de pas. Pétrol'Kiwi compta jusqu'à vingt, puis sortit son visage : elle reconnut, de dos, les deux nains et Dupoisson, lourdement encadrés par une bonne dizaine de semi-ogres. Elle émergea dans le couloir et claqua des doigts : le sort d'invisibilité fit son effet juste au moment où l'un des guerriers, en queue de cortège, se retournait avec un air suspicieux. Il grimaça, fit quelques pas en arrière, scruta le couloir vide, renifla avec insistance, haussa les épaules et rejoignit les autres. La troupe disparut à un tournant. Pétrol'Kiwi poussa un soupir : elle devait, en plus du reste, puer la pisse croque à vingt mètres.

« Rtoutitou, tête d'ampoule ! Tu ne veux pas me faire un peu confiance, de temps en temps ? »

La réponse du petit croque se perdit dans les cheveux de la fée.

***

« Le problème est que, si nous restons dans ces grottes, nous perdons les nains et si nous les quittons, nous perdons la vie », dit Pétrol'Kiwi tout en remplissant son sac de provisions fraîchement incantées. Pimprenouche, de son côté, scrutait sa carte avec l'aide de Rtoutitou. Les deux fées et le croque, après avoir vu les deux nains quitter les cavernes sous bonne escorte et en criant beaucoup, s'étaient réfugiés dans un quelconque entrepôt souterrain et s'équipaient pour une sortie de grotte périlleuse.

« *A priori*, fit Pimprenouche, d'après mes calculs et ceux de Rtoutitou, nous sommes là. On peut supposer que les archers ont emmené les nains là, ou là, ou même là. Et on peut décider qu'on s'en fout. Car nous ne sommes, ô stupéfaction, plus très loin de la bibliothèque.

— Tu préfères aller à la bibliothèque plutôt que de continuer à suivre les nains ? grimaça Pétrol'Kiwi.

— C'est toi qui décides, je te le rappelle, rappela Pimprenouche. Pour aller à la bibliothèque, il suffit que nous remontions jusqu'ici, que nous traversions ce fleuve, cette plaine, et voilà. Le problème… le problème est que, d'après les gestes de Rtoutitou, c'est une très mauvaise idée. Sa façon de se passer la main sous la gorge m'inquiète. D'autant plus que j'ai l'impression que nous avons croisé, en chemin, un nombre exceptionnel d'armées et d'escouades. Exceptionnel, même pour Bas-Bord. Tu trouves ça normal, toi, qu'il y ait des soldats partout ? J'ai quand même la sensation que la situation géopolitique bas-bordienne nous dépasse un peu.

— Et moi, fit Pétrol'Kiwi en regardant autour d'elle, j'ai la sensation que nous sommes dans notre ancienne geôle. » Son regard se posa sur le panier d'osier, à demi recouvert par le pan gris de la couverture elfique. Elle jeta un coup d'œil à Pimprenouche : celle-ci fixait la même chose.

« Ça sert à quoi, à ton avis, ces… bibelots ? Vide-poches ? Crachoirs ?

— Cendriers, ricana Pimprenouche.

— Eh bien, mon pauvre Rtoutitou, soupira Pétrol'Kiwi.

— Fougni ?

— Non, rien. »

***

Les deux fées utilisèrent une technique éculée : elles attendirent la nuit, versèrent de l'huile de piume enshitée dans la marmite des semi-ogres, puis filèrent le plus vite et le plus loin possible. Rtoutitou les mena à un train d'enfer dans les sous-bois glacés. Anxieux, tendu, il s'arrêtait parfois pour écouter, reniflait dans toutes les directions ou grimpait à un arbre à la vitesse d'un chat mouillé, puis les entraînait toujours plus loin, toujours plus vite, dans des directions surprenantes. De temps en temps, elles croisaient une flèche plantée dans un tronc, un casque abandonné en train de pourrir ou un squelette effondré, encore en arme. Le trio passa plusieurs heures à marcher à contre-courant dans un ruisseau de fonte, les cuisses durcies par l'eau glacée.

« Fournedondaine, les archers semi-ogres ont-ils donc des chiens de chasse ? se plaignit Pétrol'Kiwi en claquant des dents.

— Non, ce sont les croques qui ont un nez, répondit Pimprenouche.

— Oh. Tu penses que…

— … que nous sommes pile sur la ligne de front d'une grande conflagration croques-semi-ogres ? Oui. A suivre les nains, où voulais-tu que nous atterrissions ?

— Au temps pour moi », grommela Pétrol'Kiwi.

Un peu plus tard, Rtoutitou leur accorda une pause. Assises sur un lit d'aiguilles de pin, haletantes et défaites, les deux fées se gavèrent de pignons frais et d'eau glacée. De grandes balafres de résine leur froissaient le visage et leur plissaient les mains.

« Qu'a-t-il pu se passer entre les croques et les semi-ogres pour qu'ils se haïssent à ce point ? fit Pétrol'Kiwi en recrachant des bouts de coquille violette.

— Les mâles sont comme ça, répondit Pimprenouche. Ne me demande pas pourquoi, eux-mêmes sont incapables de l'expliquer. Ils appellent ça des “pulsions”. Ça doit être quelque chose.

— Oh, tabasser quelqu'un par pur plaisir, je peux comprendre. Et le coup du respect de l'adversaire, je sais bien que ce sont des fadaises qu'inventent les perdants pour sauver un bout de leur peau. » Pétrol'Kiwi secoua la tête. « Mais quand même, faire des cendriers en pied d'ennemi, franchement, alors là, jamais j'aurais eu l'idée.

— C'est ça, les pulsions, sentencia Pimprenouche. Inexplicable. Et insondable. »

Elle se renversa en arrière, contre le tronc poisseux d'un sapin, dans un vertige de fatigue.

***

Le trio avançait toujours, dans un pays de plus en plus défolié par la guerre. Sur les brûlis se tordaient de pauvres restes d'arbres et les épineux qui s'en nourrissaient. La lumière en eau de vaisselle coulait tristement par-dessus des ossements de semi-ogres, de croques et de villages, semés de loin en loin sur l'herbe grise. Les deux fées et leur guide voyageaient un peu de jour, beaucoup de nuit, se terraient le reste du temps dans les ruines qu'ils trouvaient et qu'ils partageaient souvent avec les restes des propriétaires précédents. Grâce au flair de Rtoutitou, ils passèrent maintes fois à deux pas de bien mauvaises rencontres, et ces deux pas suffirent. Mais une terreur sombre infectait le pays, leur minait le moral et le corps. Leur marche arythmique était épuisante, semblait sans fin, sans issue et sans raison.

Un matin, alors qu'à l'abri d'un ossuaire en ruines, elle finissait de ménager sa couche dans un parterre de fémurs verdâtres, Pétrol'Kiwi se mit à pleurer comme on pisse. Les larmes coulaient sur son visage maigre, sans un sanglot, tandis qu'elle ôtait ses chaussures, pansait ses pieds à la lumière chiche de l'aube, désinfectait une mauvaise gale qu'elle avait sur la nuque et passait de la graisse sur ses lèvres crevassées.

« Pose-toi un peu, Pétrol, dit doucement Pimprenouche.

— Hm ?

— Tu es au courant que tu chiales comme un veau dépressif ?

— Ah ? Oui, tiens. Oui, en effet. J'en ai marre, quoi. »

Pétrol'Kiwi, un crâne dans la main gauche et un tube de lait concentré sucré dans la main droite, s'assit dos au mur, parmi les cendres.

« J'en ai marre. » Elle lança le crâne devant elle ; il roula tristement le long d'un tibia fêlé. « J'en ai marre de ce putain d'ongle incarné, de cette tendinite au genou, de ce torticolis qui ne passe pas. (Elle se serra elle-même dans ses propres bras :) Marre d'avoir froid au bout des oreilles, du nez et des doigts, marre d'avoir peur au moindre bruit, marre de ce pays lugubre, marre de cette lumière de cave qui me tue les yeux et me fout la conjonctivite ! Marre de ne pas pouvoir m'arrêter cinq minutes pour souffler, ou me laver au moins les endroits stratégiques, ou dormir en paix deux bonnes heures de suite sans punaise dans le slip, et puis marre d'avoir des poux et des puces, les cheveux qui grattent et les dents qui raccrochent ! (Sa voix dérapa dans les aigus. Elle se moucha sur sa manche, toussa, se torcha le nez et reprit de plus belle :) En plus, j'en ai marre de ce lait sucré écœurant que je suis bien obligée d'avaler pour avoir ma ration de calories. (Elle secoua la tête, éparpillant de l'eau de larmes un peu partout. Elle hoqueta :) Ce n'était pas une bonne idée, de repiquer aux sortilèges dans la caverne des archers. A chaque fois, j'ai un peu plus de mal à m'arrêter.

— Tais-toi, soupira Pimprenouche en tombant assise devant elle, sinon je vais tourner liquide, moi aussi.

— As-tu aperçu la tronche des nains, quand les archers les ont emmenés ? continua Pétrol'Kiwi d'une voix de plus en plus étranglée. Te souviens-tu comment était Gafton, la première fois que nous l'avons vu sous les arbres de Nabotland ? Des yeux de ravi, une peau de pucelle, des joues comme les bébés rêvent d'avoir les fesses et maintenant ? On dirait son grand-père ! La lune est plus bronzée ! Et il a un regard de fosse à purin ! Obscur, et habité par des choses qui ne méritent pas d'être éclairées. C'est un enfer, ce pays ! Un enfer. »

Elle se tut et baissa le nez vers le sol, entre ses deux genoux écartés. Au bout de ses doigts, le tube de lait concentré gouttait tristement. Enjambant les ossements, Rtoutitou vint s'accroupir près d'elle. Il leva doucement sa petite main boursouflée et caressa la joue de la fée. Celle-ci passa un bras autour de son cou et tâcha, assez pauvrement, de lui sourire :

« Mon brave petit gars, va. Un pays qui pond quelqu'un comme toi ne peut pas être entièrement mauvais, tiens. Au fait, tu ne cherches plus ton borogove, toi ?

— Hugna. »

Alors, Pétrol'Kiwi bafouilla :

« C'est la chose la plus sympa qu'on m'ait jamais dite », et fondit en larmes dans sa paume poisseuse de sucre, le petit croque niché au creux de son coude. Pimprenouche les regarda un long moment tandis que le jour turpide emplissait le sépulcre, puis considéra tout aussi longuement ses mains grises de poussière. Envahie par un sentiment de profonde inutilité, les tripes chiffonnées, elle but un coup d'eau saumâtre à sa gourde et alla se rouler en boule dans un coin, parmi les humérus blanchis. Elle posa sa tête sur son bras replié, grimaça parce que l'os de son coude lui rentrait dans la tempe, se demanda si elle n'allait pas essayer de pleurer à son tour et s'endormit comme une pierre tombe au fond d'un puits.

***

Au crépuscule, après une bonne journée de sommeil, Pétrol'Kiwi allait mieux. Pimprenouche, par contre, semblait soucieuse.

« Dis-moi, Pétrol, demanda-t-elle en bouclant son sac. Tu ne penses pas que… Je veux dire, ton coup de mou de tout à l'heure…

— Oui, j'ai fait ma fille, ce matin. Désolée si ça t'a gênée.

— Euh… non ! Non, pas du tout. Faire la fille, c'est très bien. Mais il y a d'autres moyens que de pleurer un coup, non ?

— Hm ?

— Je n'ai rien contre les larmes, attention ! se récria Pimprenouche. Très bonnes choses, les larmes. Evacuent l'adrénaline, normalisent la tension, parfait. Mais, eh bien…

— Tu préférerais que je tire un coup, c'est ça ? sourit Pétrol'Kiwi en roulant sa couverture.

— Eh bien je me disais qu'au niveau hormonal, une activité sexuelle régulière pourrait nous aider à…

— Tu peux crever », continua à sourire Pétrol'Kiwi. Pimprenouche hissa son sac sur ses épaules en prenant un air fataliste :

« Comme tu veux, renifla-t-elle. Mais permets-moi de te dire que je te trouve bien sectaire.

— Et moi, je te trouve bien opportuniste, siffla Pétrol'Kiwi en sortant de leur abri ruiné pour retrouver la lumière crayeuse de la prairie.

— Il n'y a aucun mal à vouloir se faire du bien, grommela Pimprenouche en sortant à son tour. En tout cas, ça ne coûtait rien d'essayer.

— Ce que tu viens de faire, c'est d'essayer de profiter de ma détresse psychique, rigola Pétrol'Kiwi. As-tu bien conscience que c'est mal ?

— Dis-moi, demanda Pimprenouche à mi-voix en s'approchant d'elle, puis-je savoir ce que Rtoutitou t'a dit, ce matin, pour que ça te fasse cet effet-là ?

— Il m'a dit qu'il s'occuperait de son borogove plus tard, quand je n'aurai plus besoin de lui. Lorsque tu sais ce qu'est un borogove et le prix qu'on peut y attacher…

— Et justement, un borogove, qu'est-ce que c'est ? »

Pétrol'Kiwi lança un regard indéchiffrable à Pimprenouche :

« Un borogove ? C'est smouale. »

Elle tourna le dos et reprit sa marche, sur les pas de Rtoutitou.

« Ah ? dit Pimprenouche. Pour le coup, marmonna-t-elle, je crois bien que je me sens rejetée, exclue, mal-aimée, jalouse, et que j'ai très envie de faire un coup pendable à ces deux-là pour me venger de façon éclatante de leur entente cordiale. »

Etant plusieurs fois millénaires, la fée réfléchit un peu au problème et comprit qu'elle faisait une petite crise d'allergie à la solitude (cette vieille tique) doublée d'un accès de vexation. Elle décida alors qu'il valait mieux qu'elle ferme le guichet du narcisse déçu pour convoquer au bureau de ses fantasmes la jolie Pissaladière. Ce genre de rêverie l'occupa un bon bout de chemin, et elle souriait de ses dents jaunes.

***

Le trio parvint aux abords d'un fleuve et s'embusqua derrière un reste de maçonnerie, probablement un ancien moulin. Au loin, sur le fleuve même, brûlait une immense cité. Aucune des deux fées n'en avait jamais vu de si grande, ni si abîmée. A l'aide de leur longue-vue, elles scrutèrent un entrelacs incroyable de rues, de ponts, d'arches, de bâtisses autrefois colossales et maintenant réduites à une mince dentelle de pierre. Des façades de colonnades boiteuses parvenaient encore à soutenir des dômes aussi fragmentaires que des coquilles d'œuf dur. Dans cette carcasse on se battait, à grands coups d'épée et à grands cris, entre semi-ogres et croques. Qu'il restât encore quelque chose à brûler était incroyable mais vrai, et de longs serpents de fumée se dispersaient dans le ciel gris. Projetés depuis quelque arsenal situé plus loin sur la rive, des boulets finissaient d'écrêter la cité.

« Elle a eu un nom, cette ruine ? murmura Pétrol'Kiwi à Pimprenouche en lui repassant la longue-vue.

— L'os-iliaque. »

Pétrol'Kiwi jeta un regard pesant à Pimprenouche, qui répéta :

« L'os-iliaque. Ce n'est pas de ma faute. En face, sur l'autre bord, expliqua-t-elle en se tournant, au bout de la plaine que tu vois là-bas, au pied de la montagne, c'est Tirlite, une ville semi-ogre. La ville où se trouve notre bibliothèque.

— Tirlite, marmonna Pétrol'Kiwi en scrutant les confins souillés de brume.

— Et sa jumelle croque, qui est située de notre côté du fleuve et carrément construite contre le cratère de lave, est nommée Turlute, continua Pimprenouche. Du moins, c'était les noms que les fées leur donnaient, dérivés des sonorités indigènes. Dans le guide, elles s'appellent, attends… (Elle feuilleta les lambeaux de son livre :) "La perle du fleuve" et "La perle des montagnes". Les cités blanches, les cités jumelles. Bon sang, ça fait de la peine, conclut-elle en revissant la longue-vue à son œil. Je me demande quand même ce que nous faisons là. Rtoutitou nous a-t-il emmenées sur la piste des nains ou dans la direction de la bibliothèque ?

— Hélas, soupira Pétrol'Kiwi, c'est le même chemin. Car les nains sont ici. Je viens de les voir entrer dans… l'os-iliaque, disais-tu ? Sous bonne escorte d'archers semi-ogres. Kerzut ! Devine qui va là ? »

Les deux fées, qui avaient du flair éthéré, réagirent en même temps : elles tournèrent leur regard vers le ciel tout en enfonçant leurs doigts dans leurs oreilles puis se jetèrent contre le sol, les dents serrées. Plein est, l'immense silhouette du serpent ailé émergeait de la crasse infrangible qui encombrait l'horizon, précédé du mugissement suraigu de son cavalier.

***

« Je n'ai encore rien compris, grommelait Pétrol'Kiwi. Le cavalier champion du contre-ut débarque en fanfare, ça fait six mois qu'il traque Gafton comme un fou, il a déjà crevé six chevaux à sa poursuite, il tombe sur lui à découvert et le voilà qui s'en repart les serres vides. Là-dessus, et alors que les archers gardaient les nains, depuis des jours, plus précieusement que leurs coucougnettes, ils les relâchent avec des courbettes.

— Les archers ont dû comprendre qu'il valait mieux avoir les nains à la bonne qu'à leurs côtés, ricana Pimprenouche. Quant au cavalier, je crois que ce qui l'a déconcentré, c'est la flèche que son serpent à plumes s'est prise dans l'œil. Ça ruine une partie de chasse, ces incidents-là. Es-tu certaine de ne pas vouloir faire un tour à la bibliothèque de Tirlite ?

— Sûre et certaine. Si, par extraordinaire, nous arrivions en vie de l'autre côté de ce champ de bataille, jamais Rtoutitou n'obtiendrait sa carte de lecteur. »

Sur les traces des nains, le trio se traîna à nouveau vers l'est, dans une forêt de résineux ravagée. Les arbres, brisés en deux, gisaient sur un linceul d'aiguilles. Le long de la paroi de lave noire qui écrasait l'horizon, le reflet orange des explosions volcaniques bavait, comme une soupe d'enfer prête à déborder.

***

« Fougni ! »

Rtoutitou, toujours raide de colère, balança dans le nez de Pétrol'Kiwi une feuille hâtivement gribouillée. Celle-ci la déplia tout en continuant à argumenter :

« C'est sûr, je comprends, ces escaliers de lave ne font pas envie, d'ailleurs on dirait plutôt une échelle de pompier bourré ou un mur d'entraînement à la varappe, tout ça pour réussir à pénétrer dans le cratère d'un volcan en activité, je comprends que ça te déplaise, mais tu n'es pas obligé de venir et, par pitié, cesse de sauter partout, Turlute est juste de l'autre côté de ce pauvre remblai et, au vu de la tronche des statues qui sont plantées à l'entrée, je suppute que le propriétaire a un sale caractère, ce ne serait pas une bonne idée d'attirer son attention, merci, c'est quoi, ça ? »

Pétrol'Kiwi ouvrait et fermait convulsivement les paupières, essayant de faire le point sur le papier crasseux qu'elle tenait. Battus jusqu'aux lèvres, ses yeux tremblaient autant que ses mains. Elle finit par percuter : Rtoutitou avait dessiné une énorme araignée, en plus laid.

« D'accord, continua Pétrol'Kiwi sur le même ton monocorde d'une voix lézardée par la soif, je comprends ce que tu essayes de me dire, que nous allons nous jeter droit dans les mandibules d'une mygale mutante qui nous attend en haut de cet escalier d'enfer, c'est bien ça ? Mais, par Thénogenèse, déesse frigide, que veux-tu que je fasse ? »

Pétrol'Kiwi tourna son regard éreinté vers la falaise noire le long de laquelle sinuait un escalier tortueux, succession de marches, d'échelles, d'espaliers et de corniches qui finissait par disparaître dans le ciel charbonneux. Elle rabaissa ses yeux sur le dessin :

« Tu me vois renonçant maintenant ? Ce fichu miroir maléfique me bat la cuisse depuis des mois, ce fichu objet sub-éthéré me titille la curiosité depuis autant de temps. Tu me vois lâchant tout et retournant benoîtement chez moi, pour assister à la fin de ton monde et du mien en comptant mes boutures de sureau ? Oui, en effet, si j'y réfléchissais, foutue pour foutue, ce pourrait être une option à envisager, mais je suis bien trop vannée pour réfléchir. Rentre chez toi, petit cœur, j'ai un suicide héroïque à commettre. Pour une immortelle, c'est de la gnognotte. »

Louchant d'épuisement, Pétrol'Kiwi posa la main sur la première prise au-dessus de la première marche de l'échelle de pierre. Pimprenouche suivit sans mot dire : elle dormait debout et n'avait rien compris à la conversation. L'escalier serpentait à l'infini, presque vertical, pour se perdre dans les nuées épaisses qui débordaient du cratère. Les nains étaient déjà hors de vue.

***

« Delinda, Delindadorelane… »

Adossée à la paroi noire, les yeux fermés, Pimprenouche chantonnait en boucle un petit fragment de chanson agaçant. La sueur diluait la crasse sur ses joues. Sous ses pieds ballants s'ouvraient cent mètres de vide au fond desquels miroitaient les lumières vertes de Turlute, la cité croque, comme une méduse étalée au fond d'une vasière obscure. Au-dessus de sa tête bouillonnaient les ténèbres du volcan. Son siège de lave n'était pas plus profond que son cul, à peine plus large et beaucoup moins confortable. Pétrol'Kiwi, accroupie à côté d'elle, gardait encore juste assez de lucidité pour râler.

« J'ai tellement maigri que je ne tiens plus assise, maugréa-t-elle. J'ai les os des fesses qui me piquent. »

Au-dessus et en dessous des deux fées s'étageait le vertigineux escalier de pierre. Pétrol'Kiwi risqua un œil en contrebas ; la vue lui coupa le commentaire. Un coup de vent glacé tourbillonna autour de sa tête, lui gifla les oreilles, sécha ses yeux rouges. Elle ne sentait plus ses pieds ni ses doigts, et très bien son estomac. Elle fit glisser son sac dans son dos, parvint à le ramener sur ses genoux, fouilla longuement avant de trouver une barre de céréales émiettée dans son sachet étanche. Elle eut beaucoup de peine à la mâcher. L'eau commençait à poser un problème cruel.

« Note, vu d'ici, c'est une aubaine, de ne pas avoir à pisser. J'imagine la tête que feraient les croques de Turlute. Tu m'écoutes ? »

Pimprenouche ne répondit pas. Ses yeux clos brûlaient et elle avait envie de vaumir de fatigue.

« Par ma bave, tu avais raison : que c'est chiant, une quête ! continua Pétrol'Kiwi. C'est physiquement pénible, intellectuellement pauvre et puis, c'est d'un ennui ! Et ça finit comment, en général ? Ah oui, tu me l'as déjà expliqué. Le héros survit, le comparse meurt, la Justice triomphe. Et après ? Ah oui ! Mon âme devient d'une beauté sans égale et je passe le restant de mes jours à… à frimer avec ma belle âme ou à me battre contre des moulins à vent ? Je n'ai pas bien compris ce point-là. »

De sa main maigre abandonnée sur son genou cagneux, Pimprenouche fit un petit geste d'impuissance épuisée.

« Bon, bougonna Pétrol'Kiwi, je suppose que je vais commencer par raconter mes exploits à mon entourage, que mon entourage va en avoir rapidement par-dessus la casquette, que je vais me sentir incomprise, devenir aigrie et, finalement, repartir sur les routes pour me désennuyer. »

Deuxième petit geste.

« Pas sur celles de Bas-Bord, en tout cas, ronchonna Pétrol'Kiwi de plus belle. Trop d'arbres morts.

— …

— Et pas assez de restaurants.

— …

— Mais mon entourage, ce sont essentiellement des feuillus et des ombellifères. Ça a une patience d'ange, ces créatures-là.

— …

— Je veux dire : si les anges étaient patients.

— Il y a moyen de dormir ? gémit Pimprenouche.

— Dis donc, la comparse, siffla Pétrol'Kiwi, ça ne t'angoisse pas, la perspective de mourir ?

— Suis immortelle, marmonna Pimprenouche.

— C'est bien ce que je disais. Les quêtes, c'est nul.

— Suis morte de fatigue, aussi.

— Je veux dire, pour aimer ça, il faut drôlement s'emmerder chez soi, continua Pétrol'Kiwi. Ou, tout simplement, aimer se vanter auprès des copains à la veillée.

— …

— Déjà, il faut avoir des copains. »

Pimprenouche piqua brusquement du nez vers l'avant, puis rejeta sa tête en arrière. Pétrol'Kiwi téta un peu d'eau croupie dans sa gourde moite.

« Si tu t'endors, Pimpin, tu risques de te réveiller vachement à plat.

— On t'a déjà poussée dans un puits de deux cents mètres de profondeur ? fit Pimprenouche sur un ton excédé.

— Tiens, bois un coup au lieu de dire des méchancetés. » Pétrol'Kiwi tendit sa gourde à sa voisine, qui la suçota sans entrain. « Mais même si j'avais des copains, tu imagines le récit, le soir au coin du feu ? "On a mis un pied devant l'autre dans des paysages de plus en plus moches, on a profité que nos voisins de devant étaient en danger de mort pour faucher leur dîner, on a drôlement eu faim mais, par contre, on ne s'est pas lavées souvent. C'est qu'il fallait voir le nombre de cadavres qu'il y avait au fond de la baignoire ! On a fait un seul truc drôle : une soirée défonce dans une grotte, avec des nains et une putain de smoke machine. Et, au fait ! Je t'ai ramené un cendrier." Enfin, tu imagines. »

Pétrol'Kiwi rattrapa Pimprenouche au moment où celle-ci plongeait dans le gouffre avec un ronflement déchirant. Un bruit de chute glissante les fit sursauter : sur leur gauche, au beau milieu de l'escalier de cauchemar, le gros nain dégringolait un peu plus vite qu'il ne le souhaitait. Il ne vit pas les fées, occupé qu'il était à sangloter à fendre l'âme.

Quand il fut hors de vue, les deux fées osèrent bouger. Pétrol'Kiwi ôta son bras de la taille de Pimprenouche et lâcha la saillie à laquelle elle s'était raccrochée. Pimprenouche se rafessa au fond de son siège de lave, l'œil injecté de sang mais grand ouvert.

« Que lui est-il arrivé, au gros ? demanda-t-elle d'une voix pâteuse.

— Gnihefon hanfeugné fougnéfa, répondit Rtoutitou qui était suspendu à la roche au-dessus de leurs têtes, comme un petit cloporte très habile.

— Ah, d'accord, machonna Pimprenouche. Le coup du traître. Dupoisson et le gros nain se sont brouillés pour les beaux yeux de Gafton, l'un des deux a perdu et s'est fait licencier. Le fidèle ami, bien sûr. Dupoisson étant conséquemment le traître, il va emmener Gafton droit dans les mandibules de la mygale XXL. Si je maîtrise bien la dynamique des quêtes, le gros nain va se rebiffer, remonter l'escalier et débarquer au dernier moment pour sauver Gafton. Il faut donc que nous nous pressions de reprendre l'ascension. Oh la la, qu'est-ce que je viens de dire ?

— Si tu te rendors, je te jette carrément en bas, grommela Pétrol'Kiwi. Ça m'évitera des angoisses. »

***

Le haut de l'escalier de lave s'enfonçait dans le labyrinthe le plus répugnant qui soit : les épaisseurs visqueuses de toile d'araignée dont il était tendu regorgeaient de petits cocons mortuaires, au sein desquels pourrissaient des cadavres d'oiseaux et de croques.

« On dirait une sorte de brioche aux pépites de chocolat, en plus dégueulasse », commenta Pimprenouche qui avait passé longtemps sans manger.

L'air, chargé de gaz de putréfaction, était presque irrespirable. Mais comme le tunnel était creusé dans la roche, les fées avaient incanté une bulle d'oxygène ainsi qu'un paillasson volant, une boule de lumière éternelle, un répulsif spécial araignées-blattes et trois hot-dogs, avec des frites et du soda. Depuis, elles trouvaient la balade délicieusement pittoresque. Elles slalomaient avec grâce d'un boyau puant à un autre boyau puant, fendant d'un trait de magie les hymens grisâtres qui obstruaient le conduit devant elles. Accroché au dos de Pétrol'Kiwi, Rtoutitou léchait la moutarde qui débordait de son bout de pain. Pimprenouche, elle, soufflait dans sa canette avec une paille pour faire des bulles. Pétrol'Kiwi, concentrée, suivait sans peine les traces du pauvre Gafton.

« Il s'est aventuré là-dedans tout seul, avec sa bite et son épée. Pauvre, pauvre gars. Il a dû patauger dans ces ossements gluants en paniquant comme un fou ! Pauvre, pauvre gamin. Là, il s'est pété la figure et là, il a dû prendre cette momie de pingouin sur le nez et là, oups ! »

D'un claquement de doigt, elle rompit les sorts, ce qui précipita le trio dans la soupe de toile et de déchets putréfiés qui garnissait le sol. Pimprenouche couina tandis que sa canette disparaissait d'entre ses doigts.

Rtoutitou, qui mâchait sa dernière bouchée de saucisse, se mordit la langue.

« Et là, continua Pétrol'Kiwi en essayant de respirer malgré la puanteur, c'est la sortie. »

***

« Alors le voilà », murmura Pétrol'Kiwi. Le trio était allongé dans une anfractuosité située au-dessus de la sortie du labyrinthe. Il n'y avait ni nain, ni Dupoisson, ni araignée géante en vue, mais Rtoutitou n'était pas d'accord avec cette opinion et trouvait plus prudent de ne pas bouger pour l'instant. Quant aux fées, elles étaient d'accord avec l'idée de rester allongées une douzaine d'heures. Depuis leur abri, la vue sur le cratère était imprenable.

De toute façon, personne n'en aurait voulu.

C'était une immense étendue de blocs de lave torturée, couverte de cendres et moutonnant de fumerolles brûlantes avec, comme des flaques de pointillés, les feux jaunes d'innombrables camps militaires croques. Deux géants dominaient ce désert asséché : un volcan en activité qui diffusait une épaisse lumière orange ainsi que cent tonnes de gaz délétères à la seconde et, derrière lui, une haute tour. Comme elle était cachée par les émanations du volcan, Pétrol'Kiwi ne distinguait pas bien sa silhouette mais son aura, d'un noir absolu, lui apparaissait très nettement.

« Le voilà, le Sub-éthéré, continua-t-elle. Et cette tour… Ce n'est pas son refuge, n'est-ce pas ?

— Non, c'est lui, confirma Pimprenouche. C'est lui. Il n'habite pas là : il *est* là. Il n'a pas forme humaine ou gragonnesque : il a forme immobilière ! Eh bien, c'est la première fois que je vois une, quoi ? incarnation pareille. Ça impressionne l'auditoire, certes, mais pour partir en guerre, ça manque de souplesse aux jointures.

— Bon, dit Pétrol'Kiwi, que faisons-nous ? Oui, je sais, c'est à moi de le dire. Ah, la voilà ! Beurk. »

Une énorme araignée noire, grande comme un char à bœufs, venait de jaillir du tunnel.

« Elle piste quelqu'un. Gafton ou Dupoisson, ou les deux », marmonna Pétrol'Kiwi.

L'araignée disparut en cliquetant au tournant du chemin. Car il y avait un chemin ; une faille ajourée d'escaliers qui serpentait entre les rochers sous le ciel très sombre.

Quelques minutes plus tard, ce fut au tour du gros nain de sortir en courant du tunnel. Il tenait à la main une épée bleue d'aura éthérée. Il disparut aussi après le tournant. Les deux fées s'entreregardèrent :

« Si nous étions des fées bien, dit Pétrol'Kiwi, nous retournerions dans le tunnel pour voir si ce pauvre Gafton n'est pas réduit à l'état de momie et pendu au plafond.

— Oh, berk, soupira Pimprenouche.

— Ah, bravo ! siffla Pétrol'Kiwi. Bel altruisme, beau courage, beau sens de la quête !

— Pétrol, cette bestiole fait partie de leur quête, pas de la nôtre.

— Et comment le sais-tu ? fit Pétrol'Kiwi avec une moue de mépris.

— Les quêtes aiment le risque, le sang et la souffrance. Or, si nous allions cueillir ce gros bébé poilu dans son tunnel, il te faudrait quoi, pour en venir à bout ? Un claquement de doigt ? Deux missiles magiques ? Trois secondes ?

— Hm, réfléchit Pétrol'Kiwi, mais alors, où est-elle, notre quête à nous ?

— Dans l'onglée, l'engelure, l'ampoule et la crampe d'estomac, répondit Pimprenouche. Dans la marche forcée, la déprime et la gorge desséchée. Pour l'instant. Compte sur la fourberie questuelle pour nous donner d'autres fils à tordre avant la fin. Je m'explique : l'objet sub-éthéré a causé toutes sortes de tracas aux nains et aux semi-ogres, non ?

— Si.

— Il a essayé de se signaler au Sub-éthéré par tous les moyens, il a dévoré la tête d'un semi-ogre et la santé de Gafton, il a essayé de se protéger. De se défendre. Et le nôtre ? Notre miroir ? Nous a-t-il enquiquinées une seule fois, depuis le début ? As-tu senti l'envie dévorante de te regarder dedans, as-tu rêvé de lui ou eu envie de m'étrangler afin de le garder pour toi toute seule ?

— Euh. » Pétrol'Kiwi porta machinalement la main à son flanc, contre lequel reposait le miroir dans son cocon d'étanchéité. « Non. Je l'avais presque oublié, celui-là.

— C'est ça qui m'inquiète, marmonna Pimprenouche. Qu'il n'ait même pas essayé de nous mettre sous son emprise. Ça signifie qu'il a l'intention de s'y prendre autrement pour se défendre, tu peux me croire.

— Et comment ?

— Si je le savais ! Nous aurions peut-être dû aller à la bibliothèque, finalement. L'ignorance tue. »

Pimprenouche posa son menton pointu dans ses mains en cornet et ferma ses yeux creusés. La lumière orange coulait sur son visage. Pétrol'Kiwi se pinça la racine du nez, fit un ultime effort pour relever la tête, se racler la gorge et cracher un épais glaviot noir de cendres volcaniques :

« Rtoutitou, si tu t'en sens le courage, tâche d'aller voir comment le gros nain s'en sort. »

***

Les deux nains, après avoir mis la pâtée à l'araignée, avaient choisi l'option la plus cauchemardesque : ils s'étaient habillés en guerriers croques et descendaient inexorablement vers le centre de l'arène de lave, titubant entre les fumerolles dans l'atmosphère toxique.

« Il fait chaud. Au moins, il fait chaud. On dira ce qu'on voudra, mais au moins, il fait chaud », ahanait Pimprenouche. Le trio s'était embusqué derrière une grosse coulure pétrifiée et regardait les nains progresser.

« Je veux dire, j'ai eu tellement froid tellement longtemps, continua Pimprenouche, qu'avant de mourir séchée comme du jambon, je savoure l'instant.

— Ces andouilles vont se faire embarquer par une escouade croque dans cinq minutes, la coupa Pétrol'Kiwi. Six à tout casser. Ça grouille de soldats, ici. Bon sang, fit-elle en jetant un regard circulaire sur le chaudron d'enfer qui s'étalait devant eux : c'est le seul espace vital que les semi-ogres ont laissé aux croques ? On comprend que tout le monde soit en armes. Et je me demande vraiment ce que les nains viennent faire ici. Pas rendre son artefact maléfique au Sub-éthéré, quand même ?

— Ils viennent ici pour faire comme nous, haleta Pimprenouche.

— Quoi ? Crever de soif ?

— Non. Détruire leur boulet maudit.

— Et comment ?

— Comment m'as-tu dit qu'on faisait, pour lutter contre le Sub-Ether ?

— Hm, réfléchit Pétrol'Kiwi. Eau, air, terre, feu… La lave !

— Je crois, oui. » La voix de Pimprenouche était de plus en plus rauque. « Bordel, j'ai les semelles qui brûlent. Il faut qu'on bouge. »

Pétrol'Kiwi se mit à hoqueter tandis que Rtoutitou rebondissait comme une balle sur ses petits pieds en piaillant d'enthousiasme :

« Fougni ! Fougni !

— Un miracle ! C'est un miracle ! Tous les croques s'en vont ! Non, mais regarde, Pimpin ! Alors *ça*, c'est de la quête. »

Lentement, comme mille affluents rejoignant un fleuve sombre, les croques se mirent à monter, au pas cadencé, vers le nord du cratère, soufflant des marches guerrières dans leur cor, poussant des clameurs viriles et, accessoirement, dégageant le chemin devant les nains.

***

« Un volcan, ce n'est pas compliqué, expliquait Pimprenouche. Au milieu, il y a un cône de lave et tout autour, une étendue de granit et de basalte. Par-dessus, une couche de poussières mélangées à des cendres (elle fit couler entre ses doigts une fine farine grise mêlée de sable noir), des lapilli (elle lança au loin une petite bille vitrifiée) et des blocs.

Le trio abordait justement un passage accidenté formé d'énormes rochers encastrés les uns dans les autres. La roche, à la fois dure et finement dentelée, lacérait la semelle de leurs bottes.

« Pierre ponce », haleta Pimprenouche en escaladant le ressaut brûlant.

Devant eux le volcan se déployait, dégoulinant de lave comme un titanesque flamby. Le magma visqueux coulait lentement sur ses flancs noirs ; son énorme bouche ronde crachait des caillots de lave gros comme Turlute, aussi brillant que des jaunes d'œufs frais. Ils traçaient dans les airs enflammés des elliptiques gracieuses avant de s'écraser avec fracas en soulevant des geysers de scories.

« Et ça, ce sont des bombes, commenta Pimprenouche.

— Où trouves-tu encore la force de pérorer ? gémit Pétrol'Kiwi en essuyant son front noir de suie avec sa manche noire de suie.

— Dans la trouille de perdre la raison », répondit Pimprenouche. Une de ses lèvres avait crevé et des stries de sang séché lui rayaient le menton. Ses yeux papillotaient de folie. Sa langue gonflée sortait de sa bouche tandis qu'elle toussait sèchement : l'air était irrespirable et pestilentiel. Devant, les nains avançaient toujours. La tour du Sub-éthéré balayait le ciel épais avec un fin pinceau lumineux qui s'abaissait parfois, comme celui d'un phare, pour scruter les replis du cratère. Afin d'échapper à ce regard éblouissant, les fées durent plonger à plusieurs reprises dans la cendre. Elles mettaient ensuite un temps infini à se relever, et Rtoutitou était plus long encore.

« Gaz », haleta Pimprenouche en se penchant sur le petit croque à demi évanoui. Elle lui tendit la main, l'aida à se redresser. Gaz délétères.

Elle tourna ses yeux rougis vers le volcan, ardent sous son couvercle de nuées noires :

« Oxyde de soufre, oxyde de carbone, hydrogène, acides chlorhydrique et fluorhydrique, à raison de cent tonnes par seconde. Sachant que la plupart de ces gaz stagnent au ras du sol, plus on est petit, moins on respire. »

Elle saisit Rtoutitou sous les aisselles et le chargea sur son dos. Pétrol'Kiwi voulut l'aider, se plia en deux et se mit à vaumir de la bile.

***

« Par ma barbe ! Ces nains sont encore plus costauds que je ne le pensais », soupira Pétrol'Kiwi.

Assis sur une hauteur de pierre ponce, à l'abri du regard de la tour, le trio faisait une pause. Les nains avaient déjà fini la leur et repartaient vers le volcan, de leur pas menu, aussi obstiné et dévorant que le feu. Epuisées, les fées avaient fermé les yeux et laissaient leurs pieds saigner au-dessus du vide. Entre elles deux, Rtoutitou reprenait son souffle dans un bruit de forge. Les grondements du volcan se faisaient plus intenses, le sol tremblait continûment.

« Misère, gémit Pimprenouche, je savais que l'enfer était un endroit incandescent et désespérant mais que, par là-dessus, il puait l'œuf pourri, je ne savais pas.

— Mais qu'est-ce que les nains sont allés faire dans cette galère ? murmura Pétrol'Kiwi.

— La lave, répondit Pimprenouche. Le feu et la terre mêlés. La puissance chtonienne. Les nains vont lui livrer l'objet sub-éthéré, la dernière dynamo de puissance magique en Bas-Bord. Mais la magie ne va pas se laisser faire. Le larbin qu'elle a posté en défense, dans ses jolis atours de pierre, va essayer d'arrêter les nains jusqu'à la dernière seconde. Et s'il échoue... Qu'est-ce que tu fais, toi, quand l'ennemi a le dessus sur toi ?

— Ça m'est rarement arrivé, avoua Pétrol'Kiwi. En général, c'est plutôt une mycose qui a le dessus sur mes plantations.

— Et qu'est-ce que tu fais ?

— Dans ces cas-là, j'arrache et je brûle.

— Et si ça t'arrivait à toi, plutôt qu'à tes arbres ?

— Je pense que je me ferais brûler avec l'ennemi.

— Voilà. La magie va se faire sauter au beau milieu du volcan et défoncer toute la croûte bas-bordienne. D'ici peu, il va falloir battre des records de vitesse en invocation de porte multidimensionnelle.

— Oh, belle mère ! geignit Pétrol'Kiwi. Tu ne penses vraiment qu'à toi !

— Tu te vois redressant une plaque tectonique en train de céder à l'aide de tes seuls petits bras ? ricana Pimprenouche.

— Avec l'aide de mes seuls petits sorts, sans aucun problème, affirma Pétrol'Kiwi. Dès que le Sub-éthéré sera crevé, c'est avec un plaisir infini que je replongerai dans l'enfer de l'éthéromanie.

— Mais si tu envoies une décharge éthérée contre une attaque sub-éthérée, Bas-Bord s'effondrera encore plus vite », marmonna Pimprenouche.

Pétrol'Kiwi étudia une seconde le problème :

« Sauf si on évacue la pression ailleurs.

— Ailleurs ? » Pimprenouche souleva une paupière.

« En Sub-Ether, tiens. La grande poubelle éthérée. Retour à l'envoyeur.

— Ce n'est pas bête, fit songeusement Pimprenouche en refermant sa paupière. Dis donc, à travers toute cette crasse, as-tu réussi à voir la tour du Sub-éthéré ? Le haut de la tour, du moins ?

— Vaguement. »

Pétrol'Kiwi glousssa brièvement. Pimprenouche reprit :

« Toi aussi, tu as remarqué le symbole lumineux rigolo qu'elle porte au fronton ?

— Qu'elle porte, oui, le genre est bien choisi. Pour un symbole lumineux, c'est un symbole lumineux. C'est un… c'est une…

— C'en est une, fit Pimprenouche. C'est rigolo, j'avais toujours pensé au Sub-éthéré. Jamais à "la Sub-éthérée". On est sexiste, parfois.

— Surtout toi, conclut Pétrol'Kiwi. Mais porter comme ça sa cramouille en couronne, c'est novateur, pas moins.

— Si ça se trouve, nous avons l'esprit mal placé et il s'agit d'un tout autre organe, objecta Pimprenouche.

— Mon œil, répondit Pétrol'Kiwi. Bon, les nains doivent être loin, maintenant. Il faut y aller. Ça ira, Rtoutitou ?

— Gn.

— Fais-moi confiance, petit, dit Pétrol'Kiwi en tapotant le dos étroit du croque. On va s'en sortir. »

Le trio redescendit sur le sol brûlant et reprit sa marche lente parmi les geysers, les coulées et les émanations toxiques.

— Si la Sub-éthérée est là pour empêcher que quiconque atteigne le volcan, ronchonna Pétrol'Kiwi en hissant Rtoutitou sur son épaule, pourquoi n'a-t-elle pas déjà arrêté les nains ?

— Parce qu'ils sont trop discrets pour qu'elle les repère, répondit Pimprenouche. Savoir se faire oublier est le grand art de la victoire, qui est à peu près l'opposé de l'art de la guerre. Les héros étincelants font de splendides mausolées. »

***

Les fées commencèrent l'ascension du volcan. Les pentes de pierre ponce étaient intenables de chaleur ; les glaviots de lave passaient en sifflant au-dessus de leur tête, lâchant au passage une dangereuse bruine de roche en fusion. Le grondement du volcan s'était mué en rugissement, elles devaient hurler pour se parler et le sol se tordait sous leurs pieds, par grands à-coups fiévreux. D'épais tourbillons de fumée noire et orange sortaient du cône en fusion pour venir gifler ses flancs comme des mèches de cheveux dans la tempête.

« …ention… uées…

— Quoi ? » brailla Pétrol'Kiwi qui ouvrait la marche. Elle se retourna, attendit que Pimprenouche la rejoigne :

« Attention aux nuées ardentes ! cria celle-ci. Des traînées de gaz qui filent à plus de trois cents à l'heure et mille degrés centigrades ! Ça te carbonise avant même que tu n'aies pu flamber !

— Parfait ! hurla Pétrol'Kiwi en titubant sous le poids de Rtoutitou. Comme ça, on n'aura pas le temps de se rendre compte ! »

Elle jeta le petit croque sur son autre épaule.

« Qu'est-ce qu'il est dense, le mouflet ! »

Elles reprirent leur pénible ascension. Loin devant elles, elles entraperçurent les deux nains aux prises avec Dupoisson. Ils disparurent derrière un tournant. Elles passèrent à leur tour le tournant.

« Poutrenclume ! » s'exclama Pétrol'Kiwi en lâchant Rtoutitou comme un gros sac qui fait « Aïe ! ». Dans le flanc ravagé du volcan, on avait ouvert une faille, pavé une voie et orné cette entrée d'un magnifique porche de pierre sculptée. De gigantesques flèches de pierre s'élançaient vers les coulures magmatiques, à peine cent mètres plus haut. La vue était superbe, avec quelque chose d'horrible.

C'est alors que les fées entendirent les cris suraigus des cavaliers noirs. Ils convergeaient tous vers le volcan, agrippés à l'encolure de leur gragon.

« Il faut choper une de ces bêtes ! » hurla Pimprenouche. Elle mit deux doigts dans sa bouche, siffla de toutes ses forces. Un des gragons plongea sur elle. Elle évita ses serres, dégaina son épée, siffla à nouveau. Aplatie sur la pente, Rtoutitou à l'abri sous elle, Pétrol'Kiwi la regardait faire avec stupéfaction. Puis, comme le gragon, en piquant sur Pimprenouche, passait à sa portée, elle sauta sur ses deux pieds et bondit ; elle agrippa une patte. Déséquilibré, le gragon se cabra, tangua ; Pimprenouche saisit l'autre serre, trancha net la sous-ventrière qui maintenait la selle en place, lâcha son épée et tira comme une brute sur la sangle de cuir. Le cavalier bascula sur le côté et tomba avec un hurlement insoutenable. Il s'écrasa dans la cendre tandis que Pimprenouche se hissait sur le dos de la bête et lui tabassait le crâne avec le fourreau de son épée, et que Pétrol'Kiwi lâchait la serre pour retomber sur ses pieds. Le gragon rua furieusement mais Pimprenouche tint bon : elle saisit les rênes et fit perdre de l'altitude à sa monture qui écumait de rage. Pétrol'Kiwi, Rtoutitou sous le bras, courut vers le garrot tout en essayant d'éviter les coups de queue frénétiques. Pimprenouche tendit la main, Pétrol'Kiwi l'attrapa, sauta sur la rotule du gragon et passa une jambe par-dessus l'échine écailleuse. Pimprenouche rendit les rênes au moment où le cavalier démonté, s'étant relevé, se ruait sur eux l'épée haute. Le gragon s'envola en poussant une clameur sauvage. Le souffle de ses ailes puissantes envoya le cavalier noir rouler en bas de la pente.

« Bravo, Pimpin ! » glapit Pétrol'Kiwi en s'installant le moins mal possible sur la colonne vertébrale à section carrée. « Je ne te savais pas si bonne en gragon !

— Monture guerrière ! Je suis assez bonne en guerre. Il va, Rtoutitou ?

— …ougnu… »

Le gragon, traçant de grands cercles dans l'air embrumé de lave rouge, s'élevait vers le sommet du volcan. C'est alors que celui-ci explosa.

Bouche bée, les deux fées regardèrent la montagne se fendre sur un flot de lumière. La roche se désagrégeait par grands pans, coulait comme du beurre, se vaporisait puis retombait en fontaines bouillonnantes et se répandait, noyant à toute vitesse le gigantesque cratère. Sur les flots aveuglants, de grands névés sombres de basalte tournoyaient avant de sombrer. Tout autour, l'horizon s'embrasa. Pimprenouche se retourna : la tour subéthérée était en train de s'écrouler comme un château de cartes, entraînant dans sa chute son symbole étrange. Au bout du cratère, la gigantesque porte noire éclata. Le gragon, en panique, se mit à donner de la bande tandis qu'une pluie de bombes jaune vif lui tombait dessus. Pimprenouche eut juste le temps de voir les deux nains jaillir du porche, entre deux geysers de feu ; Pétrol'Kiwi lui fourra Rtoutitou dans les bras et sauta, du haut du gragon, droit dans le magma. Pimprenouche fit :

« Euh ! »

Elle rassembla les rênes comme elle put et manœuvra désespérément, essayant de faire reprendre de l'altitude à sa monture, mais le gragon s'asphyxiait dans les tourbillons toujours plus épais de fumée noire. Le bout de ses ailes de peau se mit à brûler ; il dévissa brutalement.

Pimprenouche se frappa le front, son autre main tenant fermement le col de Rtoutitou ; ensuite, elle incanta.

***

Campus universitaire, quelque part en planquette :

« Tu es sûre qu'elle est bien calculée, ta porte dimensionnelle ? demanda Moudubas.

— Si elle est bien calculée ? (fit Babine-Babine, livide de fatigue, d'une voix qui déraillait :) Mais elle est calculée, recalculée et approuvée ! Elle est diagonalisée dans la matrice !! C'est le salon d'apparat de la suite de Fibonacci !!! Un pur joyau d'algorithme génomique !!!! »

La fée leva sa baguette, hurla une suite effrayante de nombres imaginaires et l'univers s'entrouvrit devant elle, dans un grand éclair blanc.

L'adieu aux fougnis

Adossée au lampadaire bourgeonnant qui poussait devant la vitrine de Service-client, Pimprenouche fumait une cigarette. Elle avait, d'un claquement de doigts, fait disparaître la crasse, la vermine et les plaies dont elle était couverte, mais elle était restée maigre comme un cure-dent, ses vêtements tombaient en lambeaux et son visage était défait.

Les pavés de la rue s'entrechoquaient toujours, dans un doux bruit de sabots, au-dessus du vide étoilé ; on entendait hululer les hiboux et les comètes. Pimprenouche écrasa son mégot du bout de sa botte, passa ses doigts dans ses cheveux courts puis regarda sa main, pensivement. Elle n'avait pas froid, non, malgré la température ; elle n'étouffait pas, malgré le vide absolu. *Magie*…

Pimprenouche ralluma une clope et se radossa au lampadaire. La boutique dans son dos était obscure ; quelques pâtés de maisons plus loin, à l'étage, quelqu'un jouait une chanson triste sur un accordéon plaintif.

« Comment je l'ai niquée ! »

Hirsute et rouge de joie, Pétrol'Kiwi arracha son casque, bondit de son balai 1 500 cm^3 et sauta dans les bras de Pimprenouche, qui en lâcha sa cigarette.

« Niquée ! L'autre vieille pétasse a lancé une onde sismique de magnitude dix entre les deux plaques basbordiennes mais moi, j'ai plongé à trois cent cinquante bornes en pleine zone de subduction ! J'ai détourné le bazar vers une porte dimensionnelle sub-éthérée ouverte en pleine zone dépressurisée ! Ça a fait un bruit, ma vieille ! Le plus monstrueux bruit de chasse d'eau de tous les multivers ! La Sub-éthérée s'est retrouvée aspirée dans mon siphon comme un caca dans une cuvette un jour de grand vent ! »

Pétrol'Kiwi jeta son casque en l'air, le rattrapa en piaillant « Youhou ! » et se tourna vers Pimprenouche :

« T'as pas une clope ? Et un petit verre de quelque chose, pour fêter ça ? On va réveiller la vieille Service, ça lui entretiendra le caractère. Tu as bonne allure, dis-donc !

— Et toi, tu pues, grincha Pimprenouche en tendant une cigarette à bout de bras.

— Ah oui, c'est vrai. »

Tout en attrapant la cigarette d'une main, Pétrol'Kiwi claqua des doigts de l'autre, plusieurs fois :

« A mort les parasites, clac ! Les bobos divers, clac ! Et la saleté, clac ! Ah, je me sens mieux.

— Tu… (Pimprenouche se racla la gorge :) Tu as oublié les infections et les mycoses.

— C'est vrai, clac ! clac ! Voilà. On verra plus tard pour l'esthétique. Où est Rtoutitou ? Tu as du feu ? Suis-je bête, clac ! Ah, ça fait du bien. »

Pétrol'Kiwi renversa la tête en arrière, lança un panache de fumée blanche dans la nuit. Pimprenouche ramassa son propre mégot sur les pavés et dit :

« Tu… as des nouvelles des nains ?

— Pas vus depuis qu'ils ont jailli du porche du volcan, une seconde avant dix millions de tonnes de magma. Je ne suis pas très optimiste à leur sujet.

— Tu... es sûre que ça a marché, ton tour de passe-passe ? demanda Pimprenouche, toujours penchée vers les pavés.

— Tour de passe-passe ? » Pétrol'Kiwi parut offusquée. « Un combat titanesque, tu veux dire ! Mais j'ai été aidée. La terre et le feu bas-bordiens m'ont soutenue. Tu avais raison, ces deux-là étaient de mèche contre la magie sub-éthérée. Bast ! Moi qui suis une fée des arbres, mi-éther mi-nature, je ne me sens qu'à moitié traître, et ce n'est pas ma moitié préférée. »

Pétrol'Kiwi claqua encore des doigts : une coupe pleine de vin à bulles se matérialisa dans sa paume :

« Même si c'est la plus confortable. Et puis le Sub-Ether, ce n'est pas l'Ether. C'est plutôt le cousin qui a mal tourné de l'Ether. On peut mépriser sans crainte, sinon sans vergogne. »

Elle but une gorgée :

« Oh, que c'est bon ! Où est Rtoutitou ? Il s'habitue ?

— Tu... as vu, vraiment vu, de tes yeux vu la terre de Bas-Bord en un seul morceau ? insista Pimprenouche, le regard décidément rivé au sol.

— En un seul morceau, éruption terminée, ciel dégagé, taux de pollution en baisse. Maintenant, je ne sais pas ce qu'il va advenir de la conflagration entre croques, semi-ogres, croquelins, nains, elfes et autres. Je crains cependant que les croques et les croquelins n'aient parié sur le mauvais cheval. »

Pimprenouche ne répondit que d'un petit geste négligent de la main.

« Tu as vraiment une sale mentalité d'ethnologue, toi », rigola Pétrol'Kiwi.

Il y eut un silence. Pimprenouche alluma une troisième cigarette. Tête baissée, elle grattait un pavé du bout du pied.

« Alors, j'avais raison, marmonna-t-elle. Voilà pourquoi… voilà pourquoi.

— Pourquoi quoi ? s'enquit Pétrol'Kiwi qui scrutait les alentours.

— Pourquoi les nains ont été protégés. Et nous aussi.

— Qu'est-ce que tu racontes ? »

Pimprenouche releva la tête et fixa sur Pétrol'Kiwi un regard vitreux.

« Protégés. Par l'eau, la terre, l'air et le feu.

— La terre nous a filé un sacré coup de main, admit Pétrol'Kiwi après un temps de réflexion, ainsi que le feu, et j'ai bu beaucoup d'eau, certes, mais je n'ai pas tellement vu le rôle agissant de l'air dans notre équipée, fit-elle avec une moue dubitative avant de finir sa coupe.

— Tu n'imagines quand même pas que, sans apport artificiel d'oxygène, les nains et nous mêmes aurions pu réussir l'ascension du volcan ? fit Pimprenouche d'une voix soudain criarde. Tu sais ce que ça contient, les gaz volcaniques ?

— Eh bien…, bafouilla Pétrol'Kiwi, brusquement désemparée.

— Tout, sauf de l'oxygène. »

Pimprenouche rabaissa la tête vers le pavé. Pétrol'Kiwi regarda encore une fois autour d'elle, puis elle jeta sa cigarette dans sa coupe et posa celle-ci par terre.

« Je suppose que les forces naturelles de Bas-Bord nous ont prises pour des elfes, marmotta Pimprenouche.

— Où est Rtoutitou ? demanda calmement Pétrol' Kiwi.

— Ce n'est pas un nain, Pétrol, fit Pimprenouche d'une voix sourde. Ce n'est pas un elfe, non plus. C'est un croque.

— Où est Rtoutitou ? » dit Pétrol'Kiwi d'une voix moins calme.

Pimprenouche porta une main à ses yeux :

« Oh, Pétrol… »

Pétrol'Kiwi attrapa Pimprenouche par l'épaule et la souleva du sol d'une seule main :

« Où est-il ? » siffla-t-elle.

Pimprenouche fit un geste en direction de la boutique obscure. Pétrol'Kiwi s'approcha de la vitre : de l'autre côté, dans la pénombre bleuâtre, sur le comptoir, gisait une petite forme noire.

Rtoutitou était encore plus vilain mort que vivant, et effroyablement maigre. A un mètre de son cadavre, bouffies de larmes, les deux fées s'insultaient :

« Tu n'as rien fait ! hurlait Pétrol'Kiwi. Rien ! Même pas levé le petit doigt !

— Il était MORT ! gueulait Pimprenouche. MORT !

— Et ALORS ? Pourquoi tu l'as pas ressuscité ? »

Pétrol'Kiwi, titubant de rage et de chagrin, se raccrocha au bord du comptoir :

« T'as rien fait ! RIEN ! Tu l'as jamais aimé, de toute façon ! » ajouta-t-elle dans un grand sanglot.

Pimprenouche s'étrangla dans sa morve :

« Comment OSES-tu…

— Alors que MOI, je l'aimais ! brailla Pétrol'Kiwi.

— Moi aussi !

— Moins que moi !

— Ah OUAIS ? cria Pimprenouche. Et tu as une pesette à amour pour le prouver ?

— Je l'aurais ressuscité, MOI ! Tout de suite !

— Eh bien, VAS-Y ! »

Pimprenouche se torcha le nez.

« Vas-y », répéta-t-elle un ton en dessous.

Pétrol'Kiwi s'essuya les yeux avec impatience, se pencha à nouveau sur le visage de Rtoutitou. Entre les paupières mal closes, le regard magnifique s'embuait lentement.

« Tu sais bien qu'on pourrait forcer ce cadavre à se lever et à marcher, marmonna Pimprenouche. On pourrait même l'obliger à parler et à se comporter comme… comme Rtoutitou. Vas-y. »

Prise d'un haut-le-cœur, Pétrol'Kiwi lâcha le bord du comptoir et recula.

« Saloperie de saloperie de quête », gronda-t-elle. Elle tourna un moment sur elle-même en cherchant sa respiration. Elle avait mal partout, elle se sentait mal de partout, comme une grande brûlée, comme une moule pourrie ou une infection urinaire. « Saloperie… »

Elle finit par s'adosser à la porte vitrée et glissa assise sur le sol crasseux. Un petit vent coulis à – 273 °C souleva ses cheveux blancs. Debout devant le corps, Pimprenouche se mit à lisser soigneusement la chemise de Rtoutitou sur sa poitrine étroite.

« Comment ça s'est passé ? » marmonna Pétrol'Kiwi.

Pimprenouche haussa les épaules :

« Dioxyde de carbone. Une saleté inodore, incolore et sans saveur, qui sature le sang peu à peu. Il s'est lentement intoxiqué, et puis il s'est éteint comme une bougie à bout de cire. Et je crois qu'il le savait. Je crois même que c'est la dernière chose qu'il nous a dite.

— Foutu, murmura Pétrol'Kiwi. Oui, c'est ce qu'il a dit. Et moi, je lui avais demandé de me faire confiance.

— Clac ! Tu ne le trouves pas mieux, comme ça ? » demanda Pimprenouche d'une voix fluette. Pétrol'Kiwi se leva, s'approcha : Rtoutitou était désormais vêtu d'un joli petit costume en coton vert pomme, avec une écharpe blanche autour du cou.

« Et des fleurs, marmotta Pimprenouche en peignant, de ses doigts écartés, les cheveux hirsutes du petit croque. Il faut beaucoup de fleurs.

— Non, murmura Pétrol'Kiwi. Je ne crois pas que tuer des fleurs aurait plu à Rtoutitou. »

Elle balaya un bref rêve de tombeau splendide, rayonnant, doré sur tranche et d'un goût déplorable. Elle pinça la bouche et cligna plusieurs fois des yeux parce qu'elle avait, pour l'instant, mieux à faire que pleurer

« Laisse-le-moi, demanda-t-elle. Je sais quoi faire. »

Pimprenouche s'écarta, Pétrol'Kiwi prit doucement le petit cadavre dans ses bras. La tête inerte vint naturellement se loger au creux de son épaule.

« Casse-toi », dit Pimprenouche d'une voix rauque, la gueule toute de travers. Elle ouvrit en grand la porte de la boutique. Une minute plus tard, Pétrol'Kiwi faisait décoller son engin dans un grand hurlement de douleur mécanique.

***

« Mais que se passe-t-il, ici ? marmonna Babine-Babine. La fée et Moudubas étaient devant la porte de la bibliothèque de Tirlite, une somptueuse bâtisse à tourelles d'un blanc de craie. Elle se fondait aisément dans le reste de la ville, qui n'était qu'un énorme gâteau de tours, tourelles et poivrières immaculées, étagées sur le flanc d'une montagne abrupte. L'ensemble était terriblement pittoresque et, pour l'heure, terriblement festif. On entendait sonner des cloches, résonner des cors et racler des violons ; des tourbillons de pétales multicolores dansaient dans les airs, des farandoles de semi-ogres endimanchés montaient et descendaient les ruelles encaissées en poussant des clameurs de joie. Ça puait le beignet cramé, le feu d'artifice et le vin renversé.

« On s'est battu, dans le coin », marmonna Babine-Babine en regardant autour d'elle. Sous ses habits de fête, la cité était dans un triste état : ce n'était que murs défoncés, moellons épars et toitures en charpie. De-ci de-là, sur les pavés, une tache sombre évoquait le souvenir d'une flaque de sang. Mais la foule semblait n'en avoir que faire et braillait en rythme des paroles incompréhensibles, lançant des confettis et buvant à même la bonde de petits tonneaux de bois.

« On entre ? fit Moudubas que tant d'agitation rendait nerveux.

— Eh bien, c'est fermé, je crois, dit Babine-Babine en agitant vainement la poignée. Mais il y a un mot punaisé sur la porte. Clac ! »

La fée venait de lancer un Traduis-moi-ça :

« Radeleine germoir piou-piou carrelage. Je vois. Clac ! Bibliothèque fermée pour cause de mariage royal. Eh ! Tu as vu ça ? Mon sort a fonctionné ! Pas du premier coup, mais quand même. »

Moudubas prit une grande inspiration, qui resta bloquée. Il tourna sur lui-même puis tomba assis, le dos contre la vénérable porte close.

« Oh non…

— Quoi, non ? C'est cohérent, ça, “Bibliothèque fermée”. Plus que “Radeleine piou-piou”, toujours. C'est même clair.

— Ce qui est clair, c'est que nous arrivons trop tard.

— Quoi ?

— Si j'ai bien saisi ce que tu m'as expliqué sur les quêtes, quand le roi se marie, c'est que la quête est terminée, ma fille, grommela Moudubas. Les deux salopes sont loin et ton miroir est en miettes. »

***

Pétrol'Kiwi filait dans l'Ether, les poings crispés sur les poignées de son engin, les dents serrées. Au prix de quelques bordées d'injures, elle sortit enfin de la zone urbaine pour se perdre dans les amas gazeux des galaxies en formation. Les protogalaxies tournoyaient follement, enroulant leur chevelure autour de leur cœur qui s'effondrait en s'entredévorant.

Pétrol'Kiwi erra longtemps avant de trouver ce qu'elle cherchait. Elle démonta, allongea soigneusement le petit cadavre sur le sol encore tiède. Lorsqu'elle se releva, elle sentit un petit choc contre sa hanche.

« Oh, pute borgne ! Je l'ai complètement oublié, celui-là. »

***

« C'est ta faute, féasse !

— La tienne avant la mienne, elfard ! »

Privés de vengeance et ayant, depuis longtemps, épuisé les joies de l'attirance sexuelle mutuelle, la fée et l'elfe noir retrouvaient leur vieil antagonisme : les fées n'ont aucune patience et les elfes noirs impatienteraient une moule de bouchot.

Moudubas et Babine-Babine se quittèrent là, sur le seuil vénérable de la grande bibliothèque de Tirlite et sur des injures définitives. Moudubas dévala la rue en pestant. Deux minutes plus tard, il s'amusait à effondrer à grands coups de pied un pan de mur qui tenait encore debout, avant de se faire courser par une bande de semi-ogres saouls qui le trouvait noir comme un croque et avait l'intention de le lui faire payer.

Babine-Babine remonta la rue en grommelant, avant de se faire entraîner dans une folle farandole par un elfe décoloré qui puait le gingembre fermenté. Elle décida que la journée finissait bien, somme toute, et oublia derechef Moudubas, la cure, la post-cure, le Rectorat, ses anciennes copines et même son beau miroir. Les fées, c'est comme ça.

***

Pimprenouche ferma doucement la porte vitrée de Service-client et se dirigea à pas lents vers le Chaudron baveur. Là, elle entreprit de se saouler méticuleusement. Afin que ça aille vite et que ça fasse très mal, elle se torcha à la Manzanille glacée. Une bouteille plus tard, elle voyait, à travers les petits rideaux de gaze du bistrot, six lunes là où il n'y en avait que trois auparavant. Ou deux. Dans l'Ether, on ne savait jamais.

« Elle est cool, ta coupe de cheveux. Et j'aime bien ton look crade. Très fun. »

Pimprenouche leva un œil nauséeux vers son interlocutrice : c'était une roussalkiste rieuse, plutôt dodue pour ce type de fée nord-oriental qui faisait d'ordinaire dans le cachectique à drapé blanc. *Tant mieux.* Pimprenouche n'aimait pas ronger des os. La donzelle était pâle mais dans un joli genre mat, avec des yeux de gazelle, des cheveux noirs, raides et brillants, dignes d'une queue de cheval coûteux, et une robe de velours rubis moulante, à l'ancienne. Elle avait, de prime abord, l'air délicieusement stupide. Pimprenouche poussa son verre vers elle.

« Ah, t'es trop cool ! s'exclama la roussalkiste, confirmant la première impression de Pimprenouche.

— Alors que je suis plutôt fun, d'habitude », marmonna Pimprenouche d'une voix fourchue. La roussalkiste s'assit, bu, clapa une petite langue rose entre de petites dents blanches et demanda :

« Alors ? Elles sont d'où, tes fringues ? Dub & Trash ?

— Hennin & Co.

— La honte !

— Honteux mais solide.

— Et tu as lancé quoi, comme sort, pour que ta défroque de mémère ait l'air si déchiquetée ?

— Quête. »

La roussalkiste cessa de rire et se resservit à boire. Pimprenouche songea qu'hélas, la donzelle n'était peut-être pas si bête que ça. D'un autre côté, elle-même se sentait désormais trop blindée pour être capable de faire autre chose que continuer à boire. L'un dans l'autre, tout ça tombait plutôt bien.

Pimprenouche leva la main pour commander une autre bouteille. En face d'elle, la roussalkiste sortit un petit miroir de sa poche et rectifia un des accroche-cœurs glacés de laque qui bouclaient sur sa joue ronde.

Pimprenouche resta le bras en suspens, ouvrit de grands yeux stupéfaits et se donna une claque sur le front :

« Oh, punaise de lit ! On l'a complètement oublié, celui-là. »

***

Pétrol'Kiwi s'épuisait en sorts. La température valsait entre – 273 et + 4 000 °C au hasard des tempêtes cosmiques, il n'y avait aucune stabilité électromagnétique, la gravité était nulle et la cohérence du sol sous ses pieds tenait de la banquise au printemps. Mais elle s'accrocha : elle creusa une tombe, y descendit le corps, la reboucha.

Petit à petit, son idée prenait forme. Des fleurs sur une tombe, c'était sordide. Mais une tombe sous des fleurs…

***

Assise dans le caniveau, le front entre les genoux, Pimprenouche vomissait et pleurait en même temps. Pour autant qu'elle s'en souvenait, elle avait bu entre trois et six bouteilles de Manzanille, tenté une approche directe vers une des trois ou quatre paires de seins qui fluctuaient devant elle et pris un râteau.

Le trottoir se mit à tanguer sous l'effet d'une aurore boréale errante, verte et fuligineuse. Ça n'arrangea pas les choses. Une odeur violente monta du caniveau, entre les genoux de la fée qui se souvint que la Manzanille contenait surtout de la pomme.

Oh, non ! songea-t-elle misérablement avant de recommencer à se vider.

***

Pétrol'Kiwi incanta un arrosoir en zinc et trois mesures d'H_2O, tout en veillant à ne pas relâcher la pression sur le filtre à rayons gamma tendu au-dessus d'elle. Les filets à plasma grinçaient sous l'effort. D'un souffle, elle chassa une zetta-particule qui s'était accrochée à son sourcil droit et commença à arroser.

***

Un matin étonné, rose pâle, montait au-dessus des toits de tuile rousse d'All About Elvz. Allongée dans le caniveau que l'aurore boréale avait séparé de son trottoir d'origine, Pimprenouche sortait progressivement du coma. Elle avait cessé de vomir, en tout cas. Elle ouvrit un œil et s'en félicita. Puis elle se rappela pourquoi elle avait bu et se remit à souffrir.

Si Rtoutitou avait été là, il lui aurait tenu le front, trouvé un torchon et tapé sur l'épaule avec un « Fougni ! » encourageant.

Une main se posa sur son épaule, et une belle voix rauque dit :

« La belle, si tu te lèves, vas-y doucement. Sinon, tu vas tomber de trois cents parsecs vers les quasars du dessous. C'est l'époque de la transhumance. »

Pimprenouche, arrachant sa joue collée au pavé par elle savait quoi mais ne voulait pas regarder, tourna son œil valide dans la direction de la voix :

« Et à mon avis, acheva la roussalkiste, ça n'arrangerait pas ton tournis. »

***

Pétrol'Kiwi reposa son arrosoir, s'assit sur le sol instable et regarda.

C'était beau. C'était toujours aussi beau.

Un faisceau d'ondes décamétriques lui agita les cheveux.

C'était si beau…

***

Des larmes plein ses beaux yeux, l'elfe décoloré informa Babine-Babine qu'il se devait de partir pour suivre son Roy.

« Ah ouais ? Et où va-t-il, ton roi ? » demanda la fée d'un air méfiant. Il se trouvait qu'il partait loin, bien loin, plein Ouest, sur un grand bateau blanc, à l'assaut de la mer infinie.

« Ouais, c'est ça ! Et moi, je suis une bite d'amarrage ? »

L'elfe, qui rêvait d'adieux touchants et trempés de larmes, n'apprécia que peu ce rude bon sens. Il se drapa dans sa longue chevelure blanche et s'en fut vers l'Ouest sous une pluie de sarcasmes (« Et tu lui feras la bise de ma part, à Mer-Infinie ! »).

« Tous les mêmes », ronchonna Babine-Babine. Regardant autour d'elle, il lui vint à l'esprit que ce pays pittoresque lui tapait sur les nerfs. La fête était finie, on avait balayé les rues de ses pétales et de ses saoulards, remonté les murs blancs et les portes de bois gris. Les semi-ogres de Tirlite commençaient à jeter des coups d'yeux sans équivoque à ceux de leurs hôtes qui s'attardaient, faisant bombance et rotant fort. Ça sentait la facture.

Babine-Babine ouvrit une porte multidimensionnelle. Et comme, au fond, c'était une brave fée, elle localisa Moudubas au fond d'une geôle tirlitienne et le ramena avec elle.

***

La roussalkiste habitait un navire stellaire, une longue coque en photoshopier verni gréée de grandes voiles blanches qui orbitait autour d'une double-double blanche.

« Comme adresse, on ne fait pas plus snob, rigolait la roussalkiste qui portait avec désinvolture le nom de Retournement-à-la-hausse, abrégé en Ralala. Les interactions gravitationnelles rendent la navigation infernale et le filtre à U.V. coûte le prix du bateau, donc c'est là qu'il faut habiter.

— C'est somplètement son, marmonna Pimprenouche en tétant une fiole de venin de vipère fermenté.

— C'est snob, approuva Ralala. Il s'agit seulement d'être encore plus bête que tout le monde, mais avec volupté. »

Allongée sur le pont, un oreiller plat sous la tête, Pimprenouche essayait de ne pas penser. Elle écoutait Ralala qui se déplaçait autour d'elle, ses pieds nus faisant grincer le pont. Les voiles claquèrent puis le bateau prit de la gîte, s'éloignant des quatre soleils d'un blanc strident. La proue piqua lentement vers le noir apaisant des espaces intersidéraux.

Un fouillis d'étoiles glissait au-dessus du mât. Le navire traversait une nébuleuse et Pimprenouche nota avec étonnement à quel point cette pouponnière d'étoiles offrait un aspect amniotique. Baignant dans un lait orange, de grandes membranes bleues desquamaient autour d'étranges grumeaux sombres aux allures fœtales. Il ne s'agissait pourtant que de milliards de milliards de parsecs de gaz enflammés.

Le bateau traversa d'autres amas tendus de couleurs glacées, vivement éclairés par de jeunes étoiles chaudes, et passa sous les arcs gigantesques de constellations rousses comme du cognac. Au zénith, des piliers d'univers balançaient leurs longues silhouettes d'algues serties de proto-astres fulgurants. L'esquif navigua longtemps sur les restes grenats d'une supernova, somptueuse dentelle de gaz et de poussières. Quand elle eut regagné la pétole du grand vide, Ralala fit le point et jeta l'ancre près d'un magnifique pulsar, un disque outremer percé en son centre par la lance incandescente de son faisceau de rayonnement. Pimprenouche, toujours sur le dos, les pieds en dedans et les mains croisées derrière la nuque, se laissait diluer par la splendeur de l'instant. C'était si beau qu'elle avait envie de partager. D'amener ici quelqu'un qui n'avait jamais vu ça non plus et de faire, de conserve, des « Oh ! » et des « Ah ! ».

Des « Fougni ! ».

Elle se mit à pleurer sans même s'en rendre compte.

***

Pétrol'Kiwi, assise sur le sol tiède et incertain, faisait face au même problème. Les dents enfoncées dans les genoux, elle regardait sa plante pousser, silhouette linéaire se profilant sur un horizon démentiel de collisions stellaires, et elle chialait comme un veau loin du pis parce qu'il n'y avait personne pour s'exclamer : « Gnéhé hanfeugneu ! »

Et puis on pleure, on se désole, on regrette, on trouve ça injuste, on si-seulement et on si-j'avais-su, ça va cinq minutes. Mais il arrive un moment où on aimerait bien que ça s'arrête, tout ça. Que la mauvaise plaisanterie prenne fin.

***

« Je ne sais pas, marmonna Pimprenouche. Je vais voyager, je suppose. Ou étudier la peinture. Ou la sculpture. J'ai toujours voulu monter une académie de nues. »

Ralala lui tendit un autre verre. A bâbord, le pulsar étendait ses anneaux éblouissants, comme une gigantesque toupie bleue tournant sur une piste noire. Ralala avait remonté un rossignol mécanique dont le chant grêle couvrait le sifflement lancinant du silence interstellaire, et mis une fondue au fromage à chauffer sur un petit trépied de fonte posé à même le pont ciré. Elle tendit une pique à Pimprenouche :

« Tu peux aussi te mettre à l'ébénisterie sur contreplaqué, si ça t'amuse. Tu as devant toi deux cents jours de souffrance humide et six cents de douleur sèche, que tu le veuilles ou non, quoi que tu fasses et où que tu ailles. Un petit bout de pain ? »

Pimprenouche prit la pique d'une main incertaine ; le petit bout de pain fiché au bout tomba mollement dans le fromage bouillonnant.

« Ça me rappelle une coutume naine idiote. »

***

En des lieux plus cléments, sur Terre, le soleil se levait juste, réveillant les coqs, les boulangers et les mouches. Assis devant un bol de cavé fumant, Pistou grignotait sans entrain sa tartine au beurre.

« Moi, je dis qu'on ne les stimule pas assez.

— Pistou, mon loup, fit Pissaladière en touillant son propre bol, stimuler une limace ne lui fait pas pousser une coquille d'escargot. Le village humain est beau, il est à peu près entretenu, nos petits humains ont le ventre rond, de bonnes joues vertes et des chaussettes reprisées, que veux-tu de plus ?

— Les voir heureux, soupira Pistou.

— Qui te dit qu'ils ne le sont pas ? demanda patiemment Pissaladière pour la quarante-deuxième fois. » Pistou enfouit sa réponse dans sa tartine.

« Pistou, mon chou, tu fais du nainomorphisme, insista Pissaladière. Nos petits humains sont comme ils sont, et peut-être se diraient-ils heureux si ça les intéressait de parler.

— Je voudrais les voir évoluer, en fait. Je me demande si nous ne devrions pas faire appel aux ogres.

— Aux ogres ? » Pissaladière manqua s'étrangler dans son bol.

« Eh bien, ces métis ont un double héritage, après tout, dit Pistou. Et peut-être que cette deuxième moitié d'eux-mêmes leur manque.

— Certes, certes. Mais enfin… les *ogres* ? »

Pissaladière eut un instant la vision de Grobl'R essayant de stimuler, d'un grand revers de sa paluche, le mol vouloir de Norbert Octave Edouard, et pouffa dans son bol. D'un autre côté, entretenir un village de feignants confinait à la corvée, à la longue. Alors si les ogres pouvaient se taper une partie du sale boulot, pourquoi pas ?

***

Pétrol'Kiwi remonta sa carotte. Cette fois, c'était sûr : il ne subsistait plus une seule molécule organique dans le sous-sol. Tout était passé dans la plante maigrichonne qu'elle venait juste de rempoter. Elle regarda alentour, pour vérifier qu'elle n'oubliait rien sur le petit astéroïde rond comme une bulle de savon. Ç'aurait été difficile : il ne faisait pas cinq mètres de diamètre. Tout autour de lui, traînardes bleues et pulsars-millisecondes se croisaient comme des balles de flipper et, parfois, se rentraient dedans. Des explosions secouaient l'amas globulaire comme une grappe de raisin dans une essoreuse à laitue. A l'abri au fond du pot de terre qui oscillait sur le sol arqué, la plante montrait de timides bourgeons à peine rosés.

Pétrol'Kiwi attacha le pot sur son porte-bagages, replia ses sorts de protection et quitta l'amas dans un rugissement de flammes. L'astéroïde fut pulvérisé deux minutes plus tard par une binaire X.

***

Pistou, bien intentionné et ne doutant de rien, s'en alla trouver Vatf'R, son beau-fils de la main gauche, qui vivait dans un des manoirs du village ogre de Vertcôtiau. Celui-ci avait le cœur grand comme la main, la main large comme un torse de nain et un rire de sac de noix dévalant un escalier. Une fois que Pistou eut réussi à penser à autre chose qu'à sa fille à poil dans le lit de ce truc gigantesque, il le trouva plutôt sympathique. L'ogre demanda des nouvelles de son fils, pleura d'attendrissement en apprenant qu'il venait juste d'apprendre à se mettre les doigts dans le nez et promit de parler du village humain au Grand Conseil Ogre.

Il le fit.

Les ogres se rendirent au village, en grand arroi et en nombreuse compagnie.

Pissaladière mit trois jours à persuader Norbert Octave Edouard de sortir du lavoir. On dut changer nombre de culottes. Dépités, les ogres s'en furent et ne revinrent pas. Mais l'information circula et le village humain dû faire face à un brusque afflux de métis ogro-nains, expédiés par la malle-poste depuis les cités ogres et les villes naines. La généreuse initiative de Pistou virait à l'émeute. Pissaladière prit alors les choses en main, rédigea des statuts, embaucha du personnel et fixa le montant de la pension complète.

L'émeute vira à la multinationale.

***

Pétrol'Kiwi était revenue sur terre. Dans le but de replanter au mieux son précieux arbrisseau, elle fit quelques détours avant de retourner dans la clairière au bouleau. Elle chargea une de ses sacoches de selle d'un sac d'humus ; l'autre, d'un sac de sable ; et passa par un village nain afin de ramener un peu de fumier.

Elle débarrassa l'engrais de ses plus gros morceaux et attacha le sac à son guidon. Pendant tout ce temps, la petite saleté cousue dans sa chemise lui battit le flanc. L'humeur portée au rouge, la fée fendit le tissu et exhuma le miroir, toujours recouvert de son enduit étanche.

Elle le regarda longtemps. *Résidu de quête*. Et dire qu'elle n'avait même pas eu le temps de voir quel genre d'objet le nain avait jeté dans le volcan. Il y avait pas mal de choses qu'elle n'avait pas eu le temps de faire, à ce moment-là…

Pétrol'Kiwi, avec un petit geste futile, balança le miroir dans la fosse à purin. Il fit un « Plouf ! » ridicule, et une unique vaguelette. La fée remonta sur son engin et ne freina qu'une fois parvenue devant la porte du village nain de Joliflûtiau. En haut de la tour de guet, le nain au casque trop grand sommeillait.

« Hé, ho ! héla Pétrol'Kiwi. Salut ?

— Oh ! La fée bien élevée, répondit le garde après un instant de flou.

— Elle-même, fit Pétrol'Kiwi. Eh bien… ça vous dit, de descendre ? Non ? Bon, alors je monte. »

***

« Ça arrive à tout le monde, la première fois, sourit Ralala.

— Grmf. »

Vexée au-delà de toute mesure, Pimprenouche roula sur le côté du lit. Par une écoutille, on voyait une géante rouge tourner lentement sur son axe en bouillonnant de toutes parts.

« Je vais rentrer, je crois, marmonna Pimprenouche.

— Ne fais pas la tête, dit doucement Ralala.

— Je ne fais pas la tête », soupira Pimprenouche. Elle se souleva sur un coude, attrapa son verre. C'est pire. Je crois que je suis horriblement triste. Je crois que je me sens amputée. J'ai l'impression qu'on m'a tranché une grosse artère et que mon sang se perd dans le sol.

— Il n'y a pas tellement de sol, ici, lui rappela Ralala.

— Voilà pourquoi il faut que je parte. Pour retrouver un sol. »

Consciente de ne pas être très cohérente, Pimprenouche arrêta là ses explications et se resservit.

Une fois rhabillée, elle eut la décence de remercier Ralala aussi chaleureusement qu'elle en était encore capable. Puis elle sauta hors de l'Ether et atterrit juste devant la porte de Pissaladière. Mais la vue du ciel bleu au-dessus des toits dorés, du gai fouillis de nains affairés ne lui procura pas le doux apaisement auquel elle s'attendait. Ralala avait raison : il allait bien falloir qu'elle arrête, un jour, de secouer frénétiquement le pied pour se débarrasser des roquets de la douleur, et qu'elle les laisse sauter à sa gorge. Qu'elle les avale, qu'elle les digère et qu'elle les chie.

Pissaladière ouvrit sa porte. Pimprenouche lui tomba dans les bras et éclata en sanglots.

***

Dans la clairière au bouleau, la matinée était douce et brumeuse. Pétrol'Kiwi triait vaguement des écorces sur l'herbe. Il était stupide de trier des écorces sèches sur de l'herbe humide mais comme, en ce moment, elle n'arrivait plus à distinguer un surgeon de hêtre d'une fane de carotte, ce n'était pas bien grave. Pimprenouche s'arrêta derrière elle, se gratta l'oreille, se racla la gorge.

« Salut », dit-elle enfin.

Pétrol'Kiwi se retourna, sourit d'une demi-bouche.

« Salut. »

Elle jeta ses écorces dans un sac, claqua des doigts :

« Ça te dit, une bière ? demanda-t-elle.

— Ça me dit. »

Les deux fées s'assirent côte à côte, en tailleur, et trinquèrent. Tout en buvant, elles se lancèrent un regard en coin. Toutes deux avaient repris une tenue féerique, à base de soieries. Mais leurs cheveux n'avaient pas repoussé.

« Et sinon, ça va ? marmonna Pimprenouche.

— Ça va, ça va.

— Le bouleau ?

— Bien, bien. Et toi ?

— Ça va.

— Les amours ?

— Une cosmonaute roussalkiste. Rien de très passionnant. »

Pimprenouche creusa son verre, claqua à nouveau des doigts.

« Tu picoles, maintenant ? s'enquit Pétrol'Kiwi.

— Ben oui. Plus qu'avant, en tout cas. Presque autant que toi, quoi.

— Quand on vit trop longtemps ensemble, il paraît qu'on finit par se ressembler.

— Ah bon, fit Pimprenouche. Alors, tu as une vie sexuelle, maintenant ?

— Un nain du coin. Rien de bien exaltant. »

Il y eut un silence pendant lequel Pimprenouche invoqua un bol de caouètes grillées. Puis elle maugréa :

« Ça doit être un stress post-traumatique. Ça nous passera.

— L'important, soupira Pétrol'Kiwi, ce n'est pas la façon dont on tient ; c'est de tenir. »

Pimprenouche hocha la tête :

« J'ai pas mal discuté de ça avec Pissaladière, tu sais ? Elle m'a dit plein de trucs. Le genre de choses frappées au coin du bon sens et qui sont horriblement gonflantes.

— Je vois très bien.

— Comme quoi, par exemple, quand on perd quelqu'un, il ne faut pas pleurer de l'avoir perdu mais se réjouir de l'avoir connu.

— Ah ouais ? grinça Pétrol'Kiwi. Les cris de joie sont en option ou c'est obligé ?

— Et aussi, comme quoi la personne qui est morte finit par revivre dans le cœur de ceux qui l'aimaient et comme ça, elle n'est plus vraiment morte.

— Ah ouais ? Et à dîner, on prévoit deux assiettes ou elle mange dans le même estomac ?

— Ça fait partie des sonneries qui se disent, soupira Pimprenouche.

— On dit ça pour se consoler, cracha Pétrol'Kiwi, mais on ne console que soi-même. Et lui, alors ? Qui lui rendra ce qu'il a perdu ? Les jours qu'il aurait pu vivre ? J'avais plein de choses à lui montrer ! C'est injuste, tout ça.

— Bon, d'accord, concéda Pimprenouche. Toutes ces formules de consolation sont un tissu de contradictions. Mais je suppose que ces contradictions doivent se résoudre quelque part. Le problème, c'est que j'ai encore trop de chagrin pour y aller voir.

— Le problème, ronchonna Pétrol'Kiwi, c'est que non seulement il est mort mais qu'en plus, il continue à être mort. Et tu vas voir que dans dix ans, il sera encore mort. "Et comment va Rtoutitou ? Oh, toujours mort."

— Ah, la mort, c'est vrai que c'est long. »

Un fin crachin se mit à tomber, à peine plus qu'un brouillard. Pimprenouche renversa son visage en arrière et ferma les yeux. Pétrol'Kiwi reprit une poignée de caouètes.

« D'un autre côté, mâchonna-t-elle, on ne peut pas en vouloir à Pissaladière. Les gens en deuil ne sont pas très drôles. Leur tenir le mouchoir est une activité assez ennuyeuse. Alors, à la longue, on lâche le mouchoir. Et là, on s'en veut. Bref, un endeuillé, c'est une glace à deux boules ennui-culpabilité. »

Pimprenouche acquiesça vaguement de la tête, regarda alentour et demanda :

« C'est quoi, ça ?

— Ça ? C'est un rosier.

— Il est joli.

— Il va éclore bientôt. »

L'arbrisseau tendait vers le ciel gris ses petits doigts roses et tremblants.

« Dis-moi, Pétrol ?
— Hm ?
— Rtoutitou. Enfin, le corps de Rtoutitou. Tu l'as mis où ?
— Dans le rosier.
— … hein ? »

***

Babine-Babine, l'air morose, contemplait la surface grise du lac que le crachin faisait friser.
« Bon, soupira-t-elle. Eh bien, je n'ai plus qu'à me réinscrire en deuxième année. »

***

Le rosier, dans un lent, un immense effort, dépliait peu à peu ses pétales mouillés.
« Et ça, c'est quoi ? murmura Pimprenouche, fascinée.
— Ça, chuchota Pétrol'Kiwi, c'est un borogove. »

***

« Cot ? »
Le faisan, assis dans un trou d'herbe, regardait Moudubas en faisant vivement osciller en tous sens sa petite tête idiote. L'elfe noir se sentit devenir moite et passa au large. Il fallait qu'il se fasse une raison : ses amours aviaires appartenaient au passé.
« Bon, fit-il à voix haute. Qui vais-je faire damner, maintenant ? »

***

« Tu… tu n'as pas fait ça ?

— Et plouf ! le miroir. »

Pimprenouche se prit la tête à deux mains. Ivre-saoul, Pétrol'Kiwi hurlait de rire en répétant :

« Plouf ! »

Le cri de la carotteuse

Dans la douce tiédeur du purin, le revêtement du miroir commença à fondre…

Norbert Octave Edouard agitait vaguement le bout de sa bêche dans la bouillasse odorante, espérant faire illusion. Survint Pissaladière, qui n'en avait plus aucune :

« Si cette fosse à purin n'est pas dégagée d'ici ce soir, c'est topinambour au rutabaga toute la semaine ! » hurla-t-elle.

Norbert Octave Edouard enfonça sa bêche dans la boue en soupirant, rejeta derrière lui une pelletée de paille et de bouse mêlées. Il enfonça à nouveau sa bêche, qui fit « tonk ». Norbert Octave Edouard se pencha.

Couvert d'une croûte de merde, l'objet ressemblait à une louche plate. Tout ce qui faisait penser à un instrument de cuisine intéressait Norbert Octave Edouard ; il fourra le miroir dans sa poche.

Le miroir servit à touiller la marmite de soupe commune, à gratter des fonds de poêles noircies, à faire sauter des crêpes et des omelettes. Maculé de suie et de rayures, il ne retrouva jamais son usage premier.

Il n'en avait pas besoin.

***

Les êtres humains, c'est entendu, étaient égocentriques et feignants. Heureusement pour tout le monde, ils manquaient de réflexivité, c'est-à-dire de relation à eux-mêmes. Mais le miroir en avait pour deux, de la réflexivité. Il en avait pour trois, il en avait pour dix, il en avait pour mille ! Voire pour six milliards. C'était son métier, à vrai dire.

Il la dilua dans la soupe humaine, soir après soir, épicée de purin mais aussi de cupidité aurifère, de cruauté noir-elfique, de narcissisme féerique et d'une érotomanie d'origine controversée. Cependant, sitôt que les humains commencèrent à prendre conscience d'eux-mêmes, leur vint sous la langue un goût amer purement endogène. Car si l'or, l'elfe et la fée sont immortels, les humains ne le sont pas.

***

Norbert Octave Edouard se réveilla en sursaut : il avait encore rêvé. Ces derniers temps, ses rêves étaient bruyants, colorés, agités ; pour tout dire, fatigants. Norbert Octave Edouard roula hors de sa paillasse en bâillant. Puis il s'assit sur le sol de terre battue et se gratta le crâne. Machinalement, il tendit sa main devant lui et la regarda. Elle était maigre, grise de crasse ; au fond, elle ressemblait vaguement à une fourchette. Le ventre de Norbert Octave Edouard se mit à grommeler.

L'homme se leva, poussa le vantail qui séparait sa chambre de la salle principale : sur le panneau de bois, sa main étalée prit fugitivement l'allure d'une grosse araignée aveugle. Norbert Octave Edouard sentit un vilain petit jet d'angoisse acide lui désinfecter l'arrière-gorge. Il laissa retomber sa main, s'approcha de la table à trancher, coupa un quignon de pain noir et mordit dedans. Le vilain goût passa.

Norbert Octave Edouard, tout en mâchant, considéra avec attention le morceau qu'il tenait : c'était une rondelle de mie brune cernée d'une croûte calcinée. Dans son esprit informe et vaste, un souvenir se mit à briller comme un phare : celui du pain doré, fondant, odorant, que mangeaient d'ordinaire les nains. Pistou en amenait de larges tartines, à chacune de ses visites… Le vilain goût revint. Cette fois-ci, l'acidité se répandit au bout de la langue de Norbert Octave Edouard et ses lèvres se rétractèrent sur ses dents sales.

Il sortit au soleil, secoué comme un fétu par une rage inconnue. Le ciel bleu versait une lumière d'or, l'air frais sentait l'herbe. Norbert Octave Edouard finit son pain, oublia son estomac et en revint à ses mains, pliant et dépliant les doigts avec perplexité. Les os jouaient à fleur de peau, agiles, dociles. De sa démarche plongeante, un lapin s'approcha de l'homme et commença à mâchonner le bas de ses braies. Norbert Octave Edouard se pencha, saisit l'animal au cou et serra le poing, attentif à la saillie des muscles sur son poignet. Le lapin se débattait mais la main était plus forte que lui. Norbert Octave Edouard se sentit envahi par une joie bizarre.

Norbert Octave Edouard passa une bonne heure à s'occuper du petit corps devenu aussi fla qu'un calmar échoué. Assis sur ses talons, il soulevait le cadavre, le retournait en tous sens, goûtait la caresse des poils soyeux contre ses paumes et ronronnait d'aise. Sous ses doigts, des os minuscules craquaient, des choses tièdes roulaient. Il s'amusa à étirer les longues pattes et la longue queue, d'ordinaire roulée en pompon; la peau des oreilles et du nez était très douce. Il posa ensuite l'animal sur l'herbe et essaya de le remettre en marche en lui donnant des petites tapes sur le derrière. En vain.

Ce n'était pas le premier meurtre que commettait Norbert Octave Edouard : à la campagne, les repas ne se trouvent pas sous cellophane. Mais c'était la première œuvre consciente de ses mains et elle le stupéfiait.

Il était midi, la sueur coulait sur le front de Norbert Octave Edouard et le lapin commençait à sentir mauvais. Il puait moins que Norbert Octave Edouard, toujours ; mais il puait différemment. L'homme jeta la dépouille dans un buisson et décida d'aller faire une sieste. Le mauvais goût acide était revenu, envahissant toute sa bouche. Norbert Octave Edouard s'allongea sur sa paillasse, se masqua les yeux avec ses avant-bras et s'endormit immédiatement. Il sentait la charogne jusqu'aux coudes.

Le cauchemar que fit Norbert Octave Edouard, cet après-midi-là, était si épouvantable qu'il ne s'en réveilla jamais complètement. Sur le moment, il se contenta de se ruer hors de sa chaumière en hurlant et de foncer à travers les semis sans cesser de mugir. Quand il rentra à fond de train dans un gros chêne, il appréhenda brutalement qu'il avait quitté l'espace cultivé pour pénétrer dans la forêt. Tenant son nez à deux mains, il regarda autour de lui et rectifia mentalement : pour *se paumer* dans la forêt.

Ses doigts étaient rouges ; son nez battait comme un cœur malade au milieu de son visage. D'une certaine façon, Norbert Octave Edouard se sentit mieux. La douleur physique le détournait de la souffrance mentale et l'odeur du sang frais remplaçait celle de la mort. Il revint sur ses pas, lentement, écrasant sous ses sabots des mottes de terre meuble.

En passant près du buisson devant chez lui, Norbert Octave Edouard s'arrêta. Il hésita, puis alla jeter un œil au lapin mort qui pendait aux ronces. De petits vers blancs occupaient les orbites velues. Norbert Octave Edouard devint blême, leva lentement ses mains à hauteur de son visage : alors il *vit*, dans une hallucination pressentimentale, les mêmes vers grouiller entre ses doigts maigres, crever sa paume tendre et ronger la pulpe sous ses ongles. Il repartit en courant par-delà les labours et, cette fois-ci, se perdit complètement.

Dépourvu de structures et d'expérience, incapable de canaliser ni ses sensations, ni ses émotions, l'homme titubait entre les troncs énormes. Il bramait des sanglots et avalait de la morve en faisant beaucoup de bruit.

Le crépuscule le trouva plus calme, accroupi près d'un lac dans lequel il venait de boire et de se laver le visage. Il tremblait encore ; son nez le faisait souffrir. Alentour, tout lui semblait pourriture avide. La seule idée de son corps fondant en putréfaction lui inspirait des grimaces terribles ; il tournicotait fiévreusement le bout de ses cheveux du bout de ses doigts. Soudain, il entendit un bruit.

« Plouf ! »

Assise sur une souche près du lac, Babine-Babine cherchait une rime à « harpsychord ».

« Corde ? Horde ? Morde ? Et merde. »

Elle posa sa lyre sur l'herbe, fit tomber ses soieries d'un coup de hanche et plongea dans le lac.

« Plouf ! »

L'eau verte était délicieusement fraîche, envahie par des nuées de têtards aussi vifs que des chatouilles. La fée gloussa, fit des galipettes et agita de l'écume.

Un peu plus loin, figé, le cul dans la boue et les mains sur les genoux, Norbert Octave Edouard regardait. Une chaleur barycentrée lui fit baisser les yeux. Il les releva vers ses mains, qui ballaient inertes au bout de ses poignets, puis vers la fée. Il y avait quelque chose à faire, là ; quelque chose qui était susceptible d'apaiser son angoisse de façon quasi miraculeuse. Pour la remplacer par une urgence encore plus pressante, quoique beaucoup plus suave.

Bouleversé et ravi, Norbert Octave Edouard se leva et tendit les bras vers la fée en poussant un brame discordant. Babine-Babine aperçut une forme dégingandée, un visage verdâtre autour d'un tarin écarlate ; elle émit un petit cri idiot, regagna la rive en trois brasses, rafla ses affaires et disparut dans le sous-bois. La chaleur de Norbert Octave Edouard, flouée, devint glace. L'émotion qui lui serrait la gorge descendit d'un coup aux tripes et donna un tour de vis. Les pétillements bleus de l'éblouissement devinrent les petits points rouges de la colère.

Mais c'était, après tout, une autre bonne façon d'échapper à l'angoisse.

***

« Moi, je trouve qu'ils s'améliorent, affirma Pissaladière. Ils sont toujours aussi feignants mais leur coordination musculaire va mieux. De toute façon, elle ne pouvait pas être pire. Et ils commencent à s'intéresser à ce qu'ils font. Enfin, disons plutôt : au fait qu'ils font quelque chose. C'est tout à fait étrange. Et bienvenu.

— Grmbl, répondit Pistou.

— Tu n'es jamais content, soupira Pissaladière.

— Rmbl », persista Pistou. Car si Pissaladière ne laissait aucune illusion perturber sa perception du réel, à l'autre bout du spectre, Pistou baignait dans un champ d'illusions que traversaient, çà et là, les coups de foudre de l'instinct. Et son instinct n'était pas content, oh non !

« Ils deviennent vicieux, grommela encore Pistou.

— Vicieux ? s'étrangla Pissaladière sans cesser de monter ses blancs en neige.

— Vicieux. Comme un cheval, tu sais ? Ou un chien. »

Pistou leva sa spatule : les jaunes sucrés ne faisaient pas encore le ruban. Pissaladière haussa les épaules sans ralentir son fouet :

« Un cheval ou un chien, ça devient vicieux quand ça attrape un coup de peur. D'où veux-tu qu'ils aient peur, les petits ?

— C'est ça, grogna Pistou. Il y a quelque chose de... quelque chose de terrifié chez eux. Depuis peu. »

Sa spatule alerte se couvrait de mousse.

« Ils ont peur qu'on les mette au travail, té ! rigola Pissaladière.

— Scrmbl. »

***

Quand Norbert Octave Edouard émergea de la forêt, la nuit tombait. Pataugeant dans les labours, la tête affligée d'une sévère migraine et le nez comme un potiron, il fila droit vers le réfectoire. La bonne odeur de soupe lui remit les émotions d'aplomb. Par contre, son moral resta déplorable. Il alla remplir un bol au chaudron commun et s'assit à une table, entre deux hommes aussi crasseux que lui qui regardaient bouger leurs mains avec le même air vacant.

« Pistou vient demain, fit l'un d'eux en empoignant sa cuillère.

— On va encore se faire engueuler, grommela Norbert Octave Edouard en songeant à ses rangs de haricots comblés de pissenlits.

— Il n'est pas bien gueulant, le Pissou », ricana son voisin. Norbert Octave Edouard gloussa : Pissou, hou hou, quelle bonne blague !

« Ce n'est pas le cas de la Pissat, ha ha ! » osa alors Norbert Octave Edouard. La table entière fut secouée par un trémulement de rire. Pissou et Pissat, ha ha ha !

Depuis peu, dîner après dîner, les humains découvraient qu'il n'y a rien comme l'humour pour déboulonner les idoles.

« J'espère qu'il va apporter du pain de froment, soupira un des hommes en découpant un croûton de pain noir.

— On se demande pourquoi ils en ont et pas nous », grogna Norbert Octave Edouard, dont toutes les colères et les peurs rentrées cherchaient une sortie. Il y eut un silence truffé de points d'interrogation.

« Parce qu'ils se font suer à cultiver du blé et pas nous ? risqua un cryptodémocrate.

— Et alors ? riposta Norbert Octave Edouard avec une véhémence qui soulagea un peu sa déprime. On n'a pas demandé à vivre, nous ! Ni à bouffer du pain dégueulasse ! »

Il y eut un autre silence, plein de points d'exclamations (*Bon sang ! Mais c'est bien sûr !*)

« Ah, c'est toujours les mêmes qui mangent du pain blanc, conclut une femme qui avait l'intention encore mal formulée d'inventer, d'ici vingt-quatre heures, la théorie du complot universel.

— Mouais, grinça Norbert Octave Edouard. Salauds de nains. »

Il eut soudain l'impression saisissante qu'il venait de faire un premier pas, un grand pas vers… vers il ne savait quoi de roboratif. Il releva avec décision le nez de son bol.

« Salauds de nains ! » répéta-t-il d'une voix plus forte. Il ne recueillit qu'un silence peureux mais fileté d'approbation. Les humains découvraient peu à peu, au fond de leur âme, des sentiments qui ne dataient pas d'hier, des émotions déjà semées depuis longtemps ; écloses, feuillues et prêtes à grainer. Dans la rancœur générale, le pain doré servait de prétexte mais, en vérité, il ne comptait guère. La véritable offense des nains à l'encontre des humains, c'était de leur avoir donné la vie, la liberté, et pas de mode d'emploi.

Norbert Octave Edouard se leva et s'approcha de la grande cuisinière en fonte. Sur un des feux, une soupe aux lardons épaississait en bouillonnant. Il prit la louche plate et touilla, grattant le fond où caramélisaient des navets de printemps. Puis il remplit son bol et se rassit. Autour de lui, les autres humains achevaient leur repas, ramassant la vaisselle pour la plonger dans un grand bac d'eau trouble avant de la mettre à sécher un peu n'importe où. D'ordinaire, ils auraient tout laissé en plan mais Pistou arrivait demain.

Norbert Octave Edouard frémit de contrariété : il n'avait pas envie de laver son bol. Ni son verre. Il avait envie de rejoindre sa paillasse et de repenser à l'écume moussant autour des pieds de la fée. Au bizarre petit jappement qu'elle poussait quand sa tête émergeait de l'eau après une longue apnée. Et à plein d'autres détails. Il y avait quelque chose à creuser, là-dedans… Quelque chose de plus important qu'une corvée ménagère, bien sûr.

Norbert Octave Edouard jeta un coup d'œil circulaire : à sa propre table ne restaient plus qu'un adolescent boutonneux et une petite fille à l'air triste. Une idée germa dans sa tête mal rangée. Il héla l'adolescent :

« Eh ! Toi ! Tu feras ma vaisselle. »

Le garçon en fut d'abord tout quinaud. Puis il secoua la tête, de gauche à droite, ses cheveux sales volant dans ses yeux chassieux. Norbert Octave Edouard fronça les sourcils, regarda sa main droite qui se crispait toute seule sur le bois gras de la table. Il se leva d'un bond, renversant son tabouret ; il sauta sur le garçon et lui agrippa la gorge. Celui-ci se mit alors à secouer la tête frénétiquement, de haut en bas, sans rien dire de plus qu'un gargouillement terrifié. Norbert Octave Edouard resta un instant figé au-dessus de lui, les traits gonflés de rage, le poing fermé.

« Gargl ! » protesta le garçon, dont le visage tournait au violet. Norbert Octave Edouard desserra lentement les doigts. Il y avait quelque chose à creuser aussi, là-dedans. Il repoussa le garçon et sortit de la salle commune à grands pas. Son moral s'était brutalement éclairci mais des courants bizarres lui parcouraient la peau et sa main le chauffait.

Le garçon récupéra sa respiration sous le regard effrayé de la petite fille. Il lui rendit son regard, et son œil s'alluma graduellement tandis qu'il se massait le cou.

« Eh ! Toi ! »

La fille mit du temps à comprendre qu'il s'adressait à elle.

« Oui, toi ! Tu feras ma vaisselle et celle de Norbert Octave Edouard. »

Il se tut, parut chercher l'inspiration dans la flaque de graisse qui figeait sous son bol et ajouta :

« Ou sinon ! »

Il esquissa, dans les airs, le même geste qu'avait fait Norbert Octave Edouard dans sa pomme d'Adam. Puis il se leva et sortit à son tour, se sentant lui aussi tout bizarre. Il n'aimait pas faire la vaisselle, certes, mais y avoir échappé pour ce soir, était-ce une raison suffisante pour se sentir aussi allumé ?

La fille regarda autour d'elle et comme personne dans la salle n'avait une plus petite carrure que la sienne, elle poussa un grand soupir et alla faire la vaisselle.

Un quart d'heure plus tard, Norbert Octave Edouard tombait de sa paillasse à la recherche d'un mouchoir. Sa masure étant plongée dans le noir complet, il s'en revint à tâtons vers la salle commune chercher une chandelle et du feu. La salle était presque vide, hors un groupe d'hommes qui sirotait de la béchon et une petite fille qui, penchée au-dessus du bac d'eau sale, y agitait des bols. Norbert Octave Edouard prit un rogaton de suif sur la cheminée, l'alluma au foyer et s'approcha de la tablée au moment où un des hommes, le nez goutteux, sortait son mouchoir. Quand Norbert Octave Edouard demanda à le lui emprunter, il le lui offrit avec bonne grâce. Norbert Octave Edouard fourra le tire-jus humide dans sa poche. Il s'apprêtait à quitter la salle quand un des buveurs lui tendit un verre plein de cidre à l'eau. Norbert Octave Edouard s'assit et prêta l'oreille à la conversation. Les graines de hargne qu'il avait semées poussaient vite.

Vaguement satisfait, le corps détendu et l'esprit flasque, il laissa son regard vagabonder dans les ombres du réfectoire. La fille se penchait de plus en plus au fond du baquet. Son jupon élimé, envahi de grosses taches d'eau, lui collait aux hanches, soulignant deux fesses dont Norbert Octave Edouard jugea l'allure assez féerique. Il racla sa gorge sèche, but un coup, sortit le mouchoir de sa poche pour s'essuyer les lèvres. La fille se pencha encore davantage, révélant deux chevilles graciles et deux mollets ronds. Sa croupe dessinait une fenêtre géminée étayée par deux longues cuisses et Norbert Octave Edouard s'imaginait en train d'écarter le rideau de lin mouillé qui la fermait, puis de lever les yeux vers le linteau…

Il s'essuya à nouveau les lèvres au mouchoir souillé de morve.

Le lendemain matin, Norbert Octave Edouard était enrhumé. Il accueillit Pistou en reniflant.

« Allons donc, dit Pistou. Tu as attrapé la crève de Jean François Florent. »

Comme Jean François Florent était le précédent propriétaire du mouchoir de Norbert Octave Edouard, celui-ci se plongea dans une intense réflexion. Quand il eut fini et sa réflexion, et le bon pain doré que venait de lui offrir Pistou, il sourit. Mais pas à Pistou. Celui-ci le regardait, *les* regardait, tous, avec une inquiétude croissante. Ils avaient l'air plus réveillés, oui, mais aussi plus absents. C'était bien la première fois que son bon pain de froment ne leur arrachait même pas un sourire, quoiqu'ils l'aient dévoré avec autant d'appétit qu'autrefois. Le village était mieux tenu, mais il présentait aussi des dégradations qui n'existaient pas auparavant. Et puis, il y avait ces regards fuyants. Et ces ricanements, dans son dos.

Pistou sentit un froid glacial s'abattre sur lui. Il se sentit perdu, il se sentit floué, il se sentit seul. Assis à côté de lui, sur un banc, Norbert Octave Edouard regardait fixement le buisson qui poussait devant sa maison. Des mouches tournaient autour. Pistou jeta un coup d'œil furtif au profil vert. Un tic inconnu tiraillait la joue creuse.

Pistou décida brusquement qu'il se refusait à amener son petit-fils ici. L'expérience du village humain avait tourné vinaigre, il le savait, il le sentait. Il fallait y mettre un terme. Il ne restait plus qu'à expliquer ça aux autres parents ; à tous les autres parents. Et là, Pistou réalisa qu'il manquait carrément d'arguments pour convaincre les familles naines et ogres de reprendre leur rejeton humain à charge. Il soupira sans bruit.

***

« Ils ont QUOI ?

— Brûlé le village nain, répéta Pimprenouche. Foutu le feu, carbonisé, incendié, flambé Joliflûtiau.

— Les… les humains ? bafouilla Pétrol'Kiwi.

— Cumain les a vus. Percy aussi. Aucun doute là-dessus.

— Oh, bon sang ! »

Sidérée, Pétrol'Kiwi cherchait ses mots.

« Des victimes ? finit-elle par dire.

— Pas de victime naine. Les nains sont rapides et leurs fenêtres sont basses. Du poulet grillé, essentiellement. Mais la moitié des chaumines est partie en fumée.

— Bon. Nous allons leur filer un coup de main, fit Pétrol'Kiwi sur un ton décidé.

— Oh oui, nous allons, approuva Pimprenouche. J'ai parlé avec Fenugrec, leur chef. Il compte sur nous pour choper ces salopards.

— Où sont-ils ?

— On ne sait pas. Ils ont quitté leur village. La piste est toute fraîche, ça devrait être facile.

— Mais d'abord, objecta Pétrol'Kiwi, nous allons aider ces pauvres nains à remonter leurs charpentes. Je connais quelques arbres bons à abattre qui donneront de solides poutres maîtresses. »

Pimprenouche hésita un peu, puis acquiesça. Après tout, le temps était au beau et les humains nombreux : leur piste ne s'effacerait pas vite. Alors que la petite Sibouleth, secouée par les événements, était en pleine demande d'affection. Pissaladière aussi. Rester un moment auprès d'elles était, de sa part, une bonne action. C'était aussi une bonne affaire, mais Pimprenouche ne jugea pas utile de se l'avouer.

C'était surtout une énorme bourde. Une de plus.

***

Les humains commencèrent par s'égarer dans la forêt. Ils mangèrent des champignons indigestes, burent de l'eau croupie et, à couper du bois en dépit du bon sens, attrapèrent la suette. Tandis que la moitié d'entre eux se tordait dans les affres de la colique ou de la fièvre, l'autre moitié regrettait amèrement d'avoir quitté son douillet village et brûlé Joliflûtiau. Tout naturellement, elle en vint à le reprocher à son meneur, Norbert Octave Edouard. Sentant le vent du boulet, celui-ci eut l'idée d'aller demander asile aux ogres de Vertcôtiau. Il l'obtint.

En plus d'accueillants, les ogres étaient magnifiques, leur cité splendide et leur hospitalité munificente. Aussitôt, suivant leur pente, les humains se sentirent bourrelés d'envie et de fiel. Au cours d'une de ses promenades sous les remparts crénelés, Norbert Octave Edouard aperçut un mur auquel pendaient de grands linges. Il s'approcha : le mur était humide, comme couvert d'un revêtement de petites aiguilles blanchâtres. Les linges, qui lui rappelaient ses propres draps de lit, étaient suspendus à des clous.

« Qu'est-ce que c'est ? demanda-t-il à Rodst'R, son père, qui l'accompagnait.

— Ça ? Oh, juste des mouchoirs qui sèchent.

— Et ça ? »

Rodst'R gratta la pierre du bout du doigt :

« Du salpêtre. Une saloperie qui ronge les pierres. »

Norbert Octave Edouard secoua la tête et passa son chemin. Il réfléchit très longuement. Et n'inventa pas la poudre.

***

Suivre la piste fut facile aux deux fées. Les humains étaient allés, plus ou moins tout droit, à Vertcôtiau, le village ogre. Là, ce fut le glas qui accueillit les fées. Le glas et l'odeur. Et aussi, le froissement continu des vols de corbeaux dans les airs, accompagné du vrombissement grave des mouches et du hurlement continu des chiens.

D'un claquement de doigts, les deux fées se transportèrent par-delà le mur d'enceinte. La vision était dantesque : des cadavres gonflés jonchaient les rues sous un linceul palpitant d'ailes de charognards. Le pavé était glissant de sanies ; la cloche continuait à sonner, lente et lugubre. Les fées marchèrent longtemps avant de trouver âme qui vive : c'était une ogresse qui pleurait à seaux, le front appuyé contre un mur. Pimprenouche s'employa à la calmer. Ce ne fut pas facile : elle venait de perdre ses trois enfants à la file. Les épaules secouées par les sanglots, elle leur indiqua la direction de l'hospice.

Enveloppées dans une épaisse nuée de senteur de pomme, les deux fées firent le tour des agonisants, c'est-à-dire que Pimprenouche scrutait attentivement les corps prostrés, ruisselants de sueur, et posait des questions aux quelques infirmiers épuisés qui couraient d'une paillasse à l'autre tandis que Pétrol'Kiwi agitait les mains pour chasser les mouches en regrettant sa verte futaie.

Une fois sur le parvis de l'hospice, elles s'entre-regardèrent :

« Alors ? fit Pétrol'Kiwi.

— C'est une montée de fièvre carabinée qui abat son ogre en vingt-quatre heures. Migraine, puis suffocation et c'est fini. Une suette. Apportée par les humains, semble-t-il. Beaucoup d'entre eux en étaient atteints, quand ils sont arrivés ici.

— Les humains ? sursauta Pétrol'Kiwi. Je n'en ai pas vu beaucoup, dans cet hospice.

— Peut-être sont-ils à la morgue, marmonna Pimprenouche.

— Oh, berk. »

Ils n'étaient pas à la morgue. Ils n'étaient plus nulle part. Ils avaient fichu le camp.

« Ce n'est pas aberrant, marmonna Pimprenouche qui, assise sur un merlon du mur d'enceinte, le teint livide et les yeux caves, essayait de ne pas vomir sur ses propres genoux. Quand on contamine son hôte, foutre le camp au plus vite n'est pas aberrant.

— Sauf si on est aussi mort que lui, de la même chose et avant lui », fit remarquer Pétrol'Kiwi. Elle regarda autour d'elle en respirant à fond, plusieurs fois. Le temps était gris, tiède, un peu mou mais, à cette hauteur, un petit vent sec dissipait les vapeurs de pomme. Dans la plaine au large de Vertcôtiau, l'herbe déferlait en longs rouleaux.

« Rien d'étonnant non plus à ce que les humains soient plus résistants aux maladies que les ogres, répondit Pimprenouche. Ils baignent dans la crasse depuis leur plus jeune âge. Les rares humains qui ne meurent pas en bas âge sont indestructibles. Alors que les ogres vivent dans une hygiène irréprochable. Ça fragilise. »

Pétrol'Kiwi hocha la tête :

« Irréprochable, oui. Alors, comment ont-ils attrapé cette saleté ? »

A nouveau, les deux fées s'entreregardèrent, mais cette fois sans mot dire.

« Berk, berk, berk ! répétait Pétrol'Kiwi à mi-voix tandis que Pimprenouche s'entretenait avec Fauvw'R, le responsable de la morgue.

— Ils étaient hébergés où ? Et le reste de la population avait des contacts avec eux ? Et les malades ? Les malades humains, j'entends ? Vous les aviez mis où ? En quarantaine ? Au fait, vous étiez au courant, pour Joliflûtiau ? L'incendie ? Non, vous n'étiez pas au courant ? Rien, rien. Je vous expliquerai plus tard. Certains d'entre vous mangeaient à la même table que les humains ? »

Assis sur un tabouret bancal, Fauvw'R tentait de répondre, d'une voix pâteuse. Il grelottait de fièvre, mais la fée n'arrivait pas à savoir s'il s'agissait de la suette, de l'épuisement ou de l'horreur. Entre deux questions, il attrapa un tonneau plein d'eau et but à la bonde. Babine-Babine se tourna vers Pétrol'Kiwi :

« Tu as un solide crédit, chez Service-client ?

— Euh ?

— Achète-lui tout son stock d'aspilyprane gazotée. Moi, je vais passer chercher un amplificateur de sort de désinfection chez… »

L'ogre sortit un mouchoir de sa poche, s'essuya le front, remit le mouchoir dans sa poche.

« Oh non, murmura Pimprenouche.

— Ah, les salauds ! » souffla Pétrol'Kiwi.

Sur le bord du gigantesque mouchoir était brodé NOE, en fil de coton rouge.

Le plan des deux fées était en deux parties : soigner ce qui restait des ogres et ensuite, tuer tous les humains. Dans l'ordre. Du moins, jusqu'à ce qu'un remords tardif saisisse Pétrol'Kiwi :

« J'ai bien réfléchi, et… Ecoute, jusqu'à récemment, les humains étaient égoïstes et feignants, mais ils n'avaient jamais assassiné personne. Et il se trouve que, eh bien… »

Pimprenouche, les deux mains dans le carburateur graisseux de l'amplificateur de sorts, la coupa :

« Tu peux me filer la clef alène ?

— Prends plutôt cette clef de huit, va. Je veux dire que…

— Bon, ce n'est pas la buse. C'est le gicleur, alors.

— Et moi, je pense que c'est le pointeau qui… Bordure de mer, Pimpin ! Je suis en train d'essayer de te dire que…

— Que la fosse à purin dans laquelle tu as balancé le miroir de Babine était peut-être bien celle des humains ? Merci, je sais reconnaître une influence maléfique quand j'en croise une. Tiens-moi ça. »

Pimprenouche lâcha le compresseur, glissa une main huileuse dans sa poche et en tira une sorte de cuillère laminée au char d'assaut, noire comme un dessous de pied.

« Je l'ai trouvé dans la cuisine humaine. Il luisait d'un magnifique éclat de jais. Il a dû se la donner, là-bas, le petit saligaud ! On ira le balancer en Bas-Bord dès que possible. »

Pétrol'Kiwi attrapa le miroir, le contempla un instant puis le glissa dans sa ceinture. Elle passa sa main sur son front, le trouva humide et glacé ; depuis Bas-Bord, souffrance et mort ne lui apparaissaient plus comme de simples thèmes de ballades à l'usage des aèdes. Elle repensa à l'ogresse pleurant le front contre le mur et le remords pesa sur sa poitrine comme un palet de fonte. Il lui fallut longtemps pour retrouver une respiration fluide.

***

Sous un beau ciel bleu à la chantilly, le cirque volcanique au sud-est de Bas-Bord verdoyait à l'infini. Les fées repérèrent, avec quelques difficultés, les restes de la Sub-Ethérée, barbus de végétation. Le cône du volcan, lui, avait diminué de moitié en hauteur et s'était élargi du double. Un duvet d'herbe aigrelette couvrait ses pentes. Pétrol'Kiwi marcha pesamment jusqu'au sommet, sortit sa carotteuse portative et la planta dans le sol.

« SCOUIIIIIIIIIIIIIIIIIIIIIIIIIIIII ! hurla l'engin en perforant la croûte de lave.

— Clac ! incanta la fée avec agacement.

— Scouiiiiiiiiiiiiiiiiiiiiiiiiiiiiiiiii ! reprit la carotteuse tout en envoyant, sur cinq mètres autour d'elle, des éclats de roche vitrifiée.

— Voilà. Il n'y a plus qu'à attendre », soupira Pétrol'Kiwi. Les deux fées restèrent un moment sans rien dire, observant la machine qui tressautait et virait au rouge. Le roc vibrait sous leurs pieds ; les herbettes tremblaient comme des colibris.

« Je ne comprends pas, marmotta finalement Pétrol'Kiwi.

— Quoi ? demanda Pimprenouche.

— Voyons. (Pétrol'Kiwi se tapota d'un doigt le bout du nez, puis serra les deux poings devant elle :) Toi, tu tiens les rênes de ce foutu gragon. Moi, je le tiens dans mes bras. Bon. Il dit “Ougnu”, ce qui prouve qu'il était encore en vie. D'accord ?

— Tu ne crois pas qu'on se fait du mal pour rien, là ? soupira Pimprenouche.

— Mais J'AI mal, protesta Pétrol'Kiwi. Je veux comprendre.

— Je comprends, acquiesça Pimprenouche. Je suis dans le même état. Il n'y a rien à comprendre mais je veux comprendre quand même.

— Tu as un chronomètre ?

— Clac ! Oui, j'ai.

— Top départ. Bon, je le tiens, le gragon monte, il monte… »

Pétrol'Kiwi agita les bras :

« … il monte et là ! Le volcan explose. Bon. On est restées un peu bouche bée, quand même. Je me souviens qu'il y avait des coulées gigantesques.

— Je me suis retournée pour regarder la Sub-Ethérée s'effondrer, renchérit Pimprenouche. J'ai vu la porte crouler, aussi.

— Et là, les bombes ont commencé à nous tomber dessus. Je l'ai fourré dans tes bras, j'ai sauté du gragon. Et ?

— Et, comme une conne, j'ai continué à essayer de manœuvrer ce foutu gragon. » Pimprenouche, semblant tenir un berceau au creux de son bras gauche et une poignée de serpents furieux dans sa main droite, s'agitait en tous sens. Ça chauffait de plus en plus, le bestiau s'est mis en vrille, j'ai réalisé que je pouvais me servir à nouveau de mes sorts, je me suis collé une grande claque, j'ai attrapé son col et hop ! Maison.

— Stop chrono. Combien ?

— Six minutes. »

Les deux fées regardèrent la carotteuse, qui tournait au blanc (scouiiiiiiiiiiiiiiiiiiiiiiiiiiiiiiiiii !) dans un nuage de scories de plus en plus épais.

« Six minutes, répéta Pétrol'Kiwi.

— Ouais. »

Pétrol'Kiwi fit craquer ses doigts un par un.

« A six minutes près, on le collait dans une citrouille à oxygène le temps qu'il reprenne son souffle et là, je lui offrais une bonne dose de filtre de Longue Vie et il devenait immortel.

Pimprenouche hocha la tête :

« Immortel moins six minutes, marmonna-t-elle. Six minutes. Merde. Six minutes d'inattention et une éternité d'absence. Je me sens coupable, mais coupable… »

Pétrol'Kiwi haussa les épaules :

« La culpabilité, ce n'est qu'une responsabilité qui a mal tourné.

— Quand même, mâchonna Pimprenouche, l'œil humide et la bouche bilieuse, je trouve qu'on se fait beaucoup de mal pour pas grand-chose, avec nos reconstitutions minutieuses. Ce n'est pas comme si ça pouvait le ressusciter…

— Je ne sais pas, murmura Pétrol'Kiwi d'une voix inhabituellement douce. C'est comme si sa mort était une énigme que je cherche sans fin à résoudre.

— Blop ! éructa la carotteuse.

— Tiens, fit remarquer Pimprenouche sur un ton las, long-nez a atteint le magma. Balance-moi cette chose. »

Pétrol'Kiwi poussa la carotteuse d'un revers de main et jeta le miroir dans le trou comme une lettre à la boîte. Il y eut un « plouf » épais et lointain. Les deux fées échangèrent un regard morne :

« Ce petit salopard a mieux joué que l'artefact subéthéré des nains », grommela Pétrol'Kiwi. Pimprenouche hocha la tête :

« Que oui ! Il s'est bien fait oublier, il a bien eu le temps de répandre son venin ; il a dû mourir bien en paix. »

Il y eut un long silence.

« Putain, six minutes !

— Ouaip. »

La création du Styx

De retour de Bas-Bord, les fées aiguisèrent leurs épées. Leur plan était toujours aussi simple ; il était toujours en deux parties. Et elles avaient fini de soigner les ogres survivants.

***

Il faisait froid et humide, dans la forêt. Le jour s'était levé sans enthousiasme et se traînait à ras de terre, le teint gris, le ventre pesant. Les branches des arbres, vernies par la pluie, portaient des grappes de corneilles ébouriffées.

Babine-Babine, qui sentait sa fibre créative émoustillée par tant de mélancolie, se dirigeait d'un pas allègre vers son banc préféré, un simple tronc allongé sous un feuillage au bord d'une sente sylvestre à souhait. Elle marchait sur le chemin couvert de feuilles mortes, sa lyre sous le bras, la gorge déjà gonflée de rimes, se sentant tout à la fois délicieusement nostalgique et sévèrement inspirée. A trois pas de sa destination, elle s'immobilisa brusquement : assise sur le tronc vert de mousse, mal abritée de la bruine par les frondaisons déjà lourdes d'eau, une humaine serrait contre elle un petit paquet de linge. Elle le berçait en chantonnant à bouche close. En voyant son regard vacant, Babine-

Babine comprit immédiatement que l'enfant était mort et que sa mère le savait.

La fée hésita longtemps. Il y avait quelque chose d'intolérable dans cette comptine qui se débobinait pour personne, tintinnabulant gaiement au milieu du brouillard. Babine-Babine pensa d'abord à s'esquiver vilement. Ensuite, dans un sursaut d'exaspération, elle s'approcha de la pauvre folle recroquevillée sur son tronc avec la ferme intention de lui coller une grande claque pour la faire taire.

Mais la fée avait, depuis quelque temps, appris à versifier, à rimer et à scander. Elle avait abordé les marécages immenses de la poésie et leur peuple d'aèdes barbus. Ce ne sont pas des créatures que l'on côtoie impunément. Et d'abord, elles vous enseignent le goût du risque. Babine-Babine s'assit à côté de la femme et posa une main sur son épaule.

« Comment s'appelle-t-il ? » demanda-t-elle doucement. La femme fixa sur elle un regard où le vide alternait avec l'horreur à une vitesse stroboscopique.

« Loustic, dit-elle d'une voix emplie de fierté.

— C'est très joli », répondit gravement Babine-Babine.

Alors la femme lui présenta son minuscule fardeau. Elle laissa la fée passer une main caressante sur une joue ronde, dure comme une coupe à sorbet. Contre le front bombé, vert pâle, le vent faisait bouger une boucle de cheveux rouges. Ce n'était plus un nourrisson et pas encore un galopin. Il avait peut-être un an, et un petit cou sec de moineau mal nourri.

« Il est mort, vous savez ? » fit remarquer la fée.

Aussitôt, la mère se détourna et se remit à chantonner. Babine-Babine ouvrit de grands yeux. La condition mortelle ne lui semblait pas enviable mais d'ordinaire, ses ressortissants s'y soumettaient avec une bonne grâce qui permettait aux immortels et aux imbéciles de ne pas trop s'en soucier. En cas de deuil, ogres et nains pleuraient beaucoup, s'étreignaient d'abondance, mettaient en bière avec force larmes puis banquetaient gaiement et passaient à autre chose avec la vigueur rassurante d'un fleuve lent et large. Ils n'avaient pas l'habitude de mourir si jeunes, ni si seuls.

Babine-Babine se gratta la tempe. Bien sûr, il y avait des solutions. La première consistait à patienter quelques jours. Quand la mère aurait son gosse non seulement dans les bras mais plein les genoux et en flaque autour des pieds, elle se déciderait probablement à aller l'enterrer. Mais où ?

Et avec quelle pelle et quel seau ?

Babine-Babine se gratta le nez. A côté d'elle, la mère chantonnait toujours. Les grosses gouttes d'eau glacée qui tombaient sur elle faisaient contrepoint. La fée se sentait de plus en plus mal à l'aise : cette créature qui refusait la mort comme une pierre refuse de tomber la déstabilisait. Et puis elle commençait à avoir froid aux doigts. Sa lyre s'embuait d'humidité, ce n'était sûrement pas bon pour la caisse de résonance.

« Il faut l'enterrer, vous savez ? » dit la fée.

La femme sursauta, comme si la fée venait de lui proposer une tasse d'arsenic :

« Mais il va avoir froid, dans la terre ! » piaula-t-elle.

Babine-Babine ouvrit la bouche, la referma.

« Et puis il a peur du noir, murmura la femme en se penchant à nouveau sur le marmot tout raide.

— D'accord. Ah, d'accord », marmonna Babine-Babine qui se pencha, elle, sur sa lyre, et en pinça avec chagrin les cordes mouillées. Le son réveilla quelque chose en elle.

« Non, fit-elle d'une voix claire. Non, ce n'est pas comme ça que ça se passe. »

La femme ne répondit rien mais elle cessa de chantonner. Encouragée, Babine-Babine reprit, en pinçant sa lyre :

« Quand vous l'aurez enfoui dans le sol, il descendra plus bas, beaucoup plus bas que tout ce qu'on peut imaginer. Jusqu'à… jusqu'à traverser toute l'obscurité pour retrouver la lumière. »

La femme releva la tête et battit des paupières, comme si elle se réveillait et notait avec surprise l'absurdité de ses rêves :

« Quelle lumière ?

— Eh bien… il y a, tout en bas, un pays très lumineux quoique souterrain, continua Babine-Babine, qui se sentait inspirée. Un pays nommé… le pays des morts. »

Ce n'était pas terrible mais la femme tourna vers la fée un visage défiguré par l'espoir :

« Voilà, assura Babine-Babine. Car tel est son nom. Car son nom est : le pays des morts. C'est un… une grande caverne et tous les morts s'y rendent.

— Une caverne lumineuse ? croassa la femme.

— La lumière inonde ce pays car d'or est son plafond, et de diamants ses parois. »

La femme se détourna brusquement :

« Sottises que tout cela.

— Il faut bien que l'or et les pierreries qu'on trouve dans la terre viennent de quelque part, n'est-ce pas ? insista la fée. Eh bien, ils viennent de ce pays. »

La femme renifla, perplexe.

« Comment mon Loustic pourrait-il s'y rendre, lui qui sait à peine marcher ? »

Babine-Babine leva le nez, en quête d'idées. Entre les branches, le ciel pleurard tournoyait jusqu'à elle comme une boîte d'aiguilles renversée.

« Avec l'eau, assura Babine-Babine. Car l'eau tombe du ciel et s'enfonce sous terre, et les morts qui sont sous terre s'en vont avec elle. Il faut bien qu'elle aille quelque part, cette eau, n'est-ce pas ? Eh bien, elle se rassemble en un grand fleuve qui traverse ce pays.

— Grand comment, le fleuve ?

— Euh… »

Babine-Babine hésita. Elle aurait pu répondre : « Cent mètres de large », mais ce n'était pas ce que la femme attendait d'elle. Ce n'était plus sur ce terrain-là qu'elle jouait. Ses doigts improvisèrent une suite d'accords mineurs, triste comme une veillée funèbre.

« Grand comme la douleur. Mais sur les rives du fleuve, il y a de vertes prairies où jouent les enfants et les innocents.

— Comment va-t-il aborder ? » La femme venait de passer brutalement du désespoir à la pleine panique. « Il sait encore moins nager que marcher !

— Sur ce fleuve, il y a une barque, ronronna Babine-Babine, et sur cette barque, il y a un passeur. Ce passeur aide les âmes mollettes des enfants à gagner la rive enchantée. C'est son travail.

— Et il coûte combien, ce passage ? » demanda la femme d'un ton méfiant. Babine-Babine sourit en égrenant une petite montée chromatique pleine d'astuce. Il lui semblait qu'elle venait de remporter une victoire.

« Eh bien… »

A trois pas de là, dissimulées sous la futaie et tenant d'une main de moins en moins ferme leur épée affûtée de frais, Pimprenouche et Pétrol'Kiwi écoutaient la lyre de Babine-Babine. Celle-ci n'essaya pas de décrire le dernier voyage de l'enfant comme s'il s'était agi d'un tour de manège ; ça n'aurait pas été avec l'ambiance. Dans l'ombre grandissante des feuillages, personne n'y aurait cru et surtout pas cette femme qui s'était mise à pleurer doucement, aussi continûment que le ciel pleuvait. Alors la fée parla d'un périple interminable et obscur, mais qui finissait sur une aube radieuse. Elle parla ensuite de rires, de fleurs, de lait, de tout ce qui lui passa par la tête qui faisait printanier ou infantile.

« Et moi, moi ? bégaya la femme à la fin du chant. Moi qui ne suis plus enfant ni innocente, le reverrai-je ? Comment le retrouverai-je ?

— Quand vous irez à votre tour sur le fleuve, Loustic vous reconnaîtra et il vous appellera depuis la rive. »

La femme parut méditer un instant tout en se séchant les yeux avec le revers de sa manche. Dans son esprit en friche, l'ensemble dû paraître se tenir car elle se leva, prit sa houe et, le visage crispé, commença à creuser l'humus tendre. Les trois fées la regardèrent glisser une pièce de monnaie entre les petits doigts bleus de Loustic, puis lisser les langes sales sur les membres qui mollissaient. Elle leva vers Babine-Babine un regard flageolant comme une flamme de bougie :

« Vous êtes sûre que ça suffira, pour le passeur ? »

La fée hocha gravement la tête :

« Oui. Maintenant, je vais lui rappeler ses devoirs. »

Elle reprit sa lyre :

« Sombre passeur, dans la noire vapeur
Du fleuve, parmi les eaux blêmes, parmi les âmes,
Lorsque viendra l'enfant qui nous quitte aujour-
[d'hui,

Sois bon. Tends-lui les bras, lâche un instant tes
[rames.
Il est petit ; il marche à peine ; il aura peur.
Aide-le à grimper l'échelle étroite et rude,
Et pour le long, le froid passage de la nuit,
Place-le dans ta barque avec sollicitude. »

Les trois fées regardèrent encore la femme allonger le corps dans la fosse et disposer, sur sa poitrine, une cuillère en bois, un ours en foin tressé et une poignée de noisettes pour la route.

« Patatras, murmura enfin Pimprenouche. Je ne pourrai jamais les massacrer.

— Non, admit Pétrol'Kiwi. Je peux me charger d'adultes en armes mais je me vois mal planter mon coupe-choux dans un gosse malade. Je ne savais pas qu'ils pouvaient se reproduire, moi !

— Moi non plus. M'est avis qu'ils l'ont eux-mêmes découvert il y a fort peu de temps, soupira Pimprenouche. Bon sang, qu'est-ce qu'on aura pu arriver trop tard, dans cette histoire ! »

La femme reboucha la fosse, entassa dessus un cairn de cailloux et s'endormit comme une masse à même le sol, roulée dans son manteau en loques. Alors Babine-Babine, toujours assise sur son tronc moussu et étreignant sa lyre entre ses mains raidies par le froid, leva deux yeux noirs de rancune vers le taillis qui dissimulait ses deux congénères :

« Vous pouvez sortir, hein ? Je ne vais pas vous faire enfermer, *moi*.

— Tu es certaine de mesurer l'ampleur de la catastrophe dont tu es responsable ? siffla Pimprenouche en quittant son abri pour s'approcher du cairn.

— Parce que d'après vous, je suis responsable d'avoir attrapé une toxicomanie, c'est ça ? riposta Babine-Babine. J'ai fait exprès ?

— Il ne manquerait plus que ça, grogna Pétrol'Kiwi en se plantant près de Pimprenouche.

— Bon, allez, soupira Babine-Babine. Asseyons-nous et buvons un coup. Il y a des choses dont nous devons discuter. »

Les deux autres fées échangèrent un regard : Babine-Babine était guérie, sans doute aucun. Plus qu'elles-mêmes, probablement.

***

Tandis que les fées évaluaient leurs chances de supporter raisonnablement la cohabitation avec les humains nouvelle manière, ogres et nains sombraient dans la dépression. Tant de haine et de fourberie de la part de leurs propres enfants les minaient, et ils ne surent d'abord que faire. Finalement, ils réagirent comme face aux elfes noirs : ils se carapatèrent le plus loin possible, les uns colonisant mines et cavernes, les autres landes reculées et pics inhospitaliers sur lesquels ils édifièrent des forteresses d'allure déplaisante. Autant le préciser tout de suite : si les nains se firent assez bien à leur nouvelle existence, gagnant en pierreries ce qu'ils perdaient en hygiène, les ogres ne se consolèrent jamais vraiment. L'espèce déclina et ses ultimes rejetons, quelques siècles plus tard, n'étaient plus que de grands abrutis atteints de gloutonnerie. Avec ça, le QI d'une huître.

Alors, la Terre appartint aux humains. Ou, plus exactement, à ceux d'entre eux qui n'étaient pas de corvée de vaisselle.

Alors, la Terre appartint aux hommes.

Quant aux autres espèces terrestres, elles se coulèrent plus ou moins dans le nouveau moule géopolitique, chacune suivant ses mérites. Il apparut bientôt que les vrais bénéficiaires étaient les mouches, les puces, les poux et les morpions, ainsi que les corbeaux, les rats et les vautours. Ceux-là se mirent à pulluler.

Le visage de la planète s'assombrit.

***

Norbert Octave Edouard eut trois fils. (En fait il en eut douze, de trois femmes différentes, mais seuls trois vécurent.)

Le premier naquit bossu et fut appelé Chameau car à cette époque la charité chrétienne n'étouffait personne. Son occupation préférée était de couper du bois : pendant ce temps-là, au moins, on ne lui disait pas de se tenir droit. Il apprit à reconnaître les différents arbres, à les tronçonner, à les débiter et enfin, à les travailler. La vie au grand air lui tanna le cuir, lui donna des formes olympiques et lui renfrogna l'humeur.

Le deuxième fils de Norbert Octave Edouard naquit faible du foie. C'était un bébé malingre, jaune, le visage couvert de petits boutons. On le nomma Semis. Il grandit près du feu, replié sur lui-même comme un crapaud. Plissant les yeux dans l'atmosphère enfumée, il dessinait entre ses pieds, à l'aide d'un bâton, des formes curieuses dans la cendre qui couvrait le sol. Il ne grandit guère, ne bronza pas davantage, ne développa aucun humour mais, quand il perdit ses boutons, révéla d'assez jolis traits.

Le troisième fils était incroyablement glouton et fut nommé Jaffrer. Etant albinos, il devint aussi un garçon d'intérieur, plus encore que Sem, mais avec une nette préférence pour la cuisine. Sa manie d'avaler tout rond tout ce qu'il pouvait lui valut autant d'intoxications alimentaires que de coups de pied au cul. Atteint de dyspepsie précoce, il dû mettre un frein à son appétit démesuré et se contenta désormais de touiller ensemble gelée de mûre et tranches de cornichons, afin de composer des plats imbouffables mais plaisants à l'œil. Maigre et mal poussé, il développa un caractère aussi acide que son estomac. Cependant, les nuances de ses grands yeux clairs et de ses cheveux plus clairs encore auprès de son visage livide étaient intéressantes.

Quand ses trois fils entrèrent dans l'adolescence, Norbert Octave Edouard décida de les envoyer au loin faire leurs preuves. Ou leurs armes. Ce qu'ils voulaient, mais loin.

Cham, bien sûr, partit chez les bûcherons. Sem fila retrouver, dans les cavernes mystérieuses où vivaient les prêtres, l'atmosphère enfumée qu'il aimait, et Jaffrer se mit au service d'un fresquiste-teinturier, professions jumelles en ce temps car les humains ne voyaient pas trop la différence entre écraser une cochenille sur un mur et l'écrabouiller sur une chemise, du moment que ça faisait joli.

A la fin de leur adolescence, Sem, Cham et Jaffrer revinrent auprès de leur père. Celui-ci, au cours d'une grande cérémonie d'intronisation où furent conviés tous les mâles dominants des environs, leur demanda solennellement de montrer ce qu'ils avaient appris à faire. Cham roula jusqu'aux pieds de son père une bille de hêtre et tailla dedans, à la machette, une statue de forme humaine. On l'applaudit.

Alors Sem sortit de ses poches un morceau de fusain et griffonna, à l'emplacement du visage, des traits criants de réalisme. Il dessina ensuite, sur la colonne de bois brut, tout un attifement de guerrier. On l'applaudit aussi.

Quand ce fut le tour de Jaffrer, il eut une moue pleine de mépris, dégaina une palette de son tablier crasseux et, du bout du doigt, peignit si bien la statue qu'on l'aurait crue vivante, avec de bonnes joues vertes et une belle cote tachée de sang. On l'applaudit derechef.

Norbert Octave Edouard était embêté. Les talents de ses fils n'avaient rien de guerrier et en plus, ils étaient complémentaires. Le moyen de désigner un héritier, avec ça ? Il leur donna la parole, à charge pour eux d'expliquer en quoi chacun était supérieur aux deux autres.

Cham parla de la maîtrise des formes, de la matière épaisse dont était constitué ce monde et de la nécessité de savoir la manipuler. Sem haussa les épaules, le traita de branleur de cognée et affirma que sans le trait qui le délimite, le volume n'est rien. Jaffrer cria plus fort qu'eux, demandant à l'assemblée ce qu'elle pensait d'un monde sans couleurs.

Norbert Octave Edouard, que tous ces arguments d'esthètes emmerdaient, les foutit dehors alors qu'ils avaient déjà commencé à se battre, et avec eux toute la salle. On se quitta horriblement brouillé, chaque fils emmenant avec lui ceux qui en voulaient à mort aux salopards des deux autres bandes.

Cham et une troupe de fidèles s'enfoncèrent dans la forêt, vers le sud. Ils vouèrent leur vie au grand air et au travail des volumes. Sous le soleil féroce de la déforestation, ses descendants virent leur peau noircir, leurs cheveux épaissir et croître leur goût pour les formes voluptueuses qu'ils tiraient des larges troncs abattus.

Sem, qui préférait l'obscurité, fila vers le nord avec ses comparses. Il eut des enfants en grand nombre et des descendants en quantité incroyable, tous le teint jaune, l'œil plissé et le coup de crayon habile. Ils ornèrent les murs de toutes les grottes qu'ils croisèrent avant d'inventer des supports plus maniables, sur lesquels ils consignèrent un alphabet de plus de vingt mille signes, chacun d'une grâce étonnante.

Quant à Jaffrer, il partit du troisième côté, plein ouest, tout nu sous son tablier taché par les pigments et les solvants. De ses reins sortit une nichée de gloutons livides, à qui la frustration tenait lieu de sens moral et l'acidité gastrique d'excuse à tout. Ils avaient un réel talent de coloriste et enfouissaient, dans leurs fresques et leurs icônes, toute la délicatesse dont ils disposaient.

Grâce à leur différence de carnation, sitôt qu'un fils de Cham croisait un fils de Jaffrer ou de Sem, ils se reconnaissaient immédiatement comme ennemis et se tombaient dessus séance tenante. Cependant ils firent parfois alliance, le temps de massacrer les quelques hommes verts qui subsistaient encore et qui leur rappelaient douloureusement leur ancêtre commun. Et c'est ainsi que des arts naquirent les guerres et que se mit en place la grande comédie sanglante de l'histoire humaine. A ce tableau, ne manquent plus que l'intervention désastreuse de Dieu et la disparition de la Magie (lesquelles adviennent dans le tome I).

***

Moudubas, un brin de folle avoine coincé entre ses dents blanches, suivait du regard les jeux d'une demi-douzaine de petits humains qui gambadaient en lisière de la forêt. Curieux de leur réaction, il agita un des rameaux du picambier derrière lequel il se cachait. Les enfants s'immobilisèrent et jetèrent des coups d'œil inquiets dans sa direction. Il les vit pâlir et sourit. Il les vit conciliabuler à mi-voix et ricana.

Cinq minutes après, il fuyait à toutes jambes sous une pluie roulante de cailloux et de cris de guerre suraigus.

***

Babine-Babine, debout dans la queue de pré-inscription, bâillait à pleines dents. L'aube se levait au-dessus du campus féerique. D'un claquement, la fée fit apparaître dans sa main une tasse de chicorée amère, tout juste tiède.

« Tu viens t'inscrire en sorcellerie ? » fit une voix derrière elle. Babine-Babine se retourna :

« Euh… non. »

La fille lorgnait avec concupiscence sur sa tasse. Babine-Babine la lui offrit avec bonne grâce et réussit à invoquer un truc qui sentait un peu plus le cavé.

« Merci, dit la fille avec un sourire timide.

— Babine-Babine, se présenta Babine-Babine en songeant qu'un brin de conversation la tiendrait éveillée.

— Pas moi, répondit la fée.

— C'est joli.

— Je veux dire… je me cherche un nom. Moins moche que le vrai, bien sûr.

— On en est toutes là, fit Babine-Babine en se frottant un œil.

— Je cherche et je ne trouve pas. Comme j'élève des poutons verts et des papillons plumacés, on m'appelle parfois la fée Papillon. Enfin, rarement. Parce que mon activité la plus suivie, c'est quand même la misanthropie.

— Ah oui ? » Babine-Babine leva un sourcil intéressé au milieu des vapeurs de cavé. « Ça me paraît une activité saine. Et pour répondre à ta question : non, je ne m'inscris pas en sorcellerie. J'ai décroché ma licence l'année dernière, avec beaucoup de peine et bien peu de plaisir. Je vais prendre poésie lyrique, cette année. Avec une mineure médecine vétérinaire.

— Moi aussi, je vais en médecine vétérinaire. Mes plumacés ont mauvaise mine, en ce moment.

— Moi, je me fais surtout du souci pour les petits humains que je connais. Il y en a un nid, pas loin d'ici. Ils sont gentils, quand ils sont petits. Ils m'offrent du lait, des couronnes de fleurs, c'est assez charmant. Et ils aiment bien qu'on leur chante des chansons, qu'on leur raconte des histoires. (Babine-Babine toussota :) A vrai dire, c'est le seul public attentif que j'ai trouvé. Mais on n'imagine même pas le nombre d'infections que de si petits corps sont capables de contenir.

— Eh, les filles ! grogna une fée derrière elles. Vous avancez, oui ? »

***

Parvenu au sommet d'un chêne-liège, Moudubas s'assit à califourchon sur une branche et s'épongea le front. Plus bas, les enfants dansaient en rond autour du tronc, chantant à tue-tête des choses atroces. Leurs éclats de rire étaient sauvages.

« Palsambleu, murmura Moudubas en rejetant en arrière les cheveux trempés qui lui collaient aux tempes, je me demande si je n'ai pas fait une grossière erreur, moi, dans toute cette histoire. »

***

« Si, si ! On voyait bien qu'il n'y connaissait rien, mais qu'il ne demandait pas mieux qu'apprendre. »

La fée Papillon gloussa derrière sa main :

« Oh, quand même ! Ils sont tellement laids, ces pauvres humains…

— Pas toujours, assura Babine-Babine avec un petit sourire salace. Entre quinze et vingt ans, ceux qui n'ont pas de boutons peuvent avoir belle allure.

— Et alors ? Qu'est-ce qu'il a fait, après ?

— Après ? Il a regardé autour de lui, battu des paupières d'un air bête et dit : "C'est pas désagréable." »

Les deux fées hurlèrent de rire.

***

A un kilomètre du village humain dont Babine-Babine était devenue le barde, dans une toute petite clairière qui trouillotait d'une pastille de clarté blonde le cœur obscur de la forêt, deux fées étaient assises l'une à côté de l'autre. Le soleil, passant ses pinceaux ardents entre les feuilles dentelées des chênes, posait des glacis sur leurs cheveux pâles et les soieries dont elles étaient vêtues. Les fées discutaient entre elles, de leur voix basse et mélodieuse :

« Tu crois qu'il est là ?

— Non, bien sûr. Même ses molécules doivent avoir déserté ces branches, à la longue. Ce n'est qu'un souvenir. Un cénotaphe. Une saloperie de pis-aller contre l'oubli. Ou la douleur. »

Le rosier tendait vers le ciel ses doigts charnus, à peine éclos. Pimprenouche et Pétrol'Kiwi, assises en tailleur à son pied, le regardaient d'un air pensif.

« On l'aura eue, notre quête, dit rêveusement Pimprenouche. Jusqu'au bout et jusqu'à la lie. Depuis la mort du comparse jusqu'à la sagesse de la tristesse postquestuelle. A moins que ce ne soit la tristesse de la sagesse. » Elle posa son menton sur son genou et ferma les yeux.

« Je ne me sens pas plus sage qu'avant, grogna Pétrol'Kiwi. Seulement plus aigrie. Du diable si je trouve jamais aucun avantage à la mort de Rtoutitou !

— Tiens, j'ai croisé Babine, fit Pimprenouche dans un louable effort pour changer de sujet. Et sa nouvelle copine, la fée Papillon.

— Papillon, ricana Pétrol'Kiwi. La fée Papillon. Et moi, c'est Placebo.

— On en est toutes là, soupira Pimprenouche en s'allongeant sur l'herbe, les mains croisées derrière sa nuque. » Le ciel était bleu et tendre ; il y nageait des hirondelles.

« En tout cas, reprit-elle, elle se fait bien aux humains, la Babine.

— Plus que toi ? siffla Pétrol'Kiwi qui s'était mise à dégager le paillage au pied du rosier mortuaire.

— Elle s'y fait, je me les fais et toi, tu t'en fais pour rien, riposta Pimprenouche.

— Je ne les aime pas, voilà, grommela Pétrol'Kiwi en lissant la terre mise à nue du plat de la main.

— Qui pourrait les aimer ? Ils ne sont pas aimables. La faute à leur condition, qui l'est encore moins. C'est qu'ils vivent avec la mort au cul ! La terreur est leur pain quotidien et la fuite, leur métier. Mais tu verras ! Un jour, ils en feront de l'assez bonne littérature. »

Pétrol'Kiwi haussa les épaules :

« Je vois ça d'ici : des contes dits par des idiots, pleins de bruit et de fureur, et qui ne signifient rien. »

FIN*

---

* L'épigramme chantée par Babine-Babine sur la tombe de l'enfant est de Zonas de Sardes (Ier siècle av. J.-C., Anth. Pal., VII, 365), trad. Marguerite Yourcenar, in *La Couronne et la lyre : anthologie de la poésie grecque ancienne*, Ed. Gallimard.

Postface : La traque au gras

Le livre que vous tenez entre vos mains a d'abord été publié en deux volumes aux éditions Nestiveqnen, sous les titres *Merlin l'ange chanteur* et *L'Immortalité moins six minutes*, tomes 3 et 0 de la série *Quand les dieux buvaient*. Et si le quatrième tome porte le numéro zéro, c'est qu'il s'agit d'une préquelle. Le tome – 1 est en cours de rédaction.

De tous les livres que j'ai écrits, *Merlin l'ange chanteur* est mon préféré. Peut-être parce que j'y ai passé un temps fou ? Ou parce que j'y retrouve ce moment étrange où je me suis penchée sur mon premier marmot ?

Epuisé par treize heures d'accouchement, déformé par les forceps, ce petit bidule rougeâtre ne ressemblait à rien ; il dormait désespérément. Le premier surnom que je lui ai donné a été « l'*alien* », ce qui n'a pas plu à l'infirmière.

Quand il s'est réveillé, il a commencé à hurler. Déconcertée par ce lapereau écarlate et maigre comme un écorché, raidi par une colère qui ressemblait à de la douleur, et qui refusait de téter, j'ai appelé une aide-soignante. Elle a attrapé le bébé par la nuque et l'a enfoncé dans mon sein de telle sorte qu'il ne lui restait que deux options : boire ou mourir. Il a bu. J'ai attendu patiemment, tandis que le lait imbibait ma jolie chemise de nuit postnatale déchirée jusqu'au nombril. (Car c'est une des nombreuses choses qu'on ne dit pas aux jeunes mères : quand bébé boit un sein, l'autre coule bêtement.) Au changement de sein, le marmot a recommencé à brailler : j'ai appliqué la méthode dite « Bois ou crève » et ça a marché.

Une demi-heure plus tard, assise au milieu d'une mare de lait, j'avais entre les mains un petit machin rose et obèse, paisible, roulé en boule comme un hérisson. « Je t'ai eu ! » lui ai-je dit. Il s'est endormi dans la seconde. J'ai fait la même chose. Depuis, nous nous entendons assez bien.

Merlin l'ange chanteur m'a demandé, prétentions historiques obligent, un travail de documentation monstrueux. Il m'a aussi permis de réaliser une chose : la documentation vire facilement à la sale manie. Quelques exemples ?

L'Archange s'assoit sous un arbre par une belle matinée de printemps. J'imagine qu'il chantonne plaisamment. Et pour bien marquer à quel point il a, malgré sa mine fraîche, un âge antédiluvien, je décide de lui mettre dans la bouche une chansonnette apprise dans les bordels de Babylone, mille trois cents ans auparavant. Je pars donc à la recherche d'un terme babylonien digne d'une chanson de bordel. Ce n'est pas simple.

Ensuite, l'histoire m'emmène dans les Carpathes en 600 A.C. Je dois trouver qui pouvait bien vivre là-bas, à cette époque-là. Je cherche, je trouve les Quades, va pour les Quades ; dans ce clan de Quades, je choisis une héroïne. Reste à lui trouver un prénom. Quels prénoms portait-on en Europe de l'Est, il y a 1 500 ans, hm ? Au moment où je me lève pour aller rendre visite aux archives de l'ambassade de Roumanie, je comprends que quelque chose ne va pas. Telle un gros mur de coton hydrophile, la Documentation se dresse entre moi et mon livre. Alors tant pis, j'abrège : je trouve sur Internet quelques prénoms d'époque, certes, d'Europe de l'Est, certes, mais masculins et princiers. Entre Cordane, Toktu et Crome, je fais mon choix.

Même avec un travail documentaire volontairement abrégé, *Merlin l'ange chanteur* continue à me prendre un temps fou. Ainsi, quand dans les Carpathes, l'Angelot décide de se mettre à la thérapie par les plantes, je rédige quinze pages de tisanes et de cataplasmes rigoureusement exactes qui finiront par être réduites à un paragraphe complètement fantaisiste. J'appelle cette opération : la traque au gras. Ecrire, c'est raturer ; pister et ôter la graisse qui alourdit le texte. Mon éditrice ne dit pas autre chose quand elle m'ordonne : « *Kill your darlings* ». Quel que soit le temps passé sur un passage, il ne suffit pas, pour qu'il obtienne le droit de vivre, qu'il ne soit pas superflu : il faut qu'il soit indispensable.

Pour ce qui est du Canon 27, édit papal qui marque les débuts de l'Inquisition, vous pouvez aller vérifier : je n'ai pas menti d'une syllabe. Et si vous vous demandez quelles têtes ont les papes Innocent III et VIII, Martin Luther et Bram Stoker, vous les trouverez sur www.catherinedufour.net.

Je ne résiste pas à l'envie de mettre ici quelques extraits des psaumes qui m'ont fait pâmer de joie :

Mon Rocher, ne sois pas sourd (David) :
Seigneur, mon rocher, je t'appelle, ne fais pas le sourd.
Si tu gardes le silence, je serai l'un de ceux qui vont à la fosse.
Ecoute ma prière quand je crie vers toi, Seigneur, quand je lève les mains vers ton saint Temple.
Ne me ramasse pas avec les méchants, avec les hommes malfaisants toujours pleins de bonnes paroles alors qu'ils projettent le mal.
Donne-leur ce que valent leurs actes et la méchanceté de leur conduite. Tu leur feras comme ils ont fait, tu leur rendras la pareille.

Il fait bondir comme un veau le Liban :
Voix de Yahvé, elle fracasse les cèdres,
Yahvé fracasse les cèdres du Liban,
Il fait bondir comme un veau le Liban,
Et le Siryôn comme un bouvillon.
Voix de Yahvé, elle taille des éclairs de feu ;
Voix de Yahvé, elle secoue le désert,
Yahvé secoue le désert de Cadès.
Voix de Yahvé, elle secoue les térébinthes,
Elle dépouille les futaies.

C'est merveilleux, tant d'amour.

Ou voulais-je en venir ? A ce que, sous ses airs fantaisistes, *Merlin l'ange chanteur* tente de coller à une certaine réalité historique. Guenièvre a probablement été une reine picte et une guerrière aguerrie ; une pluie de sang est en effet tombée sur l'Aquitaine en 1028, bien des témoins l'ont affirmé ; Raymond VI, comte de Toulouse, s'est bien croisé contre ses propres sujets après avoir été fouetté dans une flaque de sang ; de

Lancre était vraiment givré, etc. Oui, il y a bien eu des flottes de bateaux pontés construites pour le prochain déluge ; oui, Louis XIV a bu pendant des années, à son insu, des poudres à base de sang menstruel et de sperme de curé ; oui, on vend actuellement des pellicules photographiques capables de supporter la lumière du Second Avènement du Christ ; oui, les chasses au pigeon gelé et à l'ouvrier belge ont existé et les *scalping parties* de George Washington aussi ; oui, tout est vrai. Même l'émission tournée dans un mouroir à marmots sidateux. Je l'ai vue.

Tout au plus me suis-je laissée aller à quelques approximations. Ainsi, Richelieu n'a pas pu dire de mal de Marie de Médicis en 1609 puisque, à l'époque, il n'était pas encore de ses familiers. Il s'en fallait de quatre ans, crois-je me souvenir. Mais tant pis : le « grosse vache » était trop bon. Et dire que « Louis le Quinzième faisait emmurer vif, dans des logettes grillées, de malheureux plumitifs condamnés à mourir de faim pour un sonnet de trop » est une légende urbaine mais une légende persistante, d'ailleurs souvent attribuée à Louis XIV. La vérité est qu'un nommé Dubourg, arrêté pour un livre politiquement incorrect, est bien mort à trente ans, suite à une grève de la faim, dans une geôle du Mont Saint-Michel où l'avait envoyé Louis XV, mais ce n'était pas un système. De même, le texte du grand exorcisme infligé à l'Angelot sur la rive du val des deux lacs est largement postérieur à l'an mille, mais je n'en ai pas trouvé de plus vieux. Les *caloians*, petites figurines votives à forme humaine emplies de fleurs, font partie des traditions d'Europe de l'Est, certes, mais les Quades du ve siècle les connaissaient-ils ? Mystère. Disons que j'ai fait du mieux que j'ai pu.

La partie futuriste m'a aussi demandé du travail : j'ai rédigé un mémoire complet sur la mupathie mutahé. Et aucun personnage ne me ressemble plus que Délusion et son amour dévorant pour les étoiles dont elle récite les noms comme un chapelet : Alshaïn, Tarazed, Albiréo, Véga, Shéliak, Ras Algethi, Ras Alhague, Algol, Bételgeuse, Rigel, Aldébaran, El Nath, Achernar, Phecda, Spica, Canope de la Carène, Alpha et Proxima du Centaure, Procyon ; à une époque, je les connaissais toutes par cœur. Pour rendre à César ce qui est à César, voici les vers originaux d'Auden :

As the poets have mournfully sung,
Death takes the innocent one,
The screamlingly funny
And those who were very well hung.

Je n'ai qu'à lever le nez pour les lire, puisque je les ai marqués au gros feutre sur le mur au-dessus de mon bureau. *Merlin l'ange chanteur* est probablement le livre dans lequel j'ai mis le plus de moi-même.

J'ai voulu mettre en scène, pour une fois, les éternelles victimes de ce sport international qu'est la guerre, quel que soit le nom qu'on lui donne. La journaliste Florence Aubenas l'appelle « la grande danse de mort machiste ». Moi, j'entends hurler derrière son large dos métallique non seulement tous ceux qu'elle tue, mais aussi ceux que ces tueries assassinent aussi sûrement que si on leur avait mis une balle dans le citron : tous les gamins qui errent au milieu des cadavres de leurs parents, tous les nourrissons qui rampent dans la tripaille. A-t-on jamais fait le compte de ces morts-là ? A chaque fois qu'un pauvre salopard décide de prendre les armes, à chaque fois qu'un beau pays comme le nôtre les lui vend contre du bel argent avec lequel il construira de belles maternelles et des crèches rutilantes, *ils* sont là ; j'ai tenté de leur tendre le clavier. Mais comment écrire quand on a six mois, ou six heures, et que personne, jamais, ne viendra plus vous langer et vous nourrir ?

« Les monstres existent, mais ils sont trop peu nombreux pour être vraiment dangereux ; ceux qui sont dangereux ce sont les hommes ordinaires, prêts à croire et à obéir sans discuter » (Primo Levi). L'Angelot ne vaut pas mieux que l'Archange.

Le tome suivant, *L'Immortalité moins six minutes*, est le livre du second marmot. Hospitalisée plus d'un mois avant l'accouchement, je l'ai écrit patiemment sur un coin de table pivotante tandis qu'autour de moi, de jeunes accouchées faisaient défiler la totalité de leur famille, chien compris. Mon homme passait, avec un sachet de cacahouètes et un pack de bière sans alcool sous le bras, pour regarder le tournoi des six nations allongé à côté de moi, sur l'étroite couchette de mon lit d'hôpital. C'est ce qu'on appelle de l'amour. J'avais en permanence un cutter propre sur ma table de nuit, pour me faire une césarienne au cas où l'hémorragie recommencerait, ce qui était à peu près la seule façon de sauver la peau du bébé. Ne froncez pas le nez : pour diverses raisons très médicales, je n'ai pas davantage eu droit à une anesthésie lors de la césarienne finale, réalisée proprement par un praticien adroit. J'imagine que cet état de tension se retrouve dans le livre.

Pour la petite histoire, tout s'est très bien fini, quoiqu'un peu douloureusement. J'ai affligé le nouveau marmot d'un prénom viking, raison pour laquelle il s'est laissé pousser des cheveux platine très scandinaves. C'est un gentil garçon.

L'Immortalité moins six minutes devait s'appeler *Même les ascenseurs ont besoin d'amour* du fait d'un ascenseur magique, sis dans l'université féerique, que je n'ai finalement pas construit.

En fait, dans ce livre, il devait y avoir des sirènes. Les sirènes auraient dû tenir le rôle central. Je me suis documentée sur les hauts-fonds, les bas-fonds et les abysses, j'ai haut comme ça de docs sur la flore et la faune coraliennes, mais le livre n'a pas voulu. A chaque chapitre, je me disais : « Cette fois, je fais rentrer les sirènes ! » Mais aucun chapitre ne s'est laissé faire. C'est pourquoi j'ai décidé d'appeler ce livre « Pas la queue d'une sirène ». Mais cette fois, c'est l'éditeur qui n'a pas voulu, sous prétexte que ce titre n'avait ni queue ni tête. L'écriture est une activité étrange.

L'Immortalité moins six minutes a préféré traiter de l'aspect gastronomique du film *Le Seigneur des anneaux*, de Peter Jackson. Avez-vous remarqué qu'à chaque fois que les hobbits se préparent une bonne bouffe, le ciel leur tombe sur la tête sous forme de nazgul ou d'olifant ? Toute la problématique de mon livre tourne autour de cette question : qui, au bout du compte, a mangé le lièvre chassé par Gollum et le bacon grillé par Merry ? Je déteste le gâchis.

Grâce à ma collègue Claire Panier-Alix, j'ai pu relire tous les Astérix et créer un village nain d'allure franchement gauloise. Grâce aux avis avisés d'Audrey Petit et de Jean-François Seignol, qui ont lu la première version de mon livre (« Vire les nains ! On s'ennuie »), il a maigri de 30 000 signes. Merci à eux tous. Les passages censurés se trouvent sur mon site.

J'ai particulièrement apprécié, dans ce livre, me concentrer sur deux personnages principaux qui, comme les deux mousquetaires, sont trois, et sur l'évolution de leurs relations ; et sur la problématique du deuil, qui me hante comme un vieux manoir écossais. Mais je n'ai pas renoncé à ma technique habituelle de l'emprunt : la rue Sainte-Bérégonne est un emprunt à Jean Ray ; les poissons monodimensionnels, à Terry Pratchett ; la matérialisation des pots de cyclamen, à Douglas Adams et son *Guide du routard galactique* ; les gencives de lutin, à Rimbaud ; « Héfigna hafagnagna hinfougnon » à Gotlib. Le jeu de mots « elfique presque laid » est emprunté à P. Couthon, traducteur de *Accros du roc*, T. Pratchett. (J'ai mis trois lectures à le comprendre.) Le pibel vient de la série *Star Trek* ; le borogove tout smouale, de Lewis Carroll ; je ne ferai pas l'insulte au lecteur de lui expliquer ce que le sort à base de pommes doit aux *Tontons flingueurs* ; je passe sur l'influence du *Petit prince*, de *Star Wars*, de la Bible et de Shakespeare, et j'arrête là la liste de mes emprunts, qui pourrait être encore longue. Par contre, la sottise congénitale du faisan vient de mes propres observations, ainsi que l'existence de saucissons des forêts et de cendriers en pied d'orang-outan. La splendeur de la vieille forêt entre la Comté et les Hauts de Galgal doit tout aux forêts des Highlands, en Ecosse.

Ma critique implicite du *Seigneur des anneaux*, films et livre, n'est qu'admiration tatillonne et ronchonnerie de fan : j'ai lu et relu le *SdA* et le *Silmarillion*, j'ai participé à et masterisé des parties de *Dungeons & Dragons*, jeu de rôles lourdement inspiré du *SdA*, j'ai même adhéré à la Faculté des études elfiques et sué sur le dictionnaire franco-elfique, j'ai vu les films de Jackson dix fois chacun. Je me reconnais donc le droit de critiquer Tolkien et Jackson, d'autant plus que j'ai l'absolue certitude de ne leur causer que très peu de peine.

Merci, lecteur, d'être allé jusqu'ici ; et à te revoir bientôt pour les aventures de mes fées au jardin d'enfants.

[illegible]

Table

Composition réalisée par Asiatype

Achevé d'imprimer août 2009 en Allemagne par
GGP Media GmbH, Pößneck
Dépôt légal 1re publication : mai 2009
Edition 02 – août 2009
LIBRAIRIE GÉNÉRALE FRANÇAISE
31, rue de Fleurus – 75278 Paris Cedex 06

31/2541/6